BASTEI
LÜBBE

Von Alexandra Jones ist bei Bastei Lübbe Taschenbücher lieferbar:

14329 Die Dinge des Lebens
14695 Die Wunder des Himmels
14913 Der Zauber des Sommers
15202 Das Echo der Liebe
15349 Die Magie des Herzens

Über die Autorin:

Alexandra Jones wuchs in Indien und Burma auf und arbeitete auf britischer Seite mit am Übergang Pakistans zu einem eigenständigen Staat. Später kehrte sie mit ihrer Familie nach England zurück. Heute lebt sie mit ihrem Mann und drei Söhnen in Devon. Sie ist Autorin zahlreicher historischer Romane.

ALEXANDRA JONES

Das Versprechen des Glücks

Roman

Aus dem Englischen
von Ulrike Werner

BASTEI LÜBBE

BASTEI LÜBBE TASCHENBUCH
Band 15 580

1. Auflage: November 2006

Vollständige Taschenbuchausgabe

Bastei Lübbe Taschenbücher in der Verlagsgruppe Lübbe

Titel der englischen Originalausgabe: *Birds of Passage*

Published by Arrangement with Alexandra Jones
Dieses Werk wurde vermittelt durch die
Literarische Agentur Thomas Schlück GmbH, 30827 Garbsen.
Einbandgestaltung: Gisela Kullowatz
Satz: hanseatenSatz-bremen, Bremen
Druck und Verarbeitung: Ebner & Spiegel, Ulm
Printed in Germany
ISBN-13: 978-3-404-15580-4 (ab 01.01.2007)
ISBN-10: 3-404-15580-7

Für Dennis, der mich stets beflügelt hat

April 1896

1. Kapitel

Das Gedränge in der Menschenmenge, die an Bord der *SS Cormorant* strömte, wurde schier unerträglich. Louise klemmte sich ihre Strohmatratze unter den Arm und griff nach der Hand ihrer Schwester Meg, was dieser nicht zu gefallen schien.

»Ich kann ganz gut auf mich selbst aufpassen, Louise«, meuterte die Vierzehnjährige.

»Wir müssen zusammenbleiben, Meg. Wenn du in diesem Getümmel verloren gehst, werden wir dich nie und nimmer wiederfinden.«

»Ich gehe schon nicht verloren!« Meg entdeckte ihre Brüder ein gutes Stück voraus. »Hör endlich auf, dir wegen solcher Kleinigkeiten Sorgen zu machen. Du behandelst mich wie ein kleines Kind. Und jetzt komm, sonst fährt das Schiff ohne uns.«

»Wir müssen auf Vater warten!« Ängstlich blickte Louise sich um, doch er war längst von der Menge verschluckt worden.

Thomas Duigan hielt fünf bezahlte Schiffspassagen und die vom Emigrationskomitee ausgestellten Gesundheitszeugnisse in der Hand. Er wusste, wie streng die amerikanischen Einwanderungsbehörden waren, was die Gesundheit der Immigranten betraf. Ehe er und seine Familie die nötigen Papiere zur Ausreise aus Irland erhalten hatten, mussten sie sich nicht nur einer entwürdigenden Untersuchung unterziehen, sondern auch ihre Haare auf

Läuse absuchen lassen. Und auf Ellis Island würde man sie wahrscheinlich noch einmal und zudem gründlicher unter die Lupe nehmen.

Aber bis dahin würde noch viel Zeit vergehen; ein Schritt nach dem anderen, lautete seine Devise. Die Papiere seiner Familie waren in Ordnung und trugen den offiziellen Stempel, der ihnen Zugang zum Schiff gewährte. Er seufzte erleichtert.

Weit voraus entdeckte Thomas seine Sprösslinge. Patrick, sein ältester Sohn, überragte die Menge um Haupteslänge. Jon hingegen war eher stämmig. Louise, Pats Zwillingsschwester, hatte die kleine Meg im Schlepptau und bemühte sich, den Anschluss an ihre Brüder nicht zu verlieren. Sie alle trugen eine Strohmatratze und einen kleinen Pappkoffer bei sich – mehr Gepäck war an Bord nicht gestattet. Ehe sie New York erreichten, würden sie die Matratzen über Bord werfen müssen, weil die amerikanischen Einreisebehörden aus Angst vor Cholera und anderen in Europa grassierenden Krankheiten den *»Import infizierten Materials in die Vereinigten Staaten«* verboten hatten.

Doch Thomas empfand nichts als Dankbarkeit, dass sie endlich auf dem Weg waren. Viele Wochen hatte er gebraucht, um sich zu dieser Entscheidung durchzuringen. Die Tränen und Ängste während der langen Krankheit seiner Frau, ihr Tod und ihre Beerdigung, der Schmerz darüber, seinem geliebten Irland und seiner vergötterten Schwester Eliza den Rücken kehren zu müssen – das alles sollte jetzt der Vergangenheit angehören. Mit Eifer und voller Hoffnung wollte er sein neues Leben in beide Hände nehmen. Gestern war vorbei. Das Leben würde in einem neuen Land weitergehen.

Wahrscheinlich würde er Eliza zwischen all den winkenden Leuten am Kai von Dublin gar nicht ausfindig machen können, dachte Thomas und schwor sich hoch und heilig, dass er Eliza und ihre Familie nachholen würde, sobald er sich in New York mit seinen Kindern ein sicheres Auskommen geschaffen und eine Bleibe gefunden hatte. Und dann würden sie als ganze Familie in der Neuen Welt durchstarten, wie so viele Iren, die vor der Unterdrückung durch die englische Oberschicht geflohen waren.

Thomas drängte sich neben seine Kinder an die Reling und suchte den Kai nach Eliza ab.

»Da drüben ist sie, Vater!« Louises scharfe Augen hatten die Tante entdeckt. »Neben dem Mann mit der Drehorgel.« Keiner von ihnen konnte die sehnsüchtigen Klänge von *Achusla Mine* hören, an Bord herrschte viel zu viel Getöse. Trotzdem winkten Thomas und die Kinder eifrig und warfen Kusshände, bis die *Cormorant* in einer dicken, schwarzen Qualmwolke und unter dem Heulen aller Sirenen langsam vom Kai ablegte und in die Irische See hinausfuhr.

Die Leute am Hafen jauchzten; an Bord des Schiffes hingegen breitete sich eine merkwürdige Stille aus. Auch Thomas schnürte der Abschiedsschmerz fast die Luft ab. So Gott wollte, warteten auf der anderen Seite des Ozeans ein glücklicheres Leben und vielleicht auch bescheidener Wohlstand. Zum Wohle seiner Kinder hatte er sich zu diesem Schritt entschlossen. Patrick, Jonathan, Louise und Margaret sollten es eines Tages besser haben. Ihre Zukunft lag in New York, jener Stadt, die aus den zerbrochenen Träumen der Iren von nie erfüllten englischen Versprechen erbaut worden war. Thomas' Herz jedoch würde für immer in Irland zurückbleiben.

Langsam verschwanden die ausgedehnten Strände Dublins im Dunst. Auch den Poolbeg-Leuchtturm hatte die *Cormorant* längst hinter sich gelassen. Nur schwer trennten sich die Duigans von den letzten Ausblicken auf ihre Geburtsstadt. Schließlich wischte sich Thomas die Augen, schnäuzte sich und steckte entschlossen sein Taschentuch in die Tasche.

»Los, Kinder, lasst uns unsere Unterkünfte suchen. Doch zunächst wollen wir Gott dafür danken, dass er uns einen neuen Start in einer neuen Welt ermöglicht, und darum bitten, dass wir eines Tages, sobald wir unseren Platz in der Quäker-Mission in New York gefunden haben, wieder glücklich mit Tante Eliza und ihrer

Familie vereint werden.« Und dann sprachen sie gemeinsam das Gebet des Herrn: *»Vater unser, der du bist im Himmel, geheiligt werde dein Name, dein Reich komme, dein Wille geschehe …«*

An Bord der *Cormorant* war es nicht nur äußerst beengt, sondern die Bedingungen waren auch alles andere als gesundheitsfördernd. Doch damit mussten sie sich abfinden. Passagiere im Zwischendeck durften keine großen Ansprüche stellen. Thomas, Patrick und Jon waren in den Schlafräumen für Männer untergebracht. Ohrenbetäubender Maschinenlärm machte die heiße, stickige Luft noch unerträglicher.

Louise und Meg hatten ihre Schlafplätze in den Frauen-Quartieren ein Deck höher. Primitive hölzerne Kojen standen in Abständen von fünfzig Zentimetern und boten weder Raum für persönliche Habe noch für Bewegung; insgesamt gab es auf dem Schiff vier solcher Schlafräume, die insgesamt fünfzig Frauen beherbergten.

Die ersten Tage nach der Abreise aus Dublin waren die schlimmsten. Man versuchte, sich auf dem Schiff zurechtzufinden und sich der ungewohnten Umgebung anzupassen. Die meisten Passagiere lagen seekrank in ihren Kojen. Louise und Jon entgingen zwar der Seekrankheit, handelten sich damit aber nur unerfreuliche Aufgaben ein: Louise musste die Schlafräume der Frauen säubern, während Jon zum Schrubben des Decks herangezogen wurde.

So mancher Passagier ging ernsthaft mit sich ins Gericht, ob er die Qualen überhaupt bis New York ertragen wollte. Doch irgendwo mitten auf dem Atlantik schienen sich Schiff und Wetter aufeinander eingespielt zu haben, und allmählich beruhigten sich auch die Mägen. Man konnte auf den oberen Decks spazieren gehen und sich die salzige Meeresluft um die Nase wehen lassen, die den grässlichen Gestank der überfüllten Schlafsäle und alle Teilnahmslosigkeit fortpustete. Das Schlimmste schien überstanden.

»Salz-Rind, Salz-Schwein, Salz-Fisch!«, beschwerte sich der

fünfzehnjährige Jon, der sich beinahe die Zähne ausbiss bei dem Versuch, die zähen Streifen zu kauen, die den Passagieren des Zwischendecks als Mahlzeit angeboten wurden. »Und das Wasser sollte man lieber auch nicht trinken. Es ist voller Maden und Würmer.«

Pat wirkte, ganz im Gegensatz zu seiner gesunden und munteren Zwillingsschwester Louise, bleich und ausgezehrt. Immer noch nagte ein flaues Gefühl an seinem Magen. Als das Schiff sich seitwärts neigte, schnappte er im letzten Augenblick nach Teller und Löffel, die über den Holztisch davonzuschlittern drohten. Er verspürte weder Appetit auf irgendetwas Gesalzenes, noch hatte er Lust auf eine Auseinandersetzung mit seinem jüngeren Bruder. »Hör auf zu meckern, Jon, iss einfach!«

Ein anderer Passagier, ebenfalls Ire, nickte und zwinkerte den beiden hübschen Mädchen zu. »Wisst ihr, ich wünschte auch, endlich wieder festen Boden unter den Füßen zu haben. Dieser alte Kahn bringt mich noch um den Verstand. Und wenn ich Pfarrer wäre, würde ich einen Rosenkranz für unsere verlorenen Seelen beten.«

»Bruder, das Ende ist nahe!«, erwiderte Jon streng wie ein Prophet aus dem Alten Testament. Er ging Patrick auf die Nerven, genau wie der gesamte Rest der Zwischendeckpassagiere, die immer wieder in Selbstmitleid über ihre Situation versanken; jeder von ihnen hätte wissen können, dass man bei einer derart billigen Schiffspassage nicht auf Rosen gebettet sein würde. Und es war verdammt noch mal ihr eigener Wunsch gewesen, so preiswert wie möglich ins Land ihrer Träume zu reisen!

»Mir hat von Anfang an nicht gefallen, wie sie im Wasser liegt«, nörgelte Jon weiter.

»Wer liegt im Wasser?« Klein-Meg wischte ihren Zinnteller mit einem Kanten Roggenbrot aus. In den letzten Tagen war ihr Appetit zurückgekehrt. Thomas nannte seine Jüngste »Klein-Meg«, als Unterscheidung zu ihrer Mutter, die ebenfalls auf den Namen Margaret gehört hatte. Louise lächelte ihre Schwester mütterlich an.

»Dieser widerliche alte Kahn«, grunzte Jon. »Er liegt viel zu tief im Wasser.«

»Was erwartest du bei immerhin fünfhundert Passagieren«, fragte Patrick.

»Mehr Entgegenkommen von Seiten der amerikanischen Regierung. Für siebzig Shilling pro Ticket hätte die Cade-Armoy Steamship Company wirklich etwas Besseres auf den Tisch bringen können. Was ist überhaupt diese Cade-Armoy Steamship Company? Ich habe noch nie von ihr gehört.«

»Es gibt eine Menge Dinge, von denen du in deinem jungen Leben noch nie etwas gehört hast, Jon«, wies Pat ihn zurecht. »Und jetzt hör auf zu lamentieren, setz dich hin und iss.«

»Vater hätte uns die Cunard Line gönnen sollen.«

»Und sechs Guineen pro Ticket ausgeben? Das Geld ist als Anfangskapital für New York besser angelegt, und das wusste er.«

»Ach ja, New York! Der goldene Traum!«, sagte Jon hungrig und niedergeschlagen. Die Seereise hatte all seine Erwartungen enttäuscht. »Ich wünschte, wir wären in Dublin geblieben. Wir waren zwar arm und mussten ein Heidengeld an die Engländer bezahlen, aber wir wussten wenigstens, woran wir waren.«

»Es liegt an uns, unsere Träume zum Leben zu erwecken«, sagte Patrick, »sonst können wir sie gleich aufgeben. Was zum Beispiel möchtest du mit dem Rest deines Lebens anfangen, Kleiner?«

»Möglichst schnell reich werden«, kam die Antwort wie aus der Pistole geschossen. »Und vor allem nicht als armer Prediger enden, so wie du, Bruderherz!«

»Schluss damit jetzt!« Louise, die bisher still zugehört hatte, warf ihren Brüdern einen finsteren Blick zu. Die ewigen Streitereien der beiden gingen Louise gehörig auf die Nerven. Eigentlich waren sie liebe Kerle, vielleicht waren sie einander einfach zu ähnlich. Sowohl Pat als auch Jon hatten dunkles Haar und blaue Augen, und obwohl ihre Bewegungen noch eine sehr jugendliche Schlaksigkeit aufwiesen, musste Louise zugeben, dass beide extrem gut aussahen – mit diesem Aussehen aber auch ordentlich kokettierten. Pat war groß, dunkel und hübsch und Jon … nun, er war etwas weniger groß, aber ebenfalls dunkel und hübsch. Ihr scharfer irischer Witz konnte allerdings durchaus auch nach hinten losgehen. Sie hielten sich zwar für Männer, benahmen sich aber oft wie Kinder. »Wo ist Vater? Wenn er nicht bald auftaucht, bekommt er nichts mehr zu essen.«

»Er liegt auf dem Strohsack, den er inzwischen mit ganzen Legionen von Läusen und Wanzen teilt, und liest seine Bibel. Du weißt doch, unser Vater lebt nicht vom Brot allein …«

Patsch! Die Ohrfeige saß. Pat würde Jon schon lehren, nicht respektlos über seinen Vater zu sprechen. Louise stand auf und stellte sich erneut in der Warteschlange an der Essensausgabe an. Dieses Mal für ihren Vater.

Interessiert beäugte der Kombüsen-Stewart das junge Mädchen, und seine Lippen formten sich zu einem ziemlich eindeutigen Lächeln. Da konnte man schon Appetit bekommen, allerdings nicht auf den angebotenen Fraß. Pat und Jon vergaßen ihren Streit und wurden aufmerksam. Wie konnte dieser Schwerenöter es wagen, Louise derart lüsterne Blicke zuzuwerfen, ohne auch nur den geringsten Hehl daraus zu machen?

Sie ist wirklich eine Augenweide, diese Louise Duigan, dachte der Mann, der die Macht über die Mahlzeiten besaß. Mit ihrer glänzenden, vom Wind zerzausten Kastanienmähne und den nach einem Deckspaziergang geröteten Wangen stach sie die durchweg hässlichen Weiber aus, die sonst noch im Zwischendeck logierten. Rauchblaue Augen, Stupsnase, ein süßer, verlockender Mund und sanft gerundete, hoch angesetzte Brüste unter dem billigen Stoff ihres Kleides – seine hungrigen Augen saugten jedes Detail auf. Diese Louise war auf jeden Fall das Beste, was das Zwischendeck zu bieten hatte.

Stewart Gibbing beschloss, ihr seine Macht zu demonstrieren. »Heda, Miss, Nachschlag gibt es hier nicht. Der steht nur Passagieren auf dem Oberdeck zu.«

»Es ist für meinen Vater.«

»Verschwinden Sie, Miss.«

Aber Louise blieb dickköpfig stehen. Zumindest versuchte sie es. Eine plötzliche Woge jedoch brachte das Schiff in Schräglage, und alle, die noch in der Schlange angestanden hatten, purzelten durcheinander. Gibbing ergriff die Gelegenheit beim Schopf. Er half Louise auf die Beine und murmelte dicht an ihrem Ohr: »Wenn Ihr Vater nicht zu den Mahlzeiten erscheint, dann bekommt er eben nichts zu essen. Es sei denn …«

»Es sei denn was?« So schnell ließ Louise sich nicht einschüchtern.

»Sie könnten mir einen Gefallen tun, Mademoiselle.«

»Was für einen Gefallen?«

Aha, sie spielte also das Unschuldslamm. »Kommen Sie heute Abend auf das Oberdeck, dann werden Sie es erfahren. Und kein Sterbenswörtchen – zu niemandem.« Gibbing schaufelte einen ganzen Berg Essen in eine Schüssel. »Hier, das ist für Ihren Vater, den Quäker-Prediger.«

»Ich glaube, lieber würde er verhungern. Und ich würde mich eher mit dem Leibhaftigen treffen als mit Ihnen.« Louise machte auf dem Absatz kehrt und rannte hinaus. Gibbing lachte, bis ihm die Tränen kamen. Seine Kollegen, die nicht alles mitbekommen hatten, erkundigten sich neugierig nach dem Grund für seine Heiterkeit. Alle amüsierten sich königlich über die strengen religiösen Prinzipien der jungen Irin.

Doch sie hatten ihre Rechnung ohne Pat und Jon gemacht. Wie zwei Racheengel standen die Brüder plötzlich vor der Küchen-Crew. »Was ist so witzig an unserer Schwester?«

»Das geht euch nicht die Bohne an, ihr Inselaffen!«

Erst Mr Charles O'Duffy, dem Vertreter der Schifffahrtslinie Cade-Armoy an Bord, gelang es, die Kampfhähne zu trennen. Da Pat und Jon den Streit begonnen hatten, wurden sie für einen halben Tag in den Frachtraum eingesperrt. Den Küchenjungen wurde ein Tageslohn einbehalten, weil sie sich mit Passagieren gestritten hatten.

Bevor seine beiden Söhne in ihr Behelfsgefängnis gesperrt wurden, redete Thomas ihnen ins Gewissen. »Wie oft habe ich euch schon gesagt: ein guter Quäker kämpft nicht!«

»Dann sind wir eben schlechte Quäker«, erklärte Jon und bekam die nächste Ohrfeige. Als Quäker-Prediger war es für Thomas eine gottgegebene Pflicht, seine Nachkommen zu züchtigen, wann immer er es für nötig hielt.

Als sich die Augen der Jungen an das Dämmerlicht des Frachtraums gewöhnt hatten, erkundete der stets abenteuerlustige Jon das Terrain. Bald schon hatte er eine Sturmlampe nebst zugehörigem Feuerzeug gefunden. Nachdem er die Lampe angezündet hatte, begutachtete er interessiert die neue Umgebung, wo zwischen ächzenden Holzbalken und beweglichem Ballast Ratten umherhuschten. Jon jedoch ließ sich davon nicht beeindrucken. »Hier muss es irgendetwas Nahrhaftes geben«, flüsterte er seinem Bruder zu, der bei der Schlägerei ein blaues Auge und ein blutiges Kinn davongetragen hatte. »Die Ratten sind so fett wie englische Politiker. Ich habe einen Bärenhunger, Pat. Komm, wir machen uns auf die Suche. Schiffsbiskuits sind allemal besser als dieses salzige Zeug, das wir ständig herunterwürgen müssen. Ich vermute übrigens, dass sie uns die Haut von wilden Büffeln servieren.«

Pat grunzte wie so oft nichts sagend.

Sie fanden zwar jede Menge Konserven, leider jedoch keinen Büchsenöffner. Als Nächstes stießen sie auf französischen Cognac und irischen Whiskey, den sie allerdings als überzeugte Quäker sehr zu Jons Leidwesen nicht anrühren durften – aber Pat blieb unerbittlich.

»Hey, sieh dir das einmal an!« Jon hatte einige große Holzkisten etwa in der Größe von Särgen entdeckt. »Könntest du bitte die Lampe herüberbringen? Was glaubst du, was da drin ist?«

»Leichen? Gewehre? Rosenkränze? Woher soll ich das wissen?« Patricks von Fäusten malträtierter Magen brannte wie Feuer, und auch sein Kinn schmerzte – allerdings weniger als sein gekränkter Stolz. Er fand es überhaupt nicht witzig, wie ein Schuljunge in den Karzer gesperrt worden zu sein. »Wahrscheinlich haben sie es auf uns abgesehen, weil wir die einzigen Nicht-Katholiken an Bord sind.«

»Quatsch! Religion und Handel haben nichts miteinander zu tun«, schimpfte Jon. »Komm lieber her und hilf mir, die Kiste aufzubrechen.«

»Lass es sein, Jon.«

»Ganz bestimmt nicht. Ich will jetzt wissen, was da drin ist. Die Dinger sind unglaublich schwer. Jede Wette, wegen der Kisten da liegen wir viel zu tief im Wasser!«

»Lass es sein, Jon.«

»Nicht, ehe ich nicht weiß, was Cade-Armoy außer irischen Immigranten sonst noch nach Amerika bringt.«

Jon machte sich auf die Suche nach einem Werkzeug, mit dem er den Deckel der Kisten aufbrechen konnte. Er fand zwar allerlei Geräte, aber nichts wirklich Passendes. Schließlich stieß er auf eine Eisenstange. Mit viel Mühe stemmte er den Deckel der ersten Kiste hoch, der mit langen Eisennägeln befestigt war.

»Leichen!«, keuchte er.

»Was?« Entsetzt sah Pat seinen Bruder an.

»Leichen!«, wiederholte Jon.

»Echte Leichen?«

»Na ja, Fischleichen!«, grinste Jon. »Mein Gott, stinkt das!« Er tat, als müsse er würgen.

Nun wagte auch Pat einen Blick in die Kiste. »Tja, so ist es nun einmal. Stockfisch stinkt eben.«

»Klar. Aber hast du gewusst, dass man Stockfisch in mit Eisennägeln verschlossenen Särgen transportiert, die so schwer sind, dass man sie allein nicht heben kann?« Jon kratzte an der weißen Salzschicht, die über dem Stockfisch ausgebreitet war. »Da muss etwas Schweres drunter sein. Komm Pat, hilf mir mal!«

Vorsichtig entfernten die Brüder das Salz. Nach einiger Zeit und vielen toten Fischen stießen sie auf eine schützende Lage Sackleinen, unter der sie sorgfältig verpackte, längliche Blöcke fanden.

Die Blöcke waren schwer, geradezu unglaublich schwer. Nur mit viel Mühe gelang es Patrick, einen der Blöcke aus der Kiste zu hieven und auszupacken. Doch was er entdeckte, verschlug ihm fast die Sprache. »Allmächtiger«, flüsterte er. »Wir haben einen Schatz entdeckt.« In der Hand hielt er einen knapp acht Zentimeter hohen und zwanzig Zentimeter langen gestempelten Goldbarren.

Jon schnappte nach Luft. »Glaubst du mir jetzt, Pat? Mensch, Goldbarren! Weißt du, dass die alte Hexe O'Sheehy uns vorausgesagt hat, ein goldener Traum würde wahr werden?«

»Nichts als heidnischer Unfug, Jon. Wenn Vater wüsste, dass du und die Mädchen euch von Mutter O'Sheehy die Zukunft habt vorhersagen lassen, würde er euch wahrscheinlich windelweich prügeln.«

»Ja und? Schließlich weiß er es nicht. Aber das hier ist Gold, Pat – echtes Gold!«

»Richtig, und wir werden so viel Reichtum nie mehr im Leben so nahe kommen. Und jetzt lass es gut sein! Das Zeug gehört uns nicht. Es ist Eigentum der Vereinigten Staaten von Amerika.«

»Woher willst du das wissen? Es könnte ebenso gut irisches Gold sein.«

»Oder englisches. Jedermann kann als Besitzer infrage kommen.«

»Sage ich doch! Jedermann!«

»Aber nicht wir, mein Freund.«

»Warum nehmen wir nicht einfach einen Barren heraus und verrammeln den Deckel? Wir hätten nie wieder Sorgen, Pat! Wir müssten drüben in den Staaten nicht einmal arbeiten, und der ganzen Familie ginge es gut – einschließlich Tante Eliza und ihren Leuten. Wir wären echte Millionäre ...«

»Schluss damit. Schalt mal dein Gehirn ein! Erstens wäre es Diebstahl, und das ist eine Sünde, falls du es vergessen haben solltest. Zweitens würden wir lebenslänglich hinter Gittern landen, wenn sie es herausbekommen, was nur fünf Minuten dauern würde. Du weißt ebenso gut wie ich, dass in New York unser Gepäck durchsucht wird. Und drittens: Ist dir klar, wie schwer dieses Ding hier ist? Da – probier mal!« Ächzend legte Pat den Barren in Jons Arme.

»Kinderleicht!« Jon hob den Goldbarren mit beiden Händen hoch. »Siehst du?« Aber dann setzte er ihn doch ziemlich schnell wieder ab. Pat hatte Recht. Der Barren war wirklich unglaublich schwer.

»So, und jetzt machen wir den Deckel wieder zu und vergessen alles, was wir hier gesehen haben, Jon. Und dass du mir ja den Mund hältst! Nicht, dass wir noch eine Meuterei vom Zaun brechen! Was Cade-Armoy hier macht, geht nur die Gesellschaft etwas an. Wir haben damit nichts zu tun.«

Sie räumten Gold und Fisch in die Kiste und hämmerten den Deckel wieder zu. Patrick zog sich in seine Ecke zurück und überschlug die Anzahl der Kisten. Ein gutes Dutzend, schätzte er. Im Frachtraum der *Cormorant* wurde ein Vermögen transportiert, das einem kompletten Staatsschatz in nichts nachstand.

»Kein Wort, zu niemandem«, warnte Pat seinen draufgängerischen kleinen Bruder.

Als Louise die Gangway zu den Frauenunterkünften hinunterging, lief sie dem aufdringlichen Steward, dem Jon mit einem Suppenlöffel eins über den Schädel gegeben hatte, direkt in die Arme. Gibbing hatte auf sie gewartet.

»Hab ich dich!« Gibbing hielt sie fest und zerrte sie in einen unbeleuchteten Winkel. »Jetzt bezahlst du für das, was deine Brüder mir und meinen Kollegen angetan haben, Süße!«

»Lassen Sie mich los!« Louise bekam es mit der Angst zu tun. Keine Menschenseele weit und breit – sie waren allein im Dunkeln. »Ich informiere den Kapitän!«

Er lachte ihr ins Gesicht, während seine Hände ihren Körper erkundeten. »Der Kapitän genießt die Vorteile seines Jobs genau wie wir anderen auch. Einer wie dir würde er gar nicht erst zuhören!« Er schien aus dutzenden Armen, Händen und Beinen zu bestehen, mit denen er sie gegen die Wand drängte und ihre Röcke nach oben streifte. Louise kämpfte vergeblich. Er quetschte ihr Kinn zwischen seinen groben Fingern, zwang ihr Gesicht nach oben und wollte sie gerade küssen, als plötzlich sein Kopf zurückgerissen wurde.

»Lassen Sie Miss Duigan los, Gibbing, und zwar plötzlich! Ich enthebe Sie mit sofortiger Wirkung aller Ihrer Aufgaben. Bis zu unserer Ankunft in New York bleiben Sie in den Mannschaftsunterkünften. Ich werde Kapitän Hargrave umgehend informieren und einen Bericht an die Handelskammer schicken, sobald wir angekommen sind. Sie werden nie wieder auf einem Passagierschiff angeheuert, das verspreche ich Ihnen, junger Mann!«

Gibbing schlich davon.

»Oh, Mr O'Duffy!« Louise fühlte sich unglaublich erleichtert. Sie strich ihre Röcke glatt und schob die verrutschte Haube zurecht. »Ich danke dem Herrn im Himmel, dass Sie gerade noch rechtzeitig vorbeigekommen sind. Ihnen danke ich natürlich auch«, fügte sie hastig hinzu.

Sie war auf dem Rückweg von einem Spaziergang mit ihrem Vater auf dem Oberdeck gewesen. Mit ihren vom salzigen Wind zart geröteten Wangen und den rauchblauen, von dichten, schwarzen Wimpern gesäumten Augen bot sie ein Bild schönster, weiblicher Unschuld. Charles O'Duffy verstand durchaus, warum die halbe Mannschaft hinter dem jungen Mädchen her war. Er hob ihren Schal auf und reichte ihn ihr.

»Ist alles in Ordnung mit Ihnen, Miss Duigan?«

»Ja, vielen Dank.«

»Im Namen meiner Gesellschaft möchte ich mich in aller Form bei Ihnen für diesen Vorfall entschuldigen.«

»Er hat mir nur schreckliche Angst eingejagt. Aber sonst ist nichts geschehen.«

»Nun, er wird die weitere Reise unter Arrest verbringen und

Ihnen nicht mehr zu nahe treten. Und falls ein anderer dieser kleinen Gauner auf die Idee kommen sollte, Sie zu belästigen, lassen Sie es mich wissen. Solche Dinge dürfen an Bord nicht passieren. Unsere weiblichen Passagiere sollen sich jederzeit bei uns gut aufgehoben fühlen.«

»Ich danke Ihnen, Mr O'Duffy. Ich bin sicher, dass die Gefahr gebannt ist. Wann werden wir in New York ankommen?«

»Wenn das Wetter hält, in etwa zwei bis drei Tagen, Miss Duigan.« Und damit wandte er sich ab und ging seiner Wege – ein geheimnisvoller, ruhiger Mann, der immer zur rechten Zeit am rechten Ort zu sein schien. Louise schätzte ihn auf Mitte dreißig. Mit seinem sandfarbenen Haar und den dunklen Augen war er kein besonders auffälliger Mensch, doch seine eher untersetzte Gestalt strahlte eine wohltuende Ruhe aus. Dieser Gentleman stand wirklich auf Seiten der Frauen, dachte Louise dankbar.

Noch zwei Tage bis New York! Voller Hochstimmung bereiteten sich die Passagiere auf das Ende der Reise vor.

Doch dann nahm das Schicksal die Fäden in die Hand.

Kurz vor der Ankunft im sicheren Hafen fiel das Barometer. Sturmwolken verdunkelten den Himmel, Wellenberge türmten sich auf. Und um das Maß voll zu machen, fielen mitten im schlimmsten Sturm die Maschinen der *Cormorant* aus. Anderthalb Tage lang wurde das Schiff hilflos wie eine Nussschale von Wellen und Strömung immer weiter vom Kurs abgetrieben. Als der Sturm schließlich abflaute und das Meer wieder spiegelglatt und unschuldig um den Bug spielte, fand sich die *Cormorant* vor der Küste von Neuschottland wieder, weit weg von New York. Kapitän Hargrave tat sein Bestes, die Passagiere zu beruhigen. Er verkündete, dass die Schiffsingenieure Tag und Nacht arbeiten würden, um das Schiff wieder manövrierfähig zu bekommen, und sie nur wenige Tage nach dem geplanten Termin in New York an Land gehen könnten.

In dieser Nacht jedoch, als alle tief und fest schliefen, erschütterte eine schwere Explosion den Rumpf des Schiffes. Alarmglocken schrillten. Verschlafene Menschen taumelten zu den Rettungsbooten. Alle glaubten an eine Übung. Es mangelte an Schwimmwesten und Rettungsbooten für alle Passagiere – und es handelte sich nicht um eine Übung.

»Was ist passiert? Ein Zusammenstoß? Ein Eisberg?« Die Crew wusste keine Antworten auf die Fragen der verängstigten Menschen. Die Passagiere wurden angewiesen, das Schiff zu verlassen. Nur die Flammen, die aus dem riesigen Loch mitten im Rumpf des Schiffes schlugen, erhellten die Nacht. Menschen stolperten durcheinander. Die meisten trugen lediglich ihre dünnen Nachthemden. Panik machte sich breit.

Die Maschinen der *Cormorant* hatten der wochenlangen Höchstbelastung nicht standgehalten und waren explodiert. Nicht nur, dass das Schiff völlig überaltert war, es war auch nicht für Transatlantikrouten gebaut.

Eisschollen krachten gegen den brennenden Schiffsrumpf. Um diese Jahreszeit gab es auf der Route nach New York kein Eis mehr, doch sie waren weit nach Norden abgetrieben worden.

In ihrer Angst begannen die Menschen zu singen.

Louise und Meg blieben nah beieinander. Sie hörten Patrick und ihren Vater nach ihnen rufen, konnten sie in der Dunkelheit jedoch nicht entdecken. Die nachrückende Menschenmenge drängte sie gegen die Reling, was sich als Glück für sie herausstellte. Das Rettungsboot auf ihrer Seite wurde in die tintenschwarze See hinabgelassen.

Meg zögerte. Auf keinen Fall wollte sie ohne ihre Familie die Eisenleiter ins Ungewisse hinuntersteigen. Doch Louise nahm sie in den Arm. »Alles wird gut, Meg. Alles wird gut …«

»Es geht nicht um mich, Louise. Was ist mit den Jungs? Ich mag sie nicht zurücklassen!«

»Gott ist mit ihnen, und mit uns.«

Gottes Antwort bestand im Erscheinen von Mr O'Duffy. »Und

jetzt ab ins Boot. Sofort! Nein, Miss Duigan, Sie brauchen nicht zu warten. Bringen Sie sich in Sicherheit. Ihrer Familie geht es gut. In der Nähe ist ein Schiff, das bereits auf unsere Notsignale geantwortet hat. Allen wird geholfen. Und jetzt gehen Sie. Erst Sie, dann Ihre Schwester. Ich helfe ihr ins Boot.«

Louise wusste nicht, wie ihr geschah, doch irgendwie halfen ihr viele Hände hinunter ins Boot. Meg kam in den Armen eines kräftigen Matrosen nach, der sich sofort in die Riemen legte und das Rettungsboot aus dem Gefahrenbereich der sinkenden *Cormorant* brachte.

Rings umher war nichts als Flammenmeer. Louise wurde Zeuge, wie der Rumpf des Schiffes sich beinahe senkrecht aufrichtete. Verzweifelte Menschen klammerten sich an alles, was nach Rettung aussah.

»Mein Gott ... nein!« Wie von Sinnen schrie Louise nach dem Vater und ihren Brüdern. Eine Frau, die neben ihr saß, schlug ihr heftig mitten ins Gesicht und befahl ihr, aufzuhören; ihre Hysterie mache alles nur noch schlimmer. Endlich schloss eine sanfte Dunkelheit Louise gnädig in ihre Arme. Nie würde sie sich vollständig der Nacht erinnern, in der ihre Träume von einer goldenen Zukunft so grausam zerschmettert wurden.

2. Kapitel

Vorsichtig hob Louise den Kopf vom Kissen. Wo war sie? Weißes Licht drang durch die Fenster und schmerzte ihre Augen. Neben ihrem Bett stand eine junge Frau mit feuerroten Haaren, grünen Augen und einem ermutigenden Lächeln. Über einem eng anliegenden schwarz-roten Kleid, das unmöglich eine Schwesterntracht sein konnte, trug sie eine weiße Schürze.

»Ww... wo ... was ...?« Louise hielt eine Hand an den Kopf.

»Na endlich! Jetzt ist sie wach«, freute sich Gertie Polowski.

»Wo bin ich?«

»Halifax.«

»Wie bitte?«

»Halifax, Neuschottland. Und ich bin die Gertrude Polowski. Sagen wir einfach, ich bin so etwas wie deine polnische Pflegerin, Louise. Aber nicht mehr lange. Ich komme hoffentlich bald hier raus und werd 'ne echte Lady, so wahr ich Gertie Polowski heiße ...«

»Ich habe Durst«, klagte Louise. Ihr Kopf tat weh.

»Trink das, das tut dir gut. Du hast nix mehr getrunken oder gegessen, seit du hier bist.«

»Seit wann bin ich hier?«

»Seit zwei Tagen, min Deern. Aber essen und trinken ging nicht, du hast die ganze Zeit geschlafen. Wie'n Dornröschen! So, und jetzt hopp, hinsetzen. Du musst schnell wieder gesund werden – mir zuliebe.«

Träumte sie? Verwirrt versuchte Louise, sich aufzusetzen. Wer war diese merkwürdige Frau, die so seltsam sprach und die alles über sie zu wissen schien? »Woher kennen Sie meinen Namen?«

Gertrude Polowski hielt ihr eine dampfende Schüssel unter die Nase. Unwillig schob Louise sie beiseite. Der Geruch verursachte ihr Übelkeit. Das Gebräu roch nach Meer, und Louise erkannte kleine Krabbenaugen, die sie anstarrten.

»Das ist Fischsuppe. Hier gibt es immer nur Fischsuppe«, sagte Schwester Polowski. »Deine lütte Schwester hat mir verraten, wie du heißt.«

»Meg? Wo ist sie?« Furchtsam blickte Louise sich um. Meg hatte sich auf einem Sessel am Fußende zusammengerollt und schlief, bis zum Hals in eine Decke gekuschelt, tief und fest. Louise begann zu weinen. Sie weinte vor Freude und Erleichterung, aber auch vor Trauer, Angst und Entsetzen. Zu viel war geschehen, und sie fühlte sich so schwach …

Gertie Polowski stellte die Schüssel mit der Fischsuppe beiseite, setzte sich auf den Bettrand und nahm Louise in die Arme. »Nicht weinen, Lütte, sonst muss Gertie auch heulen. Meg ist bestens in Ordnung. Ihr habt Schwein gehabt, ihr beiden. Ganz viele sind umgekommen, als die *Cormorant* abgesoffen ist. Sie liegt jetzt tief unten zwischen den Klippen vor Sable Island. Viele haben's nicht geschafft. Ihr schon!«

»Ich wünschte, ich wäre auch tot«, weinte Louise. »Und Meg ebenfalls. Wenn es wirklich einen freundlichen und milden Gott gäbe, hätte er uns alle zusammen gehen lassen – samt meiner Mutter, die in Irland begraben liegt, meinem Vater und meinen Brüdern. Dann hätte wenigstens niemand trauern müssen.«

»Mensch, min Deern, was redest du da bloß?« Unbehaglich rutschte Gertie hin und her, dann griff sie in die Schürzentasche und förderte ein Fläschchen zutage. »Trink mal ein Schlückchen davon, dann geht's dir gleich besser. Bestimmt.«

»Was ist das?«

»Medizin«, erklärte Gertie und hielt die Brandyflasche an

Louises Lippen. Louise schluckte, würgte und hatte das Gefühl, als ob ihr jemand ein flammendes Schwert in die Kehle gestoßen hätte. Ihr Husten weckte Meg auf, die sich schläfrig aus ihrem Sessel aufrappelte und neben Louise unter die Decke kroch.

»Ich dachte, du würdest sterben ...«

»Immer mit der Ruhe, ihr lütten Iren-Mädchen«, sagte Gertie, »in diesem kleinen Krankenhaus quatscht niemand vom Tod, so lange ich da bin. Hier geht es allen Leuten immer nur besser, nie schlechter. Und außerdem wissen wir doch noch gar nicht, ob euer Vater und eure Brüder wirklich tot sind. Kapitän Lindewens ist noch immer auf der Suche. Er und die Fischer aus der Umgebung haben schon 'ne Menge Leute gerettet, und viele haben sich auch selbst retten können. Bestimmt werden eure Verwandten bald gefunden, und dann erfahren sie, wie gut ihr beiden Deerns bei Gertie Polowski in Halifax untergebracht seid.«

»Erinnerst du dich überhaupt noch an etwas?«, fragte Meg. »Du bist immer wieder eingeschlafen. Ich dachte schon, du wachst nie mehr richtig auf.«

»Nein, Meg, ich erinnere mich an nichts mehr. Was ist denn mit uns passiert?« Gerties Medizin hatte eine beruhigende Wirkung auf Louise. Sie lehnte sich in ihre Kissen zurück und bat darum, dass man ihr erzählte, was geschehen war und wer sie gerettet hatte.

»Sie sagen, dass dein Erinnerungsvermögen zurückkommt. Du hattest einen Schock«, erklärte Meg.

»Wer sagt das?«

»Der Arzt. Willst du, dass ich ganz von vorn anfange?«

»Ja, bitte.«

»Eine dicke fette Frau, die im Rettungsboot zwei Plätze belegte, hat dich ins Gesicht geschlagen, weil du noch einmal aussteigen wolltest, um nach Vater, Pat und Jon zu suchen. Alle hatten Angst, dass du das Boot kippen könntest, weil du so hysterisch warst – aber dann wären auch wir umgekommen. Du musst schreckliche Angst gehabt haben, denn sonst benimmst du dich nie so. Du bist immer nur ruhig und besonnen. Nach Mutters Tod warst du diejenige, die uns zu Hause in Irland das Gefühl von Geborgenheit gab. Wir haben dich gebraucht, Louise, und wir brauchen dich heute noch. Vor allem ich. Aber als ich sah, was mit dir los war, musste ich deinen Platz einnehmen. Ich wurde DEINE große Schwester.«

»Liebe, kleine Meg!« Louise drückte Megs Hand, und die beiden Schwestern kuschelten sich behaglich unter die warmen Decken.

»Es war schrecklich kalt. Es fror Stein und Bein.« Meg zitterte und rückte noch näher an Louise heran. »Nie wieder möchte ich solche Kälte spüren.«

»Ach, Meg, es tut mir so Leid, dass ich ausgerechnet in dem Moment versagt habe, als du mich am meisten brauchtest.«

»Du konntest doch nichts dafür. Irgendjemand, der nach dir ins Rettungsboot stieg, warf eine Tasche hinunter und traf dich am Kopf. Du bist umgefallen wie ein Stein. Ich dachte, du wärst tot. Erst viel später, als Kapitän Lindewens uns schließlich mit seinem Schiff rettete, tröstete mich sein Schiffsarzt, du hättest lediglich eine Gehirnerschütterung, aber auch der Schock und die extreme Kälte würden dir zu schaffen machen. Er versprach mir, dass du durchkommen wirst. Wir bekamen Decken und heiße Suppe und ich kümmerte mich um dich, bis wir hier in Halifax anlegten und du in Gerties kleines Krankenhaus verfrachtet wurdest. Hier kommen nur die ernsten Fälle hin; die anderen sind bei großherzigen Mitbürgern untergebracht, die Schiffbrüchigen ein Dach über dem Kopf zur Verfügung stellen. Und seither sorgt Gertie für uns.«

Es schien, als müsste sie vielen Menschen dankbar sein dafür, dass sie ihr Leben gerettet hatten, schoss es Louise durch den Kopf. Wenn sie nur wüsste, wo Vater und die Brüder waren. *Lieber Gott, bitte lass sie nicht ertrunken sein. Bitte gib, dass Kapitän Lindewens sie ebenfalls gefunden hat …*

Gertie genehmigte sich einen Schluck aus der Medizinflasche. »Das Krankenhaus gehört nicht mir, mine lütten Deerns, sondern der Seefahrer-Mission. Aber Kapitän Lindewens brauchte noch'n paar Hände zum Zupacken, weil's so viele Leute erwischt hat.

Eines Tages, wenn ich reich geworden bin, stifte ich der Stadt 'n richtiges Hospital. Aber dann werde ich der Boss, und nicht nur unbezahlte Krankenschwester.« Sie steckte den Stöpsel auf die Flasche und wurde wieder ganz pflichtbewusst. »So, Lütte, und jetzt tust du mir den Gefallen und isst was von der Suppe, damit du wieder zu Kräften kommst. Du hattest 'nen Schock, und das ist was Ernstes. Ich kenn mich da aus. Aber wenn du die Suppe wirklich nicht magst, dann bringe ich dir 'ne Milchsuppe.«

»Ich glaube, das wäre mir lieber«, sagte Louise und fragte sich, was für eine seltsame Welt das war, in der sie und Meg da gelandet waren.

Am folgenden Morgen brachte eine Krankenschwester – dieses Mal handelte es sich um eine Schwester vom Orden der Heiligen Katharina – einen hoch gewachsenen, blonden, bärtigen Mann in Louises Zimmer. Kapitän Lindewens sah, wie viele typische Norweger, wie ein echter Wikinger und zudem extrem gut aus. Louise schätzte ihn auf etwa Mitte vierzig; die erste Jugend hatte er jedenfalls hinter sich. Sie verstand selbst nicht, warum sie diese Tatsache ein wenig bedauerte.

Schwester Barbara präsentierte den in eine adrette Uniform gekleideten Kapitän des norwegischen Frachtschiffes Rossvehn in aller Form und zog sich dann als Anstandsdame diskret in den Hintergrund zurück. Gertie würde ihren freiwilligen Dienst erst nachmittags wieder aufnehmen, da sie – so hatte Schwester Barbara erzählt – vor der Mittagszeit nie aus den Federn kam.

Louise bedankte sich bei Kapitän Lindewens für ihre eigene Rettung und für die ihrer Schwester und erkundigte sich, ob ihr Vater und ihre Brüder gefunden worden wären. Traurig schüttelte der Kapitän den Kopf, erzählte aber, dass viele Schiffbrüchige auch von anderen Schiffen aufgenommen worden waren. Die bisher angeschwemmten Leichen hatte man sämtlich identifizieren können; Thomas, Patrick und Jon Duigan waren nicht darunter.

Anschließend bat Kapitän Lindewens die beiden Mädchen um eine detaillierte Schilderung der Umstände an Bord der *Cormorant*, fragte, wie die Passagiere behandelt worden waren, und erkundigte sich nach dem Zustand des Schiffes sowie weiteren Einzelheiten. Es galt, den Behörden von Neuschottland und den Schiffsversicherern Fakten zu liefern.

Nachdem er sich von den beiden Mädchen verabschiedet hatte, fing ihn Schwester Barbara ab. »Louise Duigan ist so weit wiederhergestellt, dass sie unser Krankenhaus verlassen könnte«, sagte sie zu Lindewens, sobald sie außer Hörweite waren. »Sie ist heute Morgen noch einmal untersucht worden und hat ihrer Entlassung zugestimmt, sofern eine geeignete Unterkunft für sie gefunden wird. Ich habe die Liste möglicher Unterkünfte für weibliche Waisen vergeblich durchforstet; leider sind alle belegt. Miss Polowski hat sich bereit erklärt, die beiden jungen Irinnen in ihrem Zimmer wohnen zu lassen. Ich weiß, dass sie es wirklich von ganzem Herzen gut meint – aber ich finde, das Red Leather Gloves ist nicht unbedingt der geeignete Aufenthaltsort für zwei unschuldige irische Quäker-Mädchen.«

Lindewens musste angesichts Schwester Barbaras geringschätzigem Ausdruck bei der Erwähnung Gertie Polowskis und des Red Leather Gloves unwillkürlich lächeln. »Da kann ich Ihnen nur von ganzem Herzen zustimmen, Schwester Barbara. Aber was schlagen Sie vor? Sollen wir sie nach Irland zurückschicken?«

»Nun ja – daran haben wir schon gedacht, nachdem Vater und Brüder tot sind …«

»Wer sagt, dass sie tot sind? Es ist durchaus möglich, dass sie früher oder später hier auftauchen. Außerdem wäre es sehr hart, sie nach diesem Unfall sofort wieder den Strapazen einer Seereise zurück nach Irland auszusetzen. Vielleicht entscheiden sie sich eines Tages selbst dazu, aber so weit sind wir noch nicht. Sie sollen sich erst einmal richtig erholen.«

»Kapitän Lindewens, Sie haben ein großes Haus an der South Bay, außerdem eine kleine Tochter und eine Haushälterin. Könnten Sie nicht, großzügig wie Sie nun einmal sind, den beiden vaterlosen Mädchen vorübergehend ein Heim bieten, bis wir alles Weitere arrangiert haben?« Schwester Barbara errötete bei dieser sehr direkten Frage.

»Herzlich gern«, antwortete Lindewens, »aber warum haben Sie nicht gleich danach gefragt, Schwester Barbara?« Er zwinkerte ihr lächelnd zu und sah dabei so umwerfend aus, dass Schwester Barbara für den Bruchteil einer Sekunde ihr Keuschheitsgelübde bereute. »Die beiden können kommen, wann immer es Ihnen passt, Schwester.«

»Morgen früh vielleicht?«

»Sehr gern. Ich schicke meinen Burschen Argos mit dem Einspänner. Einen schönen Tag wünsche ich Ihnen, Schwester Barbara; vollbringen Sie weiterhin gute Taten.«

Louise und Meg hatten große Angst vor Argos. Noch nie im Leben hatten sie einen so großen und so schwarzen Menschen zu Gesicht bekommen. Doch Schwester Barbara beruhigte sie. »Argos ist die rechte Hand des Kapitäns, sowohl an Land als auch auf hoher See. Er ist sanft wie ein Lamm, freundlich zu allen Lebewesen … und stark wie ein Elefant«, fügte sie hinzu, als sie sah, wie Argos die beiden Mädchen mühelos gleichzeitig in den Buggy hob, als wögen sie kaum mehr als eine Feder. Da sie keinerlei persönliche Habe mehr ihr Eigen nannten, hatte die Mission sie mit dem Nötigsten ausgestattet. Argos verstaute das bescheidene Bündel ebenfalls in dem Gefährt.

Schwester Barbara winkte zum Abschied. Sie war wirklich erleichtert. Wem sonst hätte sie die beiden Mädchen anvertrauen können, bevor sie nach Irland zurückkehren konnten? Sie flehte um Gottes Segen für Kapitän Lindewens, weil er sich um die beiden jungen Dinger kümmerte. Intelligent und attraktiv, wie sie zu sein schienen, würden sie sicher bald die Aufmerksamkeit junger Männer auf sich ziehen, wenn niemand auf sie aufpasste.

»Bei Argos ihr junge Mädchen gut aufgehoben«, erklärte der große, schwarze Mann auf dem Weg nach South Bay. »Argos sehr traurig wegen großes Unglück. Zorn Gottes gekommen über Schiff. Kapitän Lindewens guter Mann, und kleine Tochter liebes Mädchen. Haushälterin nicht mein Geschmack. Missus Prest manchmal ziemlich biestig, aber tolle Köchin. Kann Argos mit gut Essen um Finger wickeln.« Argos dröhnendes Lachen erinnerte an einen Vulkanausbruch. »Kapitän heute Morgen nicht zu Hause. Muss kümmern um Schiffswrack und angetriebene Leichen. Kapitän Lindewens sehr wichtiger Mann in Stadt und sehr respektiert. Argos sehr glücklich für solchen Boss.« Argos klatschte sich geräuschvoll auf den Schenkel und erschreckte das Pony vor dem Gespann fast zu Tode.

Die Haushälterin begrüßte die beiden Neuankömmlinge mit kühler Zurückhaltung, während Lindy, Kapitän Lindewens' kleine Tochter, ihnen begeistert entgegenlief. Dann zeigte Mrs Prest den beiden Mädchen ihr Zimmer, wies Lindy an, sie in Ruhe zu lassen, bis sie sich eingerichtet hatten, und schloss die Tür hinter ihnen mit der Aufforderung, rechtzeitig zum Essen zu erscheinen. »Wenn der Kapitän zu Hause ist, essen wir um eins. Er legt Wert auf Pünktlichkeit.«

Meg schnitt eine Grimasse hinter ihr her, ehe sie sich zum Fenster wandte. »Hübsche Gardinen«, stellte sie angesichts der schweren skandinavischen Spitze fest, die vor den Scheiben hing. »Und eine hübsche Aussicht. Man kann das Meer sehen.«

»Ich glaube, ich habe keinen Bedarf mehr, das Meer zu sehen«, erwiderte Louise und ließ sich auf eins der Betten sinken. In dem Zimmer, das sie mit Meg teilte, standen tatsächlich zwei Betten. Eines für sie, eines für Meg. Der Raum war hell, luftig, warm und ausgesprochen hübsch möbliert. Aber Louise hatte Kopfschmerzen. Die holprige Fahrt mit dem Einspänner war ihr nicht gut bekommen.

»Für eine sechsjährige Tochter ist er ganz schön alt, findest du nicht?«, stellte Meg fest. »Ich hätte sie vermutlich für seine Enkelin gehalten, wenn Argos die Sache nicht gleich erwähnt hätte. Wo mag wohl seine Frau sein?«

»Keine Ahnung, und es interessiert mich auch nicht«, sagte Louise und drehte sich zur Wand.

»Ich meine nicht Argos, sondern Kapitän Lindewens. Er scheint wirklich nett zu sein, und er sieht wirklich toll aus«, plapperte Meg nervös weiter. »Was ist los, Louise?«, fragte sie nach einer Weile leise. Sie trat ans Bett ihrer Schwester und nahm Louise fest in die Arme. Ihre rauchblauen Augen, die denen ihrer Schwester glichen, standen voller Tränen. Megs Haar war nicht dunkel kastanienfarben wie das von Louise, sondern eher rötlich. Die Locken der Mädchen vermischten sich auf dem Kopfkissen, als Meg versuchte, ihrer Schwester Trost zu spenden. »Ich bin doch immer für dich da, Louise.«

Louise schluckte. »Ich weiß, Liebes. Es ist dieses Nicht-Wissen, das so schwer zu ertragen ist, Meg. Ich möchte wissen, ob sie ertrunken sind. Und falls sie irgendwo in der Umgebung verletzt im Krankenhaus liegen, möchte ich es auch wissen. Aber am liebsten hätte ich, dass sie gesund und munter wären. Weißt du noch, was Mutter sich auf dem Sterbebett gewünscht hat? Wir sollen eine Familie sein, die zusammensteht, sich liebt und immer füreinander da ist.«

»Dann sollten wir jetzt das tun, was Mutter und Vater unter diesen Umständen getan hätten. Sie hätten sicher gewollt, dass wir gemeinsam beten, wie sie es uns gelehrt haben. Komm, lass uns die Hände falten und Gott bitten, uns den richtigen Weg zu zeigen und uns immer darauf vertrauen zu lassen, dass hinter seinen Prüfungen ein Sinn steckt.«

Wieder einmal hatte Meg die Rolle der großen Schwester übernommen. Louise drehte sich um und drückte sie fest an sich. »Du hast Recht. Lass uns den dreiundzwanzigsten Psalm beten … *und ob ich schon wanderte im finsteren Tal, ich fürchte kein Unglück …*«

Louise und Meg bekamen Kapitän Lindewens nur bei den Mahlzeiten zu Gesicht. Er zeigte sich den Mädchen gegenüber ausgesprochen charmant und höflich und war immer besorgt um ihr Wohlergehen. Mit seiner Tochter alberte er liebevoll herum, mit Argos machte er Scherze, und Mrs Prest gegenüber benahm er sich so vorsichtig wie alle anderen, denn die Haushälterin konnte tatsächlich überaus launisch sein.

Immer noch gab es keine Hinweise auf den Verbleib von Thomas, Patrick und Jon; je mehr Zeit verging, desto geringer wurden die Chancen, sie noch lebend zu finden.

Meg hatte in Lindy eine Aufgabe gefunden, die ihre Gedanken beschäftigte und ihre Zeit in Anspruch nahm. Sie war der Sechsjährigen Freundin, Mentorin, Pflegerin und fast eine zweite Mutter geworden, dachte Louise.

Louise hatte sich angewöhnt, lange Spaziergänge an der Küste zu unternehmen, die sie so sehr an die dunstigen weißen Strände in der Bucht von Dublin erinnerte. Stundenlang konnte sie zwischen Ried und rosa blühenden wilden Tamarisken auf weißgoldenen Steinen sitzen, den melancholischen Rufen der Seevögel und dem Rauschen der Wogen über den Felsen lauschen und auf die grausame See hinausblicken, bis ihre Augen tränten. Und dann weinte sie um ihren Vater, ihre Brüder und all die anderen, die im Wrack der *Cormorant* ums Leben gekommen waren. Ihren Glauben an Gott hatte sie verloren; sie vermochte nicht mehr zu beten.

Was sollten sie und Meg jetzt anfangen, ohne Unterstützung durch einen Vater und Brüder? Sie konnten nicht für immer Kapitän Lindewens' Gastfreundschaft in Anspruch nehmen und in South Bay bleiben. Aber wie sollte sie mit ihren siebzehn Jahren genügend Geld verdienen, um sich selbst und Meg durchzubringen? Sie hatte nur Haushaltsführung und die Lehrtätigkeit in der Sonntagsschule gelernt – sie war lediglich dazu ausgebildet, eines Tages zu heiraten und selbst Mutter zu werden. Etwas anderes konnte sie nicht; allenfalls würde sie enden wie Gertie Polowski. Von Mrs Prest hatte Louise viel über Gertie erfahren, denn die Haushälterin ließ sich gern und ausgiebig und mit unübersehbarer Geringschätzung über deren Beschäftigung im *Red Leather Gloves Saloon* in Halifax aus. Der zweifelhafte Ruf von Gertie Polowski war laut Mrs Prest in der ganzen Umgebung bekannt.

Aber wollte sie wirklich enden wie Gertie – als Freudenmädchen, das raubeinigen Männern in einem heruntergewirtschafteten Saloon die Zeit vertrieb? Ganz bestimmt nicht, dachte Louise.

Aber welche Alternativen hatte sie?

Jemand rief Louises Namen. Einen flüchtigen Augenblick lang glaubte sie, es könnte Jon oder Pat oder ihr Vater sein. Eine weiche Männerstimme mit keltischem Zungenschlag. Sie stand auf und sah Kapitän Lindewens auf sich zukommen. Ausnahmsweise trug er nicht seine Kapitänsuniform, sondern eine dunkle Hose, ein kariertes Hemd, dessen Kragen offen stand, eine wetterfeste Jacke und derbe Stiefel, wie so viele Männer hier.

»Hallo, Louise«, sagte er. Obwohl er die englische Sprache perfekt beherrschte, schimmerte manchmal noch sein norwegischer Akzent durch. »Mrs Prest sagte mir, dass ich Sie hier finden würde. Ich habe sowohl gute als auch schlechte Nachrichten für Sie. Setzen wir uns doch hier in die warme Sonne.« Er ließ sich auf einem grasbewachsenen Hügel nieder. »Wir haben Jon gefunden …«

Beinahe wäre Louise in Ohnmacht gefallen. Lindewens stützte sie. »Setzen Sie sich erst mal und atmen Sie durch.«

»Lebt er? Geht es ihm gut? Oder ist er …?« Sie brachte das Wort »tot« nicht über die Lippen.

Kapitän Lindewens nahm ihre Hand und hielt sie sicher, warm und fest. »Er lebt.«

»Dem Himmel sei Dank!« Louise sackte in sich zusammen. Er ließ ihre Hand los und wartete, bis sie sich beruhigt hatte. Sie schlang die Arme um ihren Körper, um das wilde Pochen ihres Herzens im Zaum zu halten, und sandte ein stummes Dankgebet zum Himmel. Zumindest eines ihrer Gebete hatte der Herr erhört.

Erst geraume Zeit später sah sich Louise in der Lage, die Frage zu stellen, die ihr auf den Nägeln brannte. »Und was ist mit Patrick und Vater?«

»Tut mir Leid, Louise, aber wir wissen nur von Jon. Doch wenn Jon überlebt hat, dann besteht auch für Patrick und Ihren Vater noch Hoffnung. Viele Überlebende wurden von anderen Schiffen aufgenommen und ringsum an der Küste untergebracht.«

»Und wo ist Jon jetzt?«

»In einem Krankenhaus auf Anticosti Island.«

»Im Krankenhaus? Wie schwer sind seine Verletzungen?«

»Nicht allzu schwer. Er wird bald wieder gesund sein. Neben ein paar Verbrennungen hat er wohl ziemlich schwere Erfrierungen davongetragen. Soviel ich weiß, wird man ihm ein paar Finger und Zehen amputieren müssen, aber das ist nicht weiter schlimm. Allerdings steht er mit Sicherheit unter Schock und ist stark geschwächt.«

»Wo liegt dieses Anticosti Island? Kann ich ihn besuchen?«

»Immer mit der Ruhe, Louise, immer mit der Ruhe.« Kapitän Lindewens atmete tief durch. »Nicht, dass ich Sie beunruhigen möchte, aber Anticosti ist eine Gefängnisinsel. Nicht allzu weit entfernt. Jon befindet sich im Gefängniskrankenhaus.«

»Im Gefängnis?« Louise verstand die Welt nicht mehr.

»Leider ja. Ich werde Ihnen erzählen, was man mir berichtet hat. Ihr Bruder wurde unweit des Wracks der *Cormorant* auf Sable Island gefunden. Er hatte sich an eine Holzbohle geklammert und war auf die unbewohnte Insel gespült worden, die ausschließlich aus Sand und Felsen besteht. Die Küstenwache und ein paar Fischerboote, die noch die Küsten absuchten, fanden auf Sable Island viele Überlebende – hauptsächlich wohl Crew-Mitglieder –, die es wie Ihr Bruder auf die Insel geschafft hatten. Man brachte sie alle nach Cape Canso. Ihr Bruder lag zunächst im dortigen Krankenhaus. Doch dann kamen Versicherungsleute zu Besuch, die den Ablauf der Havarie in Erfahrung bringen wollten. Irgendwie sickerte durch, dass Ihre beiden Brüder kurz vor dem Unglück im Frachtraum der *Cormorant* gesehen worden waren ...«

»Natürlich waren sie im Frachtraum, Kapitän Lindewens! Aber durchaus nicht aus freien Stücken. Meine Brüder wurden auf Betreiben des Vertreters von Cade-Armoy, einem gewissen Mr O'Duffy, von Kapitän Hargrave zu einem halben Tag Arrest im Frachtraum verurteilt, weil sie sich mit dem Küchenpersonal geprügelt hatten.«

»Nun, das wusste ich nicht. Ich kann Ihnen nur erzählen, was ich von den Behörden von Neuschottland weiß. Zumindest wurde Ihr Bruder der Sabotage angeklagt. Bedienstete haben ihn mit einer Laterne und Feuersteinen gesehen, und man verdächtigt ihn, ein Feuer im Frachtraum gelegt zu haben, das sich in den Maschinenraum ausbreitete. So lautet die Aussage der Behörden. Wegen des Verdachts und der noch ausstehenden Untersuchung durch die Marine wurde er ins Gefängnis Anticosti Island verlegt.«

Eine kalte Hand schien sich um Louises Herz zu legen. »Er ist doch erst fünfzehn!«

»Es tut mir so Leid, Louise«, sagte Kapitän Lindewens traurig. Was hatte dieses junge Mädchen nicht schon alles durchmachen müssen!

»Welche Gründe hätte mein Bruder haben sollen, ein Schiff zu sabotieren, auf dem fünfhundert Menschen reisten – unter ihnen die eigene Familie?«

»Ich kann Ihnen die Frage nicht beantworten, Louise. Bald wird eine ordnungsgemäße Untersuchung durchgeführt. Falls Ihr Bruder unschuldig ist, wird er die Sache sicher klarstellen können.«

»Nicht *falls*, Kapitän Lindewens!«, ereiferte sich Louise. »Jon *ist* unschuldig, und ich *weiß* es. Nie im Leben würde einer meiner Brüder bewusst etwas Schlechtes tun ... wie etwa Mord oder Sabotage. Es ist einfach lächerlich, Jon so etwas zu unterstellen, es ist ein Zerrbild wahrer Gerechtigkeit. Die Küchenmatrosen waren nicht gut auf unsere Familie zu sprechen, weil Meg und ich ... nun, wir haben uns nicht erniedrigt, um mehr Zucker, Brot oder einen Nachschlag zu bekommen. Manche Frauen haben es getan.«

Es fiel Louise schwer, ihre Gedanken in Worte zu fassen und dem Kapitän zu erklären, was genau die Crew der *Cormorant* von den weiblichen Passagieren, häufig Frauen ärmlicher Herkunft und ohne Stolz, verlangt hatte. »Ich nehme an, dass die Cade-Armoy Gesellschaft nur den primitivsten menschlichen Abschaum für ihr Schiff verpflichtete, ein Schiff übrigens, das vermutlich allenfalls Schrottwert hatte. Pat und Jon mussten uns während der gesamten Reise gegen die Übergriffe der Mannschaft verteidigen. Und jetzt wird auch noch versucht, meinen Brüdern die Schuld für die Havarie zu geben!«

Kapitän Lindewens dachte eine Weile nach, bevor er sagte: »Ich verstehe Ihre Argumente, Louise, und werde mein Möglichstes tun, Ihnen eine Besuchsgenehmigung auf Anticosti Island zu besorgen. Allerdings müssten wir zusammen hinfahren.«

»Sie und ich?«

»Allerdings. Oder glauben Sie, ich ließe Sie ganz allein auf eine Gefängnisinsel reisen? Es wird ohnehin noch mindestens drei Wochen dauern, bevor ich wieder nach Stavanger fahre, weil das Treibeis noch nicht ganz abgeschmolzen ist. Ich stehe Ihnen also zur Verfügung.« Er stand auf und reichte ihr die Hand, um ihr aufzuhelfen.

»Sie sind wirklich sehr freundlich, Kapitän Lindewens. Meg und ich sind Ihnen unglaublich dankbar. Wir werden ewig in Ihrer Schuld stehen.«

»Das glaube ich nicht«, lächelte er. »Sie könnten zum Beispiel damit anfangen, mich endlich Frederik oder, noch besser, Rik zu nennen. Wir sind doch Freunde, nicht wahr, Louise?«

»Sehr gern, Rik.« Sie reichte ihm die Hand.

»Und jetzt müssen wir uns beeilen, damit wir pünktlich zum Essen kommen. Nicht, dass Mrs Prest uns noch ausschimpft!« Langsam gingen sie zum Haus zurück.

3. Kapitel

Louise erhielt keine Erlaubnis, ihren Bruder auf Anticosti Island zu besuchen. Ihr blieb nichts übrig, als auf die Verhandlung in Halifax zu warten; erst dann würde sie ihren Bruder wiedersehen. Zwar schrieb sie ihm, doch als Antwort kam lediglich ein recht lapidarer Brief, dem sie absolut nichts entnehmen konnte. Louise zweifelte keine Sekunde daran, dass das Schreiben ihres Bruders zensiert worden war.

Hilflos und verärgert musste Louise erleben, wie langsam die Mühlen der kanadischen Justiz mahlten.

Einige Wochen vergingen, ehe sie den nächsten Brief aus Anticosti Island erhielt. Dieses Mal erzählte Jon zumindest ein bisschen mehr von sich. Nach schweren Erfrierungen waren ihm zwei Finger der linken Hand und einige Zehen amputiert worden. Allzu schlecht ging es ihm nicht. Er wurde für Holzfäller-Arbeiten eingesetzt. Auch er wusste nichts über den Verbleib ihres Vaters oder Patricks und hatte sich damit abgefunden, dass sie beide ertrunken waren. Über das Verbrechen, dessen er angeklagt werden sollte, sagte er nichts. Er schrieb jedoch, wie sehr er sich freute, dass es Louise und Meg gut ging und dass sie in Kapitän Rik Lindewens einen zuverlässigen Beschützer gefunden hatten.

Schließlich wurde der Untersuchungsausschuss auf Juli festgesetzt. Eine wochenlange Wartezeit! Louise war verzweifelt.

Rik stach wieder mit der *Rossvehn* in See, um Eisenerz in Stavanger zu holen. Lindy wurde in der Obhut von Mrs Prest zurückgelassen. Louise und Meg halfen der Haushälterin, wo sie nur konnten. Sie beaufsichtigten Lindy, übernahmen Hausarbeiten und kümmerten sich um den kleinen Garten, in dem ein paar armselige Gemüse ein kümmerliches Dasein fristeten. Mit viel Geduld wurde aus dem struppigen, immer dem Seewind ausgesetzten Grün ein ansehnliches Gärtchen. Es war das Mindeste, was sie für Lindys Vater tun konnten, der ihnen immer so viel Freundlichkeit entgegengebracht hatte. »Jetzt hat er hier wenigstens ein paar anständige Rüben und Karotten«, freute sich Meg, »damit er mir nicht noch eines Tages Skorbut bekommt.«

»Nicht zu vergessen Kohl und Kartoffeln«, lächelte Louise. »Alles selbstverständlich nur gegen den Skorbut.«

Meg kümmerte sich am allerliebsten um Lindy. Selbst Mrs Prest war beeindruckt. »Ich weiß überhaupt nicht, wie wir hier früher ohne Sie fertig geworden sind, Meg.« Welch ein bemerkenswertes Lob des alten Drachen!

Louise, die während der Abwesenheit des Hausherrn und seiner rechten Hand Argos die Einkäufe in Halifax erledigte, hatte es sich zur Angewohnheit gemacht, Gertie Polowski im Red Leather Gloves zu besuchen, wenn sie mit dem Ponygespann in der Stadt war. Mrs Prest durfte natürlich nichts davon erfahren – sie wäre entsetzt gewesen, dass ein gutes Christenmädchen wie Louise heimlich die verrufenste Bar der Stadt besuchte.

Halifax, von Händlern und Seefahrern gegründet, war der dem alten Europa am nächsten liegende Seehafen auf dem nordamerikanischen Kontinent und nicht nur eine lebendige, aufstrebende Stadt, sondern auch ein wahrer Schmelztiegel von Glückssuchern, gestrandeten Existenzen, in Reservaten ausgesiedelten Indianern, Schwarzen, Missionaren, Trappern, Medizinmännern, Huren, Zuhältern und Trunkenbolden.

»Hey, min Deern!« Gertie begrüßte Louise mit echter Herzlichkeit, wobei sie auf ihrer Wange einen herzförmigen Lippenstiftabdruck hinterließ. Sie war angestrengt damit beschäftigt, den Tresen zu polieren, und ihr Kleid machte längst nicht so viel her wie das schwarz-rote Taftkostüm, in dem Louise sie kennen gelernt hatte.

»Kann ich dir was anbieten?« Gertie warf den Putzlappen beiseite und holte eine Flasche aus dem Regal hinter sich. »Einen kleinen Brandy vielleicht?«

Ein paar betrunkene Figuren, die schon am hellen Nachmittag zu tief ins Glas geblickt hatten, kicherten vor sich hin. »Hallo, Prediger-Maus! Willste unserer Gertie was predigen?«

»Achte nicht auf die blöden Kerle! Komm, wir gehen rauf in mein Zimmer.«

In Gerties unaufgeräumtem Zimmer setzte sich Louise auf das Bett der einzigen Freundin, die sie in diesem Land hatte. Wieder bot Gertie ihr Brandy an, doch Louise schüttelte den Kopf. Gertie hingegen genehmigte sich einen ausgiebigen Schluck. Louise hatte in den vergangenen Wochen viel über ihre neue Freundin erfahren. Gertie war in Polen geboren und in Hamburg aufgewachsen. Ihr Vater war Schauermann, die Mutter hatte die Geburt ihres letzten Kindes nicht überlebt. Gertie musste als Älteste für ihre sieben jüngeren Geschwister sowie ein paar alt gewordene Familienmitglieder sorgen, bis sie eines Tages genug hatte und beschloss, in Amerika ein neues Leben anzufangen. Sie stahl einer alten Tante das Geld für die Überfahrt und kaufte eine Fahrkarte für ein Emigrantenschiff. Damals war sie sechzehn gewesen. Noch heute, mit zwanzig, schwor sie Stein und Bein, dass die alte Tante massenhaft Geld in ihrer Matratze hortete und ihr die paar Kröten bestimmt nichts ausgemacht hatten.

Gerties ursprüngliches Ziel war New York gewesen, doch gelandet war sie schließlich in Halifax.

»Da haben wir was gemeinsam, Lütte«, sagte sie zu Louise. »Auch mein Schiff ist nicht da gelandet, wo es hinsollte. Bei uns lag es an der Cholera, die wir 1892 aus Hamburg mitgebracht hatten. Manchmal gingen ein Dutzend Leichen pro Tag über Bord. Die Einwanderungsbehörde kriegte Wind davon, und das Schiff bekam keine Landeerlaubnis. Also drehte der Käpt'n Richtung

Neufundland ab. Aber da wollten sie uns auch nicht. Nächste Kehrtwendung, und ab nach Neuschottland. Da war ich schon ganz schön durcheinander im Kopf. Als wir endlich in Halifax ankamen, waren alle Passagiere entweder tot oder kerngesund. Und da bin ich nun – aber nicht mehr lange!«

Gerties sehnlichster Wunsch war ein Engagement bei einem New Yorker Kabarett. Sie hatte vom Broadway gehört und wollte sich nach ihrer verstorbenen Mutter Gertrude Müller nennen. Als alleinstehende Frau musste sie zusehen, dass sie an das nötige Geld kam; wie sie das anstellte, war ganz allein ihre Sache. Louise wusste lediglich, dass Gertie als Kellnerin in der Bar arbeitete. Dass sie ihren Kunden den einen oder anderen Gefallen tat, für den sie bezahlt wurde, und auch vom Saloon ein Gehalt bekam, wusste die junge Irin nicht. Gertie sparte so gut es ging, um Halifax möglichst bald verlassen zu können.

»Was hast du denn heute für Sorgen, min Deern?«, fragte Gertie besorgt. »Ist es wieder Jon?«

»Natürlich – was für eine Frage.«

»Mann, heute bist du aber ganz schön grantig!«

»Entschuldige. Aber ich mache mir solche Sorgen. Er ist doch noch so jung, Gertie! Wenn Vater wüsste, dass Jon auf Anticosti zusammen mit Räubern und Mördern eingesperrt ist, er würde sich in seinem nassen Grab umdrehen …« Ihre Stimme versagte.

»Scheiße, min Deern, das Leben ist manchmal ganz schön mistig! Aber du musst erst mal an dich selbst denken. Jon kann schon allein auf sich aufpassen. Männer haben es da doch deutlich besser als wir Frauen. Wir müssen entweder heiraten, oder wir landen auf dem Strich. Ich will endlich raus aus diesem Scheiß-Trott!« Mit einem weiteren Schluck Brandy verlieh sie ihren Worten den nötigen Nachdruck. Louise fürchtete, dass Gertie bald ziemlich betrunken sein würde, falls sie es nicht schon längst war.

»Wenn ich nicht auf diesen Untersuchungsausschuss warten müsste, der erst im Juli zusammentritt, würde ich mir irgendwo Arbeit suchen«, sagte Louise kläglich.

»Und was willst du tun, Lütte?«

»Keine Ahnung. Vielleicht Kindermädchen. Oder Gouvernante. Möglicherweise auch Näherin. Ich müsste hier weg, aber ich kann einfach nicht. Meg ist so glücklich mit der kleinen Lindy, dass sie kaum noch daran denkt, was mit Vater und Patrick geschehen ist. Außerdem sollte ich in Jons Nähe bleiben, bis er aus dem Gefängnis entlassen wird. Wie sehr wünschte ich mir, Vater oder Patrick wären da und würden mir raten …« Louise zog ihr Taschentuch aus dem Ärmel und wischte sich eine Träne aus den Augen. »Aber wenn sie hier wären, dann wäre das Leben für Meg und mich leichter.«

Gertie stand vom Bett auf und machte sich an ihrem Kleiderschrank zu schaffen. »Weißt du noch, wie du mir erzählt hast, dass du keine Klamotten mehr besitzt? Wie wär's mit denen hier?« Gertie warf einen ganzen Stapel Kleider auf den Boden. »Als du eben von Näherin gesprochen hast, kam mir die Idee, dass du die hier nehmen könntest. Klar, dass du nicht die gleichen Sachen trägst wie ich, und passen würden sie dir schon gar nicht, weil ich viel dickere Titten habe als du, aber aus dem Stoff könntest du sicher was für dich und Meg machen.«

»Danke, Gertie!« Gerties Angebot rührte Louise zutiefst. »Die Kleider sind wunderschön. Warum trägst du sie nicht selbst?«

»Passen nicht mehr. Ich muss mir demnächst 'n paar neue kaufen. Nimm sie mit, aber pass auf, dass dein Hausdrachen sie nicht sieht – die weiß sonst genau, dass du mich besucht hast. Gertie, das Flittchen!« Sie kicherte und begann, die Haarnadeln aus ihrem krausen Rotschopf zu ziehen. Ihr Haar war mit Henna gefärbt und nicht natürlich rot wie das von Meg. Eine nach der anderen ließ sie die Nadeln in eine kleine Glasschale auf der unordentlichen Frisierkommode fallen. Sie gähnte vernehmlich. »Ich muss dich jetzt rausschmeißen, min Deern. Gestern war erst um dreie Schicht, und ich hab heute Morgen nicht ausschlafen können. Ich will mich noch 'n bisschen aufs Ohr hauen, ehe der Irrsinn heute Abend wieder losgeht.«

Louise verabschiedete sich, wickelte das Kleiderbündel in ein Schultertuch, damit Mrs Prest nichts bemerkte, und kehrte mit ihren Einkäufen nach South Bay zurück.

Die Tage krochen nur so dahin. Louise langweilte sich fast zu Tode. Sie schrieb endlose Briefe an Jon, bekam aber nur hin und wieder eine nichts sagende Antwort.

Rik kehrte aus Stavanger zurück und brachte ein wenig Abwechslung in die Monotonie des Lebens.

Lindy feierte ihren siebten Geburtstag, Meg ihren fünfzehnten. Beiden backte Mrs Prest einen Geburtstagskuchen und dekorierte ihn mit der entsprechenden Anzahl Kerzen.

Kurze Zeit später brach Rik wieder nach Stavanger auf – wieder einmal holte er Eisenerz nach Kanada. Im Juli kehrte er zurück, um vor dem Untersuchungsausschuss auszusagen. Er galt als wichtiger Zeuge, weil er viele Überlebende von der *Cormorant* gerettet hatte.

Jon wurde unter schwerer Bewachung nach Halifax gebracht. Er sah bleich und dünn aus und wirkte zehn Jahre älter, als er tatsächlich war. Außerdem fehlten ihm zwei Finger, drei Zehen und jegliche Lebensfreude.

Louise und Meg verbrachten traurige Stunden bei Gericht in Halifax. Überrascht stellte Louise fest, dass sie einige der Überlebenden sofort wiedererkannte. Unter anderem sah sie den Vertreter von Cade-Armoy, Mr Charles O'Duffy, der sich in der Nähe der Zwischendeck-Passagiere aufhielt, sowie einige der Küchen-Stewards. Auch Mr Gibbing befand sich unter ihnen.

Die Beweisaufnahme dauerte viele Tage. Auch Louise musste in den Zeugenstand. Sie berichtete klar und gut verständlich von den Ereignissen während der Überfahrt und dem, was nach den Explosionen an Bord geschehen war.

Als Jon ohne den Beistand eines Anwalts in den Zeugenstand gerufen wurde, berichtete er frei heraus seine Sicht der Dinge. Er erzählte, wie er und sein Bruder Patrick einen Nachmittag lang ohne Licht, Luft und Wasser im Frachtraum eingesperrt worden waren und nur durch Zufall eine Sturmlaterne fanden, die sie angezündet hatten, um wenigstens etwas Licht und Wärme zu bekommen. Das sei die Bestrafung für eine Schlägerei mit der Küchenmannschaft gewesen, die sich – und hier nannte er vor allem Mr Gibbing – an seine Schwestern herangemacht habe. Und dass sie nach einigen Stunden im Frachtraum freigelassen worden waren, und zwar mehrere Tage, bevor eine Explosion im Maschinenraum das Schiff zum Sinken brachte.

Er berichtete weiter, wie er über Bord gesprungen war, weil es keine freien Rettungsboote mehr gab, und dass auf der *Cormorant* viel zu wenige Boote für die fünfhundert Passagiere des Schiffes mitgeführt worden waren. Zu diesem Zeitpunkt habe er seinen Vater und seinen Bruder zum letzten Mal lebend gesehen. Als er in das eisige Wasser stürzte, sei er ohnmächtig geworden, jedoch glücklicherweise schnell wieder zu sich gekommen. Beim Auftauchen bemerkte er lange Holzbohlen im Wasser und schwamm hin; er sei immer schon ein guter und ausdauernder Schwimmer gewesen, weil er häufig im kalten Wasser der Bucht von Dublin gebadet hatte. Wahrscheinlich habe ihm dieser Umstand in den eisigen Gewässern vor Sable Island das Leben gerettet.

Wie lange er genau im Wasser getrieben war, wusste er nicht mehr; jedenfalls nicht besonders lang. Die Flut hatte ihn an einen der Strände gespült, wo er von der Küstenwache gefunden und in ein Krankenhaus nach Canso gebracht worden war. Dort hatte ihn Mr O'Duffy, der den Schiffbruch ebenfalls überlebt hatte, besucht. Als er einigermaßen wiederhergestellt war, wurde er von der kanadischen Polizei darüber informiert, dass ihm Sabotage auf der *Cormorant* durch das Legen von Feuer zur Last gelegt und er unter Arrest gestellt würde. Man hatte ihn nach Anticosti Island gebracht, wo er die Untersuchung abwarten sollte. Abschließend stellte Jon fest, dass er sich weder der Sabotage noch des Totschlags an vielen Hundert Menschen oder auch nur der

Inkaufnahme irgendwelcher Schäden schuldig bekenne, so wahr ihm Gott helfe.

Als Nächster wurde Gibbing verhört, anschließend der Rest der Küchenmannschaft. Jeder gab eine eigene Version der Ereignisse zu Protokoll.

Auch Rik Lindewens wurde vernommen, ebenso wie einige Fischer und die Besatzungen der Rettungsboote. Kapitän Hargrave stand nicht zur Verfügung; als wahrer Kapitän war er mit seinem Schiff untergegangen.

Die Verhöre zogen sich endlos lang hin. Jeden Tag fühlte sich Louise ein wenig leerer. Sie wusste, dass auch Jon eine schreckliche Zeit durchmachte. Er war im Gefängnis von Halifax eingesperrt, bis man ihn für unschuldig erklären würde – oder für schuldig, wie Mr O'Duffy und seine Mannschaft zu vermuten schienen.

Es hatte Zeiten gegeben, da hatte Louise Charles O'Duffy für einen netten und äußerst anständigen Mann gehalten. Doch wie abgrundtief hatte sie sich geirrt! O'Duffy versuchte mit allen Mitteln, seine eigene Schuld an der Schlamperei auf der *Cormorant* so gering wie möglich erscheinen zu lassen; er hoffte darauf, dass die Versicherung zahlte und er mit den Mitteln den nächsten Seelenverkäufer erstehen konnte, der wiederum für viele unschuldige Menschen zum Grab auf See werden würde. Als Louise in den Zeugenstand gerufen worden war, hatte sie diese Einschätzung seiner Person ziemlich deutlich formuliert.

Die Beweisaufnahme dauerte geschlagene drei Wochen. Während der gesamten Zeit wurde Jon im Gefängnis von Halifax festgehalten. Zwar durften Louise und Meg ihn besuchen, doch das bot ihnen nur einen geringen Trost. Jon war so niedergeschlagen, so jung und so verletzlich! Louise fühlte von ganzem Herzen mit ihrem kleinen Bruder. Sie konnten nichts anderes tun, als so eng wie möglich zusammenzuhalten, ohne zu wissen, welche Prüfung ihnen noch bevorstand.

Am Tag der Urteilsverkündung fühlte sich Louise krank und deprimiert. Rik Lindewens war nicht anwesend, sondern befand sich geschäftlich in Norwegen. Meg wollte der Urteilsverkündung nicht beiwohnen, und Louise hielt ihre Anwesenheit auch nicht für unbedingt notwendig. Gertie hatte ihr angeboten, sie zu begleiten, und Louise hatte dankend angenommen, ohne Rücksicht auf Mrs Prest und ihre pharisäerhafte Haltung gegenüber einer Dame aus der Halbwelt zu nehmen.

Zwei Stunden lang lauschten sie den Ausführungen der Vernehmungsrichter und der Versicherungsagenten. Schließlich ergriff der Ausschuss-Vorsitzende das Wort.

»Wie Sie wissen, meine Damen und Herren, handelt es sich hier nicht um ein Gericht, sondern lediglich um einen Ausschuss zur Feststellung der versicherungstechnischen Haftung.

Seit dem unglücklichen Untergang sind nun viele Wochen vergangen. Die Toten, die man hat finden können, wurden beerdigt, die Überlebenden hatten Zeit genug, uns ihr Zeugnis zu Gehör zu bringen. Nach vielen Anhörungen sind wir zu folgendem Urteil gekommen:

Erstens stellen wir bei der Cade-Armoy Steamship Company aus New York erhebliche Fahrlässigkeiten und Pflichtverletzungen fest. Das gesunkene Schiff *Cormorant* war überdies nicht für den Personentransport geeignet.

Zweitens sind wir der Ansicht, dass gewisse Mitglieder der Crew sich verantwortungslos und nachlässig in der Ausübung ihrer Pflichten an Bord gezeigt haben.

Drittens erachten wir die Zeugenaussagen der Herren Arthur Gibbing, Daniel Lagrebbe, John Fencer und Petro Bertinni als nicht wahrheitsgemäß und empfehlen den Behörden Neuschottlands, sie bis zu einer endgültigen rechtlichen Verfolgung ihrer Verfehlungen auf Anticosti Island in Untersuchungshaft zu nehmen.

Viertens sind wir im Fall des Passagiers Jonathan Duigan der Ansicht, dass er die Indizien bezüglich einer Sabotage gegen die *Cormorant* mit seiner Aussage nicht vollständig hat entkräften können. Bis zur Aufnahme eines juristischen Verfahrens sollte er ebenfalls in Untersuchungshaft genommen werden.

Der Schiffslinie Cade-Armoy wird mit sofortiger Wirkung die Lizenz für den Personentransport entzogen. Des Weiteren wird ihr eine Geldstrafe auferlegt, über deren Höhe der Ausschuss noch befinden wird. Der Untersuchungsausschuss empfiehlt eine baldige Aufnahme der Prozesse gegen die fünf hier anwesenden Männer.

Im Namen Ihrer Majestät, Königin Victoria von England und des Commonwealth sowie Kaiserin von Indien, deren Jurisdiktion Neuschottland untersteht.«

Louise war geschockt. Verzweifelt musste sie mit ansehen, wie Jon und die vier Männer vom Küchenpersonal von der kanadischen Polizei in Gewahrsam genommen wurden.

Gertie legte den Arm um Louise. »Hey, Lütte, nicht den Kopf hängen lassen! Klar hast du dir etwas anderes erhofft, aber so ist es nun mal. Wir suchen 'nen tollen Anwalt für deinen Jon, und wenn er wirklich unschuldig ist – und das denken wir doch alle – hat er nix zu befürchten!«

Louise schluchzte in ihr Taschentuch. »Wie denn, Gertie? Weder Meg noch ich haben Geld, und ein guter Anwalt kostet ein Vermögen!« Voller Verzweiflung sah sie Gertie an. »Manchmal frage ich mich, ob auf unserer Familie ein böser Fluch liegt. Oder ist das alles nur ein schlimmer Traum? Sag es mir, Gertie!«

»So darfst du nicht denken, Lütte. Außerdem kenne ich 'nen Anwalt.«

»Wirklich?« Louise hob die rot geweinten Augen zu ihrer Freundin. Das feuchte Taschentuch zitterte in ihren Fingern.

»Schon, aber ich weiß nicht, ob er besonders gut ist.«

»Auch er wird Geld haben wollen. Ich besitze absolut nichts, Gertie!«

»Aber ich.«

»Auf keinen Fall darfst du an deine Ersparnisse gehen. Denk an den Broadway!«

»Das wird schon gehen, min Deern. Außerdem will der Anwalt vielleicht gar kein Geld. Er und ich, wir haben da so eine Übereinkunft.« Sie tippte sich an die scharf geschnittene Nase, die dank ihrer Schwäche für Brandy immer ein wenig gerötet war.

»Nein, Gertie, so etwas kommt nicht infrage! Ich werde schon einen Weg finden.«

»Du machst aber bestimmt keinen Blödsinn, nicht wahr, min Deern?«, hakte Gertie erschrocken nach.

»Hast du Angst, dass ich eine Bank ausraube? Nein, Gertie, keine Sorge. Mir fällt sicher irgendetwas Vernünftiges ein. Trotzdem vielen Dank für dein Angebot.«

»Auf alle Fälle werde ich den Kerl mal fragen.«

»Wen?«

»Den Anwalt. Er heißt Davidson und ist einer meiner Verehrer. Aber das darfst du auf keinen Fall deiner Mrs Prest erzählen. Die kriegt 'nen Herzkasper, wenn die hört, wie die Gerichtsbarkeit von Halifax drauf ist!«

Wieder einmal hatte es Gertie geschafft, Louise trotz aller Tränen zum Lächeln zu bringen. Louise drückte ihr die Hand. »Ich muss gehen, wenn ich Jon noch einmal sehen will, ehe sie ihn nach Anticosti bringen.«

Bis spät in die Nacht hinein schrieb Louise Briefe. Meg schlief längst tief und fest, ebenso wie Lindy und Mrs Prest.

Sie schrieb an Rik Lindewens in Stavanger und teilte ihm mit, dass Jon auf Empfehlung des Untersuchungsausschusses weiter auf Anticosti Island festgehalten werden sollte, bis ein ordnungsgemäßes Verfahren gegen ihn angestrengt würde.

Außerdem teilte sie ihm mit, dass sie in der Zeitung eine Stellenanzeige für eine Näherin in Ohio gefunden hatte; Voraussetzung waren ausgezeichnete Referenzen, doch der Verdienst sollte bei freier Kost und Logis in angenehmer Umgebung überdurchschnittlich sein.

Das alles klang zu schön, um wahr zu sein, doch allmählich musste sie daran denken, für sich und Meg ein wenig Geld zu verdienen. Da Louise sich bewerben wollte, bat sie den Kapitän, ihr Referenzen auszustellen, und fragte, ob sie Meg weiterhin in der Obhut von Lindy und Mrs Prest lassen dürfe. Sie wisse, wie glücklich Meg in South Bay war, und würde sich freuen, wenn er ihr diesbezüglich eine große Last von der Seele nehmen könne.

Anschließend schrieb sie an die angegebene Chiffre in Ohio und bat um nähere Informationen bezüglich der annoncierten Stelle als Näherin.

Danach konnte sie nichts weiter tun, als Riks Antwort abzuwarten. Nach dem Verlust der Mutter in Irland, dem Verlust von Vater und Zwillingsbruder auf See und dem Beinahe-Verlust von Jon, den man zu Unrecht auf Anticosti eingesperrt hatte, war ihr nur noch die kleine Meg geblieben. Louise spürte, dass sie nicht viel mehr würde aushalten können – sie hatte nichts mehr zu geben, außer sich selbst, was auch immer das Schicksal für sie bereithielt.

In der Kirche der Seefahrer-Mission wurde ein Gedenkgottesdienst für die Opfer der Schiffskatastrophe abgehalten. Anschließend hatten die Überlebenden die Möglichkeit, an Bord von Fischkuttern in die Küstengewässer vor Sable Island zu fahren und Kränze ins Wasser zu werfen.

Louise und Meg hatten einen Blumenkranz gewunden. Die Blumen stammten aus Kapitän Lindewens kleinem windigen Garten, den die beiden Mädchen hingebungsvoll pflegten. Auf der Schleife stand:

Zum Andenken an Thomas und Patrick Duigan, Vater und Sohn, geboren in Irland. R. I. P.

Ehe Louise Antwort von Rik bekam, war bereits ein Brief aus Ohio da. Der Absender erkundigte sich, ob sie immer noch an der Stelle als Näherin für eine Dame interessiert sei, bat erneut um Referenzen und um weitere Einzelheiten über ihre Person.

Als Louise schon fast die Hoffnung aufgegeben hatte, dass

Riks Antwort noch einträfe, ehe der Posten anderweitig vergeben war, tauchte er plötzlich höchstpersönlich mit seinem Referenzschreiben in South Bay auf.

Im gesamten Haus herrschte das übliche Heimkehr-Durcheinander. Nicht nur Lindy und Mrs Prest freuten sich über die völlig unerwartete Ankunft des Kapitäns, sondern auch Meg und Louise. »Wieso bist du so schnell zurückgekommen, Papa?«, fragte Lindy. Sie saß auf seinem Schoß und wickelte ein Geschenk aus, das er nach jeder Reise eigens für sie mitbrachte.

»Weil ich dich vermisst habe.« Zärtlich fuhr er mit der Hand durch ihre blonden Locken.

»Ich hatte ja keine Ahnung, dass Sie heute kommen – aber was wollen Sie zu Abend essen, Rik?«, erkundigte sich Mrs Prest. Sie hatte die Hände auf die Hüften gestützt und wirkte so barsch wie immer, doch ihre Augen leuchteten vor Freude. Wenn der Hausherr anwesend war, herrschten im Haus viel mehr Fröhlichkeit und Leben als sonst.

Argos keuchte und schnaufte. Nicht, dass ihm das Gewicht der Seesäcke etwas ausgemacht hätte, aber sein Chef hatte darauf bestanden, dass sie die fast fünf Kilometer vom Hafen nach South Bay zu Fuß zurücklegten! »Argos, du wirst zu fett. Auf dem Schiff hast du zu wenig Bewegung. Ein bisschen Training tut dir gut!«, hatte Rik erklärt. Argos war nicht sonderlich begeistert gewesen. »Viel zu heiß für Training, Käptn. Sie und ich kaputtgehen!«

Am Abend, nachdem Meg und Lindy zu Bett gegangen waren, Argos selig in seinem Zimmer schnarchte und nur Mrs Prest noch auf war und strickend im Wohnzimmer saß, erhob sich Rik und wanderte hinaus zur Landzunge. Er war sicher, Louise hier zu finden, wo sie still und wehmütig auf das Meer blickte.

Sommerabende waren in diesen Breitengraden endlos und herrlich lang. Doch selbst die kleinen Wellen, die fröhlich an den Strand plätscherten, konnten Louises Sinn nicht aufheitern. Sie war gerade dabei, die Dolde eines Meerfenchels zu zerpflücken, als Rik zu ihr trat. »Ohio ist sehr weit weg, Louise.«

»Es war das einzige Angebot, das infrage kam.«

»Haben Sie es sich wirklich gut überlegt?«

»Das habe ich.«

»Sind Sie bei uns nicht glücklich, Louise?«

»Ich bin so glücklich, wie ich unter diesen Umständen nur sein kann.«

»Natürlich. Entschuldigen Sie die dumme Frage.« Er setzte sich nicht, sondern blieb mit seewärts gewandtem Blick stehen. Nur allzu gut verstand er Louises Sehnsüchte. Sie tat ihm von Herzen Leid. Seitdem er ihr im Krankenhaus zum ersten Mal begegnet war, hatte er eine tiefe Seelenverwandtschaft zu dieser schönen jungen Frau mit den großen blauen Augen verspürt.

»Ich kann nicht von Ihnen erwarten, dass Sie sich bis in alle Ewigkeit um Meg und mich kümmern. Aber Meg ist noch zu jung, um auf eigenen Füßen zu stehen. Ich hingegen kann durchaus eine Arbeit annehmen, die uns beide über Wasser hält. Und auch Jon braucht meine Hilfe jetzt mehr denn je. Ich muss unbedingt Geld verdienen, Rik.«

»Ich weiß Ihren Entschluss zu würdigen, Louise. Wenn es jedoch wirklich nur um die Gerichtskosten für Jon geht, könnte ich Ihnen aushelfen ...«

»Ich weiß, dass Sie das tun würden. Aber ich möchte Ihr Angebot nicht annehmen, so freundlich es auch gemeint ist. Gertie Polowski hat mir ebenfalls Unterstützung angeboten. Doch Geld anzunehmen widerspräche meiner Selbstachtung, verstehen Sie das?«

»Ich könnte Ihnen doch auch etwas leihen, und Sie zahlen es später zurück.«

»Nein, vielen Dank.« Louise stand auf und befreite den Saum ihres Kleides aus den scharfen Felskanten. »Ihr Angebot ist wirklich sehr freundlich, Rik, aber mein Nein steht fest. Selbst wenn ich diese Arbeit in Ohio nicht bekomme, weil sie inzwischen anderweitig vergeben ist, werde ich mich weiter auf Anzeigen bewerben.«

»Wenn die Leute in Ohio meine Referenz lesen, werden Sie bestimmt sofort angestellt«, lächelte Rik.

»Ich möchte aber nicht, dass Sie mir zuliebe übertreiben, Rik. Nicht, dass man Ihnen am Ende nicht glaubt!«

Beide lächelten, dann brachen sie in Lachen aus. Louise hielt ihm ihre Hand hin. »Ich bin Ihnen so dankbar, Rik. Sie und Miss Polowski sind wirklich die besten Freunde, die man sich vorstellen kann. Und ich darf Meg tatsächlich bei Ihnen lassen? Sie kann hier bleiben und sich um Lindy kümmern?«

»Aber sicher, gerne!« Zwar wäre ihm lieber gewesen, Louise ebenfalls in Halifax zu behalten, doch gegen ihr Bedürfnis nach Unabhängigkeit hatte er keine Argumente. »Aber eins sollten Sie wissen, Louise: Sollten Sie je Unterstützung brauchen, bin ich immer für Sie da!«

»Ich weiß, Kapitän Lindewens«, antwortete sie feierlich.

Auch von Gertie bekam Louise eine schriftliche Referenz. Da Gertie allerdings Englisch weder lesen noch schreiben konnte, übernahm es Louise, mit veränderter Handschrift das niederzuschreiben, was Gertie ihr diktierte.

»Sehr geehrte Dame, hiermit möchte ich Ihnen mitteilen, dass meine Näherin, Miss Louise Duigan aus Dublin, Irland, ihre Aufgaben als meine Garderobenmeisterin immer vorbildlich und zu meiner völligen Zufriedenheit erfüllt hat. Erst kürzlich hat sie aus mehreren Kleidern, die mir nicht mehr passten, deren teure Stoffe aber zum Wegwerfen zu schade waren, eine ganze Kollektion sehr bemerkenswerter neuer Kostüme hergestellt. Sie arbeitet derart perfekt, dass jede Dame sich glücklich schätzen könnte, Miss Duigans Einfallsreichtum, ihre Kreativität, aber auch ihre Fähigkeit zu erhaltenden Näharbeiten in ihrem Haushalt einsetzen zu dürfen …«

»Du liebe Zeit, Gertie, ist das nicht ein bisschen dick aufgetragen?«

»Na ja, wenn du nicht willst, dann müsst ihr zwei beiden eben heiraten.«

»Wer soll heiraten, Gertie?«

»Na, du und Rik.«

Louise blickte sie verblüfft an. »Was war das gerade, Gertie? Rik und ich? Ich dachte immer, dass ihr beide ... nun ja ... etwas miteinander habt!«

»Er hat mich nie gefragt. Und er hat auch noch nie so glänzende Augen gehabt, wie wenn du in der Nähe bist. Außerdem ist er eigens den ganzen Weg von Norwegen hergekommen – er hätte seinen Brief ja auch einfach zur Post bringen oder Argos schicken können. Wenn du jetzt nicht nach Ohio abrauschen würdest, würde er dich bestimmt demnächst mit 'nem Ring überraschen, min Deern. Ein Mann braucht Zeit. Na ja, jedenfalls kriegst du jetzt wenigstens mein Referat ...«

»Deine Referenz, Gertie.«

»Meinetwegen auch das. Du weißt doch, dass ich deine Sprache nur vom Hören gelernt habe – also fang jetzt nicht an, mich zu kritisieren. Ich bin nun mal nicht so schlau wie du, Lütte. Ich wollte dir nur 'nen Gefallen tun, und ich sage eben, was ich denke!«

Dabei konnte Gerties Zunge messerscharf sein, wenn sie wollte; manchmal musste sogar Louise sich vorsehen.

Louise schickte ihre Referenzen, bestehend aus einem Zeugnis von Rik und dem von Gertie mit einem unleserlichen Krakel unterschriebenen Brief, an ein Postfach in Canton, Ohio.

Schon sehr bald erhielt sie Antwort. Man ersuchte sie um Auskunft bezüglich ihrer Religionszugehörigkeit, ihrer Nationalität, ihres Alters und ihrer Erfahrung; Louise war zwar der Meinung, jede dieser Fragen bereits ausführlich beantwortet zu haben, gab aber pflichtschuldig erneut Antwort. Dabei überlegte sie, ob sie nicht selbst ebenfalls Auskünfte über derart übervorsichtige Dienstherren einholen sollte.

Eine Woche später erhielt Louise einen förmlichen Brief.

»Sehr geehrte Miss Duigan, wir freuen uns, Ihnen die ausgeschriebene Stelle im Haus von Mrs Saxton McKinley in Canton, Ohio, zunächst probeweise auf drei Monate zusagen zu können.

Bei Bedarf behalten wir uns vor, die Probezeit zu verlängern. Sollten Sie mit unseren Bedingungen einverstanden sein, bitten wir Sie, uns umgehend Tag und Uhrzeit Ihrer Ankunft in Canton zu kabeln.« Der Brief war unterzeichnet mit: *»Mrs Pina Saxton Barbour, Schwester von Mrs Ida Saxton McKinley«*

Rik war längst wieder unterwegs, um amerikanische Waren gegen norwegisches Eisenerz und Holz einzutauschen. Mrs Prest reagierte ein wenig verschnupft. »Und dabei ist Rik einzig und allein Ihretwegen aus Norwegen zurückgekehrt.«

»Meinetwegen, Mrs Prest?«

»Oh ja, Ihretwegen. Er wollte Ihnen diese Ohio-Geschichte ausreden. Trotzdem freue ich mich für Sie, dass Sie die Stelle bekommen haben. Die Arbeit wird Sie ein bisschen von dem Unglück ablenken, das Ihnen und Ihrer Familie zugestoßen ist. Noch ein bisschen länger in Halifax, und Sie hätten geendet wie diese Polowski. Ich bete für Sie, Mädchen. Und natürlich auch für Ihre Schwester und für Ihren Vater in seinem nassen Grab.« Lautstark rumorte sie mit ihren Pfannen und Töpfen herum. »Ohio! Wie kann man nur!«

Mrs Prest war eine Nachfahrin der ersten englischen Kolonialisten und stammte aus Neuengland. Sie sprach ihre Gedanken grundsätzlich sehr direkt aus und duldete keinerlei leeres Geschwätz.

»Und glauben Sie bloß nicht, dass ich nicht wüsste, woher Sie Ihre neuen Kleider haben, Louise. Sie sind doch wieder bei dieser Gertie Polowski im Red Leather Gloves gewesen! Sie hat Ihnen ihre abgelegten Kleider geschenkt. Immer, wenn ich Ihnen und Meg eine Tasse Tee brachte oder Sie zum Essen rufen wollte, fand ich Sie in Gespräche über Taft und Spitzen vertieft. Und in Ihrem Zimmer habe ich jede Menge Zwirnfäden gefunden; dabei haben Sie immer behauptet, Sie würden lesen. Aber so leicht lasse ich mich nicht zum Narren halten, wissen Sie!«

Mrs Prests Aufmerksamkeit schien tatsächlich nichts zu entgehen, dachte Louise verlegen.

»Aber ich muss Ihnen ehrlich gestehen: Sie haben sich selbst übertroffen. Sie haben wirklich damenhafte Kleider aus den Fähnchen dieser Polowski gemacht! Was Meg angeht, da machen Sie sich mal keine Sorgen. Ich werde schon ein Auge auf sie halten.«

»Das weiß ich zu schätzen. Danke, Mrs Prest.«

»Und falls es Ihnen dort in Ohio nicht gefällt, dann kommen Sie einfach wieder zurück. Wie der Kapitän Ihnen sicher schon gesagt hat: Hier in South Bay sind Sie jederzeit herzlich willkommen.«

»Auch das weiß ich, Mrs Prest. Kapitän Lindewens und Sie, aber auch viele andere Bewohner von Halifax, haben uns schiffbrüchigen Iren sehr viel Selbstlosigkeit erwiesen«, sagte Louise und klang dabei ein wenig wie Gertie Polowski.

4. Kapitel

Und mach dir nicht ständig Sorgen um Jon und mich«, sagte Meg, als sie am Bahnhof von Halifax standen. Der Augenblick des Abschieds war gekommen. »Konzentriere dich einfach einmal auf dich. Und wenn dir die Arbeit in Ohio nicht zusagt, kommst du am besten wieder zu uns zurück.«

»Ganz bestimmt, Meg, ganz bestimmt.« Louise drückte Meg fest an sich.

Auch Mrs Prest und Lindy hatten Louise zum Zug begleitet. »Schreiben Sie, sobald Sie angekommen sind!«

»Versprochen, Mrs Prest.«

Lindy reichte ihr einen Blumenstrauß aus dem durch Meg und Louise wieder erblühenden Garten. »Ich bin sicher, dass Papa Ihnen ein Abschiedsgeschenk gegeben hätte, wenn er nicht unterwegs wäre, und deshalb übernehme ich diese Aufgabe. Ich fürchte, ich werde Sie vermissen, Louise. Aber ich verspreche Ihnen, zusammen mit Mrs Prest gut auf Ihre kleine Schwester aufzupassen.«

Was für ein altkluges kleines Mädchen! Louise beugte sich hinunter und gab der Kleinen einen herzhaften Kuss. »Danke schön, Lindy. Ich hoffe, ich werde nicht allzu lange fort sein, aber du verstehst sicher, dass ich das hier für meine Familie tun muss.«

»Das verstehe ich. Meg hat es mir schon erklärt. Und bitte bring mir ein Geschenk mit, wenn du aus Ohio zurückkommst. Papa macht das auch immer!«

»Ganz bestimmt!« Ehe die allgemeine Rührung überhand nehmen konnte, tauchte plötzlich Gertie auf.

»Hey, min Deern, du wirst mir ganz schön fehlen. Das halbe *Red Leather Gloves* hat zusammengelegt, um dir ein Abschiedsgeschenk zu kaufen.« Sie reichte Louise ein kleines Päckchen.

»Falls es sich um eine Flasche Brandy handelt, glaube ich nicht …«

»Quatsch, Lütte! In Anwesenheit einer wohltätigen Kirchgängerin würde ich so etwas doch nie wagen!« Gertie zwinkerte in Richtung Mrs Prest, die bei Gerties Auftauchen schleunigst den Rückzug angetreten hatte. »Es ist ein Buch, min Deern. Ein Dress-Buch.«

»Das ist aber lieb von euch, Gertie. Ich kann es sicher gut gebrauchen, wenn ich Kleider nähen soll.«

»Nein, ich habe mich versprochen. Es ist ein A-dress-Buch. So ein Ding, wo du reinschreiben kannst, wie Leute heißen und wo sie wohnen. Damit du uns nicht vergisst.«

»Das würde ich sowieso nie tun!«

»Sag niemals nie, min Deern. Und wenn du jetzt mutterseelenallein in der weiten Welt umherreist, dachten wir uns, dass du so ein Buch gut brauchen könntest. Jeder von uns hat Verwandte oder Bekannte irgendwo in Amerika. Du findest hier jede Menge Adressen, an die du dich wenden kannst, wenn du auf die Schnelle mal jemanden brauchst. Aber ich glaube, du wirst sie nicht brauchen. Schließlich gehst du bei piekfeinen Leuten in Anstellung, und wir hier in Halifax haben nicht so viel mit den Schönen und Reichen im Lande zu tun. Trotzdem ist es eine Art Lebensversicherung, falls du mal 'nen guten Freund brauchst. Ich schicke dir meine Adresse, sobald ich in New York bin, Lütte. Das geht jetzt ganz schnell!« Gertie platzierte ihr Markenzeichen, einen roten Kussmund, auf Louises feuchter Wange.

Louise bestieg den Zug, der sie in zweitägiger Fahrt über die Bundesstaaten New Brunswick, New York, Pennsylvania und Ohio an ihren Bestimmungsort bringen sollte. Endlos monotone

Landschaften sausten an ihrem Abteilfenster vorüber. Ihr Herz schlug im Takt der Eisenräder, die unbarmherzig Kilometer um Kilometer Schiene fraßen. Sie dachte an New York, wo die Duigans ihre Träume hatten verwirklichen wollen. Doch nun führte ihr Weg an der Stadt vorüber in eine unsichere Zukunft in Ohio – ohne ihren Vater und ohne ihren Zwillingsbruder Patrick.

Zwei Tage später stieg Louise verwirrt und müde aus dem Zug. Mit der von Gertie geborgten Reisetasche in der Hand, wartete sie darauf, dass man sie, wie abgesprochen, abholte und zum Haus der McKinleys in der Market Street brachte. Eine geschlagene Stunde verging. Louise bekam es mit der Angst zu tun.

Nachdem sie eine weitere Viertelstunde gewartet hatte, ermahnte sie sich, dass Panik alles nur noch schlimmer machte; sie musste selbst die Initiative ergreifen. Entschlossen griff Louise nach ihrer Reisetasche und machte sich auf zur Market Street, während sie Passanten nach dem Weg fragte.

Canton war eine lebhafte Stadt – viel größer als Dublin, das ihr jetzt im Vergleich winzig erschien. An jeder Straßenkreuzung bestand die Gefahr, von Kutschen oder Fahrrädern überfahren zu werden. Und überall hingen Plakate von einem Mann, dessen Augen ihr bei jeder Bewegung zu folgen schienen. Es war das feierliche, aber durchaus gut aussehende Gesicht des Gouverneurs von Ohio, der sich um die Präsidentschaft bewarb.

»McKinley wählen«, stand unter den allgegenwärtigen Augen. McKinley? Der Name war Louise nur allzu geläufig. Ob Mrs Saxton McKinley, für die sie in Zukunft arbeiten sollte, etwas mit diesen nachdenklichen Augen zu tun hatte?

Du liebe Zeit, wo hatte sie sich da hineinmanövriert? Louise packte die Griffe der geliehenen Reisetasche und machte sich zielstrebiger denn je auf den Weg. Schließlich gelang es ihr, die Market Street und das Haus der McKinleys zu finden.

Das hier war es also! Nichts wies darauf hin, dass hier ein berühmter Mann wohnte. Es handelte sich um ein relativ einfaches Giebelhaus mit Fenstern, die bis zum Boden reichten, und einer einladenden, überdachten Veranda in einer Straße, die von Bäumen gesäumt war. Sämtliche Zufahrten jedoch wurden durch eine unübersehbare Menschenmenge und viele Kutschen blockiert.

Louise fragte sich, wie sie je bis ans Haus gelangen sollte. Überall standen Menschen, Massen von Menschen. Sie stellte sich ans Ende der langen Reihe. Zu ihrem Vorstellungsgespräch hatte sie sich für ein von Schwester Barbara aus dem Fundus der Mission besorgtes, dunkles, etwas altmodisches Kleid und eine Haube entschieden. Bewusst hatte sie auf ihre Neuschöpfung aus Gerties Taft und Spitzen verzichtet, was sie jetzt, angesichts der vielen, modisch gekleideten Damen vor McKinleys Haus, bitter bereute. Ihr Selbstbewusstsein sank noch mehr, als sie bemerkte, wie einige der Damen hinter Händen in Spitzenhandschuhen und Fächern über sie zu tuscheln begannen.

Louise straffte die Schultern und ermahnte sich, nicht darauf zu achten. Auch diese Leute waren nur Menschen – möglicherweise wohlhabend und sicher einflussreich, doch sie würden sie vermutlich nicht gleich beißen.

Irgendwann erreichte sie die Spitze der langen Menschenschlange. Die Bediensteten des Gouverneurs musterten sie mit amüsierter Miene. Doch Louise ließ sich nicht einschüchtern. Sie stellte ihre Reisetasche auf den Boden und wischte ihre Handfläche schnell am Rock ab, ehe sie die ausgestreckte Hand des Gouverneurs ergriff.

»Ich grüße Sie, junge Frau, und danke Ihnen für Ihre Unterstützung meiner Wahlkampagne. Gehen Sie bitte nach hinten in den Garten durch. Dort findet unsere Party statt.«

»Guten Tag, Sir … äh … Herr Gouverneur. Mein Name ist Louise Duigan. Ich bin die neue Näherin.«

Zwei uniformierte Männer traten einen Schritt vor, doch Gouverneur McKinley winkte ab. »Herzlich willkommen, meine Liebe.« Er wandte sich zu einer hübschen, jedoch sehr schwächlich wirkenden Frau um, die an der Innentür stand und ebenfalls schicke Leute begrüßte, die ins Innere des Hauses strömten. »Ida, Liebste, Miss Duigan ist da.«

Noch nie im Leben hatte Louise ein derart schönes Geschöpf zu Gesicht bekommen.

Ida Saxton McKinley, in ein kostbares, stilvolles Kleid gehüllt, trat vor und schüttelte einer einfachen Angestellten die Hand – sie, die in späteren Jahren nicht mehr bereit sein sollte, selbst hochrangige Minister mit Handschlag zu begrüßen. »Herzlich willkommen, meine Liebe. Ich hoffe, Sie hatten eine angenehme Reise und die Kutschfahrt vom Bahnhof hierher war nicht zu gefährlich. Ich habe meinem Kutscher schon wer weiß wie oft gesagt, er dürfe den dichten Verkehr nicht zu sehr auf die leichte Schulter nehmen.«

Kutsche? Kutscher? Louise wusste nicht, was sie davon halten sollte.

Die Frau des Gouverneurs wandte sich an eine Dame, die im Hintergrund wartete. »Mrs Haistand, ich möchte Louise gern der Obhut von Mrs Barber überlassen, die ihr alles Nötige zeigen wird. Würden Sie sie bitte zu ihr bringen?« Sie schenkte Louise ein geradezu engelhaftes Lächeln. »Wir sehen uns später, meine Liebe. Dann haben wir auch Zeit für einen netten Plausch in meinem Wohnzimmer.«

Ida McKinley setzte alles daran, die Gerüchte zu zerstreuen, die ihr für die möglicherweise zukünftige Rolle als First Lady nicht die nötige Kraft zutrauten. Den Tag ihrer Silberhochzeit beging sie so, wie sie im Fall der Wahl ihres Mannes weiterzumachen gedachte. Sechs Stunden lang begrüßte sie in zwei Schichten Gäste, die sie zu einer Party in ihrem Haus eingeladen hatte. Unermüdlich und voller Eifer schüttelte sie Hände, weil sie sich vorgenommen hatte, ihrem Mann den Weg ins Weiße Haus zu ebnen.

Es sind immer die ersten Eindrücke, die zählen. Nie würde Louise vergessen, dass der Gouverneur und seine Frau, die auf der Veranda wichtige Gäste begrüßten, um einer Angestellten willen sämtliche republikanischen Honoratioren stehen ließen und sie mit haargenau der gleichen Achtung und Freundlichkeit begrüßten. Am nächsten Morgen titelte die Klatschspalte der Tageszeitung: *Irische Angestellte bei Empfang zur Silberhochzeit von William und Ida McKinley begrüßt.*

Und so fügte sich Louise in den Haushalt der McKinleys ein. Innerhalb von zwei Stunden wurde sie mit den Bergen schmutziger Tischwäsche vertraut gemacht, die zu waschen, zu stärken und zu bügeln waren, ehe man den nächsten Ansturm von Gästen bewältigen konnte. Zwar stand von Wascharbeiten nichts in ihrem Vertrag, doch Louise wagte es nicht, dagegen aufzubegehren. Sie war sehr dankbar, dass sie in einer angenehmen Umgebung ein wenig Geld verdienen durfte, und fand ihre Vorgesetzten überaus freundlich und sehr charmant.

Ida McKinleys persönliche Kammerfrau hieß Clara Tharin und stammte aus der Schweiz. Verheiratet war sie mit Charles Tharin, der dem gesamten Haushalt vorstand. Wie Louise bald bemerken sollte, waren die Tharins ein äußerst strebsames Paar und schmeichelten sich ununterbrochen bei den McKinleys ein. Schon bald entstand eine eigenartige Freundschaft zwischen Louise und Clara, denn Louise verbrachte die meiste Zeit in Claras Gesellschaft. Es war Clara, die Louise mit Kleidungsstücken versorgte, die gewaschen und geflickt werden mussten, um bei der Frau des Gouverneurs gut dazustehen.

In ihrer Freizeit schrieb Louise häufig an Meg und Jon. Sie schwärmte ihnen vor, wie gut sie es beim Gouverneur von Ohio und seiner netten Frau getroffen hatte, wie lecker das Essen und wie hübsch ihr Zimmerchen war, und dass sie unter den anderen Bediensteten des Hauses bereits Freunde gefunden hatte. Auch von der Stadt Canton erzählte sie, die sie nach und nach auf eigene Faust entdeckte und die viel lauter, größer, belebter und moderner war als ihr geliebtes Dublin.

An Rik schrieb Louise einen Brief ähnlichen Inhalts. Er antwortete, wie glücklich er sei, dass es ihr in Ohio so gut gefiel und dass sie sich keine Sorgen um Meg machen brauchte, der es in South Bay bei Lindy und Mrs Prest blendend ging. Einen Termin für die Verhandlung gegen Jon gäbe es noch nicht, doch ihr Bruder würde inzwischen von einem Anwalt namens Davison aus Halifax vertreten, der sich auf die Verteidigung des Jungen vorbereitete.

Gute alte Gertie, dachte Louise dankbar. Mit ihren moralischen Grundsätzen mochte es vielleicht nicht weit her sein, aber ihr Herz war aus purem Gold. Auch an Gertie schrieb Louise häufig, und Gertie antwortete mit schöner Regelmäßigkeit, indem sie jemandem aus dem Red Leather Gloves ihre Briefe diktierte.

Inzwischen sparte Louise eisern für Jons Rechtsbeistand. Natürlich war es nicht allzu viel, was sie auf die Seite legen konnte, aber auch kleine Beträge konnten helfen. Endlich fühlte sie sich frei und unabhängig, und das förderte ihr Selbstvertrauen. Sie fand sogar den Mut, Gouverneur McKinley auf den Fall ihres Bruders anzusprechen; er versprach, sich die Akte einmal näher anzusehen. Zunächst hatte Louise sich gescheut, mit ihrem Arbeitgeber über ihren Bruder zu sprechen, denn McKinley hatte nicht nur viel mit der Verwaltung des Bundesstaates Ohio zu tun, auch seine Wahlkampagne steuerte ihrem Höhepunkt entgegen. Doch wenn sie an ihren armen Bruder dachte, der unrechtmäßig auf Anticosti Island einsaß, waren alle Bedenken wie weggeblasen.

William McKinley war eine Seele von Mann und ausgesprochen sympathisch. Louise wusste, dass ihr Anliegen bei ihm gut aufgehoben war; er würde sich um Jons Fall kümmern. Wenn irgendjemand die Sache beschleunigen konnte, dann der Gouverneur von Ohio. Einen besseren Fürsprecher für ihren Bruder hätte sie nicht finden können.

Eines Morgens musste Louise in der Stadt beim Kurzwarenhändler Bänder, Borten und Garn für Mrs McKinley besorgen. Ida McKinley verbrachte endlose Stunden mit dem Häkeln von

Bettschuhen und dem Nähen schwarzer Seidenkrawatten, die sie später an Freunde und Bedienstete verschenkte.

Im Geschäft hielt sich eine weitere Frau auf, eine hoch gewachsene, schlanke, sehr attraktive brünette Dame, auch sie war damit beschäftigt, Bänder und Spitze auszusuchen. Plötzlich wandte sie sich zu Louise um und hielt ihr die Hand hin. »Mein Name ist Anna George. Ich habe gehört, dass Sie die neue Näherin im Haushalt des Gouverneurs sind. Auch ich bin Schneiderin. Sicher haben wir viel gemeinsam, Miss Duigan.«

»Guten Tag«, grüßte Louise und schüttelte die freundlich ausgestreckte Hand. Woher kannte die Dame ihren Namen? Wahrscheinlich verbreiteten sich Nachrichten in großen Städten ebenso schnell wie in kleinen.

»Gefällt es Ihnen in Canton, Miss Duigan?«

»Sehr gut, Miss ... äh ... Geor...« Das Schrillen der Türglocke unterbrach sie.

Ein Mann mittleren Alters trat ein. Er trug eine Radfahrerkappe und einen hellen Überwurf. Etwas außer Atem entfernte er die Clips, die seine Hosenbeine zusammengehalten hatten. Während er von einem Bein auf das andere hüpfte, keuchte er: »Anna, ich habe dich überall gesucht.«

Anna George griff aufgeregt nach dem Ellbogen des Mannes, drehte ihn um und führte ihn hinaus. Ihre Einkäufe ließ sie auf dem auf Hochglanz polierten Holz-Ladentisch liegen.

Der Kurzwarenhändler, in seiner Schürze und mit lang herabhängendem Schnurrbart, blickte dem Paar nach, zuckte die Schultern und sagte zu Louise: »Immer das Gleiche mit den beiden. Mr Saxton macht seiner Schwester eine Menge Ärger.«

»Mr Saxton?« fragte Louise. Das kleine Drama hatte sie neugierig werden lassen.

»Der Bruder von Mrs McKinley. Er hat zu viel Geld und zu wenig Hirn. Seine Familie macht sich große Sorgen wegen dieser Mrs George und den vielen anderen Frauen in der Stadt. Er ist recht freizügig, unser Mr Saxton.«

»Nun, dann auf Wiedersehen, Mr … äh …« Hastig stopfte Louise ihre Einkäufe in die Tasche. Auf keinen Fall wollte sie irgendwelchen Gerüchten über die Familie McKinley lauschen. Sie verließ den Laden fast ebenso schnell wie Anna George, die, wie ihr plötzlich bewusst wurde, eine verheiratete Frau war.

Der Gouverneur und seine Frau spielten gerade Karten mit ihren besten Freunden. Das Kartenspiel war eines ihrer größten Hobbys. Im Anschluss an das Spiel würde sich der Gouverneur, wie jeden Abend, in sein Arbeitszimmer zurückziehen und liegen gebliebene Akten aufarbeiten, bis ihm die Augen zufielen.

Louise kam mit einem Stapel frisch gewaschener Bettwäsche in den Armen an einem Wandtischchen im Flur vorbei, auf dem Blumen in einer Vase standen. Schon seit einigen Tagen hatte sich niemand mehr um das Arrangement gekümmert, und das Wasser in der Vase roch nicht mehr besonders frisch. Doch ein paar Blumen standen noch in voller Blüte und sahen hübsch aus. Louise verstaute das Bettzeug im Wäscheschrank, kehrte zu der Vase zurück und rettete die intakten Blüten. Sie wechselte das Wasser in der Vase, entschied aber dann, dass das Gefäß viel zu groß und zu hässlich für die übrig gebliebenen Blumen war.

Louise füllte Wasser in eine flache Schale und arrangierte die Blüten mit einem Stück rötlicher Baumrinde, die wunderbar zu dem tiefblauen Hibiskus und einer wunderschönen einzelnen weißen Gardenie passte. Das Gesteck wirkte bei aller Einfachheit exquisit, obwohl Louise nicht lange darüber nachgedacht hatte.

Kaum hatte sie ihre Arbeit beendet, als die Türen zum Salon geöffnet wurden und der Gouverneur seine Frau im Rollstuhl hinausschob, um sie nach oben zu Bett zu bringen.

Louise blieb am Fuß der Treppe stehen, um sie vorbeizulassen.

»Louise«, sprach William McKinley sie an, »ich möchte mich bei Ihnen für unsere herrlich weiße Tischwäsche bedanken. Auch meine Kragen und Taschentücher sind jetzt immer fleckenlos rein.«

Louise machte einen kleinen Knicks. »Danke sehr, Sir.«

Mrs McKinley, deren Rollstuhl unmittelbar neben dem Wandtischchen stand, fragte: »Wer hat dieses Gesteck verändert?«, während sie plötzlich wie eine Schlange zu zischen begann.

Louise erstarrte. Würde man ihr jetzt kündigen? Hatte sie die Frau des Gouverneurs durch ihr eigenmächtiges Handeln gegen sich aufgebracht?

Die hässliche, altmodische Vase war vielleicht ein Lieblingsstück von Mrs McKinley, und vielleicht hatte die Hausherrin die Blumen eigenhändig arrangiert! Während Louise noch zitternd auf ein Donnerwetter wartete, nahm der Gouverneur sein Taschentuch aus der Hosentasche und breitete es ruhig über das Gesicht seiner Frau.

Zwei Minuten später war der Spuk vorbei. Die Zuckungen und Krämpfe unter dem Taschentuch hörten auf.

McKinley entfernte das Taschentuch, steckte es zurück in seine Tasche und schob den Rollstuhl seiner Frau den Flur entlang, als ob nichts geschehen wäre.

Als Mrs McKinley nach wenigen Schritten an Louise vorübergeschoben wurde, griff sie nach der Hand des jungen Mädchens und sagte: »Dieses Blumenarrangement ist wundervoll. Haben Sie es gemacht?«

»Ja, Madam. Es tut mir Leid, dass ich eigenmächtig gehandelt habe.«

»Nun machen Sie mal nicht so ein ängstliches Gesicht – ich tue Ihnen bestimmt nichts. Ich habe selten etwas Schöneres gesehen als dieses Gesteck. Irgendwie erinnert es mich an ein Schiff unter vollen Segeln. Woher nehmen Sie Ihre Ideen?«

Louise suchte fieberhaft nach einer passenden Antwort, doch außer ihrer eigenen Reise in eine ungewisse Zukunft fiel ihr nichts ein. »Es war so eine Eingebung, Madam ... Ein Segelschiff ... eine Entdeckungsreise ...«

»Gut gemacht!« William McKinley ließ die Griffe des Rollstuhls los, machte kehrt und begutachtete das Gesteck genauer. Es musste seiner liebsten Ida besonders gut gefallen haben, wenn sie ihrer Freude so offenkundig Ausdruck verlieh.

»Ein wahres Meisterwerk, Louise«, sagte er und fuhr vorsichtig mit dem Zeigefinger am geschwungenen Bug des Gestecks entlang. »Wer hätte gedacht, dass man mit ein wenig rötlicher Rinde, einer weißen Gardenie und blauen Hibiskusblüten so viel aussagen kann. Herrlich, einfach herrlich! Überdies passt es genau zu den Farben meiner Präsidentschaftskampagne: Rot, weiß und blau. Vielleicht sollten wir das Thema Entdeckungsreise als Leitmotiv in meine Kampagne aufnehmen.«

Strahlend richtete er sich auf. »In der Wäscherei vollbringen Sie Höchstleistungen, Ihre wahren Talente aber liegen hier, Louise.« Sein Blick glitt von der jungen Bediensteten zu seiner Frau. Ein leichtes Bedauern überkam ihn: Er würde wohl auf seine blitzsauberen weißen Kragen und perfekt gebügelten Taschentücher verzichten müssen. »Findest du nicht, liebste Ida?«

»Louise«, sagte Mrs McKinley knapp, »Ich wünsche, dass Sie von heute an die Aufsicht über sämtliche Blumengestecke hier im Haus übernehmen. Und sollten wir ins Weiße Haus einziehen, werden Sie sich alleinverantwortlich um die Gewächshäuser auf der Westseite kümmern. Mit Ihrer Hilfe werden unsere Blumenarrangements zum Tagesgespräch jeder Gastgeberin in Washington. Der Gouverneur und ich lieben Blumen, so wie wir Kinder lieben, obwohl uns Gott nie mit Nachkommen gesegnet hat. Gute Nacht, meine Liebe.«

»Ach, übrigens, Louise«, wandte sich der fast schon im Gehen begriffene Gouverneur noch einmal an sie, »nicht, dass Sie denken, ich hätte Ihren Bruder Jon vergessen. Ich habe der Gefängnisleitung von Anticosti Island geschrieben und um eine Begründung für die lange Untersuchungshaft gebeten. Heute Morgen kam die Antwort. So, wie es aussieht, gehen die Behörden von Neuschottland grundsätzlich so vor, dass sie einen Immigranten in

Haft nehmen, wenn er mit den Gesetzen seines Herkunftslandes in Konflikt geraten ist – und zwar so lange, bis ein ordentliches Verfahren angestrengt werden kann. Sowohl der Untersuchungsausschuss des Seegerichts als auch die Versicherungsgesellschaft sind der Meinung, dass Ihr Bruder nicht schuldlos ist; aus diesem Grund wird er bis zu seinem Verfahren festgehalten. Aber lassen Sie den Kopf nicht hängen! Ich kenne jemanden, der Ihnen weiterhelfen kann, und werde so bald wie möglich Kontakt mit diesem Herrn aufnehmen. Er lebt in Washington und ist sehr beschäftigt – es könnte also noch ein Weilchen dauern, ehe er Zeit für uns hat.«

»Oh, danke! Vielen Dank, Sir!« Am liebsten wäre Louise ihrem Chef um den Hals gefallen, doch da eine solche Geste alles andere als schicklich gewesen wäre, begnügte sie sich mit einem Knicks. Doch die Freude auf ihrem Gesicht war für die McKinleys unübersehbar. Zufrieden zogen sie sich in ihre Privaträume zurück, wobei sie den modernen, erst kürzlich installierten Aufzug benutzten.

Louise sauste über die Hintertreppe in ihr Zimmerchen im Dienstbotenflügel. Ihr Herz pochte zum Zerspringen. Mit gefalteten Händen setzte sie sich auf ihr Bett, wandte die Augen nach oben und begann zu beten. »Danke, lieber Gott, vielen, vielen Dank!«, sagte sie zu dem, der trotz aller Schrecknisse ihre Familie immer in seiner Hand gehalten und ihr den Weg nach Ohio gewiesen hatte. »Lieber Gott, es scheint tatsächlich so zu sein, dass nicht wichtig ist, was man weiß, sondern wen man kennt.«

Noch am gleichen Abend schrieb sie Briefe an Jon, Meg, Gertie und Rik und erzählte von dem geheimnisvollen »Mann in Washington«, den der Gouverneur wegen Jon ansprechen wollte; wer weiß, vielleicht handelte es sich ja um Präsident Grover Cleveland höchstpersönlich! Wie weit war sie doch in dieser kurzen Zeit gekommen! Natürlich berichtete sie auch von ihrer Beförderung zur obersten Floristin, doch das Geheimnis der McKinleys verriet sie nicht. Was Louise im Flur zufällig miterlebt hatte, ging nur sie und die McKinleys etwas an.

Inzwischen wusste Louise, warum sich Mrs McKinley so merkwürdig verhalten hatte, warum in den Privaträumen des Paares so viel Bromid aufbewahrt wurde und warum die Leute hinter vorgehaltener Hand über »Idas Gesundheit« tuschelten.

Ida McKinley war Epileptikerin.

Die Krankheit war Louise nicht neu, denn einer von Tante Elizas Söhnen, der kleine Liam, litt ebenfalls an Epilepsie. Doch Louise empfand großes Mitleid mit Idas Ehemann, dem vielleicht eine große Karriere bevorstand. Wie um alles in der Welt sollte er mit der Krankheit seiner Frau umgehen, wenn er tatsächlich Präsident der Vereinigten Staaten wurde und ins Weiße Haus einzog?

5. Kapitel

Jon wurde weiterhin »im Namen ihrer Majestät, Königin Victoria« in Haft belassen. Anticosti Island wurde von der französischen Provinz Quebec gemietet und unterstand der kanadischen und somit im Rahmen des Commonwealth der britischen Rechtsprechung.

Während der Freistunde vor dem Löschen der Lichter um neun Uhr wurden die Gefängnis-Regeln ein wenig gelockert, allerdings nur, wenn die Regeln eingehalten worden waren. Eine Missachtung der Regeln zog strengste Strafen für alle nach sich.

Jon hoffte jeden Tag inständig, dass niemand eine Dummheit beging. Für ihn bedeutete der Verlust der Freistunde die schlimmste Strafe überhaupt, brachte sie ihn doch um die ohnehin knapp bemessene Zeit seines Studiums. Für gewöhnlich war er der Einzige, der die kleine Gefängnisbibliothek nutzte, die anderen spielten lieber Brettspiele oder Karten, oder sie schrieben Briefe nach Hause. Daran, etwas zu lernen, dachte niemand; für die meisten Insassen hatte Lernen etwas mit weicher Birne zu tun.

Im August war Jon sechzehn geworden. Er hatte Briefe von Meg und Louise bekommen, die beide traurig waren, nicht mit ihm feiern zu können – doch was gab es an diesem Geburtstag überhaupt zu feiern?

Zu Hause in Irland begann ein Junge mit zwölf oder dreizehn zu arbeiten. Mit sechzehn war man ein Veteran des Lebens. Das gesamte Dasein war abhängig von der Gesellschaftsschicht, aus der man stammte. Jon hatte die unterste Schicht menschlichen Lebens erreicht.

Und dabei war die Schiffspassage in die Freiheit nur dank der guten Erziehung durch ihren Vater Thomas möglich gewesen. Mit seiner Aufrichtigkeit und Stärke und Weisheit hatte er die Familie geführt und war ihr immer ein Fels in der Brandung des Lebens gewesen. Ohne Thomas Duigan wäre aus der Familie nie diese intelligente, zusammengehörige Einheit geworden, in der einer für den anderen einstand und die auch Menschen außerhalb dieser Einheit nicht ausschloss; ohne die Erziehung, die ihnen ihr Vater hatte zukommen lassen, wären sie dumme Bauern geblieben.

Doch Vater und Mutter waren tot, und auch Patrick, der seinem Vater Thomas so ähnlich gewesen war, weilte nicht mehr unter den Lebenden. Jon schien es, als wären er, Louise und Meg zu Spiegeln des Todes in dieser so genannten schönen, neuen Welt geworden; Thomas hatte diese Welt für seine Familie herbeigesehnt, ohne sich über die Konsequenzen im Klaren zu sein. Die Kirschen in Nachbars Garten scheinen eben immer dicker und roter zu sein als die eigenen.

Ihr Traum war zerronnen; es gab nichts mehr, wofür es sich zu leben lohnte.

Inzwischen war es Oktober geworden. Seit sechs Monaten saß Jon in Anticosti Island ein und wurde nicht nur wie ein illegaler Einwanderer behandelt, sondern, was noch viel schlimmer war, als Saboteur, Mörder und Lügner. Da es keine Hoffnung gab, seine Unschuld zu beweisen, ehe nicht ein rechtmäßiges Verfahren angestrengt wurde, vergrub Jon sich in seine Studien.

Arthur Gibbing betrat die Bibliothek. Jon stieß einen verzweifelten Seufzer aus. Das Gefängnisdasein war auch vorher schon schlimm genug gewesen, doch seit die vier Besatzungsmitglieder von der *Cormorant* ebenfalls einsaßen und ihn quälten, wo immer sie eine Möglichkeit fanden, war es schier unerträglich geworden. Gibbing und seine Kumpel machten Jon für ihre Verhaftung verantwortlich.

Gibbing trat an den Tisch, wo Jon sich zwischen Büchern, Zeitschriften, wissenschaftlichen Werken und Experimentiermaterial vergraben hatte. »Was machst du da, du irischer Penner?« Gibbing warf ein Reagenzglas um, dem sich Jon intensiv gewidmet hatte. Wasser und Sand ergossen sich über den Schreibtisch.

Doch Jon ließ sich nicht provozieren. »Ich spiele Cricket«, sagte er und wischte den Tisch ab, ehe der Wärter etwas bemerkte.

»Sehr witzig«, bemerkte Gibbing und fuhr Jon unsanft durch die Haare. »Deine Nissen fallen schon runter. Oder sind das die Schuppen aus deinem Gehirn?« Gibbing lachte und stocherte mit einem Hölzchen zwischen seinen Zähnen herum. »Nun sag schon, was machst du hier?«

»Wenn du es unbedingt ganz genau wissen willst: Ich lerne alles über hydrophile und hydrophobe Substanzen.«

»Und was sind das für Schweinereien?«

»Hydrophil nennt man Substanzen, die sich leicht mit Wasser verbinden.«

»Wie meinen?«

»Nicht abstoßende, das heißt hydrophobe Substanzen.«

Ebenso gut hätte Jon chinesisch sprechen können. Doch Arthur Gibbing, der nicht zugeben mochte, dass er weniger gebildet war als ein armer irischer Junge, verschränkte drohend die Arme vor der Brust. »Großmaul! Hast du überhaupt eine Ahnung, wovon du da sprichst?«

»Sagen wir mal so: Ich bin ein irischer Hydrophiler, und du ein fetter englischer Hydrophober, weil du Wasser nicht leiden kannst.«

Gibbing wollte gerade mit der Faust ausholen, als zu Jons Glück der Wärter kam, um das Licht zu löschen. »Zeit für die Heia, meine Kleinen«, scherzte Wärter MacBain und grinste. »Aber du räumst erst noch auf, Duigan! Ich kann absolut nicht verstehen, wieso der Chef dir erlaubt, diesen ganzen Mist hier reinzubringen!«

»Er ist eben ein Streber. Lehrers Liebling. War Ihnen bewusst, dass es irische Penner gibt, die lesen und schreiben können, Mr MacBain?«, höhnte Gibbing.

»Darauf kannst du wetten!«

»Fragen Sie sich nicht auch, wer den ganzen Krempel da bezahlt hat?« Gibbing starrte Duigan an, als wolle er ein Sündenbekenntnis erzwingen.

MacBain zuckte die Schultern. »Ab in eure Zellen, ihr beiden. Und zwar ein bisschen plötzlich, sonst ist wieder mal ein Bad im Desinfektions-Becken fällig.« Auf dem Weg nach draußen versetzte MacBain Gibbing einen Schlag auf den rasierten Hinterkopf.

Jon packte hastig seine von der Firma Merrit-Scott & Chapman in New York hergestellte Ausrüstung zusammen.

In seiner aus Holzstämmen erbauten Zelle lag er hellwach auf der Pritsche und starrte an die Decke. Nicht der kleinste Lichtschimmer drang durch die dicken Stämme. Es war wie in einem Hundezwinger, nur dass ein Hundezwinger weder mit Stacheldraht verbarrikadiert noch von vielen Kilometern Ozean umgeben war.

Auf dem unteren Bett lag schnarchend Jons Zellengenosse, der riesengroße, etwas einfältige Sam Couts, flach auf dem Rücken. Sam half Jon beim Fällen der Bäume, sodass er sein Soll erfüllte. Dafür bekam er von Jon jede Woche fünf Zigaretten. Jon war nämlich Nichtraucher. Sam saß bereits seit neun Jahren wegen Totschlags auf Anticosti ein und war nicht nur deutlich stärker als Jon, sondern auch seit Beginn seiner Strafe daran gewöhnt, Bäume zu fällen.

Jon weigerte sich, über eine lebenslängliche Strafe auf Anticosti Island nachzudenken. Stattdessen beschäftigte er sich lieber mit Oberflächenspannung und Kapillarität – zumindest versuchte er, etwas darüber zu lernen. Bisher allerdings verstand er noch keinen der beiden Begriffe wirklich – aber das würde noch kommen. Er war wild entschlossen, sie eines Tages zu begreifen.

Genau genommen ging es um Winkel: hydrophobe Oberflächen hatten einen Kontaktwinkel von mehr als neunzig Grad. Der Kontaktwinkel von Paraffin zum Beispiel betrug einhundertsieben Grad; damit wirkte es Wasser abweisend. Quarz hingegen und andere in porösem Boden vorkommende Substanzen wiesen einen Kontaktwinkel von weniger als neunzig Grad auf und wurden daher im Kontakt mit Wasser »nass«.

Wie mag es wohl bei Gold sein?, fragte sich Jon.

Er wusste es nicht, denn er war bisher nur bis zum Silber vorgedrungen. Der Kontaktwinkel von Silber betrug etwa 90 Grad, um Gold würde Jon sich später kümmern, wenn auch nicht unter Wasser, so doch zunächst in der Anticosti Gefängnisbibliothek. Alles in allem konnte er sich glücklich schätzen, inmitten dieser Masse von Kriminellen einen Freiraum zu haben. Und dann würde er sich um ein paar praktische Übungen kümmern.

Sam Couts hatte ein paar Goldzähne. Jon hatte sie glänzen sehen, als Sam mit weit geöffnetem Mund wie ein Sägewerk schnarchte und ihm dabei der Speichel über das Kinn rann. Vielleicht würde Sam ihm für ein Experiment einen Zahn leihen. Jon überlegte, womit er ihn das nächste Mal ködern konnte.

Es ist schon Oktober, dachte Jon schläfrig. Er musste unbedingt daran denken, Louise zum Geburtstag zu gratulieren. Achtzehn wurde sie, und sie war ganz allein und ohne Freunde im fernen Ohio.

Die alte Mutter O'Sheehy hatte sich ganz schön geirrt, als sie damals in Irland in ihre Kristallkugel blickte.

Meg wickelte ein kleines Geburtstagsgeschenk ein, das sie ihrer Schwester nach Ohio schicken wollte. Sie vermisste ihre Schwester ganz schrecklich, doch sie behielt den Schmerz für sich. Niemand sollte ihr nachsagen, sie sei eine Heulsuse und käme nicht allein zurecht. Trotzdem zählte sie die Tage bis zum Wiedersehen mit Louise.

Lindy hatte sich einen ordentlichen Husten mit Fieber eingefangen. Laut Mrs Prest erkrankte die Kleine jedes Jahr bei den ersten kalten Winden an Krupp.

Mit hochroten Wangen und glühend vor Fieber lag Lindy im Bett und fragte ständig nach ihrem Vater. Immer wieder mussten Meg und Mrs Prest sie beruhigen. »Papa ist bald wieder da, Lindy. Das ist seine letzte Reise nach Stavanger vor dem Winter. Danach kommt er zurück.«

»Aber ich will, dass er jetzt kommt!«, weinte Lindy. In ihrer Angst hustete sie so sehr, dass ihr schlecht wurde.

Mrs Prest bat Meg, in der Apotheke eine bestimmte Medizin für Lindy zu besorgen, wenn sie in die Stadt fuhr, um ihr Päckchen an Louise aufzugeben.

»Packen Sie sich bloß warm ein, Meg«, warnte Mrs Prest. »Bei diesem Wetter holt man sich leicht den Tod.«

Meg versprach es. Sobald die Medizin fertig war, würde sie nach South Bay zurückkehren.

»Und dass Sie mir nicht heimlich ins Red Leather Gloves gehen und mit dieser Gertie Polowski reden, wie Ihre Schwester es immer hinter meinem Rücken getan hat!«

»Ganz bestimmt nicht, Mrs Prest.«

Meg nahm den Einspänner, an den sie sich seit Louises Abreise gewöhnt hatte. Sie hatte ein gutes Händchen für Kinder und Tiere, und das kapriziöse Pony der Familie, das auf den Namen Starlight hörte, spürte das ganz genau. Mit Kapitän Lindewens oder Argos an den Zügeln benahm Starlight sich gern etwas ungebärdig, bei Meg hingegen gab das Tier sich immer lammfromm.

»Typisch weiblich«, hatte Rik eines Tages festgestellt.

»Sein zu kompliziert?« Argos war in lautes Lachen ausgebrochen. »Mir geben, Käptn. Bald gehen wie Schäfchen.«

Doch Starlight war nie wie ein Schäfchen gelaufen – weder bei Rik noch bei Argos. Starlight bevorzugte eindeutig weibliche Gesellschaft.

Vor dem Postamt hielt Meg an. Sie gab das Geburtstagspäckchen auf, das Louise indirekt selbst bezahlt hatte, weil sie ihrer Schwester inzwischen jeden Monat ein kleines Taschengeld zukommen ließ. Anschließend ging sie auf dem hölzernen Steg weiter zur Apotheke. Alle Gebäude, vom Getreidehändler über den Kramladen bis hin zum Damenausstatter, dem Telegrafenamt und dem Red Leather Gloves, lagen ein wenig erhöht über der Main Street, die im Winter eine wahre Sumpflandschaft und im Sommer unglaublich staubig war.

Bei gutem Wetter saßen die alten Männer der Stadt auf Bänken im Schatten des erhöhten Bürgersteigs, verbrachten Stunden mit Trinken und Reden und sahen zu, wie das Leben an ihnen vorüberrollte. Doch an diesem Tag wehte ein eisiger Wind. Die Bänke waren leer, nur vor der Apotheke hatte sich eine große Menschenmenge versammelt.

Ein kleiner, gedrungener Mann, dessen runde Brille ihm das Aussehen einer Eule verlieh, pries von seinem Planwagen aus eine selbst hergestellte, angeblich wirksame Arznei gegen Husten, Krupp, Rheuma, Gicht, entzündete Augen, Halsweh und alle möglichen anderen Wehwehchen an. Gleichzeitig versuchte er, sich mit einer unglaublich langweiligen Rede über die Schuld des Mannes und die Strafe der Frau, die im Garten Eden gesündigt hatten, Gehör zu verschaffen.

Meg ging schnurstracks in die Apotheke. Der Mann auf der Straße und seine dubiosen Tinkturen interessierten sie nicht. Außerdem wusste sie, dass Mrs Prest, die sie immer an ihren geliebten Quäker-Vater erinnerte, obwohl sie selbst strenggläubige Presbyterianerin war, ein Interesse an diesem Mann nicht gutgeheißen hätte.

Meg bat Mr Drews, den ordnungsgemäß qualifizierten Apotheker, um wirksame Medizin für Lindy Lindewens, ein siebenjähriges Mädchen mit Krupp. Er erklärte ihr, er brauche fünf Minuten, um eine Mischung aus Kampferöl, Lakritz, Zitrone und einigen anderen Zutaten für Lindy Lindewens zusammenzustellen. Meg fragte ihn nach dem Mann, der auf der Straße Tinkturen verkaufte.

»Das ist Peter Heflin. Ein Quacksalber«, war Mr Drews' hochnäsige Antwort. Mit seinem hängenden Schnurrbart, dem faltigen, verschwitzten Gesicht und einem immer trübseligen Ausdruck erinnerte der Apotheker Meg an das furchtbar unglückliche Nilpferd, das sie einst im Zoo von Dublin gesehen hatte. Die arme, faltige und verschorfte Kreatur wirkte unendlich gelangweilt und elend, weil man sie aus ihrer natürlichen Umwelt in ein unglückliches Leben hinter Zoo-Gittern verbannt hatte. Die Ähnlichkeit erschreckte Meg jedes Mal.

»Er kommt zu jeder Jahreszeit und versucht, die Leute davon zu überzeugen, seine magischen Tränke gegen jedes Zipperlein zu kaufen. Außerdem verspricht er ihnen ein ewiges Leben.«

»Inwiefern?«, hakte Meg nach.

»Er scheint einer von diesen zuckenden Quäkern zu sein. Oder etwas Ähnliches. Ich finde, der Sheriff sollte ihn festnehmen. Hier gibt es jede Menge religiöser Spinner. Gegen religiöse Spinner habe ich nichts, aber er ist wirklich gefährlich in seinem Fanatismus.« Mr Drews brütete über einem Rezept für eine gute Krupp-Medizin für Kinder. Nie versprach er Heilung, sondern lediglich Linderung der Symptome.

»Überhaupt gibt es hier Spinner zuhauf. Zum Beispiel Fallensteller, die sich halb blind gesoffen haben. Indianer vom Stamm der Nez Percé, denen das Feuerwasser des weißen Mannes nicht bekommt. Frauen aus den Bergen, denen der Alkohol und die Untreue ihrer Ehemänner zu schaffen machen … Entschuldigen Sie, Miss. Ich persönlich bin der Ansicht, dass jeder in dieser von allen Teufeln gerittenen Stadt entweder verdächtig oder längst schuldig ist. Lassen Sie sich bloß nicht von diesem billigen Hanswurst mit seinen noch billigeren Tinkturen überzeugen, Miss Meg, wie zum Beispiel Miss Gertie dort drüben.«

»Ganz bestimmt nicht«, erklärte Meg.

»Der Spinner da draußen ist jedenfalls auf nichts anderes aus, als neue Glaubensbrüder zu gewinnen.« Mit diesen Worten griff Mr Drews nach seinem Rezept und verschwand hinter dem Vorhang im Labor, um die Medizin zu mischen.

Die Wartezeit nutzte Meg, um sich draußen auf dem Bürgersteig ein wenig die Füße zu vertreten. Die fröhliche Menschenmenge, die sich um den Planwagen drängte, zog sie magisch an. Auch wenn sie überzeugt war, dass die Medizin nicht helfen würde, regte sich nach Mr Drews despektierlichen Bemerkungen über die Quäker ihr Widerspruchsgeist. Meg war selbst Quäkerin. Doch in ihrer Familie konnte man bestimmt niemanden als Spinner bezeichnen – von ihr selbst ganz zu schweigen. Das engstirnige Urteil über den Glauben anderer Leute gefiel Meg ganz und gar nicht.

Von der Menschenmenge mitgerissen landete Meg bald vor dem Planwagen von Peter Heflin. Sie wollte sich erkundigen, ob es in Halifax ein Begegnungshaus der Quäker und nicht nur die Seefahrermission gab. Manchmal fühlte sie sich doch ein wenig allein, obwohl sie in South Bay längst nette Freunde gefunden hatte. Und genau darum ging es auch ihrer Religion, die sich offiziell »Religiöse Gesellschaft der Freunde« nannte.

Peter Heflin hatte Meg bereits beobachtet, als sie aus dem Einspänner stieg und in Drews Apotheke verschwand. Ein unschuldig aussehendes, junges Mädchen ohne Begleitung, bereit zur Ernte. »Treten Sie ruhig näher, junge Dame. Was kann der gute Peter für Sie tun? Ist jemand in Ihrer Familie vielleicht krank?«

»Eine kleine Freundin von mir leidet unter Krupp.«

Meg hätte sich ohrfeigen können. Wieso hatte sie geantwortet? Warum hatte sie einem völlig Fremden etwas über sich verraten?

»Aha, gegen Krupp habe ich genau das Richtige.« Er holte eine Flasche aus dem Innern des Planwagens. »Diese Medizin besteht nur aus den besten Pflanzen und Kräutern, die ich selbst auf der langen Reise von Utah nach Halifax gesammelt habe. Hier … probieren Sie selbst.« Er bot ihr ein wenig Tinktur auf einem Löffel an.

»Ich selbst habe keinen Krupp«, sagte Meg und zog sich hastig zurück.

»Vielleicht jetzt noch nicht, aber Sie könnten sich angesteckt haben. Ein Löffel von dieser Medizin bannt jegliche Ansteckungsgefahr. Probieren Sie, junge Frau. Sie werden sehen, dass Sie noch nie süßere Medizin gekostet haben. Wenn Sie nicht selbst probieren, werden Sie es nie erfahren. Und dann nehmen Sie eine Flasche für Ihre arme, kleine Freundin mit. Bei mir bezahlen Sie normalerweise nur den halben Preis von dem, was Mr Drews verwässerte Tinkturen kosten. Aber heute bekommen Sie die Flasche sogar ganz umsonst. Und morgen kommen Sie zurück und erzählen dem guten Peter, wie gut sich Ihre kleine Freundin erholt hat. Die Medizin von Drews schmeckt immer bitter – Kinder behalten sie nicht lang im Magen ... habe ich nicht Recht, Mrs Aniseed Reed?« Er wandte sich an eine Frau in der Menge, die heftig nickte.

»Mein Abraham war schon halb tot, aber dank Ihnen und Ihrer Arznei ist er wieder quicklebendig, Doktor Heflin.«

»Der kleine Abraham litt unter Pneumonie«, erläuterte Heflin seinem Publikum. »Dabei handelt es sich um eine Lungenkrankheit, die normalerweise niemand überleben kann.«

Die Menge nickte andächtig.

Und daraufhin bot Heflin den Zuhörern löffelweise von seiner Medizin an, um zu beweisen, dass es sich nicht um Gift handelte. Nach jeder Probe tauchte er den Löffel in ein Glas mit Wasser und wischte ihn ab. Wenigstens befolgt er die Grundregeln der Hygiene, dachte Meg, die nichts Verwerfliches darin entdecken konnte, die Arznei zumindest zu kosten. Wenn die Flasche Medizin tatsächlich nichts kostete und obendrein wirkte, hatte sie viel Geld gespart. Und außerdem war Lindy von Mr Drews' Tinktur beim letzten Mal sehr übel geworden. Sie hatte sich übergeben müssen, und Drews Medizin war ebenso wie das Geld dafür verschwendet gewesen.

Meg kostete. Die süße, honigartige Substanz schmeckte himmlisch; viel besser als alles, was der Griesgram Drews je zu Stande gebracht hatte. Und dass er Wasser in seine Tinkturen schüttete, traute sie ihm allemal zu!

»Lecker«, erklärte Meg. »Ich werde die kostenlose Flasche mitnehmen, Doktor Heflin. Aber die Medizin von Mr Drews nehme ich auch mit, falls Ihre nicht wirkt.«

»Keine Sorge, sie wirkt bestimmt«, lächelte Peter Heflin und reichte ihr eine Flasche seiner Spezialmedizin. Sofort forderten auch die anderen Zuschauer eine kostenlose Probe. Entgegenkommend verteilte er seine Arznei, die gemäß seinen Worten nicht nur gegen Krupp wirkte.

Auf dem Weg zurück zur Apotheke fasste Meg plötzlich Mut, sie drehte sich um und fragte: »Sind Sie wirklich Quäker, Doktor Heflin? Mr Drews hat so etwas anklingen lassen.«

»Ob ich Quäker bin?« Heflin klatschte sich auf die umfangreichen Schenkel. »Dieses Mädchen hier fragt, ob ich Quäker bin! Reichen Sie mir Ihre Hand, Kleine! Natürlich gehöre ich der Gesellschaft der Freunde an! Aber nur ein echter Quäker erkennt einen anderen …« Er wandte sich einem jugendlichen Paar zu, das in seiner Nähe stand. »Luke, Martha, bringt diese junge Dame zu unseren Brüdern und Schwestern in der Wagenburg. Sie sollen ihr ein herzliches Willkommen bereiten; sie ist eine Freundin wie wir. Tut alles, was in eurer Kraft steht, um ihr zu zeigen, dass sie sich unter ihresgleichen befindet. Später kann sie dann mit ihrer Arznei nach Hause fahren und morgen mit ihrer Familie zu unserer Gebetsstunde kommen; wir werden dem Herrn danken dürfen, dass er ihre kleine Freundin vom Krupp geheilt hat.«

»Ich glaube kaum …« Meg war eingefallen, dass sie Mrs Prest versprochen hatte, so schnell wie möglich mit der Medizin für Lindy zurückzukehren. Doch sie fühlte sich völlig überwältigt. Allzu lange schon sehnte sie sich nach ihren eigenen Leuten, nach Quäkern, nach der Religiösen Gesellschaft der Freunde. Luke und Martha schienen sehr nett zu sein. Beide gaben ihr die Hand und hießen sie im Schoß der Familie willkommen.

Megs Widerstand schmolz dahin. Sie schloss sich den beiden netten jungen Leuten an und ging mit ihnen zur Wagenburg der reisenden Quäker, die am Stadtrand aufgebaut war.

Die Quäker im Lager unterschieden sich deutlich von der Andachtsgruppe in Dublin, wo ihr Vater zu den hoch respektierten Ältesten gehört hatte. Peter Heflins Andachtsgruppe gab sich fast übermäßig herzlich, doch das musste nicht unbedingt gegen sie sprechen.

Meg war nicht in der Lage, diese Menschen zu ergründen. Sie fühlte sich irgendwie leicht und ein wenig seltsam, ohne zu wissen, warum. In ihr war nichts als Euphorie, tiefes Glück und eine herrliche Zufriedenheit, endlich ihre eigene Glaubensfamilie wiedergefunden zu haben, nach Monaten der Trauer um Vater und Patrick, ohne Louise, Jon und Tante Eliza, und nachdem ihre Welt in ihren Grundfesten erschüttert worden war.

Sie stellte keine Fragen, sondern aß köstliche kleine Küchlein, die auf dem Lagerfeuer gebacken wurden und so zart waren, dass sie auf der Zunge zergingen. Sie trank selbst gemachten Fruchtsaft und begann zu kichern. Sie vergaß, ohne wirklich zu vergessen. Sie wusste, dass sie nach South Bay zurückkehren sollte, doch ihr fehlte der Antrieb. Eigentlich wollte sie nur noch schlafen – eingehüllt in eine warme Decke verschwommenen Glücks.

Die Mormonin Martha bereitete dem jungen Mädchen ein Lager im hinteren Teil des Planwagens der Familie.

Am Sonntagmorgen war Mrs Prest außer sich vor Sorge. Meg war nicht heimgekommen.

Mrs Prest konnte nicht wissen, dass der Treck von Peter Heflin Halifax längst verlassen hatte und sich mit seiner menschlichen Fracht auf dem Rückweg nach Utah befand. Aus den Kindern des himmlischen Vaters sollten Brautpaare werden. Die Sekte der Mormonen war noch neu in den Vereinigten Staaten.

Den ganzen Nachmittag hatte Mrs Prest darauf gewartet, dass Meg mit Lindys Arznei zurückkam. Den ganzen Abend ebenfalls. Da sie das kranke Kind nicht allein lassen konnte und ohne den Einspänner ohnehin viel zu lang gebraucht hätte, konnte sie auch nicht in die Stadt gehen und nach Meg suchen.

Mrs Prest hegte nicht den geringsten Zweifel, wo Meg geblieben war. Sicher war sie ins *Red Leather Gloves* gegangen, genau wie ihre Schwester. Gertie Polowski schien einen außerordentlichen Einfluss auf die beiden Mädchen auszuüben. Vermutlich hatte diese Polowski Meg Brandy eingeflößt, bis sie nicht mehr wusste, wo sie war; deshalb war sie nicht heimgekommen. Natürlich war es auch möglich, dass Meg einen Unfall gehabt hatte. Schließlich kannte sie sich mit dem Einspänner längst nicht so gut aus wie Louise, und Starlight benahm sich manchmal ziemlich zickig, wenn sie der Hafer stach. Wer weiß, vielleicht lag Meg schwer verletzt in irgendeinem Graben ... oh Gott!

Mrs Prest wusste nicht mehr, was sie tun sollte. Die ganze Nacht hatte sie an Lindys Bett gesessen, weil es der Kleinen von Stunde zu Stunde schlechter ging, und jetzt lief sie ständig nach draußen und hielt Ausschau nach Meg. Sie wünschte von ganzem Herzen, der Kapitän wäre zu Hause.

Zum mindestens hundertsten Mal schob Mrs Prest die schweren Spitzengardinen beiseite, blickte hinaus und betete, dass Argos oder der Kapitän unverhofft den gewundenen Weg entlangkämen. Noch nicht einmal zur Kirche hatte sie gehen können, und auch der Postbote würde an einem Sonntag nicht nach South Bay kommen. Aber bewegte sich dort nicht etwas in der Ferne? Ein Pferd? Ein Gespann?

Es war der Einspänner des Kapitäns. Gemächlich zuckelte Starlight auf den heimischen Stall zu. Mrs Prest fiel ein dicker Stein vom Herzen. Gleichzeitig kamen ihr tausend Dinge in den Sinn, die sie der pflichtvergessenen Meg ins Gesicht schleudern wollte.

Sie stürmte aus dem Haus und öffnete das Tor. Die Zügel lagen in den Händen von Gertie Polowski. Mrs Prests üblicherweise rotwangiges Gesicht wurde bleich vor Zorn. »Wo ist sie? Was haben Sie mit ihr gemacht? Ist sie etwa betrunken? Sind Sie daran schuld?«

Gertie stieg vom Kutschbock. Sie war noch immer in das freizügige rote Taftkleid gehüllt, das sie während der Arbeit im Saloon zu tragen pflegte. »Immer mit der Ruhe, Mrs Prest. Und Schluss mit der Brüllerei! Schließlich tue ich Ihnen einen Gefallen, dass ich dieses struppige Pferdchen und Ihren Einspänner zurückbringe. Es stand die ganze Nacht vor der Apotheke. Ich habe mir ganz schön Sorgen gemacht, weil ich ja wusste, dass nur Sie oder die lütte Meg damit gefahren sein konnten.«

»Wo ist sie?«, zischte Mrs Prest zwischen zusammengekniffenen Lippen.

»Ich habe diesen Griesgram, diesen Mr Drews aufgeweckt. Sonntags arbeitet er natürlich nicht. Er sagte, Meg wäre gestern bei ihm gewesen und hätte eine Arznei bestellt – diese hier.« Gertie drückte Mrs Prest die Flasche mit der Medizin für Lindy in die Hand. »Und dann sagte er, dass Meg nicht zurückgekommen wäre, um die fertige Medizin abzuholen. Zum letzten Mal gesehen wurde sie, als sie sich mit diesem Peter Heflin und seinen religiösen Spinnern unterhielt, die vor der Apotheke Quacksalber-Tinktürchen verkauften. Wer weiß, vielleicht hat sich Meg entschlossen, Heflins Medizin zu nehmen, anstatt hier auf dem platten Land zu versauern. Nicht wahr, Mrs Prest?«

Mrs Prest schien in sich zusammenzusinken. »Sagten Sie etwa gerade Heflin?«

»Jawohl. Er ist wieder in der Stadt.« Zufrieden stellte Gertie fest, dass Mrs Prest von ihrem hohen Ross herunterzukommen schien.

»Oh mein Gott!«, stammelte Mrs Prest und sah Gertie mit erschrockenen Augen an. »Glauben Sie etwa, sie …«

»Dass sie mit ihm abgehauen ist? Sieht ganz danach aus, Mrs Prest.«

»Was soll ich nur machen? O Gott! Was soll ich dem Kapitän sagen? Ganz zu schweigen von Louise!«

»Nun, dass Sie Ihre Aufsichtspflicht gegenüber einer Fünfzehnjährigen verletzt haben, die Ihnen vom Kapitän anvertraut worden ist. Oh je, Mrs Prest!« Gertie genoss jede Minute, in der sie Mrs Prests Unbehagen auskosten konnte. Zu lange hatte diese Frau sie geschnitten und verteufelt.

»Der Sheriff hätte Peter Heflin schon längst einsperren müssen. Immer wieder hat er sich an junge Leute herangemacht.«

»Wenn der Sheriff jeden Spinner einbuchten würde, der in Halifax aufkreuzt, dann würde sich keiner in dieser Stadt mehr frei bewegen, Mrs Prest«, erklärte Gertie. Dann wurde sie ernst. »Wenn Sie übrigens wünschen, dass ich Ihnen helfe, müssen sie aufhören, immer so gemein zu mir zu sein. Ich werde nun mal nicht gern beleidigt. Nie im Leben würde ich lütten Deerns wie Meg oder Louise Alkohol geben; ich habe ihnen ständig in den Ohren gelegen, dass sie mich besser nicht besuchen sollten. Meg war übrigens nie im *Red Leather Gloves*. Aber das nur nebenbei. Ich bin der Meinung, wir sollten die lütte Meg beim Sheriff als vermisst melden. Er ist derjenige, der diesem Spinner Heflin und seinen verrückten Aposteln das Handwerk legen kann, nicht wir. Möchten Sie, dass ich Meg als vermisst melde?«

Mrs Prest zögerte und starrte die Arzneiflasche an, ohne sie zu sehen. Nach einer Weile murmelte sie: »Wenn Sie so freundlich wären, Miss Polowski ...«

Gertie grinste wie ein Honigkuchenpferd. »Aber gerne. Ich laufe zurück in die Stadt ...«

»Nein, nein. Bitte nehmen Sie doch den Einspänner, Miss Polowski. Damit geht es deutlich schneller. Wenn Sie ihn später zurückgebracht haben, können Sie immer noch zu Fuß gehen. Und wenn Sie schon einmal dort sind – würde es Ihnen etwas ausmachen, Kapitän Lindewens ein Telegramm zu schicken?«

»Von Herzen gern, Mrs Prest«, säuselte Gertie.

»Schreiben Sie ihm, dass Lindy krank und Meg verschwunden ist ...«

»Davon halte ich nichts. Er würde sich viel zu viele Sorgen machen. Vielleicht kreuzt Meg ja schon morgen wieder auf, wenn der Sheriff diesem Heflin auf der Spur bleibt. Wenn es schon unbedingt ein Telegramm sein muss, dann sollte der Kapitän höchstens erfahren, dass seine Lütte krank ist. Auch Louise sollten wir nichts sagen. Sie könnte nämlich selbst dann nichts unternehmen, wenn sie wie ein geölter Blitz hier eintrudeln würde.«

»Kein Wort zu Louise – Sie haben Recht, meine Liebe. Immerhin bewegt sie sich inzwischen in höheren Kreisen. Wir wollen ihr wegen ihrer kleinen Schwester keinen unnötigen Schrecken einjagen. Meg war immer schon ein dickköpfiges junges Mädchen. Vielleicht ist wirklich alles nur ein Sturm im Wasserglas.« Mrs Prest klang nicht wirklich überzeugt.

Gertie kletterte zufrieden auf den Kutschbock. Meine Liebe!, hatte Mrs Prest zu ihr gesagt. Herz, was willst du mehr?

Mit kundiger Hand wendete sie das Gespann im Hof. »Sobald ich beim Sheriff war, komme ich zurück. Aber Sie sollten jetzt zur Ruhe kommen und sich nicht unnötig graue Haare wachsen lassen, das hilft niemandem weiter.« Ernst fügte sie hinzu: »Ich glaube, ich habe diese beiden lütten Iren-Deerns ebenso gern wie Sie und der Kapitän.« Und dann ließ Gertie die Zügel schnalzen, und das Pony trabte eilig in Richtung Stadt.

Mrs Prest ging nach oben und verabreichte Lindy Mr Drews Krupp-Arznei. Ihre Meinung über Gertie Polowski hatte sich deutlich in Richtung Akzeptanz verschoben.

Der Sheriff von Halifax fand die verlassenen Planwagen sowie ein versprengtes Grüppchen von Jüngern Peter Heflins nicht weit von der Stadt entfernt. Von den Kindern des himmlischen Vaters fehlte, abgesehen von ihrem Müll, jegliche Spur. Sheriff Moncrieff blieb nichts anderes übrig, als in die Stadt zurückzureiten und Mrs Prest die schlechte Nachricht zu überbringen, dass Meg Duigan vermutlich von einer Gruppe religiöser Fanatiker entführt worden war. Gott allein wusste, wohin es Heflin und seine Gesinnungsgenossen verschlagen hatte.

Pieter van Heflin, ursprünglich niederländischer Herkunft, war den amerikanischen Behörden wohl bekannt, obwohl er nicht gegen Gesetze verstieß. Üblicherweise bestieg er einen Zug in eine bestimmte Richtung, um in ausgewählten Landstrichen auf Seelenfang zu gehen. Von New Brunswick aus fuhr er meist nach Bay of Fundy, in letzter Zeit auch öfter einmal von Utah nach Halifax.

Nordamerika war ein weites und fruchtbares Betätigungsfeld für Leute wie Heflin, seine Jünger und ihresgleichen. Bei unglücklichen, verarmten, beraubten oder enteigneten Menschen konnte man wunderbar Kasse machen, wenn man ihnen Erlösung und ewige Seligkeit versprach. Ein Penny hier, ein Dollar da – auch Kleinvieh macht Mist. Heflin hatte einen guten Riecher gehabt.

Der Sheriff konnte nichts weiter tun, als seinen Kollegen eine Personenbeschreibung von Meg Duigan zu schicken und zu hoffen, dass Heflin in einem der Bundesstaaten auffiel; anders war diesem Scharlatan vermutlich nicht beizukommen.

Die Kinder des himmlischen Vaters waren durchaus keine arme Gruppierung. Im Gegenteil. Vor allem ihren Anführer konnte man ohne Übertreibung als ausgesprochen reich bezeichnen. »Doktor« Heflin hatte Halifax tatsächlich in einer Nacht- und Nebelaktion verlassen und war mit einem Güterzug in den Bundesstaat New Brunswick gereist, wo seine restlichen Jünger in einem Ort namens Turtle Creek auf ihn warteten. In den von Peter erst vor kurzem erworbenen Planwagen fuhren sie anschließend durch den herbstlichen Mittelwesten, um in Buffalo ihr Winterquartier aufzuschlagen.

Im Frühling würde es über Ohio, Iowa, Nebraska und Wyoming nach Utah weitergehen, wo sie in Salt Lake City spirituelle Erneuerung und persönliche Erleuchtung erlangen würden, indem die jungen Konvertiten sich mit den Kindern des himmlischen Vaters vermählten, dem »Hohepriester des Alten Testaments, auf dessen Brustplatte sich Orakel befanden«.

Hohe, schroffe Gebirgskämme in bläulichem Dunst, fruchtbare Täler, schlammige Schluchten, endlos weite Landschaften, deren Öde nur durch wie Sägezähne wirkende, weit entfernte Berge aufgelockert wurde, weiche, grüne Hügellandschaften, die denen im heimischen Irland ähnelten – Meg sah es und wusste, dass sie alles verloren hatte, während Peters Wagentreck unbeirrbar in Richtung der Großen Seen weiterzog.

6. Kapitel

Auf einem Kamm der Sunset Hills hoch über der Eisenbahnlinie saß Still Water, ein Indianer vom Stamm der Nez Percé bewegungslos auf seinem herrlichen Appaloosa-Pony. Er war ein Enkel des berühmten Kriegers Hin-ma-toe-yah-laht-khit – »Donner, der aus dem Wasser über das Land rollt« –, dessen englischer Name Joseph lautete.

Dreißig Jahre zuvor war Chief Joseph, der heldenhafte Häuptling des Nez-Percé-Stammes, durch General Howard von der US-Kavallerie in der Schlacht am Bear Paw Mountain vernichtend geschlagen worden. Man hatte seinen Stamm aus den uralten Stammesgebieten in Oregon und Idahoe vertrieben, indem man den Indianern Verträge anbot, die das Papier nicht wert waren, auf dem sie geschrieben standen. Die Nez Percé nannten ihren Rückzugsweg seither den »Weg der gebrochenen Verträge«. Nach der Niederlage am Bear Paw Mountain wurden die Nez Percé aus ihren Stammesgebieten verbannt und wie Vieh in Reservaten zusammengepfercht. Chief Joseph war gezwungen worden, seinen Stamm auf kanadisches Gebiet zu führen. Weiße Büffeljäger hatten ein Übriges dazu beigetragen, die Ureinwohner Amerikas ihres Landes und ihrer Nahrungsgrundlage zu berauben und ihre Anzahl drastisch zu reduzieren. Von ursprünglich sechshundert Stämmen waren lediglich zweihundert übrig. Die Bleichgesichter entweihten die Lebensweise der Indianer; der britische Kolonialismus auf amerikanischem Boden war daran nicht schuldlos.

Still Water liebte die weißen Männer nicht. Die neuen Amerikaner, deren Wurzeln tief in den Boden des britischen Empire reichten, hatten seine Seele zerstört. Sie hatten sein Land beschlagnahmt; seither blieb seinem Stamm nichts anderes übrig, als an den Großen Seen entlangzuwandern, manchmal auch weiter südlich, wo sie ab und zu noch auf die immer seltener werdenden Herden wilder Büffel stießen, von denen seit Jahrtausenden das Leben der amerikanischen Ureinwohner abhing.

Still Water hasste den weißen Mann für das, was er seinen Vorfahren und seiner eigenen Kriegergeneration angetan hatte. Als die Schlacht am Bear Paw Mountain geschlagen wurde, war Still Water noch nicht geboren, doch ihr Ruhm hatte ihn Zeit seines Lebens begleitet. Der Ruhm eines fünf Tage andauernden Kampfes, für den Chief Joseph seine Krieger fast dreitausend Kilometer weit zwischen dem Yellowstone Pass und dem Missouri geführt hatte, wo er auf General Howard traf. Dort hatten die nur mit Pfeilen und Tomahawks bewaffneten Indianer in die Mündungsrohre von Kanonen geblickt …

»Was willst du tun, Still Water?«

Die Stimme von White Fox, seinem Gefolgsmann, drang durch seinen Tagtraum.

Still Water betrachtete die weißen Dächer des einsamen Zuges, der sich weit unten über den felsigen Pass schlängelte. Erst nach einer ganzen Weile wandte er sich seinen Kriegern zu. Auf ihren bunt gescheckten Ponys, die Speere mit den Stammesabzeichen fest in der Hand, starrte das Grüppchen auf die Eindringlinge, die wieder einmal die geheiligten Jagdgründe der Nez Percé entweihten. Doch Still Water konnte es nicht tun. Er konnte das Signal zum Angriff nicht geben. Er wollte nicht gegen arme weiße Siedler kämpfen, die mit diesem Zug den Schritt in ein neues Leben wagten. Er war nicht in der Lage, in die Fußstapfen seiner Vorfahren zu treten. In der Vergangenheit hatte jeder Stamm nur in seinem eigenen Territorium gejagt und seine Nachbarn geachtet. Bis der Weiße Mann kam. Danach wurden alle Stammesgesetze nichtig. Zerstörung breitete sich aus. Und die angestammten Jagdgründe standen denen offen, die mutig oder verrückt genug waren, für das Land zu kämpfen, das die Weißen im Namen der Vereinigten Staaten von Amerika beschlagnahmt hatten. Selbstverständlich war jeder Krieger der Nez Percé und mit ihnen verbrüderter Stämme bereit, den Besitz des eigenen Landes bis zum Tod zu verteidigen, ganz gleich, ob bis zu den Knien im Schnee oder im trockenen Wüstensand.

White Fox gehörte dem Stamm der Flathead an, einem ebenso wie die Nez Percé und die Chippewa dezimierten Nachbarstamm. Nez Percé, Flathead und Chippewa hatten sich zusammengeschlossen, um ihre Rechte entweder vor dem Supreme Court zu erstreiten oder, wenn nötig, darum zu kämpfen.

Krieger wie Still Water und White Fox jagten immer noch Büffel bei Tag und ihre Feinde bei Nacht. Im Dickicht der Sprachverwirrungen, in Worten, die keiner der Indianer verstand, schafften es die Bleichgesichter mit ihrer gespaltenen Zunge, Stück für Stück die angestammten Jagdgründe an sich zu reißen. Im Kongress wurden Worte erschaffen, die einzig dazu dienten, die Indianer zu verwirren und zu betrügen. Still Water wusste um den Betrug des Weißen Mannes. Sein Stamm hatte Büffel gejagt, um zu überleben. Sie aßen das Fleisch, aus den Häuten machten sie Tipis und Kleider, Decken und Wasserflaschen. Die Indianer hatten alles, was sie brauchten, sie lebten in einem herrlichen Land, ohne es zu beherrschen. Doch nach dreißigtausend Jahren kamen die Bleichgesichter und vergifteten alles mit ihren Lügen.

Still Water erinnerte sich der historischen Worte, die sein Großvater nach der Niederlage am Bear Paw Mountain gesprochen hatte:

»Ich bin des Kämpfens müde. Unsere Häuptlinge wurden getötet. Looking Glass ist tot. Too-hul-hul-sute ist tot. Die Alten sind alle tot. Die jungen Männer haben nun das Sagen. Jener, der sie einst führte, ist tot. Es ist kalt, und wir haben keine Decken. Die kleinen Kinder erfrieren. Einige meines Volkes sind wegge-

laufen. In die Hügel. Sie haben keine Decken und nichts zu essen. Niemand weiß, wo sie sind – vielleicht erfrieren sie gerade. Ich will Zeit, um nach meinen Kindern suchen zu können und um zu sehen, wie viele von ihnen ich noch finden kann. Vielleicht finde ich sie unter den Toten. Hört mich, meine Häuptlinge! Ich bin es müde. Mein Herz ist gram und traurig. Vom heutigen Stand der Sonne will ich nie mehr kämpfen – für immer.«

Still Water wandte sich zu seinem Bruder von den Flatheads um. »Ich werde beim Tanz der Träume entscheiden, ob wir heute Nacht jagen oder nicht.«

Dann wendete er sein Pony und trabte in die Sunset Hills davon.

Entgegen der landläufigen Meinung verbreitete sich diese schlechte Nachricht in Windeseile. Sie kam langsam, unerwartet und war auf einmal da, als man sie am wenigsten erwartete und war dadurch umso schockierender.

Louise war im Wohnzimmer mit einem Blumengesteck beschäftigt, als Charles Tharin ihr einen in Halifax abgestempelten Brief überbrachte. Er kam nicht von Meg. Erst am Vortag hatte sie Megs Geburtstagsgeschenk erhalten: Ein hübsch von ihr selbst besticktes und mit Spitzen gesäumtes Taschentuch.

Der Umschlag trug auch nicht Riks Handschrift; trotzdem kam sie Louise irgendwie bekannt vor. Dann fiel es ihr ein. Sie hatte diese Handschrift auf vielen Einkaufszetteln gesehen, die sie von South Bay mitbekommen und in Halifax erledigt hatte.

»Entschuldigen Sie, Madam«, wandte sich Louise an Mrs McKinley, »dürfte ich mich einen Augenblick zurückziehen und den Brief lesen?«

»Selbstverständlich, meine Liebe.« Die Frau des Gouverneurs saß inmitten bunter Wollknäuel am Fenster und häkelte eifrig Hausschuhe. Nächsten Monat war Thanksgiving, und sie wollte Familienmitgliedern, Freunden und ihren Bediensteten an diesem Tag eine Freude machen.

Louise wusste, wie zart besaitet Ida McKinley war, und zog es vor, eventuelle Gefühle beim Lesen des Briefes nicht vor ihr zu zeigen.

Um sich die vielen Treppen zu ihrem Zimmer zu ersparen, ging sie in den Garten, wo sie den Umschlag mit zitternden Fingern aufriss. Warum schrieb Mrs Prest? War Meg etwa krank? Hatte sie einen Unfall gehabt? Louise überflog den Brief, verstand zunächst gar nichts und las ihn dann noch einmal langsamer. Sie konnte kaum glauben, was Mrs Prest da schrieb: dass Meg vermisst wurde, dass sie vermutlich von einer religiösen Sekte entführt worden war und dass der Sheriff im ganzen Land mit Plakaten nach ihr fahnden ließ.

»Mein Gott, nein!« Louise fühlte sich, als hätte sie einen heftigen Schlag in die Magengrube bekommen. Sie war kaum in der Lage, einen vernünftigen Gedanken zu fassen. »Oh, mein Gott!«

»Waren Sie das?« Über der Hecke tauchte ein Kopf auf, George Saxton schob sein Fahrrad in den Garten. »Was ist los mit Ihnen, Louise? Sie sind ja so weiß wie eine makellose Weste – etwas, das man in Canton heutzutage nur noch selten findet.«

George Saxton war so ungefähr der letzte Mensch, mit dem Louise jetzt sprechen wollte; auch sonst ging sie ihm lieber aus dem Weg. Seit er vor einigen Wochen zu seiner Schwester zum Tee gekommen war, ging er Louise mit seinen Nachstellungen auf die Nerven. Sie wandte ihm den Rücken zu.

»Hätten Sie Lust, am nächsten Samstag mit mir zum Kinetoskop zu gehen, Louise? In Canton findet eine Vorstellung statt.«

»Nein, danke, Mr Saxton.« Sie musste ihn höflich behandeln, schließlich war er der Schwager des gewählten Präsidenten. William und Ida McKinley würden in Kürze nach Washington umziehen und hatten Louise gebeten, sie zu begleiten, doch wie es schien, würde es nicht dazu kommen. Sie musste so schnell wie möglich nach Halifax zurück.

»Kann ich Ihnen irgendwie helfen?«, drängte er. »So, wie Sie aussehen, haben Sie ziemlich schlechte Nachrichten erhalten.«

Sie drehte sich um und starrte ihn voller Ablehnung an. Die flache Fahrradkappe saß in keckem Winkel auf seinem ergrauenden Haar, sein bleiches, verbrauchtes Gesicht war von tiefen Falten durchzogen, die in teure Lederhandschuhe gehüllten Hände hielten den Lenker seines protzigen Fahrrads. Nach der Art der Kleidung zu schließen, in der er gern in der Stadt herumstolzierte, hielt er sich noch immer für einen jungen Mann. Er war Louise unsympathisch, Schwager des Präsidenten hin oder her.

»Es geht Sie zwar nichts an, Mr Saxton, aber man hat mich soeben informiert, dass meine Schwester vermutlich entführt worden ist. Und zwar von einer religiösen Sekte, deren Oberhaupt ein Quacksalber zu sein scheint, der sich als Quäker ausgibt. Kein Mensch weiß, wo meine Schwester sich zurzeit aufhält, und deshalb bin ich jetzt absolut nicht in der Stimmung, Ihnen zuzuhören. Ich muss so schnell wie möglich nach Halifax.«

»Du lieber Himmel, das ist ja wirklich tragisch ...« Er schien ernsthaft betroffen, lehnte sein Fahrrad an die Hauswand und trat zu ihr. »Arme Louise! Gibt es irgendetwas, das ich für Sie tun könnte?«

»Nein, nicht nötig, vielen Dank.« Sie presste die Lippen zusammen. Nichts hasste sie mehr, als dass man ihr ihre Gefühle vom Gesicht ablesen konnte.

»Es macht keinen Sinn, Hals über Kopf nach Halifax zu reisen«, wandte er ein. »Sie können dort nichts, aber auch gar nichts ausrichten. William hingegen wäre sicher in der Lage, etwas für Sie zu tun, und zwar viel effektiver als jeder Kleinstadt-Sheriff.«

Louise sah ein, dass er Recht hatte. Dennoch blieb sie unentschlossen.

»Sie sollten Ida nichts davon sagen«, fuhr er fort, »sonst kriegt sie gleich wieder einen Anfall.« Er meinte es nicht respektlos. »William sitzt gerade im Exekutivausschuss in Columbus. Entschuldigen Sie sich bei meiner Schwester, und dann nehmen wir den Bus nach Columbus und reden mit dem Gouverneur. Er wird sicher Mittel und Wege finden, Ihnen zu helfen.«

»Glauben Sie wirklich, Mr Saxton?« Louises Stimme zitterte.

»Ganz sicher, meine Liebe. William hatte schon immer ein weiches Herz, wenn es um Kinder und Jugendliche ging.«

Zwar war es Louise unangenehm, in George Saxtons Schuld zu stehen, zumal ihm der Ruf vorauseilte, hilflose Frauen gern auszunutzen, doch irgendwie fühlte sie sich besser, seit sie über ihre Sorgen hatte sprechen können. Ihre Bürde schien leichter geworden zu sein.

Sie fuhren nach Columbus, der Hauptstadt Ohios, wo George mit seinem Schwager sprach, weil Louise viel zu nervös und verwirrt war. Sie wusste sehr wohl, dass er ein sehr beschäftigter Mann war, zumal nach seiner siegreichen Präsidentschaftskampagne. Außerdem würde der zukünftige Präsident sie und ihre Familie vermutlich für eine Landplage halten, weil sie ihn ständig mit ihren Angelegenheiten behelligte. Doch er war ihre einzige Hoffnung, Meg wiederzufinden.

William McKinley zeigte sich wieder einmal voller Verständnis. Er unterbrach seine Sitzung und führte ein langes, persönliches Gespräch mit Louise, in dem er aus seinem Mitgefühl über ihre neuerlichen Sorgen keinen Hehl machte. Er orderte Tee, um sie zu beruhigen, und kümmerte sich mit väterlicher Fürsorge um sie. Schließlich versprach er ihr, das republikanische Räderwerk in Bewegung zu setzen. Auf diese Weise könne man Meg binnen kürzester Zeit finden und Pieter van Heflin hinter Gitter bringen. Darauf gab ihr der designierte Präsident sein Wort.

Thunder Bay lag tief verschneit, und der Obere See war zugefroren. Trotz der eisigen Temperaturen außerhalb des Tipi fühlte Meg sich warm und behaglich. Sie hatte sich angewöhnt, sich wie die Squaws zu kleiden, und trug Mieder und Wams aus Leder zum fransigen Lederrock sowie pelzgefütterte Mokassins aus

Hirschleder, die ihre Füße schön warm hielten. Außerdem hatte sie sich in eine der dicken Webdecken gehüllt, die nicht nur sehr praktisch, sondern obendrein außerordentlich hübsch waren. Meg liebte die bunten Indianermuster, das sommerliche Ocker und Rot der Erde, das strahlende Gelb des Sonnenscheins, die Grüntöne der Hügel, das Purpur der Berge und das dunkle Blau der Seen, in denen der Himmel sich spiegelte.

Meg summte vor sich hin und stocherte mit einem langen Zweig im Feuer. Graublaue Rauchspiralen kringelten sich durch das Abzugsloch an der Spitze des Tipis wie geisterhafte Tänzer beim Tanz der Träume und verloren sich im bleiernen Himmel. Wie viel hatte sie hier im Indianerlager schon gelernt!

Meg dachte an den Morgen zurück, als sie auf dem Weg zum Eriericsee in der Wagenburg aufgewacht war. Eine riesige, feurige Sonne ging über den Hügeln auf. Sie befanden sich auf dem letzten Abschnitt der Reise zu den Großen Seen und nach Buffalo City. Meg erinnerte sich, wie sie oben auf dem roten Hügelkamm die Indianer entdeckt hatten. Wie große dunkle Adler in einem Nimbus aus Gold hatten sie ausgesehen, bereit, auf sie niederzustürzen und sie zu zerfleischen. Sie erinnerte sich auch, wie Frauen und Kinder geschrien hatten und wie die Männer die Wagen im Kreis aufstellten, um sie alle zu schützen. Noch heute musste Meg lachen, wenn sie daran dachte, wie der fette kleine Peter aus dem hohen Gras auf sie zugerannt kam; seine Hosen hingen ihm noch um die Knöchel, und seine runde Drahtbrille saß völlig schief auf seiner Stupsnase.

Peter, Luke und Martha waren die Einzigen gewesen, die vor den bedrohlich in einer Reihe auf dem Hügel stehenden Indianern mit ihren gezückten Tomahawks keine Angst gehabt hatten. Sie kannten sie und wussten, was sie wollten.

»Das sind nur Still Water und White Fox. Sie haben nicht vor, uns zu skalpieren. Sie sind Freunde und sicher wegen meiner Wunderkur gekommen.« Inzwischen hatte Peter seine Hosen hochgezogen und schlurfte zu seinem Wagen, um den Passierschein für das Stammesgebiet der Nez Percé, süße Kekse, das von ihm »Fruchtsaft« genannte Getränk und die Wunderkur zu holen.

Die Indianer kamen hinunter ins Tal und wurden von Peter mit vorsichtigem Respekt begrüßt. Obwohl er sie als Freunde bezeichnet hatte, benahm er sich nicht so, als wären sie langjährige Vertraute. Rothäute waren seiner Ansicht nach notorisch unberechenbar, und vor allem nach größeren Mengen Peyote, den sie beim Tanz der Träume zu sich nahmen, oft ziemlich reizbar.

Still Water beobachtete unterdessen Meg, die ganz in der Nähe stand. Das Mädchen verfolgte interessiert, was um sie herum vorging. Ihr junges Gesicht erschien ihm lebendig und unschuldig, ihr Verhalten ruhig, würdig und sehr erwachsen, obwohl sie offensichtlich noch ein Mädchen war. Ihre Jugend erkannte er an ihren gerade erst knospenden Brüsten.

Das bleichgesichtige Mädchen gefiel dem Häuptling. Er nahm sie beiseite. Ihr dunkelrotes Haar und ihre blaugrauen Augen rührten ihn an; ihr Äußeres übte eine ebensolche Faszination auf ihn aus wie ihr Benehmen. Still Water wollte mehr über sie erfahren – vor allem interessierte ihn, was sie mit den »Leuten, die anderer Leute Leben verschacherten« zu tun hatte.

Still Water hatte ein wenig Englisch gelernt, die Sprache des Weißen Mannes war wichtig für das Überleben der Stämme und den Abschluss von Verträgen.

»Was du machen?«, fragte er und zeigte auf die Schultafel, die Meg auf dem Lagerplatz aufgestellt hatte. Allmählich trauten sich die Kinder des himmlischen Vaters, die kurz zuvor noch brav um die Tafel gesessen hatten, bei der Annäherung der Indianer aber schreiend in ihren Planwagen verschwunden waren – Still Water musste sich ein Grinsen verbeißen bei dem Gedanken, für wie wild die Bleichgesichter ihn noch hielten –, neugierig wieder zurück in ihr provisorisches Klassenzimmer.

»Ich lehre sie Englisch«, antwortete Meg.

»Weißes Mädchen lehrt Kinder die Sprache des Weißen Mannes, obwohl selbst noch ein Kind?«

»Ja«, antwortete sie einfach, weil sie nicht wusste, worauf Still Water hinauswollte.

»Wie viele Jahre zählt Papoose-Squaw mit Stimme wie singender Vogel?«

Zunächst verstand Meg nicht, was er wissen wollte, doch dann wurde ihr klar, dass er nach ihrem Alter fragte. »Fünfzehn Jahre«, antwortete sie und fühlte sich angesichts der vielen interessierten Blicke plötzlich unbehaglich.

»Gut. Du kein Kind mehr. Still Water nicht wollen Ärger mit Soldaten.« Spielerisch bedrohte er White Fox mit der flachen Seite seines Tomahawk. »Warum du nicht schreien bei Anblick von Flathead-Krieger wie andere bleichgesichtige Squaws?«, erkundigte er sich bei Meg.

»Weil ich erstens keine Squaw bin und zweitens Schreien für ziemlich dumm halte. Aber natürlich wüsste ich gern, warum sein Kopf so flach ist und zerquetscht aussieht.«

Still Water musste lachen. »Er Flachkopf, weil Flathead Squaw Papoose in Papoose-Korb legt der eng am Kopf. So Baby wächst mit flachem Kopf. Gehört zu Stammessitte.«

Er wandte sich an Heflin. »Sie dieses Mädchen wegnehmen von ihrem Volk und machen Papoose-Braut für himmlischen Vater? Ich möchte mitnehmen zu lehren mein Volk die Zunge der Bleichgesichter. Sie nicht streiten mit Still Water. Wäre schlecht für Sie, wenn Still Water berichtet Soldaten, dass Sie entführt haben weißes Mädchen. Komm, weiße Lady.« Ohne weitere Umstände hatte er Meg auf sein Pony gehoben und sie ins Lager der Nez Percé mitgenommen.

So hatte alles angefangen, dachte Meg lächelnd. Sie lehrte und erhielt gleichzeitig eine Ausbildung, die ihrem Vater sicher die Haare zu Berge hätte stehen lassen und vermutlich auch andere Leute vor den Kopf stieß. Doch Meg gefiel ihr neues Leben, auch wenn sie Louise vermisste. Sie dachte oft an ihre Schwester – daran, wie sehr sie unter ihrem plötzlichen Verschwinden gelitten haben musste, an all die Sorgen, die Meg ihr damit bereitet hatte.

Sie wünschte sich sehr, ihre Schwester bald wieder in die Arme schließen zu können und sie hoffte, dass es Louise ebenso gut erging wie ihr.

Still Water hatte auf Eskimo-Art im See geangelt. Er und White Fox hatten Löcher ins Eis geschlagen, die Köder an lange Schnüre gehängt und damit einen ansehnlichen Erfolg gehabt. Still Water kehrte zum verräucherten Schul-Tipi zurück und ließ seinen Fang auf den festgetretenen Zeltboden gleiten. Er war ebenfalls in dicke Decken gehüllt. Seine hirschledernen Stiefel zeigten Wasserflecke. Er ließ sich neben Meg nieder und streichelte ihren hübschen Kopf. Sie lächelte ihn an. Er war immer sanft zu ihr, wie ein Vater oder wie ein großer Bruder.

»Still Water möchte mit kleiner Lehrerin zu Abend essen. Sie wissen, wann sprechen gut und wann sprechen schlecht. Endlich Frau, die nie schreit. Still Water hasst dumme und streitsüchtige Squaws.«

»Herzlich Willkommen, Still Water.« Meg nahm den Fisch und sein Skalpiermesser und begann, das Essen zuzubereiten. Der Geruch des Fisches erinnerte sie immer an Irland. Wehmütig dachte Meg an ihre Familie – wie es Louise wohl ging? Ein freches Kindergesicht tauchte am Eingang des Schul-Tipis auf. Als der Junge Still Water entdeckte, kam er herein und setzte sich neben ihn.

»Ich nehme an, du möchtest mit deinem Vater essen, nicht wahr, Swift Eagle?«, fragte Meg ihren Schüler.

Swift Eagle lächelte. Sein bronzefarbenes Gesicht und seine schwarzen Augen glänzten im Schein des Feuers. »Gern, Dark Sunset«, antwortete er, wobei er den Namen benutzte, den Still Water ihr gegeben hatte. »Wenn mein Vater es erlaubt.«

Stolz fuhr Still Water seinem Sohn und Nachfolger durch den dichten schwarzen Schopf. »Aber nicht aufessen meinen Anteil!« Er lachte und machte es sich in einer Ecke bequem, wo er fern von seinen ewig streitenden Frauen seine Tabakspfeife genoss. »Friedenspfeife« pflegte er das Ritual zu nennen.

Still, würdevoll und nachdenklich saß er in der Ecke des Schul-Tipis. Meg streifte ihn mit einem Blick. Er brachte sie häufig zum Lachen, vor allem, wenn er durch das Lager lief und ständig wiederholte: »A für Apfel, B für Birne, C für Chili und D für Herr Doktor, der spricht mit gespaltener Zunge!« Und dann musste er über seinen eigenen Scherz herzhaft lachen.

Sein rötlich glänzendes, wie aus Granit gehauenes Gesicht, das an diesem Tag keine Stammesbemalung trug, die lange, gerade Nase mit den rituellen Ring-Löchern seines Stammes in den Nasenflügeln, die vollen Lippen, das markante Kinn, die dichten, schwarzen Wimpern, die sich über die schläfrigen Augen gesenkt hatten, und die dunklen, schmucklosen Zöpfe ließen ihn ganz und gar nicht wie einen Wilden erscheinen. Meg seufzte.

»Warum du seufzt wie eine müde Squaw?«, fragte er plötzlich hellwach. »Du genug hast von meinem Volk? Du zurückkehren möchtest zu Gott von weißem Mann – himmlischer Vater?«

»Nein, Still Water. Der himmlische Vater ist nicht mein Gott.«

»Dann warum du traurig, Dark Sunset?«

Meg schluckte. »Ist es möglich, dass ich meinen Leuten einen Brief schreibe, Still Water?«

»Wenn das dein Wunsch ist, Lehrerin«, antwortete er, wobei er das Verb »sein« – dank ihres Unterrichts – in seiner korrekten Form benutzte. »Aber dann du musst zwei Briefe schreiben. Still Water möchte neuen und besseren Vertrag mit neuem Präsident von USA schließen. Sein Name ist McKinley.«

»Ich weiß«, antwortete Meg.

»Wie du wissen?«

»Ich habe weiße Trapper darüber sprechen hören. Die Welt ist klein. Meine Schwester kennt übrigens den neuen amerikanischen Präsidenten. Sie hat in Ohio für seine Familie gearbeitet.«

Mit einem Satz war Still Water auf den Füßen. Er packte Meg und tanzte mit ihr so wild um das Feuer, dass Swift Eagle sich nur wundern konnte. »Wenn Schnee geschmolzen, wir gehen zusammen nach Ohio zu Schwester von beste Lehrerin. Wir gehen reden mit Präsident. Still Water gehen zurück in eigenes Tipi und denken nach, was sagen dem amerikanischen Kongress. Morgen du schreiben an Schwester. Schicken schöne Grüße in gut Englisch von Still Water, großer Häuptling vom Stamm der Nez Percé an neuen Präsident von Vereinigten Staaten.«

April 1897

7. Kapitel

Ein ganzes Jahr war vergangen, seit die Duigans von Dublin nach Nordamerika aufgebrochen waren. Ein ganzes Jahr, seit Jon auf Anticosti Island einsaß; und immer noch war kein Prozess in Sicht. Es schien Louise, als würden gewisse Umstände beim Untergang der *Cormorant* verheimlicht.

Und Meg? Wo mochte die Kleine stecken?

Louise blickte aus dem Fenster hoch oben im Dienertrakt des Weißen Hauses in die Nacht hinaus. Die Lichter der Stadt Washington flimmerten unter ihr. Sie dachte an den vergangenen November zurück, als sie den letzten Brief von Meg erhalten hatte. Das war vielleicht ein Thanksgiving gewesen! Und eine derart merkwürdige, ja geradezu bizarre Geschichte, dass sie sie selbst kaum glauben konnte! Der Brief – genau genommen waren es zwei Briefe, die zusammen in einem Umschlag aus Seehundfell steckten – waren im Büro des designierten Präsidenten in Columbus angekommen. Ein Brief war für sie gewesen, der andere für Präsident McKinley.

Meg hatte einen detaillierten Bericht über sämtliche Ereignisse geschickt, die ihr seit jenem schicksalhaften Nachmittag widerfahren waren, als sie nach Halifax fuhr, um Louises Geburtstagsgeschenk zur Post zu bringen und Arznei gegen Lindys Krupp zu holen, und dabei Peter Heflin in die Arme gelaufen war.

»Ich dachte, es handele sich um gute Quäker, musste aber bald feststellen, dass das ein Trugschluss war. Sie nannten sich Kinder

des himmlischen Vaters und waren eine Art Nebensekte der Mormonen, die, wie du vielleicht noch aus den Andachtstreffen in Dublin weißt, mehrere Frauen haben dürfen. Ich glaube, dass Peter eine solche Absicht mit mir hatte. Mit anderen Jungen und Mädchen meines Alters waren wir unterwegs nach Utah zu einer Art Hochzeitszeremonie. Ich machte mir damals nicht die geringsten Sorgen, sondern fand alles eher witzig. Man behandelte uns wirklich gut, allerdings tat man uns Mittel ins Essen, die uns glücklich machten und mit allem zufrieden sein ließen. Aber keine Sorge, mir ist nichts geschehen!«

Louise las Megs Brief immer wieder. Ihre Schwester klang so reif und erwachsen – nichts erinnerte an das kleine Mädchen, das sie in Halifax zurückgelassen hatte. Nach einer längeren Beschreibung des Winterlagers der Nez Percé und ihrer neuen Lebensumstände fügte Meg hinzu:

»Still Water hat versprochen, mit mir nach Washington zu reisen, sobald der Schnee schmilzt. Er wünscht eine Privataudienz bei Präsident McKinley. Könntest du das bitte arrangieren, Louise? Ich weiß, dass die McKinleys große Stücke auf dich halten. Der andere Brief in diesem Umschlag ist von Still Water für den Präsidenten. Liebste Louise, bitte mach dir keine Sorgen um mich. Ich freue mich auf den Tag unseres Wiedersehens im Frühling. Aber ich habe mich verändert. Ich bin jetzt nicht mehr das kleine Mädchen, das du zuletzt in Halifax gesehen hast, sondern eine Frau, die sehr gut auf sich selbst aufpassen kann. Ich schicke dir tausend Küsse und wünsche dir alles Liebe! Deine Meg«

Hoffentlich nicht zu sehr Frau, fuhr es Louise durch den Kopf. Megs Brief hatte ihre Befürchtungen und Ängste nicht völlig zerstreuen können. Im letzten Jahr war so viel geschehen, dass sie sich selbst fast wie eine alte Frau fühlte; auch Jon mochte ähnliche Erfahrungen gemacht haben.

Doch auf jeden Fall hatte Megs Brief Louise beruhigt. Das Schlimmste war gewesen, nicht zu wissen, was mit ihr geschehen war. Die Männer des Präsidenten waren Peter Heflin in Buffalo relativ schnell auf die Spur gekommen, Meg jedoch war nicht bei ihm gewesen. Er hatte geleugnet, sie je gesehen zu haben, und auch von den Indianern, die sie als Lehrerin mitgenommen hatten, hatte er nichts gesagt.

Nachdem Heflin alle Vorwürfe zerstreut hatte und nichts mehr gegen ihn vorlag, konnte er seine Reise nach Utah ungehindert fortsetzen. In einem freien Land durfte man niemanden wegen seines Glaubens verfolgen, hatte der Marshall beim Rapport in McKinleys Büro gesagt.

Dabei war es geblieben. Den Kampf um Gerechtigkeit musste Louise ganz allein aufnehmen.

Sie seufzte, griff nach ihrer Feder und begann zu schreiben.

Der designierte Präsident war Anfang März mit seiner Frau und seinem persönlichen Gefolge in Washington eingetroffen. In Begleitung seiner betagten Mutter, die alle Welt liebevoll Mutter McKinley nannte, und fünfzig Mitgliedern der Regierung des Bundesstaates Ohio war er an Bord eines mit dem Sternenbanner geschmückten Sonderzuges angereist.

Das Begrüßungskomitee in Washington trug violette Sträußchen am Revers eng sitzender Prinz-Albert-Anzüge und helle Mäntel. Ida Saxton McKinley hatte einen Pelzmantel über ihr grünes Reisekostüm geworfen. Ihr Hut war mit Veilchen geschmückt. Ein kleines, etwas schüchternes Mädchen reichte ihr einen großen Blumenstrauß; zur Freude aller Zuschauer bückte sich die First Lady und küsste die Kleine auf die Stirn.

Vorsichtshalber hatte man einen Rollstuhl bereitgestellt, doch Ida straffte stolz die Schultern und ging zu Fuß. Schließlich war sie jetzt die First Lady! Als sie aus dem Zug gestiegen und in den bleichen Sonnenschein der mit Blumen und Flaggen geschmückten Sixth Street hinausgetreten war, hatten der Jubel der Menschenmenge und die vielen Blumensträuße, die ihr zugeworfen wurden, sie schier überwältigt.

Louise war an ihrer Seite geblieben und hatte die Blumensträuße eingesammelt. Sie ahnte, welche Qualen Ida McKinley zu ertragen hatte, und betete darum, dass sie der Zerreißprobe standhielt. Die betagte Mutter des Präsidenten, die es hasste, wenn etwas verschwendet wurde, half Louise, Blumensträuße vom Bürgersteig zu klauben. Viele rote Rosen waren dabei. »Gebe Gott, dass Ida den Trubel durchhält«, hatte Mutter McKinley in Louises Ohr geraunt und damit ihre eigenen Befürchtungen auf den Punkt gebracht.

Mit einem Landauer waren der Präsident und seine Gattin zu ihrer vorläufigen Residenz Ebbitt House zwischen Pennsylvania Avenue und Fourteenth Street gebracht worden. Dort hatte ein weiteres Begrüßungskomitee auf sie gewartet, und am Abend hatte ein großer Ball stattgefunden.

Tatsächlich war bereits die lange Zugfahrt von Ohio nach Washington zu viel für Ida gewesen, obwohl sie sich intensiv bemüht hatte, ihr Gesicht zu wahren. Clara Tharin, die persönliche Zofe der First Lady, hatte Louise später erzählt, dass Ida sich am liebsten für den Rest der Woche im Bett verkrochen hätte, aber wohl wusste, dass so etwas von jetzt an nicht mehr möglich war. Sie musste ihrem »liebsten William« zur Seite stehen und ihren Teil der Verpflichtungen wahrnehmen. Louise vertraute Clara an, wie Leid ihr Ida tat, die jetzt schon die ersten Anzeichen von Überanstrengung zeigte, obwohl ihre Aufgaben als First Lady gerade erst begonnen hatten.

Am 4. März 1897 wurde William McKinley als 25. Präsident der Vereinigten Staaten von Amerika vereidigt und zog mit seiner Frau und den aus Canton angereisten Angestellten ins Weiße Haus ein.

Louise erinnerte sich noch allzu gut, wie bitterkalt der Abend gewesen war. Nachdem die letzte Blaskapelle vorbeimarschiert war, hatte sich die fast erstarrte Gesellschaft des Präsidenten zum üblichen Einführungsball begeben, der in dem scheunenartigen Gebäude der Rentenkasse auf dem Judiciary Square stattfand. Für den Blumenschmuck waren Louise und einige ihrer Helferinnen verantwortlich. Louise blieb auch während des Balls in der Nähe, um nötigenfalls Gestecke austauschen oder bei der Tischdekoration eingreifen zu können. Auf diese Weise war sie anwesend, ohne selbst teilzunehmen, und hatte die beste Gelegenheit, die Leute zu beobachten.

Zum Tanzen war es eigentlich viel zu eng. Außerdem waren die meisten Teilnehmer damit beschäftigt, Schlange zu stehen, um dem Präsidenten und der First Lady vorgestellt zu werden und das aus der Nähe zu begutachten, was alle am meisten interessierte: Idas Ballkleid. Niemand wurde enttäuscht. Ida trug einen Traum aus blauer und silberner Seide und einen dick wattierten, lavendelfarbenen Seidenüberwurf, der mit einem persischen Muster und einem Kragen aus schneeweißem Alaskafuchs prunkte. Mit einem frischen Veilchenstrauß an der Corsage, diamantenen Ohrringen und einem Schmuck aus Aigrettefedern im kurz geschnittenen, hellblonden Haar stach Mrs McKinley alle anwesenden Damen aus.

Gemeinsam mit ihrem Mann zeigte sich Ida auf der Empore und erfüllte damit die Erwartungen aller, die nur gekommen waren, um zu sehen und zu staunen. Gleichzeitig nahm sie allen Kritikern den Wind aus den Segeln. Fast allen. Die Damen der Audubon-Gesellschaft nahmen Anstoß daran, dass die First Lady eine Aigrettefeder im Haar trug, was sie als »schlechten Geschmack angesichts des Kampfes gegen die Grausamkeit an Vögeln« aburteilten. Die Damen von Audubon machten ihrem Ärger übrigens am folgenden Tag in der *Washington Post* Luft, die auch die Bediensteten des Weißen Hauses jeden Morgen zum Frühstück erhielten.

Nachdem der Abend etwa zur Hälfte vorüber war, zeigten die zuvor noch so entschlossenen Bewegungen der Präsidentengattin erste Anzeichen von Schwäche. Sie zog sich in einen Nebenraum zurück und sah sich nicht mehr in der Lage, an dem privaten Empfang teilzunehmen, der im Anschluss an den Ball stattfinden sollte. Nachdem sie sich ein wenig erholt hatte, brachte McKinley sie nach Hause und half ihr ins Bett. Anschließend kehrte er zum Ball zurück und stand den Rest des Abends allein durch.

An jenem Abend, als über dem Weißen Haus ein Feuerwerk zur

Feier der Einführung des neuen Präsidenten abgebrannt wurde, fand zweitausendfünfhundert Kilometer weiter südlich am Palmenstrand von Havana auf Kuba eine andere Feier statt, die dem neuen Präsidenten der Vereinigten Staaten noch einiges Kopfzerbrechen bescheren sollte.

In der Garnison des Fünften Korps der Zweiten Division der spanischen Freiheitsarmee war nicht ausreichend Bier vorrätig, um die Amtseinführung des republikanischen Präsidenten McKinley zu feiern. General Castillo kam zu der Ansicht, dass es in der Stadt Guines sicher genügend Bier gäbe, und erteilte Befehl zum Angriff. Guines fiel in die Hände Castillos und seiner zerlumpten Brigade, die an diesem Abend auf ihren Sieg und ihre Träume von der Freiheit Kubas trank.

Auch über diesen Vorfall wurde in der *Washington Post* berichtet, allerdings nicht an prominenter Stelle. Die Titelseiten blieben dem Einführungsball vorbehalten, bei dem »die First Lady frühzeitig gezwungen war, sich zurückzuziehen«.

In der Folgezeit blieb der Präsident bei Geschäftsessen grundsätzlich an der Seite seiner gesundheitlich angeschlagenen Frau und platzierte sie zu seiner Rechten, anstatt am entgegengesetzten Ende des Tisches, wie es üblich war. Auch empfing Mrs McKinley ihre Gäste im Sitzen – ein weiterer Bruch der Etikette. Natürlich hagelte es schnell Vorwürfe ob dieser Veränderungen althergebrachter Vorgehensweisen.

Auch entsprach es beispielsweise der Regel, dass der Präsident den wichtigsten weiblichen Gast bei einem Empfang zu Tisch geleitete und rechts von sich sitzen ließ. Die First Lady hingegen hatte am entgegengesetzten Ende des Tisches Platz zu nehmen und sich um den wichtigsten männlichen Gast zu kümmern. Würde Präsident McKinley beispielsweise Königin Victoria hinter seiner Frau herlaufen lassen?

Auch verlangte die Etikette, dass die Präsidentengattin ihre

Gäste im Stehen begrüßte. Käme tatsächlich eines Tages Königin Victoria zu einem Besuch ins Weiße Haus, würde Mrs McKinley in Gegenwart Ihrer Majestät, der Königin von England und des Commonwealth sowie Kaiserin von Indien, sitzen bleiben?

Unerfreuliche Gerüchte machten in Washington die Runde. Man befürchtete, dass Mrs McKinley den Amtsgeschäften ihres Gatten im Weg stehen könnte. Konnte er sich auf seine Regierung konzentrieren, solange er sich um die angeschlagene Gesundheit seiner Frau kümmerte? Wie sollten Staatsgäste empfangen werden, wenn Mrs McKinley grundsätzlich sitzen blieb?

Und was fehlte ihr überhaupt?

Randolph Hearst, der den Kandidaten der Demokraten, William Jennings Bryan aus Nebraska, unterstützt hatte, brachte die sensationelle Nachricht im *New York Journal*: Er ließ durchblicken, dass Mrs McKinley Epileptikerin war. »Eine Krankheit, die schlimmer ist als der Tod«, stand in der Zeitung. »Langfristig führt sie zu geistiger Unzurechnungsfähigkeit. Bis heute gibt es keine Heilungsmöglichkeit. Menschen, die mit Epileptikern zusammenleben, müssen ständig Angst und Leid ins Auge sehen.«

Doch Ida McKinley war eine Kämpferin. Tapfer wahrte sie ihr Gesicht und ließ nicht zu, dass die Boulevardpresse ihr Schaden zufügten. Nachdem sie sich schon vom letzten Angriff der Demokraten vor der Präsidentenwahl nicht hatte einschüchtern lassen, konterte sie auch dieses Mal mit einer Gegendarstellung.

»Richtig ist, dass Mrs McKinley unter schwachen Nerven leidet – weitere Beeinträchtigungen liegen nicht vor. Ihre nervlichen Probleme liegen in ihren schwierigen Schwangerschaften begründet, die ihrer zuvor guten Gesundheit schwer zu schaffen machten. Sie verlor mehrere Kinder vor und nach der Geburt – davon, dass sie ihre Zurechnungsfähigkeit verloren hat, kann keinesfalls die Rede sein. Ihr Körper wird zu gegebener Zeit wieder genesen.«

»Lies einfach keine Zeitungen mehr, Liebste«, sagte William zu ihr, bemühte sich aber seinerseits, den von den Boulevardblättern angerichteten Schaden mit einem Artikel zu begrenzen.

»Seine ›liebste Ida‹ versieht mit viel Bravour ihre Aufgaben als First Lady. Mit Ida an seiner Seite wird William McKinley Amerika aus der Rezession in den Wohlstand führen. Beide McKinleys vertrauen dabei unbeirrbar auf Gott. William und Ida McKinley werden es mit dem Herrn an ihrer Seite und dank ihres Eifers, ihrer Arbeit und ihrer großen Liebe zu Amerika schaffen, das Land zu einer gottesfürchtigen, heimatverbundenen und friedlichen Nation zu machen.«

Einmal äußerte Präsident McKinley in einem Gespräch mit Jenny Hobart, der Frau des Vizepräsidenten, die ihm in allem, was Ida betraf, zur Seite stand, folgenden Satz: »Ich wünschte, Sie hätten Ida in der Blüte ihrer Jahre kennen gelernt. Sie war das schönste Mädchen der Welt. Für mich ist sie es auch heute noch.«

In Louises Augen waren beide McKinleys schöne und gute Menschen. Nachdem sie den Klatsch in den Zeitungen gelesen hatte, waren ihr die Tränen gekommen.

»Du weinst doch nicht etwa ihretwegen, meine irische Blume?«, hatte einer der Angestellten gefragt und seinen Finger auf das Bild des Präsidentenpaares in der Zeitung gelegt. »Eigentlich wäre es an ihnen, um uns zu weinen! Diese reichen, privilegierten Parasiten, die Leute wie dich und mich bis auf den letzten Blutstropfen aussaugen.«

»Warum arbeitest du dann für sie?«, fragte sie, ließ ihr Frühstück stehen und ging zu ihren Blumen. Der Mann konnte nicht aus Canton mitgekommen sein, so viel war klar. Seufzend legte Louise den Stift beiseite.

Und nun war es April geworden. In Washington schmolz der Schnee. Bald würde der Morgen heraufdämmern. Vor Louise lag ein arbeitsreicher Tag. Die Räumlichkeiten für ein Bankett mussten vorbereitet werden. Louise seufzte. Wenn sie nicht morgen mit Ringen unter den Augen herumlaufen wollte, musste sie wohl oder übel ihr Schreibzeug wegpacken, samt ihren Erinnerungen, ihren Gefühlen und ihrem Tagebuch über ihr Leben im Haushalt der McKinleys.

8. Kapitel

Henry Pfister, der Gärtner des Weißen Hauses, nannte die Empfangsräume Salons. Er hatte die Aufsicht über einen Stab von zwölf Helfern und empfand die junge Irin Louise Duigan als Eindringling. Mr Pfister war ein Mann, der gern an vermeintlich guten, alten Gewohnheiten festhielt. Seit er sich erinnern konnte, arbeitete er als Gärtner und sah es als Angriff auf seine Persönlichkeit, dass plötzlich eine Frau daherkam, die ihm zumindest gleichgestellt war. Er beschwerte sich bei Colonel Bingham, der für die Gewächshäuser zuständig war, über »Weibervolk, das alles auf den Kopf stellt«, doch Colonel Bingham ging nicht darauf ein. Wenn die First Lady unbedingt wollte, dass Louise Duigan sich um ihren Blumenschmuck kümmerte, dann hatte man sich damit abzufinden.

Dabei hatte Louise ganz und gar nicht vor, mit Mr Pfister um eine Vormachtstellung zu rangeln. Sie wollte gern noch vieles lernen, und Mr Pfister hatte ihr eine Menge voraus. Er wusste alles über die exotischen Pflanzen und Blumen in seinen großen Treibhäusern; es gab ein eigenes Haus für Orchideen, eines für Kamelien und eines für Azaleen, sowie ein Palmenhaus, das eine Vielfalt an seltenen, tropischen Pflanzen sowie ausgewachsene Bäume in Kübeln beherbergte, die bei Empfängen sehr in Mode gekommen waren. Immer wieder wandte sich Louise mit Fragen über die Gärtnerei an Mr Pfister, der ihr jedoch meist die kalte Schulter zeigte. Aber Louise ließ nicht locker und versuchte trotz seiner deutlichen Unhöflichkeit, ihn weiter für sich einzunehmen. Immerhin hatte sie die Gattin des Präsidenten auf ihrer Seite.

Louise wählte die Blumen für diesen Tag aus und legte sie zusammen mit zwei Gärtnerlehrlingen in eine Schubkarre, die von den großen Gewächshäusern an der Westseite in das Gartenzimmer in der ersten Etage neben den Privaträumen des Präsidentenpaares gebracht werden musste. Louise und ihre Helfer mussten die schmutzige Karre entweder durch den engen Flur an den öffentlichen Empfangsräumen des Weißen Hauses vorbeischieben oder sie direkt über eine schmale Holzrampe balancieren, die unmittelbar in Mrs McKinleys Gartenzimmer führte. Von den Fenstern der ersten Etage führten mehrere solcher »kleinen Brücken« zu den öffentlichen Räumen, deren Zugänge ziemlich eng waren. Über den wichtigsten Zugang am nördlichen Portiko wurden auch hohe Würdenträger, Gäste und Lobbyisten in die erste Etage geführt.

»Fahrt ihr die Schubkarre über die Rampe«, sagte Louise zu den Lehrlingen, »ich nehme die Treppe.« Erstens würde sie es vermutlich nicht schaffen, gleich zwei Töpfe mit knospenden Orchideen die Rampe emporzuschleppen, und zweitens wollte sie nicht, dass die wertvollen Pflanzen in der Schubkarre zerquetscht wurden.

Auf einem Gartenpfad, der zum Westflügel führte, ging der Präsident in Begleitung einiger seiner Berater spazieren. Die Herren waren in ein angeregtes Gespräch vertieft. Präsident McKinley hatte es vor einiger Zeit aufgegeben, seinen geliebten Rappen Midnight zu reiten. Dazu pflegte er scherzend zu bemerken, dass er derart zugenommen habe, dass er sich auf dem Pferd nicht mehr wohl fühle und es vorziehe, spazieren zu gehen. In Wirklichkeit allerdings handelte es sich wohl eher darum, seiner Frau nahe zu sein, falls diese ihn brauchen sollte.

»Guten Morgen, Mr President«, grüßten Louise und die beiden Jungen.

»Guten Morgen, guten Morgen«, antwortete er abwesend. Er

nahm sie kaum wahr und wandte sich sofort wieder seinen Gesprächspartnern zu.

Louise erkannte Mr Hanna, seinen persönlichen Sekretär, und Mr Cortelyou, den Chef der Sicherheitsabteilung. Den dritten Mann kannte Louise nicht. Er war jung, hatte dunkles Haar und unglaublich blaue Augen, die einen winzigen Moment zu lang auf ihr verweilten. Die Männer erwiderten ihren Gruß in jenem höflichen, jedoch beschäftigten Ton, den Louise inzwischen gut kannte. Sie wollten nicht gestört werden.

Louise lief mit ihren Blumentöpfen zum Westeingang, während die Jungen die Schubkarre über den Gartenpfad auf die Rampe zu schoben.

Hinter ihr schlenderten der Präsident und seine Berater und sprachen über ein Thema, das Mr McKinley große Sorgen bereitete. In Kuba bahnte sich eine handfeste Krise an, die sowohl wirtschaftliche als auch strategische Probleme für die Regierung mit sich brachte. Die Kubaner begehrten in offener und bewaffneter Rebellion gegen die Spanier auf und hatten die USA, die selbst Interessen an der Zucker- und Tabakindustrie der Insel hatte, um Unterstützung gegen die Missachtung ihrer Bürgerrechte durch die Spanier gebeten. Präsident McKinley ahnte, dass er sich auf äußerst unsicherem Terrain bewegte.

Der nächste Diskussionspunkt war der Bimetallismus. Unter der Regierung Clevelands waren die Goldreserven des Landes stark geschrumpft, was zu großen wirtschaftlichen Problemen in Amerika führte. Außerdem hatte die hohe Arbeitslosigkeit zu einer Konjunkturkrise geführt, die alle Wahlversprechungen zu unterminieren drohte und dazu führte, dass vor allem die »kleinen Leute«, deren Unterstützung McKinley sich verschrieben hatte, ihr Vertrauen in ihn verloren.

Mr McKinley hatte den dritten Mann, den Louise nicht kannte, zu dem Gespräch hinzugerufen, weil sein Urteil in diesen prekären Angelegenheiten, die bereits im zweiten Monat der Amtszeit McKinleys auftauchten, dem Präsidenten ausgesprochen wichtig schien. Sein Name war Robert du Pré. Er war siebenundzwanzig Jahre alt und hatte mit Princeton und der Harvard Law School die besten Schulen des Landes besucht. Seine Familie stammte aus Virginia und verfügte über enge Bindungen nach Kuba, wo sie seit mehreren Generationen Zucker- und Tabakpflanzungen besaß. Roberts Mutter, eine englische Adelige, hatte weiteren Grundbesitz auf der karibischen Insel mit in die Ehe gebracht, als sie den amerikanischen Botschafter in Havanna, Robert du Pré senior, heiratete. Ihr Sohn, Robert junior, hatte sich beim Preisprüfungsamt die ersten Sporen verdient, ehe er ins Justizministerium berufen wurde.

An diesem Morgen hatte er das Glück gehabt, Louise zu begegnen; doch das Schicksal wollte es anders. Zufällig blickte der Präsident nach oben und sah, wie die beiden Jungen mit der schweren Schubkarre kämpften. Louise mühte sich derweil mit zwei umfangreichen Blumentöpfen im Arm mit der Tür zum Westflügel ab. Der Präsident rief den beiden Jungen zu, sie sollten vorsichtig sein, und fügte dann, weil ihm plötzlich ein Gedanke durch den Kopf ging, der nichts mit seinen Gesprächen zu tun hatte, hinzu: »Miss Duigan ... Louise ... wären Sie bitte so freundlich, einen Augenblick zu uns zu kommen?«

Die beiden Lehrlinge, die der Meinung waren, der Präsident schelte sie, ließen die Griffe der Schubkarre los, die sie bereits die halbe Rampe hochgewuchtet hatten. Gerade wollte der Präsident Louise Robert du Pré als den Mann vorstellen, den er ihr gegenüber damals in Canton als mögliche Unterstützung für ihren Bruder erwähnt hatte, als das Unglück seinen Lauf nahm.

Die Karre rollte von ihrem Eigengewicht getrieben die Rampe hinunter und prallte genau auf Louise, die auf dem Gartenweg das Gleichgewicht verlor und mitsamt ihren Treibhaus-Orchideen zu Boden ging. Sofort waren die Präsidentenberater an ihrer Seite. Eher verlegen als benommen spürte Louise in diesem Augenblick nichts anderes, als dass sie nicht aufstehen konnte.

»Du lieber Himmel«, sagte der Präsident, »tut mir Leid, Louise, das war meine Schuld. Ich hätte Sie nicht rufen dürfen.« Er und Robert du Pré versuchten, ihr aufzuhelfen. Sie stöhnte.

»Nicht bewegen! Bleiben Sie liegen!« Es war offensichtlich, dass Louise starke Schmerzen hatte. Präsident McKinley beauftragte einen der Jungen, den Rollstuhl seiner Frau zu holen.

»Oh nein ... bitte ... es geht gleich wieder«, stammelte Louise, die schmutzverschmiert und verlegen auf dem Boden lag und sich das schmerzende Bein hielt. Dass der Präsident ihretwegen ein wichtiges Gespräch unterbrechen musste und sich um sie kümmerte, war ihr entsetzlich peinlich.

»Sie sind verletzt, Louise. Ich möchte jetzt nichts mehr hören.« Die größeren Probleme der Staatsführung rückten in den Hintergrund. Hier lag eine seiner Bediensteten – auch sie gehörte zu den »kleinen Leuten« – und war ohne eigenes Zutun Opfer eines Unfalls geworden. »Wir werden Sie umgehend von Idas Arzt untersuchen lassen.«

Der Gärtnerlehrling und ein Wachsoldat brachten den Rollstuhl. Der Soldat und Robert du Pré hoben Louise auf und setzten sie in den Stuhl. Robert nahm die Gelegenheit wahr, sich vorzustellen »Ich freue mich, Sie kennen zu lernen, Miss Duigan. Mein Name ist Robert du Pré.« Er schüttelte ihr die Hand ohne zu wissen, dass sie sich bei dem Sturz eine tiefe Schnittwunde zugezogen hatte.

Doch Robert du Pré war durch und durch Gentleman. Er ignorierte seine mit ihrem Blut verschmierte Hand, zog sein Taschentuch hervor und verband ihre Wunde. »Der Präsident hat mir alles über die missliche Lage Ihres Bruders erzählt. Vielleicht können wir uns noch treffen, wenn der Arzt Sie gesehen hat.«

Louise hätte sich das Zusammentreffen mit einem so wichtigen Mann wirklich anders gewünscht. Doch sie kämpfte die aufsteigenden Tränen nieder, biss sich auf die Lippen und sagte: »Schön, Sie kennen zu lernen, Mr du Pré.« Dabei versuchte sie, die höllischen Schmerzen in ihrem Knie zu ignorieren.

»Passen Sie gut auf sie auf«, forderte der Präsident den Wachsoldaten auf und sah ihm nach, wie er Louise im Rollstuhl seiner Frau die Rampe hochschob.

Erst, als Louise sicher durch den improvisierten Eingang im ersten Stock verschwunden war, wandte er sich wieder seinen Beratern zu. »Die Lösung mit den provisorischen Brücken erscheint mir nicht befriedigend. Aber sie sind nicht die einzigen Probleme im Weißen Haus. Manchmal tritt Gas aus. Und die elektrischen Leitungen sind so gefährlich, dass wir im Schlafzimmer nicht einmal eine Nachttischlampe anschließen können. Ganz zu schweigen von den unhygienischen sanitären Einrichtungen. Ida und ich werden wohl einige Dinge verändern. Wir haben auch vor, einen Aufzug einbauen zu lassen – für Rollstühle und Schubkarren …« Er wandte sich an seinen Sekretär. »Mr Hanna, ich möchte Sie bitten, Kontakt mit einigen zuverlässigen Architekten aufzunehmen. Das Weiße Haus soll modernisiert und erweitert werden. Zur Zeit ist es nicht besonders angenehm, hier zu wohnen.«

»Wird gemacht, Mr President«, nickte Hanna, dem bereits bekannt war, dass McKinley nicht eben die größten Stücke auf die architektonische Hinterlassenschaft George Washingtons hielt. Das traf im Übrigen auch auf die Mannschaft des Präsidenten zu, deren Büros düster, eng und viel zu klein waren.

Die Männer kehrten zu ihren Gesprächsthemen zurück. Die beiden Gärtnerjungen waren längst verschwunden. Sie fürchteten, dass man sie wegen ihrer Mitschuld an Louises Unfall bestrafen könnte.

Oben wartete Ida McKinley auf Louise. »Sie Ärmste! Heute brauchen Sie nicht mehr zu arbeiten. Mr Pfister kann Ihre Aufgaben übernehmen.«

Louise fühlte sich wie das Opfer irgendeines kleinen, bösen Teufels, der sich einen Spaß daraus machte, ihr immer wieder Unglück widerfahren zu lassen. »Danke, Mrs McKinley, aber es geht schon wieder.«

»Nun, wir werden sehen«, entgegnete die First Lady und

überließ Louise der Obhut ihres Leibarztes und ihrer persönlichen Krankenschwester.

Der Arzt erklärte Louise, dass sie sich das Knie ausgerenkt hatte. Er vollführte Bewegungen mit ihrem Bein, bis sie nur noch Sternchen sah und unwillkürlich aufstöhnte. Doch nachdem er das Knie wieder eingerenkt hatte, ging es ihr spürbar besser. Er verordnete ihr einige Tage Bettruhe.

Idas Krankenschwester reinigte die Schnittwunde an Louises Hand und bandagierte sie. Mit einer Kompresse aus Zaubernuss um ihr ramponiertes Knie, Laudanum gegen die Schmerzen und einem Paar Krücken, die ihr das Gehen erleichterten, fühlte sich Louise wie ein verwundeter Soldat.

Die Krankenschwester half ihr in ihr Zimmer. Erleichtert ließ sich Louise auf das Bett sinken. Die Schwester ließ noch Bobby du Prés Taschentuch in ihren Schoß fallen, ehe sie sich ihren eigentlichen Aufgaben zuwandte, zu denen ihrer Meinung nach auf keinen Fall die Betreuung der einfachen Bediensteten gehörte. Das hatte sie sowohl mit ihrem Verhalten als auch mit ihren alles andere als sanften Berührungen Louise deutlich klar gemacht, was Louises Selbstbewusstsein ganz und gar nicht förderte. Den Rest des Tages verbrachte sie im Bett und erging sich in Selbstmitleid.

Am späten Nachmittag wurden ihr zwei Blumensträuße mit Genesungswünschen gebracht. Einer kam vom Präsidentenpaar, der andere von Mr du Pré. Louise bat eine der Angestellten, eine breit gebaute schwarze Lady namens Blossom Appleby, die sich um die Dienstbotenunterkünfte und erkranktes Personal kümmerte, um zwei Vasen.

»Gerne, Miss.« Blossom deutete einen Knicks an, der allerdings in ihrer Körperfülle und ihren Röcken versank. Sie war der felsenfesten Überzeugung, dass Louise eine ziemlich bevorzugte Stellung einnahm, nachdem sie Blumen sowohl vom Präsidenten und der First Lady als auch aus dem Justizministerium bekam, und nahm sich vor, ganz besonders nett zu ihr zu sein. »Ich bringe Ihnen auch später Ihr Abendbrot, Miss.«

Louise lächelte in sich hinein und fühlte sich gleich deutlich besser.

Dank des Laudanums schlief sie in der folgenden Nacht ausgezeichnet. Am nächsten Morgen fühlte sie sich fast versucht, zur Arbeit zu gehen, bis sie die Füße auf den Boden stellte und ein jäher Schmerz sie durchzuckte. Ihr Bein war doch noch nicht so gesund, wie sie geglaubt hatte; sie konnte es nicht belasten und musste sich in Geduld üben.

Es dauerte noch zwei weitere Tage, die sie mit dem Schreiben von Briefen verbrachte, ehe sie sich wieder einigermaßen selbst versorgen konnte. Blossom war darüber gar nicht glücklich. Sie hätte Louise gern weiter gepflegt, weil sie offenkundig einen guten Draht zur Chefetage hatte. Solche Freunde musste man sich erhalten! Außerdem schien sie überhaupt nicht hochnäsig zu sein, was man durchaus nicht von allen behaupten konnte, die auf der Beliebtheitsskala weiter oben rangierten.

»Denken Sie daran«, sagte Blossom zu Louise, »sich nicht gleich wieder ganz und gar Ihren Blumen zu widmen, Miss. Ihre Gesundheit ist wichtiger.« Sie sah Louise nach, die auf ihren Krücken zum Gartenzimmer in der ersten Etage humpelte. »Brauchen Sie meine Hilfe, Miss?«

»Vielen Dank, aber ich glaube, es geht.« Louise biss die Zähne zusammen. Lächeln!, befahl sie sich. Lächeln! Blossom war ganz glücklich darüber, denn sie legte es nicht unbedingt darauf an, mit der Präsidentengattin zusammenzutreffen. Blossom konnte Ida nicht leiden.

Louise wiederholte diese Übung am nächsten Tag und auch am übernächsten. Allmählich kam sie zu Kräften und war in der Lage, ihr Bein zunehmend zu belasten, während sie zwischen den hölzernen Werkbänken inmitten von Blumen und Pflanzen hin und her humpelte.

Einige Tage nach ihrem Unfall überraschte Bobby du Pré

Louise im Gartenzimmer, wo sie ein herrliches Blumengesteck für die nächste offizielle Veranstaltung arrangierte. »Hallo, Miss Duigan, Mrs McKinley sagte mir, dass ich Sie hier treffen würde. Wie geht es Ihnen?«

Louise reagierte nervös. Ihre Wangen röteten sich und ihre Knie wurden weich. Ihr Bein versagte den Dienst, und er fing sie auf, ehe sie fallen konnte. Dass er sie festhielt, trug nicht zur Verbesserung ihrer Benommenheit bei. »Setzen Sie sich erst einmal.« Er hob sie auf eine der Blumenbänke. »Ich würde mir nie verzeihen, Sie noch einmal zu Boden gehen zu sehen«, lächelte er, »obwohl man mir eine solche Wirkung auf Frauen oft nachsagt.« Er grinste und zerstreute damit jeglichen Verdacht, sich als »etwas Besseres« zu fühlen.

»Guten Tag, Mr du Pré. Danke für die Blumen.« Ihre Augen befanden sich jetzt auf gleicher Höhe mit seinen. Robert du Prés Augen waren klar, sehr blau und sehr direkt und verwirrten sie mit ihrem Lächeln.

»Gern geschehen. Wie geht es Ihnen heute?«

»Viel besser. Danke.«

»Sehr schön. Nachdem ich der einen Invalidin dieses Hauses einen Besuch abgestattet hatte, dachte ich, dass ich die zweite gleich mit besuchen könnte.«

»Das ist sehr nett von Ihnen, Mr du Pré.« Louise freute sich über das versteckte Kompliment. Seine Nähe betäubte sie noch immer. Sie fühlte sich linkisch, schmutzig und sehr kleinbürgerlich in ihrer grauen Arbeitskleidung mit weißer Haube und Schürze, wie sie die meisten Bediensteten des Weißen Hauses trugen.

»Nennen Sie mich doch bitte Bobby. Ich werde Sie Louise nennen. Und nun, Louise, könnten Sie mir bitte von Ihrem Bruder erzählen, der nach den Worten unseres Präsidenten zu Unrecht auf Anticosti Island festgehalten wird?«

»Jetzt?«, fragte sie. Sie fühlte sich nicht recht in der Lage, mit ihrem bandagierten Knie, der bandagierten Hand und völlig verwirrten Gedanken so unvermittelt ihr Herz zu öffnen.

Er lehnte an einem Regal mit den verschiedensten Blumen und warf ihr von der Seite einen Blick zu. Dabei legte er einen Finger über die Lippen und seitlich an die Nase, als wolle er ihren Wert taxieren. »Okay. Dann nicht jetzt. Es war nicht recht von mir zu fragen. Ich dachte nur, ich könnte etwas Nützliches tun, nachdem ich gerade einen Moment Zeit habe …« Er ging zur Tür.

»Nein, nein, entschuldigen Sie«, rief sie bestürzt hinter ihm her. Auf keinen Fall wollte sie auf seine Hilfe verzichten. »Natürlich werde ich Ihnen alles erzählen!«

»Mir fällt da gerade etwas besseres ein, Louise.« Er drehte sich um und lächelte sie an. »Wie wäre es, wenn Sie alles aufschrieben? Von Anfang an. Sozusagen als Beweisaufnahme. Damit wüsste ich sofort, auf was ich mich einlasse. Ich bin daran gewöhnt, Akten zu lesen, aber meine Gedanken gehen manchmal eigene Wege, wenn eine hübsche Frau sich mit mir über ernsthafte Dinge unterhält. Schreiben Sie alles auf und schicken Sie es mir ins Justizministerium. Ich werde dann entscheiden, ob ich Ihnen helfen kann oder nicht. Sollen wir es so machen?«

»Gern. Vielen Dank, Mr du Pré …« Er war so schnell aus der Tür, dass sie bezweifelte, dass er ihren Dank noch gehört hatte.

Oh je, dachte sie, wenn sie je als Immigrantin abgewiesen werden sollte, dann war jetzt der Zeitpunkt gekommen!

9. Kapitel

Von diesem Tag an verbrachte Louise ihre wenigen freien Abende damit, einen detaillierten Bericht über die Reise und den Untergang der *Cormorant* niederzuschreiben. Doch sie fand nur selten Zeit zum Schreiben, ihre Verpflichtungen wurden immer mehr. Häufig fanden Bankette und Empfänge im Weißen Haus statt, die sie zwangen, bis tief in die Nacht aufzubleiben und sich noch um das Wegräumen des Blumenschmucks zu kümmern, wenn die Gäste gegangen waren. Wenn sie schließlich ihr Zimmer aufsuchte, war sie oft so müde, dass sie sich kaum noch bewegen mochte – ganz zu schweigen davon, das vergangene Jahr in einer möglichst genauen, lesbaren und offiziellen Form zu Papier zu bringen. Wenn sie es tat, nahm sie oft ihr Tagebuch zu Hilfe, in dem sie Namen, Daten und Fakten notiert hatte.

Sie freute sich wie ein kleines Kind auf das Wiedersehen mit Meg. Der April war fast vorüber, auch in Kanada schmolz inzwischen vermutlich der Schnee. Bald würde Still Water Meg mit nach Washington nehmen, wenn er mit dem Präsidenten über sein Volk reden wollte.

Doch es war, als ob ein kleiner, böser Teufel wieder einmal alle Freude vertreiben wollte. Meg schrieb, dass ihre Reise sich verzögern würde.

»Liebste Louise, Still Water hat sich entschlossen, sein Volk zunächst ins Sommerlager und zu neuen, guten Jagdgründen zu führen. Er wünscht, dass sein Stamm sich niederlässt, ehe er

die lange Reise nach Washington zum Pow-Wow mit Präsident McKinley unternimmt. Aber sei nicht traurig, bald werde ich bei dir sein. Natürlich wünsche ich mir, es ginge schneller, aber ich glaube nicht, dass ich die weite Reise quer durch Nordamerika allein unternehmen könnte. Zwar habe ich es mit den Kindern des himmlischen Vaters auch getan, aber das war etwas anderes …«

Um Himmels willen, bloß nicht!, dachte Louise entsetzt. Selbst wenn der Aufschub bedeutete, dass Louise noch ein wenig länger auf ihre Schwester verzichten musste, war es wichtig, dass Meg sich nicht allein auf die gefährliche Reise machte. Wer weiß, wer sie das nächste Mal unterwegs auflas? Hastig schrieb sie einen Brief an Meg nach Thunder Bay. »Tu nichts Unüberlegtes, Meg. Ich wage kaum, mir auszumalen, was dir auf dem Weg alles passieren könnte, so ganz allein und ohne Aufpasser …«

Andererseits: Wer kannte schon die Beweggründe von Still Water? Es konnte schließlich durchaus sein, dass er sie absichtlich in seinem Reservat festhielt, weil er sie zu seiner Squaw oder der eines anderen Kriegers machen wollte. Oder war es etwa Meg selbst, die sich in Still Water oder einen der Krieger verliebt hatte?

Was sind das bloß für Gedanken!, schalt sich Louise und bemühte sich, sie möglichst weit von sich zu schieben.

Seufzend machte sie sich wieder an ihre Aufzeichnungen und beendete ihren Bericht über die *Cormorant* und Jons lange Untersuchungshaft auf Anticosti Island. Erleichtert gab sie ihn bei der internen Poststelle des Weißen Hauses ab. »Würden Sie das hier bitte ins Justizministerium schicken?«

Der zuständige Beamte beäugte Louises graue Dienstboten-Uniform misstrauisch. Normalerweise kamen ausschließlich offizielle Boten. »Nein, Miss.«

»Und warum nicht?«

»Das Justizministerium lässt keine Korrespondenz unter den Angestellten zu.«

»Dieser Brief ist von Mrs McKinley an Mr du Pré«, fuhr Louise zornig auf. Wenig Schlaf, viel Stress und das schmerzende Knie hatten dazu geführt, dass ihre Nerven blank lagen.

»In diesem Fall werde ich sehen, was sich tun lässt«, antwortete der Mann und nahm ihr den dicken, braunen Umschlag ab.

Geht doch!, brummte Louise vor sich hin, als sie zum Gartenzimmer und zu ihren Blumen zurückkehrte.

In der Nacht hatte es Krawalle zwischen Gefangenen und Wärtern gegeben. Die Gefangenen hatten gegen die herrschenden Umstände revoltiert und ihre Holzhütten in der Hoffnung angezündet, dass sich das Feuer bis in die Wälder ausbreiten würde, die von den Gefangenen als Teil ihrer Strafe abgeholzt wurden. Die Wärter und Feuerwehrleute vom Festland hatten die ganze Nacht darum gekämpft, ein Übergreifen des Feuers auf den wertvollen Baumbestand zu verhindern.

Der Gefängnisdirektor scherte sich nicht darum, dass einige Gefangene entkommen waren; auf der Insel konnte man sich nirgends verstecken, und der Sankt-Lorenz-Strom war so kalt, dass ihn mit Sicherheit niemand durchschwimmen würde. Natürlich würden Strafmaßnahmen folgen, doch das machte den hartgesottenen Gefangenen nichts aus; die meisten verbüßten ohnehin eine lebenslängliche Strafe.

Jon hatte mit der Revolte nichts zu tun gehabt. Sowohl er als auch Gibbing und seine Kumpel und sogar der eher törichte Sam Couts hatten in ihren Zellen geschlafen, als unter den Gefangenen der Kategorie A – unter dieser Bezeichnung wurden Mörder, Vergewaltiger und Bankräuber geführt, die lebenslängliche Haftstrafen verbüßten – der Aufstand ausgebrochen war. Jon gehörte der Kategorie E an, den illegalen Einwanderern. Schon oft hatte er darüber nachgedacht, wie es möglich war, dass Sam, der wegen Totschlags einsaß, die »Vergünstigungen« der Kategorie E in Anspruch nehmen durfte.

Einige Tage nach dem Aufstand arbeitete Jon in der Sägerei.

Noch hatte es keine Strafmaßnahmen gegeben. Die E-Gefangenen waren der Meinung, dass sie noch einmal davongekommen waren – schließlich hatten sie nichts mit den Krawallen zu tun gehabt. Plötzlich stand der Aufseher vor ihm und spuckte ihm einen Schwall Tabaksaft vor die Füße. »Hey, Duigan, halt die Säge an. Der Direktor will dich, Gibbing und den Rest deiner Clique in seinem Büro sehen.«

»Wie?«, schrie Jon.

»Stell das Ding ab!«, brüllte der Aufseher Jon ins Ohr.

»Jawohl, Sir!« Jon hielt das rotierende Sägeblatt an und entfernte die Stöpsel aus seinen Ohren. Der Lärm im Sägewerk konnte einen um den Verstand bringen. Kreischende Sägeblätter fraßen sich in Holzstämme, die hier in marktfähige Bretter für die Möbelindustrie der Provinz Quebec zerlegt wurden – einzig der Holzwirtschaft wegen hatten die frankofonen Kanadier die Insel als Straflager für englischsprachige Gefangene gemietet.

Der Aufseher wiederholte seine Nachricht.

Jon wischte sich die Hände an seinem Arbeitsanzug ab. »Weshalb?«

»Warum wohl?«, gab der Aufseher zurück und spuckte erneut Tabaksaft.

Jon, Gibbing und die anderen machten sich auf den Weg zum Büro des Gefängnisdirektors. Sie kamen an den niedergebrannten Blockhütten und den Stacheldrahtzäunen vorüber, die die Kategorie A vom Rest des Alphabeths trennte.

Die Strafmaßnahmen zeichneten sich durch den Sadismus aus, für den der Gefängnisdirektor bekannt war.

Nach einem kurzen Verhör wurden sie zu einer Strafe verurteilt. »Na, Duigan«, flötete der Gefängnisdirektor, den Jon für durch und durch bösartig hielt, »wie sieht's aus? Kannst du schwimmen?«

»Ich kann nicht schwimmen, Sir.«

»Ach ja? Und wie bist du von deinem untergegangenen Schiff nach Sable Island gekommen? Na?«

»Ich habe mich an ein Stück Treibholz geklammert, Sir.«

»So, so. Was hast du eigentlich mit dem schicken Krempel vor, den du dir aus New York hast kommen lassen?«

»Ich lerne, Sir.«

»Was lernst du? Was?« Sein feistes Gesicht kam Jon so nah, dass Jon seinen schlechten Atem roch. »Tiefsee-Tauchen vielleicht? Nun, mein Junge, von jetzt an wird sich einiges ändern. Keine schicken Experimentier-Utensilien mehr! Keine schicken Zeitschriften oder was auch immer ihr E-Leute euch leisten dürft. Der Abschaum Ihrer Majestät von der anderen Seite des Ozeans will sich weiterbilden! Dass ich nicht lache! Ab sofort ist die Bibliothek für dich tabu. Hast du mich verstanden, Junge?«

»Jawohl, Sir.«

Der Gefängnisdirektor wandte sich an den Aufseher. »Schaff mir die schiffbrüchigen Penner aus den Augen! Und weil die Herren so gern zur See fahren, werden wir ihnen behilflich sein. Oder wie wäre es mit einem kleinen Tauchgang? Oh ja, tauchen ist gut! Ab über die Klippe mit ihnen, runter ins Wasser. Ein bisschen Kielholen wird sie Mores lehren.«

Jon verspürte so etwas wie Mitleid für Gibbing, Lagrebbe, Fencer und Bertinni. Genau wie für seinen Zellengenossen Sam Couts. Sie standen allesamt in Unterhosen hoch oben auf der Klippe. Zitternd vor Angst und blau vor Kälte warteten sie, dass die Aufseher ihnen Seile um den Körper knoteten und sie in die eisigen Meeresfluten hinabstießen. Keiner von ihnen konnte schwimmen. Gibbing und seine Kumpels von der Besatzung der *Cormorant* hatten den Untergang nur überlebt, weil sie sich auf Kosten von Frauen und Kindern Plätze in einem der wenigen Rettungsboote verschafft hatten. Jon selbst war wenigstens so anständig gewesen, ins Wasser zu springen.

Die Tauchbäder in den Desinfektions-Becken, bei denen man so lange in der DDT-Lösung festgehalten wurde, bis man kurz vor dem Ersticken war und anschließend tagelang unter brennenden

Schmerzen in der Lunge litt, waren lächerlich im Vergleich zu dem, was sie auf der Klippe erwartete. Kielholen war die Strafe, die am meisten gefürchtet wurde.

Umsonst wandten Gibbing und seine Freunde ein, dass sie nicht schwimmen konnten und vermutlich ertrinken würden. Sam fürchtete gar, von Haien gefressen zu werden. Doch die Aufseher lachten nur. Ihrer Ansicht nach geschah es den Kerlen doch recht! Warum hatten sie auch ihre Blockhütten niederbrennen müssen? Geflissentlich sahen sie über die Tatsache hinweg, dass keiner der Delinquenten etwas mit dem Aufstand zu tun gehabt hatte.

Gott allein mochte wissen, welch teuflischen Plan der Gefängnisdirektor für die tatsächlichen Brandstifter ausgeheckt hatte, dachte Jon. Wahrscheinlich würde er sie allesamt geradewegs in die Hölle schicken. Für jemanden wie Jon jedoch war Anticosti Island schon Hölle genug. Er wollte lieber sterben, als weiter an diesem Ort zu bleiben. Er würde diese einmalige Chance nutzen.

»Ich rate euch, zu bereuen«, grinste der Aufseher. »Schluss mit der Lügerei. Seinen Nachbarn darf man auch dann nicht abmurksen, wenn er einem die Fresse poliert, nachdem man ihn mit seiner Frau im Bett erwischt hat.« Das galt Sam. »Und auch ihr anderen solltet in euch gehen. Ein Schiff zu sabotieren! Unschuldige Frauen und Kinder absaufen zu lassen! Wenn ihr ordentlich bereut, kommt ihr ja vielleicht doch noch in den Himmel! Gibbing, du bist der Erste!« Der Aufseher versetzte ihm einen Schubs in den Rücken und stieß ihn über die grasbewachsene Felskante hundert Meter tief in die eisigen Fluten des Sankt-Lorenz-Stroms.

Gibbings Schrei war so entsetzlich, dass die Wartenden vor Angst erstarrten. Die Aufseher freuten sich; keiner würde es wagen, sich zu wehren.

Volle fünf Minuten ließ man Gibbing unter Wasser. Als er schließlich hochgezogen wurde, hatte er das Bewusstsein verloren.

»Und jetzt bist du dran ...«

Einen nach dem anderen stießen die Aufseher in die Fluten.

Jon stand als Letzter in der Reihe. Als er über die Klippe katapultiert wurde, hing er einen Augenblick wie ein Hochseilakrobat über der äußersten Südwest-Spitze der Insel, die ausgerechnet Cormorant Point hieß. Merkwürdiger Zufall, dachte Jon unwillkürlich, ehe er mit einer gewaltigen Fontäne im Wasser landete. Er nestelte das Messer hervor, das er unter seiner langen Unterhose am Oberschenkel verborgen hatte, schnitt das Seil durch, verknotete das freie Ende an einem Felsblock und schwamm unter Wasser, so lange er den Atem anhalten konnte.

Der Aufseher auf der Klippe geriet ordentlich ins Schwitzen, als er nach fünf Minuten begann, das Seil einzuholen. Es dauerte weitere fünf Minuten, ehe er schließlich den Felsblock nach oben gehievt hatte.

Er löste sofort Alarm aus. Kurz darauf erschien die Spürhundstaffel, die allerdings nichts ausrichten konnte. Bis die Gefängnisleitung die Boote zu Wasser gelassen und sich auf die Suche nach Jon Duigan gemacht hatte, war er spurlos verschwunden. Vorsichtshalber schoss man blindlings ins Wasser.

Noch nie war es einem Gefangenen gelungen, von Anticosti Island zu fliehen. Die eisigen Fluten des Sankt-Lorenz-Stroms trugen ihren Teil dazu bei. Alle kühnen Schwimmer, die es bisher gewagt hatten, waren an Unterkühlung gestorben, ehe sie das rettende Ufer und damit die Freiheit erreichten.

Sam Couts, der die Tortur unter Wasser überlebt hatte, wurde nicht müde, die Geschichte immer und immer wieder zu erzählen, und im Lauf der Zeit färbte ein wenig vom Glorienschein seines beherzten Zellengenossen auf ihn ab. Sam, der Held – Freund des sechzehnjährigen Jon Duigan, der der Gefangenschaft den Tod vorgezogen hatte! »Welch ein Mut«, pflegte Sam zu sagen. »Der arme Kerl konnte doch gar nicht schwimmen!«

»Bei einem Fluchtversuch ertrunken«, schrieb der Gefängnisdirektor in seinen Bericht und schloss die Akte Jonathan Duigan.

Zwei Wochen lang hörte Louise nichts von Bobby du Pré. Dann tauchte er jedoch unvermittelt eines Nachmittags im Gartenzimmer auf. Er schlich sich von hinten an sie an, hielt ihr die Hände vor die Augen und fragte: »Wer bin ich?«

»Hm ... ich tippe auf Buffalo Bill.«

»Ganz falsch!« Er gab sie frei und lächelte sie auf eine Art an, dass ihr Herz Kapriolen schlug. Ein merkwürdig warmes Gefühl stieg in ihr auf. Doch schnell mahnte sie sich zur Vernunft. Er war aus dienstlichen Gründen gekommen – nichts weiter!

»Tut mir Leid, dass ich mich nicht früher gemeldet habe, aber ich musste nach Madrid.« Er sagte nicht, warum. »Jetzt habe ich endlich Zeit gefunden, Ihren Bericht zu lesen«, fuhr er fort. »Sehr interessant, das muss ich schon sagen! Und ich glaube, Sie haben Recht: Irgendwie scheint die Sache nicht ganz sauber zu sein. Allerdings muss ich noch erheblich mehr wissen, ehe ich für Sie den Kopf hinhalte, Miss Duigan, pardon, Louise.« Seine blauen Augen blitzten sie fröhlich an. »Wie geht es übrigens unserer Invalidin?«

»Mrs McKinley erfreut sich bester Gesundheit.«

»Eigentlich meinte ich Sie!«

Sie hatte es geahnt. »Gut, gut, Mr du Pré – Bobby.« Sie humpelte an den Pflanzenreihen entlang und fuhr fort, die Blumen zu gießen. Er folgte ihr. Wollte er etwa flirten? Irgendwie hoffte sie es.

»Noch nicht so ganz, wie ich feststellen muss«, sagte er und fuhr ein wenig außer Atem fort: »Könnten Sie vielleicht einmal kurz stehen bleiben? Es ist mir zwar ein Vergnügen, hinter einer Dame herzulaufen, aber doch nicht so!«

Louise stellte die Gießkanne ab und wandte sich zu ihm um.

»Um diese Jahreszeit ist mir Madrid ein Gräuel. Und die spanischen Damen reden immer so viel! Ich habe Ihren sanften irischen Zungenschlag vermisst, Louise, und würde ihn gern öfter hören. Hätten Sie Lust, einmal abends mit mir zum Dinner nach Georgetown zu gehen? Wir könnten über den Fall *Cormorant* sprechen«, fügte er unbekümmert und charmant hinzu.

»Ich glaube kaum, Mr du Pré.«

»Warum nicht?«

»Es wäre nicht recht.«

»Würden Sie mir das bitte erklären?«

Sie wusste, dass er sie auf die Probe stellte. Er spielte mit ihren Gefühlen und testete ihre Reaktion. Was würde geschehen, wenn sie den Vorschlag annahm? Dinner mit dem wohlhabenden, charmanten und einflussreichen Bobby du Pré, einem Berater des Justizministers? Mit ihr, die nur ein einfaches eingewandertes Blumenmädchen war? Vergiss es, Louise, rief sie sich zur Raison. Du weißt doch, was er will! Ganz Washington würde über dich lachen! Wer würde ihm schon böse sein, wenn sich eine kleine Irin so leicht herumkriegen ließ!

Louise fühlte sich beleidigt und beschämt. Er hatte nicht das Recht, seinen Rang derart auszunutzen. Nun, bei ihr würde er mit dieser Masche keinen Erfolg haben. Dass er gerne flirtete und ein Schürzenjäger war, hatte sie inzwischen begriffen. »Was es noch zu besprechen gibt, können wir auch hier erledigen, Mr du Pré«, sagte sie und griff wieder nach der Gießkanne. »Allzu viel dürfte es wohl nicht mehr sein.«

»Sie sind sehr hübsch, wenn Sie wütend sind, Louise. Entschuldigen Sie, es lag nicht in meiner Absicht, Sie zu verärgern. Ich denke allerdings immer noch, dass wir an einem ruhigen Plätzchen, wo wir nicht ständig gestört werden, besser reden können. Sie erklären mir, was Sie in Jons Angelegenheit von mir erwarten, und ich sage Ihnen, was möglich ist.«

Beinahe hätte Louise gelächelt. Er ließ wirklich nicht locker!

»Ich liebe Ihre blauen irischen Augen«, schwärmte er hinter ihr.

»Sie sind grau. Und außerdem schweifen Sie vom Thema ab, Mr du Pré.« Sie drehte sich um und sah ihm direkt ins Gesicht. »Flirten Sie nicht mit mir, Mr du Pré. Es wäre nicht nett mir gegenüber. Ich gehöre weder Ihrer gesellschaftlichen Schicht an noch bin ich die Art Frau, für die Sie sich interessieren. Sie tun das nur für sich selbst – nicht für mich.«

Betroffen sah er sie an. »Was ist denn meine Art Frau, Louise?«

»Keine Ahnung.« Allmählich riss ihr der Geduldsfaden. »Hören Sie einfach auf damit. Ich weiß, ich habe Sie um einen Gefallen gebeten. Dafür entschuldige ich mich in aller Form. Finanziell könnte ich mir sowieso keinen Fachmann aus dem Justizministerium leisten. Vergessen Sie bitte alles, was die *Cormorant* und meinen Bruder Jon angeht.« Mit diesen Worten wandte sie ihm den Rücken zu.

Doch er griff nach ihrem Arm und wirbelte sie herum. Unwillkürlich traten ihr Tränen in die Augen; ein rasender Schmerz fuhr durch ihr noch nicht gesundes Knie. Sie schüttelte seine Hand ab. Ihr Gesicht sprach Bände.

Verwirrt blickte Bobby sie an. Er öffnete den Mund, als wolle er etwas sagen, besann sich aber eines Besseren und stürmte mit fest zusammengepressten Lippen aus dem Zimmer. Wie es der Teufel wollte, traf er an der Tür auf Mrs McKinley, die, schwer auf ihren Stock gestützt, gerade eintreten wollte. Clara Tharin stand ihr zur Seite.

Louise wäre am liebsten im Boden versunken. Wie lange mochte die Gattin des Präsidenten schon dort im Schutz von Palmen und Farnen gestanden haben? Wie viel hatte sie von ihrem Gespräch mitbekommen?

»Ich muss irgendwo mein Fläschchen mit Riechsalz verloren haben, Bobby«, sagte Ida zu ihm. »Würden Sie mir vielleicht helfen, es zu suchen? Und Sie, Clara, könnten Sie mir bitte in der Küche ein Glas Milch und einige Ingwerplätzchen besorgen?«

Bobby blieb keine Wahl: Er musste Ida in ihr Wohnzimmer begleiten und nach dem Riechsalz suchen, das sich in ihrer Tasche befand.

Oh je, dachte Louise, nun hatte sie ihn tatsächlich in Schwierigkeiten gebracht, obwohl er sich freundlicherweise die Zeit genommen hatte, ihren Bericht zu lesen. Vielleicht hatte sie sich ja nur eingebildet, dass er mit ihr flirten wollte, und er hatte ihre Neckereien als Freibrief gedeutet. Sie hoffte, dass er nur nett zu ihr hatte sein wollen, als er sich für sie und ihren Bruder interessierte. Möglicherweise war seine leichtherzige Art nur Teil seines Charakters und seine Art, mit schwierigen Themen umzugehen und sie weniger bedrohlich erscheinen zu lassen.

Alles war allein ihr Fehler gewesen! Sie hatte sich gewünscht, dass er mit ihr flirtete, weil sie sich so unglaublich von ihm angezogen fühlte! Sie hatte seine Signale falsch gedeutet, weil er sie so verwirrte … Eine Träne rollte über ihre Wange. Sie wischte sie fort und ging weiter ihrer Arbeit nach.

Sie hatte ihn verloren. Und auch Jon hatte sie verloren. Bobby du Pré hätte ihnen helfen können, doch er würde sicher nichts mehr von dem undankbaren irischen Blumenmädchen wissen wollen.

In ihrem Wohnzimmer zeigte Ida auf einen dunkelblauen Samtsessel und forderte Bobby auf, Platz zu nehmen. Ihm fiel auf, dass die schwülstige Einrichtung des letzten Präsidenten verschwunden war. Auch die groß gemusterte Tapete und das schwere Mobiliar gehörten der Vergangenheit an. Ida hatte ihre privaten Räume mit erheblich weniger Aufwand herrichten lassen. Bobby gefiel das in hellem Blau, Weiß und Gold gehaltene Zimmer, in dem Ida ihre Tage zu verbringen pflegte.

Mrs McKinley ließ sich auf ihrer Stuhlkante nieder, lehnte sich ein wenig nach vorn und blickte Bobby in die Augen. »Treibhausblüten sind offenbar nicht das Einzige, was in unserem Gartenzimmer gedeiht. Was geht zwischen dir und Louise Duigan vor, Bobby?«

»Nichts, Ida.« Er stützte sich auf die Armlehnen. Mit seinen blauen Augen blickte er ihr direkt ins Gesicht.

»Hm.« Sie betrachtete ihn fast eine halbe Minute lang in der Hoffnung, er würde ein wenig deutlicher werden. Als er sich nicht weiter äußerte, fuhr sie fort: »Als deine Taufpatin darf ich sicher Klartext sprechen. Wie sehen deine Absichten bezüglich der charmanten Miss Amelia Jameson-Blaine aus? Wirst du dich bald mit ihr verloben, wie deine Mutter mir gegenüber andeutete? Wir alle würden es begrüßen.«

Bobby verzog das Gesicht. »Amelia und ich sind lediglich gute Freunde. Wir haben absolut keine gemeinsamen Interessen, ganz gleich, wie meine Eltern darüber denken.«

»Betrachtest du sie als eine deiner Affären? Findest du das ihr gegenüber nicht ein wenig unfair? Ganz zu schweigen von Louise Duigan, die nun wirklich nicht deinem sozialen Rang entspricht, wenn ich so sagen darf.«

»Miss Duigan hat mich gebeten, sie in einer rechtlichen Angelegenheit zu unterstützen. Es geht um den Untergang der *Cormorant*.«

Wieder sah sie ihn scharf an. Schließlich stand sie auf und ging langsam im Zimmer auf und ab. »Ach, Bobby, Bobby! Du solltest versuchen, Amelias Herz nicht zu brechen. Und auch nicht das von Miss Duigan, ganz zu schweigen von deinem eigenen. Du darfst ihren Ruf nicht aufs Spiel setzen. Deinen natürlich auch nicht. Du hast so gute Zukunftsaussichten! Vielleicht bringst du es eines Tages sogar zum Justizminister. Mach nicht alles zunichte – nur wegen eines hübschen Gesichtchens und eines charmanten Wesens, über die Louise Duigan zweifellos verfügt. Sie ist jung, unschuldig, naiv und grundanständig. Sie könnte sich eines Tages gut verheiraten, wenn du ihr nicht die Chance verdirbst. Oh ja, das sage ich dir ganz ehrlich. Du weißt, wie gern die Klatschmäuler von Washington alles in den Schmutz ziehen. Halte deine Beziehung zu Miss Duigan auf einer rein geschäftlichen Ebene, und tu auch das diskret. Auch wenn es um ganz harmlose Dinge geht – wenn man euch zu oft zusammen sieht, wird bald die Gerüchteküche brodeln. Sollte ich feststellen müssen, dass du und Louise … wie soll ich sagen? … mehr als nur gute Freunde seid, bleibt mir nichts anderes übrig, als sie zu entlassen.«

So, nun hatte sie es über die Lippen gebracht. Ihre Kräfte ließen nach. Ida schwankte, und Bobby half ihr in ihren Sessel.

»Tut mir Leid, wenn ich dir Sorgen bereitet habe. Die Klatschmäuler von Washington sind mir wohl bekannt, und ich werde mich hüten, ihnen irgendwelche Nahrung zu geben. Was Miss Jameson-Blaine angeht, so habe ich ihr nie Anlass zu der Erwartung einer Verlobung zwischen uns gegeben. Und was Miss Duigan angeht – nun, sie ist alt genug, für sich selbst einzustehen …« Er sah Ida an. »Ich gebe dir mein Ehrenwort, gnädige Frau, dass ich nichts tun werde, was Amelias oder Miss Duigans Ruf in irgendeiner Weise schädigt.«

Ida McKinley schenkte ihm ein mattes Lächeln. »Das höre ich gern, Bobby. Louise ist eine wirklich nette junge Dame und darüber hinaus eine gottesfürchtige Quäkerin, die ich, ebenso wie mein liebster William, sehr ins Herz geschlossen habe. Sie hat viel durchmachen müssen. Wenn du ihr bei ihren familiären Problemen rechtliche Unterstützung geben kannst, hast du meinen Segen. Nur möchte ich dich nochmals bitten, uns nicht zu kompromittieren.«

»Danke, Tante Ida.« Bobby beugte sich vor und küsste seine Taufpatin auf die blassen, nach Verbenen duftenden Wangen.

Ida zog ihn kurz an sich, dann klopfte sie ihm liebevoll auf die Schulter. »Jetzt ab ins Justizministerium, wo du hingehörst, Bobby. Und keine heimlichen Treffen mehr in meinem Gartenzimmer!«

»Bestimmt nicht, Tante Ida.« Er grinste. Selten hatte sie ihm derart den Kopf gewaschen. Er ging und überließ sie ihrem Riechsalz und dem zweiten Frühstück, das Clara soeben auf einem silbernen Tablett hereinbrachte.

10. Kapitel

In New York City verließ Charles O'Duffy das Büro der Cade-Armoy Shipping Company in der Fulton Street und machte sich zu Fuß auf den Weg zu den Geschäftsräumen von Merrit-Scott & Chapman, die sich nur einen Block entfernt befanden. Dabei wurde er das Gefühl nicht los, dass man ihn beobachtete – und zwar nicht zum ersten Mal. Erst, als er meinte, den Verfolger abgeschüttelt zu haben, schlüpfte er in die St.-Pauls-Kirche, wo er sich mit jemandem treffen wollte.

In der dämmrigen Kirche setzte sich Charles in eine Bank und wartete, bis er wieder einigermaßen ruhig atmete. Er starrte das bunte Glasfenster über dem Altar an und überlegte, wie er am besten vorgehen sollte. Eine dunkle Gestalt setzte sich neben ihn auf die Bank. Voller böser Vorahnungen wandte sich Charles halb um, stieß aber sofort einen Seufzer der Erleichterung aus. »Ach Sie sind es, Mr Skidmore«, sagte er. »Ich hatte vorhin den Eindruck, dass mir jemand folgt, und Sie haben mich fast zu Tode erschreckt.«

»Entschuldigung, Mr O'Duffy«, flüsterte Skidmore hinter seinem zerzausten schwarzen Bart. »Ich weiß, ich bin ein bisschen spät dran, aber ich musste noch einen Haufen Papierkram erledigen, ehe der Boss mich gehen ließ.« Er nahm seine Hornbrille ab, polierte umständlich die Gläser und setzte sie wieder auf. »Warum wollten Sie mich sprechen?«

Skidmore arbeitete für Merrit-Scott. Im vergangenen Jahr hatte Charles häufig mit der Firma zu tun gehabt, vor allem seit dem

Desaster mit der *Cormorant*, das ihn noch immer schwer beschäftigte. Skidmore war Vertreter für Tauchgeräte und, wie Charles festgestellt hatte, einem kleinen Nebengeschäft ohne Wissen seines Chefs durchaus nicht abgeneigt. Allerdings blieb Charles ihm gegenüber immer vorsichtig. Skidmore erinnerte ihn an jemanden, doch Charles wusste beim besten Willen nicht, an wen.

Vielleicht lag es an seinen Augen. Oder an der Stimme oder den fehlenden Fingern. Im maritimen Bergungs-Geschäft hatte Charles schon häufig Männer mit unsteten Augen, seltsamer Aussprache oder fehlenden Gliedmaßen getroffen; danach konnte man nicht gehen.

»Tja ...« Charles wusste nicht recht, wie er anfangen sollte. In der Hoffnung auf Inspiration betrachtete er das Glasfenster über dem Altar. »Hm ... Sicher wissen Sie, dass Cade-Armoy an Merrit-Scott mit der Bitte herangetreten ist, Taucher zur Rettung einer bestimmten Fracht zur Verfügung zu stellen, die mit dem Schiff untergegangen ist.«

»In unseren Unterlagen gibt es eine Menge untergegangener Schiffe. Ich nehme an, Sie sprechen von der *Cormorant*, Sir?«

»Richtig, die *Cormorant*«, antwortete Charles irritiert. Er räusperte sich. »Meine Gesellschaft hat nicht vor, Merrit-Scott in irgendeiner Weise ... hm ... bloßzustellen. Es sieht so aus, Mr Skidmore, dass die Ladung, die wir heraufholen wollen ... hm ... tja ... sagen wir, von den US Behörden nicht genehmigt ist. Das macht die Sache natürlich nicht einfacher.«

»Ich verstehe durchaus, Sir. Aber wie Sie wissen, werden sowohl die Fracht als auch das Schiff nach dem Untergang für jedermann zugänglich. Jeder darf sich holen, was er brauchen kann.«

»Ich gehe davon aus, dass Sie selbst Experte in Sachen Hochseebergung sind.«

»Nun«, sagte Skidmore und kratzte sich nachdenklich den Bart, »ich selbst tauche nicht. Wasser ist mir aus persönlichen Gründen zuwider – ich kann nicht einmal schwimmen. Allein die Tatsache, mehrere Meter Ozean über meinem Kopf zu wissen, wäre für mich schlimmer als tausend Tode. Mein Fachwissen basiert einzig und allein auf Theorie. Ich präsentiere Merrit-Scott die Fakten, und die richtet sich nach meinen Vorschlägen; die Taucher werden von der Firma gestellt. Meine Aufgabe besteht darin, die Ausrüstung zu überwachen und die Umstände zu überprüfen, unter denen der Tauchgang stattfindet. Dazu gehören Machbarkeitsstudien, Sicherheitsstrategien und die genauen Koordinaten des Schiffes oder der zu hebenden Ladung.«

»Das bringt mich zum Kern meiner Frage. Wenn meine Firma Ihnen bei der Gründung eines eigenen Unternehmens unter die Arme greifen würde, wären Sie dann eventuell in der Lage, ein eigenes Taucherteam anzuheuern?«

Charles hatte den Eindruck, dass die Augen des jungen Mannes aufleuchteten – oder waren es nur die Kerzen, die sich in seinen Brillengläsern spiegelten? Wie dem auch sein mochte, zufrieden registrierte er, dass der junge Mann habgierig und zuversichtlich genug war, hinter dem Rücken von Merrit-Scott tätig zu werden, wenn es darum ging, in die eigene Tasche zu arbeiten. »Selbstverständlich würde sich Cade-Armoy sehr großzügig zeigen, falls es Ihnen gelingen sollte, in dieser Sache zu einem erfolgreichen Abschluss zu kommen.«

Roger Skidmore wusste sehr wohl, was Charles O'Duffy meinte, und griff nur allzu gern zu. Ein eigenes Unternehmen zu gründen und nicht mehr auf das Angestelltengehalt angewiesen zu sein, das Merrit-Scott ihm bezahlte, war ein mehr als verlockendes Angebot. Kein Wunder, seine Augen leuchteten tatsächlich. »Falls ich auf Ihr Angebot eingehen sollte, Mr O'Duffy, müssten Sie mir zunächst sehr genaue Angaben über die Art der Fracht machen. Sie wissen sicher selbst, dass es sich bei den Sable Island vorgelagerten Untiefen um ein ziemlich gefährliches Gewässer handelt.«

»Es geht um Gold«, sagte Charles.

»Gold?« Skidmores Augen hinter den dicken Brillengläsern leuchteten womöglich noch mehr. Er stieß einen leisen Pfiff aus. »Das ist natürlich eine Fracht, die zu heben sich wirklich lohnt,

Mr O'Duffy. Jetzt verstehe ich, dass Sie nicht unbedingt darauf aus sind, Merrit-Scott an Ihrem, nun, sagen wir, kleinen Geheimnis teilhaben zu lassen. Immerhin liegt den Prämien ein angemessener Prozentsatz vom Wert der gehobenen Fracht zugrunde.«

»Sehr richtig, Mr Skidmore. Ich freue mich, dass wir uns verstehen. Natürlich erwartet meine Gesellschaft, dass Sie sämtliche Informationen strikt vertraulich behandeln«, sagte Charles hastig. Hatte er zu viele Einzelheiten preisgegeben? Immerhin kannte er den jungen Mann allenfalls flüchtig. Ihre Beziehungen im vergangenen Jahr hatten sich auf rein geschäftlicher Ebene abgespielt, doch O'Duffy spürte, dass er in diesem jungen Mann mit seinem einschmeichelnden Wesen und der servilen Art, ihm im Fall der gesunkenen *Cormorant* jede nur mögliche Hilfe angedeihen zu lassen, den einzigen Probanden gefunden hatte, der sich von Merrit-Scott abwerben lassen würde. »Wir sprechen von äußerster Diskretion, Mr Skidmore.«

»Aber natürlich.« Skidmore dachte einen Augenblick nach. Er breitete die Arme über die Rücklehne der Bank und betrachtete den Altar und den gekreuzigten Christus. »Wissen Sie, ich bin weder Katholik noch Protestant. Ehrlich gesagt weiß ich nicht mehr, ob ich überhaupt noch einer Glaubensrichtung angehöre. Religiöse Skrupel jedenfalls liegen mir fern, so viel ist gewiss. Jeder ist seines eigenen Glückes Schmied, und wir sind hier in New York, der Stadt der unbegrenzten Möglichkeiten. Ich nehme an, das ist auch der Grund, warum Sie Roger Skidmore um Hilfe bitten.«

Charles war zufrieden. Er hielt sich für einen ausgezeichneten Menschenkenner.

Skidmore veränderte seine Sitzposition auf dem harten Kirchengestühl. »Ich würde natürlich ein eigenes Büro brauchen, Mr O'Duffy. Sie verstehen sicher, dass ich Ihnen kaum … hm … zur Hand gehen könnte, wenn ich dies unmittelbar vor der Nase meiner werten Vorgesetzten tun müsste.«

»Selbstverständlich«, erwiderte Charles. »Die nötigen Räumlichkeiten stellen wir Ihnen gern zur Verfügung.«

»Das Gleiche gilt für einen angemessenen Vorschuss. Schließlich muss ich nicht nur Ausrüstung beschaffen, sondern auch ein einsatzfähiges Team anheuern. Darin sehe ich allerdings kein Problem. Ich kenne ein paar Taucher, denen die von Merrit-Scott gezahlte Entlohnung für den Einsatz ihres Lebens nicht ausreichend erscheint. Haben Sie schon mal von Morbus Caisson gehört? Wir nennen es auch Taucherkrankheit. Je nach Schwere führt sie zu unerträglichem Hautjucken oder sogar dazu, dass einem die Augen aus den Höhlen treten und man aus allen Körperöffnungen blutet.«

»Schon verstanden, Mr Skidmore«, wehrte Charles ab. Er musste nicht alle Scheußlichkeiten bis ins Detail erfahren.

»Manche Männer sterben daran, Mr O'Duffy. Und wenn sie nicht sofort sterben, dann betteln sie um den Tod. Ich werde nur die besten Taucher einstellen. Aber sie werden natürlich eine angemessene Bezahlung verlangen. Ich selbst wäre beinahe bei einem Tauchgang ums Leben gekommen. Allerdings nicht beim Tiefseetauchen. Ich tauche nie tief. Es geschah bei einem Test unserer Ausrüstung.«

»Verstehe, Mr Skidmore. Büroräume und eine entsprechende Summe stehen Ihnen spätestens nächsten Monat zur Verfügung.«

»Die Sommer in Neuschottland sind kurz, Mr O'Duffy, und das Meer um Sable Island ist tückisch. Unser Zeitrahmen ist auf die Monate Juli und August begrenzt.«

»Gut, Sie bekommen Ihr Geld nächste Woche.«

Sie schüttelten sich die Hände, und Charles wiederholte: »Und Sie denken bitte daran, Mr Skidmore: äußerste Diskretion!«

»Das versteht sich von selbst, Sir.«

Charles O'Duffy verließ die Kirche. Roger Skidmore blieb noch einen Augenblick sitzen. Hätte sich Charles noch einmal umgeblickt, hätte er gesehen, wie der ehemalige Angestellte von Merrit-Scott eine triumphierende Faust zu dem bunten Glasfenster emporhob und stumm »Hurra!« jubelte.

In Erwartung eines Briefes von Meg oder Jon warf Louise einen Blick in ihr Postfach in der Eingangshalle. Dort aber lag ein dicker, brauner Umschlag. Es war interne Post. Sie nahm den Umschlag mit in ihr Zimmer.

»Liebe Louise, es gibt ein paar wichtige Neuigkeiten, die Ihren Bruder Jon betreffen. Leider konnte ich Sie in den vergangenen drei Wochen nicht aufsuchen, weil ich nicht möchte, dass Sie meinetwegen Ihre Anstellung verlieren. Könnten Sie am kommenden Donnerstag um acht Uhr ins Mount Pleasant Heights in Georgetown kommen? Es handelt sich um ein Restaurant, das ich normalerweise nicht aufsuche. Wir wären vor Klatschmäulern also einigermaßen sicher. Würden Sie mir bitte den Gefallen tun, zu kommen?«

Ihr Herz machte einen Freudensprung. Wie schön war es doch, feststellen zu dürfen, dass er sie nicht einfach aus seinem Gedächtnis gestrichen hatte! Voller Vorfreude, aber auch nervös schickte sie ein kurzes Dankschreiben ins Justizministerium. »Ich freue mich auf ein Treffen, bei dem wir den Fall meines Bruders erörtern können. Louise Duigan.«

Sie bat darum, Donnerstagabend freinehmen zu dürfen, was ihr ohne weiteres bewilligt wurde. Anschließend überlegte sie fieberhaft, was sie anziehen sollte. Die einzigen Kleidungsstücke in ihrem Schrank stammten von Gertie. Da sie jeden Cent, den sie erübrigen konnte, für Jons Verteidigung zurücklegte, kam der Kauf eines neuen Kleides nicht infrage. Schließlich entschied sie sich für ein Kostüm in dunkelblau und weiß, das sie aus einem von Gerties Kleidern für sich umgearbeitet hatte. Glücklicherweise hatte Gertie nie an der Stoff-Qualität gespart. In Halifax hatte Louise mit Megs Unterstützung und unter Zuhilfenahme einiger Modezeitschriften den Fin-de-Siècle-Stil kopiert. Turnüren waren nicht mehr modern; man trug eng anliegende Jacken über langen, schmalen Röcken. Louise fühlte sich wohl in ihrem Kostüm; es war bequem und eine nette Abwechslung zur grauen Arbeitskleidung, auch wenn es aus zweiter Hand stammte.

Dann machte sie sich auf die Suche nach dem Restaurant in Georgetown, einem aufstrebenden kleinen Dorf am Stadtrand von Washington. Der Maiabend war so lau und schön, dass sie den langen Weg aus vollem Herzen genoss. Sie ging wie auf Wolken. Plötzlich lag ihr ganz Washington zu Füßen.

Bobby du Pré wartete bereits im Foyer auf sie. Erleichtert atmete Louise auf. Es wäre ihr unangenehm gewesen, ganz auf sich selbst gestellt nach seinem Tisch zu fragen. Ein Kellner nahm ihren Umhang in Empfang. Bobby griff nach ihrem Arm und führte sie zum Tisch. Noch nie im Leben war sie so zuvorkommend behandelt worden, doch daran würde sie sich zweifellos gewöhnen können.

Bobby wirkte sehr distinguiert. Er war jung, sah gut aus und hatte eine hervorragende Erziehung genossen, die Louise jeglicher Peinlichkeit enthob. Als er ihren Stuhl zurechtrückte, fielen ihr unwillkürlich die neidischen Blicke einiger Damen auf. Ihr war klar, dass er das Restaurant fern vom Capitol Hill eigens gewählt hatte, um sie beide nicht zu kompromittieren. Wie schön, dass er sich nun doch um Jon kümmern wollte. Das allein zählte – oder etwa nicht?

»Sie sehen wunderschön aus«, erklärte er. Sie hoffte, dass er es auch wirklich meinte.

Auf keinen Fall würde sie ihn noch einmal als Weiberheld beschimpfen. »Danke, Mr du Pré.« Charmant nahm sie das Kompliment entgegen.

»Bobby«, sagte er lächelnd.

»Bobby«, wiederholte sie und erwiderte sein Lächeln.

»Was möchten Sie trinken, Louise?«

»Oh, da kenne ich mich nicht aus. Treffen Sie eine Wahl – ich trinke normalerweise nur Wasser.« Sie wusste, dass sie sich besser hätte auskennen müssen. Schließlich sah sie tagtäglich im Weißen Haus die Anzahl der Gläser bei den Gedecken zu offiziellen Anlässen, und bei diesen Gläsern handelte es sich nicht nur um Wassergläser. Bei den Geschäftsessen flossen Wein und Champagner in Strömen.

Bobby bestellte Wein und Wasser. Nie hätte Louise sich träumen lassen, welche Auswahl es bei den Weinen gab; er hatte sich für eine Flasche dunklen, schweren Rotwein entschieden. Louise hatte noch nie Wein getrunken. Sie war in einem Quäker-Haushalt aufgewachsen, wo die Frauen grundsätzlich Schwarz trugen, jeder seinen Platz kannte und niemand einen Tropfen Alkohol anrührte. Doch ihr Leben hatte sich verändert. Louise fühlte sich als selbstständige, freie Frau an der Schwelle zum zwanzigsten Jahrhundert. Sie verdiente ihren Lebensunterhalt und konnte sich ihre Freunde und Bekannten selbst aussuchen. Und nun würde sie also zum ersten Mal Wein trinken. Beim ersten Schluck war sie nicht ganz sicher, ob sie Wein überhaupt mochte. Aber dann schmeckte er ihr doch, und sie trank ihr Glas leer.

Bobby lachte leise. »Trinken Sie kleine Schlucke, Louise. Sie brauchen ihn nicht hinunterzukippen wie Medizin. Nicht, dass er Ihnen zu Kopf steigt. Ida soll doch nicht glauben, dass ich Sie zum Trinken verführt habe!«

»Oh, entschuldigen Sie.« Nach seiner Mahnung rührte sie ihr Weinglas nicht mehr an.

Mit ernster Miene studierte er die Speisekarte, ehe er sie ein wenig amüsiert fragte, was sie essen wollte.

»Ich weiß nicht. Wählen Sie etwas aus.«

»Sind Sie sicher?«

»Selbstverständlich!«

Ein solches Vertrauen durfte er nicht enttäuschen. »Wie wäre es mit Taco-Salat als Vorspeise? Er besteht aus einer Art Mais-Chips mit Avocados, Kopfsalat, Räucherwurst, Möhren, Tomaten und Gurken in einer Sauce aus saurer Sahne. Ein mexikanisch-italienisch-amerikanisches Gericht.«

»Hört sich lecker an«, nickte sie. Sie kannte weder Tacos noch Avocados, von mexikanisch-italienischen Gerichten ganz zu schweigen. Amerika war im Vergleich mit Irland ein riesiges Land, mit vielen verschiedenen Kulturen – es gab so viele Geschmacksrichtungen zu probieren.

Anschließend gab es Hühnchen Maryland mit Maispfannkuchen; der Nachtisch bestand aus gewürzten Cajun-Früchten. Nie im Leben hatte Louise so etwas Köstliches gegessen wie diese mit braunem Zucker, Muskat, Butter, Kokos und Rum gewürzte Mischung aus Ananas, Mango, Papaya, Banane und Passionsfrucht.

»Der Nachtisch erinnert mich an meine Kindheit auf Kuba«, erklärte er und stürzte sich auf das exotische Dessert.

»Wie aufregend! Erzählen Sie mir doch bitte von Ihrer Kindheit auf Kuba.« Louise hatte keine Ahnung, wo Kuba lag, nahm sich aber vor, bei nächster Gelegenheit auf einer Weltkarte nachzusehen.

»Nur, wenn Sie mir von sich erzählen.«

Unsicher sah sie ihn an. »Ich habe immer nur in Dublin gelebt. Und einige Zeit in Halifax. Ach ja, dann noch in Ohio, aber die beiden Stationen zählen nicht.«

»Warum?«

»Weil ich seit dem Schiffsunglück nie mehr das Gefühl hatte, irgendwo zu Hause zu sein.«

»Das hört sich traurig an.«

Louise schluckte. Nachdenklich sagte sie: »Nicht wirklich. Ich habe mich daran gewöhnt, nirgendwo richtig Wurzeln geschlagen zu haben. Meine Familie war in Irland nicht sehr reich, genau genommen waren wir sogar ziemlich arm. Aber ich nehme an, das ist Ihnen aus meiner Niederschrift bekannt; wir waren Zwischendeck-Passagiere, das sagt alles.«

»Armut ist kein Verbrechen, Louise.«

»Richtig, aber aus armen Leuten werden eher Verbrecher.«

»Wie bitte?«

»Ach, das verstehen Sie nicht.«

»Lassen Sie es auf einen Versuch ankommen.«

Louise wechselte das Thema. »Sie sagten etwas von Neuigkeiten bezüglich meines Bruders?«

Es missfiel Bobby, statt sanfter Romantik der kalten Realität ins Auge zu blicken, aber er hatte seiner Patin sein Ehrenwort darauf gegeben, und er würde sie nicht enttäuschen. Das, was er herausgefunden hatte, würde für sie beide eine ziemlich bedrückende Angelegenheit werden. Er hatte Angst vor Louises Reaktion, die vermutlich einem Schock gleichkommen würde. Langsam sagte er: »Louise, Jon ist nicht mehr auf Anticosti Island. Er hat versucht zu fliehen.« Schockiert starrte Louise ihn an.

»Nein …«, stieß sie entsetzt hervor. Ihr war klar, dass noch nie jemand einen Fluchtversuch von Anticosti Island überlebt hatte. Sie suchte seinen Blick. Ihre Augen wirkten wie die eines gehetzten Tieres. Bobby musste mit ansehen, wie alle Hoffnung in ihnen erstarb. Um ihre Qual nicht unnötig zu verlängern, kam er sofort auf den Punkt. »Er ist bei seinem Fluchtversuch vor Anticosti Island ertrunken.«

Bobby streckte ihr über den Tisch hinweg seine Hand entgegen. Es war nur eine Geste. Er wusste, dass es nichts gab, was sie trösten konnte. Diesen letzten Schlag würde sie vermutlich nicht verkraften. Der Abend, der so schön begonnen hatte, war ruiniert. Aber er hatte keine andere Wahl gehabt, als ihr die Wahrheit zu sagen.

»Bobby … könnten wir bitte nach draußen gehen? Ich habe das Gefühl, keine Luft zu bekommen.«

In der kühlen Luft hoch oben über dem schlammigen kleinen Rock Creek, einem Zufluss des Potomac-River, wandte sie sich zu ihm um. Ihre Augen waren trocken. Noch hatte sie den Schock über Jons vermutlichen Tod nicht überwunden. Die Tränen würden später kommen, jetzt wirkte sie gefasst. Ruhig fragte sie: »Wie haben Sie es erfahren?«

»Ich habe selbst einige Nachforschungen betrieben.« Er starrte auf die Erhebung des Capitol Hill mit dem Weißen Haus in der Ferne. »Wir haben Akten über Jon und …«

»Wir? Wer ist wir?«

»Der Rechtsausschuss der Regierung. Die Akten wurden im Verlauf des letzten Jahres angelegt. Auch über Charles O'Duffy und Ihren Bruder Patrick.«

Louise sah ihn an, als hätte sie nicht richtig gehört. »Patrick? Patrick ist zusammen mit meinem Vater ertrunken.«

Er lächelte. »Nein, Louise, im Gegensatz zu Ihrem Vater ist Patrick nicht ertrunken. Ich kenne bisher nicht alle Details, weil die Einwanderungsbehörde noch mitten in den Untersuchungen steckt. Auf jeden Fall hat Ihr Zwillingsbruder die Schiffskatastrophe überlebt. Irgendwie hat er es bis New York geschafft – fragen Sie mich bitte nicht, wie. Sicher ist, dass er einen anderen Namen angenommen hat. Er nennt sich jetzt Roger Skidmore. In New York fand er Arbeit als Vertreter bei Merrit-Scott & Chapman. Die Firma hat sich auf Tiefsee-Bergung, Tauchausrüstungen und die Vermittlung von Tauchern spezialisiert. Das ganze letzte Jahr hindurch hat Jon über Merrit-Scott mit seinem Bruder korrespondiert. Patrick, oder Skidmore, wie er sich jetzt nennt, ließ ihm die Logbücher der Firma und anderes wichtiges Material über Tiefseetauchen zukommen.«

»Sie wissen ja«, fuhr Bobby fort, »dass die Kategorie ›E‹ auf Anticosti Island diejenigen Gefangenen bezeichnet, die illegal in Kanada eingewandert sind und eines Verbrechens verdächtigt werden. Sie werden bis zu ihrem Verfahren auf der Insel festgehalten. Bis heute wissen wir nicht, ob Jon Skidmores wahre Identität kannte. Ich bin der Meinung, er wusste es. Aber hier sind die Recherchen noch nicht abgeschlossen. Wir wissen ebenfalls nicht, wieso Sie und Ihre Verwandten ohne Probleme in die Vereinigten Staaten einreisen konnten. Auch hier laufen die Untersuchungen der Einwanderungsbehörden noch. Dadurch, dass Sie über Kanada eingereist sind, haben Sie sich wissentlich oder unwissentlich zur illegalen Immigrantin gemacht, Louise, und zwar trotz Ihres Passagiertickets der Cade-Armoy-Linie, das laut Einwanderungsbehörde schließlich auch gefälscht sein konnte. Präsident McKinley ist gar nicht glücklich über solche Schlupflöcher im Einwanderungssystem. Tut mir wirklich Leid, dass ausgerechnet ich Ihnen diese unangenehmen Nachrichten überbringen musste.«

Das meiste, was er gesagt hatte, war an Louise vorbeigerauscht.

Was hatte sie schon mit dem »System« zu tun? Sie war nur sie selbst, Louise Duigan, die soeben ihren Zwillingsbruder Patrick wiedergefunden, dafür aber ihren Bruder Jon verloren hatte. Sie würde einige Zeit brauchen, damit klarzukommen.

Nichts schien mehr Sinn zu machen. Noch nicht einmal die Nachricht von Patricks Überleben, das einer Auferstehung gleichkam. Über die mysteriösen Umstände konnte sie nur Mutmaßungen anstellen. Sie hatte den Eindruck, in einem Albtraum gefangen zu sein. Erst der eine Bruder, dann der andere, erst Meg, dann sie. Jedes Mal, wenn sie einen Schritt vorwärts zu kommen schien, wurde sie drei Schritte zurückgeworfen.

»Müssen illegale Einwanderer ins Gefängnis?«

»Normalerweise, ja«, antwortete er mit einem schiefen Lächeln. »Allerdings denke ich, dass Sie sich keine Sorgen zu machen brauchen. Schließlich haben Sie den Präsidenten auf Ihrer Seite. Die Einwanderungsbehörde wird wohl Ihre und Megs Papiere mit dem nötigen Stempel versehen, auch wenn Ihre Meldung etwas verspätet kommt. Der Präsident hat sich persönlich dafür eingesetzt. Ohne diese Papiere hätten Sie unter normalen Umständen weder in Canton anfangen noch ins Weiße Haus kommen können. Noch weiter konnten Sie es kaum bringen. Außerdem hat es noch niemand geschafft, das Einwanderungssystem in einen Haufen umherwuselnder Bürokraten zu verwandeln, die jetzt alle plötzlich nach zu stopfenden Schlupflöchern suchen. Es geht wohl hauptsächlich um Schifffahrtslinien, die sich nicht an die Gesetze halten. Soweit ich informiert bin, wird die Einwanderungsquote von Europa nach Amerika drastisch gekürzt, wenn nicht sogar auf null gesetzt.«

Einwanderungspapiere mit Stempel? Louise blickte Bobby dankbar an. Sie konnte das alles nicht fassen; sie hatte die Information, dass Jon ertrunken war und Patrick lebte. Merkwürdig, nicht? Und sie hatte gestempelte Einwanderungspapiere. »Ich muss mich unbedingt beim Präsidenten bedanken.«

George Saxton hatte Recht behalten: Sie lebte am richtigen Ort und kannte die richtigen Leute – besser konnte sie es nicht treffen. Gott und Präsident McKinley waren auf ihrer Seite. »Vermutlich bin ich wohl eine, die Glück hat!«

»Ziemlich viel Glück, würde ich sagen.«

»Bobby, ich möchte jetzt nach Hause – was auch immer das bedeuten mag. Zur Zeit ist es wohl das Weiße Haus.«

»Eine ausgezeichnete Adresse, Louise.«

»Vor allem für eine Illegale.«

»Ich habe so etwas nie behauptet!« Er legte die Hand auf sein Herz.

»Ich fühle mich irgendwie – wie soll ich sagen? – wie ein Spielball. Patrick und Jon ... meine Brüder scheinen mich zwischen sich hin und her zu werfen. Ich brauche ein wenig Zeit, mit den Neuigkeiten fertig zu werden, Bobby.«

Auf dem Heimweg überquerten sie die Brücke über den Bach. Teils schwiegen sie, teils sprachen sie einfach aus, was ihnen in den Sinn kam. »Samstagabend gibt meine Schwester Kitty eine Party«, sagte Bobby plötzlich. »Kitty und ihr Mann Logan sind ziemlich unkonventionell. Ganz anders als die High Society von Washington. Was ich damit sagen möchte? Würden Sie mich zu dieser Party bei Kitty begleiten, Louise? Wir wären«, er blickte nach oben zu den Sternen, »wir wären beide völlig inkognito.«

»Wieso?«

»Weil es ein Kostümball ist.«

»Nein, ich möchte wissen, warum Sie ausgerechnet mich fragen.«

»Weil es nun einmal so ist.«

»Ich gehöre weder zur High Society von Washington noch könnte man mich als unkonventionell bezeichnen. Ich bin lediglich eine arme Einwanderin, illegal obendrein, wie sich jetzt herausgestellt hat – ein Blumenmädchen aus Dublin. Oder besser aus Canton, denn ich habe mich nie mit Blumenarrangements beschäftigt, ehe Mrs McKinley mein Talent erkannte. Ich strebe in keiner Weise danach, mich unter die Reichen und Schönen zu mischen, denen ich mich doch nur unterlegen fühlen würde. Das Einzige, woran mir liegt, ist Gerechtigkeit für meinen Bruder. Inzwischen für beide Brüder. Ich kann einfach nicht glauben, dass Jon bei seiner Flucht ertrunken ist. Er war ein viel zu guter Schwimmer. Ich will damit nur sagen, dass es in ein Desaster ausarten könnte, wenn man uns zusammen sieht. Das wissen Sie, und das weiß ich. Und weil ich Sie und mich selbst respektiere, lautet meine Antwort: Nein.«

»Louise, Louise!« Fast musste Bobby über ihren stolzen, dickköpfigen und völlig gerechtfertigten Ausbruch lachen. »Wir sind hier in Amerika. Dem Land der unbegrenzten Möglichkeiten!«

»In das ich mich durch die Hintertür eingeschlichen habe, wie Sie mir soeben lang und breit bewiesen haben.«

Wieder bemühte er sich redlich, nicht zu lächeln. »Hören Sie doch auf, mit dem Kopf gegen die Wand zu rennen. Lassen Sie das System für sich arbeiten – wenn es denn sein muss, auch durch Beziehungen! Anders geht es in diesem Land ohnehin nicht, glauben Sie mir. Ich mag Sie. Nein, das stimmt nicht: Ich bete Sie an! Sie bringen mich zum Lachen, Sie bringen mich zum Weinen, Sie lassen mich verzweifeln. Am liebsten würde ich Sie packen und schütteln – noch lieber aber möchte ich Sie jetzt in die Arme nehmen und zärtlich küssen.«

Die Luft über Washington schien stillzustehen, ganz im Gegensatz zu ihrem Herzen. Als sie nicht antwortete, fuhr Bobby fort:

»Sie sind die unabhängigste, intelligenteste, freigeistigste Frau, die mir je in Washington begegnet ist. Lassen Sie mich Ihnen helfen, verdammt noch mal – wenn schon nicht um Ihretwillen, dann wenigstens um meinetwillen, Sie verrückte Irin! Mir ist es gleich, ob Sie in einer Scheune geboren sind, ob Sie arm wie eine Kirchenmaus sind und welche Geheimnisse Sie in sich tragen – ich … ich mag Sie, wie Sie sind! Und jetzt haben Sie mich dermaßen aufgeregt – jetzt gebe ich Ihnen einen Gute-Nacht-Kuss.«

Wäre Louises Herz nicht so verletzt gewesen, hätten sicher

die Sterne über dem Weißen Haus für sie getanzt. Er küsste sie sehr zärtlich, als ob er wirklich etwas für sie empfand. Danach spielte nichts anderes mehr eine Rolle, ihr blieb nichts als das Hier und Jetzt. Ganz gleich, wie sich Bobby du Pré in Zukunft ihr gegenüber verhalten würde – jetzt lag ihr Washington zu Füßen. Und seine Küsse waren süß, ach, so süß!

11. Kapitel

In dieser Nacht konnte Louise nicht schlafen. Sie wälzte sich in ihrem Bett herum und erlebte immer und immer wieder sowohl die große Freude als auch die schreckliche Verzweiflung. Bobby du Pré hatte ihr sehr geschmeichelt, daran bestand nicht der geringste Zweifel. Immer noch konnte sie nicht ganz nachvollziehen, dass er ausgerechnet sie so umwerfend fand. Doch ganz gleich, was er mit ihr vorhatte – dieser erste Kuss hatte ihre Gefühle für ihn gefestigt; und ihr Verlangen geweckt, diese Beziehung für immer andauern zu lassen. Sie wusste, dass sie sich längst in ihn verliebt hatte, aber auch, dass dieser Umstand sehr gefährlich war.

Er war ein Frauenheld, ein Lebemann. Wahrscheinlich war er mit den schönsten und reichsten Damen Washingtons im heiratsfähigen Alter ausgegangen – was also dachte er sich dabei, ausgerechnet ihr Gefühle vorzugaukeln? Sie war doch nur ein Nichts! Ein Niemand! Wie sollte sie ihm glauben, dass er es ernst meinte? Viel zu schnell hatte er ihr gegenüber sein Herz geöffnet!

Sie wusste überhaupt nichts mehr! Jetzt würde sie ihr Leben von Tag zu Tag gestalten, ohne an die Zukunft zu denken, denn eine Beziehung zu Bobby du Pré konnte nur eine Beziehung auf Zeit sein. Louise war intelligent genug, um sich darüber im Klaren zu sein, dass höchstes Glück und tiefe Freude grundsätzlich vergänglich waren. Sie musste werden wie einer jener Schmetterlinge, die nur einen Tag lebten; morgen durfte sie die Erinnerung auskosten.

Louises Gedanken wandten sich ihrem Bruder Patrick zu. Wie hatte er ihnen das antun können? Wie konnte er es wagen, auf diese Weise in ihr Leben zurückzukehren, nachdem er mehr als ein Jahr nichts von sich hatte hören lassen – ganz so, als ob ihm ihre Trauer nichts bedeutete. Meg und sie hatten zu seinem Gedenken sogar einen Kranz ins Meer geworfen! Wie konnte er sich nach New York absetzen, ohne ihnen eine Nachricht zukommen zu lassen?

Sicher, jetzt wusste sie es. Bobby hatte es ihr klar gemacht. Ihr Bruder hatte keine guten Absichten. Warum sonst hatte er in New York unter falschem Namen gelebt? Doch was mochte Pat vorhaben, dass er noch nicht einmal Kontakt mit ihr aufgenommen hatte, als sie noch in Halifax wohnte? Sicher hätte sie jedes Geheimnis für sich behalten, falls es Verrat war, den er fürchtete. Doch allein zu wissen, dass er lebte, hätte ihr schon gut getan. Sie hätte nicht so viele unglückliche Stunden damit verbracht, Gott Vorwürfe zu machen.

Plötzlich fiel ihr ein Sprichwort ein: Jeder ist seines Glückes Schmied. Wie wahr! Sie würde ihm ganz schön die Meinung sagen, wenn sie sich je wiedersehen sollten. Ihm würde jedenfalls recht geschehen, wenn die Einwanderungsbehörde ihn so lange auf Ellis Island einsperrte, wie Jon auf Anticosti Island eingesessen hatte.

Und was hatte Jon über seinen Bruder gewusst? Was hatten die beiden vorgehabt?

Louise kletterte aus dem Bett. Es war drei Uhr morgens. In drei Stunden würde sie aufstehen müssen, um in den Gewächshäusern zu arbeiten und die Gestecke für die nächsten Empfänge vorzubereiten. Sie rieb ihr verletztes Knie. Es schmerzte ebenso wie ihr Herz. Nach dem langen Weg nach Georgetown war das Knie wieder angeschwollen und hatte sie daran erinnert, dass es noch nicht ganz wiederhergestellt war. Eigentlich galt das für ihren ganzen Körper – von ihrer Seele ganz zu schweigen. Sie warf ihren Bademantel über und setzte sich mit einem Überwurf über den Knien ans Fenster. Sie blickte über die dunkle Stadt hinweg, wo der wunderbarste Mann der Welt vermutlich fest schlief und *nicht* so von ihr träumte, wie sie von ihm.

Ihre Gedanken wanderten zurück zu ihren Brüdern. Am liebsten hätte sie Patrick über Merrit-Scott & Chapman einen Brief geschickt und ihn gefragt, was um alles in der Welt er sich dabei gedacht hatte, als er sich in Mr Skidmore umbenannte. Louise konnte es immer noch nicht fassen. Doch Bobby hatte sie gebeten, vorerst nichts zu unternehmen, so lange die Einwanderungsbehörde ihre Untersuchungen noch nicht abgeschlossen hatte.

Louise hatte Patrick immer besonders geliebt. Sie hatte ihren Platz im Mutterleib mit ihm geteilt, und sie hatte Patrick immer als eine Hälfte von sich wahrgenommen. Ihre Gefühle füreinander waren Außenstehenden schwer zu erklären gewesen. Gemeinsam hatten sie gelitten, gemeinsam waren sie durch dick und dünn gegangen, und auch ihre Gedanken waren stets die gleichen gewesen. Es war nicht selten vorgekommen, dass sie bereits wussten, was der andere sagen wollte, ehe er zu sprechen begann. So, wie Patrick sich um Jon gekümmert hatte, hatte sie sich mit Meg beschäftigt. Und an jenem Tag, als sie den Kranz ins Wasser vor Sable Island warf, hatte sie nicht gespürt, dass Patrick tot war. Ihr Vater schon, aber nicht Patrick.

Am nächsten Morgen erhielt Louise einen weiteren braunen Umschlag, auf dem ihr Name stand. Sie wusste, von wem er stammte.

»Liebste Louise, in der vergangenen Nacht konnte ich nicht schlafen. Lange noch habe ich dagesessen, über Sie nachgedacht und mich gefragt, wann wir uns das nächste Mal sehen. Ich vermisse Sie, wenn Sie nicht in meiner Nähe sind. Kaum sind Sie fort, sehne ich mich nach Ihnen. Ohne Sie bin ich unglücklich. Sie müssen unbedingt mit mir zu Kittys Party gehen. Ich habe ihr schon von Ihnen erzählt – also enttäuschen Sie mich nicht. Kitty hat gesagt, dass Sie nicht unbedingt ein Kostüm brauchen – Sie

müssen sich also auch darüber keine Gedanken machen. Ich warte am Samstag um acht Uhr beim Kamelienhaus auf Sie und nehme Sie dann mit zu ihr nach Hause. Sie wohnt am Virginia Drive in Georgetown. Und keine Sorge: Kitty und Logan sind alles andere als verknöchert. Kein bisschen steif! In Liebe, Bobby«

Louise war aufgeregt und verwirrt, aber sie antwortete nicht. Er würde verstehen, dass sie bei ihrem Nein blieb.

Es war eine Sache, ihm in seiner öffentlichen Funktion zu begegnen, eine ganz andere aber, mit ihm und den Menschen seiner sozialen Schicht zu verkehren, mochten sie nun unkonventionell sein oder nicht. Es war weder richtig noch gut, und wenn Mrs McKinley es herausfand, wäre sie ihre Anstellung los. Man würde ihr ohne Referenz kündigen und sie damit jeder Hoffnung berauben, je eine andere Arbeit zu finden. Umso mehr, als sie sich noch immer illegal im Land aufhielt. Louise erfand allerlei Ausreden, wie sie Bobby du Pré und sein Angebot eines Lebens außerhalb der Treibhäuser des Weißen Hauses zurückweisen konnte.

Bis zum Samstag allerdings war ihr Entschluss ins Wanken geraten. Sie war es müde, ständig gegen sich selbst anzukämpfen. Der Geist mochte zwar willig sein, aber das Fleisch war eben doch schwach. Sie wollte ihn einfach wiedersehen, und das allein war Grund genug. Sie bat Colonel Bingham um eine Vertretung für den Abend; sie erklärte ihm, sie hätte wieder starke Schmerzen im Knie.

»Aber natürlich, liebe Louise. Tut mir Leid für Sie. Aber machen Sie sich nichts draus, Mrs Mulworthy kann sich um alles kümmern. Genau genommen ist ja nichts anderes zu tun, als nach dem Empfang die Gestecke zu entsorgen. Gehen Sie ruhig auf ihr Zimmer und legen Sie die Füße hoch; schließlich waren sie den ganzen Tag auf den Beinen.«

Seine Freundlichkeit trug nicht dazu bei, ihre Selbstachtung zu fördern. Jetzt war sie auch noch eine Lügnerin und Betrügerin, dachte sie unglücklich, während sie nach einem passenden Kleid für den unkonventionellen Abend suchte. Sie würde sehr hübsch aussehen müssen, um Bobby in den Augen seiner Schwester Ehre zu machen. Glücklicherweise war Blossom nicht da, die sie sicher gefragt hätte, wohin sie wollte und mit wem sie dieses Mal ausging.

Louise wählte ein blassgrün und weiß gestreiftes Musselinkleid mit hohem Kragen, schmalen Ärmeln, geradem Rock und einem weißen Gürtel, das sie sich aus einem von Gerties Kleidern genäht hatte. Ihr dunkles Haar steckte sie auf, und zwar nicht in den strengen Knoten, den sie bei der Arbeit zu tragen pflegte, sondern in eine weiche Frisur, die sie mit einem Kamm aus Schildpatt und Silber schmückte, den sie von Mrs McKinley zu ihrem achtzehnten Geburtstag bekommen hatte. Ihr dunkles Haar glänzte, und der Kamm sorgte für die nötige Eleganz. Wenn ihr Vater sie so sehen könnte! Er wäre sicher entsetzt darüber, was aus seiner guten Quäker-Tochter geworden war.

Louise kam zwanzig Minuten zu spät zum Rendezvous am Kamelienhaus. Sie hoffte, dass sie nicht zufällig Henry Pfister oder Colonel Bingham in die Arme laufen würde. Aber Henry hatte um diese Zeit längst Feierabend, und Colonel Bingham saß vermutlich in seinem Büro.

»Da sind Sie ja«, sagte Bobby. »Gerade wollte ich Sie suchen gehen. Einen Augenblick lang hatte ich befürchtet, Sie würden nicht kommen – Sie haben nicht auf meinen Brief geantwortet, Sie herzlose Kreatur.« Er nahm die herzlose Kreatur in die Arme und küsste sie.

Alle Widerstände schwanden. In seiner Umarmung fühlte sich Louise allen Anforderungen gewachsen. Sie hätte gegen die grimmigsten Drachen gekämpft, wäre in die tiefste Höhle gestiegen und hätte jeder Schlange von Washington voller Verachtung getrotzt, nur um bei dem Mann ihrer Träume sein zu können. Außer Atem, mit rot überhauchten Wangen, einem Kopf, der sich vom vielen Küssen zu drehen schien, und mit dem Wissen, dass sie sich geradezu hemmungslos verhielt, sagte sie mit leuchtenden Augen: »Eigentlich sollte ich das hier nicht tun …«

»Ich möchte Sie ansehen«, unterbrach er sie und hielt sie auf Armeslänge von sich ab, um sie besser bewundern zu können. »Sie sind so schön wie dieser warme Juniabend.« Er reichte ihr eine Rose, die er aus Mr Pfisters Beet stibitzt hatte. Genau diese Art Romantik tat ihr gut.

»Sie sagten doch, dass es sich um ein Kostümfest handelt«, begann Louise. »Warum sind Sie so förmlich gekleidet? Sollte ich mich besser umziehen?«

»Bloß nicht! Sie sehen wunderschön aus.« Er nahm ihren Arm und geleitete sie aus dem Garten. Seine fröhliche, gewinnende Art war genau das Richtige nach ihrem hektischen Tag. »Ich musste eben an einer unendlich langweiligen Nachmittagsgesellschaft im Weißen Haus teilnehmen und hatte keine Zeit mehr, mich umzuziehen. Schließlich wollte ich auf keinen Fall zu spät zu einem Rendezvous kommen, auf das ich mich seit langer Zeit freue. Ich gehe heute als ich selbst – als Miss Duigans Eskorte.«

Er war einfühlsam genug gewesen, etwas zu tragen, das zu ihrer Kleidung passte. Schließlich hatte sie ebenfalls kein Kostüm!

»Es ist nicht besonders weit bis zum Virginia Drive. Sollen wir laufen, oder soll ich uns einen Wagen besorgen?«, fragte Bobby mit seinem üblichen charmanten Lächeln.

»Lassen Sie uns zu Fuß gehen.«

»Ich bin froh, dass Sie so entschieden haben«, gab er zurück und hakte sie unter. Sie verließen den Garten.

Das Haus von Kitty und Logan Campion war eine hübsche, unauffällige Villa im alten Kolonialstil, mit Veranda, Säulenvorhalle und überhängendem Sims, die in einem charmant verwilderten Garten am Rock Creek lag, der Georgetown vom Stadtrand Washingtons trennte. Aus dem Garten und den geöffneten Fenstern und Türen drang fröhliches Lachen und Musik – es klang nach Leuten, die viel Spaß hatten. Mit einem Mal verspürte Louise eine geradezu lähmende Unsicherheit. »Ich kann das nicht, Bobby … ich war noch nie auf einer großen Party.« Sie blieb stehen.

»Unsinn. Das ist keine große Party. Ich würde es eher als Familienzusammenkunft bezeichnen. Ganz zwanglos. Bleiben Sie einfach nur Sie selbst, dann wird es Ihnen sicher gefallen. Ich bin sicher, dass alle von Ihnen entzückt sein werden.«

Er behielt Recht. Sie hätte sich wirklich nicht zu fürchten brauchen.

»Willkommen im Land des Nordwest-Windes!« Kitty Campion kam ihnen als Indianerin Minnehaha verkleidet entgegen. Eine Umarmung war unmöglich, weil sie ihren zweijährigen Sohn auf den Armen hielt. Doch die barfüßige Squaw, deren Gesicht und Arme mit Tee dunkel gefärbt waren und die ein Perlenband mit Feder um die Stirn trug, hielt ihnen die Wange zum Begrüßungskuss hin. »Schön, Sie endlich kennen zu lernen, Louise. Bobby hat schon viel von Ihnen erzählt.«

Louise war sich nicht sicher, ob Kitty nicht nur höflich Konversation betrieb. Ihr langes, glattes Haar fiel lose auf ihre Schultern. Es war dunkel wie das ihres Bruders. Sie hatte die gleichen klaren, blauen Augen und das gleiche charmante Grübchen-Lächeln. Louise war sich nicht sicher, was sie als Antwort gestammelt hatte, ehe Kitty weitersprach: »Und das hier ist Josh. Er behauptet, er könne nicht schlafen. Falls Sie sich mit Gute-Nacht-Geschichten für Kinder auskennen, wäre mir sehr geholfen.«

Bobby nahm den Kleinen aus den Armen seiner Schwester. »Kein Wunder, dass er nicht schlafen kann, Kit. Hier drinnen ist es ganz schön laut. Aber natürlich lesen wir ihm gern eine Gute-Nacht-Geschichte vor, nicht wahr, Louise. Josh, sag Louise guten Tag.«

Josh rieb sich die müden Augen und streckte schüchtern sein Händchen aus, wobei er etwas in Babysprache stammelte. Sofort fühlte sich Louise in ihrem Element. »Hallo, Josh. Ich freue mich sehr, dich kennen zu lernen.« Sie schüttelte die rundliche, kleine Hand.

»Und jetzt ein dickes Küsschen für Onkel Bobby!«, sagte Kitty.

Josh gehorchte und umarmte Bobby so fest, dass ihm fast die Luft wegblieb.

»Was für ein hübsches Kleid Sie tragen, Louise! Und du, liebster Bobby, siehst wieder einmal großartig aus. Wie immer. Dir stünde sogar ein staubiger Büroanzug. Am besten, du zeigst Louise den Garten und stellst sie den anderen vor. Ich habe keine Ahnung, wo sich Hiawatha herumtreibt, aber ich nehme an, er ist unten am Bach und grillt den Fisch, den er heute Nachmittag gefangen hat.«

Im Haus ging es drunter und drüber. Überall sah man römische Centurios und Piraten, auch Sarah Bernhardt und Cleopatra sowie Königin Victoria und Prinz Albert waren anwesend, ebenso wie verschiedene Clowns, Cowboys, Zigeuner und Minnesänger. Dazwischen wuselten Kinder in Schlafanzügen und Nachthemdchen herum. Und Louise war mittendrin. Jetzt wusste sie, was Bobby mit »unkonventionell« gemeint hatte.

Bobby las Josh eine Gute-Nacht-Geschichte vor, worauf der Kleine problemlos einschlief. Auf Zehenspitzen verließen Louise und Bobby das Kinderzimmer. Bobby führte Louise in den Garten. In den Bäumen hingen chinesische Lampions, die sich in den Wellen des Bächleins spiegelten. Kleine Grüppchen Menschen saßen im Gras, aßen etwas oder spielten Banjo oder Gitarre.

»Hier ist es traumhaft schön, Bobby«, schwärmte Louise. »Alle sind so warm und herzlich. Wirklich nette Leute!«

»Habe ich es nicht gesagt?« Er zog sie an sich. Sein Arm lag um ihre Taille. »Tut doch gut, ab und zu mal aus dem Mief auszubrechen, nicht wahr?«

»Da haben Sie wohl Recht!«

»Setzen Sie sich hier auf den Gartenstuhl, damit Ihr hübsches Kleid nicht leidet. Ich mache mich derweil auf die Suche nach Hiawatha und unserer Fischmahlzeit.« Er ging zu seinem Schwager, der das Lagerfeuer am Bachufer überwachte.

Eine junge griechische Göttin in einem fast durchsichtigen weißen Kostüm und mit unglaublich blonden Haaren saß auf den Stufen der Veranda und aß ihren Fisch. Plötzlich wandte sie sich um und zupfte Louise am Saum ihres Kleides. »Ich weiß, wer Sie sind.«

Louises Herz setzte einen Schlag aus. Hatte jemand vom Weißen Haus sie erkannt? Damit wäre ihr der gesamte Abend ruiniert. »Ach wirklich?«

»Ja. Sie sind Jersey Lily.«

»Wie bitte?«

»Na, Lily Langtry! Ein wirklich gelungenes Kostüm, so in liliengrün und weiß, das muss ich schon sagen! Ausgesprochen charmant!«

»Oh, vielen Dank!« Louise fiel ein Stein vom Herzen.

»Und Bobby geht dann wahrscheinlich als Prince of Wales – Sie wissen schon: Lilys englischer Liebhaber.«

Louise war froh, dass man ihr tiefes Erröten in der Dunkelheit nicht sehen konnte.

»Ich heiße Lucy«, fuhr das Mädchen fort. »Lucy Jameson-Blaine. Und Sie? Ich meine natürlich Ihren richtigen Namen.«

»Louise ... Louise Duigan.«

»Schön, Sie kennen zu lernen.« Lucy reichte ihr die Hand. »Sind Sie Bobbys neueste Flamme?«

»Ich ... ich ...« Louise war völlig verwirrt. Lucy Jameson-Blaine konnte höchstens vierzehn sein, doch sie legte eine Frühreife an den Tag, die nicht einmal Meg geschafft hatte.

Louises Antwort fiel ein wenig streng aus, um das junge Mädchen in seine Schranken zu weisen. »Mr du Pré und ich sind nur gute Freunde.«

»Ach, das behaupten sie alle«, sagte Lucy. »Sie sind Irin, nicht wahr? Jedenfalls bestimmt keine Engländerin.«

»Nein, ich bin Irin.«

»Ich dachte es mir, Sie haben so hübsche Augen und eine so schöne Stimme. Die Iren sind irgendwie menschlicher als die Engländer. Keine Sorge, ich weiß alles über den konservativen Mief. Schließlich entstamme ich einer alten Kolonialisten-Familie. So verstaubt und miefig, dass es einen fast krank macht!«

Louise musste über Lucy Jameson-Blaines Unverfrorenheit lächeln. Plötzlich entdeckte Lucy einige junge Leute ihres Alters und lief davon. Bobby kam mit dem Abendessen und Limonade zurück. »Trinken Sie in kleinen Schlucken«, warnte er sie, »sonst steigt Ihnen Kittys selbst gemachtes Gebräu schnell zu Kopf.« Mit einem breiten Grinsen setzte er sich neben sie. »Ich mache nur Spaß. Die Limonade ist völlig harmlos. Dafür habe ich heute Nachmittag schon den einen und anderen Champagner getrunken. Ich war bei Jenny Hobarts Empfang für spanische Diplomatenfrauen. Daher auch mein feierlicher Aufzug. Ich hatte keine Zeit mehr, mich vor unserem Rendezvous umzuziehen.«

Louise wusste, dass er ihr keine Vorwürfe machen wollte, dass sie ihn hatte warten lassen.

Als es schließlich Zeit wurde, sich zu verabschieden, und Louise ihren Umhang holen ging, flüsterte Kitty ihrem Bruder zu: »Sie ist wirklich charmant, Bobby. Ganz anders als dein üblicher Typ, finde ich. Aber sehr nett. Wo hast du sie kennen gelernt?«

»In einem Gewächshaus«, sagte er und fügte mit gerunzelten Brauen hinzu: »Was hat Lucy Jameson-Blaine hier zu suchen?«

»Keine Sorge!« Kitty drückte ihm den Arm. »Sie wird schon nichts sagen. Lucy ist für ein paar Tage hier, um mir mit den Kindern zu helfen. Du weißt ja, dass sie sich ständig mit ihrer Familie in den Haaren liegt. Ihre Eltern wollen sie in ein englisches Internat stecken, aber sie hat keine Lust, nach England zu gehen. Ehrlich gesagt kann ich sie gut verstehen – schließlich habe ich so etwas selbst mitgemacht. Lucys Mutter hat mich gebeten, sie für ein paar Tage zu mir zu nehmen, weil sie zu Hause alle närrisch macht. Und weil ich gut eine helfende Hand brauchen konnte, habe ich zugesagt. Aber ich habe Lucy gewarnt: Sollte ihre Schwester Amelia ein Sterbenswörtchen über dich und Louise erfahren, werde ich sie mir persönlich vorknöpfen, ehe ich sie nach England verabschiede.« Kitty stellte sich auf die nackten Zehenspitzen und küsste ihren Bruder auf die Wange. »Schau nicht so grimmig drein, Bobby!«

»Ich habe Tante Ida versprochen, Louise auf keinen Fall zu kompromittieren.«

»Dann lass es auch! Freu dich an ihrer Gesellschaft, amüsiert euch, und lass die Finger von ihr. Ich glaube ohnehin, dass du ihrer schnell genug müde wirst. So scheint es dir ja mit allen hübschen Frauen zu gehen, übrigens sehr zum Leidwesen unserer Mutter. Psst ... da kommt unsere Lily Langtry!«

Kitty wandte sich an Louise. »Gute Nacht, Louise. Und kommen Sie mich wieder einmal besuchen. Sie sind jederzeit herzlich willkommen, wenn Sie Lust haben, dem Mief des Weißen Hauses zu entfliehen.«

»Vielen Dank, Mrs. Campion.«

»Kitty! Sie müssen mich Kitty nennen.«

»Danke, Kitty. Es war wirklich ein schöner Abend. Ich habe mich ausgezeichnet unterhalten.«

»Schön! Pass gut auf sie auf, Bobby!« Kitty warf ihrem Bruder einen warnenden Blick zu.

Ida McKinley saß am Frisiertisch und ließ sich von Clara Tharin die jungenhaft kurz geschnittenen Locken bürsten. Schon vor Jahren hatte sie sich die Haare abschneiden lassen, weil langes Haar ihr unerträgliche Kopfschmerzen verursachte. »Vielen Dank, Clara, das genügt.« Sie rieb sich Gesicht und Hände mit einer nach Zitronen duftenden Hautcreme ein, um ihre zarte Blässe zu erhalten.

Während Clara das Schlafzimmer aufräumte, schwatzten sie und Mrs McKinley miteinander wie gute alte Freundinnen.

Das Präsidentenpaar hatte aus Canton seine Bauernmöbel mitgebracht, die irgendwie nicht recht zu dem in Blau, Weiß und Gold gehaltenen Schlafzimmer mit den hohen Decken und dem mit Gold verzierten Marmorkamin passen wollten. Die beiden Messingbetten der McKinleys, die massigen Schränke, das plüschige Sofa samt zugehörigen Sesseln und die beiden Schaukelstühle wirkten in der edlen Umgebung billig und hässlich. Mitten im Zimmer stand ein Tisch mit einer wackligen elektrischen Lampe, die mit einer gefährlich aussehenden Leitung an den Kronleuchter angeschlossen war. Clara fühlte sich immer an eine Spinne erinnert, die dabei war, ihr Netz zu weben.

Clara fand den angrenzenden Aufenthaltsraum von Mrs McKinley, der erst kürzlich gestrichen und mit hellen Möbeln ausgestattet worden war, viel hübscher. Doch sie gestand sich ein, dass auch Rom nicht an einem Tag erbaut worden war; es würde wahrscheinlich eine gewisse Zeit brauchen, ehe das Präsidentenpaar sich im Weißen Haus heimisch fühlte und den Räumlichkeiten eine eigene Note verlieh. Abgesehen davon war der Amtssitz des Präsidenten ohnehin nur eine zeitweilige Bleibe.

Außerdem, so hatte Clara bemerkt, schienen sich die McKinleys in ihren Bauernmöbeln, die sie an ihre bescheidene Herkunft erinnerten, wohl zu fühlen.

»Brauchen Sie noch etwas, Madam?«, fragte Clara schließlich.

»Nein, danke, Clara. Gute Nacht.« Ida war nicht glücklich über das, was sie von Clara erfahren hatte.

Als William an diesem Abend müde das Schlafzimmer aufsuchte, stellte er überrascht und erfreut fest, dass seine Frau noch wach war und mit einem Schal um die schmalen Schultern im Bett saß und auf ihn wartete. Sie hatte gelesen. Eigentlich hätte sie lieber längst geschlafen, doch an diesem Abend gab es einige wichtige Dinge zu besprechen.

»Nun, liebste Ida«, sagte der Präsident, während er sein Jackett auszog und es über die Lehne eines der Plüschsessel hängte, »ich hatte erwartet, dass du längst schläfst.«

»Wie du siehst, bin ich noch wach, liebster William. Du arbeitest viel zu viel. Du solltest eigentlich ebenfalls seit geraumer Zeit im Bett liegen.«

»Die Pflicht ruft, Liebste, und da kann ich nicht einfach weghören.«

Ida, die den Stier gern bei den Hörnern packte, kam sofort zur

Sache. »William, Liebster, du weißt, dass ich mich ungern in anderer Leute Angelegenheiten einmische, aber Clara hat mir eben einige besorgniserregende Neuigkeiten mitgeteilt. Es geht um Bobby und Louise.«

»Bobby und Louise?«, erkundigte er sich zerstreut, während er sich die Schuhe aufschnürte.

»Unser Bobby, William. Unser Patenkind. Und Louise, unsere Floristin.«

»Oh!«

»Jawohl, oh! Das darfst du laut sagen! Und ich auch!«

»Was ist los, Ida, Liebste?« Verblüfft sah er sie an. Noch nie hatte er bei ihr so viel Härte erlebt.

Ida fuhr fort. »Meines Erachtens ist Bobby hier ausgesprochen fehl am Platz. Vielleicht solltest du ihm eine Diplomatenstelle irgendwo in Übersee besorgen.«

»Damit wäre der Justizminister sicher nicht einverstanden, Ida.«

»Mir ist egal, was der Justizminister denkt, William.«

»Nun beruhige dich, Ida. Ich weiß ja gar nicht, um was es überhaupt geht. Vielleicht solltest du mich erst einmal mit den Fakten vertraut machen – und dich vor allem nicht so aufregen!« Er fürchtete, sie könne einen Anfall bekommen.

»William, Bobby hat sich in Louise verliebt. Zumindest glaubt er, dass es so ist. Aber sie gehört nicht …« Ida wühlte unter ihrem Kopfkissen nach einem Taschentuch und fand ein Fläschchen Riechsalz – noch besser! Sie atmete tief ein, schnappte kurz nach Luft und verkorkte die Flasche wieder. »… sie gehört weder seiner Klasse an, noch hat sie seinen Hintergrund, William, Liebster.«

Verblüfft hörte er ihr zu. So kannte er seine Frau gar nicht! »Was soll das, liebste Ida? Willst du etwa behaupten, dass ein anständiges Mädchen aus dem Volk nicht gut genug für Bobby du Pré ist?«

»Nein … doch … ach, ich weiß nicht!«

»Was denn nun?«

»Es … es gehört sich einfach nicht, William! Es ist weder vernünftig, noch entspricht es guten Umgangsformen, sich in jemanden zu verlieben, der nicht der eigenen Schicht angehört. Was glaubst du, wie viele Probleme so etwas mit sich bringt! Angefangen bei der Eheschließung über Kinder und Familienzerwürfnisse bis hin zum Auseinanderfallen des ... des Systems, William!«, schloss sie ein wenig hilflos.

William schmunzelte. »Denk doch einmal an unsere Jugend zurück, Ida«, sagte er langsam. »Du warst reich, ich war arm. Erinnerst du dich noch an meinen Vater? Als wir uns kennen lernten, war er ein ganz einfacher Minenarbeiter.«

»Schon, aber das war etwas völlig anderes. Dein Vater hat sich am eigenen Zopf aus dem Sumpf gezogen. Er hat es geschafft, auf der Erfolgsleiter nach oben zu klettern. Und das, obwohl er dabei ganz allein auf sich selbst gestellt war.«

»Er brachte es gerade einmal zu einem eigenen Köhlereibetrieb in Mahoning Valley. Auch ich habe dort gearbeitet, Ida.«

»Trotzdem, William. Dein Vater ist kein einfacher Minenarbeiter geblieben. Immerhin war er der Vater eines zukünftigen Präsidenten der Vereinigten Staaten.«

»Schon richtig«, erklärte der Präsident demütig.

William McKinley deponierte seine Taschenuhr auf dem Tisch mit der hässlichen Lampe, deren Zuleitung wie eine Rettungsleine ins Nichts wirkte. Er seufzte, während er ein wenig Kleingeld aus der Hosentasche nahm und es neben die Uhr legte. Langsam fragte er: »Und wohin soll ich Bobby schicken, liebste Ida?«

»Nach Kuba, wo er hingehört. Gib ihm ein sicheres, seinem Status angemessenes Kommando bei der Marine – nötigenfalls lässt du dir eben ein neues Amt einfallen –, zum Beispiel an Bord der Maine oder der Montgomery. Auf diese Weise hält er sich außerhalb Amerikas auf und kann keinen Schaden anrichten.«

»Kann man einen verliebten jungen Mann je davon abhalten, Schaden anzurichten?«, fragte William mit blitzenden Augen und fügte seine goldenen Manschettenknöpfe der Sammlung seines Tascheninhalts auf dem Tisch hinzu.

»Allzu große Nähe zu Louise Duigan würde sowohl für Bobby als auch für Louise nur zu Ärger führen. Er äußert sich oft recht unbefangen. Was mich angeht, so möchte ich ungern auf meine Floristin verzichten, von deren Kreationen inzwischen schon halb Washington schwärmt. Sogar in der Gartenkolumne von *Harper's Bazar* wurde sie schon vorgestellt.«

»Und wie war das mit meinen gestärkten Kragen und Manschetten, den Hemdbrüsten und den Taschentüchern, liebste Ida?«

»Es war ein fairer Tausch, William.« Sie blickte ihn streng an. »William, du bist unserem Botschafter in Havanna für seinen guten Namen und Ruf verantwortlich. Wenn sein Sohn, unser Patenkind, sich mit einem irischen Dienstmädchen einlässt, das sich zudem noch illegal in Amerika aufhält, dann wird der Vater uns auf jeden Fall Schwierigkeiten machen, denn die Klatschmäuler von Washington dürften die Familie du Pré in einem solchen Fall genüsslich zu Hackfleisch verarbeiten!«

»Schon verstanden, Liebste. Ich werde sehen, was sich machen lässt, um Bobby eine sichere, seinem Stand angemessene Aufgabe weitab von möglichen Ärgernissen zu verschaffen. Armer Bobby.«

»Nichts da, armer Bobby!«, schimpfte die First Lady. »Du weißt sehr gut, dass Bobby sich immer wieder gern in unschickliche Affären verstrickt. Je eher er sesshaft wird und eine nette Lady heiratet, die zu ihm passt – ich denke da zum Beispiel an Amelia Jameson-Blaine –, desto eher können wir alle aufatmen.« Ida schnüffelte erneut an ihrem Riechsalz. »Vor allem seine Mutter, unsere liebe Freundin Millicent. William, du solltest Bobby nach Kuba schicken. Und zwar so bald wie möglich. Mach ihn zum … sagen wir … Vermittler zwischen den Pflanzern und der kubanischen Regierung. Oder zum Verbindungsoffizier. Er könnte sich um die Freilassung seines Schwagers kümmern. Nein, nicht Kittys Ehemann Logan, sondern um den Gatten von Marigold. Millicent hat erzählt, dass Benison in einem kubanischen

Gefängnis sitzt. Lass Bobby zwischen den Pflanzern und den Kubanern vermitteln; wir beide beten derweil dafür, dass er Louise Duigan so schnell wie möglich vergisst. Wenn nicht, sähe ich mich gezwungen, sie wegzuschicken.«

»Hoffentlich nicht nach Kuba.«

»Du weißt ganz genau, was ich meine. Das ist kein Spaß, William.« Ida griff nach ihrer letzten Dosis Bromid auf dem Nachttisch. »Ich bin zwar kein Freund von Dienstbotenklatsch, aber ich glaube, in diesem Fall hat Clara uns einen großen Dienst erwiesen. Weißt du eigentlich, dass Charles vor ein paar Tagen mitten in der Nacht die Tür für Louise aufschließen musste? Sie war mit Bobby auf einem Kostümfest bei Kitty Campion. Manchmal wünsche ich mir, wir wären noch in Canton und ich könnte mich abends ins Bett legen, ohne an diese ganzen Intrigen denken zu müssen.« Ida schluckte ihre Arznei. »Mach bitte das Licht aus, William. Kerzenlicht hat doch durchaus seine Vorteile. Jedenfalls haben mir die letzten vierundzwanzig Stunden ziemliche Kopfschmerzen verursacht.«

Er schüttelte ihr Kopfkissen auf und küsste sie zärtlich auf die Stirn. »Gute Nacht, Liebes. Versuche, tief und fest zu schlafen. Möge Gott dich in dieser Nacht und während aller folgenden Nächte und Tage schützen.« Das sagte er jeden Abend.

»Gute Nacht, mein liebster William.« Mit Tränen in den Augen blickte Ida ihn an. »Tut mir Leid, dass ich dich mit so profanen Dingen belästige. Ich weiß, um wie viel wichtigere Dinge du dich kümmern musst. Aber ich bin der Meinung, dass wir Bobby und Louise gegenüber eine gewisse Verantwortung haben. Stell dir vor, wie wir reagiert hätten, wenn die beiden unsere Kinder wären.«

»Dann hätte es sich allerdings um Inzest gehandelt.« Nachsichtig lächelte er sie an.

»Du weißt, was ich meine.« Sie strich ihm zärtlich über die Wange.

»Natürlich weiß ich das.«

Und ob er es wusste! Zu schade, dass Ida nie eigene Kinder

gehabt hatte. Mit Kindern wäre sie sicher ganz in ihrem Element gewesen und hätte sich den Kindern anderer Leute gegenüber vielleicht weniger neurotisch verhalten. Der Präsident streifte sein Nachthemd über, stieg ins Bett und löschte das Licht. Doch er konnte nicht einschlafen. Nachdem ihm bereits seine tägliche Arbeit schwer zu schaffen machte, musste er sich nun auch noch den Kopf darüber zerbrechen, wie er es vermeiden konnte, Bobby du Pré nach Kuba zu schicken. Auf Kuba brodelte es gefährlich. Ein Krieg drohte. Aber davon wusste seine liebe Frau nichts.

William McKinley fühlte sich für das Leben eines jeden jungen Mannes in seinem Land verantwortlich – nicht nur für das seines Patenkindes Bobby. Doch natürlich machte er sich auch Gedanken um Bobbys Karriere im Justizministerium und den guten Ruf seiner Familie in der Washingtoner Gesellschaft. Ganz zu schweigen von Louise Duigan, der er ein gebrochenes Herz ersparen wollte, falls sie sich tatsächlich in Bobby du Pré verliebt hatte. Aber vor allem schuldete er seiner geliebten Frau, die ihm half und ihm vertraute, seine volle Unterstützung.

Lange lag William McKinley wach. Schließlich betete er um die richtige Entscheidung. Als tief religiöser Mensch würde er das tun, was ihm gut und richtig erschien. Er würde den Rat seiner Frau annehmen, die ihn nie um etwas gebeten hätte, wovon sie nicht selbst zutiefst überzeugt war. Ihr jedenfalls schien es gut und richtig zu sein, Bobby wegzuschicken, wenn sie Louise im Weißen Haus behalten wollten.

12. Kapitel

Patrick Duigan, alias Roger Skidmore, schloss sein Büro an der Lower East Side in Manhattan ab. Zwar war das Viertel nicht unbedingt nobel, doch immerhin hatte Cade-Armoy für alles Notwendige gesorgt. Stolz blickte er auf das Holzschild, auf dem in strahlend grünen Buchstaben der Firmenname prangte: »Skidmore-Gesellschaft, Schiffsbergung«. Obwohl ihm der Name Skidmore nichts bedeutete, gefiel es ihm, einen eigenen Aushang zu besitzen.

Im Fenster hing ein Plakat, auf dem die Tätigkeitsbereiche der Gesellschaft aufgelistet waren: Beschaffung von Tauchausrüstungen für Tiefseetauchgänge, z. B. Sauerstoffgeräte, Masken, Helme und Taue, Bereitstellung von Bergungsschiffen, Sextanten, anderen Navigationsgeräten und Kartenmaterial, sowie Information, Beratung und Durchführung.

Ein ganzes Jahr hatte er gebraucht, um das zu erreichen, was er sich vorgenommen hatte: Er wollte in vorderster Front bei Bergungsaktionen mitarbeiten – ganz besonders natürlich bei der Bergung der *Cormorant* und ihrer aus Goldbarren bestehenden Fracht. Es gab Zeiten, da hasste er sich selbst dafür, Merrit-Scott Konkurrenz zu machen, denn immerhin war die Firma so entgegenkommend gewesen, ihn sofort einzustellen, auch wenn niemand ahnte, warum er ausgerechnet in dieser Branche Arbeit gesucht hatte. In dem einen Jahr bei Merrit-Scott hatte er viel gelernt und war zu einem der besten Vertreter der Gesellschaft geworden.

Von Anfang an hatte ihn die Selbstständigkeit gereizt; einziger Hinderungsgrund war das fehlende Finanzpolster gewesen. Und dann war eines Tages Charles O'Duffy bei Merrit-Scott & Chapman aufgetaucht und hatte um Hilfe und Unterstützung bei der Bergung eines Passagierschiffes nachgesucht, das die Reederei Cade-Armoy bei einem Sturm vor der Küste von Sable Island in Neuschottland verloren hatte. Patrick war sich sicher gewesen, dass O'Duffy früher oder später zu Merrit-Scott kommen würde; die Firma genoss nun einmal den besten Ruf in dieser Branche. O'Duffy und seine Kumpel würden alles in ihrer Macht Stehende tun, um das versunkene Vermögen vom Grund des Meeres emporzuholen. Einzig das Wie war nicht ganz klar.

Danach war alles ganz einfach gewesen, abgesehen vom Verlust seiner Würde. Er hatte so lange vor O'Duffy gebuckelt und ihm die Stiefel geleckt, bis Charles ihm voll und ganz vertraute und diffizile Angelegenheiten nur noch mit ihm besprechen wollte. »Ich möchte bitte unter vier Augen mit Mr Skidmore reden.« Patrick hatte die Vorarbeiten für die von den US-Behörden nicht genehmigte Bergung fast allein in die Wege geleitet.

Und dann war es noch einfacher geworden. O'Duffy hatte nicht gewollt, dass eine legale Gesellschaft wie Merrit-Scott von seinen Geschäften erfuhr. Nicht nur, weil die Gesellschaft wahrscheinlich zu viele Fragen stellen würde, sondern auch, weil für seinen Geschmack der Preis viel zu hoch lag. Die Bergungsfirma pflegte zehn Prozent des geborgenen Wertes plus Kosten in Rechnung zu stellen. Kurz gesagt: O'Duffy war geldgierig, und er hatte Angst.

Oh ja, alles war wunderbar gelaufen. Pat war ausgesprochen zufrieden mit sich selbst.

Er kehrte zu seiner Absteige in einem der schrecklichen Wohnsilos in Brooklyn zurück, die den Abschaum New Yorks beherbergten. Ein Bettler durfte nicht wählerisch sein, und schließlich war er auf dem Weg nach oben. Im Aufgang lungerte eine abgerissene Gestalt herum. Hier wohnten Bettler, Landstreicher, Taschendiebe, Zuhälter und Huren. Wenn möglich, mied Patrick die

Leute. Mit dem Wohnungsschlüssel in der Hand machte er einen weiten Bogen um den gesichtslosen Haufen Lumpen; er bemühte sich grundsätzlich, jede Art von Ärger zu vermeiden.

Als er jedoch das reglose Bündel passierte, bewegte es sich und blickte Patrick aus jugendlichen Augen an. »Wissen Sie vielleicht, ob hier ein gewisser Patrick Duigan wohnt?« Der junge Mann warf die schmutzige Decke ab, unter der er seine muskulöse Statur verborgen hatte. Seine billige Jacke platzte fast aus allen Nähten.

Patrick sah näher hin. Fast blieb ihm die Stimme im Hals stecken. »Himmel, du bist doch nicht etwa Jon?«

Jon betrachtete den hässlichen, dunkelhaarigen Fremden mit der Hornbrille und dem ungepflegten Bart, der sicher eine Legion Läuse beherbergte. Lediglich die Stimme kam ihm bekannt vor. »Patrick?«

»Ich bin es, so wahr mir Gott helfe.« Unwillkürlich fiel Patrick in den irischen Akzent zurück, den er seit einem Jahr sorgfältig zu verbergen versuchte. Er traute seinen Augen nicht.

»Patrick, du bist es ...!« Jon sprang auf, warf sich in die Arme des schwarzbärtigen Fremden, dass dem die Brille von der Nase rutschte, und begann hemmungslos zu weinen.

Patrick umarmte ihn innig, ehe er ihm zuflüsterte: »Komm mit rein, ehe die Leute anfangen, über uns zu tratschen oder uns zu überfallen.« Er steckte die Brille in die Tasche und stieg vor seinem Bruder die düstere Treppe mit dem zerbrochenen Geländer hinauf. Schmutzige, ungekämmte Kinder unterbrachen ihr Tun – das Wohnsilo in Schutt und Asche zu legen, vermutete Patrick – und streckten ihnen bettelnd die Hände entgegen. Als sie kein Geld bekamen, riefen sie den Brüdern unflätige Worte nach.

Patrick öffnete die Tür zu der Ein-Zimmer-Wohnung, die er mit einer zugelaufenen Katze teilte, zog seinen Bruder hinein und verriegelte die Tür. Hier endlich durften sie ihre Hemmungen fallen lassen. Sie umarmten sich lange, und auch Patrick weinte jetzt, ohne sich zu schämen.

Erst geraume Zeit später zog er die Nase hoch, rubbelte sich entschlossen die Augen und fragte: »Wie um alles in der Welt bist du …?« Er konnte es einfach nicht begreifen.

»Hergekommen?«, vollendete Jon. Er sah sich in dem armseligen Zimmer um. Es war stickig und heiß und roch nach verdorbenem Kohl, abgestandenem Schnaps, undichter Gasleitung, Katzenkot, Armut und Krankheit; es waren die Gerüche Brooklyns, denen Jon bereits begegnet war, als er auf der Treppe gesessen und auf Patrick gewartet hatte. »Du hast nicht zufällig etwas zu essen im Haus, Patrick? Ich habe einen Bärenhunger.« Jon konnte sich kaum erinnern, wann er das letzte Mal etwas Vernünftiges gegessen hatte.

Patrick stöberte in seinem leeren Schrank. »Ein Stückchen alten Käse und etwas trockenes Brot, Jon. Nicht gerade üppig. Ach ja, hier ist noch eine Flasche Bier.«

»Das würde mir schon reichen.« Jon machte sich über das karge Mahl her.

»Du siehst aus, als hättest du eine Woche lang nichts gegessen«, sagte Pat traurig, während er beobachtete, wie gierig sein Bruder schlang.

»Zwei Wochen … mindestens«, erklärte Jon mit vollem Mund. Für ihn waren der ranzige Käse, das trockene Brot und die Flasche Bier ein wahrer Festschmaus.

»Nachher gehen wir essen«, versprach Patrick. »Tut mir Leid, dass ich nichts im Haus habe, aber in der letzten Zeit war so viel zu tun, dass ich nicht zum Einkaufen gekommen bin.« Er zog seine Jacke aus und hängte sie an einen Nagel an der Tür. »New York hat einen unschätzbaren Vorteil – es gibt überall billiges Essen. Die Itaker und Juden lieben es, ihren Mägen Gutes zu tun.«

Jon ließ sich auf Patricks Bett fallen und hätte um Haaresbreite die dürre Katze zerquetscht, die sich dort niedergelassen hatte. Sie fauchte und schlug mit den Krallen nach ihm, weil er sie aus ihrem warmen Nest vertrieben hatte. »Nicht gerade der Buckingham Palast hier, was, Pat?« Jon brachte ein Grinsen zu Stande. »Das Gefängnis von Anticosti war dagegen ein Nobelhotel«, fügte er hinzu und ließ die Mundwinkel hängen.

»Wie bist du überhaupt rausgekommen?« Patrick setzte sich rittlings auf den einzigen vorhandenen Stuhl, stützte sich auf die Lehne und sehnte sich nach dem Bier, das sein Bruder soeben vertilgt hatte. Nach einem langen Tag im Büro fühlte er sich wie ausgedörrt. Hinzu kam der Schock, Jon so völlig unerwartet auf seiner Schwelle zu finden. Eigentlich stand ihm der Sinn ungeachtet seiner Quäker-Erziehung sogar nach etwas stärkerem als Bier.

»Also, wie ich hergekommen bin, weiß ich selbst nicht so genau. Jedenfalls war es nicht gerade leicht.« Er erzählte Pat von den Vorfällen im Gefängnis, die zu seiner Bestrafung durch das so genannte Kielholen geführt hatten, und davon, dass die Klippe, über die man ihn gestoßen hatte, ausgerechnet Cormorant Point hieß.

Patrick verzog das Gesicht. »Dieser Name scheint uns zu verfolgen.«

»Klar«, entgegnete Jon, »Kormorane sind eine Pelikan-Art. Seeleute halten sie für Unglücksbringer.«

»Du meinst Albatrosse, du Dämlack!«, lachte Pat.

»Auch egal«, erwiderte Jon und blickte auf die Katze hinunter, die sich auf seinem Schoß zusammengerollt hatte. »Gehört das Vieh dir?«, fragte er.

»Sie hat mich einfach adoptiert.«

»Wie heißt sie?«

»Suzy.«

»Suzy?« Jon sah ihn fragend an. »Hast du in New York etwa ein Mädchen kennen gelernt?«

»Quatsch!«

»Kein Wunder, so wie du aussiehst. Aber nach wem ... Hey, ich hab's!« Jon grinste. »Du hast sie nach Suzy Parsons von der Quäker-Gemeinschaft in Dublin benannt!«

»Schon möglich. Aber jetzt erzähl weiter. Wir haben noch eine Menge zu besprechen, ehe wir essen gehen. Mein Magen knurrt auch schon ganz schön. Außer einem Sandwich heute Mittag habe ich noch nichts gegessen.«

»Okay. Ich war also der Letzte, der über die Klippe flog. Alle dachten, ich könnte nicht schwimmen. Ich hatte ein Messer in meiner Unterhose versteckt, habe mich losgeschnitten und einen Stein an das Tau gebunden. Erst nach zehn Minuten holten sie das Seil wieder ein, und dann dauerte es noch weitere zehn Minuten, ehe sie sich einigermaßen organisiert hatten. Bis dahin war ich längst zu der Stelle geschwommen, wo die Stämme zum Versand nach Quebec gesammelt werden. Ich habe mir eines der kleinen Begleitboote geschnappt und mich auf den kürzesten Weg zum Festland gemacht. Die bescheuerten Aufseher suchten derweil auf der anderen Inselseite nach mir. Natürlich konnten die Spürhunde keine Witterung aufnehmen, und die Wärter feuerten blindlings Gewehrsalven ins Wasser, während ich längst auf und davon ruderte. Die Typen waren derart dämlich! Aber die meiste Zeit sind sie ohnehin besoffen – anders hält man diesen Job wohl auch nicht aus.«

Jon holte tief Luft. Bei der Schilderung seiner Flucht lief es ihm immer noch kalt den Rücken hinunter. »Jedenfalls habe ich die ungefähr dreißig Meilen vom Cap de Robast bis in die Provinz Quebec irgendwie geschafft. In Quebec konnten sie mir nichts mehr tun. Ob die tatsächlich vermutet haben, dass ich die eiskalten hundertachtzig Seemeilen nach Halifax schwimme? Bestimmt haben sie dort auf mich gewartet!«

»Und wie bist du von Quebec nach New York gekommen?«

»Ganz einfach war es nicht. Ich hatte kein Geld, also musste ich meinen Grips benutzen. Ich habe mir einen Job als Packer auf einem Güterzug besorgt, mit dem ich den größten Teil der Strecke fahren konnte. Und jetzt bin ich hier. Ich würde gern mehr über diese Roger-Skidmore-Geschichte erfahren, denn ich verstehe durchaus, dass du in deinen Briefen nichts darüber schreiben konntest. Danke übrigens für das Material, das du mir von Merrit-Scott aus geschickt hast – Roger!«

»Tja, dieser Identitätswechsel war auch nicht ganz einfach. Aber was tut man nicht alles, wenn man am Ende ist!«

»Das darfst du ruhig laut sagen!« Käse und Brot lagen Jon schwer im Magen. Er war sich nicht ganz sicher, ob er wieder

Hunger bekam oder ob ihm schlecht wurde, und fragte vorsichtshalber nach der Toilette. Pat erklärte ihm, wie er in den Hinterhof kam. Als er zurückkehrte, saß Pat da und streichelte Suzy. »Gibst du diesem Vieh jemals zu fressen?«, erkundigte Jon sich.

»Aber sicher. Sie bekommt mehr als ich, was, Suzy?« Pat hob die struppige schwarze Katze hoch, grinste sie an und setzte sie auf den Boden. Sofort sprang sie wieder auf das Bett. »Mir macht nur Kummer, dass Louise und Meg nicht wissen dürfen, dass ich noch unter den Lebenden weile. Danke, dass du dicht gehalten hast, Jon.«

»Dabei war ich oft in Versuchung. Vor allem, wenn die Mädchen so herzzerreißende Briefe über Vater und dich schrieben. Jetzt wüsste ich natürlich gern, warum ich den Mund halten sollte. Was hast du vor, Pat?«

»Du hast dich verändert, Jon«, sagte Pat und betrachtete seinen Bruder mit einer Mischung aus Bewunderung und Trauer. »Du fluchst, dass Vater und Mutter sich im Grab umdrehen würden, und hast Muskeln, die ein Mädchen zum Träumen verleiten können.« Pat beugte sich vor und knuffte Jon spielerisch in den Bizeps.

»Tja, inzwischen sind es mehr Muskeln als Speck«, erwiderte Jon. »Schließlich habe ich als Holzfäller gearbeitet. Ach, Pat, ich habe ein ganzes Jahr meines Lebens vergeudet. Und die ganze Zeit wusste ich nicht, ob du oder Louise etwas zu meiner Befreiung unternommen hattet. Einmal hat mich ein Anwalt aus Halifax besucht, aber ich konnte ihm nicht viel erzählen. Als er herausfand, dass ich arm war wie eine Kirchenmaus, ist er weggeblieben.«

»Sei nicht verbittert, Jon.« Pat wechselte das Thema. »Weißt du, ich konnte einfach nicht glauben, dass du mich nicht mit dem Boot abgeholt hast, nachdem du und diese Gibbings-Clique von der Insel gerettet worden wart.«

»Und ich konnte nicht glauben, dass man mich ins Gefängnis-Krankenhaus brachte«, entgegnete Jon hitzig, beruhigte sich aber sofort wieder. Was konnte Pat schon dafür? »Wie lange musstest du denn warten, ehe es dir sicher genug erschien, Sable Island zu verlassen?«

»Nicht sehr lang. Ich blieb in der Höhle, die wir gefunden hatten, bis die Küstenwache aufhörte, nach angespülten Leichen zu suchen. Ich war total erschöpft, vor allem meine Arme konnte ich kaum bewegen nach den vielen Stunden des Festklammerns an der Planke.« Pat schluckte. »Ich kann mich immer noch nicht damit abfinden, dass Vater es nicht geschafft hat, sich festzuhalten …« Pats Stimme versagte. Er dachte an den verzweifelten Moment, als er hilflos spüren musste, wie ihr Vater losließ. »Gut, dass wir beide ausdauernde Schwimmer waren, was, Jon? Das kalte Wasser in der Bucht von Dublin war ein ausgezeichnetes Training. Weißt du noch? Wir suchten Herzmuscheln und Miesmuscheln … ›cockles and mussels …‹« Pat begann, das alte Volkslied zu summen.

»Alive, alive, oh …«, fiel Jon mit hilflosem Grinsen ein.

»Lebend? Aber nur ganz knapp! Ach, Jon, es tut mir so Leid, dass du im Gefängnis hast schmoren müssen. Ich war völlig entsetzt, als ich aus den Akten, die O'Duffy mir für die bevorstehende Bergung der *Cormorant* dagelassen hatte, davon erfuhr. Übrigens wurde in den Akten nicht ein einziges Mal das Wort ›Gold‹ erwähnt; da war immer nur die Rede von einer ›wertvollen Fracht‹.«

»Aber wie ging es weiter mit dir? Wie bist du nach New York gekommen, nachdem ich dich nicht mit dem Boot abholen konnte?«, hakte Jon nach.

»Die Küstenwache und die Fischerboote suchten nur den Strand ab, wo sowohl das menschliche als auch das andere Treibgut angespült wurde. Ich nehme an, sie gingen davon aus, dass ein Überlebender auf sich aufmerksam gemacht hätte und nicht in seiner Höhle sitzen geblieben wäre. Nachdem ich mir ein Versteck gesucht hatte, kam ich zurück an den Strand, wo du halb tot auf dem Kies lagst. Draußen auf dem Wasser hörte ich Gibbing und seine Kumpel, die sich die Seele aus dem Leib brüllten. Ich zog es vor, mich zu verstecken, bis man sie und dich gefunden hatte. Auf keinen Fall wollte ich, dass jemand erfuhr, dass ich noch lebte. Also blieb ich in der Höhle, ich bin nur ein paarmal bei Anbruch der Dunkelheit rausgeschlichen, um nach Beeren und Regenwasser zu suchen. Ich bin fast wahnsinnig geworden vor Hunger und Durst in dieser Zeit! Es war verdammt kalt dort, doch ich wagte nicht, ein Feuer anzuzünden. Ich wartete auf deine Rückkehr, aber du kamst nicht. Nach fünf Tagen kamen die Küstenwache und die Fischerboote nicht mehr. Wahrscheinlich waren sie der Meinung, dass alle Überlebenden gefunden worden waren. Ich war völlig verzweifelt, weil ich nicht wusste, was sie mit dir machen würden. Und ich wusste nicht einmal, ob Louise und Meg überlebt hatten.«

»Das wusste ich auch nicht, bis Louise mir nach Anticosti Island schrieb.«

»Na ja, irgendwann kam dann doch noch jemand vorbei. Es war ein winziges Fischerboot. Der Fischer sprach nur französisch. Ich habe seine Aufmerksamkeit auf mich gezogen, indem ich wild mit den Armen fuchtelte. Er warf mir ein Tau herüber, half mir ins Boot und redete auf mich ein. Natürlich verstand ich ihn nicht. Meine Kleider waren inzwischen natürlich getrocknet, aber steif vor Salz. Ich fühlte mich schrecklich, doch er verstand mich nicht, und ich ihn ebenso wenig. Wahrscheinlich hielt er mich für irre mit meinen blauen Lippen, den wilden Augen und dem eine Woche alten Bart, den ich zu behalten beschloss.« Er befingerte die wuchernde Pracht an seinem Kinn.

»Jedenfalls mied mich der alte Franzose nach Möglichkeit und ließ mich schließlich in einem Ort namens Louisburg auf der Insel Cap Breton aussteigen. Ich glaube, er war froh, mich los zu sein. Damals wusste ich natürlich nicht, dass Louise und Meg ganz in der Nähe wohnten. Die Küstenwache musste ich tunlichst meiden, um meine Pläne nicht zu gefährden. Ich wollte unbedingt nach New York, um über die Reederei etwas über den Verbleib der Familie herauszufinden. Dazu musste ich irgendwie auf das Festland. Aber zunächst bekam ich einen Zusammenbruch und hing eine ganze Woche lang in einer schäbigen Pension in Louisburg fest.

Aber glücklicherweise stellte niemand unangenehme Fragen. Ich konnte mich irgendwann mitten in der Nacht verdrücken, ohne die Rechnung zu bezahlen. Ende der Geschichte ... na ja, nicht ganz.« Er hielt seine linke Hand hoch. »Unterwegs verlor ich zwei Finger.«

»Ich auch«, sagte Jon und zeigte die Folgen seiner Erfrierungen. »Und ein paar Zehen«, fügte er hinzu. »Tja, ich bin ein entlaufener Sträfling. Aber die Kanadier können mir nichts tun, weil ich Bürger der Vereinigten Staaten bin.«

»Da wäre ich mir nicht so sicher, liebster Bruder«, erwiderte Patrick.

»Wie meinst du das?«

»Wir sind illegale Immigranten. Ich bin hier lediglich unter dem Namen Roger Skidmore gemeldet. Der Typ ist seit ungefähr vierzig Jahren tot. Ich habe seinen Namen auf dem jüdischen Friedhof gefunden. Geburtsurkunde und Meldebescheinigung sind gefälscht. Wie schon gesagt – was tut man nicht alles in seiner Verzweiflung. Doch was dich als entlaufenen Sträfling angeht, so gibt es ein Auslieferungsabkommen zwischen den USA und Kanada. Das bedeutet, dass man dich sofort nach Anticosti Island zurückbringen würde, so lange du nicht beweisen kannst, dass du unschuldig bist. Der Vorwurf der Sabotage ist übrigens allein auf O'Duffys Mist gewachsen; er wollte damit seine Haut retten. Aber darüber machen wir uns jetzt zunächst einmal keine Sorgen. Ich bin gerade dabei, im Auftrag von Casper Cade das Gold zu bergen ...«

»Casper Cade? Wer ist das?«

»O'Duffys Schwager. Die Schwester von Charles O'Duffy ist eine Mrs Cade-Armoy. Ihr erster Ehemann hat die Reederei gegründet, die sie nach seinem Tod erbte. Später heiratete sie diesen Casper, der jetzt ein richtiger Bonze ist; ihm gehört der ganze Laden. In der Stadt gibt es übrigens Gerüchte, dass sich betrügerische Subunternehmer sämtliche Schlüsselpositionen unter den Nagel gerissen haben und sich auf dem Rücken armer Immigranten bereichern. Ich weiß bis heute nicht, wem das Gold tatsächlich gehört, aber das werde ich noch herausfinden. Sicher ist, dass Cade-Armoy ängstlich darauf bedacht ist, den Schatz so schnell und so unauffällig wie möglich in die Finger zu bekommen. Die amerikanischen Behörden dürfen nichts davon erfahren.«

Jon kratzte sich den Schädel. »Ich könnte dir vielleicht helfen.«

»Kannst du nicht. Du musst möglichst in der Versenkung verschwinden, denn O'Duffy würde dich sofort wiedererkennen. Vor allem darfst du nie auch nur in die Nähe des Büros kommen – meines Büros übrigens, dank dem guten, alten, toten Roger Skidmore, wer immer er gewesen sein mag. Du solltest dringend deinen Namen ändern. Ich bin gerade dabei, ein Tauch-Team zusammenzustellen. Wir bergen das Gold für Cade-Armoy und O'Duffy, allerdings zu meinen Bedingungen. Und dann fangen wir ganz von vorn an, Jon. Es ist unsere einzige Chance. In dieser Stadt verschafft man sich nur Gehör, wenn man reich ist und Macht besitzt. Wir werden uns bei den Einwanderungsbehörden melden, ihnen alles mitteilen, was wir gegen Cade-Armoy vorzubringen haben, und ihnen die entsprechenden Beweise vorlegen.«

Die Idee schien vernünftig, doch Jon zuckte die Schultern. »Ganz wie du meinst, Pat. Du scheinst wenigstens zu wissen, was du willst – von mir kann ich das leider nicht behaupten. Sag mal, würde es dir etwas ausmachen, nicht essen zu gehen? Ich würde alles darum geben, mich jetzt in dieses Bett hier zu legen, meinetwegen sogar samt Katze, und eine geschlagene Woche zu schlafen.«

»Klar. Fühl dich ganz wie zu Hause.« Das Bett war nicht gemacht, und Jon konnte einfach hineinkriechen. »Ich erledige derweil ein paar Einkäufe.«

»Dein Bart gefällt mir nicht«, gähnte Jon. Endlich durfte sein überanstrengter Körper zur Ruhe kommen. Jon ließ sich auf Pats schmutziges Kopfkissen sinken. »Du würdest Louise und Meg damit zu Tode erschrecken«, murmelte er noch, ehe er in einen bleiernen Schlaf sank.

13. Kapitel

Louise summte vor sich hin, während sie die Orchideen goss. Es war noch nicht einmal acht Uhr an einem herrlichen Junimorgen. Die Türen des Gewächshauses standen weit offen, um die frühsommerliche Sonne einzulassen. Louise liebte die Arbeit in den Gewächshäusern. Hier hatte man den Eindruck, sich in einem tropischen Garten aufzuhalten, ganz im Gegensatz zum engen Gartenzimmer und dem Treibhaus im Innern des Weißen Hauses, die Mrs McKinley besonders am Herzen lagen.

In letzter Zeit zeigte sich Mrs McKinley Louise gegenüber recht kurz angebunden, was sonst nicht ihre Art gewesen war. Hatte Louise die First Lady etwa gekränkt? Oder hatte Mrs McKinley von ihren heimlichen Treffen mit Bobby du Pré erfahren? Louise hoffte inständig, dass dem nicht so war, denn das hätte mit Sicherheit das Ende ihrer Anstellung bedeutet und möglicherweise auch Bobbys Karriere gefährdet.

Jemand räusperte sich hinter ihrem Rücken. Louise wandte sich um. Sie erwartete, Colonel Bingham oder Mr Pfister zu sehen, die ihre Arbeit kontrollierten, doch es war Bobby, der zwischen den exotischen Blüten stand. »Himmel!«, flüsterte sie erschrocken. »Was machen Sie denn hier? Wir dürfen uns nicht …«

»Ich habe Sie vermisst«, sagte er, kam zu ihr und nahm sie in die Arme.

»Ach, Bobby!« Louises Herz klopfte zum Zerspringen. Ängstlich klammerte sie sich an ihn. »Wenn uns nun jemand sieht!«

»Na und?«, entgegnete er völlig sorglos.

In seiner Gegenwart schien es tatsächlich keine Rolle mehr zu spielen; nur er war wichtig.

»Louise, ich muss unbedingt mit Ihnen sprechen.«

»Es geht nicht. Nicht jetzt. Ich muss gießen und dann ein Gesteck für einen Empfang heute Nachmittag fertig machen. Außerdem ist es nicht gut, wenn wir miteinander gesehen werden.«

»Dann kommen Sie heute Abend zu Kitty.«

»Das geht nicht, Bobby. Beim besten Willen nicht. Ich kann nicht schon wieder um einen freien Abend bitten, und …«

»Keine Widerrede.« Er beugte sich zu ihr und küsste sie zärtlich. Ihr Entschluss geriet ins Wanken, sie konnte diesem Mann einfach nicht widerstehen. »Es ist sehr wichtig, Louise. Kommen Sie heute Abend um sieben zu Kitty, dann werde ich Ihnen alles erklären. Kommen Sie bitte – um meinetwillen!«

Dann ging er. Louise hoffte, dass niemand ihn beim Betreten und Verlassen des Orchideenhauses gesehen hatte. Die Art, wie sie sich treffen mussten, wurde immer ermüdender und frustrierender. Ständig suchten sie heimlich nach Orten, an denen das Personal des Weißen Hauses ihnen nicht nachspionieren konnte; die Dienerschaft war sehr erpicht darauf, zu erfahren, was Bobby du Pré mit Louise Duigan vorhatte.

Den ganzen Morgen über und auch noch nachmittags zerbrach Louise sich den Kopf darüber, wie sie sich für den Abend entschuldigen und heimlich verschwinden könnte. Um sechs Uhr war sie völlig aufgelöst. Sie legte letzte Hand an die Dekoration des großen Saales, in dem an diesem Abend ein Bankett stattfinden sollte. Bisher hatte sie nicht einmal Zeit gefunden, die Blumen aus dem Roten Zimmer wegzuräumen, wo die Damen der Audubon-Gesellschaft am Nachmittag einen Empfang gegeben hatten. »Was ist los mit Ihnen, Louise?«, fragte Mrs Mulworthy. »Sie waren in letzter Zeit immer so hübsch und strahlend, dass ich fast annahm, Sie hätten sich verliebt. Ganz anders als heute. Heute sehen Sie blass und mitgenommen aus. Klar, wir waren den ganzen Tag auf den Beinen, um den Abend vorzubereiten. Macht Ihnen Ihr Knie wieder zu schaffen, Liebes?«

»Ich habe nur ziemlich starke Kopfschmerzen, Mrs Mulworthy.«

»Das kommt von den Blütenpollen, die wir einatmen. Ich fühle mich auch oft, als wäre mein Kopf völlig dicht; ganz zu schweigen davon, dass meine Nase läuft. Man nennt es wohl Heuschnupfen. Dass ich nicht lache! Also, ob es in einer Großstadt wie Washington noch Heu gäbe!«

Mit Heu oder Blütenpollen hat mein Kopfschmerz nichts zu tun, hätte Louise am liebsten gesagt. Schuld ist einzig und allein die Liebe. Was sollte sie bloß tun? Bobby würde verzweifelt auf sie warten, doch sie kam hier nicht weg; sie konnte ihm nicht einmal eine Nachricht zukommen lassen.

Mrs Mulworthy, die schon seit Jahren für Colonel Bingham als Floristin arbeitete, hatte es nicht übel genommen, als die neue First Lady ihre eigenen Bediensteten aus Canton mitbrachte. Sie nahm noch nicht einmal übel, dass Louise Duigan auf ihren angestammten Platz als oberste Floristin des Weißen Hauses beordert wurde. Aus diesem Grund hatte Louise immer ein freundliches Gefühl für die Frau, die ihr in Colonel Binghams Team als am wenigsten eifersüchtig erschien, ihr jede Hilfe zuteil werden ließ und von allen liebevoll Jolly Molly genannt wurde.

Mrs Mulworthys Mundwerk stand auch während der Arbeit niemals still. »Warum gehen Sie nicht für ein Stündchen nach oben und legen sich hin, Liebes?«, schlug sie vor. »Ich schaffe den Rest schon allein. Und wenn Colonel Bingham nach dem Rechten sehen kommt, sage ich einfach, dass Sie gerade beim Abendessen sind.«

Louises Herz hüpfte so sehr, dass ein wenig Farbe in ihr Gesicht zurückkehrte. »Würden Sie wirklich … ich meine … könnten Sie es allein schaffen?«, fragte sie zögernd.

»Aber sicher. Vergessen Sie nicht, dass ich lange vor Ihnen hier war.«

»Natürlich nicht. Ach, Mrs Mulworthy, Sie sind ein wahrer Schatz!« Am liebsten wäre Louise ihr um den Hals gefallen.

»Schon gut, Kleines. Seit Sie im Haus sind, haben Sie mir die Arbeit ordentlich erleichtert. Wissen Sie, bei warmem Wetter wollen meine Füße nicht mehr so richtig.«

»Ich werde mich erkenntlich zeigen, Mrs Mulworthy. Ganz bestimmt. Wenn Ihnen das nächste Mal die Füße wehtun, übernehme ich Ihre Pflichten – ich verspreche es!« Louise sauste aus dem Bankettsaal. Ihr war, als wäre ihr eine Gnadenfrist gewährt worden. Gott segne Mrs Mulworthy, dachte Louise dankbar, schälte sich eilig aus ihrer Arbeitsuniform und streifte hastig das Lily-Langtry-Kleid über.

Sie kam eine halbe Stunde zu spät zu ihrem Treffen mit Bobby. Damit blieb ihr lediglich eine halbe Stunde, um alles zu besprechen und an ihren Arbeitsplatz zurückzukehren, ehe Colonel Bingham aufmerksam wurde. Bobby stromerte ungeduldig auf der Veranda auf und ab und blickte ständig auf die Uhr.

Verblüfft registrierte Louise die Veränderung, die mit ihm vorgegangen war. Verschwunden war der Angestellte des Justizministeriums im dunklen Anzug mit gestärktem Kragen und Manschetten, verschwunden auch der Präsidentenberater im weißen Frack, der von einem Empfang zum nächsten eilte, selbst den Bobby in Freizeitkleidung gab es nicht mehr. Stattdessen stand vor Kittys Haus jemand, den Louise noch nicht kannte, ein distinguiert aussehender, höchst beeindruckender Mann in weißer Marineuniform mit goldenen Tressen an den Epauletten.

Ihr Herz flog ihm entgegen. War sie nicht das glücklichste Mädchen der Welt, einen so gut aussehenden Verehrer zu haben? Gleichzeitig wurde ihr schmerzlich bewusst, wie tief die soziale Kluft zwischen diesem hochoffiziellen Vertreter des Präsidenten und ihr selbst klaffte.

»Louise!« Mit zärtlich ausgebreiteten Armen kam er auf sie zu. Trotz seiner Uniform hatte er nichts mit den miefigen Spießern im Weißen Haus gemein, die Louise inzwischen fürchten gelernt hatte; Männer wie Colonel Bingham, die ihre Uniform dazu benutzten, ihre Untergebenen einzuschüchtern. Doch Bobby war auch in der Kleidung eines Marineoffiziers immer noch der Mann, den Louise kannte und liebte. Er ließ ihr keine Zeit, zu Atem zu kommen; keine Zeit, ihn zu fragen, warum er Uniform trug – er umarmte sie mit einem Fieber, das der Verzweiflung entsprang. Sie mussten jede Minute nutzen, die sich ihnen bot. »Oh, Bobby«, flüsterte sie und klammerte sich an ihn, ohne sich darum zu kümmern, ob jemand sie sah.

»Sie duften nach Blumen«, murmelte er mit den Lippen an ihrem Hals. Der hohe Kragen ihres Kleides hinderte ihn daran, sich weiter vorzutasten.

»Das liegt daran, dass ich den ganzen Tag bis zum Hals in diesen Blumen stecke …«

»Bis zu diesem wundervollen Hals …« Er küsste ihre Kehle und ihren Nacken, liebkoste ihren Hals einmal rings herum und spielte mit den vorwitzigen Löckchen, die sie in ihrer Eile nicht sorgfältig genug festgesteckt hatte. »Bobby … bitte … hören Sie auf!«, keuchte sie. Sie hatte den Eindruck, lichterloh zu brennen.

»Louise!« Er ließ sie los und wischte seine Uniformmütze von der Verandaschaukel auf die Holzbohlen. »Ich habe nicht viel Zeit.«

»Ich auch nicht.«

Sie setzte sich neben ihn und versuchte, ihre Gefühle unter Kontrolle zu bekommen. »Warum sind Sie heute in Uniform? Und wo sind die anderen?« Jetzt erst fiel Louise auf, wie ruhig es im Haus war. Sie schienen allein zu sein. Ach, wie sehr wünschte sie sich, sie müssten sich nicht immer im Verborgenen und in Eile treffen! Sie wollte sich ihrer Liebe nicht länger schämen, sie nicht länger wie etwas Schlechtes verstecken.

»Kitty ist mit den Kindern unterwegs.«

»Damit wir allein sein können?«

»Ja.«

»Wie nett von ihr. Und wo ist ihr Mann?«

»Logan arbeitet. Er hat den späten Dienst übernommen.«

Louise wusste nicht einmal, womit Logan seinen Lebensunterhalt verdiente, war aber viel zu aufgeregt, um danach zu fragen.

»Wir sollten keine Zeit damit verlieren, über andere Leute zu sprechen. Ich möchte ...«

»Bobby, ich kann nicht lang bleiben. Ich muss ins Weiße Haus zurück, ehe Colonel Bingham herausbekommt, dass ich schon wieder verschwunden bin.«

»Ich verstehe. Ich will ja auch nur eine Stunde Ihrer Zeit!«

»Nein, Bobby, eine halbe Stunde.«

»Nun, vermutlich bleibt mir nichts anderes übrig, als es wohl oder übel so zu akzeptieren. Ich muss noch heute Abend abreisen.«

»Heute Abend? Warum so schnell? Fahren Sie wieder nach Madrid?«

»Nein, nach Kuba.«

»Ist das weit weg? Wie lang werden Sie fort sein?«

»Ich weiß es nicht. Und, ja, es ist weit weg. Viel zu weit weg von Ihnen. Ich liebe Sie, Louise. Ich liebe Sie von ganzem Herzen, und das meine ich sehr ernst.« Er hielt ihre beiden Hände. Sie saß ihm halb zugewandt auf dem Rand der Verandaschaukel, fluchtbereit wie ein kleiner, ängstlicher Vogel.

Plötzlich wurde sie von Scham übermannt. Sie hatte vergessen, ihre Fingernägel zu reinigen. Grün von Pflanzensaft lagen sie in den gepflegten Händen des Offiziers. Deutlich wie nie zuvor wurde Louise der Unterschied zwischen ihnen bewusst – er in seiner Paradeuniform, sie mit den rauen, fleckigen Händen der Gärtnerin.

Charmant, aber mit einem frechen Grinsen, sagte er: »Ihre Hände sehen heute nicht gerade ladylike aus«, beugte sich über sie und küsste sie. Louise wand sich. »Trotzdem bedeuten sie mir unendlich viel mehr als all die schlaffen, weißen, nutzlosen Hände, für die man von mir Bewunderung erwartet.«

Sofort zog sie ihre Hände aus seinem warmen, sanften Griff zurück und fragte sich, wie viele Hände er vor den ihren schon geküsst und gestreichelt haben mochte. »Nicht, Bobby! Sagen Sie jetzt kein …«

»Wort?« Er küsste sie auf den Mund, ohne auf ihren halbherzigen Protest zu achten. Irgendwann lehnte er sich in die Verandaschaukel zurück und sagte: »Heiraten Sie mich, Louise. Heiraten Sie mich, ehe ich vor Begierde nach Ihnen zugrunde gehe.«

»Wie bitte?«

»Ich habe Sie gebeten, meine Frau zu werden. Heiraten Sie mich, wenn ich aus Kuba zurück bin. Ich habe noch nie ein Mädchen wie Sie kennen gelernt.«

»Sie sind wohl nicht ganz bei Trost, Bobby du Pré!« Louise versuchte, sich aus seinen Armen zu winden, doch er hielt sie einfach fest. »Sagen Sie so etwas nie mehr! Sie meinen es nicht wirklich. Und ich bleibe keine Minute länger, wenn Sie so mit meinen Gefühlen spielen. Tun Sie das bitte nicht.« Sie war den Tränen nahe.

»Louise, mir war nie im Leben etwas derart ernst. Hören Sie mich an …« Er drehte sie zu sich um. »Bitte!« Seine Stimme klang verzweifelt.

Sie sah ihn an. War es fair, dass er so mit ihren Gefühlen umsprang? »Bobby, das halte ich nicht aus …«

»Ich auch nicht. Noch nie hat eine Frau einen solchen Eindruck auf mich gemacht wie Sie. Alle anderen waren hohlköpfig, herzlos und … ach, sie konnten Ihnen einfach nicht das Wasser reichen! Es waren Frauen, die immer nur an sich selbst dachten. Sie sahen in mir eine … eine …« Er suchte nach dem richtigen Wort.

»Eine Art Feder, mit der sie sich schmücken konnten?«

»Nicht, wenn sie der Audubon-Gesellschaft angehörten.«

»Machen Sie bitte keine Scherze mit mir, Bobby. Ich bin jetzt nicht in der richtigen Verfassung dafür.«

»Ich mache keine Scherze, Louise. Ich war noch nie im Leben so weit entfernt davon, Scherze zu machen, das dürfen Sie mir glauben.«

War er ehrlich? Louise fühlte sich immer noch verunsichert. »Bobby, ich bin nicht hergekommen, um mich von Ihnen verspotten zu lassen, ganz gleich, wie gering Sie mich als Person achten.«

»Ich achte Sie nicht gering, Louise. Ganz im Gegenteil. Ich glaube kaum, dass Sie mir so etwas vorwerfen können. Ich liebe Sie, ich begehre Sie und ich brauche Sie. Mein ganzes Leben lang war ich von albernen, aufgetakelten Frauenzimmern umgeben, vor denen ich am liebsten davongelaufen wäre. Das gilt übrigens nicht für meine drei Schwestern, obwohl sie mich immer wie ein Baby behandelt haben, weil ich zufällig der Jüngste war. Nur die gute alte Kitty bildete da eine löbliche Ausnahme.«

Er lächelte kläglich. Seine Schwestern hatten ihn verwöhnt, ihm jedes Wehwehchen weggepustet, ihn in ihren Puppenbadewannen gebadet, ihn abgeküsst und so behandelt, dass Robert senior sich schließlich ernsthaft Sorgen machte, seine Töchter könnten den einzigen Sohn des Hauses in eine Zimperliese verwandeln. Bereits im Alter von sieben Jahren wurde der Junge auf eine Junior-Marine-Akademie geschickt, wo ein strenges Reglement herrschte und Bobby lernen musste, seinen Schwestern nicht nachzuheulen. Im Anschluss an diese Schule besuchte er Princeton, um seine Erziehung zum Mann zu vervollständigen.

»Vor Ihnen möchte ich nicht davonlaufen, Louise«, wiederholte Bobby. »Sie sind die einzige Frau, nach der ich mich sehne. Wenn Sie nicht da sind, fühle ich mich leer. Und was immer Sie von den Klatschtanten Washingtons über mich gehört haben, ist nicht wahr. Ich bin kein wankelmütiger Tunichtgut – aber es braucht nun einmal Zeit, die richtige Frau zu finden. Ich habe nach einer besonderen Frau gesucht, nach der Art Frau, mit der ein Mann den Rest seines Lebens verbringen möchte. Fragen Sie den Präsidenten! Und jetzt habe ich Sie gefunden. Sie sind intelligent, hübsch, talentiert, eine wunderbare Frau und genau die Art Freundin, Gefährtin und liebevolle Partnerin, die ich immer gewollt habe. Jetzt habe ich Sie gefunden, Louise! Weisen Sie mich bitte nicht ab. Ich möchte Sie nie wieder gehen lassen.«

Nach dieser aus tiefstem Herzen kommenden Erklärung fühlte

sich Louise verwirrter denn je. Sie stand auf, trat an das Holzgeländer der Veranda und starrte in den verwilderten Garten hinaus, ohne etwas wahrzunehmen. Wie sollte sie bloß reagieren?

Auch Bobby stand auf, kam zu ihr und umarmte sie auf eine wunderbar bedeutungsvolle Art, mit der er ihr Schutz und Liebe zu schenken schien. Louise drehte sich um und legte ihm die Arme um den Hals. Ihre Befürchtungen hatten sich verflüchtigt. »Meinen Sie das ernst? Meinen Sie jedes Wort wirklich so, wie Sie es eben gesagt haben?«

»Alles, was ich gesagt habe, ist mein voller Ernst.«

»Ich bin aber doch nichts weiter als eine illegale Einwanderin in diesem Land!«

»Ich weiß. Doch nicht mehr lang. Heiraten Sie mich, dann wird alles legal.«

Sie brachte kein Lächeln zu Stande. In seinen klaren Augen spiegelte sich ihr fragender Blick wider. »Bobby, ich stamme aus einem armen Arbeitermilieu, weit unter Ihrem sozialen Status.« In den Augen Washingtons war sie seiner nicht wert, daran musste sie ihn erinnern.

»Ich sagte Ihnen schon einmal, dass ich Armut nicht als Verbrechen empfinde.«

»Und ich sagte Ihnen schon einmal, dass eine arme Frau durchaus ihre Geheimnisse haben kann. Zum Beispiel, weil sie nicht die richtige Erziehung genossen hat.«

»Ich will nur Sie. Ich liebe Sie als Frau, nicht Ihre Erziehung oder Ihren sozialen Rang. Und außerdem wundert mich, dass Sie sich Ihrer Erziehung so schämen: Sie sind die Tochter eines Quäker-Predigers, eines aufrechten, gottesfürchtigen Mannes, der seine Kinder sicher das Richtige gelehrt hat. Ihre Erziehung ähnelt der unseres Präsidenten.« Er küsste sie erneut, und dieses Mal leuchteten seine Augen wieder. »Allerdings haben der Präsident und die First Lady keine Kinder; ich aber hätte gern bald welche … Sie sind die wunderbarste Frau, die ich je getroffen habe, Louise Duigan aus Dublin. Sie sind die gelassenste, kultivierteste, wohlerzogenste, schönste, warmherzigste, hart arbeitendste und gottesfürchtigste Irin, die ich je das Vergnügen hatte, kennen zu lernen.« Jedes seiner Worte unterstrich er mit einem Kuss. »Noch nie habe ich so für eine Frau empfunden, das dürfen Sie mir glauben. Sie sind immer wundervoll, in dem, was Sie sagen, in dem, was Sie tun – in jeder Weise. Gemeinsam könnten wir einen weiten Weg zurücklegen; mit Ihnen an meiner Seite würde ich zu Fuß bis ans Ende der Welt gehen.«

An der Schwelle zu ihren eigenen Wünschen hielt Louise inne. Sie musste nachdenken. Meinte er Kuba? Sollte sie mit ihm nach Kuba gehen? Und wenn, dann als was? Als seine Frau oder als seine Geliebte? Wollte er sie vielleicht zu seiner Geliebten machen? Nein, er hatte um ihre Hand angehalten.

Als Geliebte würde sie ihm allerdings bei seiner politischen Karriere weniger im Weg stehen, vorausgesetzt, man blieb immer diskret, wie zum Beispiel Edward und Lily Langtry. Noch nicht einmal Edwards Mutter, Königin Victoria von England, konnte Einspruch erheben, weil nie etwas an die Öffentlichkeit drang.

Vergiss es, Louise, warnte ihre innere Stimme. Von der Mätresse bis zur Hure ist es nur noch ein kleiner Schritt. Und dafür respektierte sie sich zu sehr – viel zu sehr!

Immer noch fragte sie sich, was er wirklich dachte. Sie bezweifelte, dass er mit einer Ehefrau wie ihr weit kommen würde; eine solche Mesalliance würde ihn vermutlich die Karriere kosten. Und als Mutter seiner Kinder hätte sie ganz Washington gegen sich. Man würde in ihr eine Zumutung sehen, ein Hindernis für seinen weiteren Berufsweg, ebenso wie Mrs McKinley ein Hindernis für die Karriere ihres Mannes darstellte. Und das, obwohl Ida McKinley im Gegensatz zu ihr aus einer wohlangesehenen, reichen Familie mit vielen Verbindungen stammte. Ihre angeschlagene Gesundheit genügte, um sie zum Gerede der Leute zu machen. Sicher würde Bobby zum Gespött ganz Washingtons werden, wenn er jemanden heiratete, der ihm derart unterlegen war.

Durfte sie ihm das wirklich zumuten?

Würde Bobbys alteingesessene und sehr reiche Familie mit ihrer Familie umgehen können? Mit Jon, der aus dem Gefängnis geflüchtet, wenn nicht gar tot war, und ihrer Schwester Meg, die sich an ein paar religiöse Fantasten angeschlossen hatte und jetzt in einem Indianerreservat lebte? Und sie selbst, die zukünftige Braut, zuerst Wäscherin, dann Blumenmädchen, arm wie eine Kirchenmaus und obendrein eine illegale Einwanderin? Mein Gott, nie und nimmer konnte sie Bobbys makellosem Stammbaum eine solche Familie zumuten.

»Bobby«, Louise holte tief Luft, »wenn es nur ein Heute gäbe, wenn morgen niemals käme, dann würde ich sofort Ja sagen. Aber es geht nicht. Es geht einfach nicht. Es wäre weder Ihnen noch mir gegenüber fair, ganz zu schweigen von Ihrer Familie. Was glauben Sie, wie Ihre Familie reagieren würde, wenn sie je von uns erführe?«

»Das dürfen Sie getrost mir überlassen. Meine Familie ist ebenso wie Ihre die große Unbekannte, ausgenommen natürlich Kitty. Aber ich bin sicher, dass meine Leute Sie sofort ins Herz schließen werden.«

»Ich glaube eher, dass man Ihnen jede Art Steine in den Weg legen wird, sobald herauskommt, dass der einzige Sohn und Erbe vorhat, eine hergelaufene Immigrantin zu heiraten.« Tief im Innern war Louise sicher, dass er ebenso dachte und nur zu sehr Gentleman war, um den Gedanken auszusprechen.

»Louise, liebste Louise, könnten wir uns vielleicht darauf beschränken, zunächst einmal an uns zu denken und alle anderen außen vor zu lassen?«

»In einer irrealen Zauberwelt wäre das vielleicht möglich«, wandte sie ein.

»Ich möchte meine irreale Zauberwelt mit Ihrer realen Welt verbinden, Louise.«

»Ich ... ich muss zurück zu meiner Arbeit.«

»Antworten Sie mir, Louise. Ja oder nein?«

»Ich kann Ihnen im Augenblick keine Antwort geben.«

»Lieben Sie mich?«

»Von ganzem Herzen.«

Er hielt sie ganz fest. Seine zärtliche Umarmung sagte ihr mehr über seine wahren Gefühle als seine neckischen Küsse. »Louise, wenn es in meiner Macht stünde, das Richtige für uns beide zu tun, würden Sie mir dann vertrauen?«

»Von ganzem Herzen.«

»Dann sagen Sie Ja.«

»Ich kann nicht ... nicht jetzt. Ich bin zu verwirrt. Außerdem möchte ich Sie nicht in Verlegenheit bringen, Bobby. Geben Sie mir Zeit, über Ihren Antrag nachzudenken. Schließlich kennen wir uns noch nicht allzu lang ...«

»Lang genug. Ich habe mich auf den ersten Blick in Sie verliebt.«

»Jetzt ist aber Schluss, Bobby du Pré!« Louise stellte sich auf die Zehenspitzen und küsste sein hübsches Kinn. »Finden Sie nicht, dass Sie ein bisschen zu weit gehen? Ich lag blutend und stöhnend auf dem matschigen Boden zwischen Scherben und abgeknickten Orchideen – es muss ein ziemlich unwürdiger Anblick gewesen sein.«

»Schon wahr«, grinste er. »Aber mir ist sofort aufgefallen, welch mutige und charmante junge Lady da zu meinen Füßen lag.« Er fasste sie unter dem Kinn. »Sie haben ein so süßes Gesicht und eine so süße Art – ich würde mich immer wieder in Sie verlieben, und wenn es tausend Mal wäre.«

Wenn das der Wahrheit entsprach und wenn es tatsächlich die berühmte Liebe auf den ersten Blick gab, dann hatte Louise sie ebenfalls erlebt. »Mit welchem Schiff fahren Sie?«

»Mit der *Maine*. Es ist eine Friedensmission der US-Regierung, an der ich als Verbindungsoffizier teilnehme. Unser Auftrag ist vorübergehend und soll zu einer Übereinkunft zwischen den amerikanischen Siedlern, zumeist Pflanzern, und der kubanischen Regierung führen. Ehrlich gesagt weiß ich nicht, warum ich daran teilnehmen soll, denn wir haben Leute, die für solche Angelegenheiten weitaus besser qualifiziert sind. Vielleicht, weil ich fließend Spanisch spreche und das Land kenne. Wahrscheinlich wird es eine todlangweilige Sache, den kubanischen Rebellen amerikanische Überlegenheit zu demonstrieren. Morgen früh muss ich in Key West sein. Wir haben also noch ein paar Stunden für uns.« Er blickte sich um. »Kitty wird als Anstandsdame dabei sein, aber sie ist ausgesprochen tolerant …«

»Nein, Bobby, ich kann nicht bleiben. Erstens wäre es nicht richtig, und zweitens möchte ich weder Sie noch mich noch Ihre Schwester kompromittieren, so tolerant sie auch sein mag.«

Ihn allein zu lassen war das Schwerste, was sie je hatte tun müssen. Wäre sie jedoch nur einen Moment länger geblieben, hätte sie ihm nicht mehr widerstehen können. Doch sie hatte nur einen einzigen Trumpf, und den musste sie bewahren: ihre Selbstachtung. »Ich muss gehen. Bitte, Bobby, machen Sie es uns nicht noch schwerer.«

»Ich schreibe Ihnen. Aber bitte antworten Sie dieses Mal! Sie können mich über die *Maine* erreichen, die in Havanna vor Anker liegen wird. Für die Angelegenheiten Ihres Bruders ist weiterhin gesorgt; seine Akte habe ich meinem guten Freund und Schwager Logan übergeben, der ebenfalls für das Justizministerium arbeitet, aber außerdem eine private Kanzlei in der Pennsylvania Avenue betreibt. Sollten Sie Hilfe benötigen, sind Kitty und Logan immer eine gute Anlaufstation.«

Louise biss sich auf die Lippen. »Danke, Bobby – hoffentlich lebt Jon überhaupt noch!«

»Lassen Sie sich nicht entmutigen, Louise. Ich kann mir gut vorstellen, dass Jon überlebt hat. Versuchen wir also, nur die positiven Seiten zu sehen. Sie haben ganz schön harte Zeiten durchgestanden, und zwar ohne meine Hilfe; ich weiß, dass Sie mit allem fertig werden. Sie dürfen nur den Kopf nicht hängen lassen.« Er strich ihr über das Gesicht. »Ich bin stolz auf Sie«, setzte er leise hinzu, als sie sich an Kittys Gartentor trennten.

Auf dem Rückweg zum Weißen Haus empfand Louise eine schmerzliche Leere. Wie um alles in der Welt sollte sie ohne Bobby leben, auch wenn es nur für eine kurze Zeit war? Wie sollte sie die einsamen Tage durchstehen, ohne die Aussicht, dass Bobby zu den unmöglichsten Zeiten im Gartenzimmer oder in den Treibhäusern auftauchte und um ein Stelldichein bat? Es verursachte ihr jedes Mal ein inneres Entzücken, dass ihm genügend an ihr lag, um einen öffentlichen Skandal in Kauf zu nehmen; schließlich hatte er eine Menge zu verlieren.

Fast fühlte sie sich versucht, ihm als seine Mätresse nach Havanna zu folgen; sie würde alles in Kauf nehmen und riskieren, wenn sie nur in seiner Nähe sein durfte.

Schlag dir das aus dem Kopf, Louise Duigan, schalt sie sich jedoch sofort. *Vater würde sich in seinem nassen Grab umdrehen, wenn er erführe, dass eine seiner Töchter sich als leichtes Mädchen betätigt. Er hat dich und Meg zu Besserem erzogen. Du bist es ihm schuldig, dich daran zu halten.*

Eilig schlüpfte Louise in ihre Uniform und hoffte, dass ihr Häubchen gerade saß. Sie betrat den Bankettsaal. Schwarze Dienstboten in schwarzen Anzügen eilten mit silbernen Schüsseln von der Küche zu den Tischen. Von den Tischgesprächen war nicht mehr als diskretes Murmeln und ab und zu ein leises Lachen zu hören. So lebte die privilegierte Klasse – mit dem Glitzern kristallener Gläser und dem Klingen von Silberbestecken auf unbezahlbaren Porzellantellern. Wäre Bobby du Pré nicht auf dem Weg zu einem Schlachtschiff, dessen Bestimmungsort eine Insel außerhalb ihres Kenntnisspektrums war, dann säße er wahrscheinlich jetzt ebenfalls hier; sie hingegen trug Angestelltenuniform und blieb außen vor.

Louise wusste, dass sie seinen Heiratsantrag ablehnen musste. Sie liebte ihn viel zu innig, um seine Chancen gefährden zu wollen. Dennoch betete sie, dass es wirklich nur eine Friedensmission war, auf der er sich befand, und bemühte sich, nicht an die endlose Entfernung zwischen ihnen zu denken.

Im Gartenzimmer waren eine Menge Aufräumarbeiten zu erledigen. Doch bereits an der Tür kam ihr Colonel Bingham wütend entgegen. »Dieses Mal haben Sie die Grenze deutlich überschritten, Miss Duigan!«

Doch ihm blieb nicht einmal die Zeit, zu fragen, wo sie gewesen war, weil ihre kühne Antwort ihm sofort den Wind aus den Segeln nahm und sie ihn stehen ließ mit den Worten: »Nicht, dass Sie meinetwegen schlaflose Nächte verbringen müssen, Colonel Bingham – ich habe bereits gekündigt.«

Als Präsident McKinley endlich müde und erschöpft das Schlafzimmer betrat, musste er überrascht feststellen, dass Ida schon wieder im Bett sitzend auf ihn wartete. »Nun, Liebste, das scheint ja allmählich zur Gewohnheit zu werden. Es bekommt dir nicht, so spät schlafen zu gehen.«

»Oh doch, William, es bekommt mir bestens.«

Sie benimmt sich, als gäbe es schlechte Nachrichten, dachte er. »Was liegt an, Liebste?« Er zog seinen Smoking aus, nahm die Uhr seines Vaters und das Kleingeld aus der Tasche, knüpfte die goldenen Manschettenknöpfe aus den Ärmeln und band sich die Schuhe auf, während Ida ununterbrochen auf einen Brief klopfte, der vor ihr auf der Decke lag.

»Das hier ist Louises Kündigungsschreiben. Aber ich werde es keinesfalls akzeptieren.«

»Dann lass es.«

»Es ist allein deine Schuld, William.«

»Wieso denn das?« Verblüfft ob einer solchen Anschuldigung blickte er von seinen Schnürsenkeln auf. »Wieso bin ich schuld?«

»Weil du Bobby nach Havanna geschickt hast. Dort herrscht offene Revolte!«

»Ich habe genau das getan, worum du mich gebeten hast.«

»Darum habe ich dich nicht gebeten, jedenfalls nicht so. Ich habe lediglich laut nachgedacht, wie man mit ihrer heimlichen Beziehung umgehen könnte. Ich wusste doch nicht, dass sie gleich kündigen würde, William. Wo wird sie hingehen? Was wird sie ohne unsere Protektion anfangen – schließlich ist sie nur ein armes Waisenmädchen.«

»Ich wage zu behaupten, dass Louise durchaus in der Lage ist, für sich selbst zu sorgen.«

Ida tastete nach dem Riechsalz unter ihrem Kopfkissen. »Ich fühle mich so schuldig!«

»Und warum?«

»Weil ich nicht gewusst habe, dass ihre Beziehung so … so *rein* ist!«

»Inwiefern?«

»Ein reicher Junge trifft ein armes Mädchen, und sie verlieben sich ineinander. Das meine ich, William. Ich hatte ja keine Ahnung, dass beide bereit waren, ihre persönlichen Interessen für dich und mich zu opfern. Sie scheinen einander wirklich sehr zu lieben. Es erinnert mich an uns, als wir so alt waren wie sie. Wir waren auch voller Liebe, obwohl die Bedingungen gegen uns waren. Weißt du noch, wie mein Vater dich als Manager der Hüttengesellschaft absetzte? Ach, William! Alles hat sich ins Gegenteil verkehrt. Und dabei habe ich Bobby und Louise so gern! Ich habe alles kaputtgemacht! Ich fühle mich so schuldig! Morgen gehe ich in aller Frühe zu Louise und entschuldige mich dafür, dass ich in ihr Leben eingegriffen habe. Ich werde ihr sagen, dass ich ihre Kündigung nicht akzeptieren kann und dass sie noch einmal darüber nachdenken soll. Und du musst Bobby nach Washington zurückholen. Wir müssen sie ihr Leben leben lassen, wie sie es wollen; wir haben kein Recht dazu, einzugreifen.« Ida inhalierte tief. Der Duft des Riechsalzes sorgte dafür, dass ihr noch schwindeliger wurde. Sie lehnte sich in ihre Kissen zurück.

»Ich fürchte, dass wir jetzt nichts mehr machen können«, sagte der Präsident traurig. Seine Schnürsenkel waren so fest verknotet, dass er sich aus dem hässlichen Plüschsessel weit nach vorn bücken musste, um den Wirrwarr zu lösen. »Ein Präsident macht keine Fehler und entschuldigt sich nicht. Es wäre unangemessen. Du solltest Colonel Bingham mitteilen, dass du nicht darauf vorbereitet bist, ohne Louise auszukommen.«

»Und wenn sie nicht darauf eingeht?«

»Dann musst du ihr die bestmögliche Referenz ausstellen, damit sie keine Schwierigkeiten hat, eine andere Stellung zu finden.«

»Und Bobby? Was machen wir mit Bobby?«

»Wir können nur für seine sichere Rückkehr beten. Wenn die beiden tatsächlich so viel füreinander empfinden, dann werden sie alle Schwierigkeiten überwinden. Wahre Liebe ist wie eine klare Quelle, Ida: Das Wasser bahnt sich seinen Weg, um irgendwann mit noch größerer Kraft und noch klarer aus dem Erdboden wieder aufzutauchen.«

Jon sah seinem Bruder dabei zu, wie er sich auf seinen Aufbruch nach Sable Island vorbereitete. Sie befanden sich in den Büroräumen der Skidmore-Gesellschaft, wo sie die Seekarten studiert hatten. Das Bergungsschiff, das Patrick gemietet hatte, wartete mit einem Team von Berufstauchern im East River. »Ich begleite dich«, sagte Jon.

»Das wirst du nicht tun«, erklärte Patrick nachdrücklich. »Nicht, dass du mir die ganze Sache vermasselst, nachdem ich so lange dafür gearbeitet habe!«

»Sei doch nicht blöd, Patrick! Sobald das Gold oben ist, wird O'Duffy oder einer seiner Handlanger dein Tau kappen und dich auf den Meeresgrund schicken, wo du bestimmt nichts an die US-Behörden ausplaudern kannst.«

»Ich habe nicht die Absicht, auch nur einen Zeh ins Wasser zu stecken, Bruderherz«, sagte Patrick. »Nicht, wenn es sich vermeiden lässt.«

»Sondern?«

»Ich führe die Aufsicht, das ist mein Teil der Arbeit.« Er grinste in seinen dichten Bart hinein und stieg in schwere, wasserdichte Stiefel.

»Mensch, Pat«, bettelte Jon, »ich könnte dir wirklich eine große Hilfe sein, und das weißt du genau.«

»Du hast noch nie im Leben einen richtigen Tauchgang absolviert, Jon.«

»Ach nein? Und als was würdest du meinen Weg unter Wasser von Cormorant Point nach Cap de Robast bezeichnen? Mein Tauchgang hat mir immerhin das Leben gerettet!«

»Es ist nicht dasselbe, Jon. Ein Golf ist wie eine Art Becken; dort herrschen wärmere Wassertemperaturen, und die Strömungen sind nicht so gefährlich. Wir reden hier aber von richtigem Tiefseetauchen. Du könntest mir besser helfen, wenn du dich während meiner Abwesenheit um das Büro kümmerst.«

»Fährt O'Duffy mit hinaus?«

»Ja.«

»Dann bist du ein toter Mann. Wenn er hat, was er will, kannst du dich abschreiben.«

»Du auch, wenn er dich erkennt. Vergiss nicht, er hat dich bei Gericht gesehen, und er weiß, dass dir zwei Finger fehlen.«

»Und was ist mit deinen fehlenden Fingern?«

»Ich habe ihm erklärt, ich hätte sie bei einer Bergungsaktion eingebüßt. Ich zähle darauf, dass du mich im Büro vertrittst, Jon. Sollte mir irgendetwas geschehen, nimmst du bitte diesen Schlüssel …« Patrick nahm einen kleinen Schlüssel aus der Schreibtischschublade und gab ihn Jon. »Du darfst ihn auf keinen Fall verlieren. Es ist der Schlüssel zu einem Gepäckfach in der Grand Central Station. In diesem Fach findest du meine Versicherungspolice. Wenn ich von heute an gerechnet innerhalb drei Woche nicht zurück bin, lass ihn bitte dem Bundeskriminalamt zukommen.«

»Was hat das alles zu bedeuten, Pat?«

»Nun, es ist einfach eine Lebensversicherung. Unsere Lebensversicherung. Auch deine, Louises und Megs.«

»Ich würde nie damit fertig werden, dich ein zweites Mal sterben zu sehen.«

»Ich auch nicht.«

»Wo wir gerade von Louise und Meg sprechen – sollten wir Louise nicht endlich wissen lassen, dass du ziemlich lebendig bist?«

Patrick grinste. »Genau wie du, kleiner Bruder. Wir scheinen geradezu Weltmeister im Sterben und Auferstehen zu sein. Sobald es geht, werde ich meine Schwestern so herzlich willkommen heißen, wie es nur möglich ist – versprochen! Vermutlich wird mir Louise eine Ohrfeige verpassen, mir deutlich ins Gesicht sagen, was sie von mir hält, und mich bis in alle Ewigkeit dafür lieben, dass ich nicht gestorben bin.«

»Patrick, du bist ein Scheißkerl!«

»Na, na, was ist denn das für ein Ausdruck? Was würde wohl unser lieber Vater dazu sagen, Gott hab ihn selig?« Plötzlich wechselte Patricks Tonfall. Wo er eben noch geneckt hatte, schien er jetzt reizbar geworden zu sein. »Wir haben uns alle verändert. Du und ich auf jeden Fall, Louise und Meg vermutlich auch. Aber so ist nun einmal das Leben, und wir müssen das Beste daraus machen. Ich bin zu der Ansicht gekommen, dass Religion nur etwas für leicht zufrieden zu stellende Menschen ist, die nichts anderes zu tun haben, als sich Gedanken um ihr Seelenheil zu machen. Irgendwie gehöre ich dazu, aber ich tue es für meine Familie und um etwas zu beweisen. ›*Was nutzt es, meine Brüder, wenn jemand sagt, er habe Glauben, hat aber keine Werke? Kann etwa der Glaube ihn erretten? Wenn aber ein Bruder oder eine Schwester dürftig gekleidet ist und der täglichen Nahrung entbehrt, aber jemand unter euch spricht zu ihnen: Geht hin in Frieden, wärmt euch und sättigt euch, ihr gebt ihnen aber nicht das für den Leib Notwendige, was nützt es? So ist auch der Glaube, wenn er keine Werke hat, in sich selbst tot.*‹ Ich predige jetzt nicht mehr, sondern ich schreite zur Tat, Jon. So, wie es im Jakobus-Brief steht.«

»Meine Güte, du hast dich wirklich verändert«, stellte Jon kopfschüttelnd fest.

Patrick schulterte das Sauerstoffgerät und wollte sich eben auf den Weg zum Bergungsschiff *Miranda* machen, das im East River vor Anker lag und auf das Auslaufen in Richtung Sable Island wartete, als Jon ihn fragte:

»Ich dachte, du tauchst nicht?«

»Nur, wenn es unbedingt sein muss. Vergiss nicht, dich um Suzy zu kümmern. Sie frisst gern Kohl zu ihrer täglichen Milch.« Patrick warf die Bürotür hinter sich ins Schloss.

Er ließ Jon verloren und einsam am Schreibtisch zurück. Oh ja, nur allzu gern hätte Patrick seinen Bruder an seiner Seite gehabt, wenn er auf der Suche nach dem Gold über Bord gehen musste. Aber was auch immer er sich wünschte – es war nicht wert, Jons junges Leben dafür aufs Spiel zu setzen.

14. Kapitel

Louise war nie bewusst gewesen, wie viele Freunde sie während ihrer Dienstzeit bei den McKinleys gewonnen hatte. Allesamt waren gute, ehrliche und aufrichtige Menschen aus Canton und Washington. Louise tat es ernsthaft Leid, sie verlassen zu müssen. Blossom Appleby umarmte sie herzlich; über ihre runden, ebenholzschwarzen Wangen liefen dicke Tränen. »Sie hatten doch hier ein Dach über dem Kopf und immer genug zu essen! Ich verstehe nicht, warum Sie gehen.«

»Ich muss einfach, Blossom. Ich muss weiterziehen.« Louises Stimme war tränenerstickt.

»Sie müssen verrückt sein, Miss Louise. Aber wir bleiben in Kontakt, versprochen?«

»Natürlich.«

»Schicken Sie mir so bald wie möglich Ihre New Yorker Adresse. Soviel ich weiß, ist New York alles andere als ein gemütliches Städtchen – also passen Sie auf sich auf!«

»Ich wohne in der Quäker-Mission, Blossom. Da bin ich so sicher wie in Abrahams Schoß.«

»Nun, das ist wirklich ein Segen. Ein Mädchen in Ihrem Alter braucht jemanden, der ein Auge auf sie hat, vor allem so ganz ohne Freunde und Familie.«

»Ich weiß wirklich nicht, warum Sie so mir nichts dir nichts davonlaufen, Louise«, sagte Mrs McKinley.

»Ich muss es tun, Mrs McKinley. Ich kann es Ihnen nicht erklären – glauben Sie mir, ich würde gerne bei Ihnen bleiben. Aber mein Anliegen in New York duldet keinen Aufschub.«

»Warum warten Sie nicht wenigstens, bis Ihre Schwester aus Kanada kommt? Die Delegation von Still Water wird täglich erwartet; ganz sicher wird Meg dabei sein.«

Louise seufzte. »Ich habe meiner Schwester geschrieben, dass ich mich schweren Herzens entschlossen habe, nach New York zu gehen. Sie hat meine Adresse.«

»Nun, wenn ich Sie tatsächlich nicht überzeugen kann, Ihre Meinung zu ändern, dann wünsche ich Ihnen eine gute Reise und viel Glück. Der Umschlag mit den Referenzen liegt da drüben ...« Mit dem Taschentuch winkte sie in Richtung des Sekretärs am Fenster. »Und vergessen Sie nicht, Louise, dass William und ich immer für Sie da sind, wenn Sie je Hilfe brauchen. Auch nach Williams Amtszeit, wenn wir nach Canton zurückkehren.«

»Vielen Dank, Madam.« Louise nahm den langen braunen Umschlag, auf dem in Mrs McKinleys Spinnenschrift ihr Name stand. »Danke für alles. Ich habe wirklich gern für Sie gearbeitet. Sie und der Präsident waren immer mehr als nur nett zu mir. Sie haben fast Vater- und Mutterstelle bei mir eingenommen. Ich werde Sie nie vergessen. Sie waren die ersten Menschen in Amerika, die mir die Chance boten, mich zu beweisen, und dafür bin ich Ihnen zutiefst dankbar.« Louise schluckte, ließ sich jedoch nichts anmerken. Auf keinen Fall wollte sie Mrs McKinley unnötig aufregen.

Ida nickte ihr von ihrem Lager aus zu. »Kommen Sie und geben Sie mir einen Kuss, ehe Sie gehen.«

Tief bewegt nahm Louise die großherzige Geste zur Kenntnis, die jeden Klassenunterschied verwischte. Sie hauchte einen Kuss auf Idas blasse Wange und hoffte inständig, dass keine Träne auf das Gesicht der First Lady tropfte.

»Nochmals danke für alles ... und richten Sie Mr McKinley meine herzlichsten Grüße aus. Eigentlich wollte ich mich persönlich von ihm verabschieden, doch als ich vorhin in seinem

Büro vorbeischaute, da wurde mir gesagt, dass er einen wichtigen Termin hat. Ich wollte ihn nicht stören.«

Ida nickte. Gerührt drückte sie Louises Hand, denn sie fühlte sich am Verlauf der Dinge mitschuldig.

Louise stürzte davon, erleichtert, dass die pompösen Abschiede endlich vorüber waren. Sie lehnte sich an die geschlossene Tür von Idas Zimmer, versuchte sich zu sammeln und ließ ihren Tränen freien Lauf.

Als sie sich ein wenig beruhigt hatte, machte sie sich auf die Suche nach Clara Tharin. Sie fand sie in Mrs McKinleys Ankleidezimmer.

»Ich wollte mich von Ihnen verabschieden, Clara«, sagte sie von der Tür her.

Clara drehte sich nicht um. Louise war aufgefallen, dass Clara sie in der letzten Zeit gemieden hatte. »Auf Wiedersehen, Louise. Wir werden Sie alle vermissen. Passen Sie auf sich auf!«

»Das werde ich tun. Würden Sie bitte darauf achten, dass mir meine Post an die Quäker-Mission in New York nachgeschickt wird? Und wenn Meg mit der Indianer-Delegation kommt, könnten Sie ihr bitte sagen, wo sie mich findet? Ich weiß nicht, ob sie meinen Brief rechtzeitig vor ihrem Aufbruch erhalten hat.«

Plötzlich drehte sich Clara um, stürzte auf Louise zu und schloss sie weinend in die Arme. »Ach, Louise, es tut mir unendlich Leid! Charles und ich haben das Gefühl, dass wir daran schuld sind, dass Sie uns verlassen. Verzeihen Sie uns!«

»Ganz ruhig, Clara!« Louise tätschelte ihr den Rücken. Sie wusste nicht recht, was Clara meinte. »Nichts ist Ihre Schuld. Ich muss nach New York, weil ich meinen Bruder Patrick finden will. Ich bin sicher, dass er noch lebt und nicht ertrunken ist, als die *Cormorant* unterging, und … und …« Louise zögerte. Sie konnte es Clara nicht erklären.

»Aber wir sind wirklich schuld, Louise. Wissen Sie, Charles hat mir erzählt, dass Sie sich manchmal mit Bobby du Pré trafen, und ich habe es der First Lady weitererzählt. Eines Abends musste

Charles Ihnen die Tür aufschließen, erinnern Sie sich? Es war nach dem Kostümball bei Kitty Campion. Ich habe den Verdacht, dass man ihn nach Kuba geschickt hat, um euch zu trennen.«

Louise war wie vor den Kopf gestoßen. Sie konnte nicht glauben, dass Ida und William McKinley zu so etwas fähig gewesen wären. Ein Auftrag in Übersee, nur um Bobby vom Weißen Haus und von ihr fern zu halten? Das traute sie dem freundlichen, gottesfürchtigen Paar einfach nicht zu.

»Ganz bestimmt ist das nicht der Fall, Clara. Bobby wäre sowieso nach Kuba geschickt worden. Er spricht die Sprache und weiß alles über die Pflanzer und ihre Probleme. Der Präsident hat einfach den besten Mann für diesen Auftrag ausgesucht. Bestimmt haben Sie da etwas missverstanden. Hören Sie auf, sich und Charles die Schuld zu geben. Wenn überhaupt jemanden eine Schuld trifft, dann wohl eher mich. Ich habe mich mit ihm getroffen, obwohl ich wusste, dass es nicht richtig war – er steht auf der sozialen Leiter viel zu hoch über mir. Und jetzt hören Sie auf zu weinen, Clara, sonst fange ich auch gleich wieder an.«

»Ach, Louise!« Clara umarmte sie innig. »Sie sind so lieb! So großzügig und warmherzig. Charles und ich haben Sie unendlich gern.« Sie lockerte ihre Umarmung und lächelte Louise unter Tränen an. »Ich habe hier etwas für Sie. Es ist ein Andenken von uns allen, aber genau genommen stammt es von der First Lady. Sie bat mich, es Ihnen zu überreichen, weil sie nicht wusste, ob sie selbst es fertig bringen würde.« Clara holte ein kleines, in Geschenkpapier verpacktes Päckchen aus der Tasche und gab es Louise. »Es ist eine Brosche aus ihrem Besitz. Ich weiß allerdings nicht, welche, denn sie hat darauf bestanden, sie selbst einzupacken.«

Louise packte das Geschenk in Claras Beisein aus. »Mein Gott, ist die schön!«, flüsterte sie atemlos. Wieder schossen ihr Tränen in die Augen. »Eine Schmetterlingsbrosche! Clara, sehen Sie doch nur!«

»Ich bin froh, dass sie genau diese ausgesucht hat. Es war eins ihrer Lieblingsstücke; sie stammt von Aspreys und ist mit echten Rubinen und Diamanten besetzt.«

»Das glaube ich gern«, stammelte Louise. »Aber sie ist viel zu wertvoll für ein Mädchen wie mich. Ich kann sie nicht …«

»Oh doch, Sie werden sie annehmen. Sie würden die First Lady sehr kränken, wenn Sie es nicht täten.«

»Dann muss ich unbedingt noch einmal zu ihr und mich bedanken.«

»Tun Sie das lieber nicht«, wandte Clara hastig ein. »Wahrscheinlich hat sie gerade wieder das Taschentuch über ihr Gesicht gedeckt. Sie sollten sie nicht noch mehr aufregen. Und wir beide sollten besser gar nicht erst zu schwatzen anfangen. Sie müssen sich sputen. Charles steht schon bereit; er bringt Sie zur Union Station. Sobald Sie in New York sind, können Sie Ida schreiben und sich bei ihr bedanken. Wo ist Ihr Gepäck?«

»Draußen im Flur.«

Clara begleitete Louise nach unten, wo Charles bereits auf sie wartete. »Ich habe in Canton immer gerne mit Ihnen zusammengearbeitet«, sagte Clara, »auch wenn Sie nicht sehr lange bei uns in der Wäscherei geblieben sind. Ich habe mir Ihre Adresse aufgeschrieben. Sollten Charles und ich je nach New York kommen, werden wir uns bei Ihnen melden.«

»Aber gerne! Ich würde mich freuen, Sie einmal wiederzusehen.«

»Auf Wiedersehen, Louise.« Clara gab ihr einen herzlichen Kuss. »Pass gut auf sie auf, Charles; und dass du sie mir ja in den richtigen Zug setzt!«

Louise freute sich, dass das Missverständnis zwischen ihr und den Tharins ausgeräumt war. Auch wenn hinter ihrem Rücken über sie und Bobby geredet worden war, sie musste den beiden einfach verzeihen.

Mit seinem Fernglas suchte Captain Edgebaston die Umgebung nach illegalen Büffeljägern ab. Er richtete sich grundsätzlich genau nach den Vorschriften. Im Kongress war ein Gesetz beschlossen worden, das sowohl für Weiße als auch für Indianer die Jagd auf Büffel beschränkte. Edgebaston hatte viele hundert Quadratkilometer Gelände zu überwachen, und das tat er ausgesprochen gründlich.

»Bussarde im Norden, Sir!« Sein Sergeant zeigte auf die kreisenden Raubvögel, die ein sicheres Anzeichen dafür waren, dass jemand auf der weiten Ebene zwischen den beiden Flüssen Swan und Knive, die beide in den Oberen See mündeten, Fleischreste hinterlassen hatte.

Indianer!, dachte Edgebaston voller Schadenfreude. Diese dreckigen, gerissenen Mörder! Hier fand man sie überall. Sie machten nichts als Ärger, metzelten die Herden nieder und kamen den Soldaten ständig in die Quere.

Captain Edgebaston hasste die Indianer. Eine Horde Apachen hatte seinen Vater und seine Mutter skalpiert und ihr Holzhaus in der Prärie in Brand gesetzt. Sicher hätten sie ihn ebenfalls getötet, doch er war erst fünf Jahre alt und klein genug, sich in einem Eimer im Brunnenschacht zu verbergen. Das Entsetzen, das er als kleiner Junge beim Anblick der Apachen in voller Kriegsbemalung empfunden hatte, war in vierzig Jahren nicht von ihm gewichen.

»Los, wir reiten hin und brennen den Rothäuten eins über den Pelz!« Captain Edgebaston steckte den Feldstecher ein, saß auf und ritt an der Spitze seiner Männer nach Norden, wo die Bussarde kreisten.

Der Anblick war entsetzlich. Man hatte die Kadaver einfach in der heißen Sonne liegen lassen, wo sie verrotteten und einen schauderhaften Gestank verbreiteten. »Das können keine Indianer gewesen sein«, stellte Sergeant Claymore fest. »Die Tiere sind mit Kugeln getötet worden, nicht mit Pfeilen.«

»Wollen Sie etwa behaupten, dass sich Indianer nicht in den Besitz von Büffelflinten bringen können?« Edgebaston spuckte einen Strahl Tabaksaft aus. Tabak überdeckte den Gestank und nahm den üblen Geschmack im Mund.

»Nein, Sir, aber es sieht so aus, als …«

»Es hat Ihnen gleich zu sein, nach was es aussieht, Sergeant«, schnauzte Edgebaston. »Sie mögen wohl auch Neger, wie?«

Hinter seinem Rücken nannten seine Männer ihn Edgy, den Scheißkerl. Sergeant Claymore, der erst kürzlich nach Fort Carlton versetzt worden war, empfand den Spitznamen für seinen Vorgesetzten als durchaus passend.

Edgebaston stieg auf sein Pferd. »Ich verwette meinen Arsch, dass es Rothäute mit gestohlenen Gewehren waren. Wir nehmen ihre Spur auf, Sergeant. Heute Abend haben wir sie. Wahrscheinlich hüpfen sie wieder rum und tanzen einen ihrer verdammten Heidentänze. Nach einem so ausgiebigen Gemetzel sind sie vermutlich alle im Peyote-Rausch, und das ist ebenfalls verboten, verdammt noch mal!«

Sergeant Claymore wollte sich auf keine Diskussion einlassen; seines Wissens töteten die Indianer niemals einen Büffel ohne Grund. Sie verwerteten das Tier komplett, und sie taten es sauber. Für die Nez Percé, die Flathead und die Chippewa war der Tag nicht gut gewesen. Die einzige Büffelherde, die sie gesehen hatten, war von weißen Büffeljägern sinnlos abgeschlachtet worden. Das wenige Fleisch, das noch an den Knochen klebte, war bereits verrottet. Die Bussarde warteten auf ihren Anteil. Dennoch war es ihnen gelungen, ein wenig Fleisch in Sicherheit zu bringen. Die Squaws würden es in der heißen Sonne trocknen – es war besser als gar nichts, und die Kinder hatten Hunger.

In wenigen Tagen wollte Häuptling Still Water mit seinem ältesten Sohn Swift Eagle, dem Flathead White Fox, Brown Mountain vom Stamm der Chippewa und der bleichgesichtigen Lehrerin Meg, die Still Water Dark Sunset getauft hatte, nach Washington aufbrechen. Der Häuptling hatte beschlossen, dass es an der Zeit war, Meg zu ihrem eigenen Volk zurückzubringen. Sie hatte ihren Zweck erfüllt. Die Kinder waren in der Lage, die Sprache der Bleichgesichter zu lesen und zu schreiben, und ihm selbst hatte sie beigestanden, einen vernünftigen Brief an den Präsidenten der Vereinigten Staaten von Amerika zu verfassen, in dem er sich für die Rechte der Indianer an ihrem eigenen Land einsetzte. Doch als weiße Frau gehörte sie nicht in ein Indianerlager; wenn die Soldaten sie bei dem Stamm fanden, würde es nur weiteren Ärger geben.

Nachdem die Stämme sicher in ihrem Sommerlager an der Silver Bay untergebracht waren, konnte Still Water sich auf die Reise nach Washington begeben. Doch an diesem Abend sollte gefeiert werden. Sie wollten den Geist des großen Häuptlings Hin-ma-toe-yah-laht-khit anflehen, sie auf der langen Reise nach Süden zu führen und zu behüten.

Hinter einer dichten Baumgruppe am Ufer des Oberen Sees stand Captain Edgebaston. Seine blassen Augen glänzten im Mondlicht. Eine beängstigende Szene spielte sich vor ihm ab. Im Schein ihrer Lagerfeuer tanzten Indianer, die wie herumtollende Teufel in der Hölle aussahen. Dabei heulten sie wie tollwütige Hunde um ein Phallus-Symbol, das sie Totempfahl nannten. Der Anblick reichte, um das Blut eines gottesfürchtigen Christenmenschen in den Adern gerinnen zu lassen.

Captain Edgebaston spie einen Tabakstrahl aus und entsicherte sein Gewehr. »Diese gottlosen Wilden tanzen wieder ihren heidnischen Sonnentanz«, zischte er Sergeant Claymore zu. »Wir greifen an!«

»Ich glaube nicht, dass es sich um einen Sonnentanz handelt.« Sergeant Claymore hieß das Vorhaben seines Anführers ganz und gar nicht gut. »Sie bereiten keinen Kriegszug vor. Wahrscheinlich ist es ein Traum- oder ein Geist-Tanz.«

»Sie scheinen ja Ahnung von den Tänzen der Rothäute zu haben, was, Sergeant? Jedenfalls hat der Kongress diese blutrünstigen Kriegstänze verboten. Der Sonnentanz ist nicht legal! Und wenn das nicht Grund genug für uns ist, sie einzukreisen, was denn dann? Was soll denn diese von Pfeilen und Speeren durchlöcherte Figur da oben im Baum, wenn es kein Sonnentanz ist?«

»Das ist eine Strohpuppe. Sie benutzen sie als rituelles Symbol, um ihre Vorfahren anzurufen.«

»Auf jeden Fall ist es verboten! Und was machen sie jetzt?« Edgebaston setzte das Gewehr ab und griff nach dem Fernglas.

Stammeskrieger in Hemden, in die mystische Symbole eingewebt waren, die vor den Kugeln des Weißen Mannes schützen sollten, fassten einander bei den Händen und bewegten sich langsam im Kreis nach links. Es war ein Tanz der Hoffnung auf die Auferstehung der verlorenen Stämme ihres Volkes. Still Water, Enkel des großen Hin-ma-toe-yah-laht-khit, würde nach Washington reiten und mit dem großen weißen Häuptling von Amerika Präsident McKinley sprechen. Dann würden die Indianer ihre Jagdgründe zurückbekommen, die Büffel würden in großer Zahl zurückkehren und die Toten würden sich zum Kampf erheben.

Still Water stimmte den Gesang des Wovoka zum Großen Geist im Himmel an: »Als die Sonne starb, ging ich hinauf in den Himmel. Ich sah den Großen Geist und alle Menschen, die schon vor langer Zeit gestorben sind. Der Große Geist befahl mir, zurückzukehren auf die Erde und meinem Volk zu sagen, es solle einander Liebe und Güte schenken, nicht kämpfen und weder stehlen noch lügen. Und er gab mir einen Tanz für mein Volk.«

»Jetzt habe ich aber endgültig genug von dem Gejaule!« Edgebaston legte das Gewehr an. »Wir braten ihnen eins über, Sergeant!«

»Sir, im Lager befinden sich Frauen und Kinder …«

»Wer hat hier das Sagen, Sergeant?«, knurrte Edgebaston. »Ich werde Ihre Gehorsamsverweigerung melden … und jetzt erteilen Sie Feuerbefehl! Wir werden diese verdammten Tänze ausmerzen und das Land von Florida bis Fort Frances zu einem christlichen Land machen, so wahr ich Elson E. Edgebaston heiße!«

Allmählich dämmerte es Sergeant Claymore, dass sein Vorgesetzter mehr als nur ein wenig gestört war. »Sir, ich glaube nicht …«

»Bleiben Sie mir vom Leib mit Ihrem ›Sir‹! Wären Sie immer

noch so nachsichtig, wenn sie mit ihren Skalpiermessern ankämen, Ihre Frau vergewaltigten und folterten und Ihre Kinder töteten? Nein! Feuern Sie! Erschießen Sie sie! Das ist ein Befehl!« Captain Edgebaston stellte sich in Position, feuerte mitten in den Kreis der Tanzenden und nötigte seine Soldaten, es ihm gleichzutun.

Kugeln pfiffen zwischen den Bäume hindurch und prallten von Stämmen ab, an denen schlafende Säuglinge in ihren Schlafmatten hingen. Frauen rannten durcheinander, um ihre Babys aus der Schusslinie zu holen. Meg, die vom Eingang des Schulzeltes aus dem Tanz zugesehen hatte, sprang auf. Sie verstand nicht, was da vor sich ging. Hastig half sie den Squaws und den Kriegern, ihre Kinder vor den Kugeln in Sicherheit zu bringen.

White Fox wurde getroffen. Seine brechenden Augen hingen an Still Water, den er immer als sein großes Vorbild angesehen hatte. Aus seiner zerfetzten Kehle sprudelte helles Blut.

Die zertrümmerten Illusionen von Still Water spiegelten sich in den Augen seines Bruders, der zu seinen Füßen starb. Der Regenbogen der Hoffnung stand nicht mehr am Himmel, Tränen würden den Boden der Tipis netzen. Nun würde er nicht mehr fähig sein, dem Großen Geist im Himmel von seinen Träumen für seinen Bruder von den Flathead zu erzählen …

Es war schnell vorüber. Captain Edgebastons nächtlicher Angriff hatte die Reihen der Nez Percé, Flathead und Chippewa gelichtet. Die Krieger, die an dem Tanz teilgenommen und das Massaker überlebt hatten, waren im Nu von Soldaten umringt, die sie als Gefangene nach Fort Carlton bringen würden.

Still Waters Oberschenkel war von einer Kugel zerschmettert worden. Meg war gerade dabei, das verletzte Bein mit ihrem Schal abzubinden, als Captain Edgebaston hinzutrat und mit seiner Pistole auf den Kopf des Häuptlings zielte.

Meg sprang auf. »Sie werden es nicht wagen, Sie Mörder!«, schrie sie, riss Still Water den Tomahawk aus dem Gürtel und schlug dem Captain mit dem Stiel die Pistole aus der Hand. »Für diesen Frevel werde ich Sie vor Gericht bringen! Und auch der

Präsident wird davon erfahren, das schwöre ich ihnen.« Weinend ließ sie sich auf die Knie fallen und kümmerte sich weiter um Still Waters Verletzungen.

»Keine Sorge, Still Water, du wirst nicht sterben. Bestimmt nicht. Wir müssen nur die Blutung stillen und dich zu einem Arzt bringen. Und dieser Verrückte da wird für alles büßen, das verspreche ich dir!«

Meg wischte sich die Augen. Das Weinen der Frauen, das Stöhnen der verwundeten Krieger und Soldaten, die Befehle brüllten, erschienen ihr wie ein Albtraum. Nie wieder hatte sie so etwas erleben wollen; der Untergang der *Cormorant* war schrecklich genug gewesen. Sie konnte sich nicht erklären, was falsch gelaufen war an diesem Vorabend der lange geplanten, friedlichen Reise nach Washington. Aber sie hatte mit ansehen müssen, wie sich mit Gewehren bewaffnete Soldaten gegenüber Indianern benahmen, die lediglich Bogen und Tomahawks besaßen, die sie zum Zeitpunkt des Angriffs nicht einmal trugen. Und das würde Mr McKinley erfahren!

Captain Edgebaston hob die Pistole auf und steckte sie in sein Halfter zurück. »Nanu, was haben wir denn hier? Eine ziemlich vorlaute, rothaarige Squaw, die verdammt gut Englisch spricht. Was tun Sie hier, kleine Lady? Haben Sie etwa eine Vorliebe für Rothäute im Bett?«

»Sie werden sich noch wünschen, diese Bemerkung nie gemacht zu haben, Mr Wer-auch-immer-Sie-sein-mögen«, fauchte Meg ihn wütend an. Dann wandte sie sich an Swift Eagle, der stumm und aufgewühlt neben seinem Vater kniete. »Swift Eagle, besorge eine Trage für deinen Vater. Wir müssen ihn nach Silver Bay zum Arzt bringen.«

»Sie bringen ihn nirgendwo hin, kleine Lady«, mischte sich Captain Edgebaston ein. »Er kommt mit nach Fort Carlton.«

»Das ist vierzig Meilen entfernt, und er ist verletzt. In seinem Zustand unmöglich!«

»Na, wie schade aber auch. Das wird ihn wenigstens lehren, was es bedeutet, mit seinem Durchbohrten-Nasen-Stamm die Grenze zu verletzen! Was haben Sie eigentlich bei diesen Heiden verloren, wenn ich fragen darf?«

»Das geht Sie absolut nichts an«, zischte sie.

»Und ob mich das etwas angeht. Ich stelle Sie unter Arrest, weil Sie gegen das Gesetz gehandelt haben.«

Sergeant Claymore trat zu ihnen. »Wir haben sie zusammengetrieben, Sir. Zumindest die, die noch einigermaßen stehen können. Was sollen wir mit ihnen machen?«

»Wir nehmen sie mit nach Fort Carlton, Sergeant. Was dachten Sie denn?«

»Jetzt?«

»Jetzt! Und setzen Sie diese bleichgesichtige Squaw auf ein Pferd. Sie steht unter Arrest. Ich will wissen, was die Rothäute mit einer so jungen weißen Frau in ihrem Lager wollten.«

»Ich bringe ihnen Lesen und Schreiben bei«, sagte Meg und wünschte, sie könnte dem abscheulichen Kerl mit einer vergifteten Feder den Garaus machen.

»Erzählen Sie mir keine Märchen, kleine Lady!« Edgebaston ging umher und trat gegen die Destillierapparate. »Peyote! Verboten!« Dann riss er die Büffelfelle herunter, die auf Leinen trockneten und zur Reparatur der Tipis gedacht waren. »Ebenfalls verboten!« Das eingesalzene Fleisch warf er in die Lagerfeuer. »Und das ist auch verboten! So, und jetzt fort hier mit den Wilden, Sergeant! Ich möchte sie morgen hinter Schloss und Riegel wissen, damit sie nicht noch mehr Gesetze übertreten können.«

Meg wandte sich an Sergeant Claymore. »Wie heißt dieser Irre?«

»Captain Edgebaston, Ma'am«, antwortete Claymore unangenehm berührt.

»Nun, sein Kommandant wird schon bald erfahren, was sich heute Abend hier abgespielt hat. Und auch Präsident McKinley. Ich werde persönlich dafür Sorge tragen, dass Captain Edgebaston nie wieder ein Kommando bekommt. Meines Erachtens gehört er in die Irrenanstalt.«

Obgleich sie so jung war, strahlte sie Autorität aus. Sergeant Claymore hoffte sehr, dass sie Recht behalten würde. Auch er war der Ansicht, dass Edgebaston längst den Dienst hätte quittieren müssen, denn die Macht war ihm eindeutig zu Kopf gestiegen. »Ich besorge Ihnen ein Pferd, Ma'am.«

»Und nehmen Sie Rücksicht auf Still Water. Er ist der oberste Häuptling der Nez Percé und ein wichtiger Gesprächspartner von Präsident McKinley. Sollte Still Water den Transport mit dem Leben bezahlen, werden Captain Edgebaston und seine Männer dafür verantwortlich gemacht und mit ziemlicher Sicherheit wegen Totschlags belangt werden.«

»Ja, Ma'am«, sagte der Sergeant unglücklich. Er war noch immer entsetzt über die Ereignisse des Abends. Doch insgeheim imponierte ihm die vorlaute junge Dame mit dem schönsten Rotschopf, den er je gesehen hatte, die Befehle erteilte, als wäre sie die Königin von England persönlich, und die wie eine Squaw in einem Indianerlager lebte.

15. Kapitel

Ob Winter, Sommer, Frühling oder Herbst – der Atlantische Ozean rings um Sable Island war zu jeder Jahreszeit bedrohlich, unberechenbar und äußerst gefährlich. Starke Strömungen und wandernde Sandbänke konnten sämtliche Berechnungen innerhalb weniger Stunden zunichte machen; selbst die besten Seekarten nutzten in solchen Fällen nichts. Auf der Insel gab es weder Felsen noch andere Fixpunkte, sodass man zur Vermessung Markierungspfosten verwendete. Der Seeboden wurde so in ein Raster eingeteilt und auf Papier übertragen; darin hatte Patrick während seines Jahres bei Merrit-Scott & Chapman jede Menge Erfahrung gesammelt.

Da die ersten Tage wegen schlechten Wetters keine Tauchgänge zuließen, konnte Patrick die Markierungspfosten zunächst nicht an den vorgesehenen Stellen platzieren lassen. Die angeheuerten Taucher überbrückten die Wartezeit, indem sie sich im Red Leather Gloves amüsierten, lediglich Patrick blieb an Bord des Bergungsschiffes *Miranda* im Hafen von Halifax, ebenso wie Kapitän Pomeroy Farley.

O'Duffy zeigte erste Anzeichen von Ungeduld. Jeder verlorene Tag verursachte seiner Gesellschaft hohe Kosten. Er brachte Mr Rivera und Mr Browne auf die *Miranda*, zwei finstere Gestalten, die – darauf hätte Patrick jede Wette abgeschlossen – mit ziemlicher Sicherheit Waffen bei sich trugen und vermutlich dafür zuständig waren, dass niemand sich an ihrem Gold vergriff. Die beiden legten ein ausgesprochenes Interesse an Patricks fehlenden Fingern an den Tag. »In Ihrem Geschäft haben Sie es mit einer verkrüppelten Hand sicher nicht leicht, Mr Skidmore«, sagte Rivera.

Patrick warf einen flüchtigen Blick auf seine linke Hand. »Die Finger habe ich bei einer Bergungsaktion verloren, Mr Rivera. Berufsrisiko.«

»Ich finde es schon schwierig, einen Taucherhelm mit zehn gesunden Fingern zu befestigen. Wie soll das erst gehen, wenn auch noch ein paar fehlen?«, hakte Browne nach.

»Ich tauche nicht selbst, Mr Browne. Das überlasse ich lieber den Experten. Ich kann nämlich nicht schwimmen.«

»Interessant, Mr Skidmore. Eine Brille ist unter Wasser vermutlich ebenfalls recht hinderlich.«

Sie schnüffelten überall auf der *Miranda* herum und steckten ihre Nasen in sämtliche Details der Bergungspläne, bevor sie schließlich endlich in ihre Unterkünfte im Hafen zurückkehrten. Patrick atmete auf. Und beschloss, endlich die Seemannsmission aufzusuchen. In der Kapelle hatte man eine Messingplatte mit den Namen aller Opfer der *Cormorant* angebracht. Er fand seinen eigenen Namen neben dem seines Vaters. Es war ein seltsames Gefühl, seinen eigenen Namen zwischen all diesen Verstorbenen zu finden. Arme Louise, arme Meg, dachte er; was mussten seine Schwestern empfunden haben, als sie sowohl den Vater als auch den ältesten Bruder durch dieses Gottesurteil verloren!

Nur, dass es eben nicht einfach ein Gottesurteil gewesen war, sondern verantwortungsloses Menschenwerk! O'Duffy und seine zwielichtige Reederei hatten eine schreckliche Schuld zu verantworten. Doch von all dem wussten die Schwestern nichts. Patrick wusste sich lediglich damit zu trösten, dass das, was er in den kommenden Tagen vorhatte, Louise und Meg für vieles entschädigen würde. Wenn sie die grausamen Erlebnisse schon ihr Leben lang nicht vergessen würden, sollten sie wenigstens Genugtuung erhalten. Auch Patrick war klar, dass materieller Gewinn den persönlichen Verlust nicht aufwiegen konnte, doch das Geld dürfte ihnen zumindest Sicherheit geben. Zudem würden sie ja einen tot geglaubten Bruder zurückerhalten und durften vermutlich endlich amerikanische Staatsbürger werden. Patrick saß lange gedankenversunken in der Kapelle, bevor er schließlich entschlossen aufstand und auf sein Schiff zurückkehrte.

Der Morgen des vierten Tages endlich dämmerte so hell und klar herauf, wie man es von einem Julimorgen erwartete. Die See lag spiegelglatt; kein Windhauch regte sich. »Okay, Männer!«, sagte Patrick zu seinem Team. »Packen wir's es an!«

Er hatte drei Männer angeheuert: Igor Skover, einen schlaksigen, hoch gewachsenen Russen, Jad Mason von der Insel Vancouver und Lars Helbrik aus Schweden. Alle drei waren Experten auf dem Gebiet des Tiefseetauchens. Patrick hatte ihnen nicht verschwiegen, dass es bei der anstehenden Bergung um Goldbarren der Reederei Cade-Armoy ging; es wäre ihm ein wenig seltsam vorgekommen, den Leuten nicht zu sagen, nach was sie unter Wasser Ausschau halten sollten. Da die Männer jedoch für diesen Auftrag ohnehin erheblich besser bezahlt wurden als bei Merrit-Scott, war es ihnen im Grunde gleich, ob sie nach Kohle oder Gold tauchten.

Das Team freute sich auf die Arbeit. »Alles klar, Mr Skidmore«, sagte Jed stellvertretend für das Trio. Er stieg in den schweren Taucheranzug, während Patrick die Atemgeräte überprüfte. Wichtig war, dass sie ausreichend Ätznatron enthielten, das dazu diente, ausgeatmetes Kohlendioxid zu neutralisieren.

Charles O'Duffy kam in Begleitung von Rivera und Browne über die Gangway auf das Schiff. »Guten Morgen, Mr Skidmore. Wie ich sehe, nutzen Sie das gute Wetter.«

»Aber sicher, Mr O'Duffy. Und nun alle Mann an Bord. Wir wollen nicht noch mehr Zeit verlieren.« Pomeroy Farley machte die Leinen los.

Zwei Stunden später erreichte das Bergungsschiff die östlichste Spitze von Sable Island im Norden der Sable Island Bank, und Kapitän Farley warf den Anker an der von Patrick vorgesehenen Stelle aus. Patrick trug den Punkt – vierundvierzig Grad nördlicher Breite und neunundfünfzig Grad westlicher Länge – in sein Raster ein.

Sein Plan sah vor, dass zunächst nur einer der Taucher nach unten gehen sollte, um einen Markierungspfosten zu setzen und Ausschau nach Wrackteilen zu halten, die darauf schließen ließen, dass die gesunkene *Cormorant* irgendwo in der Nähe lag. Jed Mason wollte diese Aufgabe übernehmen. Er verschloss den schweren Taucheranzug über der warmen wollenen Unterwäsche, die eine Unterkühlung verhindern sollte. Seine Kameraden halfen ihm beim Anlegen des Atemgerätes, das Patrick gerade noch einmal kontrolliert hatte. Patrick half, Jed den unförmigen und schweren Helm aufzusetzen und wasserdicht zu verschließen; er legte Wert darauf, dass O'Duffy und seine neugierigen Kameraden beobachten konnten, dass er trotz der fehlenden Finger nicht der Krüppel war, für den sie ihn hielten.

Jed Mason sah nun aus wie ein Wesen von einem anderen Stern. Mit erhobenen Daumen signalisierte er, dass er sich gut fühlte und sein Atemgerät funktionierte.

Länger als zehn Minuten durfte er nicht unter Wasser bleiben, weil sonst die Gefahr einer Sauerstoffvergiftung bestand. Patrick schätzte, dass Jed fast neunzig Meter in die Tiefe gehen musste, ehe er die Sandbank erreichte, auf der er das Wrack vermutete – vielleicht sogar noch tiefer, falls die Sandbank sich seit den letzten Messungen verlagert hatte; dann allerdings würde es für Jed gefährlich werden.

Als erprobter Taucher mit jahrelanger Erfahrung wusste Jed ganz genau, wann er an der Rettungsleine ziehen und damit das Signal zum Heraufholen geben musste. Nach zehn Minuten wurde er an die Oberfläche gehievt. Sein Visier war beschlagen, und in die Verbindung zwischen Helm und Taucheranzug war Sand eingedrungen, was das Abschrauben ziemlich erschwerte.

Als er endlich aus seinem Schutzanzug steigen konnte, holte er zunächst einmal tief Luft. »Nichts«, sagte er schließlich enttäuscht, »ich konnte da unten absolut nichts entdecken.«

Sie versuchten es erneut. Diesmal tauchte Lars Helbrik, doch auch er kam unverrichteter Dinge wieder nach oben.

Natürlich hatte Patrick nicht ernsthaft erwartet, gleich am ersten Tag auf das Gold zu stoßen, trotzdem war er nun doch ein wenig enttäuscht. Er ließ sich nichts anmerken, sondern trug methodisch Punkt für Punkt in sein Raster ein. An diesem Tag hatten sie nichts gefunden – doch morgen war ein neuer Tag.

Fünf Tage lang setzten sie Markierungen entlang der Sable Island Bank, bis ein heftiges Gewitter mit schwerer See über Nacht alle Mühen zunichte machte. Frustriert zerriss Patrick seine Aufzeichnungen; die aufgepeitschte Dünung hatte die Lage der Sandbank erneut verändert. Die Bergungsaktion schien im wahrsten Sinn des Wortes im Sand zu verlaufen.

Patrick war sich darüber im Klaren, dass ein Scheitern der Operation für ihn katastrophale Folgen hätte. Eine lange Reihe von Gläubigern wartete auf ihre Bezahlung; sie begann bei Pomeroy Farley und reichte bis zu den Ausrüstern und den Tauchern.

Seine Geduld wurde auf eine harte Probe gestellt, das Team verlor geschlagene zwei Wochen. Entweder war das Wetter schlecht, oder die Strömungen wechselten auf unvorhersehbare Weise. Allmählich bekamen sie den Eindruck, die Suche würde von Tag zu Tag aussichtsloser. Und Charles O'Duffy wurde immer nervöser. Wütend blaffte er: »Skidmore, ich bezahle Sie hier nicht fürs Nichtstun!«

»Vertrag ist Vertrag, Mr O'Duffy«, antwortete Patrick ruhig. »Wir stellen keine Ware her, sondern sind abhängig vom Wetter. Wie Sie gesehen haben, kann uns auch ein Gewitter erhebliche Probleme bereiten. Auch gegen widrige Strömungen können wir nichts tun. Der Seeboden ist schwierig zu vermessen.«

Rivera wandte sich an O'Duffy. »Wovon redet der Kerl überhaupt? Gewitter passieren doch am Himmel!«

O'Duffy zuckte die Schultern. »Wahrscheinlich meint er, dass man bei Gewitter nicht hinausfahren kann.«

»Mit anderen Worten: Wir tappen im Dunkeln!«

»Absolut nicht, Mr Rivera«, mischte Patrick sich ein. »Wir haben durchaus eine Vorstellung davon, wo das Gold liegen könnte, und die Chancen stehen nicht schlecht, dass es uns tatsächlich gelingt, die Ladung zu bergen.«

»Sie haben eine Vorstellung? Die Chancen stehen nicht schlecht? Was soll das heißen, Skidmore?«

»Ich werde dieses Gold nach oben holen, das verspreche ich Ihnen. Und wenn ich dafür selbst tauchen müsste.«

Rivera warf ihm einen skeptischen Blick zu. »Aber Sie haben doch gesagt, Sie können nicht schwimmen!«

»Man muss nicht schwimmen können. Da unten läuft man. Der Taucheranzug ist so schwer, dass man wie ein Stein auf den Meeresboden sinkt, Mr Rivera.«

»Hm!« Auch O'Duffy blickte skeptisch. »Was ist mit Ihrer Brille, Mr Skidmore? Sie dürfte im Helm doch sicher beschlagen.«

»Ich brauche die Brille nur zum Schreiben und Lesen – ich bin nämlich weitsichtig.«

O'Duffy schien Zweifel zu haben – irgendetwas an diesem Roger Skidmore stimmte ihn nachdenklich. Dann zuckte er mit den Schultern. »Sie wissen selbst, was Sie tun, Mr Skidmore. Und nun machen Sie weiter. Zeit ist für meine Gesellschaft bares Geld.«

»Für meine auch, Mr O'Duffy.«

Eines Tages, als das Meer gerade wieder einmal ruhig war, brachte Igor Skover ein Stück Holz mit nach oben, auf dem eindeutig die Buchstaben MORAN zu entziffern waren.

Endlich ein Zeichen! Patrick sandte erleichtert ein kurzes Dankgebet zum Himmel.

»Cor-MORAN-t, Mr O'Duffy«, rief er triumphierend. »Ich

wusste doch, dass wir in der richtigen Gegend suchen! Das Gewitter neulich hat alles in diese Richtung abgetrieben.«

Und wieder mischte Rivera sich ein. »Ich hätte eigentlich gedacht, dass Gold nicht so leicht von der Stelle bewegt werden kann, Mr Skidmore«, sagte er zweifelnd. »Eher sinkt es an die tiefste Stelle und bleibt dort liegen.«

Patrick beschlich ein ungutes Gefühl. Für ihn war und blieb Rivera ein komischer Kauz. Sein riesiger, glänzend kahler Schädel verlieh ihm ein kopflastiges Aussehen; er wirkte wie ein Taucher mit Helm, aber ohne Anzug. Er konnte Rivera noch weniger leiden als O'Duffy oder Browne. Trotzdem sagte er so ruhig wie möglich: »So so, das glauben Sie also, Mr Rivera. Versuchen Sie doch einfach einmal, sich ein heftiges Gewitter unter Wasser vorzustellen. Alles, was nicht fest sitzt, wird mit brutaler Gewalt vorwärts getrieben, fast wie bei einem Sandsturm in der Wüste. Natürlich verfängt es sich in der nächsten Vertiefung, und das ist nun einmal zufällig der Sable Island Graben. Sand hat die Tendenz, leicht beweglich zu sein, aber dabei schwere Objekte mitreißen zu können. Ich denke, wir haben Ihre wertvolle Fracht gefunden. Vertrauen Sie mir, Mr Rivera.«

Zwei Tage später fand Igor Skover den ersten Goldbarren. Nahezu feierlich transportierte er den glanzlosen Klumpen an die Oberfläche. Patrick fiel ein großer Stein vom Herzen. Die lange Vorbereitungszeit war nicht umsonst gewesen, und auch über O'Duffys Misstrauen konnte er nach diesem Fund wieder lächeln.

»Hundert Meter tief im Graben«, erklärte Igor den Fundort, nachdem man ihn von seinem Helm befreit hatte. Trotz aller Schutzmaßnahmen blutete er aus der Nase, er würde achtundvierzig Stunden nicht nach unten gehen dürfen.

Nun war das Beutefieber erwacht. Jed und Lars tauchten mit Netzen, die sie zwischen den Markierungspfosten verspannten. Auf diese Weise konnten sie größere Mengen Gold gleichzeitig an die Oberfläche hinaufziehen.

Es lief wie am Schnürchen. Patrick hatte den Eindruck, dass Gott ihm dieses Mal wohl gesonnen war. Das Wasser blieb ruhig, und trotz der großen Tiefe brachten die Taucher immer mehr Goldbarren nach oben.

Doch dann erwischte sie die Taucherkrankheit. Die Männer litten. Igor blutete immer häufiger aus Nase und Mund, Lars zitterte am ganzen Körper, und Jed hatte starke Gliederschmerzen. O'Duffy und seine beiden Wachhunde scherten die Probleme der Taucher nicht. Sie wollten so viel Gold wie möglich heben, ganz gleich, welchem Risiko das Team ausgesetzt war. Schließlich bezahlten sie Skidmore gut dafür.

Allen Gefahren zum Trotz ordnete O'Duffy an, dass ab sofort auch nachts getaucht werden sollte. Er wollte den Rest der Ladung so rasch wie möglich an Bord holen. O'Duffy war ein berechnender Geschäftsmann; Patrick musste sich etwas einfallen lassen, er war für die Männer verantwortlich. Erst nachdem er lange mit sich gerungen hatte, traf er eine Entscheidung. Langsam sagte er »Dann gehe ich eben selbst hinunter. Wir haben erst einen kleinen Teil der Ladung geborgen, es dürfte noch viel mehr unten sein, Mr O'Duffy.«

»Woher wollen Sie wissen, dass es sich um einen kleinen Teil der Ladung handelt?« O'Duffy musterte Patrick mit einem scharfen, misstrauischen Blick. »Ich habe nie davon gesprochen, wie viel Gold da unten liegt.«

Patrick hätte sich ohrfeigen können. »Ach, wissen Sie, Mr O'Duffy, das habe ich nur so gesagt. Wenn da unten nicht noch mehr wäre, hätten Sie sicher nicht so viel Kosten und Mühen in Kauf genommen ... nicht für die Menge, die hier liegt!« Patrick machte eine vage Handbewegung zu der geborgenen Ladung hin, die an sich schon ein Vermögen wert war.

Das hatte O'Duffy offensichtlich beruhigt. Er und seine Männer erhoben keine Einwände gegen Patricks Entscheidung, selbst zu tauchen. Patrick war klar, dass ihnen das Risiko bewusst war wie ihm, aber dass sie es in Kauf nahmen. Er wurde nicht mehr gebraucht. Nachdem er ihren versunkenen Schatz gefunden und teilweise gehoben hatte, interessierten sie sich nicht mehr für ihn. Das Skidmore-Team hatte seine Schuldigkeit getan. Mit dem Gold, das die Taucher bisher an Deck geholt hatten, könnte O'Duffy ohne Probleme ein anderes Team anheuern, um den Rest zu bergen.

Patrick wusste, dass er ein gewaltiges Risiko in Kauf nahm, doch ihm blieb nichts anderes übrig.

Er ließ sich in die Montur helfen. Kurz bevor man ihm den schweren Helm aufsetzte, erklärte er seinen Männern grinsend, dass solche Taucheranzüge viele Menschenleben gerettet hatten, 1893 beim Bau des Tunnels, der New York mit New Jersey verbindet. »Fiel mir gerade so ein, Männer. Aber ich denke, Mr O'Duffy kennt sich da bestens aus.« Er bedachte seinen Auftraggeber mit einem langen Blick, bevor er sich endgültig von der Außenwelt abriegeln ließ. Dann ließ er sich ins Wasser fallen. Das Gewicht des Anzugs zog ihn sofort nach unten. Die Helligkeit nahm schnell ab. Patrick sank bis ans Ende seiner Rettungsleine. Während seiner Zeit bei Merrit-Scott & Chapman hatte er die Theorie des Tauchens von der Pike auf gelernt. Und nun sollte er die Realität erfahren. Welch ein Abenteuer! Sein Leben lang hatte Patrick davon geträumt, selbst zu tauchen. Genau wie sein Bruder Jon war er im Wasser immer in seinem Element gewesen, und wie sein Bruder hatte er diese Vorliebe vorsichtshalber verschwiegen. Natürlich konnten die Duigans schwimmen! Sie hatten es in ihrer Kindheit und frühen Jugend oft genug im kalten Wasser der Bucht von Dublin getan. Für Patrick war Wasser die Wiege der Menschheit, ähnlich dem Fruchtwasser im Mutterleib. Und der Ozean glich einem Weltenleib, wo ein Friede herrschte, der über jedes Verständnis hinausreichte.

Und doch lebte dieser Ozean; er beherbergte mindestens ebenso viel Leben wie das Festland.

Konnte es etwas Schöneres, etwas Wunderbareres geben? Patrick war auf dem Weg in eine neue Welt – in ein Reich unter

Wasser, auf dessen Bergen und Tälern sich gigantische Wälder und Gärten wiegten, eine Welt voller Schätze, die den Menschen eines Tages zugute kommen könnten. Dazu müsste man nur zunächst etwas Besseres und Bequemeres als die schweren Anzüge und Atemgeräte erfinden.

Greif nach deinem Stern, Patrick Duigan! Wäre das nichts für dich? Na ja, vielleicht irgendwann. Oder sollte er sich möglicherweise doch lieber für den Mond entscheiden? Der Mond lag näher als die Sterne.

Eines Tages würden Menschen auf die Sterne reisen, dessen war sich Patrick sicher. Er stellte sich vor, selbst auf eine solche Reise zu gehen. Gleich schon würde er zwischen Sternen hindurchschweben. Er würde eine neue Welt entdecken. Es war nicht die Welt, die sich sein Vater für die Familie erhofft hatte, aber es war eine aufregende, lockende Welt.

Er tauchte ein in eine fremdartige Umgebung, weit weg von seiner irdischen Existenz, deren Anfänge in den Sternen des Universums lag.

Doch Patricks Traum verblasste nur allzu schnell. Der Sable Island Graben bot keine prächtige Unterwasserwelt; weder Korallen noch Seeanemonen waren zu sehen. Es gab ihn nicht, diesen Sternen-Unsinn, der in den Büchern stand. Hier unten herrschte harte Wirklichkeit. Es war eine unbarmherzige Umgebung – nichts als Sand und eisiges Wasser.

Ein leichter Druckwechsel an seiner rechten Schulter zeigte Patrick, dass oben noch etwas über Bord gegangen sein musste.

Er tastete sich weiter am Rand des Grabens entlang. Unter ihm lagen noch mindestens weitere hundert Meter Wasser, in denen das restliche Viertel des Cade-Armoy-Goldes vielleicht für alle Ewigkeit ruhen würde. Die Unterwasserschlucht war zu steil und zu tief für die Möglichkeiten, die eine Tauchausrüstung bot. Diese riesige Menge Gold ... sie war vermutlich verloren!

Patrick verlor sich einen Augenblick in seinen Träumen. Plötzlich sah er einen Taucher auf sich zukommen. Der Mann hatte eine Harpune genau auf das zerbrechliche Visier von Patricks Helm gerichtet. Pat versuchte, der Gestalt auszuweichen, als der Sand unter ihm nachgab. In einem Wirbel aus Sand und Wasser wurde Patrick in die Tiefe gesaugt – es war wie in einem jener Albträume, in denen man endlos fällt und genau weiß, dass man den Aufprall nicht überleben wird.

Und er fiel endlos. Hundert Meter, hundertfünfzig … In solcher Tiefe konnte ein Taucher nicht überleben. Und dann kam der Aufprall. Patrick landete flach auf dem Rücken, bekam keine Luft mehr und konnte sich nicht bewegen. Seine Arme und Beine hatten sich im Netz verfangen, als er versucht hatte, sich daran festzuhalten. Atemgerät und Rettungsleine waren bei seinem Sturz abgerissen.

Dennoch war Pat sich nicht bewusst, dass er in seinem eisernen Anzug ersticken, dass er sterben würde. Er wusste nicht, dass er bereits unter der Taucherkrankheit Caisson litt, dass sich in seinem Blut Stickstoffblasen gebildet hatten, dass ihm Blut aus allen Körperöffnungen drang, dass seine Augen aus ihren Höhlen traten, dass seine Lunge in sich zusammenfiel. Wie jeder Sterbende sah er sein Leben vor sich Revue passieren. Louise, Meg, Jon … die Eltern … Dublin … und dann …

Patrick konnte sich nicht erinnern, ob er Jon gesagt hatte, wo er die Lebensversicherung finden würde. Vielleicht doch? Hatte er ihm nicht den Schlüssel in die Hand gedrückt? Den Schlüssel zu dem Schließfach in der Grand Central Station? Jon würde das Schließfach öffnen, wenn Pat tot war – zum zweiten Mal gestorben, ha, ha! Jon würde wissen, was er zu tun hatte, nachdem zunächst sein Vater und dann der Bruder gestorben waren. Schließlich war er das neue Familienoberhaupt. Patrick wurde von einer unglaublichen Lachlust schier überwältigt. Irgendwie war ihm völlig klar, dass er lachen musste – schließlich war er betrunken. Er hatte einen Salzwasser-Rausch! Wirklich witzig!

Seine Stimmung kippte. Er begann sich zu fragen, warum er diese Skidmore-Geschichte überhaupt ins Leben gerufen hatte.

Was hatte er beweisen wollen? Eigentlich nichts, musste er sich traurig eingestehen. Höchstens, dass er die Träume seines Vaters von einem neuen Leben im Land der unbegrenzten Möglichkeiten hatte retten wollen. Aber O'Duffy und Cade-Armoy waren die Sieger geblieben. Zum Schluss hatten sie gewonnen, weil reiche und mächtige Menschen immer gewinnen.

Und da kam nun Igor Skover ... Patrick fragte sich, wieso er das Gefühl hatte, dass Igor in seiner Nähe war. Er konnte weder sehen noch hören. Nichts machte mehr Sinn. Seine Gedanken trudelten unkontrollierbar durch sein Gehirn. Er fühlte seinen Atem flach und schnell, sein Herz lag schwer wie Blei in seiner Brust. Seine Ohren schienen zu platzen. Seine Versuche zu schreien erstickten stumm in seiner Kehle.

Igor war mit der Harpune gekommen, um ihm den Gnadenstoß zu geben. Er gehörte also auch zu O'Duffys Wachhunden! Aber den Gnadenstoß konnte er sich sparen. Pat fühlte sich sowieso schon mausetot. Ganz bestimmt, Mr O'Duffy! Patrick Duigan hatte seinen ersten und einzigen Tauchgang nicht überlebt. Mit weit geöffneten Augen und immer noch merkwürdig klaren Gedanken ... Endlich schlossen sich Patricks vorquellende Augen. Er konnte dem Tod nicht auf immer Widerstand bieten. Nun fügte er sich willig ...

Igor sicherte gerade einen der Markierungspfähle in der Sandbank, als das Netz für die Goldbarren plötzlich wie von unsichtbarer Hand weggerissen wurde. Im aufgewirbelten Sand erkannte er Roger Skidmore, der fünfundsiebzig Meter unter ihm in einer Wolke von Luftblasen in einen schwarzen Graben rutschte. Er sah, wie Rettungsleine und Atemgerät abrissen.

Verrückter Kerl, dachte Igor. Warum ist er getaucht, wenn er nicht einmal schwimmen kann? Er ließ den Pfahl los, der sofort abgetrieben wurde, tauchte Skidmore nach und schalt sich einen kompletten Idioten, weil er selbst vor die Hunde gehen würde.

Er fand Skidmores Körper in einer Art Grab aus Kies und Sand. Helm und Visier waren bereits halb unter Treibsand verschwunden. Auch Igor wurde in den beweglichen Sand hineingezogen; der schwere Tauchanzug tat ein Übriges. Igor kämpfte hart gegen das weitere Einsinken an.

Da lag Skidmore – inmitten einer unvorstellbaren Menge Goldbarren. Der gesamte Meeresboden war mit Gold bedeckt; es war erheblich mehr, als sie bisher hatten bergen können. Für den Bruchteil einer Sekunde überlegte Igor. Was sollte er retten? Den Menschen oder das Gold?

Als ob er eine Wahl hätte! Als Berufstaucher wusste Igor natürlich, dass ein Taucher – lebend oder tot – grundsätzlich Vorrang vor zu bergendem Gut hatte. Wenn es irgendwie möglich schien, Skidmore an die Oberfläche zu holen, so würde er es tun.

Er bemühte sich redlich. Es gelang ihm, Skidmores Atemgerät und die Rettungsleine zu entwirren. Die Leine schwebte nutzlos im Wasser. Hatte sie sich an der scharfen Felskante abgerieben, oder war sie etwa von oben durchgeschnitten worden? Doch Igor hatte keine Zeit für Spekulationen. Er befand sich bereits seit dreizehn Minuten unter Wasser und sein Sauerstoffvorrat war aufgebraucht.

Igor packte Skidmore am Nacken, wo der Helm am Taucheranzug befestigt war. Mit der freien Hand zog er an der Rettungsleine und hoffte, dass am anderen Ende nicht jemand von der Reederei, sondern sein Vorgesetzter Jed saß. Er schien Glück zu haben. Während er hinaufgezogen wurde, schwor er sich, dass er nie mehr für blutige Laien arbeiten würde. Ganz gleich, wie hoch der Lohn war. Kein Geld der Welt war es wert, dafür sein Leben zu riskieren.

Igor Skover brachte Roger Skidmore an die Oberfläche zurück, wo Lars sich sofort um ihn kümmerte. Nachdem man Igor von seinem Helm befreit hatte, keuchte er in seinem merkwürdigen, russischen Akzent: »Viel Gold. Unglaublich viel Gold. Hundertfünfzig Meter tief. Ich tauche noch einmal, auch wenn schon Nase blutet.« Er wischte sich das Blut aus dem Gesicht und wies auf den reglosen Körper, den er nach oben befördert hatte: »Du hast Recht gehabt, Jed. Dieser hier weiß nicht, was er tut.«

Jed Mason sah seinen Kollegen entgeistert an. »Du bist hundertfünfzig Meter tief getaucht?«

»Ich hatte nicht Zeit, mitzuzählen. Aber ich denke, ja, hundertfünfzig Meter!«

»Verdammte Scheiße! Setz sofort die Dekompressionsmaske auf, ehe du mir zusammenklappst.« Jed kannte kein Halten mehr, er wandte sich wütend an O'Duffy. »Das kommt davon, wenn man für nicht ganz saubere Kunden arbeitet, wie Sie einer sind, O'Duffy. Wenn mein bester Taucher hier vor die Hunde geht, weiß ich, wen ich dafür verklagen muss!«

Lars Helbrik blickte auf. »Jed, ich kann seinen Puls fühlen.« Seine Finger lagen auf Skidmores Handgelenk. »Nicht sehr deutlich, und viel zu schnell und zu schwach, um mitzählen zu können, aber er lebt. So gerade noch!«

O'Duffy stand hilflos daneben. »Sollten wir ihn nicht aus dem Metallanzug holen?«

»Du liebe Zeit, O'Duffy, wir lassen ihn da drin, bis er es hinter sich hat. Der Mann da stirbt. Und falls Sie es immer noch nicht kapiert haben, O'Duffy: Dieser Roger Skidmore da, der mutig und verrückt genug war, viel zu tief zu tauchen, um Ihr dämliches Gold zu finden, wird an der Taucherkrankheit sterben. Wenn es schnell geht, an den Stickstoffblasen in seinem Blut, die lebenswichtige Organe verstopfen. Wenn es langsam geht, wird er vorzeitig altern und nie mehr aufrecht gehen können. Verschwinden Sie hier! Zählen Sie meinetwegen Ihr Gold, aber lassen Sie uns unsere Arbeit machen. Igor, du hast ganze Arbeit geleistet! Lars, ich brauche den Atemapparat. Wir schließen ihn wieder an und versuchen, ihn langsam zu dekomprimieren. Und dann muss er sofort ins Krankenhaus.«

»Vergessen Sie das Krankenhaus, Mr Mason«, mischte sich nun Rivera ein.

Jed drehte sich langsam zu ihm um. Er sah erst das Gewehr und dann den Mann an. Als er zu Browne blickte, sah er ihn mit einem Gewehr hinter sich stehen.

»Was soll das?«

»Erst das Gold, Mason. Dann meinetwegen auch das Krankenhaus.«

»Was ist so wichtig an diesem verdammten Gold?« Jed wusste, dass die Frage ziemlich dumm war. »Bedeutet Ihnen ein Menschenleben nichts?« Spät bemerkte er, dass auch diese Frage dumm war.

»Geschäft ist Geschäft, Mason. Wie viel auch immer da unten noch liegt – und das scheint ja nicht gerade wenig zu sein –, ihr werdet es für uns bergen.« Jed schluckte. Hilfe suchend blickte er zu Lars.

Lars schloss Skidmore in aller Ruhe an das Dekompressionsgerät an und sagte dann langsam: »Okay, ich gehe runter.« Von Gewehren hatte er noch nie viel gehalten, er vermied Ärger, wo es nur ging. Er war sich nicht sicher, ob er wirklich bereit war, hundertfünfzig Meter tief zu tauchen. Seit dem letzten Tauchgang litt er unter starken Gelenkschmerzen. Aber zumindest wollte er es versuchen, um keinen weiteren Streit zu provozieren. »Igor muss mir auf dem Raster zeigen, wo das Gold liegt.«

»Auf keinen Fall tauchst du, Lars! Wir wollen nicht auch noch deinen Hals riskieren.« Jed wandte sich an O'Duffy und seine Wachhunde. »Tun Sie, was Sie nicht lassen können! Erschießen Sie uns! Aber wir fahren jetzt zurück nach Halifax. Farley, wirf den Kutter an!«

Rivera drückte Jed Mason die Gewehrmündung an die Schläfe. »Richtung Boston, Mr Farley«, bellte er den Kapitän an.

Pomeroy Farley sah das Taucherteam, das von O'Duffys Männern mit Gewehren in Schach gehalten wurde, den reglosen Skidmore in seinem Anzug und wusste nicht recht, wie er reagieren sollte. Da er hinkte, konnte er körperlich nicht eingreifen. Schließlich sagte er: »Aye aye, Mr Rivera. Richtung Boston«, und begann, den Anker zu lichten.

Rivera drehte sich zu Browne um und rief: »Kümmern Sie sich um die Leute. Dass mir keiner auf dumme Gedanken kommt!«

O'Duffy nahm Rivera beiseite. »Huxton«, sagte er, »ich glaube, Halifax ist eine bessere Idee. Bis Boston sind es fast dreihundert Seemeilen. Außerdem wissen die Behörden in Neuschottland, dass wir uns um die *Cormorant* bemühen, und werden sicher nicht allzu neugierig sein, was die geborgene Ladung betrifft. Die Hafenbeamten von Halifax sind ein verschlafenes Völkchen, sie interessieren sich mehr für ihre Fischvorräte als für irgendetwas anderes. Sie werden ihre Nase kaum in unsere Angelegenheiten stecken. Schließlich haben wir fast drei Wochen in Halifax vor Anker gelegen. Man kennt uns dort.«

»Und wenn sie doch schnüffeln kommen?«

»Nun, wenn sie tatsächlich das Schiff durchsuchen und das Gold finden, können wir ihnen immer noch erklären, dass versunkene Schätze dahin gehören, wo man sie findet. In diesem Fall also nach Neuschottland. Das werden sie sich sicher nicht zwei Mal sagen lassen. Wahrscheinlich wären sie schnell bereit, uns den Transfer in die Schatzkammern einer kanadischen Bank zu gestatten, wo es dann irgendwo im System verschwindet. Genau genommen war das Gold doch sowieso ursprünglich für Kanada gedacht. Kapiert?«

»Es soll also gewaschen werden?«, erkundigte sich Rivera.

»Zumindest war das Caspers Absicht.«

»Und warum hast du das nicht gleich gesagt?«, explodierte Rivera wütend.

»Weil er, wie du sehr wohl weißt, nicht leiden kann, wenn jeder seine Schachzüge kennt. Die halbe Zeit weiß ja nicht einmal ich, was er vorhat.«

»Auch gut. Er traut also niemandem. Nun ja, so lange er Browne und mich bezahlt, kann es uns im Grunde völlig egal sein, ob wir nach Boston oder Halifax fahren. Trotzdem hättest du uns informieren können. Wir wollen keinen Ärger, O'Duffy. Und vor allem wollen wir nicht den Rest unserer Tage im Staatsgefängnis verbringen.« Rivera sah O'Duffy nachdenklich an. »Mit anderen Worten, die *Cormorant* sollte von Anfang an Neuschottland und nicht New York anlaufen?«

Charles O'Duffy räusperte sich peinlich berührt. »Na ja, irgendwie schon. Das Gold sollte ›kanadisch werden‹, wenn ich so sagen darf, nachdem es im Hafen von Halifax als Stockfisch entladen worden wäre. Die irischen Emigranten hätten wir anschließend nach New York gebracht. Die Einwanderungsbehörden hätten nichts bemerkt. Nur, dass uns die Sabotage dazwischengekommen ist.«

»Hast du der Reederei nicht erklärt, der Untergang sei Gottes Wille gewesen?«

O'Duffy hätte sich am liebsten die Zunge abgebissen. Glücklicherweise war Rivera zu dickfellig, um es zu bemerken. »Ein Sabotageakt kann auch Gottes Wille sein, Rivera. Leute sterben in Stürmen, bei Überschwemmungen, in Hungersnöten und an Krankheiten, aber eben auch, weil Kerle wie Skidmore nicht die leiseste Ahnung haben, was geschieht, wenn sie reichen und mächtigen Menschen wie Casper Cade-Armoy in die Quere kommen.«

»Verstehe. Aber wem gehört das Gold denn nun? Den Amerikanern, den Iren oder den Kanadiern?«

»Bergungsgut aus dem Meer gehört dem, der es heraufholt«, antwortete O'Duffy.

»Kann schon sein«, war Riveras lapidare Antwort. Er hatte keine Lust mehr, zumal er die Seefahrt nicht sonderlich liebte. Er hatte den Auftrag nur übernommen, weil er von Casper Cade-Armoy, der mit seiner fetten Zigarre in seinem Büro in Manhattan saß, überreichlich dafür bezahlt wurde.

O'Duffy sah die Südwestspitze von Sable Island vorübergleiten und ging auf die Brücke. »Ich habe meine Absichten geändert, Farley«, sagte er zum Kapitän der *Miranda*. »Wir fahren doch nach Halifax.« Der Kapitän warf das Steuer herum.

O'Duffy grinste. Gedankenverloren spielte er mit der dicken Hornbrille, die er aus Skidmores Jacke genommen hatte, nachdem

Skidmore sich zum Tauchgang entschlossen hatte. Er war schon lange misstrauisch gewesen, was den jungen Mann anging, doch ohne die Brille war er ziemlich sicher, die blau-grauen Augen zu kennen. Von Jonathan Duigan wusste er, dass er sicher auf Anticosti Island eingesperrt war. Konnte es sich bei dem Mann, der sich Roger Skidmore nannte, um Patrick Duigan handeln? Hatte Jonathans Bruder die Schiffskatastrophe überlebt?

Nur die Brüder Duigan konnten wissen, wie viel Gold in den Meeressenken vor Sable Island lag. Hatte nicht Kapitän Hargrave die beiden nach der Prügelei mit Gibbing im Frachtraum eingesperrt? Nun, da hatten die beiden wohl einiges gesehen, was eigentlich nicht für ihre Augen bestimmt war.

Doch jetzt wusste Charles O'Duffy sicher, wer Skidmore wirklich war. Die Wahrheit hatte ihm einen ziemlichen Schock versetzt. Nicht genug allerdings, um Skidmores Rettungsleine zu kappen – das konnte er beschwören! Helvik hatte ihm mitgeteilt, dass jemand die Rettungsleine durchgeschnitten haben musste. Sollte Skidmore sterben, gab es einen Mörder an Bord.

O'Duffy, Rivera und Browne verstauten das Gold in den beiden Rettungsbooten der *Miranda* und bedeckten es mit schweren Planen. In Halifax würden Rivera und Browne auf den Markt gehen und so viele Kisten mit Fisch kaufen, wie sie brauchen würden, um das Gold unterzubringen. Danach half nur noch Beten.

Doch dazu kam es nicht. Am Hafen warteten bereits amerikanische Beamte auf die *Miranda*. »Charles O'Duffy?«, fragten sie.

Pomeroy wies mit dem Daumen in O'Duffys Richtung.

»Sind auch ein Mr Rivera und ein Mr Browne an Bord?«, lautete die nächste Frage.

Wieder deutete Pomeroy mit dem Daumen in die jeweilige Richtung. Die beiden Männer ließen schnell ihre Gewehre verschwinden.

»Mr O'Duffy, Sie und Ihre Komplizen sind festgenommen«, erklärte der Beamte ruhig.

»Und weshalb?«

»Sie werden den Justizbehörden der Vereinigten Staaten von Amerika einige Fragen beantworten müssen. Mein Name ist Birckel, dies sind Mr Houghton und Mr Martin.« Die drei Beamten wiesen sich aus.

O'Duffy lächelte knapp. »Sie verfügen über keinerlei Befugnisse, Mr Birckel«, sagte er. »Wir befinden uns auf kanadischem Territorium. Neuschottland gehört zu Großbritannien und untersteht damit britischem Recht. Sie können uns nicht verhaften.«

»Jetzt schon«, entgegnete Birckel und sprang von der Kaimauer auf die *Miranda*. »Hier an Bord befinden wir uns auf dem Territorium der U. S. A., da dieses Schiff in New York registriert ist. Keiner der Anwesenden verlässt das Schiff!«

»Dieser Mann hier braucht dringend ärztliche Hilfe«, mischte sich Jed Mason ein und zeigte auf Skidmore, der noch immer in seinem Taucheranzug steckte.

Birckel nickte. »Gut, die Küstenwache wird sich darum kümmern. Alle anderen bleiben, wo sie sind.«

Und so wurde Patrick Duigan in das gleiche Krankenhaus und sogar in das gleiche Bett gebracht, in dem seine Zwillingsschwester Louise fünfzehn Monate vor ihm gelegen hatte. Man vertraute ihn der freundlichen Obhut von Schwester Barbara an, die schon Louises Leben gerettet hatte. Das allerdings sollte Patrick erst sehr viel später erfahren.

16. Kapitel

Der Marsch nach Fort Carlton war entsetzlich gewesen. Angeführt von dem abscheulichen Captain Edgebaston, hatten sie für die gut sechzig Kilometer zehn Stunden gebraucht. Meg fragte sich, wie der schwer verletzte Still Water die Strapazen der Reise hatte überstehen können. Er lag auf einem Gestell aus zwei Pfählen, zwischen die eine Büffelhaut gespannt war, das von einem Pony gezogen wurde. Wahrscheinlich hatte er jede Unebenheit des Weges gespürt; jeder Stein musste seinem zerschmetterten Bein unerträgliche Qualen verursacht haben. Doch den herzlosen Captain kümmerte das nicht. Meg kochte vor Wut.

Sie ritt mit Swift Eagle, Still Waters kleinem Sohn und zukünftiger Stammeshäuptling, neben der Trage seines Vaters her. Die in Silver Bay zusammengetriebenen und gefangen genommenen Krieger gingen hinterher. Die Soldaten hatten sie wie Vieh aneinander gebunden und zwangen sie, zu Fuß zu gehen. In der Dunkelheit stürzten die Männer immer wieder; viele verletzten sich. Meg konnte nicht fassen, wie grausam Captain Edgebaston die Indianer behandelte, sie war wild entschlossen, ihn dafür zahlen zu lassen. »Stop!«, rief sie zum soundsovielten Mal.

Edgebaston, der ganz vorne ritt, drehte sich wütend um. »Nicht schon wieder!« Dennoch befahl er dem Tross, anzuhalten und die weiße Lady das tun zu lassen, was sie tun musste.

»Würden Sie mir bitte Ihre Wasserflasche geben?«, wandte sich

Meg an Sergeant Claymore. »Still Water muss trinken, sonst stirbt er.«

Gehorsam reichte ihr der Sergeant die kostbare Flasche.

Meg stieg vom Pferd und hielt Still Water die Flasche an die rissigen, blutverkrusteten Lippen. Die Krieger hinter ihnen waren dankbar für die Unterbrechung, die ihnen gestattete, zu Atem zu kommen. »Keine Sorge«, flüsterte Meg dem verwundeten Häuptling zu, »alles wird gut. Ich verspreche dir, dass wir bald in Washington mit Präsident McKinley reden werden.«

Still Water konnte nicht antworten, doch er dankte ihr mit dem Blick, ehe sein Gesicht wieder zu einer steinernen Maske erstarrte.

Am Mittag des nächsten Tages erreichten sie Fort Carlton. Meg bestand darauf, sofort mit dem Dienst habenden Kommandanten zu sprechen.

»Ja klar!« Edgebaston grinste. Er musterte sie von oben bis unten. Ihre Indianerkleidung war mit dem Blut des verletzten Indianers besudelt, Schmutz klebte an Gesicht und Händen, ihre Füße steckten in Mokassins, ihr Haar war mit einem gewebten Band zurückgebunden. Sein Grinsen wurde breiter. »Bestimmt wird der Colonel sich ganz besonders freuen, Ihre Bekanntschaft zu machen, Ma'am.« Er wandte sich zu Sergeant Claymore um. »Passen Sie auf die verflixten Rothäute auf, während ich dem Colonel Bericht erstatte.«

Müde, hungrig und durstig stiegen die Soldaten aus den Sätteln und versorgten ihre Pferde. Die Indianer kauerten sich befehlsgemäß mit über dem Kopf erhobenen Händen auf den staubigen Hof. Captain Edgebaston ließ die Indianer trotz der unbarmherzigen Sonne im Freien warten. Der Häuptling der Nez Percé lag klaglos auf seiner Trage. Das Schultertuch, mit dem Meg die Blutung abgebunden hatte, und das für den Traumtanz gedachte festliche Gewand waren schwarz von getrocknetem Blut.

Swift Eagle, der während des ganzen Marsches an der Seite seines Vaters geritten war, überprüfte besorgt, ob Still Water noch atmete.

Als Edgebaston und Meg das Büro des Kommandanten betraten, blickte Colonel Anderson auf. »Nun, Captain, was haben Sie uns denn da mitgebracht?« Seine Schnurrbartspitzen zuckten. Verwirrt versuchte er, die Situation zu ergründen.

Noch ehe Edgebaston dazu kam, den Mund aufzumachen, sprudelte Meg ihre Vorwürfe hervor. »Ich heiße Meg Duigan und stamme aus Dublin. Dieser Mann da«, sie zeigte mit dem Finger auf Edgebaston, »dieses Monster, hat in einem einzigen unbedachten Augenblick alle Arbeit vernichtet, die wir in das Zustandekommen eines Friedensvertrages zwischen den Nez Percé, den Flathead und den Chippewa gesteckt hatten. Wir haben Monate gebraucht, um einen Termin bei Präsident McKinley zu bekommen. Still Water und seine Krieger wollten heute nach Washington aufbrechen, doch dieser Mann da hat alles ruiniert. Ich werde selbst an den Präsidenten schreiben und ihm darüber Bericht erstatten, wie dieser Kerl friedliche, harmlose Indianer in ihrem eigenen Reservat niedergemetzelt hat. Das Verhalten Ihrer Soldaten erfüllt mich mit tiefstem Entsetzen, Colonel.«

Colonel Anderson wusste nicht recht, was er sagen sollte. Das Mädchen schien zu wissen, wovon es sprach. Sein Blick wanderte zu Edgebaston, der mit der für ihn üblichen Arroganz Haltung angenommen hatte. Seine Uniform zeigte Risse und war ebenso wie die Stiefel mit Staub bedeckt. Die blutigen Sporen legten Zeugnis darüber ab, wie sehr sein Pferd gelitten haben musste. Den fast irren Ausdruck seiner Augen kannte Anderson bereits; Edgebaston kehrte häufig mit einem solchen Blick von seinen Exkursionen zurück. Man sah ihm an, dass er darauf brannte, zu sprechen.

Doch Colonel Anderson beschloss, zunächst das Mädchen anzuhören, ehe er dem Captain das Wort erteilte. »Was hatten Sie in einem Indianerlager zu suchen, Miss … äh … Duigan?«

»Ich habe sie Englisch gelehrt.«

»Ach, wirklich?«, fragte Anderson verwundert. Seine buschigen rötlichen Augenbrauen und sein Schnurrbart zitterten leicht.

»Ja, wirklich!«

Es lag nicht im Interesse der Regierung, den Indianern Bildung zu ermöglichen. Im Gegenteil legte man Wert darauf, die Stämme so unwissend wie möglich zu halten, damit sie sich nicht auflehnten; es war eine Politik, die auch gern bei Soldaten angewendet wurde. »Wurden Sie zu dieser Lehrtätigkeit gezwungen?«, erkundigte sich der Colonel.

»Ganz und gar nicht. Ich habe es getan, weil es mir Spaß machte. Ich wusste nichts anderes mit mir anzufangen; außerdem hatte ich kein Zuhause. Das Leben mit den Indianern hat mir die Augen geöffnet, Colonel. Sie sind ein freundliches, großzügiges, glückliches und kultiviertes Volk. Und nicht ein einziger Indianer, am wenigsten ihr Häuptling Still Water, hat mich je zu etwas gezwungen – was man von Ihrem … diesem Captain hier nicht gerade behaupten kann.«

Colonel Anderson wusste, dass Meg die Wahrheit sprach. Er kannte Still Water, den Enkel des berühmten Chief Joseph. Still Water hätte man durchaus als Gentleman bezeichnen können. »Ich verstehe.«

Die junge, zornige Irin hatte ihm den Wind aus den Segeln genommen, und er wusste nicht, wie er mit ihr umgehen sollte. Er beschloss, mehr über sie zu erfahren. »Entschuldigen Sie, wenn ich so direkt frage, Miss Duigan, aber sind Sie nicht ein wenig jung für eine Lehrerin? Wo ist Ihre Familie?«

»Meine Mutter ist in Irland gestorben. Als das Schiff, das uns von Dublin nach Amerika bringen sollte, vor Neuschottland unterging, verlor ich auch meinen Vater und meinen ältesten Bruder.«

»Das tut mir von ganzem Herzen Leid. Haben Sie keine anderen lebenden Verwandten?«

»Doch, einen Bruder, der unrechtmäßig als illegaler Einwanderer auf Anticosti Island festgehalten wird, und eine Schwester.«

»Wo lebt Ihre Schwester?«

»Im Weißen Haus.«

»Im Weißen Haus? Ernsthaft?«

Meg wurde selbstsicherer. »In der Tat, Colonel. Im Weißen Haus in Washington. Und Präsident McKinley wird alles erfahren … jede Einzelheit dieser schreienden Ungerechtigkeit gegen Indianer. Sie dürfen ruhig mit ihm Kontakt aufnehmen. Kabeln Sie ihm, fragen Sie ihn nach den Briefen von Still Water, in denen es um die Nez Percé, die Flathead und die Chippewa geht. Er wird Ihnen alles bestätigen.«

Colonel Anderson holte tief Luft. »Und in welcher Eigenschaft hält sich Ihre Schwester im Weißen Haus auf, Miss Duigan?«

»Sie ist die Chef-Floristin von Mrs McKinley. Die Familie hat sie von Canton nach Washington mitgenommen, weil man große Stücke auf sie hält. Sie wird eher als Freundin denn als Bedienstete behandelt. Der Präsident kümmert sich persönlich um den Fall meines Bruders Jon. Und um diesen Fall wird er sich ebenfalls kümmern. Ich verspreche Ihnen, er wird nicht gerade glücklich sein über das, was dieser verrückte Soldat seinem Volk angetan hat. Die Indianerstämme Amerikas gehören nämlich ebenfalls zu seinem Volk, Colonel Anderson.«

»Sehr richtig, Ma'am.« Colonel Anderson räusperte sich. »Darf ich erfahren, wie alt Sie sind, Miss Duigan?«

»Auch, wenn ich es nicht für unbedingt höflich halte, eine Dame nach ihrem Alter zu fragen und keine Ahnung habe, wieso es wichtig sein sollte: Ich bin sechzehn.«

»Ganz schön jung, um ganz allein durch Amerika zu streunen, finden Sie nicht? Noch dazu ohne Anstandsdame oder einen Partner der eigenen Rasse.«

»Ich war nie allein. Zunächst reiste ich mit den Kindern des himmlischen Vaters – aber das ist eine andere Geschichte. Anschließend begleitete ich die Nez Percé von Thunder Bay nach Silver Bay und genoss jede Minute. Ich liefere Ihnen gern einen schriftlichen Bericht, aber zunächst müssten die Indianer draußen versorgt werden. Sie brauchen etwas zu essen, Wasser und einen Arzt. Bei Still Water müsste die Kugel aus dem verletzten Bein entfernt werden, sonst bekommt er eine Blutvergiftung.« Sie warf dem Captain, der zähneknirschend zum Schweigen verdammt war, einen hasserfüllten Blick zu.

Edgebaston verstand die Welt nicht mehr. Wieso ließ der Colonel die Kleine reden, ohne zuvor ihn anzuhören? Doch er befolgte grundsätzlich jeden Befehl. Wenn er später Gelegenheit bekam, selbst zu sprechen, würde er die Sache schon richtig stellen.

Colonel Anderson allerdings gab ihm nicht die Gelegenheit, sich zu rechtfertigen. Stattdessen ließ er Mrs McLeod rufen und traf Vorkehrungen für die Unterbringung und medizinische Versorgung der Indianer. Meg Duigan hatte den Befehl an sich genommen.

Nachdem die Frau des Arztes, Mrs McLeod, Meg abgeholt hatte, erhob sich Colonel Anderson und ging mit langen Schritten vor dem Captain auf und ab. Seine Schnurrbartspitzen zitterten vor unterdrückter Wut. »Edgebaston, Sie sind ein kompletter Idiot.«

»Jawohl, Sir!« Edgebaston wandte den Blick nicht von der Wand ihm gegenüber. »Wenn ich allerdings bemerken dürfte …«

»Sie halten den Mund! Ich verlange einen schriftlichen Bericht über die Vorkommnisse der vergangenen Nacht in Silver Bay. Inzwischen enthebe ich Sie sämtlicher Aufgaben. Der Bericht hat morgen früh auf meinem Schreibtisch zu liegen, ist das klar? Weggetreten!«

Edgebaston gehorchte zähneknirschend und zutiefst in seinem Stolz verletzt. Er hatte doch nur seine Pflicht getan!

Claymore trat ein. Er sah unendlich müde aus. »Sergeant Claymore«, sagte Colonel Anderson, »auch von Ihnen erwarte ich einen schriftlichen Bericht der Ereignisse in Silver Bay. Vor allem möchte ich wissen, wie Captain Edgebaston mit der Situation umgegangen ist. Ihre wahrheitsgemäße Niederschrift liegt morgen früh auf meinem Schreibtisch.«

»Jawohl, Sir.«

Mrs McLeod machte sich große Sorgen, als sie Megs blutbefleckte Kleider sah. »Mein armes Kind, sind Sie schwer verletzt?«

»Mir geht es wunderbar, Mrs McLeod. Was Sie hier sehen, ist unrechtmäßig von der US-Kavallerie vergossenes Indianerblut. Ich heiße Meg, bin sechzehn Jahre alt und würde es vorziehen, nicht ›Kind‹ genannt zu werden, wenn es Ihnen recht ist.«

Mrs McLeod fragte nicht weiter, fuhr aber fort, um Meg herumzuscharwenzeln. Nach der langen Nacht zu Pferde war Meg nicht unbedingt erpicht auf ihre Gesellschaft. »Kommen Sie, meine Liebe. Ein heißes Bad und ein paar angemessene Kleider machen Sie im Handumdrehen wieder zu einer richtigen Lady.« Und weil Meg keine Lust hatte, mit ihr zu streiten, ergab sie sich willenlos dem wohlgemeinten Gluckentrieb ihrer Gastgeberin.

Zur gleichen Zeit entfernte Dr. McLeod die Kugel aus Still Waters zerschmettertem Bein. Er richtete seine Knochen und verlegte ihn in ein kleines Einzelzimmer im Lazarett. Er wusste, dass Still Water sterben würde. Wenn nicht an Blutvergiftung, dann an seinem gebrochenen Herzen.

Dr. Angus McLeod war ein freundlicher Schotte. Es schmerzte ihn, den stolzen Anführer eines Stammes wie ein Häufchen Elend vor sich liegen zu sehen – entehrt, gebrochen und geschlagen. Schon seit langem hielt er Captain Edgebaston für einen größenwahnsinnigen, inkompetenten Wüterich. McLeod hoffte inständig, dass der Kommandant ihn endlich einmal für seine Taten büßen ließ; es geschah nicht zum ersten Mal, dass Edgebaston weit über das Ziel hinausschoss.

Am nächsten Morgen fand der Sanitäter den großen Häuptling der Nez Percé vor dem Bett auf dem Boden. Zunächst dachte er, der Indianer sei tot, bis Still Water ihn ansprach. »Still Water liebt keine Betten. Es ist, als ob man schläft in den Armen einer fetten, weißen Gans.«

»Sie sollten sich mit dem gebrochenen Bein nicht zu viel bewegen, Mr Still Water«, wandte der Sanitäter ein. »Sie machen Dr. McLeods gute Arbeit zunichte.«

»Sehr gute Arbeit. Still Water fühlt keinen Schmerz mehr. Er wird sich für das Leben entscheiden und nicht sterben. Auch wird Still Water dem Präsidenten von dem verrückten Mann berichten, den alle Soldaten Edgy den Scheißkerl nennen.«

Der Sanitäter musste unwillkürlich grinsen. »Na, dann wissen Sie ja Bescheid.«

»Still Water hört viele Dinge, aber ein Mann, der spricht, ohne die Sprache zu kennen, ist verrückt. Edgy ist sehr verrückt. Still Water möchte jetzt seinen Sohn Swift Eagle sehen. Und auch die irische Lehrerin, die man Meg nennt. Still Water hört lieber den Namen Dark Sunset. Still Water wünscht Präsident McKinley einen Brief zu schreiben.«

Der Sanitäter kratzte sich am Kopf. »Sie haben Recht, Mr Still Water. Ich hole Ihnen Feder und Papier.« Er hielt es für schlauer, die Bitte des großen Häuptlings mit Humor zu nehmen, als ihm zu widersprechen.

Auf dem Korridor traf der Sanitäter die gute Seele von Fort Carlton, Alice McLeod. »Wie geht es unserem großen Häuptling?«

»Ich fürchte, er ist übergeschnappt, Madam. Er möchte einen Brief an den Präsidenten schreiben.«

»Dann geht es ihm besser«, erklärte Mrs McLeod und eilte davon, um ihrem Mann die gute Nachricht zu überbringen.

Alle Berichte über die Ereignisse in Silver Bay, den von Meg Duigan eingeschlossen, lagen rechtzeitig auf dem Schreibtisch des Kommandanten. Colonel Luke Anderson und der Armeearzt Angus McLeod lasen sie gemeinsam durch und kamen zum gleichen Schluss. Angus lehnte sich in seinen Sessel zurück und zog behaglich an seiner Pfeife. »Sieht aus, als stimmten die Berichte von Sergeant Claymore und Meg Duigan überein. Der von Edgebaston allerdings hört sich ganz anders an.«

Colonel Anderson stand auf. Mit auf dem Rücken verschränkten Händen starrte er aus dem Fenster seines Büros auf den Parade-Platz, wo die Männer exerzierten. »Edgebaston ist ein guter Soldat. Allerdings manchmal ein bisschen zu gewissenhaft. Ich möchte ihn nicht wegen ein paar Indianern vor das Kriegsgericht bringen, auch wenn sie Präsident McKinley vielleicht wichtig sind. Der Präsident sitzt im Weißen Haus in Washington und hat keine Ahnung, wie viel Ärger die Indianer uns in der Armee machen. Wir müssen hier um jeden Preis für Ruhe sorgen. Wenn aber ein Offizier der US-Kavallerie wegen der Vorfälle in Silver Bay das Gesicht verliert, dann bekommen die aggressiveren Stämme Oberwasser und machen mir meinen Job wieder einmal zur Hölle.«

»Ich könnte ihm ein Attest ausstellen, dass er durchgeknallt ist.« Dr. McLeod grinste hinter seinen Rauchschwaden. »Aber jetzt einmal im Ernst, Luke: Dieser Edgebaston hat sich strafbar gemacht und müsste schon allein aus diesem Grund aus dem aktiven Dienst entfernt werden. Ich als sein Arzt könnte ihm aber bescheinigen, dass er einen Nervenzusammenbruch erlitten und daher in einer Stresssituation überreagiert hat. Das, was in Silver Bay geschehen ist, war unglücklich, entzog sich aber seiner unmittelbaren Verantwortung. Wenn ich ein Krankenblatt vorlege, in dem von einem vorübergehenden Kontrollverlust die Rede ist, wird seine ansonsten gute Beurteilung keine Einbuße erleiden, und er muss nicht vors Kriegsgericht. Er könnte sich bei vollen Bezügen zur Ruhe setzen.«

Der Colonel seufzte. Er kannte Angus schon seit vielen Jahren und vertraute ihm voll und ganz. »Wahrscheinlich hast du Recht, Mac. Diese Lösung dürfte mir einige schlaflose Nächte ersparen. Ein ganz anderes Problem sind Miss Duigan und Still Water. Diese kleine Irin hat eine ganze Menge Energie, und sie ist auch durchaus nicht mehr so kindlich, wie man glauben könnte. Sie und der Indianer brennen darauf, dem Präsidenten alles brühwarm weiterzuerzählen, was mir natürlich ganz und gar nicht in den Kram passt.«

»Immer mit der Ruhe, Luke. Es wird noch mindestens sechs Wochen dauern, ehe Still Water auf seinem verletzten Bein auch nur stehen kann. Am besten, du schickst seine Krieger zurück nach Silver Bay. Still Water kann ihnen folgen, sobald sein Bein verheilt ist. Wenn er dann mit seinem Sohn nach Washington reiten will, so ist das seine Sache. Was Meg Duigan angeht, so freut sich Alice zwar über weibliche Gesellschaft, allerdings könnte ein hübsches, junges Mädchen auf Dauer zu Problemen mit unseren Männern führen. Mir ist aufgefallen, dass Sergeant Claymore sie nicht mehr aus den Augen lässt, vor allem, seit sie zivilisierte Kleidung trägt. Aber auch die anderen werden bald Schlange stehen. So ein süßes Wesen bekommt man hier in der Wildnis nicht oft zu Gesicht.«

»Und was schlägst du vor?«

Dr. McLeod paffte ein paar Rauchschwaden. »Nach Dublin kannst du sie nicht zurückschicken. Aber nach Halifax, wo sie hergekommen ist. Natürlich mit einer Eskorte. Damit hast du deiner Pflicht Genüge getan, und wir können hier in aller Ruhe auf Staatskosten weiter Schach spielen.«

Colonel Andersons Schnurrbart zuckte. »Du weißt immer für alle Probleme die richtige Lösung. Was wäre Fort Carlton ohne dich? Schön, dass ich mich auf dich verlassen kann, Mac.«

»Alice und ich sagen uns immer, dass jede dunkle Wolke einen Silberrand hat; und so hat auch jedes Indianerlager seinen Still Water. Du weißt ja: Stille Wasser gründen tief! Dein Job ist es, die Indianerstämme friedlich zu halten, ich bin für das Wohlergehen unserer Männer zuständig. Schick die Kleine mit einer Armee-Eskorte nach Halifax zurück und sieh zu, dass sie gut über die Grenze kommt. Damit bist du aus dem Schneider. Aus meiner langen Erfahrung mit militärischen und familiären Problemen kann ich nur eins sagen: Je weniger du dich um ein Problem kümmerst, desto schneller erledigt es sich von selbst. Wenn Alice vom Hafer gestochen wird, lasse ich sie gewähren, trage aber anschließend eine beruhigende Salbe auf. Sanfte Lösungen wirken oft besser als Brachialgewalt.«

Die Quäkergesellschaft in New York fand für Louise eine Arbeit als Näherin in einem braven und ehrbaren Haushalt. Mr und Mrs Dafford Delaney waren angesehene Bürger von kolonialer Quäkerherkunft; wie lange die Familie schon in den Staaten lebte, erfuhr Louise nie. Sie wusste nur, dass es mehrere Generationen her sein musste, denn die Delaneys waren alles andere als bescheidene Quäker. Jedermann wusste, dass sie ihren Wohlstand dem Handel verdankten. Die Delaneys verkauften Teppiche und inzwischen auch das in Mode gekommene Linoleum. Echte Quäker hingegen glaubten nur an harte Arbeit. Reichtum, der im Schweiß des Angesichts erwirtschaftet wurde, galt als legitim, und man brauchte sich seiner nicht zu schämen.

Die Delaneys mit ihren zwölf Kindern, drei Kindermädchen, zwei Gouvernanten, zwei Köchen, einer Haushälterin, einer Näherin und einer großen Zahl niedrigerer Dienstboten erweckten in Louise jedoch immer den Eindruck, als ob sie sich ihres neu erworbenen Reichtums ein wenig schämten und nicht recht wüssten, wie sie damit umgehen sollten. Die Familie bewohnte zwei Stockwerke des Dakota Buildings unmittelbar neben dem Central Park. Das Dakota galt als eine der ersten Adressen in New York; nicht zu vergleichen mit dem Weißen Haus, dachte Louise ein wenig snobistisch.

Die Delaneys waren nicht sehr neugierig, allerdings auch nicht übermäßig freundlich. Über eine höfliche Distanziertheit, die manchmal ein wenig einschüchternd wirkte, wuchs die Beziehung nie hinaus. Familie Delaney wandte sich nie direkt an ihre Bediensteten; alles, was sie Louise zu sagen hatte, erfuhr sie über die Haushälterin, Mrs Skallinmore. Die Delaneys waren so ganz anders als die Präsidentenfamilie; die McKinleys hatten ihren Status nie nach außen gekehrt und sich oft und herzlich mit ihren Angestellten unterhalten.

Trotzdem fühlte Louise sich einigermaßen wohl. Sie war zufrieden, in Ruhe ihren Näharbeiten nachgehen zu können, an der es bei zwölf Kindern niemals mangelte. Lange Stunden verbrachte sie in ihrer kleinen Kemenate, dem Nähzimmer, beschäftigte sich mit ihren Nadeln und hing ihren Gedanken nach. Es fiel ihr schwer, Bobby du Pré zu vergessen, doch sie gab sich große Mühe.

Einen Nachmittag in der Woche sowie sonntags brauchte Louise nicht zu arbeiten. In ihrer Freizeit suchte sie nach Patrick, seit sie verstanden hatte, dass er wohl nicht nach ihr suchen würde.

Zunächst wandte sie sich an das Büro von Merrit-Scott & Chapman in Lower Manhattan und fragte nach Roger Skidmore.

»Er arbeitet nicht mehr für uns«, erklärte der Angestellte am Empfang und musterte Louises dunkles, einfaches Kleid und die Haube. »Darf ich wissen, wie Sie heißen?«

»Oh ... äh ... Louise Duigan.«

»Also, Miss Duigan, Skidmore hat vor einiger Zeit gekündigt und sich selbstständig gemacht.«

»Wissen Sie, wo sein Büro ist?«

»Keine Ahnung. Er war immer ein großer Schweiger, um nicht zu sagen: eigenbrötlerisch. Entschuldigen Sie, Miss, falls Skidmore ein Verwandter von Ihnen ist, wollte ich Ihnen nicht zu nahe treten. Aber er hat wirklich nie viel gesagt.«

Louise zögerte kurz, dann wagte sie zu fragen: »Und was ist mit Patrick Duigan? Das ist mein Bruder. Arbeitet er vielleicht hier?«

»Tut mir Leid, Miss, aber den Namen habe ich noch nie gehört.«

Damit blieb ihr nur noch die Möglichkeit, bei der Reederei Cade-Armoy nachzufragen, doch irgendwie behagte ihr dieser Gedanke nicht. Sie hatte das Gefühl, dass es Patrick nicht recht sein könnte. Trotzdem drängte es sie zu erfahren, was aus ihrem Bruder geworden war und warum er sich nie bei ihr gemeldet hatte, und so überwand sie sich schließlich doch. Sie suchte Cade-Armoy auf und fragte zunächst nach Charles O'Duffy. Vielleicht wusste er, wo sie Patrick finden konnte.

Ein Sekretär teilte ihr kurz angebunden mit, dass Charles

O'Duffy geschäftlich in Kanada unterwegs war; von einem Patrick Duigan und einem Roger Skidmore habe er nie gehört, und selbst wenn es so wäre, gehöre es nicht zu den Gepflogenheiten des Unternehmens, die Privatadresse von Passagieren weiterzugeben.

Der Angestellte war Louise ausgesprochen unsympathisch. Sie verließ die Büroräume der Reederei, ohne zu wissen, wie sie weiter vorgehen sollte. Lange zerbrach sie sich den Kopf, wie man in einer so großen Stadt wie New York mit jemandem Kontakt aufnehmen könnte, der offenbar nicht existierte und dessen Adresse unbekannt war.

Und plötzlich fiel es ihr ein.

Wie dumm, dass sie nicht früher daran gedacht hatte! Es musste doch ein Verzeichnis geben, in dem Büros und Wirtschaftsunternehmen aufgelistet waren! Sie wandte sich an die Hauptpost und fragte nach einem solchen Verzeichnis. Umgehend wurde ihr ein dicker Wälzer ausgehändigt.

Unter dem Buchstaben S fand sie den Eintrag: »Skidmore-Gesellschaft, Schiffsbergung, Fulton and West Street, East Manhattan«.

Sofort machte sich Louise auf den Weg. Sie hatte den ganzen Nachmittag frei und alle Zeit der Welt. Sie war ängstlich und erleichtert zugleich, die Gedanken wirbelten in ihrem Kopf. Was würde ihr Bruder wohl sagen? Würde er sich freuen und sie mit offenen Armen empfangen? Louise wusste es nicht.

Die Adresse war leicht zu finden. Das Büro lag in einer Straße voller schmutziger, ungepflegter Gebäude. In grünen Lettern prangte der Name am Fenster, doch die Räume waren verrammelt und verriegelt. Roger Skidmore, alias Patrick Duigan, war nicht da. Und das offensichtlich schon längere Zeit. Nun bekam Louise es wirklich mit der Angst zu tun.

Um Himmels willen, Patrick!, dachte sie. Was ist mit dir passiert? Auf welche zwielichtige Unternehmung hast du dich eingelassen? Sie rüttelte noch einmal an der Tür, bevor sie sich abwandte. Sie wusste weder, was sie jetzt tun, noch wo sie nun hingehen sollte. So nah und doch so fern, dachte sie. Bald hatte Louise sich zwischen den verkommenen Häusern und schäbigen Straßen verlaufen.

Ziellos irrte sie umher. Irgendwann geriet sie wie zufällig in die Seitenstraßen des Broadway mit ihren Revuetheatern und Music Halls. Es schien Louise fast wie eine Art höherer Fügung, als sie sich plötzlich vor einem schrillen Plakat wiederfand, auf dem geschrieben stand:

Erleben Sie heute Abend:
Miss Gertrude Müller,
die Lady mit der Reibeisenstimme
in ihrer Revue:
Lieder, Sketche und Komik!
Ladys und Gentlemen, nutzen Sie die Gelegenheit, Korsett und Gürtel vor Lachen zu sprengen!

War das etwa Gertie Polowski aus Halifax?

Louise war so aufgeregt, dass sie Patrick für einen Augenblick vergaß. Ein mürrischer Portier teilte ihr mit, dass das Theater am Nachmittag geschlossen sei, da Miss Müller ihre Stimme schonen müsste. Sollte Louise eine Eintrittskarte kaufen wollen, so müsse sie sie später an der Kasse erwerben.

»Ich würde gern mit Miss Müller persönlich sprechen«, sagte Louise atemlos. »Und zwar vor heute Abend, wenn es geht. Es ist sehr wichtig!«

Der Portier kaute auf einem Zahnstocher. »Wie schon gesagt, Miss, die Kassen sind geschlossen, und Miss Müller ruht sich aus. Kommen Sie später wieder.« Mit diesen Worten widmete er sich wieder seiner Zeitung.

Louise schlug mit der flachen Hand auf den Schaltertisch. »Ich will Miss Müller sehen, und zwar jetzt sofort!«

»Du liebe Zeit, Lady!« Der Portier schien erschrocken. »Wenn es wirklich so wichtig ist, bringe ich Sie eben zu ihr. Aber sie wird nicht gerade erfreut sein, um diese Uhrzeit gestört zu werden, das sage ich Ihnen gleich!«

Murrend begleitete er Louise die Treppe hinunter zu Miss Müllers Garderobe. Louise hoffte inständig, dass es sich bei Gertrude Müller tatsächlich um ihre Freundin Gertie Polowski aus Halifax handelte – sonst würde sie ziemlich dumm dastehen.

»Miss Müller? Könnte ich Sie kurz sprechen, Miss Müller?« Schüchtern klopfte der Portier an die Garderobentür.

Louise hörte, wie etwas von innen mit einem lauten Krachen gegen die Tür geworfen wurde.

»Verschwinde! Habe ich euch nicht oft genug gesagt, dass ich nachmittags nicht gestört werden will? Und zwar von niemandem! Nicht mal vom Kaiser von China höchstpersönlich! Ich hab Halsschmerzen! Hau ab und lass mich pennen, Dummkopf!«

Die Stimme klang wirklich wie ein Reibeisen, und zwar wie ein sehr wütendes. Aber sie klang auch bemerkenswert nach Gertie Polowski. Der Portier zuckte die Schultern und schob nervös seinen Zahnstocher von einem Mundwinkel in den anderen. »Hab ich es nicht gesagt? Sie hat ein unerhörtes Temperament, diese Miss Müller. Kommen Sie ...«

»Gertie? Ich bin es – Louise.« Louise klopfte an die Tür.

»Louise? Was für eine Louise? Ich kenne keine Louise! Verschwinden Sie!«

»Louise Duigan aus Halifax. Red Leather Gloves Saloon. Du bist doch Gertie ... Polowski?«

Zunächst geschah eine Weile gar nichts. Dann flog mit einem Mal die Tür auf, Gertie stürmte auf Louise zu und erwürgte sie fast mit ihrer Umarmung. »He, min Deern! Meine lütte Louise aus Halifax! Komm rein! Nein, du nicht, Joe. Ich kann meine kaputten Flaschen selbst wegräumen!«

Gertie zog Louise hinter sich her und schlug dem Portier die

Tür vor der Nase zu. »Die Pulle war sowieso leer. Aber pass auf die Scherben auf!«

Gertie, die halb nackt war, hüllte sich in eine Seidendecke und wischte einen Haufen Kleider von einem Stuhl. »Setz dich, Lütte, und erzähl der guten alten Gertie, was du in New York machst und warum du nie einen meiner Briefe beantwortet hast. Nein, du brauchst natürlich nichts zu sagen. Gertie versteht schon! Eine so feine Dame, die mit dem Präsidenten und der First Lady an einem Tisch sitzt, will natürlich nichts mit einer Gertie Polowski aus dem Red Leather Gloves in Halifax zu schaffen haben. Und jetzt schieß los, Lütte!«

Für jemanden mit Halsschmerzen redete Gertie ganz schön ausdauernd. Louise lächelte. »Ich habe dir geschrieben, Gertie. Du bist diejenige, die nie geantwortet hat.«

Gertie antwortete mit einem Augenzwinkern. »Ich musste Geld verdienen, Louise.« Dann legte sie sich auf ihr Kanapee und wickelte die inzwischen kalt gewordene Kampfer-Kompresse um ihren Hals. Ernst sagte sie: »Ich dachte, du würdest dich einer Freundin wie mir schämen. Schließlich bist du in Washington ganz anderes gewöhnt. Außerdem kennst du ja meine Schreibkünste.« Sie griff nach einer Flasche und einem Glas, die auf einem mit Krimskrams überladenen Tisch neben ihr standen, und sah Louise mit fragend erhobenen, nachgezogenen Augenbrauen an. »Auch ein Gläschen? Das ist Medizin für meine Kehle und wirkt besser als jede Arznei von irgendwelchen Quacksalbern.« Louise schüttelte lächelnd den Kopf. Gertie pichelte also immer noch, obwohl sie nie betrunken zu sein schien.

Louise sah sich in der Garderobe um. Der Raum war typisch für Gertie: unordentlich und überladen, durchdrungen von einem undefinierbaren Geruch nach Fettschminke, billigem Parfüm und Brandy. Louise traten die Tränen in die Augen. Das hier war Gertie Polowski, wie sie leibte und lebte. »Aber du hast es geschafft! Du bist am Broadway! Das hast du dir doch immer gewünscht!«

»Na ja, so ganz der richtige Broadway ist es noch nicht. Wir sind hier in einer Nebenstraße. Aber immerhin. Und eines Tages werde ich es auch noch bis auf den richtigen Broadway schaffen – sehr bald sogar!« Sie lachte rau. »Und was ist mit dir? Was führt dich nach New York? Ich dachte, du bist in Washington! Haben sie dich aus dem Weißen Haus rausgeworfen?«

»Das ist eine lange Geschichte, Gertie … Ich habe gekündigt.«

Gertie schluckte. »Ziemlich blöd von dir, findest du nicht?«

»Na ja …« Louise fingerte an ihren Handschuhen herum, dann an ihrer Tasche, und schließlich seufzte sie. »Es ist wirklich eine lange Geschichte, Gertie.«

»Ich habe den ganzen Nachmittag Zeit. Nur für dich! Mensch, Louise, min Deern, meine Lütte!« Gertie fiel ihr theatralisch um den Hals. »Du brauchst nichts zu sagen, Süße. Es hat mit einem Kerl zu tun, habe ich Recht? Bin ich nun deine Freundin oder nicht? Du kannst mir doch vertrauen!«

»Ach, Gertie!« Louise musste unwillkürlich lächeln. »Es ist so schön, dich wiederzusehen. Kann es übrigens sein, dass du Sprachunterricht genommen hast, seit du in New York bist?«

»Hab ich! Ich lese jetzt Shakespeare, um die richtige Aussprache zu lernen. Ich möchte werden wie die französische Schauspielerin Sarah Bernhardt, die berühmt geworden ist, weil sie den französischen König enterbt hat … Halt, ich glaube, ich habe da etwas verwechselt. Cordelia, die jüngste Tochter wird enterbt, weil es ihr *›mangelt an der schlüpfrig glatten Kunst‹*. Aber dann heiratet sie ihn doch und …«

»Halt, halt!« Louise fasste sich an die Stirn. Diese Gertie war einfach zu verrückt! »Ach, Gertie, ich freue mich so sehr, dich zu sehen. Und sobald du deinen King Lear in der richtigen Reihenfolge zitieren kannst, wirst du eine wunderbare Cordelia abgeben, dessen bin ich sicher.«

»Woher kennst du denn Cordelia?«, fragte Gertie verblüfft.

»Mein Vater hat uns nicht nur die Bibel gelehrt, sondern auch Kunst, Geschichte und Literatur. Und dazu gehört natürlich auch

Shakespeare. Wir saßen abends am Feuer, bekamen bei Kerzenlicht die Klassiker vorgelesen, und es machte richtig Spaß. Meine Eltern waren der Ansicht, dass eine gute Allgemeinbildung auch für Mädchen wichtig ist. Und weil wir nicht genügend Geld für eine teure Schule hatten, wurden wir eben zu Hause unterrichtet.«

»Deine Eltern müssen wunderbar gewesen sein«, sagte Gertie leise.

»Sie waren es, und sie sind es immer noch. Ihre Seelen sind immer in unserer Nähe. Aber ich bin nicht hier, um über meine Familie oder über mich zu reden, Gertie. Ich möchte alles über dich erfahren.«

»Da gibt es nichts zu erfahren, Lütte. Ich bin hier, weil ich es so gewollt und dafür gearbeitet habe. Ich wollte Halifax verlassen – und da bin ich. Aber was ist mit dir? Ich möchte alles über dich, über das Präsidentenpaar und über das Weiße Haus erfahren.« Gertie klatschte in die Hände. »Du bist schon fast berühmter als ich!«

»Das glaube ich kaum, Gertie.« Louise musste sich das Lachen verkneifen.

»Dann schieß mal los! Hast du dich etwa in den Präsidenten verliebt?«

»Ich glaube nicht, obwohl er ein äußerst liebenswerter Mensch ist.«

»Wer ist es dann? Ich kann dir am Gesicht ablesen, dass du verliebt bist.« Gertie ließ nicht locker.

Als Louise sich noch immer nicht darauf einließ, sagte Gertie: »Die First Lady hat dich rausgeschmissen. Du bist ganz schön dünn geworden, Lütte. Und du kannst mir nichts vormachen: Du hast im Weißen Haus jemanden kennen gelernt. Komm schon, erzähl endlich! Wir haben den ganzen Nachmittag für uns. Die Show fängt erst um acht an, und außerdem höre ich lieber zu, als dass ich rede – meine Stimmbänder müssen sich ein bisschen ausruhen.«

Und plötzlich schien es Louise eine große Erleichterung, sich alles von der Seele reden zu dürfen.

Sie erzählte von Bobby du Pré, von Meg, von ihren Brüdern und den Umständen, die sie nach New York gebracht hatten. Sie erzählte auch von der kühlen Distanz ihrer jetzigen Arbeitgeber. Die meiste Zeit war sich Louise durchaus nicht sicher, ob Gertie überhaupt zuhörte. Sie lag mit geschlossenen Augen auf ihrem Kanapee, die Kampfer-Bandage um den Hals und die Brandyflasche in Reichweite. Als Louise schließlich endete, glaubte sie, dass Gertie längst eingeschlafen war, und wollte sie nicht länger stören. Leise suchte sie ihre Sachen zusammen und schlich zur Tür.

Sie hatte bereits die Hand auf dem Knauf, als Gertie sie ansprach. »Nachdem du nur Donnerstagnachmittag und sonntags freihast, wäre es schön, wenn du am Sonntag einmal den Gottesdienst schwänzen würdest. Wir könnten uns im Central Park treffen. Ich gehe da gern spazieren, und sonntags ist hier tote Hose, weil da keine Shows stattfinden. Weißt du, hier in New York sind Beziehungen wichtiger als Freunde. Der Kerl, mit dem ich gerade gehe, hat seine eigene Show, Rocky's Revue. Ich arbeite für ihn. Er denkt, ich wäre verliebt in ihn, und ich lasse ihn in dem Glauben. Aber im Grunde benutze ich ihn genauso wie er mich. Alle tun das hier. Sie benutzen sich gegenseitig und hoffen, dass es sie weiterbringt. Pass auf, Lütte: Rocky kennt Gott und die Welt. Und wenn er wirklich mal passen muss, dann kennt er auf jeden Fall irgendwen, der ihm weiterhelfen kann. Ich werde ihm von Pat und diesem Skidmore erzählen. Vielleicht kriegen wir raus, wo der Kerl abgeblieben ist.«

»Glaubst du wirklich?«

»Mein Wort drauf. Einer alten Freundin aus Halifax helfe ich immer gern. Du hilfst mir doch sicher auch, wenn du eines Tages ins Weiße Haus einheiratest«, fügte sie augenzwinkernd hinzu.

»Danke, Gertie, du bist ein feiner Kerl. Aber das mit dem Weißen Haus sehe ich noch nicht!«

»Klar doch! Und jetzt raus mit dir, ich brauche noch eine Mütze Schlaf. Am Sonntag um drei treffen wir uns an der Chinesischen Pagode im Central Park. Und irgendwann musst du dir auch mal meine Show ansehen.«

»Ganz bestimmt.«

Louise war sich sicher, dass hier der liebe Gott seine Hand im Spiel gehabt hatte.

Am Sonntagnachmittag saß Louise auf einer Bank neben der Chinesischen Pagode im Central Park und wartete. Sie war schon um halb drei da gewesen, um Gertie auf keinen Fall zu verpassen. Gegen Viertel nach drei tauchte Gertie schließlich auf. In ihrem dunkelgrünen Rock und der passenden Jacke im Pariser Stil sah sie ausgesprochen chic aus. Ihr leuchtend rotes Haar hatte sie unter einer ebenfalls dunkelgrünen Toque hochgesteckt, und sie trug einen zitronengelben seidenen Sonnenschirm. Louise fühlte sich in ihrer dunklen Quäkerkleidung mit dem Häubchen neben ihr wie eine graue Maus.

»'tschuldigung, dass ich zu spät bin, aber ich habe nach der Show gestern einfach verpennt.« Gerties Reibeisenstimme klang recht angestrengt.

»Hat Rocky etwas herausgefunden?«, erkundigte sich Louise nach einer intensiven Begrüßungsumarmung eifrig.

»Eine Adresse. Dieser Skidmore wohnt in Brooklyn. Ein ziemlich übles Viertel mit alten Mietskasernen, die den Stadtvätern schon längst ein Dorn im Auge sind. Sie sollen abgerissen werden, um Platz für schöne, moderne Häuser zu schaffen. Ganz ehrlich: Wer da wohnt, ist entweder ziemlich blöd oder mit allen Wassern gewaschen.«

Gertie gab Louise die Adresse.

»Danke, Gertie, das ist unheimlich lieb von dir.«

»Auf keinen Fall gehst du mir da allein hin!«

»Ich muss, Gertie. Er ist mein Bruder.«

»Dann komme ich eben mit. Los, gehen wir.«

Louise freute sich über das Angebot. Wenn es dort wirklich so schlimm zuging, wie Gertie behauptete, dann würde sie sich allein bestimmt nicht wohl fühlen. Erneut fragte sie sich, wie sie darauf reagieren würde, ihrem Bruder Auge in Auge gegenüberzustehen, nachdem sie vor Sable Island einen Kranz für ihn ins Wasser geworfen hatte.

Die Mietskaserne erwies sich noch schlimmer als erwartet. Armer Patrick, dachte Louise. Eine dürre, schwarze Katze schoss an ihnen vorbei und verschwand nach oben. Die Eingangstür des Wohnblocks stand weit offen. Abgerissen aussehende Kinder mit ungewaschenen Gesichtern und Laufnasen spielten zwischen überquellenden Abfalleimern. Louise und Gertie bahnten sich einen Weg zu Pats Wohnungstür.

»Nett hier«, knurrte Gertie, während sie Louise durch das zertrümmerte Treppenhaus folgte.

Zitternd klopfte Louise an die Tür Nr. 14 und betrachtete unangenehm berührt die abblätternde Farbe. Nichts. Sie versuchte es wieder und dann noch einmal, doch niemand öffnete. Louise war verzweifelt. Wieder eine Sackgasse! Patrick – oder Roger Skidmore – schien ausgeflogen zu sein; wieder hatte Louise nichts als eine Adresse in der Hand.

Gertie und Louise wandten sich gerade zum Gehen, als ihnen ein junger Mann entgegenkam. Gertie hörte, wie Louise zwar scharf einatmete, aber ansonsten zunächst nicht reagierte. Doch Gertie kannte Jon vom Gericht her. »Hallo, Jon«, sagte sie, weil Louise immer noch wie vom Donner gerührt dastand. »Sie sind doch ein Duigan, nicht wahr? Ich kenne Sie noch aus Halifax, als Sie sich vor Gericht wegen … oh, ich bin übrigens Gertrude Müller, meines Zeichens Künstlerin an der Music Hall. Schön, Sie zu sehen, Jon Duigan.« Gertie schüttelte Jon herzlich die Hand.

Louise war noch immer wie zur Salzsäule erstarrt.

Schreck, Sympathie, Liebe, Treue, Zärtlichkeit, Ärger, Erleichterung – es war ein Wirbel an Gefühlen, die sie beim Anblick ihres kleinen Bruders empfand. Nein, das hier war nicht mehr der kleine Junge, der am Strand von Dublin bei Ebbe so gern Muscheln sammeln ging.

»Jon? Du liebe Zeit, Jon!« Louise warf sich an seine Brust, schlang ihre Arme um seinen Hals und schluchzte. »Ach, Jon ... ich dachte, du wärst ertrunken ... ich ... ich dachte ... ich weiß überhaupt nicht mehr, was ich denken soll!«

Jon stand wie angewurzelt auf dem Treppenabsatz.

Louises Tränen versiegten. Und dann verspürte sie das Bedürfnis, ihren Bruder zu verprügeln. Sie löste die Arme von seinem Hals und schüttelte ihn. »Sag endlich etwas! Sprich mit mir. Oder hast du außer deinen Fingern auch noch deine Zunge verloren? Was machst du hier? Und wo ist Patrick? Was ist hier los, Jon?«

Jon wusste nicht, wo er anfangen sollte. Der Schock, völlig unerwartet seiner Schwester gegenüberzustehen, saß zu tief. Ungeschickt fuhr er sich mit der Hand durch das unordentliche Haar. Er war verwirrt, aufgewühlt und – ja, er war so unglaublich erleichtert, sie zu sehen, dass ihm fast die Tränen kamen. »Kommt rein ...«, sagte er mit unsicherer Stimme, schloss die Tür zu Patricks schäbiger Wohnung auf und verriegelte sie gewissenhaft, nachdem alle eingetreten waren.

Entsetzt registrierte Louise sein Verhalten. Hatte er etwas zu verbergen? War ihre Familie wirklich so tief gesunken? Sie blickte sich in der Wohnung um.

Gertie scheuchte die Katze vom Bett. Erschrocken suchte das Tier über die Feuerleiter das Weite. Gertie setzte sich und beobachtet Bruder und Schwester, die nicht recht wussten, wie sie einander begegnen sollten.

»Das ist eine lange Geschichte, Louise«, sagte Jon schließlich.

Gertie hob die Hand. »Entschuldigt mich, Leute, aber ich verschwinde. Ich habe noch zu tun, und ihr wollt euch sicher in aller Ruhe abknutschen und euch eure Abenteuer erzählen. Schön für euch, dass ihr euch wiedergefunden habt, aber bei dem Gestank hier wird mir übel. Und mit Kakerlaken habe ich mich noch nie anfreunden können. Louise, du weißt ja, wo du mich findest. Ich muss los, mit Rocky die nächste Show besprechen.«

Jon entriegelte die Tür, ließ Gertie hinaus und riegelte sofort wieder zu.

Louise setzte sich auf das ungemachte Bett und sagte: »Am besten, du fängst ganz von vorn an. Wo ist Patrick?«

»Ich weiß es nicht, und das bereitet mir große Sorgen. Weißt du …« Er begann zu berichten, was ihm seit seiner Bestrafung auf Anticosti Island wiederfahren war.

Mit wachsendem Entsetzen erfuhr Louise, wie ihre Brüder gelitten hatten – es war gewiss eine Strafe Gottes. »Und Patrick hat sich also aufgemacht, O'Duffys Gold zu bergen?«

»Du weißt ja jetzt, dass die *Cormorant* viel Gold an Bord hatte.«

»Aber warum?«

»Genau das wollte er herausfinden.«

Und dann erzählte er seiner Schwester von dem Schlüssel zu einem Gepäckfach in der Grand Central Station. »Er sagte, ich solle es öffnen, wenn er nach drei Wochen nicht zurück wäre. Inzwischen sind sogar vier Wochen vergangen.«

»Das heißt, du warst noch nicht da?«

»Ich habe immer gehofft, dass er doch noch käme …« Jons Stimme versagte.

»Wo warst du, als Gertie und ich hier ankamen?«, fragte Louise. »Du hast doch eben gesagt, dass du dich verstecken musst.«

»Ich war kurz einkaufen. Pat hat mir etwas Geld dagelassen. In diesem grässlichen Zimmer kann ich doch nichts anderes tun, als essen und schlafen, verdammt noch mal!«

»Jon, hör auf zu fluchen. Vater hätte es nicht gutgeheißen.«

»Aber er ist nicht mehr da!«

Jon klang zwar inzwischen sehr erwachsen, war andererseits aber verletzlich wie ein Kind. Ein verbitterter, desillusionierter junger Mensch. Aber ging es ihnen nicht allen so? Louise stand auf und lehnte Jons Kopf auf ihre Schulter. »Hör auf, Jon. Wir beide gehen jetzt zur Grand Central Station und öffnen Patricks Schließfach. Dieser Unfug muss ein Ende haben. Hol den Schlüssel, wir machen uns auf den Weg.«

Sie hatte ebenfalls genug von dem Geruch, dem schwarzen, bröckelnden Putz, den Kakerlaken und der Armut, die sie umgab. Hier herrschte wirklich bitterste Not, das hier war Leben auf der untersten Ebene – vergessenes Land, von dem der Präsident der Vereinigten Staaten sicher nichts wusste.

Die Armut in Irland war ganz anders gewesen. Verglichen mit diesem Schmelztiegel menschlichen Elends schien Armut in Irland sauber und freundlich zu sein. Immer hatten die Duigans den Kopf hoch tragen dürfen; nie hatte die Armut ihnen Stolz, Würde oder Selbstachtung genommen. Doch hier war es anders. Die Menschen hatten sich aufgegeben, vielleicht vom ersten Augenblick an. Hier herrschte nur noch Verwahrlosung. Man hatte den Einwanderern den Himmel auf Erden versprochen – gefunden aber hatten sie die Hölle.

Ja, Bobby, dachte Louise traurig, so sieht es also aus, wenn man in Ihrem schönen Land der unbegrenzten Möglichkeiten wirklich arm ist. In der Broschüre der Reederei hatte man ihnen die Erfüllung aller Träume versprochen. Würde Amerika dieses Versprechen erfüllen, oder würden sie eines Tages unverrichteter Dinge in ihre von Engländern besetzte Heimat Irland zurückkehren müssen?

Mit gemischten Gefühlen nahm Meg die Nachricht auf, dass man sie nach Halifax zurückschicken würde, falls sie dort eine sichere Bleibe hätte. Natürlich habe sie eine sichere Bleibe in Halifax, erklärte sie Colonel Anderson und den McLeods, ohne sich entscheiden zu können, welche Adresse sie angeben sollte. Red Leather Gloves Saloon oder South Bay? Die zweite Möglichkeit erschien ihr deutlich akzeptabler.

Sie schrieb einen Brief an Kapitän Lindewens und fragte an, ob er etwas dagegen hätte, wenn sie als Lindys Gouvernante nach South Bay zurückkehrte; sollte er es nicht wünschen, würde sie es allerdings durchaus verstehen. Einen Monat lang wartete sie auf die Antwort. Der Kapitän entschuldigte sich, er sei in Norwegen gewesen, als ihr Schreiben ankam, und zeigte sich von ihrem Angebot begeistert. Lindy sei jetzt in einem Alter, in dem sie unbedingt eine Gouvernante brauche, und er würde Meg zusätzlich zu Kost und Logis das volle Gouvernantengehalt zahlen; schließlich habe sie bei den Indianern viel Erfahrung gesammelt.

Meg hoffte, dass Rik sie nicht nur gönnerhaft behandelte, und antwortete dementsprechend.

Als Alice McLeod erfuhr, dass Meg in Halifax ein sicheres Dach über dem Kopf haben würde, war sie sehr erleichtert. Sie traute der jungen, hitzköpfigen Dame, die sich selbst als Abenteurerin betrachtete und es durchaus fertig gebracht hätte, mutterseelenallein durch das Land zu streifen, nicht ganz über den Weg.

»Eine Freundin meiner Schwester, eine gewisse Mrs Montgomery, wird in einigen Tagen mit ihrer Tochter nach Maine zurückkehren«, erzählte sie ihrem Mann. »Könnte Meg nicht mit ihnen reisen? Das wäre doch sicher nett. Und noch sicherer wäre es, wenn sie von einer Eskorte der Kavallerie bis an die Staatsgrenze begleitet würden. Du könntest Luke bitten, den netten Sergeant Claymore für die Eskorte abzustellen.«

Angus zwinkerte sie an. »Alice, betätigst du dich etwa wieder einmal als Kupplerin?«

»Natürlich nicht! Wie kommst du darauf, Dummkopf?«

Inzwischen freute sich Meg auf Halifax. Als Alice McLeod andeutete, wie glücklich sie sich schätzen könne, den Gefahren des wilden Westens so glimpflich entkommen zu sein, antwortete Meg: »Ich glaube, ich bin ganz gut in der Lage, mit Gottes Hilfe für mich selbst einzustehen. Als ich beinahe ertrunken wäre, hat Gott mich gerettet. Als ich um ein Haar zur Braut der Kinder des himmlischen Vaters gemacht worden wäre, hat Gott mich gerettet. Er hat mich zu Still Water begleitet und wird meine Schritte weiterhin lenken. Ich habe ein grenzenloses Vertrauen zu Gott, Mrs McLeod. Er wird mich nie im Stich lassen.«

Der starke Glaube des jungen Mädchens imponierte der Arztgattin. Meg verabschiedete sich traurig von Still Water und Swift Eagle und versprach, die Interessen des Stammes weiterhin zu vertreten. Still Waters Genesung hatte gute Fortschritte gemacht; in einigen Wochen würde er ohne ihre Hilfe nach Washington reisen können. Die wichtigste Korrespondenz zwischen dem Häuptling und Präsident McKinley war erledigt; Meg spürte, dass ihr Aufenthalt bei den Nez Percé keine verlorene Zeit gewesen war. Und sicher würden sie sich alle bald wiedersehen – vielleicht in Washington.

Still Water hatte trotz seines in einer Vorrichtung hängenden Gipsbeines mit großer Würde geantwortet. »Dark Sunset ist eine wahre Lady. Still Water ist stolz, Dark Sunset zu kennen. Eines Tages wird Dark Sunset einen Mann heiraten, der ihrer wert ist. Still Water und Swift Eagle richten dem Präsidenten einen Gruß der bleichgesichtigen Lehrerin Meg aus. Geist von Chief Joseph hat zu Still Water gesprochen und gesagt, kleine Meg wird Ehrensquaw der Nez Percé. Still Water wird William McKinley von Ehrensquaw grüßen.«

Der große Häuptling neigte sein Haupt vor ihr. Meg kämpfte gegen die Tränen. »Danke, Still Water. Ich werde dich und dein Volk sehr vermissen.«

»Gehe in Frieden, Dark Sunset. Möge der große Geist Wovoka mit dir sein.«

Dass Wovoka die Gestalt Sergeant Claymores annahm, beeindruckte Meg nicht im Geringsten. Sie wäre lieber ohne Eskorte gereist. Ihre Gedanken kreisten um die Menschen, die sie zurücklassen musste; eine dreißigtausend Jahre alte Kultur, die im Sterben lag. Meg hatte erkannt, dass die Nez Percé über Wertmaßstäbe verfügten, die der Welt nichts mehr bedeuteten.

Zur Reisegruppe gehörten Mrs Montgomery und ihre farblose, nervöse Tochter. Ganz im Gegensatz zu Meg waren sie dankbar für die Armeebegleitung. Allerdings freute sich Meg, dass sie die lange Reise dieses Mal im Zug und nicht im Planwagen zurücklegen durfte. Mrs Montgomery und ihre Tochter stiegen in Augusta aus. Meg und ihre kleine Eskorte fuhren weiter bis zum Grenzstädtchen Calais an der Staatsgrenze zwischen Maine und New Brunswick.

Rik hatte Meg versprochen, sie mit dem Schiff abzuholen, nicht mit der *Rossvehn*, die für die Bay of Fundy viel zu groß war, sondern mit seinem kleinen Privatboot. Ihretwegen hatte er sogar seine Entladepläne geändert.

Kurz bevor Meg aussteigen musste, kam Sergeant Claymore in Megs Abteil. Sein Gesicht war gerötet. Er hüstelte nervös. »Miss Duigan, Sie haben sicher bemerkt, dass Sie mir nicht gleichgültig sind«, begann er.

Und wie sie es bemerkt hatte! Keine Minute hatte der junge Mann sie aus den Augen gelassen. »Ich danke Ihnen für Ihre Aufmerksamkeit, Sergeant Claymore, und zwar nicht nur während dieser Reise, sondern auch während der schrecklichen Ereignisse in Silver Bay. Ich weiß Ihr Pflichtbewusstsein wirklich zu schätzen.«

»Vielen Dank, Miss. Aber vielleicht habe ich mich nicht deutlich genug ausgedrückt. Ich … äh … ich habe ehrliche Absichten. Ich möchte Ihnen eine Adresse geben.« Er kramte in seiner Brusttasche. »Es ist die Adresse meiner Eltern in Akron in Pennsylvania. Mein Vater ist im Wollgeschäft. Er fabriziert Decken. Sollten Sie je in der Lage sein, mich als Mann und nicht nur als Soldaten zu schätzen, würden Sie mich überglücklich machen. Ich bewundere Sie grenzenlos, Miss Duigan. Sie sind die hübscheste und intelligenteste Frau, die ich je kennen gelernt habe«, schloss er enthusiastisch.

»Ich fühle mich wirklich geschmeichelt, Sergeant Claymore«, erwiderte Meg aufrichtig und ehrlich wie immer. »Ich danke Ihnen und möchte Ihnen meinen größten Respekt ausdrücken. Allerdings muss ich Sie bitten, sich keine falschen Hoffnungen zu machen. Ich stehe an einem Wendepunkt in meinem Leben und habe eine sehr genaue Vorstellung davon, was ich in Zukunft tun möchte. Als Soldaten und als ehrbaren Freund bewundere ich Sie, doch mehr kann ich Ihnen nicht bieten. Wären Sie jetzt bitte so freundlich, mein Gepäck auf den Bahnsteig zu stellen? Ich habe mein endgültiges Ziel noch nicht erreicht.«

Es tat ihr Leid, den jungen Mann so direkt zurückweisen zu müssen, doch sie hatte nie einen Gedanken an Sergeant Amroth Jarvis Claymore verschwendet und glaubte auch nicht, dass es je dazu kommen würde. Jetzt freute sie sich erst einmal auf Rik und Argos. Vielleicht war ja sogar Lindy mit nach Calais gekommen.

Gestern war vorüber. Ein neuer Tag mit neuen Möglichkeiten war angebrochen. Dieser Philosophie würde Meg ihr Leben lang folgen.

Louise und Jon machten sich in der Grand Central Station auf die Suche nach Patricks Schließfach. Auf dem Schlüsselanhänger stand die Zahl 14 – die gleiche Nummer wie die seiner Wohnung. Hatte die Zahl 14 eine besondere Bedeutung für Patrick? Louise wusste es nicht. Ihre Hände zitterten, als Jon das Fach aufschloss.

In der stählernen Schublade befand sich ein in Wachstuch gepacktes, längliches Päckchen, das Jon merkwürdig bekannt vorkam. Noch ehe er das Paket in die Hand nahm, flüsterte er: »Ich weiß, was das ist, Louise.«

»Du weißt es? Woher?«

»Ich habe solche Dinger früher schon einmal gesehen, und zwar im Frachtraum der *Cormorant*. Es ist Gold, Louise. Pures Gold. Patrick muss es mitgenommen haben, ohne dass ich es bemerkte. Dieser Schlawiner!«

»Wie Recht Sie doch haben, Mr Duigan und Miss Duigan«, sagte eine Männerstimme hinter ihnen.

Sie waren zu dritt. Man hatte Louise und Jon beobachtet, seit Charles O'Duffy in Halifax festgenommen worden war.

»Mein Name ist Birckel. Ich komme von der Justizbehörde«, stellte der Mann sich vor. »Dies hier sind Ed Martin von der Staatsanwaltschaft und Mr Houghton vom Einwanderungsbüro.« Birckel nahm den Goldbarren aus dem Schließfach und reichte ihn an Mr Houghton weiter, der ihn beinahe fallen ließ. Noch nie im Leben hatte er das Gewicht eines Goldbarrens in den Händen gespürt und würde das Gefühl vermutlich auch nie wieder erleben.

»Ich möchte Sie bitten, uns unauffällig zu begleiten. Es wäre schön, wenn wir uns auf eine gewisse Zusammenarbeit einigen könnten.«

»Wo bringen Sie uns hin?«, fragte Louise misstrauisch.

»Nach Ellis Island, Miss«, antwortete Houghton. »Wir würden Ihnen gern ein paar Fragen stellen.«

Hilflos sah Louise zu Jon, doch der zuckte nur die Schultern. »Früher oder später mussten sie mich ja finden. Betrachte es einfach einmal von einer anderen Warte: Wir waren ursprünglich auf dem Weg nach Ellis Island, ehe unser Schiff unterging und wir in alle Winde verstreut wurden.«

Januar 1898

17. Kapitel

Von ständigen Passatwinden umweht, die Sporen und Samen von Insel zu Insel trugen, und von tropischen Regengüssen bewässert, zeigte sich Kuba in üppig blühender Pracht. Die Insel war nicht nur reich an Schönheit, sondern auch reich an materiellen Schätzen. Zuckerrohr, Tabak, Mangos, Brotfrüchte, Maniok, Kokosnüsse, Zitronen und Bananen gediehen in Hülle und Fülle. Die weißen Pflanzer hatten sich Jahrhunderte lang auf dem Rücken der Schwarzen bereichert, und obwohl die Sklaverei inzwischen abgeschafft war, arbeiteten die Schwarzen immer noch als Diener ihrer reichen, weißen Herren.

Vor der Residenz des amerikanischen Botschafters in Havanna standen die Kutschen der Reichen in langen Reihen auf dem breiten, palmenbestandenen Boulevard Malecon. Die Gäste wurden von Dienern in makellosen, schwarz-weißen Uniformen begrüßt, während schwarze Bedienstete sich um Kutschen und Pferde kümmerten. Botschafter du Pré gab einen besonderen Empfang mit anschließendem Ball zu Ehren der Besatzung des Schlachtschiffs *Maine*. Neben den Ehrengästen waren die Honoratioren von Havanna mit Damen geladen.

Die Türen und Fenster, die während der Zeit der Hurrikans sorgfältig geschlossen gehalten wurden, waren an diesem warmen, subtropischen Abend weit geöffnet. Myriaden winziger Lichter glitzerten im Garten; der Ballsaal wurde von großen kristallenen Kronleuchtern erhellt. Die Gäste des Botschafters verwöhnten ihre Gaumen mit Champagner und genossen Kaviar, Trüffel und Wachteleier, ehe die Musik zum Tanz aufspielte.

Millicent du Pré, die Frau des Botschafters, wirkte in ihrem mitternachtsblauen Seidenkleid geradezu königlich. Halskette und Ohrringe passten zu dem Diadem aus Diamanten und Saphiren, mit dem ihr aufgestecktes, von einigen grauen Strähnen durchzogenes Haar geschmückt war, das in ihren jungen Jahren in einem dunklen Kastanienton geglänzt hatte. Doch die verblassende Pracht war ihrer Würde durchaus zuträglich.

Robert du Pré senior stand ihr, sowohl angesichts seiner Vornehmheit als auch seines Reichtums, nur wenig nach. Gerne brüstete er sich mit Millicents Vorfahren, die einige Jahrhunderte vor seinen eigenen in die Kolonien gegangen waren. »Allerdings nach Jamaika, Vernon, nicht nach Kuba«, hatte er früher einmal zu Vernon Jameson-Blaine gesagt. »Die Wurzel *unseres* Reichtums liegt hier in Kuba.«

Irgendwie alterten die Engländerinnen würdevoller als die Amerikanerinnen, dachte seine Frau, Augustina Jameson-Blaine. Sie war mittleren Alters, ziemlich plump und suchte immer noch passende Ehemänner für ihre Töchter. »Sie trägt nur Familienschmuck und Erbstücke«, flüsterte sie hinter ihrem Fächer ihrem Ehemann zu. »Und ein eigenes Vermögen besitzt sie obendrein. Ich sage nur: Englischer Hochadel! Lady Millicent ist die Tochter eines englischen Grafen. Als sie du Pré heiratete, war er nur Senator.«

Vernon war ein reich gewordener Tabakpflanzer, der, wie seine Frau, immer seinen Vorteil im Blick hatte. Ihm ging es dabei allerdings mehr um seine Bürgerrechte als weißer Amerikaner, während Augustinas Hauptaugenmerk mehr auf einer möglichst vorteilhaften Verheiratung ihrer Töchter lag. Vernon kannte die Leier in- und auswendig, doch die Herkunft anderer Leute gehörte nicht unbedingt zu seinen Lieblingsthemen. »Etwas leiser, meine Liebe. Man wird dich hören! Diskretion gehört nicht gerade zu deinen Stärken.«

Kitty Campion, strahlend schön in ihrem schulterfreien Kleid aus rosa und elfenbeinfarbener Spitze, beobachtete ihre Eltern, die als perfekte Gastgeber jeden Neuankömmling persönlich begrüßten. Mit einem kecken Augenaufschlag wandte sie sich an ihren Mann. »Sieh dir die beiden an, Logan. Sind sie nicht immer noch ein schönes Paar?«

»Sind sie, Liebste.«

»Vater scheint Bobby noch nicht in sein Erbe einsetzen zu wollen.«

»Warum sollte er auch? Dein Vater ist im besten Alter, meine süße Kits. Und Bobby könnte es durchaus selbst noch zum Botschafter bringen. Ich finde, er hätte sogar das Zeug zum Präsidenten.«

»Nicht, wenn er seinem Herzen folgt. Ich spreche von Louise!«

»Es ist ein Jammer! Sie ist ein so nettes Mädchen.«

»Aber eben nur ein nettes Mädchen. Leider hat sie weder Geld, noch Stand, noch Erziehung. Was würden meine Eltern wohl sagen, wenn sie wüssten, dass Bobby in ein Blumenmädchen verliebt ist, das es sogar geschafft hat, das gesamte Einwanderungssystem auf den Kopf zu stellen: Erst arbeitet sie im Weißen Haus, dann geht sie nach Ellis Island.« Kitty kicherte.

»Sie würden wahrscheinlich einen Anfall bekommen! Irgendwie tut mir Bobby Leid.«

»Warum?«

»Als Kind wurde er von den Frauen der Familie verhätschelt, dann hat sein Vater ihm seinen Berufsweg vorgeschrieben. Irgendwann muss er ja einmal aufbegehren!«

»Hoffentlich nicht. Schon um des Mädchens willen. Mit Bobby als Don Juan kann ich einigermaßen umgehen. Bisher hat er sich immer mit reichen Frauen umgeben, die zudem meist verheiratet waren. Geschieht ihnen ganz recht! Aber wenn er seine Rebellion auf Louise Duigans Rücken austragen würde, hätte ich kein Verständnis. Ich glaube, ich muss mal mit ihm reden. Dieses Mal scheint es ihn tatsächlich erwischt zu haben.«

»Umso schlimmer!«

»Und wie! Louise ist stärker als Bob. Ihr Charakter ist ausgeprägter. Bob hat die schlechteren Karten. Sie wird sein Herz brechen, ehe er ihres bricht.«

»Vielleicht glaubst du es mir ja nicht, Kits, aber du kannst mir auch manchmal ganz schön Angst einjagen. Immer tust du nur das, was du willst. Und weil er sich in eine Frau verliebt hat, die ihm moralisch und mental überlegen ist, hat Bob meine ganze Sympathie. Trotzdem glaube ich nicht, dass er sie eines Tages heiratet – er würde es nie und nimmer wagen.«

»Vielleicht hast du Recht, Logan. Aber er findet Louise nicht nur ihrer Stärke wegen attraktiv. Sie ist ganz anders, als die anderen Frauen, für die er sich normalerweise interessiert. Er sondiert sozusagen das Terrain. Allerdings glaube ich nicht, dass sie in den letzten Monaten Kontakt hatten. Wahrscheinlich hat Ed Martin Bobby nicht einmal erzählt, dass Louise auf Ellis Island festsitzt. Er wird sich das Gleiche denken wie wir: Louise ist nur eins von vielen hübschen Mädchen und dürfte Bobby ziemlich bald langweilig werden. Vor allem, wenn sie seinem Charme widersteht.«

»Du meinst, wenn sie nicht mit ihm ins Bett geht?«

»Wenn du es so deutlich ausdrücken willst – ja.«

In einem anderen Teil des Ballsaals drückte sich Augustina Jameson-Blaine in der Nähe des Botschafters und seiner Frau herum. Was wäre es für ein gesellschaftlicher Erfolg, wenn sie Bob junior für ihre Tochter Amelia gewinnen könnte! Die ganze Familie du Pré – angefangen beim Sohn und Erben bis hin zu den drei Töchtern – machte etwas her. Die du-Pré-Mädchen waren samt und sonders ausgezeichnet verheiratet. Man müsste Bobby nur einen kleinen Schubs in die richtige Richtung geben, hin zu Amelia. Er ließ sich einfach zu viel Zeit. Und noch viel wichtiger war es, dachte Augustina Jameson-Blaine, während sie an der Seite ihres Mannes anstand, um dem Botschafter und seiner Frau die Hand zu schütteln, dass Bobby du Pré noch zu haben war. Er war der begehrteste Junggeselle der Umgebung. Welche Mutter von vier heiratsfähigen, aber noch ungebundenen Töchtern würde sich nicht eine Verbindung mit einer so vornehmen und reichen Familie wünschen?

Kitty Campion, der der ererbte englische Titel ihrer Mutter ein Gräuel war, knuffte Logan in die Seite. »Nun guck dir mal Augustina an! Sie hofiert meine Mutter, als ob sie die Königin von England höchstpersönlich wäre. Wie peinlich!«

Obwohl Kitty die steifen offiziellen Termine verabscheute, hielt die Familie eng zusammen. Sie verbrachten Weihnachten und Neujahr grundsätzlich gemeinsam auf ihrem Besitz in der Karibik. Ihr Vater hing an der alten Tradition; außerdem war es, abgesehen vom üblicherweise in Richmond in Virginia verbrachten Thanksgiving-Wochenende, die einzige Gelegenheit im Jahr, bei der Robert senior und Millicent ihre Enkel zu Gesicht bekamen.

Kittys ältere Schwester Marigold lebte ebenfalls auf Kuba. Sie war an diesem Tag allein auf dem Ball, weil ihr Ehemann Philip in einem kubanischen Gefängnis saß. Er hatte seine Bürgerrechte als auf der Insel geborener und aufgewachsener Pflanzer eingefordert.

Auch die älteste Schwester Dorothea befand sich mit ihrem Ehemann Dicky, der in Caracas als amerikanischer Kulturattaché arbeitete, über die Feiertage auf Heimaturlaub.

Ein ganz besonderer Glücksfall war es, dass Bobby den Posten als Verbindungsoffizier auf der *Maine* bekommen hatte, die zurzeit in Havanna vor Anker lag, während die *Montgomery* über die Feiertage vor Santiago am anderen Ende der Insel festgemacht hatte.

»Lass uns tanzen, Liebling«, sagte Kitty zu Logan. »Wir stellen uns einfach vor, meilenweit von dem spießigen Klüngel entfernt zu sein.«

»Ich dachte schon, du würdest nie fragen«, lächelte er seine Frau an, die trotz der sechs gemeinsamen Kinder immer noch eine mädchenhaft schlanke Taille hatte. Am liebsten hätte er sie jetzt ganz für sich gehabt. »Können wir uns nicht irgendwie davonschleichen, Kits?«

»Jetzt noch nicht, Liebster. Du weißt doch, für Mutter ist es eine Frage des Prinzips ...« Kitty hatte ihren Kopf weit nach hinten gebeugt, was Logan das Führen beim Walzer erschwerte. »Ich lausche gerade, was hinter uns getuschelt wird«, vertraute sie ihm an.

Augustina schimpfte mit Amelia, die in einer Ecke saß und einen Pfefferminz-Julep schlürfte. »Wieso tanzt du nicht? Meine Güte, Amelia, hier laufen doch wahrhaftig genügend gut aussehende Marineoffiziere herum! Du hast die freie Auswahl! Als Mauerblümchen machst du bestimmt keine Partie. Sieh mal, Violet und Ada haben beide schon einen Verehrer, und selbst bei der kleinen Lucy stehen die Männer Schlange.«

»Lass mich in Frieden, Mama«, schmollte Amelia.

»Was ist denn los mit dir? Warum tanzt Bobby nicht mit dir?«

»Woher soll ich das wissen? Er geht mir schon den ganzen Abend aus dem Weg.«

Kämpferisch marschierte die ganz in purpurfarbenen Taft gehüllte Augustina auf Kitty zu, die mit ihrem Mann tanzte, und tippte ihr mit dem geschlossenen Fächer auf die Schulter. »Würden Sie bitte Ihren Eltern und Ihrem Bruder mitteilen, dass die Jameson-Blaines eine solche Demütigung ihrer Tochter nicht auf sich sitzen lassen.«

»Was ist denn los, Mrs Jameson-Blaine? Was haben wir falsch gemacht?«, erkundigte sich Kitty bescheiden.

»Ihr Bruder hat Amelia den ganzen Abend über geflissentlich ignoriert. Es bricht ihr das Herz. Sie wird nicht zum Tanz aufgefordert, weil die anderen Offiziere begriffen haben, dass Bobby und Amelia einander so gut wie versprochen sind. Als echte Kavaliere nehmen sie natürlich Abstand davon, dem Ruf meiner Tochter zu schaden.«

»Nun, Mrs Jameson-Blaine, so gut wie versprochen ist noch lange nicht dasselbe wie verlobt. Amelia darf tanzen, mit wem sie möchte.«

»Darum geht es nicht, Kitty. Ich werde Ihren missratenen

Bruder nicht mehr zu meinen Empfängen einladen, wenn er Amelia weiterhin so nachlässig behandelt.«

Kitty war sprachlos. »Ah!«

»Wieso sagen Sie ›Ah‹?«

Kitty war der Meinung gewesen, dass es ein solches Verhalten, wie Augustina es an den Tag legte, seit dem Bürgerkrieg nicht mehr gab. Und doch benahm sich Mrs Jameson-Blaine, die aus dem Süden nahe der mexikanischen Grenze stammte, vollkommen altmodisch. »Entschuldigen Sie, irgendetwas hat mich gepiekst. Ich glaube, mein Korsett sitzt nicht richtig …« Kitty warf einen Blick auf Logan, der sie viel zu fest um die Taille hielt und in dem verzweifelten Versuch, nicht laut herauszuprusten, angelegentlich die Kronleuchter begutachtete. »Aber warum fragen Sie mich, Mrs Jameson-Blaine? Sollten Sie nicht lieber mit Bobby sprechen?«

»Mrs Campion, der Name Jameson-Blaine ist hier auf der Insel von einigem Gewicht. Wir nehmen es nicht auf die leichte Schulter, wenn eine unserer Töchter von dem jungen Mann, der sich ihr versprochen hat, beleidigt und fallen gelassen wird. Ich bin nicht bereit, die Beleidigung noch dadurch zu verschlimmern, dass ich im Namen meiner der Lächerlichkeit preisgegebenen Tochter zur Bittstellerin werde. Vielleicht besitzen Sie die Güte, Ihrer Familie mein Missfallen auszusprechen.« Augustina drehte sich auf dem Absatz um und machte sich auf den Weg zu ihrer unglücklichen Tochter.

»Entschuldige mich bitte, Logan«, lächelte Kitty ihren Mann an, der ihr schelmisch zuzwinkerte, »ich muss meinen missratenen Bruder suchen.«

Sie fand ihn auf der Veranda, von der aus man den Boulevard und die Bucht überblickte. Die Lichter des im Hafen vor Anker liegenden Panzerkreuzers *Maine* blinkten in einiger Entfernung; sie sahen fast aus wie Sterne. »Bobby, Mrs Jameson-Blaine hat es auf dich abgesehen. Sie ist auf dem Kriegspfad, weil du dich nicht ausreichend um Amelia kümmerst. Das arme Mädchen hat auch keinen anderen Kavalier; angeblich gibt es Gerüchte, dass ihr beide einander versprochen seid. Mrs Jameson-Blaine fühlt sich beleidigt.«

»Und warum genau?«

»Weil du nicht mit Amelia tanzt.«

»Aber warum sollte ich?«

»Mensch, Bobby, ich dachte du wärst ein Gentleman.« Kitty ärgerte sich über das unhöfliche Benehmen ihres Bruders.

»Entschuldige.«

»Entschuldige dich nicht bei mir. Sprich lieber mit Amelia und ihrer Mutter.«

»Ich glaube, ich kann Amelias hohles Geschwätz heute Abend nicht sehr gut ertragen.«

»Dann sag ihr das. Lass das arme Mädchen nicht unnötig schmoren. Du träumst sowieso von einer ganz anderen Frau, und ich glaube, ich weiß auch, von wem.«

»Warum hat sie mir nicht geschrieben? Warum ist sie so plötzlich nach New York gegangen? Mir gegenüber hat sie ihre Absicht mit keinem Wort erwähnt.«

»Wenn ich es wüsste, würde ich es dir wahrscheinlich sagen – aber ich weiß es nicht.« Offenbar hatte Ed Martin von der Staatsanwaltschaft Bobby nicht darüber informiert, dass Louise auf Ellis Island festgehalten wurde. Kitty zog es vor, ebenfalls nichts zu sagen. »Findest du nicht, dass es besser wäre, sich mit den Jameson-Blaines zu versöhnen und Amelia zum Tanz aufzufordern? Wenigstens heute Abend!«

»Vielleicht hast du Recht.« Schweren Herzens ging Bobby in den Ballsaal zurück. An Amelia Jameson-Blaine lag ihm ganz und gar nichts.

Zu Hause in Amerika bemühte sich die Presse, die Kriegsgefahr herunterzuspielen. Die New York Times berichtete, dass die amerikanischen Panzerkreuzer *Maine* und *Montgomery* als Zeichen der

Freundschaft und der internationalen Solidarität nach Havanna und Santiago entsandt worden waren – nicht etwa als Vorboten eines Krieges, sondern als Vorsichtsmaßnahme gegenüber den Problemen mit der spanischen Regierung Kubas.

Am folgenden Tag wurde der Ball bei den du Prés in den Gesellschaftskolumnen aller Tageszeitungen und von *Harper's Weekly* ausgiebig kommentiert:

»*Trotz drohender Kriegsgefahr verbringen unsere Offiziere eine angenehme Zeit auf Kuba. Ihnen zu Ehren finden Partys, Bälle, Abendgesellschaften und Empfänge sowohl an Bord der Maine als auch an Land statt. Den gestrigen Ball in der amerikanischen Botschaft genoss der Sohn des Botschafters, Robert junior, Erbe eines beachtlichen Vermögens, in den Armen seiner hübschen Verlobten Amelia Jameson-Blaine, die gleichfalls Erbin eines nicht unbeträchtlichen Vermögens ist …*«

Als Bobby den Bericht las, war er sprachlos – ganz im Gegensatz zu den Jameson-Blaines und seinen eigenen Eltern, die ihm zu seiner Entscheidung gratulierten und lediglich wissen wollten, warum er ihnen seine Absichten nicht mitgeteilt hatte, ehe sie aus *Harper's Weekly* davon erfuhren.

»Was heißt hier Verlobung mit Amelia, zum Teufel? Ich habe es doch selbst eben erst aus der Klatschspalte erfahren!« Bobby schäumte vor Wut.

»Hast du ihr gestern Abend einen Antrag gemacht oder nicht?«

»Natürlich nicht!«

»Wie kommt es dann zu dieser Nachricht?«

»Ich habe nicht die leiseste Ahnung.«

»Bist du ganz sicher, Bobby, dass du ihr nicht vielleicht Hoffnungen …« Seine Mutter verstummte angesichts seines beängstigend kalten Blicks.

»Ob ich ihr Hoffnungen gemacht habe, Mutter?«

»Vergiss es. Aber du trägst dein Herz manchmal sehr auf der Zunge, Bobby.«

»Hast du etwa mit der First Lady gesprochen?«

»In letzter Zeit nicht mehr. Bobby, du musst dich entweder bei den Jameson-Blaines entschuldigen oder dich dazu durchringen, Amelia zu heiraten. Wir können ihnen diese Demütigung jedenfalls nicht antun.«

»Mutter, *sie* können *mir* diese Demütigung nicht antun! Das ist Erpressung. Ich habe Amelia nie irgendwelche Hoffnungen gemacht und weder gestern Abend noch irgendwann sonst um ihre Hand angehalten. Es gibt kein Eheversprechen, ganz bestimmt nicht!«

»Du hast den ganzen Abend mit ihr getanzt.«

»Ist man gleich verlobt, wenn man miteinander tanzt?«

»Zu meiner Zeit schon.«

Robert senior versuchte, die Wogen zu glätten. »Millicent, der Junge wird sicher selbst wissen, ob er um ihre Hand angehalten hat oder nicht …«

»Immer stehst du auf Bobbys Seite! Und was ist, wenn sie uns auf Kranzgeld verklagen?« Sie stürmte aus dem Zimmer und überließ es Vater und Sohn, über den Gesichtsverlust nachzudenken.

»Ich möchte, dass du Präsident McKinley mitteilst, dass ich diesen lächerlichen angeblichen Auftrag nicht länger mitmache. Ich quittiere den Dienst, und zwar jetzt und hier«, erklärte Bobby seinem Vater.

»Immer mit der Ruhe, mein Sohn«, beschwichtigte ihn der Botschafter. Er wählte eine Zigarre, knipste das Ende ab und zündete sie an. »Lassen wir den Präsidenten aus dem Spiel. Du willst doch nicht deine Karriere ruinieren, nur weil eine hübsche junge Dame zufällig eine ekelhaft dominante Mutter hat. Ich werde mit Vernon und Augustina reden und ihnen erklären, dass alles nur ein Missverständnis war.«

»Nein, das mache ich selbst.«

»Wenn du nicht in Amelia verliebt bist, in wen dann?«, fragte sein Vater unvermittelt.

»Das ist meine Sache, Pa. Wenn ich eines Tages bereit bin,

es aller Welt zu verkünden, dann werde ich es tun.« Mit diesen Worten ging Bobby aus dem Zimmer.

Du liebe Zeit, dachte der Botschafter, das war das erste Mal, dass Bobby in Bezug auf eine Frau Schneid beweist. Er muss wirklich verliebt sein. Er hoffte nur, dass die Frau den Wirbel wert war, den die Jameson-Blaines nach Bobbys öffentlichem Dementi entfachen würden.

Die Familie du Pré verbrachte die restlichen Feiertage in ihrem Landhaus. Die Hacienda Sabana lag außerhalb von Havanna inmitten großer Zuckerrohr- und Tabakplantagen. Die nächsten Nachbarn waren die Jameson-Blaines, deren Ländereien an die Grundstücke des Botschafters grenzten. Die Jameson-Blaines waren noch in der Stadt geblieben, weil die Party-Saison erst vorüber war, wenn die *Maine* Havanna wieder verließ. Bobby jedoch hatte die Nase voll von Empfängen. Er wünschte sich nichts sehnlicher, als nach Washington zurückzukehren und die Kubaner und Pflanzer sich selbst zu überlassen. Natürlich wusste Bobby, dass Amelia und ihre Familie noch in Havanna waren. Auf Befehl ihrer Mutter hielten sich die Töchter ständig in der Nähe der Fregatten auf, um vielleicht doch noch die Aufmerksamkeit eines amerikanischen Offiziers zu erregen.

Bobby ging schnurstracks auf das im spanischen Kolonialstil erbaute Haus der Jameson-Blaines am Boulevard Malecon zu, ein sehr eindrucksvolles, matt rosafarbenes Gebäude mit geschwungenen Eisenbalkonen. In der subtropischen Üppigkeit des Gartens, in dem Bougainvillea, Hibiskus und duftender weißer Jasmin blühten, fand Bobby Amelia auf der Verandaschaukel. In einem weißen Musselinkleid, die blonden Ringellöckchen malerisch um das Gesicht drapiert, saß sie wie ein Bild der Melancholie im Kreis ihrer Schwestern. Ihre schwarze Amme Marta fächerte ihr mit einem Palmwedel kühle Luft zu.

Mit wenigen Schritten war Bobby auf der Veranda. In seiner

weißen Uniform sah er blendend aus. Amelias Herz flatterte wie ein Schmetterling, doch das war Bobby nicht bewusst. Seine Wirkung auf Frauen interessierte ihn nicht – es sei denn auf eine ganz bestimmte.

Amelia war sicher, das Bobby gekommen war, um nach einem Gespräch mit ihrem Vater offiziell um ihre Hand anzuhalten, und wollte Marta gerade wegschicken, als Bobby sie wütend anfauchte: »Was um alles in der Welt hast du den Leuten erzählt?«

»Ich?« Amelia richtete sich auf. »Liebster Bobby, ich glaube, ich verstehe nicht recht.«

»Warum hast du das Gerücht von einer Verlobung zwischen uns verbreitet?«

»Aber Bobby!« Amelia unterdrückte ihren Ärger und spielte die entrüstete kleine Frau. »Du hast mir unmissverständlich zu verstehen gegeben, dass du mich heiraten willst.«

»Wie das? Wie kommst du darauf, Amelia? Ich habe nicht um deine Hand angehalten.«

»Aber natürlich. Immerhin hast du die Gelegenheit zu deinem Vorteil ausgenutzt.«

Bobby war wie vor den Kopf gestoßen. »Wie meinst du das, Amelia? Nie im Leben habe ich dich ausgenutzt …«

»Oh doch!«

»Wie denn?«

»Du hast mich geküsst.«

»Vielleicht als wir noch Kinder waren.«

»Außerdem hast du beim Botschafts-Ball den ganzen Abend mit mir getanzt.«

»Tanzen ist doch kein Eheversprechen! Und auch ein brüderlicher Kuss nicht.«

»Aber natürlich ist es das. Vor allem beim Botschafts-Ball. Willst du etwa meinen Ruf ruinieren?«

»Zum Teufel mit deinem Ruf, Amelia! Hast du dir je Gedanken um meinen gemacht?«

Ihre Unterlippe begann zu zittern, und ihre blauen Augen

füllten sich mit Tränen. »Wie kannst du es wagen, so etwas zu sagen! Du bist wirklich kein Gentleman ... und ... und ...«

»Ich wage es, weil du gelogen hast, Amelia. Du bist eine Lügnerin und Intrigantin, genau wie deine Mutter!«

»Oh!« Amelia verbarg ihr Gesicht an Martas üppigem Busen. »Hol Mutter her, Marta. Schnell! Bobby du Pré, mit dieser Beleidigung wirst du nicht so einfach davonkommen. Wir verklagen dich wegen Bruch des Eheversprechens. Und außerdem wird meine Familie dafür Sorge tragen, dass du von der Washingtoner Gesellschaft gemieden wirst.«

»Du lieber Himmel, Amelia!« Lucy fand es an der Zeit, einzuschreiten. Während ihrer gesamten Kindheit hatte sie miterlebt, wie ihre Mutter Bobby zum Heiratskandidaten für Amelia erkoren hatte. Amelia war in dem Glauben erzogen worden, dass sie und Bobby zusammengehörten. Bobby tat Lucy Leid.

Sie stand auf, befahl Amelia und Marta, sich hinzusetzen, und sagte: »Bobby hat Recht. Du und Mama, ihr seid tatsächlich Intrigantinnen, auch wenn es mir für meine Familie peinlich ist. Aber er liebt dich nicht, Amelia. Er liebt Louise, und die ist wirklich liebenswert, vor allem verglichen mit dir!«

»Louise? Wer ist Louise?« Amelia blickte von Lucy zu Bobby.

»Sie hat wenigstens Charakter«, fuhr Lucy fort. Bobby wusste nicht, wie er sich verhalten sollte. »Du bist doch nichts als eine Zimperliese, Mamis Marionette und Martas Baby. Bobby hat Besseres verdient, als in eine Familie rückgratloser Emporkömmlinge einzuheiraten. Ich schäme mich für euch. Vor allem für Vater, der zu feige war, für seine Ansichten ins Gefängnis zu gehen wie die anderen Plantagenbesitzer. Er war nur darauf bedacht, seine Haut zu retten.«

Amelia starrte ihre kleine Schwester an. »Wie redest du mit mir, Lucy? Hier geht es um die Angelegenheiten erwachsener Menschen, von denen du keine Ahnung hast.«

»Ich weiß, wovon ich rede. Ich habe Louise kennen gelernt, und zwar bei Kitty Campion. So! Ich habe auch mit ihr gesprochen, und sie ist tausend Mal intelligenter als du, Amelia! Bobby hat eine gute Wahl getroffen. Auch wenn du meine Schwester bist – du bist und bleibst nur … nur … zweite Wahl!« Lucy drehte sich um und rannte in den Garten.

»Marta, hol Mama her!«, jammerte Amelia. »Sofort! So kommen mir Lucy und Bobby nicht davon … so nicht!«

Bobby war Lucy gefolgt und legte ihr die Hand auf die Schulter. »Danke, Lucy. Aber um mein Liebesleben brauchst du dir den Kopf nicht zu zerbrechen.«

»Schon gut, Bobby. Geschieht Amelia ganz recht. Sie war immer Mamas Liebling, ich hingegen das schwarze Schaf der Familie.« Lucy lächelte und pflückte die Blütenblätter einer Paradiesblume ab. »Ich fürchte, der heutige Vorfall bedeutet meine Verbannung nach England. Kühles, graues Wetter und eiskalte Bäder in der Cheltenham Academy for Women. Klingt fast wie die Verurteilung zu einer Gefängnisstrafe. Mein einziger Trost ist, dass es in England eine Suffragetten-Bewegung gibt.«

»Was für eine Bewegung? Ich finde, der Name klingt ziemlich finster.«

»Mag schon sein! Zumindest für Männer.«

»He, Lucy!« Bobby legte die Hand aufs Herz und zwinkerte das junge Mädchen an. »Du hast dich doch nicht etwa mit Kit verbündet? Kit ist nämlich ein kleines bisschen verrückt.«

»Genau wie ich«, grinste Lucy.

Er tätschelte ihre Schulter. Zu Lucy hatte Bobby eine engere Beziehung als zu den anderen Jameson-Mädchen. Sie war für ihn wie eine kleine Schwester. Als er ein junger Bengel von vierzehn gewesen war, hatte ihm Marta auf der Veranda das Neugeborene in seiner Wiege gezeigt. Bobby hatte noch nie ein Baby gesehen, und die runzligen roten Fäuste und Füße erschütterten ihn, zumal die Kleine wie am Spieß schrie. »Tu mir den Gefallen, und handele dir nicht noch mehr Ärger ein; vor allem nicht meinetwegen.«

»Du aber auch nicht, Bobby, mein Freund.« Verschwörerisch klatschten sie die Hände gegeneinander. »Viel Glück, altes Haus!«

»Dir auch.« Voll inniger Zuneigung küsste er sie auf die Stirn. Lucy hatte etwas für ihn getan, was er angesichts Amelias und Mutter Jameson-Blaines Eroberungstaktik nie fertig gebracht hätte.

18. Kapitel

Kalter Wind wehte vom North River herüber. Louise und Jon fröstelten und kuschelten sich tiefer in ihre Wintermäntel. Louise nahm die Hand ihres Bruders. »Ich kann immer noch nicht glauben, dass es heute tatsächlich so weit ist.«

»Ich auch nicht.« Ermutigend drückte er ihre Finger in den Wollhandschuhen.

Aufgeregt und ein wenig nervös warteten sie auf die Fähre von Ellis Island, die Patrick zu ihnen bringen sollte. Nach so langer Zeit würde sie heute endlich ihren Zwillingsbruder wiedersehen! Louise wusste nicht, was sie erwartete. Nach zwei endlos scheinenden Jahren voller widriger Umstände hatte sie nicht mehr damit gerechnet, die Geschwister doch noch einmal vereint zu sehen. Louise hätte heute auch gerne Meg um sich gehabt, doch sie wusste, dass Meg bei den Lindewens in Halifax wirklich glücklich war.

Und das hatte sie verdient, nach den harten Monaten, die hinter ihr lagen, dachte Louise voller Mitgefühl. Allein mit Megs Erlebnissen könnte man ein ganzes Buch füllen, ganz zu schweigen von den Erfahrungen, die Patrick und Jon inzwischen im Land der unbegrenzten Möglichkeiten gemacht hatten. Zärtlich betrachtete sie ihren Bruder Jon, der zitternd vor Kälte und Aufregung neben ihr stand und auf seinen Bruder wartete.

Fünf volle Monate war Patrick im Krankenhaus gewesen, ehe er sich einigermaßen von den Auswirkungen der Caisson-Krankheit erholt hatte. Als er wieder ohne fremde Hilfe laufen konnte, war er nach Ellis Island gebracht worden, wo entschieden werden sollte, ob Pat amerikanischer Staatsbürger werden durfte. Ihre Wege hatten sich gekreuzt, ohne dass sie es wussten: Louise und Jon waren in der Zwischenzeit eingebürgert worden und hatten Ellis wieder verlassen.

Louise dachte nicht gerne an die Zeit auf Ellis Island zurück. Vor allem nach ihren Erfahrungen im Weißen Haus erschien ihr die Behandlung dort mehr als unwürdig.

Ellis Island, ein sumpfiges Inselchen im Hafen von New York kurz vor der Küste New Jerseys, hatte während des Bürgerkriegs als Pulvermagazin gedient. Die alten, verwohnten Gebäude wurden selbst von Ratten gemieden.

Für viele Einwanderer war die Aufnahmestation von Ellis Island das Einzige, was sie je von Amerika zu Gesicht bekamen; ein flüchtiger Blick auf das gelobte Land, ehe man sie in ihre Herkunftsländer zurückschickte. Die übrigen Immigranten saßen mit leeren Augen und leeren Gesichtern tatenlos herum, verloren, verwirrt, häufig der Sprache nicht mächtig und oft ohne jede Hoffnung.

Manchmal wurde einem einzelnen Familienmitglied die Einreise verwehrt, oder man ließ nur einen zu und schickte die anderen zurück. Das unbarmherzige Gesetz war Ursache unzähliger persönlicher Tragödien. Und neben den Einwanderern, die wieder zurückgeschickt wurden, gab es noch die, denen ein Leben als Bürger zweiter Klasse bevorstand; zu ihnen gehörten Louise und Jon.

Kurz vor ihrer Ankunft auf der Insel war die Aufnahmestation von Einwanderern niedergebrannt worden, die sich nicht mit ihrer Internierung abfinden wollten.

»Erinnerungen an Anticosti Island werden wach«, hatte Jon gewitzelt, doch Louise konnte darüber nicht lachen.

Der Aufenthalt war ein wahrer Albtraum gewesen. Nachdem der Brand einige der Holzbauten auf der Insel zerstört hatte, waren die Lagerinsassen unter primitivsten Umständen in den übrigen Gebäuden zusammengepfercht worden.

Am schlimmsten war die Ungewissheit. Man hatte den Eindruck, dass die amerikanischen Behörden es bewusst darauf anlegten, den Wartenden gegenüber keine klaren Aussagen zu treffen. Häufig kam es zu Tumulten. Für die Verursacher gab es keine Gnade. Sie wurden entweder in ihre Heimatländer zurückgeschickt oder zu Zwangsarbeit verurteilt.

Die Wartezeit auf Ellis Island konnte zwischen einigen Tagen und vielen Wochen betragen. Hatte man die erste Hürde genommen, wurde man weiteren, sehr unangenehmen Prüfungen unterzogen. Louise hatte den Eindruck gehabt, dass sie und Jon bei jedem dieser Tests durchgefallen waren; in der Zwischenzeit war sie jedoch so weit gewesen, die drohende Abschiebung nach Irland als wahres Geschenk zu empfinden.

Aber es ging weiter. Im Gänsemarsch wurden sie durch ein Tor ins nächste Gebäude geschleust, das an ein Viehgatter erinnerte. Wie Vieh wurden sie markiert, ehe der wirkliche Aussiebungs-Prozess begann.

Bei der Gesundheitskontrolle bekamen diejenigen, die nicht völlig gesund waren, ein Kreidezeichen auf die rechte Schulter. C stand für eine ansteckende Krankheit, E für schlechte Augen, G war das Zeichen für einen Kropf, K für eine Hernie (nie bekam Louise heraus, was das war!), L bedeutete Lähmungen, X eine Geisteskrankheit, und so weiter. Es war erniedrigend. Junge Frauen im gebärfähigen Alter wurden zudem von einer Aufseherin auf Anzeichen einer Schwangerschaft untersucht.

Die Verletzung ihrer Intimsphäre, gerechtfertigt nur durch das Ziel eines Gesundheitszertifikats der US-Behörden, war für Louise die entsetzlichste aller Demütigungen. Sie verweigerte die Untersuchung und erklärte dem Ausschuss, sie habe bereits in Amerika gearbeitet, und zwar im Weißen Haus. Das aber machte alles nur noch schlimmer. Ihre Schulter wurde mit dem X für Geisteskrankheit gekennzeichnet, Jon erhielt den Buchstaben C, weil man davon ausging, dass seine fehlenden Finger auf einer Lepra-Erkrankung beruhten.

Alle Erklärungsversuche halfen nichts. Man hielt ihre Einwände für erfunden, steckte den armen Jon schließlich in Quarantäne und drohte damit, ihn anschließend zu seiner Schwester in die Irrenabteilung zu stecken.

Die Einwanderungsbehörde schickte Immigranten aus vielerlei Gründen zurück in ihre Heimat – zum Beispiel, weil jemand für arbeitsunfähig gehalten wurde. Aber auch sehr arme Leute oder Menschen, die sich schon vor ihrer Abreise aus dem Herkunftsland um einen Job in Amerika gekümmert hatten, wurden abgewiesen – aus Angst vor Billiglöhnen und Schwarzarbeit, mit denen die Einwanderer die Gehälter der amerikanischen Staatsbürger unterboten. Die in solchen Fällen angewendeten Gesetze lernte Louise erst in dem Augenblick kennen, als sie erfuhr, dass sie sie übertreten hatte. Irgendwann fand die Einwanderungsbehörde nämlich doch heraus, dass sie tatsächlich in Canton für den Gouverneur von Ohio und in Washington für den Präsidenten gearbeitet hatte.

Die daraus entstandene Aufregung war unbeschreiblich. Nachdem Louise bereits mit dem Buchstaben X gekennzeichnet war, hielt man sie nun auch noch für eine ausländische Spionin.

Nach vielem Hin und Her und einer Menge Ärger erinnerte sich Louise ihres Empfehlungsschreibens aus der Hand der First Lady. Sie suchte und fand den wichtigen Brief, der nicht nur mit der Adresse versehen war, sondern auch das Amtssiegel des Präsidenten trug.

Sofort wurden Jon aus der Quarantäne und Louise aus der Irrenabteilung entlassen. Man brachte sie in die Meldehalle, wo sie ein weiteres Mal befragt wurden – diesmal allerdings so kurz, als sei die Entscheidung schon längst gefallen.

Ob sie lesen und schreiben könnten? Stempel. Wie viel Geld sie besäßen? Dreihundert Dollar? Die Beamten waren beeindruckt. (Louise hatte es tatsächlich geschafft, das kleine Sümmchen, das sie für Jons Verteidigung beiseite gelegt hatte, durch eiserne Sparsamkeit ansehnlich zu vergrößern.) Stempel. Wer hatte für die

Schiffspassage in die USA bezahlt? Stempel. Noch nie hatten Jon und Louise gesehen, dass ein Stempel so schnell und so präzise auf Einwanderungspapiere gedrückt wurde.

Und dann waren sie frei! Endlich durften sie wieder frische Luft atmen. Niemand stellte mehr Fragen. Louise und Jon waren zu Bürgern der Vereinigten Staaten von Amerika geworden.

»Die Fähre ist da!« Jon stieß seine Schwester an, die völlig abwesend wirkte.

Menschenmassen drängten sich vor der Schranke. Sie wurden von allen Seiten geschubst und gedrängt. »Da ist er, Louise. Da drüben!«

»Wo denn? Ich sehe nichts!« Louise stellte sich auf die Zehenspitzen. Erschrocken betrachtete sie den alten Mann, der humpelnd den Landungssteg hinunterkam. »Das kann doch nicht sein! Das ist doch nicht Patrick!« Patrick war über seine Jahre hinaus gealtert. Er ging gebeugt und hinkte. Seine Haut war runzlig und dunkel wie die einer Schildkröte.

»Sicher ist er das! Und der einzige Grund, weshalb er kein C auf die Schulter bekommen hat, ist ein kleiner Hinweis von Ed Martin, dass der Fiskus Patrick eine Menge Geld verdankt, Pat bei dem Job aber beinahe vor die Hunde gegangen wäre.«

»Wie kannst du nur so fröhlich sein? Patrick sieht schrecklich aus!« Bestürzt musterte Louise aus der Entfernung ihren gealterten Zwillingsbruder.

»Mit Bart hat er noch schrecklicher ausgesehen. Gott sei Dank hat er den abrasiert.« Jon ging auf seinen Bruder zu und begrüßte ihn; fast schon hatte er die Hoffnung aufgegeben, ihn je wieder zu sehen. Jetzt freute er sich darauf, Pat von dem neuen Unternehmen zu erzählen, das er während der vergangenen Monate aufgebaut hatte.

Louise musste sich erst an diesen neuen Patrick gewöhnen, der mit seinen neunzehn Jahren genauso alt war wie sie, aber eher wie neunzig aussah. Patrick spürte ihre Verwirrung. Er legte die Arme um sie und Jon und zog sie eng an sich. Lange standen sie wortlos in inniger Umarmung. Niemals mehr würde Louise diesen Moment vergessen.

Sie begann zu weinen. Pat drückte sie noch fester an seine Brust.

Schließlich hielt Jon die gefühlvolle Stimmung nicht länger aus. »Es ist verdammt kalt. Komm, Pat, wir bringen sie in unsere Wohnung. Nach Hause.«

»Nach Hause! Wie schön sich dieses Wort doch anhört«, sagte Patrick mit gepresster Stimme.

Louise wich den Rest des Tages nicht von Patricks Seite, als hätte sie Angst, ihn wieder zu verlieren. Jon kochte eine Kanne Tee nach der anderen, während Patrick seine Geschichte erzählte.

»Cade-Armoy wird verklagt. Und zwar wegen Korruption, Fahrlässigkeit, arglistiger Täuschung und – das Beste kommt noch – wegen Waffen- und Goldschmuggels!«

»Sieh an!«

»Halleluja!«

Jon und Louise fassten sich bei den Händen und tanzten durch das Zimmer. Pat lehnte sich zurück, wärmte sich die Hände an seiner Teetasse und fühlte einen unbeschreiblichen Frieden in sich aufsteigen.

»Das ausländische Gold, das bei Cade gefunden wurde, reicht aus, um den amerikanischen Goldmarkt einbrechen zu lassen und die ohnehin schon schwache Konjunktur noch weiter zu schädigen«, erzählte Pat weiter. »Leider verstehe ich nicht genug von Aktienkursen und Bankgeschäften. Ed Martin hat versucht, mir zu erklären, dass es irgendetwas mit der Silberdollar-Geschichte zu tun hat, mit der unser Präsident gerade versucht, die Wirtschaft wieder auf Vordermann zu bringen.«

Pat bat um mehr Tee, und Jon beeilte sich mit dem Nachschenken. »Das Gold von Cade kam jedenfalls aus Kanada, wo es zuvor gewaschen worden war.«

»Mit Wäsche kennt sich Louise bestens aus«, warf Jon ein.

»Diese Art Wäsche meine ich nicht«, grinste Pat. »Ich habe keine Ahnung, wie dieses Geschäft funktioniert, aber O'Duffy und sein Schwager Casper Cade waren wohl recht firm darin. Nur, dass ihnen jetzt die Behörden auf die Schliche gekommen sind, das haben Ed Martin und Houghton mir gestern erzählt. Cade hat den Transport von Passagieren nur zum Vorwand betrieben, um seine illegalen Aktivitäten besser vertuschen zu können. Dabei scheint auch der Transport von Immigranten eine ziemlich lukrative Sache zu sein, sofern man ihn außerhalb New Yorks betreibt. Aber Cade-Armoy hat gleich doppelt und dreifach abgesahnt. Die Reederei hat ihre Lizenz für den Personen-Transport benutzt, um Waffen nach Europa und Gold in die USA zu schmuggeln. Ihr könnt euch sicher vorstellen, dass die amerikanischen Behörden sich nicht gerade gern an der Nase herumführen lassen.«

»Sagtest du gerade ›Schmuggeln von Waffen‹?«, hakte Jon nach.

»Waffen sind hier in Amerika recht billig. Fast jedem ist der Besitz einer Waffe gestattet; in der Verfassung steht sogar ein Passus, der jedem das Recht gibt, sich selbst zu schützen. Aber auch in Europa werden Waffen gebraucht: Aus irgendwelchen Gründen rüstet Deutschland auf. Die Briten brauchen sowieso immer Waffen, um den Commonwealth einschließlich Irland in Schach zu halten. Irland hingegen spielt mit dem Gedanken, von England unabhängig zu werden, wobei Amerika eingedenk seines Status als ehemalige britische Kolonie eher mit den Iren als mit den Engländern sympathisiert. Und in Amerika gibt es Waffen zuhauf. Damit herrscht das Prinzip von Angebot und Nachfrage. Was aber den Briten und den Amerikanern die größte Sorge bereitet …« Pat blickte Louise und Jon an. »Was ich euch jetzt erzähle, ist amerikanisches Staatsgeheimnis. Ihr dürft es niemandem weitersagen.«

»Bestimmt nicht«, versprachen sie. Pat griff nach Louises Hand.

»Sowohl in Irland als auch hier in den Staaten, wo viele Iren leben, gibt es Bestrebungen, die Engländer aus Irland zu vertreiben. Allzu viel hat Ed nicht verraten wollen. Aber als die Justizbehörden im Sumpf korrupter Reedereien herumstocherten, sind sie wohl noch auf andere Dinge gestoßen. Briten und Iren sind ja so eine Art Vettern, nicht wahr?«

»Ja … schon« Louise und Jon nickten.

»Von Seiten der Politik wollen die Amerikaner es sich natürlich nicht mit dem englischen Parlament verderben. Die Republikanische Bruderschaft in Irland schert sich jedoch nicht darum und kauft jede Menge Waffen, die eines schönen Tages gegen die Briten eingesetzt werden sollen.«

Interessiert beugte sich Jon nach vorn. »Reden wir hier etwa von Unabhängigkeit für Irland?«

»Es gibt geheime Abmachungen, die britische Herrschaft über Irland abzuschaffen. Für ihre Unabhängigkeit braucht die Irisch Republikanische Bruderschaft Waffen, und die hat O'Duffy geliefert. Und ehrlich gesagt habe ich nicht einmal etwas dagegen einzuwenden. Oder jedenfalls nicht viel, O'Duffys Methoden gefallen mir eben nicht. Wie es aussieht, haben viele irischstämmige Amerikaner den USA zwar den Fahneneid geschworen, fühlen sich aber ihrer alten Heimat immer noch tiefer verbunden als dem Einwanderungsland.«

»Wie wir auch!«, nickte Jon.

»Richtig. Nun ist es aber so, dass O'Duffy und Cade keinen offiziellen Auftrag zum Kauf von Waffen vorweisen können.«

»Wie bezahlen sie sie dann?«

»Tja, genau das ist die Frage, Jon. Tatsächlich bekommen sie ihr Geld durch Spenden, und zwar von beiden Seiten des Atlantiks. Irische Auswanderer, die sich gezwungen sahen, ihr Land wegen Krankheit, Hungersnot und der Unterdrückung des irischen Volks durch die Engländer zu verlassen, schicken Geld nach Irland, um das britische System zu unterwandern. Irischstämmige Amerikaner spenden Millionen Dollar, mit denen die Briten eines Tages aus dem Land vertrieben werden sollen. Und mit diesen Spenden arbeitet Cade-Armoy.«

»Spenden in Form von Goldbarren?«, fragte Jon verblüfft.

»Genau. Pures Gold. Daran kann man sehen, wie viel die irische Nation unseren ehemaligen Landsleuten bedeutet!« Pat schenkte sich erneut Tee nach. »Cade und O'Duffy haben alles organisiert. Amerikanische Waffen wurden mit Goldbarren bezahlt. So konnte man die amerikanischen Finanzen schwächen und gleichzeitig die Engländer samt ihrem Anspruch auf Irland schwächen.«

»Funktioniert das denn?« Jon blieb skeptisch.

»Allzu oft kann man es natürlich nicht machen, weil die Regierung schnell misstrauisch wird. Man heimst die ansehnlichen Fahrpreise der Passagiere ein und sieht dann zu, dass mehrmals im Jahr ein Schiff nach Neuschottland oder Neufundland umgeleitet wird. Im Grunde ganz einfach! Die mit deutschem, englischem oder irischem Gold beladenen Schiffe aus Hamburg, Liverpool, Dublin oder Cork kamen in schwere See und mussten den nächsten erreichbaren Hafen ansteuern – und das war dann eben meist Neuschottland oder Neufundland. Kapiert?«

»Ich glaube schon.«

»Normalerweise ist so etwas absolut nicht verdächtig. Eine gewöhnliche Reederei, die ihren normalen Geschäften nachgeht. Doch nach dem Untergang der *Cormorant* und der anschließenden Anhörung sah man sich die Statistiken genauer an und reichte sie gleich an die Einwanderungsbehörden weiter.«

Hätten die Geschwister Duigan das alles nicht selbst erlebt, hätten sie sicher nicht geglaubt, wie viel Gewinn auf dem Rücken unschuldiger Auswanderer gemacht wurde.

»Irland hat aber doch keine eigenständige Regierung«, wandte Louise ein. »Wie kann es da irisches Gold geben? Kommt das vielleicht aus England?«

»Die irischen Beiträge für die Transaktionen von Cade-Armoy wurden auf dieser Seite des Atlantiks bezahlt.«

»Hier in New York?«

»Hier in New York!«

»Entschuldige, aber ich verstehe noch immer nicht.«

»Die Goldbarren tragen die Prägestempel der Länder, die Waffen kaufen wollen. Und darunter sind einige ziemlich reiche und ziemlich unruhige Länder wie Südafrika und einige arabische Staaten. Das Gold wird nach Kanada gebracht und kehrt von dort in Cades Schatztruhe zurück. So etwas nennt man Geldwäsche. Und Cade macht gleich zwei Mal gutes Geld: Zum Ersten mit der hart erarbeiteten Fahrkarte des armen Auswanderers und zum Zweiten mit dem, was die Regierungen bezahlen, die Waffen kaufen. Natürlich steuerfrei! Und die amerikanische Regierung guckt in die Röhre. Bis jetzt jedenfalls.«

Louise fragte zweifelnd: »Habe ich dich richtig verstanden, Pat? War es Absicht, dass die *Cormorant* in Kanada landete? Sollte sie gar nicht nach New York fahren?«

»Genauso ist es. Die *Cormorant* drehte in Richtung Halifax ab, und erst dann redete man sich hinaus, sie sei abgetrieben worden. Es war ein unglücklicher Zufall für Cade-Armoy, dass es tatsächlich einen Sturm gab.«

»Wieso?«

»Reiche und mächtige Menschen wie Casper Cade haben überall ihre Leute, auch unter den Beamten. Doch in unserem Fall hat Gott seine Hand im Spiel gehabt. Er hat einen Sturm geschickt. Die Maschinen der *Cormorant* waren so alt, dass sie die Belastung nicht ausgehalten haben und explodierten. Als meine Gesellschaft beauftragt wurde, das Gold zu bergen und es neben Trümmern des Schiffs auch fand, wusste O'Duffy sehr genau, wo er weitersuchen musste. Nur habe ich ihm diese Chance nicht gelassen. Ich war so dickköpfig, selbst zu tauchen, und wurde in mehr als nur einer Weise fündig. Aber ich hielt mich für schlauer als den lieben Gott selbst und fiel dabei in einen Tiefseegraben. Es war meine zweite Begegnung mit dem Tod. Ein sehr viel erfahrenerer Taucher hat mich gerettet; den Rest erledigte Schwester Barbara im Hospital der Seefahrermission in Halifax. Irgendwann wurden wir dann alle verhaftet und das Gold von einem von der Regierung angeheuerten Berufstaucher-Team geborgen – übrigens

Merrit-Scott & Chapman. Man hob unter anderem auch die defekten Kessel der *Cormorant* und konnte nachweisen, dass nie eine Sabotage stattgefunden hatte.«

»Wo sind O'Duffy und Casper Cade jetzt?«, wollte Louise wissen.

»Im Gefängnis. Sie warten auf ihren Prozess.«

»Und das bedeutet …«

»Das bedeutet, dass Jon und ich als Zeugen aussagen müssen. Vielleicht auch du und Meg.«

»Ich habe die Nase voll von Gerichten! Und von Gefängnissen sowieso!« Jon ballte die Fäuste. Nichts und niemand würde ihn dazu bringen, die Mühle noch einmal zu durchlaufen, selbst dann nicht, wenn er den Namen der Familie Duigan damit von jedem Verdacht reinwaschen konnte. Er hatte genug – ein für alle Mal genug.

Begütigend redete Pat auf seinen Bruder ein. »Nur noch ein einziges Mal, Jon. Ein allerletztes Mal!«

Jon zuckte die Schultern. »Hoffen wir, dass es wirklich das letzte Mal ist, Pat.«

»Und dieses Mal ist die Regierung auf unserer Seite.«

»Na, hoffentlich«, grunzte Jon wenig überzeugt.

Erschöpft und zufrieden lehnte Pat sich zurück. Erst jetzt nahm er sich die Zeit, die gemütliche kleine Wohnung zu betrachten, die Jon und Louise gemietet hatten. Sie war hübsch, sauber und lag in einer akzeptablen Wohngegend. »Nett habt ihr es hier.«

»Es heißt Bijou-Residenz.« Louise verschwand in ihr kleines, ordentliches Schlafzimmer. Jons Zimmer lag am anderen Ende des Flurs und war so groß, dass auch für Pat noch Platz wäre, falls er mit ihnen zusammen wohnen wollte. Außerdem gab es ein Wohnzimmer, eine vernünftige Küche, ein Bad und sogar einen kleinen Balkon. Als Louise zurückkehrte, hielt sie eine schnurrende, wohl genährte Katze namens Suzy mit seidig glänzendem Fell auf dem Arm. »Hier, Patrick, deine Suzy Parsons«, neckte Louise ihren Bruder. »Miez … miez … Deine verlorene Liebe!«

Das Blut schoss ihm in die Wangen. »Suzy Parsons ist nicht meine verlorene Liebe!« Er nahm seiner Schwester das wohlig schnurrende Tier aus dem Arm und streichelte es. Nie hätte er sich träumen lassen, dass er die Katze noch einmal wiedersehen würde.

Mit keckem Blinzeln summte Jon leise vor sich hin: »Oh, Suzannah, oh don't you wait for me ...«

Patrick liebkoste Suzy von den Ohrenspitzen bis zum Schwanz. »Genau! Ich habe sie nach dem Lied benannt, nicht nach irgendeinem Mädchen in Dublin!«

»Quatsch!« Jon warf ein Kissen nach seinem Bruder.

»Eines wüsste ich aber noch gern, Pat«, sagte Jon schließlich. »Wie hast du es fertig gebracht, den Goldbarren von der *Cormorant* mitzunehmen? Immerhin warst du derjenige, der mir wegen Diebstahl die Leviten gelesen hat!«

»Nun ja ... weißt du ...« Pat griff nach einem von seiner Schwester selbst gebackenen Walnuss-Plätzchen – ein Luxus, der ihm wie der Himmel auf Erden erschien. »Als wir da unten in dem Frachtraum festsaßen, bist du irgendwann, nachdem wir diesen Sargdeckel geöffnet hatten, fest eingeschlafen. Da schaust du, was, Louise? Es stimmt wirklich – sie hatten Särge dabei.«

Louise blickte verwirrt.

»Auf einigen Passagierschiffen werden für alle Fälle Särge mitgenommen. Billige Holzsärge für eine angemessene Seebestattung. Wenigstens das hat Cade-Armoy nicht versäumt.«

»Na los, Pat, sag Louise die Wahrheit.« Jon wandte sich an Louise. »Auf See werden die Toten in einem Tuch bestattet, nicht in Särgen. Die Särge, von denen er redet, waren etwas Besonderes. Sie enthielten die unter eingesalzenem Fisch versteckten Goldbarren. Die Goldbarren waren auch der Grund, warum die *Cormorant* gesunken ist. Sie war schlicht überladen.«

Louise wandte sich an Patrick. »Stimmt das?«

»Es stimmt. Und als O'Duffy kam, um uns freizulassen, habe ich im dunklen Frachtraum schnell einen Barren gegriffen und unter meiner Jacke versteckt.«

Louise konnte nicht anders – sie musste lachen. Es war so schön, endlich wieder mit der Familie lachen zu können! »Ach, ich wünschte, Meg wäre auch hier!«

»Meg geht es sehr gut«, sagte Patrick. Sie hatte ihn im Krankenhaus in Halifax besucht. »Ich glaube, sie beabsichtigt, Kapitän Lindewens zu heiraten.«

»Was?« Louise, die gerade dabei war, Tee auszuschenken, hielt mitten in der Bewegung inne. »Was hast du da gerade gesagt?«

»Unsere Schwester hat sich in Kapitän Lindewens verliebt, Louise.«

»Das kann doch nicht ... sie ist doch erst sechzehn ... er ist mindestens ... dreißig Jahre älter als sie.«

»Solche Dinge passieren nun einmal«, sagte Patrick.

»Du lieber Himmel. Ich muss ihr sofort schreiben und ihr den Kopf zurechtrücken!«

»Nein, Louise. Meg und Rik haben ein Recht auf ihr eigenes Leben«, mahnte Patrick. »Meg ist erwachsen genug, um zu wissen, was sie will. Und Rik wird sie achten, er schätzt sie sehr.«

Louise blieb nachdenklich.

Jon interessierte sich nicht besonders für das Liebesleben seiner Schwester. Er hatte noch einige Fragen auf dem Herzen. »Wie hast du das Gold in der Unglücksnacht vom Schiff geschmuggelt, Pat?«

»Das war nicht besonders schwer. Als der Kapitän befahl, das Schiff zu verlassen, hatte ich bereits ein paar Sachen in unsere Rucksäcke gepackt. Und ganz unten in meinem Rucksack lag der Goldbarren. Er war höllisch schwer, aber ich konnte mir im letzten Augenblick eine der Rettungswesten schnappen, ehe ich mit dir und Pa ins Wasser sprang.«

Sie schwiegen einen Augenblick und dachten an ihren Vater. Schließlich sagte Pat zu Jon: »Jetzt, wo wir endlich amerikanische Bürger sind, hätte ich nicht übel Lust, das Schild ›Skidmore-Gesellschaft‹ aus dem Fenster des Büros zu entfernen, falls es das überhaupt noch gibt. Wir taufen die Gesellschaft um in ›Gebrüder Duigan‹.«

Jon grinste. »Klar, Pat.«

»Ich weiß nicht, was ihr beiden noch vorhabt«, sagte Louise, »aber ich muss jetzt zur Arbeit.« Sie war inzwischen bei Rocky's Revue angestellt. »Wir haben heute Abend Premiere. Eine neue Revue. Die Kostüme sind alle von mir. Nach der Vorstellung geben Gertie und Rocky eine kleine Party, weil Freiheit und Gerechtigkeit gesiegt haben. Es wäre nett, wenn ihr beiden dazukämt.«

»Eine Party mir zu Ehren?«, fragte Pat verblüfft.

»Klar. Sozusagen eine Willkommensparty.«

»Na, da kann ich doch nicht Nein sagen. Immerhin bin ich Ire! Und wenn ich komme, kommt Jon natürlich auch.« Pat gab seinem Bruder einen Klaps aufs Knie. »Aber zuerst muss ich noch ein wenig Schlaf nachholen.«

»Lass dir Zeit. Es ist erst drei Uhr. Die Party fängt nicht vor Ende der Vorstellung an.«

»Und wann wäre das?«

»So gegen Mitternacht.«

»Gut, dann also bis gegen Mitternacht.« Er gähnte.

»Immer diese Partys!«, brummte Jon. »Vater hätte das bestimmt nicht gutgeheißen. Immerhin sind wir gute Quäker ...« Doch angesichts der verständnislosen Blicke von Pat und Louise verstummte er.

19. Kapitel

Louise hatte zwar sonntags frei, doch pflichtbewusst, wie sie nun einmal war, entschloss sie sich, nach der Feier am Vortag ein wenig aufzuräumen. Pat und Jon schliefen noch tief und fest. Ihre Brüder würden wahrscheinlich ziemliche Kopfschmerzen haben, dachte Louise lächelnd. Es war eine tolle Party gewesen, und Gertie und Rocky, die aus jedem Anlass eine Party feierten, hatten jede Menge Champagner springen lassen.

In Rocky's Revuetheater war Louise für sämtliche Kostüme und Requisiten verantwortlich. Inzwischen verstand sie, warum Gertie so versessen auf das Theater war; auch sie selbst liebte ihre neue Arbeit tausendmal mehr als den steifen, kühlen und hochnäsigen Haushalt der Delaneys im Dakota Building. Sie war ungeheuer erleichtert gewesen, als sie die Stelle verlassen konnte, die sie irgendwie immer an die Zeit auf Ellis Island erinnert hatte.

In dem kleinen Theater in der Nähe des Broadway war es wie in einer großen Familie. Manchmal ging es drunter und drüber, man freute sich gemeinsam, man lachte und weinte miteinander, man ging sich auf die Nerven, man tratschte – aber vor allem hatte man Spaß. Es war eine Atmosphäre, nach der Louise sich immer gesehnt hatte.

Mittwochs und samstags gab es Matineen; an diesen Tagen arbeitete Louise von Mittag bis Mitternacht, ansonsten von fünf Uhr nachmittags bis Mitternacht. Nach Dienstschluss holte Jon sie ab und begleitete sie nach Hause. Sie arbeitete zwar mehr und verdiente weniger als bei einer herkömmlichen Näherinnen-Stelle, doch das störte sie nicht. Die Arbeit machte ihr großen Spaß, ebenso wie die hübsche Wohnung im Greenwich Village. Nachdem Ed Martin den Prozess gegen die Reederei Cade-Armoy ins Rollen gebracht hatte, konnte Louise das Geld, das sie für Jons Verteidigung angespart hatte, guten Gewissens in die Miete investieren. Besonders freute sie, dass auch Jon und Patrick sich in der Wohnung wohl fühlten; der Gedanke an das finstere Loch in Brooklyn verursachte ihr noch immer eine Gänsehaut. Das Village mit seinen Studenten, Künstlern und Schriftstellern war der Ort, wo sie hingehören wollte. Hier konnte sie endlich Wurzeln schlagen. Sie hatte das Gefühl, ihr Schicksal in die eigenen Hände genommen zu haben.

Abgesehen von Joe, dem Faktotum, der im Theater ein kleines Zimmer bewohnte, war Rocky's Revuetheater morgens um sechs und vor allem am Sonntag völlig menschenleer. An Werktagen saß Joe in seinem kleinen Kabüffchen am Künstlereingang, las die Zeitung, aß oder schlief, wie es ihm gerade in den Sinn kam. An diesem Sonntag jedoch, so vermutete Louise, würde Joe wohl kaum vor dem Nachmittag aufstehen – wahrscheinlich würde er ihr sogar böse sein, dass sie ihn aufweckte. Doch der Gedanke beunruhigte sie nicht weiter. Sie hoffte, vor zehn Uhr mit dem Aufräumen fertig zu sein, um anschließend in Ruhe die Gebetsversammlung der Quäker-Gesellschaft besuchen zu können.

Über dem Theater wohnte Gertie als Rockys Geliebte zusammen mit ihm in einer kleinen Wohnung. An den Tagen ohne Matinee-Vorstellung verbrachte Gertie die Vormittage im Bett und die Nachmittage entweder auf ihrem Sofa oder beim Einkauf in der Stadt. Für Kleider gab sie ein Vermögen aus. Je nach Tagesform hatte Gertie manchmal auch Lust auf einen Plausch. Dann wickelte sie Kampfer-Kompressen um Hals, Knöchel und Bauch, besorgte sich eine Brandy-Flasche und unterhielt sich mit Louise, die derweil Kostüme nähte, flickte oder änderte; mit dem Mund voller Nadeln gab sie als Antwort häufig nur ein Grunzen von sich.

Jetzt schellte Louise am Künstlereingang. Ein ziemlich unwirscher, triefäugiger Joe ließ sie ein; auch er hatte am Vorabend heftig gefeiert und vermutlich einen ordentlichen Kater. Nun stand er halb nackt vor ihr; bis auf seine langen Unterhosen hatte er nichts an, nur der unvermeidliche Zahnstocher steckte zwischen seinen Lippen. »Was zum Teufel hast du um diese unchristliche Uhrzeit hier zu suchen, Louise Duigan? Ich dachte schon, es wäre die Polizei, die sich über den Lärm letzte Nacht beschweren will.«

»So schlimm war es doch gar nicht! Ich wollte nur eben aufräumen, weil du es bestimmt nicht machst.«

»Frechdachs! Dann tu, was du nicht lassen kannst – wo Besen und Aufnehmer stehen, weißt du ja. Du entschuldigst mich, ich habe keine Lust, mir hier den Tod zu holen.« Mit diesen Worten trollte er sich. Sie überlegte, ob er auch im Bett auf seinem Zahnstocher herumkaute.

»Von wegen Frechdachs!«, rief Louise seinem Hinterteil nach und lächelte. Sie und Joe mochten sich, obwohl sie nach außen hin den Eindruck vermittelten, als lägen sie sich ständig in den Haaren. Er beschimpfte sie als herrisch, sie bezeichnete ihn als faul.

Gertie schlief sicher noch, das wusste Louise ganz genau. Also ging sie zunächst in Gerties Garderobe, um die Kostüme über Kleiderbügel zu hängen, bevor sie völlig ruiniert waren.

Gertie war nicht besonders ordentlich. Überall lagen Wäsche, Kleider, Federn und Hüte herum. Was Gertie nicht brauchte, ließ sie einfach irgendwo fallen.

Was für ein Durcheinander!, dachte Louise, die kaum wusste, wo sie anfangen sollte, weil neben dem alltäglichen Tohuwabohu auch noch die Überreste der Party zu beseitigen waren.

Methodisch begann sie, zunächst die Kleider aufzuhängen, dann die Schuhe zusammenzusuchen und die Accessoires auszuschütteln und zu falten, ehe sie sich den Gläsern, Flaschen, halb geleerten Tellern und verschrumpelten Luftballons widmete. Sogar eine amerikanische Flagge lag herum – zu Ehren ihres Bruders Pat und seiner neu erworbenen Staatsbürgerschaft.

Louise warf fort, spülte und leerte Aschenbecher und Flaschen mit schal gewordenem Wein und Champagner, ehe sie Eimer und Schrubber holte.

Auf den Knien wischte sie die Krümel neben Gerties Sofa auf und stapelte die Zeitschriften, in denen Gertie während ihrer nachmittäglichen Ruhepause so gern stöberte, ohne jemals wirklich zu lesen. Als Louise den Stapel gerade entsorgen wollte, blieb ihr Blick an einer aufgeschlagenen Seite der Januarausgabe von *Harper's Weekly* hängen.

Gertie hatte sich offenbar für die Karikatur zweier reicher, junger Leute interessiert, die unter Palmen miteinander tanzten. Im Hintergrund war ein Schlachtschiff zu sehen; das Mädchen trug ein Ballkleid, der Mann eine Marine-Uniform. Unter dem Bild stand die Zeile: Ein trautes Bild amerikanischer Demokratie – soll es brennen?

Louises Lächeln erstarb.

Der zugehörige Artikel berichtete über einen Ball, der vom amerikanischen Botschafter für die Besatzung der *Maine* gegeben worden war, und endete mit der Ankündigung von Bobby du Prés Verlobung mit Miss Amelia Jameson-Blaine. Die Zeitschrift glitt Louise aus den Händen.

Sie hatte das Gefühl, einen Schlag in die Magengrube bekommen zu haben. Bobbys Verrat schmerzte schrecklich, obwohl es keinen Grund gab, ihm sein Verhalten übel zu nehmen. Sie war diejenige gewesen, die seine Briefe nicht beantwortet hatte, die sich von ihm fern hielt und nichts mehr mit ihm zu tun haben wollte, und doch … Jetzt war es zu spät. Das, was sie immer befürchtet hatte, schien doch zu stimmen: Für ihn war ihre Liebe nur ein Spiel gewesen. Dabei hatte sie sich schon einen glückseligen Moment lang als seine Braut gesehen und beinahe daran geglaubt, dass er sie wirklich liebte.

Ich habe es ihm zuliebe getan, dachte sie. Nur ihm zuliebe. Der Kummer zerriss ihr fast das Herz. Sie kniete auf dem Fußboden und wiegte sich in unsäglichem Schmerz hin und her. Die Gelegenheit war vorbei – alles war vorbei. Irgendwie hatte sie trotz allem geglaubt, dass er wiederkommen würde, dass er nach ihr suchen würde. Doch auch das würde nun nicht mehr geschehen. Sein Verrat war unwiderruflich.

Plötzlich stand Gertie hinter ihr. Sie trug einen seidenen Morgenmantel und hatte Cold Cream im Gesicht. »Um Himmels willen, Lütte, was ist denn mit dir los? Du siehst furchtbar aus! Ist dir schlecht?«

»Nein, ich ... ich ... ich wollte eigentlich nur ein wenig aufräumen.« Louise riss sich zusammen, rappelte sich auf, raffte die Zeitschriften zusammen und warf sie eilig in den Mülleimer. Hastig fuhr Louise mit dem Flederwisch durch das Zimmer, immer mit dem Rücken zu Gertie, die sich gähnend auf ihr Sofa fallen ließ. Beherrscht sagte sie: »Wieso bist du so früh auf, Gertie?«

Gertie war zu müde, um Louises Aufgewühltheit zu erkennen. »Ich konnte nicht schlafen, Lütte. Wenn Rocky einmal schnarcht, dann schnarcht er. Und wie! Vor allem, wenn er getrunken hat. Dann kann ich ihn schütteln, versuchen ihn zu wecken, sogar würgen – er dreht sich einfach um und schnarcht weiter. Und ich kann nicht schlafen. Also bin ich runtergekommen, um allein zu sein ...« Sie blickte sich mit trüben Augen um. »Louise, du brauchst hier wirklich nicht sauber zu machen. Das ist Joes Job. Aber was rede ich – Hier ist es ja so klinisch rein wie in einem Krankenhaus! Danke, Süße.« Sie schloss die Augen. »Es ist geradezu ein Segen, eine Freundin wie dich zu haben.«

»Nach einer solchen Willkommensparty für Patrick war es ja wohl das Mindeste, was ich tun konnte. Wir sind dir und Rocky wirklich dankbar. Die Feier muss ganz schön teuer gewesen sein mit all dem Champagner.«

Gertie winkte ab. »Vergiss es, Lütte. Wozu hat man Freunde? So, und jetzt verschwinde und leg dich in dein Bett – schließlich ist Sonntag, Gott sei Dank!« Mit einem zufriedenen Seufzer drehte sie sich zur Wand. »Das Leben als Single hat einiges für sich, Louise.«

Louise war froh, nach Hause gehen zu können. Für die Gebetsstunde fehlte es ihr an Ruhe und Konzentration, und sie hoffte, dass der Herr ihr verzeihen würde, mehr an sich selbst als an ihn zu denken.

Sie dachte an Bobby du Prés Verlobung mit Amelia Jameson-Blaine und zitterte innerlich. Ihr war, als wäre sie in ein tiefes, dunkles, kaltes Loch gefallen. Und doch konnte sie Bobby keinen Vorwurf machen. Ihr plötzliches Verschwinden aus Washington, ihr beharrliches Schweigen seit ihrer Ankunft in New York, die kalte Schulter, die sie ihm gezeigt hatte – er musste ja denken, dass sie nichts mehr mit ihm zu tun haben wollte!

Für ihn habe ich es getan, ganz allein für ihn, wiederholte sie immer und immer wieder. Doch der Schmerz war trotzdem unerträglich. Vorbei, vorbei, vorbei. Wie ein ständig wiederkehrender Trommelschlag dröhnte das Wort in ihrem Gehirn. Sie hatte ihn verloren. Aber war er denn je ihr Eigen gewesen?

Jeder an Bord der *Maine* hatte die Torpedoboote bemerkt, die während des letzten Monats den Panzerkreuzer in geheimer Mission beobachtet hatten. Trotzdem war niemand beunruhigt, schließlich waren die Amerikaner in friedlicher Mission auf Kuba!

Und tatsächlich wurde der Friede bewahrt. Es gab keinen Grund zur Furcht. Die amerikanischen Pflanzer und amerikanischen Bürger von Havanna konnten ruhig schlafen. Es gab nichts weiter zu tun – am allerwenigsten für das Marinekontingent in Havanna. Die Männer durften sich amüsieren.

Leider währte dieser Zustand nicht lange.

Als der spanische Botschafter in Washington, Depuy de Lome, sich in einem vertraulichen Brief an einen spanischen Freund in Havanna über die autonome Regierung Kubas und das »Gegenseitigkeits-Programm« lustig machte, zündete der Funke. Der spanische Botschafter beschuldigte Präsident McKinley einer schwachen Amtsführung und hielt ihn der Bewunderung durch die Massen für unwürdig.

Der Brief fiel in die falschen Hände. Er wurde nicht an den unbekannten Freund des spanischen Botschafters weitergeleitet, sondern an die kubanische Junta in New York, die ihn sofort der Hearst-Presse aushändigte. Unmittelbar nach seiner Veröffentlichung in Randolph Hearsts Tageszeitung *The Journal* berichteten sämtliche amerikanischen Zeitungen über den Vertrauensbruch der Spanier gegenüber Kubas weißen Plantagenbesitzern amerikanischer Herkunft.

Die amerikanische Öffentlichkeit begann, gegen den spanischen Verrat Sturm zu laufen.

Man verlangte den Rücktritt des spanischen Botschafters, der sofort erfolgte. In der kubanischen Hauptstadt kam es zu Aufständen. Über die Besatzung der *Maine*, die immer noch im Hafen von Havanna vor Anker lag, verhängte man eine Ausgangssperre.

Bobby hatte gerade wieder einmal einen Brief an Louise geschrieben und verzweifelt um ein Lebenszeichen gefleht. Warum tat sie ihm das an? Warum hatte sie sich während der vergangenen sieben Monate nicht gemeldet? Wusste sie denn nicht, dass er nur seiner Pflicht gehorchte? War sie wirklich so gefühllos? Warum ließ sie ihn nicht wenigstens wissen, ob es ihr gut ging und sie in Sicherheit war? Und falls sie es nicht fertig gebracht hatte, auf ihn zu warten, falls es inzwischen einen anderen Mann in ihrem Leben gab, so hoffte Bobby aus tiefstem Herzen, dass dieser Mann Louise ebenso liebe wie er selbst es tat – obwohl er das bezweifelte. Nie hätte er sie für sprunghaft gehalten; hatte er sich etwa getäuscht? Konnte sie ihm nicht wenigstens von ihren Gefühlen erzählen anstatt zu schweigen? Das würde ihn zumindest von den Qualen der Unsicherheit erlösen. Konnte sie seine Verzweiflung nicht nachempfinden? Wollte sie ihm nicht wenigstens mitteilen, wo sie stand? Auch wenn sie nichts mehr mit ihm zu tun haben wollte, konnte sie es ihm doch wenigstens sagen. Er fühlte sich einsam ohne sie, er sehnte sich danach, sie in den

Armen zu halten, er vermisste sie so sehr! Vermisste sie ihn nicht auch ein bisschen?

»Bedeuten Ihnen unsere zärtlichen Augenblicke und unsere Küsse wirklich nichts, Louise? Ich kann es eigentlich nicht glauben. Begreifen Sie nicht, wie innig ich Sie liebe? Und falls Sie der Meinung sind, dass es zwischen uns zu große Unterschiede gibt und wir nicht zueinander passen, so passen wir allenfalls in den Augen der anderen nicht zueinander. Für meine Auffassung gilt das nicht. Sollte diese Befürchtung der Grund für Ihr langes Schweigen sein, mein Liebling – sollten Sie tatsächlich Angst davor haben, wie wir in der Gesellschaft angesehen werden, dann kann ich Ihnen nur den Rat geben, nicht auf den Klatsch und Tratsch zu hören. Geredet wird immer! Es gibt Könige, die um der Liebe willen ihr Reich aufgeben, und reiche Männer, die aus demselben Grund auf ihren Wohlstand verzichten. Ich bin nur ein gewöhnlicher Mann, der jedoch eine ganz besonders tiefe Liebe empfindet. Gemeinsam können wir aller Widrigkeiten Herr werden, gemeinsam schaffen wir es, die sozialen Schranken Washingtons zu überwinden …«

Und dann fügte Bobby noch einen Nachsatz hinzu.

»Falls Sie zufällig von einer anstehenden Verlobung mit Miss Amelia Jameson-Blaine gehört haben sollten, nehmen Sie bitte keine Notiz davon. Es ist nicht wahr. Die Familie Jameson-Blaine hat diese Lüge mithilfe von *Harper's Weekly* verbreitet, der auf Gesellschafts-Tratsch spezialisiert ist. Ich schwöre Ihnen, dass kein Wort stimmt! Ich habe nie um Miss Jameson-Blaines Hand angehalten und werde es auch niemals tun. Sie sind es, die ich liebe und bis zu meinem letzten Atemzug lieben werde. Das müssen Sie mir glauben, geliebte Louise!«

Er adressierte den Brief an seine Schwester Kitty und bat sie, ihn an Ed Martin weiterzugeben; Martin war vielleicht in der Lage, Louise in New York zu finden.

Zufrieden, dass er den Brief mit dem Begleitboot auf den Weg gebracht hatte, lehnte sich Bobby an die dem Hafen zugewandte Seite der Reling und starrte auf das Wasser hinaus.

Immer noch hielten die Jameson-Blaines ihre Drohung aufrecht, ihn wegen des gebrochenen Eheversprechens verklagen zu wollen. Bobby war das egal. Was scherte es ihn, wenn sein Name in den Schmutz gezogen wurde? Seine Karriere auf dem Capitol Hill war ihm egal. Das Einzige, was ihn interessierte, war Louise. Selbst wenn sie inzwischen einen Anderen gefunden hatte, würde er in seinem Herzen immer einen Platz für sie bereithalten – ganz gleich, was die Zukunft ihm brachte.

Die Lichter des Hafens von Havanna und der anderen Schiffe, die sich vor dem dunklen, palmengesäumten Hintergrund abhoben, waren bildhübsch. Bobby konnte das Botschaftsgebäude erkennen, das wie ein Flaggschiff den Boulevard Malecon dominierte. Voller Sehnsucht wünschte er sich, dass Louise bei ihm wäre und mit ihm gemeinsam die Schönheiten des Paradieses genießen könnte, in dem er seine Kindheit verbracht hatte. Wie gern hätte er die Sinnlichkeit der Karibik mit ihr geteilt! Sie war die Frau, mit der er jeden Augenblick seines Lebens verbringen wollte, jetzt und für immer.

Das letzte Boot aus Havanna brachte die Männer zurück, deren Landgang so kurzfristig abgebrochen worden war. Alle möglichen Dienstgrade stolperten an Deck der *Maine*. Viele der Matrosen waren betrunken. Bobby blickte auf die Uhr. Es war zwanzig vor zehn. Zeit für die Koje.

Ohne Vorwarnung erschütterte eine gewaltige Explosion die laue, ruhige Nacht. Der Panzerkreuzer wurde wie von einer riesigen Faust aus dem Wasser geschleudert.

Die *Maine* hatte hochexplosives Material geladen.

Sie sank innerhalb weniger Minuten. Zurück blieben verbogener Stahl, zerfetzte menschliche Körper und ein Flammenmeer.

20. Kapitel

Die Nation war erschüttert. Alle Flaggen hingen auf Halbmast, sämtliche Festlichkeiten wurden abgesagt. Das gesellschaftliche Leben lag auf Eis. In ganz Amerika zeigten die Menschen auf den Straßen offen ihre Trauer. Im Weißen Haus war eine Miniatur der *Maine* ausgestellt, deren Flagge man ebenfalls auf Halbmast setzte. Seit dem Bürgerkrieg hatte keine solch nationale Trauer mehr geherrscht.

Präsident McKinley machte einen letzten Versuch, den Krieg mit Spanien zu verhindern. Er ordnete an, dass keine Gegenmaßnahmen ergriffen werden sollten, und setzte einen Untersuchungsausschuss ein, der die Explosion und das schnelle Sinken des Schiffes klären sollte.

Pat und Jon machten sich Sorgen um Louise, die sich plötzlich ganz in sich zurückzog. Sie verkroch sich in ihrem Bett, aß nichts, schlief nicht und sprach nicht mehr mit ihnen. Ihr einziger Trost schien Suzy zu sein, die sie stundenlang in ihren Armen wiegte wie ein Baby.

Pat wandte sich in seiner Verzweiflung an Gertie. Vielleicht wusste ja die Freundin, was mit seiner Schwester los war. Doch auch Gertie konnte nicht helfen.

Aber eines Nachmittags erzählte sie Pat die Geschichte von Louise und Bobby du Pré aus dem Verteidigungsministerium –

wie sie sich kennen gelernt hatten, wie Louise Washington verlassen und nach New York gekommen war und wie man Bobby an Bord der *Maine* abkommandiert hatte.

»Ich weiß natürlich nur das, was die Lütte mir erzählt hat, Patrick, aber ich nehme an, der Junge ist möglichst weit weg von ihr verbannt worden. Es tut verdammt weh, wenn man in seiner Wahlheimat als Bürger zweiter Klasse angesehen wird. Man fühlt sich irgendwie nicht menschlich. Dieser Bobby stammt aus einer stinkreichen Familie. Der Vater ist Botschafter oder so etwas, und auch Bobby hat nur mit der Crème de la Crème von Washington zu tun. Ich vermute, der Präsident und seine Frau waren nicht gerade angetan davon, dass er sich ausgerechnet in ein Blumenmädchen aus Dublin verliebt hat – und dann auch noch in eine Illegale. Ich habe keine Ahnung, wie es geschehen konnte, dass sie sich ineinander verliebt haben, aber es ist nun mal passiert. Daraufhin hat man ihn eben weggeschickt. Sie kam nach New York, er ging auf die *Maine* und ist im Hafen von Havanna vermutlich in tausend Stücke zerrissen worden. Ende der Geschichte.«

Endlich verstanden Pat und Jon den Grund für Louises totalen Rückzug. Doch auch, wenn sie die Trauer ihrer Schwester nachvollziehen konnten – helfen konnten sie ihr nicht. Sie konnten Louises Qual nicht erleichtern. Sie musste ganz allein damit fertig werden.

Einige Tage nach seinem Gespräch mit Gertie ging Patrick ins Schlafzimmer seiner Schwester und setzte sich an ihr Bett.

»Schau mal«, sagte er und streckte seinen rechten Arm aus, »ich kann ihn wieder völlig strecken. Nach der Taucherkrankheit hatte man mir gesagt, dass ich das nie wieder fertig bringen würde. Und doch klappt es jetzt.«

»Das ist ja wunderbar, Pat!«

»Ich trainiere viel, um meine Gliedmaßen zu kräftigen. Bald bin ich wieder ganz der Alte und so hübsch wie früher, Louise.« Stolz befingerte er sein glatt rasiertes Kinn. Er wollte sie ein wenig aus der Reserve locken.

Freundlich, aber geistesabwesend berührte Louise sein Gesicht. Patrick wusste, dass ihre Gedanken bei Bobby weilten. »Weißt du, Pat, du hast eigentlich immer gut ausgesehen …«

Pat schluckte. Nach einer Weile sagte er behutsam: »Du, Louise, ich wollte dir etwas sagen. Etwas Persönliches. Du bist immer für andere da gewesen. Ganz besonders für Jon, Meg und mich, aber auch für Pa. Nach Mutters Tod hast du die Familie zusammengehalten und uns Tag für Tag neue Hoffnung gemacht. Ohne die Kontakte, die du in Washington geknüpft hast, weiß ich nicht, wo ich heute wäre. Dir habe ich zu verdanken, dass ich ein freier Mann bin und demnächst wieder ins Bergungsgeschäft einsteige, obwohl ich sicher nie mehr tauchen werde. Aber schließlich habe ich mit Igor, Lars, Jed und Jon ein hervorragendes Team …«

»Jon?«

»Unser Jon!«

»Nein, Patrick. Nie und nimmer!«

»Er will es so, Louise.«

Louise winkte müde ab. »Okay, aber bitte erzähl mir ein andermal davon. Ich möchte jetzt gern allein sein, wenn es dir nichts ausmacht, Patrick.«

So leicht ließ er sich nicht abwimmeln. »Ich halte das für keine gute Idee, Louise. Seit zwei Wochen brütest du nur vor dich hin. Jon und ich machen uns große Sorgen. Wir haben Angst, dass du die gleiche Krankheit hast, an der unsere Mutter gestorben ist …«

»Nein, Pat, ganz bestimmt nicht.« Louise drückte Patricks Hand, dann wischte sie sich verstohlen eine Träne von der Wange. »Es ist kein Krebs … es ist etwas anderes. Ich werde darüber hinwegkommen.«

»Louise, ich werde dir jetzt alles sagen, was ich zu sagen habe. Ich ahne, dass du nicht unter einer Krankheit des Körpers leidest. Dein Herz und deine Seele schmerzen dich. Aber ehe wir das Thema vertiefen, möchte ich dir erklären, warum Igor, Lars und Jed von Merrit-Scott zu mir gekommen sind.«

»Weil du sie abgeworben hast.«

Erleichtert stellte Pat fest, dass er wenigstens ihre Aufmerksamkeit erregt hatte. »Klar habe ich das, aber darum geben weder sie noch ich etwas. Man hält mich – und wehe, du lachst jetzt – für mutig, weil ich es nicht nur mit Cade-Armoy, sondern auch mit der amerikanischen Justiz und den Einwanderungsbehörden aufgenommen habe. Seit dem Untergang der *Cormorant* sind wir alle sehr unabhängig geworden. Es scheint zur Duigan'schen Natur zu gehören, immer wieder auf die Füße zu fallen.«

Patrick kratzte sich am Kinn, das sich immer noch nach zwei Jahren Roger-Skidmore-Bart anfühlte. Dieser Teil seines Lebens würde ihn noch lange begleiten. Schließlich atmete er tief durch und wagte sich vorsichtig auf das empfindliche Gelände des Liebeslebens seiner Schwester vor. »Du hast einmal gesagt, dass die Ungewissheit das Schlimmste ist. Ich habe vor einigen Tagen mit Gertie über dich gesprochen, Louise. Ich wollte von ihr wissen, was dich plötzlich zu einer alten Frau hat werden lassen.«

»Du bist doch selbst ein alter Mann!« Louise ballte die Fäuste. »Der Mann, den ich geliebt habe, ist tot, Patrick«, stieß sie mit verzerrtem Gesicht hervor. »War es das, was du wissen wolltest? Er ist tot! Was glaubst du wohl, wie ich mich fühle?« Verzweifelt schluchzte sie auf. Sie konnte sich nicht länger beherrschen.

Pat nahm sie in die Arme und drückte sie fest an sich.

»Pst, Louise, Liebes! Ganz ruhig. Er ist nicht tot. Nein, er ist nicht tot. Schsch … hör mir zu!« Er streichelte ihren Kopf an seiner Schulter und wartete, dass sie sich beruhigte. »Ich habe mich ein wenig umgehört, Schwesterlein. Dein Freund ist einer der wenigen, die davongekommen sind.«

Louise brauchte eine Weile, ehe sie verstand, was Patrick ihr da mitteilte. Sie wand sich aus seinen Armen und blickte ihm ins Gesicht. »Was hast du gerade gesagt?«

Patrick tupfte ihr die rot verweinten Augen mit einer Ecke des Betttuchs ab. »Dieser Bobby du Pré – ich kenne ihn zwar nicht, aber so, wie es aussieht, hat er neun Leben. Wie eine Katze. Und wie wir Duigans. Normalerweise sagt man, dass der Fähigste überlebt, aber Jon behauptet, man müsse vom Überleben des Schwächsten sprechen. Inzwischen neige ich eher zur Ansicht unseres Bruders. Jedenfalls kennen sowohl er als auch ich uns mit diesen neun Leben aus – was nicht schlecht ist, denn die Wiederauferstehung fällt so umso leichter.«

»Bobby ist ... nicht ... tot?«

»Nein, er ist nicht tot.«

»Woher weißt du das?«

»Von Ed Martin.«

»Ed Martin?«

»Der Mensch von der Staatsanwaltschaft.« Patrick griff nach der Katze. »Nachdem ich jetzt die Vaterrolle bei dir einnehme«, erklärte er feierlich, »möchte ich dich mit großer Freude davon in Kenntnis setzen, dass ein gewisser Bobby lebt, und etwas traurig hinzufügen, dass er die Sorte Mann ist, die dir vielleicht eines Tages das Herz brechen wird. So, jetzt habe ich es gesagt. Fast dreihundert Mann sind gestorben, einige haben überlebt. Und dein Liebhaber war einer der Glücklichen. Er stand an der Reling – also weit genug fort von den Pulvermagazinen, die explodiert sind ...«

»Bobby ist nicht mein Liebhaber!«

»Was auch immer er ist – eine Minute später, und er wäre im Bett gewesen. Dann allerdings hättest du wirklich Grund zur Trauer gehabt.«

Langsam kehrte Farbe in Louises Gesicht zurück. Sie wurde so lebhaft, wie schon seit zwei Wochen nicht mehr. In der letzten Zeit hatte sie eher einer wandelnden Leiche geglichen.

»Hör auf, Patrick!« Sie presste die Finger gegen die Schläfen. In ihrer Freude fielen ihr tausend Fragen auf einmal ein, doch sie wusste, dass sie bei Patrick nur Schritt für Schritt ans Ziel kam. »Ist das, was du da behauptest, auch wirklich ganz sicher?«

»Ich weiß es von Ed Martin.« Patrick kraulte die weiche Stelle zwischen Suzys Ohren. »Dieser Bobby hatte wohl eine Art Liebesbrief an dich geschickt. Das Begleitschiff der *Maine*, das die Post transportierte, wurde nicht beschädigt.«

»Das hat Ed dir alles erzählt?«

»Er weiß es von diesem Bobby. Damit ist auch bewiesen, dass er nicht tot sein kann!«

»Seit wann hast du so viel Kontakt zu Ed? Und woher will Ed das alles wissen?«

»Weil dieser Bobby ...«

»Würdest du bitte aufhören, ihn ständig ›diesen Bobby‹ zu nennen?« Louise hatte zwar mit dem Schluchzen aufgehört, doch ihr Gesicht war noch tränennass und ihre Augen gerötet.

»Na ja, irgendwie ist er doch ›dieser Bobby‹, oder? Ich kann mich absolut nicht daran gewöhnen, dass du in einen anderen Mann als mich verliebt sein könntest!«

»Patrick!« Sie schlug mit ihrem Kissen nach ihm. »Lass die Faxen und rede ernsthaft mit mir.«

»In Krisenzeiten werde ich eben leicht nervös. Aber wenn du mir versprichst, mich nicht mehr zu schlagen, erzähle ich dir alles. Gertie hat mir verraten, was mit dir los war. Also habe ich mich an Ed gewandt, um mich für dich zu erkundigen. Im Gegenzug bat er mich um Hilfe auf dem Gebiet der Seebergung – schließlich weiß er, wie gut meine Firma ist. Wir sollen im Hafen von Havanna tauchen und nach der Ursache für die Explosion auf der *Maine* suchen. Man vermutet, dass es Sabotage war.«

»Wer vermutet das?«

»Die amerikanische Regierung.«

Louise schloss die Augen. Sie hatte den Eindruck, dass die See sie verfolgte – Wellen, Stürme, Sabotage und Tod. Sie wollte nichts mehr davon hören, selbst wenn es sich um Patrick und Jon handelte. »Erzähl mir von Bobby, Patrick.«

»Er liegt im Garfield Memorial Hospital in Washington. Nachdem die Überlebenden nach Key West gebracht worden waren, hat man ihn in dieses Krankenhaus verlegt. Es geht ihm vergleichsweise gut – ein paar oberflächliche Verbrennungen, ein Arm und ein Bein gebrochen, eine Blutvergiftung. Außerdem stand er unter Schock. Nur ein Mensch, der selbst so etwas mitgemacht hat, weiß, wie schlimm das sein kann. Es ist schrecklich, nicht zu wissen, was mit einem passiert ist; man lebt, man atmet, alles tut einem weh, und man denkt: Okay, ich bin noch mal davongekommen. Wie schon gesagt – er ist einer der wenigen Glücklichen. Vielleicht hat er ja wirklich neun Leben, aber zumindest einen eisernen Überlebenswillen.«

»Gut!«, sagte Louise entschlossen und kletterte aus dem Bett.

»Darf ich fragen, wo du hinwillst?« Patrick befürchtete das Schlimmste.

»Zu meiner Arbeit.«

»Oh nein!«

»Warum nicht?«

»Weil du längst noch nicht wieder kräftig genug bist, Louise. Du hattest einen ordentlichen Schock.«

»Wenn Bobby lebt und es ihm gut geht – zumindest den Umständen entsprechend gut –, dann erwarte ich, dass er kommt, falls er mich noch liebt. Ich kann nicht zu ihm nach Washington gehen; ich würde jeden Respekt vor mir selbst verlieren. Mein Stolz aber ist mein ganzes Kapital, Patrick.«

»Du glaubst gar nicht, wie froh ich bin, Louise!« Pat seufzte vor Erleichterung. »Allerdings kann er nicht herkommen. Sein Bein ist zu schwer verletzt.«

»Ich muss noch viel nachdenken, Pat. Ich muss herausfinden, ob mein Kopf stärker ist als mein Herz«, fügte sie ein wenig unsicher hinzu. »Im Augenblick würde ich so gut wie alles tun, um bei ihm sein zu können.«

Patrick merkte sehr wohl, wie zwiegespalten sie war. »Er lebt, Pat! Er ist nicht lebensgefährlich verletzt! Das ist zunächst einmal das Wichtigste. Wenn es ihm wieder einigermaßen gut geht, soll er kommen. Ich werde auf keinen Fall – ich sollte auf keinen Fall – hinter ihm herlaufen. Wenn er aber nicht kommt, dann weiß ich wenigstens, dass es ihm mit dieser Amelia Jameson-Blaine ernst ist.«

»Liebst du diesen Bobby, Louise?«, fragte Patrick ernst.

»Natürlich liebe ich ihn. Von ganzem Herzen!«

»Dann kämpfe um ihn. Zeig es dieser Emily, oder wie auch immer sie heißt! Aber sei vorsichtig. Liebe ist kein Geschäft. Und wenn er dich auch liebt, dann ist er hier in New York, bevor du dich versiehst.« Patrick tätschelte ihre schmal gewordene Schulter. Zwar durchschaute Patrick die weibliche Seele nicht ganz und gar, doch ihm war klar, dass allein das Wissen darum, dass ihr Liebster lebte, Louises Leben völlig verändert hatte. Er vertraute Louise; seine Schwester wusste, was sie tat, und verfügte über ausreichend Verstand und Urteilsvermögen.

»Ich muss auch los«, sagte er und setzte die Katze auf den Boden, während Louise ihre Strümpfe anzog.

»Wo willst du hin?«

»Nach Key West.«

»Wenn du Jon im Hafen von Havanna tauchen lässt, werde ich dir das nie im Leben verzeihen!«, warnte sie ihn.

»Und dabei war ich tatsächlich der Meinung, aus dir wäre im Weißen Haus eine echte amerikanische Patriotin geworden!«, foppte er sie, ehe er ihre Schlafzimmertür schloss.

Das Tischchen am Erkerfenster des Zimmers, das Meg einst mit Louise geteilt hatte, diente ihr hauptsächlich als Schreibtisch. Unter der Masse der zu erledigenden Korrespondenz brach der Tisch fast zusammen. Sämtliche Indianerstämme Nordamerikas baten Meg um Unterstützung gegen diskriminierende Behandlung. Die Kunde von ihrer tatkräftigen Hilfe für Still Water, die Nez Percé, die Flathead und die Chippewa hatte sich in Windeseile in den Reservaten verbreitet; inzwischen bekam sie sogar Anfragen von den Navajos, ihre Sache vor Präsident McKinley zu vertreten.

»Dabei ist sie noch so jung!«, hatte Mrs Prest zu Rik Lindewens gesagt, der sich von der neuen und berühmten Meg, die zu ihm nach South Bay heimkehrte, sehr beeindruckt zeigte.

Meg hatte zu ihrer großen Freude erfahren, dass Still Water

unter der Obhut von Alice und Angus MacLeod innerhalb kürzester Zeit völlig genesen war. Als er sich mithilfe einer Krücke fortbewegen konnte, war er mit einer Delegation von Blutsbrüdern zu einer Konferenz nordamerikanischer Indianer eingeladen worden, die auf Betreiben des Präsidenten stattfand. Das Treffen gestaltete sich sehr erfolgreich; die Stämme erreichten einige seit langem geforderte Zugeständnisse.

Still Water dankte Meg noch einmal für ihre Zeit als Lehrerin und schrieb, er freue sich, ihr einen Talisman der Nez Percé überreichen zu dürfen. Es war ein Glücksbringer an einem Perlenband, das Meg seither voller Stolz trug.

Es klopfte an der Tür. Draußen auf dem Flur kicherte und flüsterte jemand. Meg drehte sich um. »Komm rein, Lindy!«

Die Tür flog auf. Auf der Schwelle stand Mrs Prest mit einer Geburtstagstorte, Lindy und Rik spähten ihr über die Schulter.

»Möge dieser glückliche Tag noch oft für dich wiederkehren, Dark Sunset, Ehrensquaw der Nez Percé«, sagte Rik ernst und feierlich.

Lindy stürmte auf Meg zu, fiel ihr um den Hals und gab ihr einen dicken Kuss. »Heute wirst du siebzehn! Wir haben es nicht vergessen.«

»Das sehe ich«, erwiderte Meg mit weichem Blick. »Im Gegensatz zu mir. Vielen Dank auch dir, Rik und Ihnen, Mrs Prest.« Beiden gab sie einen scheuen Kuss auf die Wange. »Und dir sowieso!« Dabei nahm sie Lindy fest in die Arme. Dann hielt sie Ausschau nach einem freien Plätzchen, wo man den Kuchen abstellen konnte. Doch alles lag voller Papiere, die sie nicht durcheinander bringen wollte.

»Warte einmal«, sagte Rik. »Wo ist er denn hin?« Er streckte den Kopf aus der Tür. »Wo bleibst du denn, Argos?«, rief er.

»Argos steckt fest, Käptn«, schnaufte der Riese. »Aber kommt sofort.« Prustend und ächzend zwängte er einen großen Schreibtisch durch die Tür. »Herzlichen Glückwunsch zum Geburtstag, Miss Meg!«

»Der ist von uns allen«, erklärte Lindy, ehe sie weitere Geschenke auf die Korrespondenz legte. Irgendwo dazwischen müssten auch die Briefe und Karten von Louise, Pat und Jon liegen, dachte Meg ein wenig verwirrt.

»Vielen, vielen Dank ...« Sie wusste kaum, was sie angesichts dieser Großzügigkeit sagen sollte. Mrs Prest setzte die Geburtstagstorte auf dem neuen Schreibtisch ab, der mitten im Zimmer stand, weil sich im Augenblick kein anderer Platz fand.

»Rik, Sie haben die Streichhölzer«, erinnerte Mrs Prest den Kapitän.

»Stimmt, ja.« Er kramte in seiner Tasche und zündete die Kerzen an. »Unsere Meg ist schon eine richtig alte Dame, Lindy!« Er lächelte, und sein hübsches, gebräuntes Gesicht legte sich in tausend kleine Lachfalten. »Siebzehn! Nächstes Jahr passen nicht mehr alle Kerzen auf den Kuchen!«

Meg legte den Arm um Lindy. »Hilfst du mir, sie auszublasen?«

»Dann musst du dir aber etwas wünschen, Meg. Schließ die Augen und wünsch dir was!« Aufgeregt klatschte Lindy in die Hände. Meg tat wie geheißen, und gemeinsam pusteten sie die siebzehn Kerzen aus, wobei Meg argwöhnte, dass Lindy den längeren Atem hatte. Sie ließ die Hand über das goldene skandinavische Holz des neuen Schreibtischs gleiten. Mit belegter Stimme sagte sie: »Er ist wunderschön. Vielen Dank, Rik.«

»Argos hat ihn gemacht.«

»Tatsächlich?«, wandte Meg sich an das Faktotum des Kapitäns.

»Ich haben gemacht, weil Kapitän befehlen.«

»Aber wann denn? Ich habe nicht ein einziges Mal die Säge gehört, und auch vom Schmirgeln habe ich nichts mitbekommen«, lachte Meg.

»Alles auf dem Schiff gemacht, Miss.«

Meg schluckte. »Ich bin wirklich gerührt und freue mich sehr, dass ich mich entschieden habe, hierher zurückzukommen.«

»Das sind wir auch«, sprudelte Lindy hervor. »Willst du nicht deine anderen Geschenke auspacken, während Mrs Prest den Kuchen anschneidet?« Die Zehnjährige platzte fast vor Neugierde und legte eine quirlige Begeisterung an den Tag.

»Ja, natürlich.« Meg setzte sich an den Ankleidetisch. Sie freute sich ungemein, endlich einen richtigen Schreibtisch ihr Eigen zu nennen, und begann, die restlichen Geschenke auszuwickeln. Dabei erklärte sie, dass der Schreibtisch bereits für sich allein ein so großes Geschenk war, dass man ihr nicht noch mehr hätte offerieren sollen und dass die Freundlichkeit der Familie sie sehr berühre.

Die Haushälterin hatte Meg einen Schal und passende Handschuhe gestrickt, Lindys Geschenk war ein Fotoalbum, und Argos hatte ihr aus Baumrinde ein Küchenschild geschnitzt.

Mit Tränen in den Augen dankte Meg der kleinen Runde. Mrs Prest ließ den Kuchen herumgehen. »Ihre Torte ist fantastisch«, lobte Meg lächelnd. »Die haben Sie aber auch gut vor mir versteckt!«

»Das war gar nicht so einfach«, lachte die Haushälterin. »Jedes Mal, wenn Sie in die Küche kamen, musste ich sie in Windeseile in einem Schrank verschwinden lassen und hoffen, dass Sie Ihre Nase nicht ausgerechnet in diesen Schrank stecken würden!«

»Köstlich!« erklärte Rik mit vollem Mund und Krümeln im Bart.

Plötzlich fiel Lindy auf, dass noch etwas fehlte. »Wo ist denn dein anderes Geschenk für Meg, Papa?«

»Hey, Lindy«, schritt Meg ein, »dein Vater hat mir diesen wundervollen Schreibtisch geschenkt.«

»Der ist von uns allen. Er hat mir aber verraten, dass er noch ein Geschenk für dich hat. Ein viel kleineres. Es ist in seiner Tasche, das weiß ich genau.« Sie versuchte, in den Taschen ihres Vaters zu wühlen, doch Rik kitzelte sie, bis sie vor Lachen nach Luft schnappte.

»Meg sollte doch noch nichts davon erfahren. Es ist eine Überraschung«, flüsterte Rik seiner Tochter zu. Verblüfft stellte Meg fest, dass der Kapitän leicht errötete.

»Komm, Lindy, du musst mir beim Abwasch helfen«, sagte Mrs Prest hastig. Sie räumte den übrig gebliebenen Kuchen zusammen. »Den Rest essen wir als Nachtisch nach dem Abendbrot. Argos, ich brauche unbedingt noch etwas Feuerholz für den Herd ...«

Mrs Prest scheuchte Lindy und Argos aus dem Zimmer und schloss leise die Tür hinter sich.

Rik spreizte hilflos die Hände. »Tut mir Leid, Meg, Lindy ist schrecklich. Ich wollte dich nicht vor allen in Verlegenheit bringen, aber ... aber ...« Er wusste nicht weiter. Stattdessen kramte er in seiner Tasche und förderte ein winziges Päckchen zutage. »Liebste Meg, ich möchte dir diesen Ring schenken. Er soll ein Zeichen meiner Dankbarkeit für das sein, was du seit deiner Rückkehr für Lindy und mich getan hast ... und auch schon früher. Ich ... ich ...« Rik räusperte sich und überreichte ihr das Präsent.

Er schien sehr viel verlegener zu sein als Meg selbst. Sie öffnete das Päckchen. Es war ein wundervoller Diamantring. »Rik?« Sie starrte ihn an. »Dieser Ring ist traumhaft schön. Aber ich kann unmöglich ein so erlesenes Geschenk ...«

»Ich liebe dich, Meg, und ich möchte dich bitten, meine Frau zu werden. Vielleicht noch nicht in diesem Jahr, du bist noch sehr jung. Außerdem möchte ich zunächst das Einverständnis deines Bruders einholen.«

Rik fühlte sich linkisch wie ein jugendlicher Liebhaber. Er straffte die Schultern und bemühte sich, seinen Antrag etwas kühner vorzubringen. »Liebste Meg, vielleicht willst du mich ja gar nicht als Ehemann. Schließlich habe ich bereits ein Kind. Trotzdem würde ich mich freuen, wenn du den Ring behieltest. Es war der Ring meiner Mutter. Ich weiß, dass sie ihn dir mit Freuden gegeben hätte, denn sie hätte dich sicher ebenso geliebt, wie ich dich liebe.« Immer noch befürchtete er, das Falsche zu sagen, und wusste beim besten Willen nicht, wie er sich verhalten sollte. Die Angst vor einer Zurückweisung saß viel zu tief.

Doch diese Angst hätte er sich sparen können.

Meg trat auf ihn zu, stellte sich auf die Zehenspitzen und küsste ihn sanft und zärtlich auf den Mund. »Ich liebe dich auch, Kapitän Lindewens. Sehr sogar. Vom ersten Tag an träumte ich insgeheim davon, dich eines Tages zu heiraten. Nur glaubte ich immer, dass es Louise war, die dein Herz erobert hatte.«

»Louise?«, fragte er verblüfft.

»Ja, Louise. War sie nicht für dich die passendere Gefährtin als ausgerechnet ihre kleine Schwester?«

»Niemals! Oh, Meg!« Er nahm ihre Hand und führte sie an sein Herz. »Hast du das wirklich angenommen?« Er konnte es kaum fassen.

»Eine Zeit lang schon!«

»Weißt du, ich war immer geduldig. Ich habe drei Jahre auf dich gewartet. Heute bist du erwachsen, und ich freue mich, dass ich gewartet habe. Du kannst dir nicht vorstellen, wie viele Ängste ich ausgestanden habe, als du plötzlich verschwunden warst! Für mich war das eine unglaublich schwere Zeit. Ich dachte, ich hätte dich für immer verloren. Aber seit du wieder bei uns bist, habe ich mir geschworen, dich nie wieder aus den Augen zu lassen.«

»Ich weiß längst, dass ich mich geirrt habe, als ich annahm, du interessiertest dich für Louise. Und ich brauche Patricks Einverständnis nicht – ich weiß, was ich will. Ich habe es immer gewusst. Ich wusste auch immer, dass ich eines Tages nach South Bay zurückkehren würde. Ich finde, meine Zielstrebigkeit ist belohnt worden, nicht wahr, Rik?« Sie zwinkerte ihm zu. »Ich bin doch eine gute Gouvernante für Lindy, oder?«

»Wie schön für mich, dass du eine so hinterlistige Intrigantin bist, meine süße Meg!« Er streichelte ihr wunderschönes rotgoldenes Haar. »Und noch schöner finde ich, dass du ausgerechnet dem Enkel von Chief Joseph über den Weg gelaufen bist und nicht von irgendeinem Schurken aufgegabelt wurdest – Dark Sunset.« Strahlend lächelte er auf sie hinunter.

»Weißt du, was ich in Fort Carlton zu Alice MacLeod gesagt habe? Wenn Gott andere Dinge mit mir vorgehabt hätte, hätte er es mich wissen lassen. Und dann hätte ich meine Pläne eben geändert.«

»Hättest du das?«, murmelte er zärtlich, obwohl ihr Selbstvertrauen ihn erschreckte. Und dennoch: Sie war so jung und so zerbrechlich, dass er sich danach sehnte, sie bis ans Ende seiner Tage zu behüten und zu beschützen. »Lauf bitte nie wieder davon, Meg.«

»Ich habe nicht die Absicht. Würdest du mir bitte jetzt diesen wundervollen Ring anstecken, Rik?«

Der melancholische Blick, der so oft seine Augen umflort hatte, war verschwunden. Rik streifte den Verlobungsring seiner Mutter über Megs Ringfinger. Dann umarmte er sie so vorsichtig, als sei sie eine zerbrechliche Porzellanpuppe, und küsste sie sanft; es war sehr lange her, dass er eine Frau in den Armen gehalten hatte.

Schnell aber durfte Rik feststellen, dass Meg durchaus keine Porzellanpuppe war, sondern eine leidenschaftliche Frau aus Fleisch und Blut. Mit der Kraft ihrer Liebe entzündete sie die Flamme seines Begehrens, die in den vielen Jahren, in denen er Lindy ohne Mutter erzogen hatte, lediglich eingeschlafen war.

Rik war glücklich. Obwohl er nicht mehr in der ersten Blüte der Jahre stand, war das Unerwartete geschehen. Er hatte sich keine großen Hoffnungen auf Meg Duigan gemacht; jetzt hielt er sie in den Armen und verspürte Gefühle, die er längst verloren glaubte. Nie würde er Meg an seiner Hingabe, seiner Bindung an sie und seiner glühenden Liebe zweifeln lassen. Sie hatte ihn zum glücklichsten Mann der Welt gemacht.

21. Kapitel

Guten Morgen, Mr du Pré! Wie geht es uns denn heute?«, erkundigte sich die Stationsschwester heiter und nahm das Krankenblatt vom Fußende des Bettes ab.

»Gut geht es uns!«, kam Bobbys Antwort hinter der Zeitung hervor.

»Was machen Ihr Arm und das Bein, seit Gips und Schienen entfernt wurden?«

»Alles bestens.« Er hob seinen Arm und bewegte ihn hin und her. Die Schlaufe baumelte leer über seiner Brust.

»Und das Bein?«, fragte sie.

»Was ist damit?«

Sie bemühte sich um Geduld mit ihm. »Eine Tibia-Fraktur ist …«

»Ist was? Sprechen Sie bitte kein Latein mit mir, Schwester. Und vergessen Sie nicht, dass ich taub bin.«

»Ein gebrochenes Schienbein ist …«

»Nichts Ernstes, Schwester.«

»Jeder Bruch ist ernst. Immerhin kann es bei der Verletzung zu Thrombosen kommen, und damit kennen wir uns schließlich aus, nicht wahr, Mr du Pré?«, erwiderte sie steif. »Das wollen wir doch nicht noch einmal erleben, oder?«

»Nein, das wollen wir nicht.«

»Und nachdem der Gips nun ab ist, sollten Sie allmählich mit Ihren Übungen beginnen.«

»Mache ich doch längst!«

»Mit dem ganzen Gewicht auf Ihrem verletzten Bein?«

»Jawohl!«

»Und ohne Gehstock?«

»Jawohl!«

»Und wieso liegen wir dann den lieben langen Tag im Bett herum?«

»Weil wir uns nach einer mörderischen Schachpartie und vierundsiebzig Tagen unter Ihrer Obhut ausruhen müssen, Schwester.«

»Ziehen Sie Ihren Pyjama aus, Mr du Pré.«

»Ich dachte schon, Sie würden nie mehr fragen! Ober- oder Unterteil, liebste Schwester?« Bobby grinste.

Die Schwester fand das überhaupt nicht lustig. »Ich reibe Sie ohnehin nur mit Weingeist ab. Knöpfen Sie Ihr Oberteil auf.« Zufrieden beobachtete sie, dass er alle Finger wieder bewegen konnte. »Neigen Sie Ihren Kopf zur Seite.« Sie ließ ihn zwischen ihren nach Karbol riechenden Händen rotieren.

»Weib, was machen Sie da?«, polterte Bobby.

»Ich teste.«

»Ich habe der Dienst habenden Schwester schon gesagt, dass ich auf einem Ohr immer noch taub bin.«

»Gut. Ihre Nackenmuskulatur ist voll beweglich. Keine Einschränkung durch Narbengewebe nach den Verbrennungen an Hals und Brust. Salzwasser kann bei Brandwunden wahre Wunder bewirken.« Sie ließ ihn los und machte einige Notizen auf dem Krankenblatt. »Sie werden ganz normal weiterleben können, Mr du Pré.«

»Würde ich ja gern, wenn ich nur erst hier rauskäme!«

»Ich denke, das können wir in die Wege leiten, Mr du Pré. Sobald der Arzt auf die Station kommt, werde ich mit ihm reden.«

»Und wann wäre das?«

»Morgen früh.«

»Das sind ja ausgezeichnete Neuigkeiten, Schwester. Ich habe nämlich einiges zu tun.«

Sie lächelte nachsichtig und hängte sein Krankenblatt wieder auf. Bis auf sein perforiertes Trommelfell war alles wieder in bester Ordnung. Mit dem Hörschaden würde Bobby leben müssen. »Sie haben unglaubliches Glück gehabt, Mr du Pré.«

»Ich wurde eben mit einem Silberlöffel im Mund geboren, Schwester«, sagte er schmunzelnd. Er wusste, dass die Schwester Recht hatte: Er hatte wirklich unglaubliches Glück gehabt. Wenn er ungläubig und traurig an die Nacht des 15. Februar zurückzudenken versuchte, konnte er sich nicht an Einzelheiten erinnern. Einen grellen Blitz hatte es gegeben und unmittelbar danach einen dröhnenden Schlag, bei dem ihm vermutlich das Trommelfell geplatzt war. Die Explosion irgendwo mittschiffs hatte ihn wie eine Marionette über die Reling in brennendes Wasser katapultiert. Erst auf dem Begleitschiff, das ihn nach Key West brachte, hatte er das Bewusstsein wiedererlangt. Er hatte geblutet wie ein angestochenes Schwein. In dem Arm, der nicht gebrochen war, steckte eine Transfusionsnadel. Sein ganzer Körper war mit Splittern übersät. Aus irgendeinem Grund waren plötzlich seine Adern von Blutgerinnseln verstopft – niemand konnte erklären, woran das lag. Sofort wurde die Bluttransfusion abgebrochen, die, wie man ihm erklärte, immer eine riskante Sache war. Beinahe wäre er am Blutverlust gestorben. Der kümmerliche Rest, der noch durch seine Venen pulsierte, hatte die Konsistenz von Gelee. Als er in Garfield eingeliefert wurde, konnte er beide Arme nicht mehr benutzen; einer war gebrochen, der andere durch einen medizinischen Irrtum unbeweglich geworden. An einem Bein hatte er einen Splitterbruch, und sein Kopf wusste nicht, wie ihm geschah. Die Bluttransfusion hatte in seinem Körper eine Kettenreaktion in Gang gesetzt, deren Folge eine Blutvergiftung war; Bobby erfuhr erst davon, als man ihn mit Mühe und Not und viel Aspirin wieder ins Leben zurückgeholt hatte.

Im Schwebezustand zwischen Bewusstsein und Ohnmacht erinnerte er sich nur der dunkel bewimperten, graublauen Augen Louises. Sie war die Frau, die er liebte, ganz gleich, was da kommen mochte.

Im Krankenhaus dachte er oft an sie; an ihr glänzend kastanienfarbenes Haar, das er nur allzu gern einmal lösen würde – mit den Fingern wollte er darin wühlen, ihren nach Blumen duftenden Körper an sich pressen und sie lieben, lieben, lieben …

»Hören Sie mir überhaupt zu, Mr du Pré?«

»Natürlich, Schwester.«

»Ihre Schwester und Ed Martin sind da. Sie möchten Sie besuchen.«

»Hat Kitty die Kinder bei sich?«

»Diesmal nicht.«

»Dann darf sie reinkommen. Hat Ed Louise mitgebracht?«

»Er ist allein. Außer Ihrer Schwester ist keine andere Dame anwesend, Mr du Pré.«

»Sagen Sie ihm, dass ich ihn nicht sehen will.«

Die Schwester seufzte und verschwand. Bobby du Pré sah zwar wirklich gut aus, war aber sehr schwierig. Überhaupt hatte die Schwester feststellen müssen, dass Männer nicht gerade die angenehmsten Patienten waren. Sie hätte weiß Gott nichts dagegen gehabt, wieder auf die Entbindungsstation versetzt zu werden.

»Hallo, Kitty«, begrüßte Bobby seine Schwester, »glaubst du, jemand könnte mir diese schwere Bettdecke von den Beinen nehmen?«

»Du scheinst mir einen Bettkoller zu haben, Bobby. Ich bin ohnehin der Meinung, dass du längst aufstehen und herumlaufen solltest. Wieso liegst du überhaupt noch im Bett? Die Schwester sagt, dein Kreislauf muss wieder in Gang kommen.«

»Jetzt fang du nicht auch noch damit an, Kitty. Als ich unbedingt aufstehen wollte, hat man es mir verboten. Jetzt möchte ich gern im Bett bleiben und darf nicht. Es ist ein wahres Kreuz für einen Mann, sich in einer Institution aufhalten zu müssen, wo die weiblichen Wesen weiße Kleider und komische Kopfbedeckungen tragen ...« Er wandte sich an Ed Martin, der trotz Bobbys Ablehnung mitgekommen war. »Aber versuche einmal einer, ihnen das begreiflich zu machen! Waren es spanische Königstreue oder kubanische Rebellen, Ed?«

»Das wissen wir noch nicht. Präsident McKinley hat eine private Taucherfirma beauftragt, das Wrack zu untersuchen und herauszufinden, was die Explosion verursacht hat. Er tut sein Möglichstes, um einen Krieg mit den Spaniern zu verhindern.«

»Sollte es Krieg geben, wird Kuba wohl unabhängig«, sagte Bobby.

»Klar. Und das wünschen weder wir noch die Spanier. Nur Staatssekretär Roosevelt würde am liebsten die gesamte Atlantikflotte nach Kuba und die asiatischen Geschwader auf die Philippinen schicken. Aber der Präsident wartet, bis wir Genaueres über die *Maine* wissen. Die Regierung in Madrid, der englische Regent und auch General Blanco haben ihr tiefstes Bedauern über den Unfall geäußert, aber das ändert nichts an den Tatsachen ...« Ed zeigte auf die Titelzeile der Zeitung, die Bobby gerade las. »›Gedenket der *Maine*, unserer Soldaten Tod, zur Hölle mit den Spaniern, unsere Rache droht!‹ Die Spanier haben jetzt sogar den Papst gebeten, die Sache zu regeln.«

»Wann findet das Treffen bei der Admiralität statt?«, erkundigte sich Bobby.

»Freitag in einer Woche. Glaubst du, dass du bis dahin fit genug bist?«

»Ich komme morgen raus!«

Kitty, die sich um die vielen Blumen gekümmert hatte, die man ihrem Bruder ins Krankenhaus geschickt hatte, drehte sich um. »Du wirst ja wohl kaum in der Lage sein, dich in deiner widerwärtigen kleinen Wohnung in Georgetown selbst zu versorgen. Wo willst du gesund gepflegt werden? Bei Pa und Ma oder bei Logan und mir?«

»Welche Frage, Kitty!«

»Dann solltest du in dieser Sache etwas unternehmen!« Sie ließ einen Brief auf die Bettdecke fallen. »Kommen Sie, Ed, der Patient ist erschöpft.«

Bobby riss den in New York abgestempelten Umschlag auf. Mit wachsendem Erstaunen las er Louises Zeilen:

»Lieber Bobby, entschuldigen Sie, dass ich Ihnen so ohne weiteres schreibe. Mein Bruder Patrick hat mir alles erzählt, was er von Ed Martin über die Explosion auf der Maine in Erfahrung bringen konnte. Ich kann Ihnen nur mein Mitgefühl ausdrücken; schließlich habe ich eine ähnliche Situation selbst schon einmal erlebt, wenngleich nicht in einer kriegerischen Situation. Ich bin glücklich und erleichtert, dass Ihr Leben verschont blieb, und danke dem Allmächtigen für seine Güte. Ohne Sie in Verlegenheit bringen zu wollen, muss ich Ihnen gestehen, dass ich noch oft an Sie denke. Ich freue mich einfach, dass Sie noch am Leben sind und dass alles für Sie so gut ausgegangen ist. Louise«

Was mochte sie damit meinen – dass alles für Sie so gut ausgegangen ist? Hatte Louise etwa *Harper's Weekly* gelesen? War der Klatsch bis zu ihr durchgedrungen? Hastig streifte er den Schlafanzug ab. Plötzlich stand die Stationsschwester im Zimmer: »Was machen wir denn da, Mr du Pré?«

»Was Sie machen, weiß ich nicht, Schwester. Ich für meinen Teil gehe nach Hause.«

»Nicht vor morgen früh.«

»Wie bitte?« Er hielt die Hand an sein nicht intaktes Ohr.

»Morgen, Mr du Pré«, wiederholte sie lauter. »Sie sind noch nicht offiziell entlassen.«

»Gut, dann betrachte ich mich eben als inoffiziell entlassen.«

Sie blickte ein wenig hilflos drein. »Aber heute Nachmittag kommen Ihre Eltern zu Besuch …«

»Sagen Sie ihnen einfach, dass ich einen anderen Auftrag hätte. Meine Eltern haben mir nie richtig zugehört – ich wäre also verrückt, wenn ich hier bliebe und erwartete, dass sie mir ausgerechnet jetzt zuhören. Auf Wiedersehen, Süße. Hoffentlich vermissen wir einander nicht zu sehr.«

»Nun, Sie haben mir bereits das Herz gebrochen«, sagte sie grinsend zu ihrem aufsässigen Patienten.

Eine Fregatte der Admiralität brachte Patrick, Jon und das Taucherteam von Key West nach Havanna. Vierundzwanzig Stunden später hatten Jed, Igor und Lars ihre Anweisungen bekommen. Patrick und Jon führten die Aufsicht an Bord. Amerikanische Sicherheitskräfte wachten über die kleine Gruppe. Als die Tauchanzüge und Atemgeräte überprüft und bereit waren, flehte Jon ein letztes Mal: »Lass mich doch bitte mit nach unten gehen, Pat. Vier Augenpaare sehen besser als drei.

»Nein, nein, nein – ein für alle Mal. Hör auf zu quengeln. Louise bringt mich um, wenn ich mein Wort breche.«

»Aber wir tauchen doch gar nicht besonders tief!«

»Trotzdem – es ist und bleibt ein Seemannsgrab. Lass mich in Frieden, Jon. Jed wird den Job schon erledigen.«

Widerwillig fügte sich Jon den Worten seines Bruders.

Weitere vierundzwanzig Stunden später waren sie bereits zurück in Key West. Noch einmal wurden sie darauf aufmerksam gemacht, dass ihr Auftrag streng geheim bleiben musste.

»Ich danke Ihnen, Mr Duigan«, sagte der Beauftragte des Präsidenten, dem Patrick seinen Bericht ausgehändigt hatte. »Sie haben Großartiges geleistet.«

»Um Himmels willen, Bobby, in deinem Zustand kannst du doch nicht nach New York fahren!« Kitty sah ihren Bruder entrüstet an. »Du bist doch noch viel zu schwach! Ich möchte nicht, dass du noch einmal umkippst!«

»Ich fahre, Kits. Kein Wenn und Aber! Und dass ich auf den Allerwertesten gefallen bin, habe ich nur deinen ungeratenen Gören zu verdanken. Was haben die auch vor meinem Gehstock zu suchen?«

»Meine Kinder sind keine Gören. Hör endlich auf, in ihrer Anwesenheit derart unflätige Worte zu benutzen! Josh hat sich wirklich gefreut, dich zu sehen. Wahrscheinlich war er der Einzige hier!«

Kitty wandte sich an ihren Jüngsten, der seine Spielzeugeisenbahn gefährlich nah an Bobbys Füßen vorbeischob. »Josh, Onkel Bobby ist sehr krank gewesen und noch ein wenig wacklig auf den Beinen. Ich weiß, dass du noch nicht groß genug bist, ihm die Hand zu schütteln, aber seine Beine darfst du auf gar keinen Fall schütteln. So, und jetzt geh schön draußen spielen. Die großen Leute müssen sich unterhalten.« Hilfe suchend blickte sie ihren Mann an. »Logan, kannst du nichts unternehmen, dass er seine Meinung ändert?«

»Ich?« Verblüfft sah Logan sie an.

»Sie vielleicht, Ed?«

»Ich habe ihm schon erklärt, dass wir ihn im Büro brauchen. Wir ertrinken in Arbeit. Ich habe ihm auch gesagt, dass er am Freitag beim Treffen dabei sein muss und dass der Justizminister mehr über einen gewissen Lieutenant Carranza wissen möchte.«

»Was will er denn noch wissen?«, fragte Bobby. »Der wird doch von allen Seiten beobachtet. Ich war zweieinhalb Monate im Krankenhaus, also werdet ihr es sicher noch zwei Tage ohne mich aushalten. Der Zug braucht gerade mal einen halben Tag nach New York. Übermorgen bin ich zurück, verdammt noch mal!«

»Und wo willst du schlafen?«, fragte Kitty offen.

»Wahrscheinlich bei seiner Liebsten«, antwortete Ed Martin mit spöttischem Grinsen.

22. Kapitel

Von der Grand Central Station nahm Bobby eine Droschke zu Louises Wohnung. Er klopfte und wartete. Es regnete in Strömen. Bis auf die Haut durchnässt klopfte er noch einmal.

Die Nachbarin gegenüber wurde aufmerksam. Mitleidig musterte sie ihn. Ein so gut aussehender Gentleman, auf einen Gehstock gestützt und im strömenden Regen! Sie öffnete das Fenster und rief ihm zu: »Entschuldigen Sie, Sir, aber sie ist im Theater!«

Bobby warf einen Blick auf seine Uhr und sah die Frau an, deren Haar unter einem bunten Tuch versteckt war. An ihrer Nase klebte Modellier-Ton. »Aber es ist doch erst zwei Uhr!«

»Heute ist Matinee!«

»Aha!«

»Sie arbeitet dort im Fundus oder so. Sie ist für die Kostüme zuständig.«

»Wissen Sie zufällig, in welchem Theater?«

»Rocky's Revue – in der Nähe des Broadway.«

Bobby lächelte ihr zu. »Vielen Dank, Ma'am. Ich weiß Ihre Hilfe sehr zu schätzen.«

»Wenn Sie in diesem Regen da hinwollen, leihe ich Ihnen besser einen Schirm. Louise kann ihn mir später zurückgeben.«

»Das ist sehr freundlich von Ihnen.« Er trat an ihr Fenster, und sie reichte ihm einen Schirm.

»Gerne, Sir. Kommen Sie aus dem Süden?«

»Virginia.«

»Dachte ich mir. Ich stamme aus New Orleans. Mein verstorbener Mann und ich waren immer in der Kunstszene. Er spielte die Klarinette in einer Neger-Band. Seit seinem Tod vor mittlerweile drei Jahren arbeite ich wieder als Bildhauerin. Deshalb bin ich auch nach New York gekommen. Hier gibt es mehr Möglichkeiten. Ich will Sie nicht aufhalten – aber Louise und ich sind schon ganz gute Freundinnen geworden, obwohl sie noch nicht sehr lang hier wohnt.« Sie sah ihn scharf an. »Oder wollen Sie gar nicht zu Louise, sondern zu ihren Brüdern? Wo die sind, weiß ich allerdings nicht. Sie kommen und gehen ...«

»Jedenfalls vielen Dank für Ihre Hilfe. Den Schirm bringe ich Ihnen natürlich zurück, Mrs äh ...«

»Rosewood. Bella Rosewood.«

»Danke, Mrs Rosewood.«

»Nennen Sie mich einfach Bella.«

»Vielen Dank, Bella.«

Erleichtert ging er seiner Wege. Er hatte nicht die Absicht, auf seinen zittrigen Beinen bis zum Broadway zu laufen, und auch nicht, sich im strömenden Regen eine Lungenentzündung zu holen. Er nahm sich wieder eine Droschke und überließ es dem Kutscher und seinem nassen Pferd, Rocky's Theater zu finden.

Am Bühneneingang schüttelte Bobby Bella Rosewoods großen, schwarzen Schirm aus und fragte den Portier, der auf einem Zahnstocher kaute, ob eine gewisse Louise Duigan hier arbeitete.

Joe musterte den jungen Mann von Kopf bis Fuß. Er trug einen dunklen Wollmantel über einem taubengrauen Maßanzug aus teuerstem Stoff, einen gestärkten weißen Kragen und eine schwarze Seidenkrawatte. Der Gehstock war aus Ebenholz und hatte einen Silberknauf. Da er auf einen Hut verzichtet hatte, war sein Haar durchnässt. Joe schob seinen Zahnstocher von einem Mundwinkel in den anderen und fragte: »Wen darf ich melden?«

»Bobby du Pré.«

»Einen Moment!« Joe schlenderte davon.

In Gerties Garderobe war Louise nicht. Da Joe jedoch der Meinung war, dass man nicht von ihm erwarten könne, durch das ganze Haus zu laufen, während das Publikum für Karten anstand, kehrte er bald wieder an seinen Platz zurück. »Ich kann sie nicht finden, Sir, aber sie muss irgendwo im Haus sein. Die Show hat schon angefangen. Ich schlage vor, Sie gehen hinter die Bühne und suchen selbst nach ihr. Wenn Sie mich jetzt entschuldigen ... Ja bitte, Ma'am? Vier Karten?« Joe musterte die beiden Kleinkinder und die Greisin im Schlepptau der Frau. »Die Show ist nur für Erwachsene – nichts für Kinder. Nein, es ist kein Zirkus. Entschuldigen Sie, Sie müssen mich doch nicht gleich anschreien! Wir wollen doch nicht riskieren, dass die Polizei unseren Chef wegen Verführung Minderjähriger verhaftet. Außerdem ist die Show sowieso schon halb vorbei!«, rief er ihr noch hinterher.

Grinsend suchte Bobby nach der Bühne. Niemand beachtete ihn. Plötzlich fand er sich hinter einem dunkelroten Samtvorhang wieder. Durch einen Spalt fiel sein Blick auf eine Dame mit sehr rotem Haar in einem eng anliegenden schwarzen Taftkleid, das einen Blick auf ihre Strümpfe zuließ. Das überwiegend männliche Publikum tobte und trampelte. »Mehr, Gertie! Mehr!«

Sie wedelte mit den Händen und ihrer Federboa. »Schnauze, Leute!« Dann erzählte sie einen Witz, in dem viele deutsche Worte vorkamen.

Das Publikum johlte. Auch Bobby klatschte. Eine wunderbare Schauspielerin – und tolle Beine hatte sie obendrein.

Gertie Müller rauschte von der Bühne in seine Richtung und streifte ihre hochhackigen Schuhe mit so viel Schwung ab, dass sie Bobby um Haaresbreite getroffen hätten. »Entschuldigung ... Louise, min Deern, das nächste Kostüm! Schnell!«, rief sie. Und dann begann sie sich ohne jede Scheu umzuziehen. Bobby zog sich in den Schatten der Bühnenvorhänge zurück. Und plötzlich war Louise hinter der Bühne. Sie hatte nur Augen für Gertie und das nächste Kostüm. Bobby beobachtete sie.

Erst als Miss Müller wieder auf der Bühne stand und Louise die gebrauchten Utensilien zusammenraffte, trat er aus seinem Versteck. Vielleicht war es nicht gerade der beste Augenblick, aber er musste einfach mit ihr sprechen! »Louise«, sagte er sanft, »liebste Louise ...«

Sie kniete auf dem Boden, den Arm voller Kleider, und sah ihn an, als wäre er ein Gespenst. »Bobby? Was machen Sie denn hier?«

»Ich bin gekommen, um Sie zu fragen, ob Sie mich heiraten ...«

Louise drehte sich um und floh. Er folgte ihr. Noch nie war er so schnell gehumpelt. »Louise ... ich muss mit Ihnen reden ...«

»Nicht jetzt, Bobby. Ich habe zu arbeiten. Tun Sie mir das nicht an.« Sie ging in Gerties Garderobe und warf die Kostüme über eine Stuhllehne. Ihr Gesicht war weiß und angespannt. Sie hatte tiefe Ringe unter den Augen.

»Bitte – ich muss mit Ihnen reden!«

»Wir sind mitten in einer Show, Bobby. Ich habe jetzt keine Zeit.«

»Doch, die haben Sie. Es dauert nur fünf Minuten.« Er drehte sie zu sich um, und da gerade niemand in der Nähe war, umarmte er sie und küsste sie mit so viel Inbrunst und Sehnsucht, dass sie ihm nicht widerstehen konnte.

»Oh Bobby«, flüsterte sie, »Sie hätten nicht kommen dürfen. Ich ... ich ...«

»Pst!« Er legte ihr einen Finger auf die Lippen. »Ich kann entweder bis zum Ende der Show bleiben oder später wiederkommen oder ein Riesen-Theater machen. Sie haben die Wahl. Und ganz gleich, wie Sie sich entscheiden: Wir müssen miteinander reden – am liebsten ungestört.«

Louise war wie vor den Kopf gestoßen. Sie hatte ihn schrecklich vermisst; wie sehr allerdings, wurde ihr jetzt erst klar. Doch alles, was ihr einfiel, war: »Und was ist mit Ihrer Verlobten? Miss Jameson-Blaine?«

»Ich bin nicht mit ihr verlobt, war es nie und werde es nie sein. Das alles war dummer Zeitungsklatsch. Sie sind die Frau, die ich heiraten will, und deswegen bin ich gekommen. Heiraten Sie mich. Jetzt! Hier! Heute!« Der Boden schien unter seinen Füßen zu schwanken. »Entschuldigen Sie, ich muss mich kurz setzen.« Er ließ sich auf Gerties Couch fallen, streckte das verletzte Bein aus und rieb sich mit schmerzverzerrtem Gesicht das Knie.

»Sie Ärmster! Sind Sie immer noch nicht ganz wiederhergestellt?« Louise ging vor ihm in die Knie und legte vorsichtig die Hand auf die schmerzende Stelle. Seit ihrem Unfall im Weißen Haus kannte sie die Qualen eines verletzten Beins nur allzu gut; vor allem bei feuchtem Wetter tat es oft sehr weh. »Ach, Bobby, ich bin völlig verwirrt. Sie hätten wirklich nicht kommen dürfen, zumal Sie offenbar noch nicht völlig genesen sind.«

Er nahm ihr Gesicht in seine Hände und blickte ihr zärtlich in die Augen. »In meiner Tasche befinden sich eine Sondergenehmigung zur Eheschließung sowie ein Ring. Wir können heute hier in New York heiraten und als Mann und Frau nach Washington zurückkehren. Niemand wird etwas dagegen …«

Jemand räusperte sich auf der Schwelle der halb offenen Tür. Bobby brach ab.

»Na, das ist ja mal gemütlich«, grinste Gertie und ging mit ausgestreckter Hand auf Bobby zu. »Mr du Pré, nehme ich an. Hey, bleiben Sie sitzen!« Mit ihrer in einen roten Spitzenhandschuh gehüllten Hand drückte sie ihn zurück auf das Sofa. »Ein verwundeter Kriegsveteran von der *Maine* braucht doch für Gertie Polowski nicht aufzustehen!«

»Guten Tag, Miss … äh … Müller.«

»Polowski.«

»Miss Po…«

»Lassen Sie's gut sein. Sagen Sie einfach Gertie!« Sie wandte sich zu Louise um, die schnell auf die Füße gesprungen war und geschäftig in der Garderobe herumwerkelte. »Ich fürchte, ich habe ein wenig gelauscht, Lütte. Aber ein so toller Heiratsantrag von einem so schicken Gentleman ist mir noch nie zu Ohren gekommen! Bisher dachte ich allerdings immer, dass der Knabe dafür auf die Knie geht.« Sie griff nach ihrer Brandy-Flasche, holte drei Gläser aus dem Schrank, füllte sie ohne zu fragen und reichte sie herum. »Sie sehen aus, als könnten Sie das hier jetzt gut gebrauchen, Mr du Pré.«

»Da mögen Sie Recht haben«, grinste er. »Danke, Gertie.« Er kippte den Brandy, und Gertie füllte nach. Er hatte nichts dagegen einzuwenden.

»Der Typ gefällt mir«, sagte Gertie zu Louise. »Ehrlich, er gefällt mir richtig gut. Man könnte fast eifersüchtig werden. Willst du nicht endlich Ja sagen?«

Doch Louise schwieg und wandte ihnen den Rücken zu. »Okay, Leute«, sagte Gertie, »ich hoffe, ihr entschuldigt, aber vor der Show heute Abend muss ich mich noch ein Stündchen aufs Ohr hauen. Also trinkt aus und verdünnisiert euch. Das soll nicht unhöflich sein, Bobby. Ich weiß, dass es Ihnen um Louise geht. Und nachdem sie anscheinend die Sprache verloren hat, sagen Sie ihr bitte einen schönen Gruß von mir und dass ich ihr heute den Rest des Tages freigebe, damit sie heiraten kann.«

»Gertie ... ich ...« Louise drehte sich um. Ihr Gesicht war puterrot. »Du kannst doch heute Abend nicht ohne Kostümbildnerin auftreten!«

»Fripps kann mich zuhaken.«

»Sie ist deine zweite Besetzung und nicht etwa ...«

»Fripps wird tun, was ich ihr sage. Sie verzehrt sich geradezu danach, meinen Job zu bekommen. Und da ich demnächst von hier weg und an den richtigen Broadway gehe ... So, und jetzt pack dich und heirate ihn, ehe er es sich anders überlegt!« Gertie wandte sich an Bobby. »Diese junge Dame hier ist fast verrückt geworden, als sie von der Explosion der *Maine* hörte. Sie dachte natürlich, dass es Sie in tausend Teile zerfetzt hätte ... Und jetzt tut sie, als ob sie wer weiß wie hart wäre ... Bringen Sie sie hier weg, Mr du Pré!«

»Louise?« Geduldig wartete er an der Tür, dass sie sich entschließen würde.

Louise griff nach ihrem Mantel und stürmte aus der Garderobe. Gerties Stimme schallte hinter ihr her: »Ihr bekommt auch zwei Flitterwochen-Freikarten für meine neue Show am Broadway!«

Joe sprang so eifrig auf, dass er sich beinahe die Wange mit seinem Zahnstocher perforiert hätte. »Soll ich Ihnen eine Droschke rufen, Sir?«

»Ja, bitte.« Joe trat hinaus auf den Bürgersteig und fuchtelte mit den Armen wie eine Windmühle.

»Zu Ihnen oder zu mir?«, fragte Bobby in der Droschke.

»Wo wohnen Sie denn?«

»Bisher noch nirgends.«

»Ich weiß nicht recht … Meine Brüder sind nicht …«

»Ich weiß, wo Ihre Brüder sind. Fahren wir zu Ihnen. Dort können wir wenigstens in Ruhe reden.«

Aber nicht mit dem nötigen Anstand, dachte Louise. Vor allem, wenn Bella wieder dauernd aus dem Fenster ihres Ateliers spähte. Bobby nahm ihre Hand. Sie war kalt. »Sie sind ziemlich schweigsam.«

»Ich glaube, ich bin noch ziemlich schockiert.«

»Schon möglich, aber ich nehme an, Sie machen sich auch Sorgen darüber, mit mir allein zu sein, nicht wahr?«

»Ich … es ist nicht so, dass ich …«

Er nahm sie in die Arme und zog sie an sich. »Ich liebe Sie und ich möchte Sie heiraten. Aus diesem Grund bin ich direkt aus dem Krankenhaus nach New York gekommen. Ich habe eine Sondergenehmigung …«

»Ich weiß.« Louise wischte sich eine vorwitzige Träne aus den Augen. »Aber so einfach ist das nicht.«

»Wieso nicht?«

»Das wissen Sie sehr genau.« Sie waren angekommen, Louise stieg aus, und Bobby bezahlte den Kutscher.

Louise schloss die Tür zu ihrer kleinen Wohnung auf. Wie gern hätte sie hier mit ihm gewohnt! Wie gern würde sie den Rest ihres Lebens mit ihm verbringen! Doch sie wusste, dass es unmöglich war. Sie legte Hut und Mantel ab und setzte Wasser für den Tee auf. Zum ersten Mal wünschte sie sich, eine Flasche Brandy im Haus zu haben – vielleicht hätte sie dann mehr Mut.

Bobby hängte seinen Mantel an die Garderobe und ließ Bellas Schirm an der Eingangstür stehen, um ihn später nicht zu vergessen. Er setzte sich in das kleine Wohnzimmer, lehnte seinen Gehstock an den Sessel und machte es sich gemütlich. »Ihre Wohnung ist richtig nett, Louise.«

»Dabei ist es eigentlich eine umgebaute Scheune. Und verglichen mit dem, was Sie so gewöhnt sind, ist es wahrscheinlich immer noch nicht besser als eine Scheune. Also hören Sie auf, mir zu schmeicheln!«

Sie reichte ihm eine Tasse heißen, gesüßten Tee, und er fragte sich, woher sie wusste, dass er ihn genau so mochte.

»Wie haben Sie mich gefunden?«, fragte Louise. »Ich habe keinen Absender auf meinen Brief geschrieben.«

»Ed Martin!«

»Aha!«

Natürlich war es Ed Martin gewesen – schließlich machte er Geschäfte mit Patrick. Sie überlegte, wie viel Ed über Bobby und sie wissen mochte. Wahrscheinlich alles. Aber spielte das eine Rolle? Bobby war zu ihr gekommen, und genau das hatte sie gewollt. Er hatte bewiesen, dass er sie wirklich liebte. Mehr konnte und durfte sie nicht verlangen.

»Sie wussten, dass ich kommen würde, nicht wahr? Von dem Augenblick an, als Sie mir über Kitty diesen Brief schickten, wussten Sie es«, sagte er lächelnd. »Kommen Sie, setzen Sie sich zu mir ...« Er streckte die Hand aus.

»Der Sessel reicht nur für einen.«

»Dann hier auf mein Knie.«

»Bestimmt nicht. Sie sind verletzt!«

»Louise!« Er packte sie, setzte sie auf seinen Schoß und drehte ihr Gesicht so, dass sie ihm in die Augen sah. »Meinem Knie geht es ganz gut, und auch sonst bin ich in Ordnung. Bis auf mein gebrochenes Herz. Sie sehen aus, als würden Sie kaum etwas essen. Mein Knie wird Ihr Fliegengewicht schon aushalten! Einverstanden? Sitzen Sie bequem? So, und jetzt halte ich Sie hier so lange fest, bis Sie mir zugehört haben. Ich werde Ihnen erzählen, was ich in den letzten Monaten durchgemacht habe. Und wer weiß, wenn Sie mir dann immer noch keine Antwort geben, verführe ich Sie vielleicht wirklich. Da wir ohnehin morgen früh heiraten, spielt es sicher keine Rolle mehr. Wir nehmen Gertie, die Schirm-Bella und den Türsteher als Zeugen, falls wir keine anderen finden.«

Louise wand sich aus seinen Armen, stand auf und entfernte sich möglichst weit von ihm. Ihre geröteten Wangen und ihr schneller Atem zeigten ihm, dass auch sie ihn begehrte. Und doch war sie zu sehr Dame, um sich kompromittieren zu lassen – als ob er es je wirklich getan hätte!

»Nun gut. Trotzdem möchte ich die Gründe hören, die Sie davon abhalten, meine Frau zu werden. Und es sollten wirklich gute Gründe sein!«

»Bobby, ich liebe Sie von ganzem Herzen. Nie habe ich auch nur eine Minute lang aufgehört, an Sie zu denken. Als ich von dem Unglück der *Maine* hörte – ich war überzeugt, dass Sie nicht überlebt haben konnten –, ist ein Teil von mir gestorben. Als Patrick mir schließlich erzählte, dass Sie die Explosion überlebt hatten, wurde mein Leben wieder lebenswert, obwohl ich genau wusste, dass Sie nicht für mich infrage kommen. Umso mehr, als ich zwischenzeitlich von Ihrer Verlobung mit Amelia gelesen hatte.«

»Das habe ich Ihnen doch schon erklärt!«

»Lassen Sie mich bitte ausreden. Inzwischen weiß ich, dass es eine Lüge war. Sie sind gekommen und bitten mich, Ihre Frau zu werden. Wie gern würde ich Ja sagen! Ja, ja und nochmals ja!« Sie machte eine vage, alles einschließende Handbewegung. »Glauben Sie nicht, dass ich lieber die Frau des wunderbaren Bobby du Pré vom Capitol Hill wäre, anstatt ein arme, alleinstehende, irische

Immigrantin, die jeden Penny dreimal umdrehen muss? Aber Sie und ich als Ehepaar – das ist ein Traum, Bobby. Ein unrealistischer Traum! Die Wirklichkeit sieht ganz anders aus.« Sie zählte an den Fingern ab. »Erstens: Wir stammen aus zwei völlig unterschiedlichen Welten. Sie kommen von oben, ich von unten. Zweitens: Seine Exzellenz, Ihr Vater, und Mylady, Ihre Mutter, würden einen Nervenzusammenbruch bekommen, wenn sie erführen, dass ihr einziger Sohn sich in eine Kostümbildnerin aus einem zwielichtigen Revuetheater verliebt hat und sie dann auch noch heiratet. Drittens: Der unausweichliche Skandal würde Ihre Karriere für immer ruinieren. Viertens: Ich würde mein Leben lang nicht damit fertig werden, wenn das Scheitern Ihrer Karriere mir zuzuschreiben wäre. Fünftens: Sollten wir trotz alledem heiraten, würde keiner von uns je in der besseren Gesellschaft akzeptiert werden. Das sind jetzt nur einige meiner Gründe. Ich bin eben einfach realistisch.«

»Viel zu realistisch, Louise. Wie immer.« Er konnte nicht anders, als sie zu lieben – ihren starken Charakter ebenso wie ihre zauberhafte Verletzlichkeit.

»Ich bin noch nicht fertig.« Stolz warf sie den Kopf zurück. »Ich werde nie mit einer Lüge leben, Bobby. Ich will es einfach nicht.«

»Dann lieben Sie mich also nicht genügend? Ist es das, was Sie mir sagen wollen? Dass Ihre Liebe nicht stark genug ist, um darüber hinwegzusehen, was andere von uns denken? Wen interessiert das schon? Mich nicht!«

»Nein, nein, das ist es nicht, Bobby!« Hilflos hob sie die Hände. »Ich liebe Sie … ich liebe Sie so sehr …« Sie begann zu weinen. »Ich liebe Sie und würde Sie am liebsten sofort heiraten, aber ich kann nicht! Ich kann nicht, weil … weil … ich weigere mich doch nur Ihretwegen!«

»Komm zu mir, Louise!« Bobby streckte die Arme aus.

Sie warf sich hinein und vergrub den Kopf an seiner Schulter. Ohne jeden Zweifel wusste sie, dass dies der Platz war, wo sie für immer sein wollte – in seiner Nähe, im Schutz seiner Arme.

Sie wünschte sich ein besseres Leben als das, was sie jetzt führte; diese endlose Schinderei von morgens bis abends, mit wunden Fingern vom Nähen und einem wunden Herzen, weil sie den Mann, den sie liebte, aus sozialen Gründen nicht heiraten durfte. Es war unfair, und sie hatte keine Kraft mehr, gegen das System anzukämpfen.

Er liebkoste sie zärtlich und streichelte ihr Haar. »Ich will keine andere Frau als dich, Louise. Und wenn wir tatsächlich Washington und New York verlassen müssten, könnten wir immer noch an die Westküste gehen und ein völlig neues Leben anfangen.«

»Nein«, flüsterte sie an seiner Brust, »du gehörst nach Washington. Ich meine …« In diesem Augenblick entdeckte sie die feuerrote Strieme an seinem Hals. »Was ist denn das?«

»Verbrennungen«, antwortete er. »Vergiss es einfach. Die einzigen Narben, die ich nie verwinden werde, sind die, die du mir zufügst.«

Sanft legte sie die Lippen auf die Narbe. Erst jetzt wurde ihr klar, wie schwer er verwundet gewesen sein musste; seine tapfere Art und die feinen Kleider hätten sie fast in die Irre geführt. Ehe sie in seiner körperlichen Nähe die Beherrschung verlor, sagte sie: »Nie und nimmer könnte ich von dir verlangen, dass du meinetwegen alles aufgibst, Bobby. Was würdest du denn tun? Etwa Bauer werden?« Sie lächelte ihn unter Tränen an. »Würde deine Familie mich anerkennen, wäre ich sofort zur Ehe bereit. Aber nicht hinter ihrem Rücken. Ich fände es zwar wunderschön, wenn deine Familie mich akzeptieren würde, aber ich verstehe ihre Gründe und fühle mich nicht gekränkt. Wir leben nun einmal nicht im Märchen, sondern wir müssen uns nach bestimmten Regeln richten und uns selbst treu bleiben. Aber auch ich möchte dich nicht verlieren. Wenn du wirklich willst, dass ich mit dir nach Washington gehe, dann werde ich es tun. Allerdings nicht als deine Frau, sondern als deine Geliebte. Ich könnte es nicht ertragen, dich für immer zu verlieren.«

Seine klaren blauen Augen funkelten. »Als meine Geliebte?«

»Ja.«

»Machst du dich über mich lustig?«

»Nein.«

»Hattest du nicht gerade eben noch gesagt, dass du nicht mit einer Lüge leben wolltest?«

»Ein Kompromiss ist keine Lüge.«

»Für mich schon, und für dich auch. Nein, mein Liebling, ich will keine Geliebte. Ich will eine Ehefrau. Und ich will dich!«

»Ohne den Segen unserer beiden Familien werde ich dich nicht heiraten, Bobby. Und weil ich dich wirklich liebe und weiß, dass auch du mich liebst, tun wir einfach das Zweitbeste – eine Lösung, die für deine Familie wahrscheinlich durchaus akzeptabel ist. Ein reicher Mann aus guter Familie«, sie streichelte ihm über das Kinn, »hat wahrscheinlich sowieso in jeder Stadt eine Geliebte.«

»Nein, Louise. Ende der Diskussion!«

»Jetzt sind wir wieder genau da, wo wir angefangen haben, und ich habe keine Lust, alles noch einmal von vorne durchzuhecheln. Wir könnten sofort damit beginnen.« Sie stand auf, löste ihr Haar und öffnete die obersten Blusenknöpfe. »Die Einzige, die es je erfährt, ist Bella, aber wen stört das schon?«

»Hör auf damit, Louise. Das bist nicht du!« Es fiel ihm schwer, der Versuchung zu widerstehen, doch sein Respekt vor ihr war stärker. Er versuchte aufzustehen, hatte aber Mühe.

»Wo willst du hin?«, fragte sie.

»Zurück nach Washington.«

»Ich komme mit.«

»Liebend gern. Aber nur, wenn wir vorher dies hier benutzen.« Er zog die Heiratserlaubnis aus der Tasche und wedelte damit vor ihrer Nase herum. »Du musst dich entscheiden. Heute ist Mittwoch. Am Freitag erwartet man mich zu einer wichtigen Sitzung in Washington. Entweder wir gehen zusammen, dann aber im heiligen Stand der Ehe, oder du bleibst hier. Dann allerdings käme ich zurück, nachdem ich ein ernstes Wörtchen mit meinen Eltern geredet hätte.«

»Nie im Leben werden sie zustimmen!«

»Dann …«, er zog sie wieder an sich, »dann werde ich Ihr Angebot noch einmal überdenken, Miss Duigan. Aber jetzt muss ich schnell fort, ehe ich es mir anders überlege und dich gleich hier an Ort und Stelle zu meiner Geliebten mache. Oder ehe deine Brüder heimkommen und mir auch noch das andere Bein brechen.« Er küsste sie lange. Ihr Haar fiel ihr auf die Schultern, wie er es immer erträumt hatte; fast verlor er sich in den Tiefen seines Begehrens.

Schließlich ließ er sie widerstrebend los, holte seinen Mantel und den geborgten Schirm und umarmte sie zum letzten Mal. Es fiel ihnen schwer, sich zu trennen. »Ich komme zurück, das verspreche ich.« Zärtlich fuhr er mit dem Finger ihre Wange hinunter, über den Hals bis zu ihrem verheißungsvollen Ausschnitt, der gerade entblößt genug war, um ihn erkennen zu lassen, was er da zurückwies. Er küsste sie noch einmal. »Und bitte nicht wieder umziehen!«, sagte er, ehe er sich hastig umdrehte. »Sie sind verdammt dickköpfig, Miss Duigan.«

»Praktisch, Bobby. Und zwar zu unserem Besten.«

»Du hast Recht. Versprichst du mir, meinen Brief zu beantworten?«

»Welchen Brief?«

»Den ich gleich im Zug schreiben werde.«

»Ich verspreche es.«

»Und wenn ich meinen Eltern von dir erzählt habe, wenn ich ihnen gesagt habe, dass nichts und niemand mich daran hindern kann, dich zu heiraten – heiratest du mich dann?«

»Manchmal ist es schön, an Wunder zu glauben. Ja, Bobby, dann heirate ich dich. Aber nur mit dem Segen deiner Eltern.«

»Gut, dann verschwinde ich jetzt, ehe ich mich noch vergesse. Ein wohlerzogener Südstaatler kompromittiert keine stolzen irischen Damen. Würdest du bitte Bella den Schirm zurückgeben? Ich fürchte, ich könnte sie heute nicht noch einmal ertragen.«

Louise lachte ein wenig beklommen. Sie musste verrückt sein, ihn hinauszuwerfen! Er hatte ihr das Paradies auf Erden vor die

Nase gehalten – er hatte sogar eine Sondergenehmigung für eine schnelle Hochzeit besorgt. Hastig öffnete sie die Tür. »Wenn Bella gewusst hätte, dass du einer der Helden des Panzerkreuzers *Maine* bist, hätte sie dir wahrscheinlich mehr als nur einen Schirm angeboten.«

»Louise, mein Liebling«, sagte er so laut, dass man es durch das offene Fenster gegenüber hören musste, und legte die Hand auf sein Herz, »du bist heute Nachmittag wirklich merkwürdig gelaunt. Ein edler Südstaatler wie ich, der zudem noch plötzlich herzkrank geworden ist, kann ein solches Theater kaum noch verkraften!« Er griff in die Tasche und förderte etwas zutage. »Verdammt, jetzt hätte ich doch beinahe den Ehering vergessen!« Er warf Louise den Ring zu. »Behalt ihn! Und wenn die Straße nicht so entsetzlich nass wäre, würde ich jetzt vor dir niederknien und dich noch einmal um deine Hand bitten.«

Louise fing den Ring auf und betrachtete den schmalen Goldreif. Sie wusste genau, dass Bella sie beobachtete und sicher schon darauf brannte, allen Nachbarn zu erzählen, dass Louises feiner Freund den ganzen Nachmittag bei ihr verbracht hatte, ohne dass die Brüder im Haus waren – und angeblich hätten sie nur Tee getrunken! Dass ich nicht lache! Doch ein ruinierter Ruf war jetzt Louises geringste Sorge. Sie war nur Bobby Rechenschaft schuldig. »Pass auf dich auf, Bobby!«

»Du auch, meine Süße. Bis bald!« Er schwenkte seinen Gehstock.

»Nimm lieber eine Droschke zum Bahnhof«, rief sie hinter ihm her.

»Oh, das werde ich ganz bestimmt tun!«

Louise schloss die Tür und lehnte sich dagegen, bis sie wieder zu Atem kam. Dann steckte sie Bobbys Ring an den Finger und ging in ihr Zimmer, bis es Zeit war, ins Theater zurückzukehren. Gertie würde sie wahrscheinlich für verrückt erklären, dass sie Bobby du Pré einen Korb gegeben hatte. Aber Gertie machte sich auch nichts aus moralischen Grundsätzen.

Louise legte sich auf ihr Bett und drehte den Goldreif an ihrem Ringfinger. Ja, vielleicht war sie wirklich verrückt. Aber hier ging es um alles oder nichts. Sie dachte an die McKinleys. Hätte William McKinley nicht eine Schwäche für das »einfache Volk« gehabt und sich daher auch um Louises Sorgen gekümmert, hätte sie Bobby nie kennen gelernt.

Und wie rührend war Ida McKinleys Abschiedsgeschenk für sie gewesen! Plötzlich fiel ihr der kleine Silberrahmen ein, der auf dem Nachttisch zwischen den Betten der McKinleys stand. Clara Tharin hatte Louise erzählt, dass darin der von Ida gestickte Lieblingsspruch ihres Mannes mit der Locke eines ihrer verstorbenen Kinder zu sehen war. »Wenn wir erwachen, werden wir sehr glücklich sein, dass wir eine kleine Weile traurig waren.«

Vielleicht sollte ich aus einer Haarlocke ein Andenken für Bobby machen, dachte Louise.

23. Kapitel

Im Zug von New York nach Washington las Bobby die *New York Times* von der ersten bis zur letzten Seite, und ihn beschlich das Gefühl, dass Amerika an der Schwelle eines Krieges mit Spanien stand. Seit dem Untergang der *Maine* machten die USA der spanischen Regierung deutlich, dass sie sich nicht einschüchtern lassen würden.

Im Senat traf Bobby auf Ed Martin, der ihm mit einem ganzen Arm voller Akten entgegenkam.

»Du liebe Zeit, Bobby, für jemanden, dem eigentlich eine Pension wegen Arbeitsunfähigkeit zusteht, rennst du aber noch ganz ordentlich! Was machst du hier?«

Bobby grinste. »Ich bin zwar noch rekonvaleszent, aber nachdem ich glaube, dass der Präsident drauf und dran ist, den Spaniern den Krieg zu erklären, wollte ich doch lieber Präsenz zeigen. Du weißt ja, ich bin ein Held!«

»Ich weiß nur, dass du ziemlich verrückt bist.« Eds Aktenberg geriet ins Rutschen. »Ich nehme an, du hast es von deinem Vater … Es muss praktisch sein, Verwandte an den wichtigen Schaltstellen sitzen zu haben und alles direkt aus dem Oval Office zu erfahren.«

»Mein Vater hat damit nichts zu tun. Eigentlich reden wir sogar weniger miteinander, als es durchschnittliche Väter und Söhne normalerweise tun … Hey, warte, ich helfe dir, ehe du alles fallen lässt!« Bobby klemmte sich den Gehstock unter den Arm und half Ed mit den Akten.

»Hm, jetzt hast du also drei Arme. Lass los, es geht schon. Sieh nur bitte zu, dass dein Stock mir nicht das Auge aussticht.«

Ed war mit eins siebzig relativ klein; er hasste es, ständig zu Leuten aufblicken zu müssen, die ihm rangmäßig untergeben waren. Die fehlenden Zentimeter kompensierte er dadurch, dass er bei jeder Gelegenheit sein Können unter Beweis stellen wollte. Er schob den Aktenstapel zusammen, umklammerte ihn mit beiden Armen, sicherte ihn mit dem Kinn und fragte zwischen zusammengebissenen Zähnen hindurch: »Na, wie war die heimliche Hochzeit?«

»Louise hat mir einen Korb gegeben, Ed.«

»Nicht möglich! Wirklich?«

»Ja, wirklich!«

»Eine arme Immigrantin mit gesundem Urteilsvermögen, das ist wirklich einmal etwas Neues!«

»Ich finde das überhaupt nicht lustig. Außerdem kann ich nicht leiden, wenn du über Louise in einem Ton sprichst, als wäre ohnehin alles nur ein Scherz.«

»Entschuldige, ich wollte dir nicht zu nahe treten. Sie muss wirklich eine ganz besondere Frau sein, dass sie den schneidigen du Pré so mir nichts, dir nichts abweist.«

»Wechseln wir lieber das Thema. Ich möchte nicht über Louise reden und habe es auch damals nur getan, als ich in der *Cormorant*-Affäre deine Hilfe brauchte.«

»In der *Cormorant*-Affäre? Habe ich richtig gehört, Bobby?«

»Vergiss es. Was ich mit meinem Leben anfange und wen ich liebe, ist meine Sache. Ich brauche deine ironischen Bemerkungen nicht. Inzwischen bereue ich fast, dass ich dich um Hilfe gebeten habe, aber ich hielt dich für einen Freund und nicht für eine von Washingtons Klatschbasen.«

»Mann, sie scheint dich ja wirklich beeindruckt zu haben. Und dann dein Selbstmitleid! Mir kommen gleich die Tränen!«

»Ed, ich werde diese Frau heiraten, und damit basta. Gibt es sonst noch etwas zu besprechen?«

Bobby öffnete die Tür zu Eds Büro und ließ sich auf den erstbesten Stuhl fallen. Ed lud die Akten auf seinem Schreibtisch ab.

»Schlechte Nachrichten. Aber lass uns auf Jack Macy und Carp … ah, da sind sie ja schon! Setzt euch.«

»Hallo, Bobby, wie geht es dir?«, erkundigten sich die beiden Neuankömmlinge.«

»Prima«, behauptete Bobby und und kaute auf seinem Daumennagel.

»Blöde Sache. Aber schön, dass es dich nicht allzu heftig erwischt hat, mein Freund.« Jack Macy legte eine Hand auf Bobbys Schulter.

»Stimmt. Danke, Jack.«

»Kommt noch jemand, oder kann ich die Tür zumachen?«, fragte Sheraton Weinstrom, den alle nur Carp nannten, weil er so gern angelte.

»Zumachen«, kommandierte Ed knapp und begann: »Jack und Carp, ihr beiden wisst, was seit dem 15. Februar alles passiert ist. Deshalb fasse ich für Bobby jetzt nur kurz zusammen.«

»Ich weiß auch, was geschehen ist«, warf Bobby ein. »Ich konnte nur nichts dagegen tun.«

»Gut. Erstens: Wir haben Expertisen von zwei Tauchfirmen über die Ursache der Explosion auf der *Maine* eingeholt. Die Firmen haben unabhängig voneinander gearbeitet. Es handelte sich um die seit langem etablierte Gesellschaft Merrit-Scott & Chapman und die weniger bekannte Gesellschaft Duigan Brothers. Außerdem haben wir unsere eigenen Marine-Taucher zur Beweisaufnahme geschickt. Alle drei Taucherteams kamen zum selben Ergebnis, was für den Präsidenten natürlich alles andere als eine gute Nachricht ist.«

»Könnten wir einen Blick auf die Berichte werfen?«, erkundigte sich Weinstrom.

»Ich gebe die Akte gleich herum. Alle Taucherteams stellten zweifelsfrei fest, dass eine von außen gezündete Explosion ein Loch in die Schiffswand gerissen hat. Und zwar mittels einer unter Wasser deponierten U-Boot-Mine. Wir alle wissen, dass der Besitz von Sprengkörpern in Havanna strikt verboten war und ist. Die *Maine* selbst hatte explosives Material an Bord – eine streng vertrauliche Fracht, die einzig im Kriegsfall eingesetzt werden durfte. Da wir uns jedoch in der Nacht zum 15. Februar nicht im Krieg mit Spanien befanden, lässt das nur einen Rückschluss zu …« Ed hielt die Akte mit dem Informationsmaterial hoch. »Es war Sabotage, so Leid es mir tut.«

»Scheiße«, entfuhr es Jack Macy.

»Das hätte ich dir auch ohne Untersuchung sagen können«, murmelte Bobby.

»In fünf Stunden findet ein Treffen zwischen dem Präsidenten und dem Außenminister statt«, ließ sich Carp vernehmen. »Ich fürchte, das bedeutet Krieg mit Spanien.«

»Amerika muss den Spaniern klarmachen, wo die Grenzen sind.« Ed sprach aus, was alle dachten. »Da die Spanier haargenau wussten, was an Bord der *Maine* war, muss es bei uns eine undichte Stelle geben. Gentlemen, unter uns ist ein Maulwurf.«

»Carranza«, platzte Bobby wie aus der Pistole geschossen hervor.

»Was?«

»Er passt genau ins Bild.«

»Sprichst du etwa von Lieutenant Carranza, Bob? Tut mir Leid, mein Freund, aber da täuschst du dich. Der Kerl hat weder das Köpfchen dazu noch genügend Mut. Schon allein die Tatsache, wie er Sigsbee und Fitzhugh Lee dazu gebracht hat, sich mit ihm zu duellieren, zeigt, dass er nichts weiter ist als ein Clown.«

»Oder ein besonders gewitzter Spion, Ed. Vielleicht hat er die ganze Sache nur vom Zaun gebrochen, weil es ihm nutzte.«

»Was meinst du? Man hat euch doch damals alle vernommen. Und alles, aber auch alles bei diesem Verhör war strengstens vertraulich, einschließlich dieser Duell-Geschichte.«

»Ich habe den Bericht gelesen, Ed.«

»Wie denn das? Wer hat dir die Akte gegeben.«

»Das ist streng geheim!«

»Du weißt, dass jeder sich strafbar macht, der Akten aus diesem Büro entfernt.«

»Na ja, du verstreust sie schließlich auch schon mal im Flur, Ed. Der Mann, der dir beim Aufheben half, könnte durchaus unser Maulwurf gewesen sein, und nicht ein Held – ein Vorkriegs-Held – wie ich.«

»Sehr witzig! Jedenfalls hätten die Ergebnisse des Verhörs in diesen vier Wänden bleiben müssen. Als Fitzhugh Lee, der Generalkonsul in Havanna, und Charles Sigsbee, der Kapi…«

»Ich weiß, dass Charles Sigsbee Kapitän auf der *Maine* war, Ed. Ich war dabei!«, raunzte Bobby. »Komm endlich auf den Punkt!«

»Würde ich ja gern, Bob, aber du quatschst mir ja ständig dazwischen! Kitty hat mir erzählt, dass du taub wärst. Wahrscheinlich haben die Ärzte sich geirrt. Gestattest du mir jetzt, fortzufahren? Also, als Fitzhugh Lee und Kapitän Sigsbee aussagten, sie seien überzeugt, dass die Spanier für die Explosion verantwortlich waren, hat Lieutenant Ramon Carranza …«

»… seines Zeichens spanischer Marineattaché in Washington«, fiel Bobby ihm ins Wort, »sie zu einem Duell herausgefordert, das allerdings von den Behörden untersagt wurde.«

»Meine Güte, was ist denn heute Morgen mit dir los? Willst du nun alles wissen oder nicht? Und hör endlich auf, deinen Ärger darüber, dass deine Freundin dir einen Korb gegeben hat, an mir auszulassen!«

Jack Macy und Carp Weinstrom blickten sich achselzuckend an. »Was ist los mit euch? Ist Kriegsfieber etwa ansteckend?«

»Das einzig Ansteckende hier ist du Prés schlechte Laune.« Ed starrte Bobby an. »Tut mir Leid, wenn der Justizminister und der Staatssekretär nicht glauben, was du über Carranzas angebliche Spionageaktivität zu Papier gebracht hast. Und ohne Beweise wird es auch so bleiben, fürchte ich.«

»Das werden wir ja sehen, Ed.«

»Und das heißt?«

»Das heißt was, Ed?«

»Besitzt du etwa Insider-Informationen, die du nicht mit uns zu teilen bereit bist?«

»Mein Gott«, stöhnte Bobby, »wenn du wirklich wissen willst, woher ich meine Informationen beziehe, nachdem ich drei Monate aus dem Verkehr gezogen war: vom großen Boss persönlich.«

»Welcher Boss?« Verwirrt sah Ed ihn an. »Doch nicht etwa vom Präsidenten?«

»Du liebe Zeit, bist du schwer von Begriff! Vom Justizminister natürlich!«

»Hat er dir die geheimen Unterlagen etwa ins Krankenhaus gebracht?«

»Nein, Ed. Du weißt selbst, dass er so etwas nie tun würde.«

»Inzwischen bin ich mir da nicht mehr so sicher. Nachdem wir diese undichten Stellen haben, kann man niemandem mehr über den Weg trauen.«

»Ed, der Justizminister hat mir die Sache mit Carranza erzählt, als er im März die Überlebenden der *Maine* besuchte. Er verriet damit kein Geheimnis, sondern berichtete lediglich von der Herausforderung zum Doppel-Duell Spanien gegen Amerika. Es war ein tolles Bild in Hearsts Klatschpresse: Carranza gegen den Kapitän der *Maine* und den Generalkonsul in Havanna. Und nun ratet einmal, wer der Unparteiische war! Bobby du Prés Vater, der amerikanische Botschafter. In Randolph Hearsts anti-republikanischen Klatschblättern liest sich die Story wirklich amüsant. Er versucht damit, die McKinley-Administration auszuhebeln.«

»Wärst du die ganze Zeit dabei gewesen, fändest du es sicher nicht so amüsant.«

»Möglich. Ganz gleich aber, ob man Carranza für einen Spinner oder einen Scherzbold hält – der Mann ist und bleibt gefährlich.«

»Könntest du dich vielleicht ein wenig deutlicher ausdrücken, Bob?«

»Ganz wie du willst. Sigsbee und Lee trafen im März auf Carranza, als auf amerikanischer Seite längst der Teufel los war. Im

Prinzip erklärte Carranza mit seiner Herausforderung den USA den Krieg. Ein Duell! Ein Doppel-Duell sogar! Und das Ganze gilt obendrein noch als legal! Wo kommen wir da noch hin?«

»Was zum Teufel hat ein solcher Hitzkopf überhaupt in Washington zu suchen?«, fragte Jack Macy.

»Genau!«

»Die Überwachungsberichte zeigen, dass dieser Carranza immer schon mit Vorsicht zu genießen war. Ich gehe jede Wette ein, dass er samt dem spanischen Botschafter von Washington nach Madrid beordert wird, sobald wir Spanien den Krieg erklären.«

»Glaubst du das im Ernst?«

»Ja. Denk an meine Worte. Er wird auf Nimmerwiedersehen verschwinden. Dann allerdings ist es zu spät, ihn für hunderte von Toten auf der *Maine* zur Verantwortung zu ziehen. Und falls Carranza weitere Einzelheiten über unsere Flotte in Erfahrung gebracht hat, werden sicher noch weitere Kriegsschiffe in die Luft fliegen.«

»Hoffentlich irrst du dich, Bob!«, sagte Jack Macy nachdenklich.

»Das hoffe ich auch«, gab Bobby zurück. »Aber ich weiß mit Sicherheit, dass Carranza Kontakte ins neutrale Kanada hat. Ich würde mich nicht wundern, wenn die zurückbeorderten Spanier auf ihrem Weg nach Europa kurz in Kanada vorbeischauen.«

»Wissen der Justizminister und der Staatssekretär darüber Bescheid?«

»Ich habe es ihnen mitgeteilt. Der Vorgang befindet sich in einem der Ordner, die du heute Morgen auf dem Flur verstreut hast.«

Ed wühlte in den Akten, bis er das entsprechende Dossier fand, und legte es zu den Berichten der Taucherteams. »Woher weißt du, dass Carranza Kontakte nach Kanada hat?«

»Erinnerst du dich an den Fall *Cormorant*?«

»Könnte ich je vergessen, wie die Steuerfahnder diesen O'Duffy und die anderen zwielichtigen Gestalten von Cade-Armoy in Neuschottland festgenommen haben?«, seufzte Ed Martin. »Aber was hat das Finanzministerium mit Carranza zu tun?«

»Ganz einfach: Es geht um das Gold. Da liegt die Verbindung. Wenn du dir die Akte Cade-Armoy noch einmal vornimmst, verstehst du es. Sie muss auch irgendwo da in diesem Haufen liegen.« Er zeigte auf die Papiere auf dem Schreibtisch. »Ich habe daran gearbeitet, ehe ich auf das Himmelfahrtskommando geschickt wurde.«

»Solltest du dich unter diesen Umständen nicht vielleicht unter vier Augen mit dem Justizminister und dem Staatssekretär treffen und sie von den Tatsachen in Kenntnis setzen?«

»Was glaubst du wohl, warum ich schon heute hier im Büro erschienen bin, Ed.« Bobby sah auf seine Uhr und stand auf. »Gleich halb elf. Entschuldigen Sie mich, meine Herren, aber ich habe noch eine weitere Verabredung.« Er griff nach der Carranza-Akte, die Ed eben noch aus dem Papier-Wust herausgesucht hatte. An der Tür drehte er sich um und grinste breit. »Danke, Ed. Du hättest mir ruhig eine Tasse Kaffee anbieten dürfen.«

»Scheißkerl! Mit anderen Worten, du hättest bei diesem Briefing überhaupt nicht dabei sein müssen, sondern hast dich gleich an die oberen Etagen gewandt?«

»Ich bin in der Marine gelandet, weil die First Lady mich in Sicherheit bringen wollte«, antwortete Bobby. »Ich nehme an, dass sie jetzt Gewissensbisse hat. Bis später!«

Nachdem er die Tür hinter sich geschlossen hatte, sagte Ed zu den anderen: »Klugscheißer! Ich bin sicher, das Grinsen wird ihm beim Justizminister vergehen.«

»Und wieso?«

»Weil man ihn auf Carranza ansetzen wird. Damit will man ihn daran hindern, in andere Sachen hineinzustolpern, solange der Krieg dauert. Ich nehme an, er wird sehr bald eine Reise nach Kanada unternehmen.«

»Ist er denn schon fit genug?«, gab Jack Macy zu bedenken. »Immerhin kommt er gerade erst aus dem Krankenhaus.«

»Wenn er fit genug ist, nach New York zu fahren und seine Freundin zu suchen, wird er es auch schaffen, Carranza auf der Spur zu bleiben. Wenn es dann allerdings zu Ermittlungen kommt, wird die Drecksarbeit wahrscheinlich wieder an uns von der Staatsanwaltschaft oder an den Steuerfahndern hängen bleiben. Ich bin der Meinung, dass wir einen einheitlichen Ermittlungsdienst auf Bundesebene brauchen. Ich werde den Justizminister bei nächster Gelegenheit darauf ansprechen.«

»Und wenn Bobby uns an der Nase herumführt? Vielleicht ist er ja gar nicht der Liebe wegen nach New York gefahren!«

»Sondern?«

»Um Einzelheiten von der *Cormorant* aus ihr herauszuholen. Zum Beispiel über O'Duffy. Schließlich sind da auch noch ihre Brüder Patrick und John. Wer weiß, vielleicht gibt es ja eine Verbindung zwischen den Einwanderern und Ramon Carranza.«

»Was willst du damit sagen, Jack?«

»Was wäre, wenn die ganze Familie Duigan mit O'Duffy, Cade-Armoy, Carranza und seinen kanadischen Verbindungsleuten unter einer Decke steckte?«

»Entschuldige, Jack, aber ich kann dir nicht folgen.«

»Vielleicht benutzt er sie nur, um Informationen über Carranza zu erhalten.«

»Wen benutzt er?«

»Diese kleine Irin! Du bist doch sonst nicht so auf den Kopf gefallen, Ed!«

»Wäre natürlich möglich«, gab Ed zögernd zu. Er dachte einige Zeit nach, dann schüttelte er entschlossen den Kopf. »Bobby ist viel zu anständig für so etwas. Und ich glaube auch nicht, dass es eine Verbindung zu den Duigans gibt. Louise würde nicht einmal wissen, um wen es sich bei Carranza handelt – ihre Brüder vielleicht schon!«

»Kennen Sie Bobbys Geliebte?«

»Ja, ich habe sie kennen gelernt. Und ich glaube nicht, dass sie seine Geliebte ist – zumindest noch nicht.«

»Was nicht ist, kann noch werden.« Jack Macy gähnte. »Ich weiß genau, was mein Vater in einer solchen Situation sagen würde: ›Einwanderer, okay, aber nicht in der Familie.‹ Auf gar keinen Fall! Das Mädchen kann schön sein wie ein Engel, rein wie frisch gefallener Schnee und schlau wie ein Mann – sie ist einfach ein Mensch zweiter Klasse.«

Doch Ed blieb Bobby gegenüber loyal. »Sie ist eine tolle Frau. Wirklich! Eine Frau, auf die man sich verlassen kann. Und was ihre Herkunft angeht – nun, damit wird Bobby schon fertig werden.«

24. Kapitel

Wieder und wieder las Louise den Brief ihrer Schwester. Sie musste die Tatsache verdauen, dass Meg einen Mann heiraten wollte, der alt genug war, ihr Vater zu sein. Im Grunde wusste sie nichts an der Wahl ihrer Schwester auszusetzen; Rik Lindewens war ein wunderbarer Mensch.

Manchmal wünschte sie allerdings, sie hätte Meg mit nach New York genommen, wo sie und ihre Brüder sie ein wenig mehr unter Kontrolle gehabt hätten. Schließlich war es trotz allem so, dass Meg ihre Jugend vergeudete, wenn sie einen um fünfundzwanzig Jahre älteren Mann heiratete.

Louise setzte sich und schrieb einen Brief an Meg, in dem sie ihre Befürchtungen zum Ausdruck brachte.

»Liebste Meg, mit einiger Unruhe habe ich deinen Wunsch zur Kenntnis genommen, Kapitän Lindewens zu heiraten und die Stiefmutter seiner Tochter zu werden. Hältst du das wirklich für eine vernünftige Entscheidung? Hast du dir gut überlegt, auf was du verzichtest und was du aufgibst? Mit deinen siebzehn Jahren bist du eigentlich noch zu jung, um dich mit dem Kind einer anderen Frau zu belasten. Auch wenn Lindy dich sehr gern hat, wird sie dir vielleicht eines Tages sehr deutlich bewusst machten, dass du als zweite Frau ihres Vaters nicht verwandt mit ihr bist. Ich könnte mir vorstellen, dass Pat dir seine Einwilligung zu dieser Verbindung verweigert …«

Nein, sie konnte es nicht tun! Louise zerriss den Brief in tausend kleine Fetzen. Wenn Meg sich für Rik entschieden hatte und die beiden sich wirklich liebten, hatte weder sie noch irgendwer sonst das Recht, Meg im Weg zu stehen. Louise spürte, dass sie Meg die mangelnde Angemessenheit ihrer Wahl nicht vorwerfen durfte – gerade sie nicht! Schließlich strebte sie selbst nach dem Unmöglichen. Solange sie sich Hoffnungen auf Bobby du Pré machte, wäre es Heuchelei, Meg den Mann, den sie liebte, ausreden zu wollen. Der Altersunterschied spielte keine Rolle, so lange ihre Ehe auf dem soliden Fundament gegenseitigen Respekts ruhte.

Doch ehe sie Patrick den Brief zeigte, wollte sie zunächst mit ihm reden. Das Problem war nur, dass Pat und Jon normalerweise von der Arbeit heimkehrten, wenn Louise gerade das Haus verließ. Wenn sie gegen Mitternacht Feierabend hatte, war sie häufig zu müde, um überhaupt zu reden, geschweige denn schwierige Themen anzuschneiden. Hinzu kam, dass der Bruder, der sie nach Hause begleitete, nach einem langen Arbeitstag gezwungen war, lange aufzubleiben und bestenfalls schlafwandelnd neben ihr her marschierte.

Louise ging in die Küche. Sie ließ es sich nicht nehmen, ihren Brüdern jeden Abend eine warme Mahlzeit zu bereiten, wie auch eine Mutter es getan hätte. Und an diesem Tag fand keine Matinee statt. Sie hatte Zeit.

Nachdem Patrick den Auftrag für die Regierung erledigt hatte, über den er auch Louise gegenüber strengste Geheimhaltung wahrte, ging es mit seinem Unternehmen steil bergauf. Louise war Bobby dafür sehr dankbar, denn sie zweifelte keinen Augenblick daran, dass er es gewesen war, der bei den zuständigen Behörden Patricks Namen ins Spiel gebracht hatte.

Auf der Reise nach Montreal hatte Bobby drei Stunden Aufenthalt in New York, die er unbedingt mit Louise verbringen wollte. Vom Bahnhof aus ging er schnurstracks zu Rocky's Revuetheater und überraschte sie mitten in der Abendvorstellung.

Sie freute sich ungemein, ihn zu sehen. Ihr war, als hätte man ihren Tag mit einem Sahnehäubchen versehen. Voller Glück darüber, dass er sie wirklich und treu liebte, schloss sie ihn in der Dunkelheit hinter der Bühne in die Arme. »Ich kann jetzt leider nicht weg, Bobby«, flüsterte sie. »Immerhin bezahlen mich Gertie und Rocky für diese Arbeit.«

»Das verstehe ich doch, Liebste. Ich wollte dich aber wenigstens kurz sehen.«

»Wenn ich erfahren hätte, dass du in New York warst, ohne zu mir zu kommen, würde ich ...«

»Dich scheiden lassen?« Er lächelte.

»Schon möglich. Aber dazu müsste ich dich ja erst einmal heiraten dürfen.«

Und weil es nun einmal nicht anders ging, verbrachte Bobby die wenige Zeit, die er für Louise hatte, auf einem Stuhl hinter der Bühne und sah der Vorstellung zu.

Louise seufzte. Seit seinem Besuch vor zwei Wochen hatte sie Bobby nicht wieder gesehen. Inzwischen befanden sich Amerika und Spanien im Krieg, und sie vermutete, dass es eine Weile dauern würde, ehe sie sich wieder in die Arme schließen konnten. Doch sie schrieben sich jeden Tag.

Bobbys Eltern hatten sich in Kuba aufgehalten, um ihre Angelegenheiten in Havanna zu regeln. Er selbst war im Auftrag der Regierung nach Kanada gereist, daher hatte er bisher nicht mit ihnen sprechen können. Er hoffte jedoch, nicht allzu lang in Montreal bleiben zu müssen, und hatte Louise versprochen, sofort mit ihnen zu reden, sobald sich die Gelegenheit ergab. Er schrieb, dass er sie vermisste und sich nach ihr sehnte, und auch Louise hatte große Sehnsucht nach ihm.

Völlig in Gedanken versunken schälte Louise Kartoffeln. Suzy sprang auf die Arbeitsfläche. Louise erschrak. »Runter da, Suzy«, schalt sie die Katze. »Bei den Tellern hast du nichts verloren!« Sie griff nach der Katze, dabei fiel ein Glas zu Boden und zersplitterte in tausend Scherben.

»Siehst du, Suzy, das kommt davon! Los, raus mit dir!« Louise brachte die Katze ins Wohnzimmer und schloss die Tür. Als sie die Scherben aufsammelte, schnitt sie sich.

»Autsch!«, entfuhr es ihr. Obwohl es nur ein winziger Schnitt war, blutete die Wunde ordentlich. Louise hielt den Finger unter den Wasserhahn, doch das Blut sprudelte so heftig weiter, dass sie sich gezwungen sah, den Finger zu verbinden. So ein Ärger, dachte sie. Ausgerechnet jetzt, wo das kleine Andenken für Bobby fast fertig ist! Mit ihrem Haar hatte sie zwei ineinander verschlungene Hände in einem Herz gestickt. Um das Herz herum waren die Worte zu lesen: Junge Liebe träumt, doch wer sollte den Traum je erzählen?

Louise reinigte den Boden, füllte Milch in ein Schälchen für Suzy und holte das Tier in die Küche zurück. »Sieh dir das an«, sagte sie und hielt der Katze ihren bandagierten Finger hin, »daran bist nur du schuld! Was wird jetzt aus Bobbys Andenken?«

Suzy schmiegte sich an Louises Beine und miaute entschuldigend. Mit einem weißen Rahmfleck auf ihrer Stupsnase sah sie entwaffnend süß aus. Louise nahm sie auf den Arm. »Okay, ich verzeihe dir. Aber du musst zugeben, dass du manchmal ganz schön im Weg herumstehst, Suzy Parsons! Ups – wie gut, dass Patrick uns nicht hören kann!«

Bobby war inzwischen klar geworden, dass er sein Wissen besser für sich behalten hätte. Der Auftrag im Fall Carranza entsprach absolut nicht seinen Wünschen.

Wie Bobby vorausgesagt hatte, waren der spanische Botschafter in Washington und seine Mitarbeiter umgehend zurückbeordert worden, als Amerika Spanien den Krieg erklärte; sie verließen das Land über Kanada. Lieutenant Ramon Carranza hatte sich, wie von Bobby ebenfalls vermutet, entschlossen, seine Landsleute zu begleiten.

»Nachdem Sie Carranzas Charakterprofil so treffend darstellen konnten und sein Verhalten derart genau vorhersagen konnten, werden wir Sie auf ihn ansetzen«, hatte der Justizminister ihm mitgeteilt. »Sollte Carranza tatsächlich für die Explosion der *Maine* verantwortlich sein, wollen wir seiner habhaft werden, ehe er Kanada verlässt.«

»Sollten Sie nicht lieber unsere Spezialisten auf ihn ansetzen? Schließlich haben die auch die Fakten über den Mann zusammengetragen!«

»Auf jeden Fall begleiten Sie die Männer. Sehen Sie es einfach als eine Art Urlaub. Bei Ihren Vorkenntnissen schnappen Sie den Kerl innerhalb kürzester Zeit. Ein netter, einfacher Job, eine hübsche Bahnreise, ein bequemes Hotel und jede Menge angenehmer Geschäftsessen mit Ihren Verbindungsleuten! Ich werde nie verstehen, warum unsere Beamten ein solches Trara um Spezialaufträge machen – schließlich werden ihnen alle Auslagen bezahlt. Sehen Sie nur zu, dass Carranza geschnappt wird, ehe er noch mehr Schiffe in die Luft jagt.«

So konnte es einem ergehen, wenn man im eigenen Land als Prophet galt! Bevor Bobby Washington verließ, führte er ein ernstes Gespräch mit Kitty.

»Kits, du musst mir helfen! Ich muss unseren Eltern irgendwie klar machen, dass ich Louise zu heiraten beabsichtige – komme, was wolle!«

»Ist das wirklich dein Ernst, Bobby?« Kitty verstand ihren Bruder, hegte jedoch den Verdacht, dass das körperliche Begehren ihm die Sicht auf die Konsequenzen seines Vorhabens nahm. »Du reißt dich – und sie – aus der Welt, in die ihr gehört. Ich fürchte, Vater und Mutter werden nicht sehr glücklich sein über diese … Affäre, und …«

»Wir haben keine Affäre, Kits. Louise ist nicht meine Geliebte. Und ich will sie auch nicht als Geliebte, sondern als Ehefrau.«

»Oh je, dich hat es ja wirklich erwischt!«, seufzte sie.

»Ich liebe sie, Kits!«

»Das habe ich wohl bemerkt. Aber wo bleibt dein gesunder Menschenverstand? Dumme Frage! Schließlich bist du verliebt! Irgendwie habe ich das Gefühl, dass dir gerade die Unmöglichkeit dieser … dieser Beziehung einen gewissen Ansporn gibt. Ich kenne dich doch! Du tust nie das, was andere von dir erwarten, und Verbote stacheln deinen Widerspruchsgeist an, nicht wahr?«

»Kits, ich bin kein Kind mehr. Und wir reden hier nicht von einer Tüte Bonbons, sondern von meinem Leben!«

»Logan und ich sind bisher davon ausgegangen, dass es sich bei Louise um eine deiner üblichen flüchtigen Liebschaften handelt.«

»Nun, dann weißt du jetzt, dass ihr euch geirrt habt.«

»Unglücklicherweise, ja. Unglücklicherweise für dich, Bobby. Wir fühlen mit dir!«

»Könntest du nicht wenigstens ein gutes Wort für mich einlegen, ehe ich mir mit unserem alten Herrn in die Haare gerate? Ich habe ein wenig Angst, dass ich in der Hitze des Gefechtes die Kontrolle verliere und am Ende ohne Erbansprüche aus dem Haus gejagt werde. Nicht, dass mir das etwas ausmacht!«

»Natürlich macht es dir etwas aus!«, widersprach Kitty. »Überleg doch mal! Du würdest dir nicht nur deine Zukunftsaussichten verbauen, sondern du könntest dir eine Ehe gar nicht erst leisten.«

»Dann hilf mir, Kits.«

»Wie denn?«

»Bisher haben sie immer auf dich gehört. Schließlich bist du die Friedensstifterin der Familie!«

»Aber was könnte ich sagen, um die Sache besser darzustellen? Du hast dich nun einmal in eine Frau verliebt, die in den Augen unserer Eltern und der Washingtoner Gesellschaft nicht standesgemäß ist – so einfach ist das!«

Und gleichzeitig so kompliziert, dachte sie bekümmert. Sie

trat zu ihm, setzte sich auf die Armlehne seines Sessels und strich ihm über das Haar. »Du tust mir Leid, Bobby«, sagte sie sanft. »Okay, ich rede mit den Eltern. Ich wollte ohnehin für ein oder zwei Wochen mit den Kindern auf die Farm nach Virginia fahren. Ich fürchte, ihr Ruhestand wird längst nicht so ruhig werden, wie sie es erhofft hatten. Vor allem nicht, wenn sie von dir und Louise Duigan erfahren.«

»Danke, Kits. Ich wusste, das ich mich auf dich verlassen kann.« Er drückte ihre Hand. »Du kannst so unnachahmlich reden. Ich denke nur daran, wie überzeugend du bist, wenn es bei der Audubon-Gesellschaft um Themen geht, die dir am Herzen liegen. Der Diebstahl von Vogeleiern aus Nestern zum Beispiel, oder das Stimmrecht für Frauen. Ich traue dir zu, bei den Eltern ebenso vehement für mich einzutreten.«

»Keine Vorschusslorbeeren, Bobby!«

Auf dem ländlichen Anwesen der Familie du Pré in Richmond gab Kitty ihren Kindern einen Gute-Nacht-Kuss, ehe sie sie der Obhut ihres Kindermädchens überließ. Eine sanfte, kühlende Brise strich durch die Weiden am Ufer des Potomac River und erinnerte sie an die verschlafene Plantage ihres Vaters in Havanna, die sie vermutlich nie wiedersehen würde. Ihre Eltern saßen auf der großen Veranda. Die Diener hatten viele kleine Moskito-Kerzen gegen die stechenden Störenfriede aufgestellt. Kitty trat zu den Eltern hinaus.

»Kann ich mit euch reden?«, fragte sie unvermittelt.

»Natürlich, Liebes.« Ihre Mutter klopfte auf den Rohrsessel neben sich. »Setz dich, Kind. Der kleine Josh ist ja wirklich den ganzen Tag um dich herum gewesen, du Ärmste.« Sie lächelte. »Bekommst du wieder ein Baby? Ist es das, was du uns sagen willst?«

»Nein, das ist es nicht. Ich will mit euch über Bobby sprechen.«

»Oh, oh, das hört sich nach Ärger an, Robert«, wandte sich Millicent an ihren Ehemann.

»Mutter, Bobby möchte heiraten.«

»Na, es wurde ja auch langsam Zeit«, grunzte der Vater.

»Aber nicht etwa Amelia Jameson-Blaine!«

»Wen denn dann?«, wunderte sich Millicent.

»Du kennst sie nicht, Mutter. Sie stammt nicht aus Washington ...« Oh je, stöhnte Kitty innerlich, wie sollte sie bloß Louise Duigan ins Gespräch bringen, ohne dass sie einen wahren Sturm der Entrüstung entfachte? Sie atmete tief durch. »Ihr Name ist Louise Duigan. Und Bobby hat sehr ernsthafte Absichten.«

»Warum sagst du uns das, Kits?« Robert senior paffte Rauchwolken aus seiner Pfeife. »Ich bin sehr stolz, dass man Bobby nach Kanada geschickt hat, aber er kann uns das doch sicher selbst erzählen, wenn er zurück ist.«

»Tja ... äh ...« Kitty räusperte sich. »Er hat mich gebeten, schon einmal vorzufühlen. Weißt du, Louise ist ... wie soll ich sagen? ... Sie entstammt nicht unserem sozialen Umfeld.«

»Mit anderen Worten: eine irische Immigrantin. Richtig?« Robert senior war ein Meister darin, ohne langes Vorgeplänkel auf den Punkt zu kommen.

»Weißt du etwa Bescheid?«, fragte Kitty verblüfft.

»Nein, ich wusste nichts davon. Aber sein Verhalten in der letzten Zeit und die Art, wie die Damen der Washingtoner Gesellschaft mit heiratsfähigen Töchtern um Bobby und sein Liebesleben herumreden, lässt mich das Schlimmste befürchten.«

Welch ein miserabler Start, dachte Kitty, obwohl sie etwas Ähnliches fast befürchtet hatte. Ruhig sagte sie: »Vielleicht hört ihr mir zunächst einmal zu. Ich habe sie kennen gelernt. Sie ist wirklich charmant und für jemanden, der nie eine gute Schule besucht hat und keine Gouvernante hatte, ausgesprochen gebildet. Eine wahre Lady. Ihr Vater war ein Prediger bei den Quäkern und hat seine Kinder selbst unterrichtet – und zwar umfassend, wie es scheint. Die Mutter ist in Irland gestorben; der Rest der Familie kam vor zwei Jahren nach Amerika. Ihr Schiff sank vor der Küste Neuschottlands, ihr Vater kam dabei ums Leben. Louise hat zwei

Brüder und eine Schwester, die in Neuschottland lebt. Ich will es kurz machen: Louise nahm eine Stelle als Näherin im Haushalt der McKinleys in Canton an. Als William ins Weiße Haus gewählt wurde, nahmen die McKinleys Louise mit nach Washington, und zwar als Idas persönliche Floristin.«

»Floristin?«, wiederholte Millicent verständnislos. »Was soll das alles, Kitty?«

Kitty wusste es selbst nicht recht. »Bobby hat Louise im Weißen Haus kennen gelernt. Sie hat ein sehr ausgeprägtes künstlerisches Talent und hat den von *Harper's Weekly* ausgesetzten Preis als Floristin des Jahres gewonnen.«

»So, so«, stellte Millicent mit der ihr eigenen Schärfe fest.

»Sie hat noch viele andere Talente ...«

»Unter anderem zum Beispiel das, sich den kleinen Bobby zu angeln.« Millicent wischte das Thema mit einer Handbewegung vom Tisch.

»Na ja, gar so klein ist unser Bobby nun auch nicht mehr«, mischte sich Robert senior nun ein. »Wann begreifst du endlich, dass er ein erwachsener Mann ist, Millicent?«

»Wem sagst du das? Aber immerhin ist er auch dein Sohn! Natürlich ist er kein Kind mehr, aber manchmal benimmt er sich so!«

»Da muss ich dir allerdings voll und ganz zustimmen, meine Liebe. Sein Urteilsvermögen ist, was Frauen angeht, geradezu extrem infantil. Aber wie sollte es auch anders sein? Seit seiner Geburt wurde er von einem Haufen Frauen immer nur gehätschelt, und das ist immerhin ein paar-und-zwanzig Jahre her, wenn ich mich nicht irre.«

»Neunundzwanzig, Robert. Ich frage mich wirklich, wieso du mich ständig für Bobbys Verhalten verantwortlich machst.«

»Ich mache dich nicht verantwortlich, Millicent. Ich rede lediglich von einem ernsthaften Charakterfehler bei ihm. Mir scheint, er hat es noch immer nötig, bemuttert zu werden.«

Millicent beschloss, einem Streit aus dem Weg zu gehen. »Erzähle uns mehr von dieser … Louise, Kitty. Arbeitet sie noch immer im Weißen Haus?«

»Nein, Mutter.«

»Sondern?«

»Inzwischen lebt und arbeitet sie in New York.«

»Sie arbeitet?«

»Als Kostümdesignerin.«

»In der Haute Couture?«

»An einem Broadway-Theater, Mutter.«

»Grundgütiger!«

»Aber sie ist keine Schauspielerin …«

Millicent hob eine Hand. »Ich will nichts mehr davon hören, Kitty. Außerdem muss ich dich ernstlich tadeln, dass du dieser so unerhörten Affäre deines Bruders auch noch Vorschub leistest.«

Auch Kitty spürte, wie wenig vorteilhaft ihre Ausführungen klangen. »Bitte, Mutter, man kann doch wirklich niemandem einen Vorwurf machen. Liebe passiert manchmal einfach. Man kann sie nicht nach Belieben regeln oder in eine Richtung lenken.«

»Kitty, als deine Mutter darf ich dir sagen, dass ich über Liebe schon erheblich länger Bescheid weiß als du – vierzig Jahre, um genau zu sein.«

Wütend griff Kitty das Argument ihrer Mutter auf. »Dann solltest du auch wissen, dass man niemandem einen Strich durch die Rechnung machen sollte! Bobby hat endlich jemanden gefunden, mit dem er glücklich werden kann. Natürlich ist es schade, dass Louise weder reich ist noch gute Beziehungen hat – aber dafür kann sie nun wirklich nichts! Sie ist eine hart arbeitende, sehr intelligente, talentierte und liebenswerte Persönlichkeit. Und auch Bobby kann man nicht für seine Art verantwortlich machen.«

»Welche Art?«, warf Robert senior ein.

»Nun, Bobs ist … er ist ebenfalls liebenswert. Und er ist absolut nicht dumm, sondern nur sehr frustriert.«

»Wieso frustriert?«, wollte Millicent wissen.

Kitty nahm all ihren Mut zusammen. »Es liegt an dir und Pa. Ihr lasst ihn einfach nicht erwachsen und selbstständig werden. Natürlich ist er euer einziger Sohn und Erbe, aber ihr erstickt ihn geradezu. Sein Leben lang ist Bobby darauf getrimmt worden, in Vaters Fußstapfen zu treten. Aber vielleicht will er lieber seinen eigenen Weg finden!«

»Ich werde den Verdacht nicht los, dass du deinen Bruder in dieser höchst ungehörigen Liaison auch noch unterstützt, Kitty.« Millicent runzelte die Stirn. »Ich kenne dich und deine guten Werke, mein Kind. Einigen deiner Wohltaten kann ich ruhigen Gewissens zustimmen, während ich andere für recht dubios halte, wie zum Beispiel die Suffragetten-Bewegung.«

»Mutter, ich habe wirklich alles getan, um es ihm auszureden, genau wie Logan und Bobbys bester Freund Ed.«

»Wer weiß sonst noch von der Sache?«

»Ida und William McKinley.«

Es wurde still auf der Veranda. Schließlich räusperte sich Robert senior und wandte sich an seine Frau. »Ehrlich gesagt wundert mich, dass Ida nicht ein einziges Wort darüber verloren hat, Milly.«

Millicent stand auf. Sie hatte keine Lust, sich weiter mit dem unliebsamen Thema zu beschäftigen. Die Familie du Pré würde zum Gespött der Leute werden, das war sicher!

Energisch sagte sie: »Bestimmt wurde Bobby aus diesem Grund auf die *Maine* beordert. Er musste fort aus Washington. Was soll man da noch sagen? Er hat sich selbst um alle Chancen gebracht und ist nach Kanada verbannt worden. Ausgerechnet Kanada!«

»Hört sich an, als wäre die Kleine ein ausgefuchstes Luder«, erklärte der Botschafter.

»Armut ist kein Verbrechen«, rief Kitty ihrer Mutter hinterher, die im Begriff stand, ins Haus zu gehen.

Millicent drehte sich um. »Oh doch, Kitty!«

»Woher willst du das wissen? Du bist nie arm gewesen.«

»Was könnte sie schon mit in die Ehe bringen?«

»Sich selbst.«

»Nun, Kitty, wir wissen schließlich alle, dass du dich für die geborene Fürsprecherin der Benachteiligten hältst«, gab Millicent eisig zurück, ehe sie die Tür hinter sich schloss.

25. Kapitel

»Was soll ich nur tun?« Louise hielt Patrick zwei Briefe hin. Im ersten kündigten Meg, Rik und Lindy ihren Besuch in New York an, der zweite war von Kitty Campion und enthielt eine Einladung zu einem Damenkränzchen zugunsten der Audubon-Gesellschaft am gleichen Tag. *»Sollten Sie der Einladung Folge leisten können, worüber ich mich sehr freuen würde, teilen Sie mir bitte Ihre Ankunftszeit mit, damit ich Ihnen eine Kutsche zur Union Station schicken kann …«*

»Nicht zu fassen! Warum muss Meg ausgerechnet an dem Tag kommen, an dem ich nach Washington eingeladen bin?«

»Wenn es kommt, dann gleich richtig dicke!«, grinste Patrick. »Ich fürchte, Schwesterlein, du hast keine Wahl!«

»Aber sicher habe ich die Wahl!«

»Du musst endlich deine Gefühlsprobleme lösen, denn allmählich bringst du Jon und mich damit auf die Palme. An deiner Stelle würde ich nach Washington fahren. Jon und ich kümmern uns schon um den Besuch, während du nicht da bist. Und ein Tag mehr oder weniger ist ja nun wohl auch egal – Meg und Rik bleiben mindestens eine Woche in New York.« Pat stand vom Frühstückstisch auf. »Jon und ich haben zu tun. Wir können nicht den ganzen Tag deine Entscheidungen diskutieren.«

»Patrick, das ist unfair!«

»Willst du diesen Bobby nun heiraten oder nicht?«

»Natürlich will ich.«

»Mrs Campion scheint sich für dich und deinen Angebeteten ganz schön ins Zeug zu legen. Du kannst sie jetzt nicht einfach hängen lassen. Wer weiß, ob du je wieder eine solche Chance bekommst. Außerdem sehnen Jon und ich uns danach, dich endlich loszuwerden. Wir haben keine Lust, den Rest unserer Tage mit einer liebeskranken alten Jungfer zu verbringen.« Er grinste. »Wo ist Jon überhaupt? Wir sind spät dran!«

Er ging in den Flur und rief die Treppe hinauf: »Jon, falls du noch im Bett liegst, steh endlich auf, du fauler Sack! Wir treffen uns am Ost-Dock. Heute ist der Auftrag von diesem Janssen dran …«

Jon erschien auf dem Treppenabsatz. Er war noch im Schlafanzug. Sein Haar war ungekämmt, er sah sehr verschlafen aus. »Pat, ich muss mit dir reden.«

»Jetzt nicht, Jon. Die Arbeit ruft.«

Doch Jon ließ nicht locker. Ernst sagte er: »Pat, der Heilige Geist ist über mich gekommen.«

»Was? Hast du wieder einmal zu viel getrunken?«

»Nein, Pat, der Geist des Herrn. Gestern Nacht fiel es mir wie Schuppen von den Augen. Ich kann mich dem nicht verschließen. Du hast Recht – in letzter Zeit habe ich ein bisschen zu viel Alkohol zu mir genommen. Es gibt nur eine Schlussfolgerung. Aber ich kann nicht weiter für dich arbeiten.«

Pat, der schon fast zur Tür hinaus war, blieb abrupt stehen. »Sag das noch mal!«

»Ich will nicht mehr in der Bergungsfirma arbeiten.«

Patrick seufzte. »Ich bin sicher, dieses ständige späte Zubettgehen und das frühe Aufstehen machen dir zu schaffen. Ich finde es wirklich wundervoll, dass du vom Geist des Herrn berührt worden bist, aber die Diskussion über dein Seelenheil müssen wir auf später verschieben.«

»Nein, wir werden jetzt darüber reden.«

Patrick gab nach. »Was schwebt dir denn als Arbeit vor, wenn du dich schon nicht weiter am Aufbau unseres Familienunternehmens beteiligen willst?« Patrick raufte sich die Haare.

»Ich werde Prediger, Pat. Bei den Quäkern.«

»Was?«

»Quäker-Prediger, Pat. Ich habe das Bedürfnis, Gott etwas von seiner Güte zurückzugeben. Er hat uns geholfen, nach einem schlechten Start unseren Weg in diesem neuen Land zu finden. Ich möchte mein Leben Gottes Wort widmen. Damals in Irland wolltest du dich auf diese Aufgabe vorbereiten, weißt du noch?«

Patrick seufzte. »Also, Jon, ich finde deine Idee wirklich großartig. Aber du wirst davon wohl kaum satt werden. Der Heilige Geist nährt nämlich nur die Seele. Ich glaube nicht, dass Gott etwas gegen harte, ehrliche Arbeit hat, solange man ihn dabei nicht aus den Augen verliert. Und wieso kannst du nicht gleichzeitig Prediger und Partner in meinem Geschäft sein? Und jetzt mach dich fertig. Du kannst mich nicht einfach so stehen lassen. Nach dem Auftrag, den wir heute zu erledigen haben, können wir uns gerne zusammensetzen und miteinander reden.«

Louise kam in den Flur. »Pat, wenn ich mich für Washington entscheide, brauche ich etwas anzuziehen, und zwar etwas Angemessenes. Könntest du mir Geld leihen? Ich zahle es dir zurück, sobald mein Gehalt kommt. Gertie und Rocky sind fünf Wochen im Rückstand.«

Patrick ließ sich auf die Treppenstufen sinken. »Da entscheidet sich meine herzallerliebste Schwester, das Quäker-Schwarz abzulegen, um ihre zukünftige Schwägerin zu beeindrucken, und mein ebenso geliebter Bruder kann es kaum erwarten, in ebendieses Schwarz hineinzukommen. Ja, was denn nun? Hier ...« Er öffnete seine Geldbörse und gab Louise einen Schein. »Kauf dir ein schönes Kleid, Louise. Und wehe, du redest noch ein einziges Mal von Rückzahlung! Und was dich angeht, Jon: Hör auf, Zeit zu verschwenden und Trübsal zu blasen. Wenn Gott dich zum Priesteramt berufen hat, wird er sicher nichts dagegen haben, dass du dich mir gegenüber anständig verhältst. Hilf mir bei dem Job auf dem Ost-Dock und halte die einmonatige Kündigungsfrist ein.

Arbeit ist die Substanz unseres Lebens, Junge, ganz gleich, ob Katholik oder Quäker. So, und jetzt gehe ich arbeiten!«

Er knallte die Tür hinter sich zu und führte unter den Augen der verblüfften Bella Rosewood, die wie immer aus ihrem Fenster lehnte, Selbstgespräche. »Wer ist wohl hier das Familienoberhaupt? Denk noch einmal gut nach, Pat, ehe du Suzy Parsons bittest, in die USA zu kommen und deine Frau zu werden.«

Die Kleiderfrage bereitete Louise Kopfzerbrechen. Wie sollte sie sich beim Kränzchen der Audubon-Damen präsentieren? Eher einfach und dunkel oder lieber doch modisch? Sie streifte durch die Geschäfte an der Fifth Avenue. Als sie nichts fand, das ihren Vorstellungen entsprach, beschloss sie, Stoff zu kaufen und sich selbst ein Kleid zu nähen; Zeit genug blieb ihr.

Doch dann entdeckte sie im Schaufenster eines exklusiven kleinen Bekleidungsgeschäftes einen Zweiteiler in taubengrau und rosa. Das war es! Hoffentlich hatte man es in ihrer Größe vorrätig!

Die Verkäuferin redete geschäftstüchtig auf Louise ein: »Dieses Kleid, Madam? Von diesem Modell führen wir nur dieses eine. Soll ich es Ihnen aus dem Fenster holen?«

»Ja, bitte«, sagte Louise.

Das Kleid war aus Seidenmoiré, fühlte sich wunderbar weich an und war nach der neuesten Mode geschnitten, die der Figur schmeichelte.

Die Schaufensterpuppe wurde entkleidet und Louise probierte den Zweiteiler an. Sofort wusste sie, dass sie die richtige Wahl getroffen hatte – abgesehen vom Preis. Doch sie schob den Einwand beiseite. Das war es wert.

»Wunderbar, Madam! Wie für Sie gemacht.« Die Verkäuferin stieß einen neidischen kleinen Seufzer aus. »Ich wünschte, ich könnte ebenfalls so etwas tragen; leider bin ich weder so jung noch so schlank wie Sie.«

Während die Frau mit dem Maßband um den Hals weiter um

Louise herumscharwenzelte und hier und da zupfte, betrachtete sich Louise in einem langen Spiegel.

»Sie tragen hier wahre Haute Couture. Unsere Modelle sind exakte Kopien des Hauses Creed in Paris, und wir führen jedes nur ein einziges Mal. Der Preis beträgt nur einen Bruchteil des Originalpreises. Darf ich Ihnen diesen rosa Hut dazu empfehlen? Er harmoniert wunderbar mit Ihren Augen! Ihr junger Mann wird begeistert sein.«

Unglücklicherweise würde sich der fragliche junge Mann weit weg in Kanada befinden, wenn Louise sich mit den naturbegeisterten Damen der Audubon-Gesellschaft traf. Wie schön wäre es, wenn er sie so sehen könnte!

»Danke sehr«, sagte Louise, bezahlte und konnte es kaum erwarten, Gertie ihre Errungenschaften zu zeigen.

Gertie hatte Cold Cream im Gesicht und trug ihre Kampfer-Kompresse um den Hals. »In der Schachtel kann man nichts erkennen. Zieh es an!«

»Aber nur, wenn du mir versprichst, keine Fettflecke darauf zu machen.«

»Das würde ich nie tun. Für wen hältst du mich?« Sie schob Louise in ihr Schlafzimmer. »Stör dich nicht an dem Durcheinander«, sagte sie durch den Türspalt. »Rocky und ich sind gerade erst aufgestanden.«

Als Louise in ihrem neuen Kleid aus dem Schlafzimmer kam, tat Gertie so, als stünde sie kurz davor, in Ohnmacht zu fallen. »Wenn das nicht das süßeste Kleid ist, das ich in der letzten Zeit gesehen habe! Hey, Lütte, ich höre schon die Hochzeitsglocken läuten!«

»Gefällt es dir?«

»An dir sieht es toll aus. Wenn ich es anzöge, würde man mich wahrscheinlich für einen Feuermelder halten.«

»Es gefällt dir also nicht?«, fragte Louise ängstlich.

»Doch, und wie! Du siehst einfach unglaublich aus! Diesem Bobby werden die Augen übergehen!«

»Nett von dir, Gertie, aber Bobby hält sich leider in Kanada auf.«

»Dann musst du den Fummel unbedingt anziehen, wenn er zurückkommt, min Deern. Obwohl er dich wahrscheinlich lieber im Naturzustand sähe.«

»Pst, Gertie, Rocky könnte uns hören.« Ängstlich blickte Louise zu Rocky hinüber, der in einen Sessel gelümmelt tief und fest schlief.

»Wohl kaum. Hey, Rocky, aufwachen!« Gertie trat nach seinem Fuß. »Guck dir mal unsere zukünftige Braut an!«

Rocky öffnete zunächst nur ein Auge, riss dann aber beide auf. »Herrje, Louise, du siehst ja zum Anbeißen aus!« Und schon schlief er wieder ein.

»Du solltest deine tolle Schmetterlingsbrosche anstecken, wenn du nach Washington fährst, Louise«, riet Gertie der Freundin. »Immerhin triffst du dich mit Audubon-Damen. Und wer weiß, vielleicht ist ja auch Mrs Botschafter anwesend. Du musst sie um den Finger wickeln, Lütte. Ach ja, du darfst auf keinen Fall vergessen, dir in die Wangen zu kneifen. So ungefähr.« Gertie kniff, bis Louise jammerte. »Schade, dass du nicht bereit bist, Rouge aufzulegen, Lütte. Aber ich will unsere kleine Quäkerin nicht ins Höllenfeuer bringen. Und jetzt beiß dir auf die Lippen. Genau so! Prima, jetzt hast du wenigstens ein bisschen Farbe im Gesicht. Obwohl ich dich weiß Gott um deine helle irische Haut beneide. Wie wär's mit einem kleinen Brandy zur Feier des Tages?« Gertie hielt die Flasche hoch.

»Lieber nicht, Gertie, sonst kommst du am Ende nicht rechtzeitig auf die Bühne.« Louise musste lächeln. Sie schwebte wie auf Wolken.

Während sie das neue Kleid wieder in die Schachtel packte, überlegte Louise, was ihre Brüder sagen würden, wenn sie wie eine Dame daherkam, bereit, ihren Platz in der Gesellschaft einzunehmen. Nicht so voreilig, Louise Duigan, schalt sie sich sofort. Gut Ding will Weile haben.

Als Louise in Washington aus dem Zug stieg, war sie so nervös, dass sie am liebsten alles rückgängig gemacht hätte.

Doch hier ging es um den Mann, den sie liebte. Louise würde Bobby nur dann heiraten können, wenn seine gesamte Familie sich zu ihr bekannte. Natürlich hatte sie keinen Einfluss darauf, ob sie Bobbys Eltern gefiel oder nicht. Über eins jedoch war sie sich inzwischen klar geworden: Ganz gleich, wie das Wochenende bei den Campions ausfiel – sollte Bobby sie auch dann noch lieben, wenn seine Familie sie ablehnte, würde sie seine Geliebte werden. Auch, wenn sie damit den Respekt ihrer Geschwister verlor.

Wie besprochen wartete die Kutsche der Campions auf Louise. Der Kutscher kümmerte sich um ihren Koffer und half ihr mit stoisch respektvoller Miene in den Wagen. Louise trug dunkle Reisekleidung und Haube. Sie konnte dem Kutscher ansehen, dass sie nicht zu der Art Leute gehörte, die er gewöhnlich zu fahren pflegte, und musste sich zwingen, ihre Minderwertigkeitskomplexe außer Acht zu lassen und sich nicht um das Urteil eines Dienstboten zu kümmern. Schließlich war sie auch etwas wert!

Kitty Campion küsste sie flüchtig auf beide Wangen. Sie freute sich. »Schön, dass Sie da sind, Louise. Sie sehen so charmant aus wie immer. Unser Mädchen wird Ihnen Ihr Zimmer zeigen; anschließend treffen wir uns im Wohnzimmer auf eine gemütliche Tasse Tee. Heute Nachmittag haben wir das Haus für uns. Die Kinder sind Gott sei Dank mit Freunden unterwegs und machen ein Picknick. Wir können uns also in aller Ruhe unterhalten.«

Kittys Freundlichkeit zerstreute jegliche Selbstzweifel und Schüchternheit. Kitty zeigte keinerlei Standesdünkel; sie war offen, ehrlich und fröhlich, und Louise fühlte sich in ihrer Anwesenheit ausgesprochen wohl.

Sie entledigte sich ihrer Reisekleidung, zog ein leichtes Sommerkleid an, steckte ihr Haar zu einem Knoten auf und ging hinunter zu ihrer Gastgeberin. Louise freute sich, dass sie allein waren und ihr damit Zeit blieb, ihre Umgebung vor dem morgigen Treffen mit dem »spießigen Klüngel« ein wenig besser kennen zu lernen.

»Erzählen Sie!«, drängte Kitty neugierig. »Wie ist es Ihnen ergangen, seit Sie Washington verlassen haben? Gefällt es Ihnen in New York?« Auf dem Tisch standen Schnittchen mit Gurke und Wasserkresse, Kuchen und Tee. Kitty hatte eigens für die Gelegenheit ihr schönstes Porzellan und Silber aus dem Schrank geholt. Sie wünschte, dass Louise sich bei ihr wohl fühlte, obwohl ihr eine für sie sicher demütigende Begutachtung bevorstand; das arme Mädchen musste sich vorkommen wie ein seltener Käfer unter einem Mikroskop.

Louise erzählte kurz die wesentlichen Ereignisse der letzten Zeit und nutzte das Gespräch, um sich auf das morgige Treffen vorzubereiten. Sie erkundigte sich, welchen Zweck die Audubon-Gesellschaft verfolgte. Sie hatte keine Lust, zu allem Überfluss auch noch als Ignorantin zu gelten.

Kitty gab bereitwillig Auskunft. »John James Audubon war ein Vogelkundler, der ein wunderbares Werk über die Vögel Amerikas veröffentlicht hat«, erklärte sie. »Seine Zeichnungen sind einfach phänomenal. Logan hat das Buch in seiner Bibliothek, schauen Sie es sich bei Gelegenheit ruhig einmal an. Die Audubon-Gesellschaft wurde vor etwa zehn Jahren gegründet und hat Niederlassungen überall in den USA und Kanada. Sie bemüht sich um Studium und Schutz einheimischer Vogelarten. Wir versuchen, der Gesellschaft mit Spenden zu helfen. Vielleicht hört es sich langweilig an, aber es ist nun einmal unsere Pflicht, unser Wild und unsere Vögel zu schützen. Viele Arten stehen kurz vor der Ausrottung, und niemand macht sich Gedanken darüber, dass wir den nächsten Generationen Rechenschaft schuldig sind. Ich habe übrigens erfahren, dass Ihre Schwester sich um den Erhalt der wilden Büffelherden kümmert und den Indianern mit Rat und Tat zur Seite steht. Darüber wüsste ich gern mehr.«

Obwohl sich Kitty sehr viel förmlicher verhielt als damals beim Maskenball, verging der Nachmittag wie im Flug. Schließlich kamen Kittys Kinder von ihrem Picknick zurück. Schnell belegten sie Louise mit Beschlag; sie wurde in ihre Spiele einbezogen und musste tausend Fragen auf einmal beantworten. Alle redeten gleichzeitig und wollten wissen, ob denn auch Onkel Bobby bald kommen würde.

Ach, wäre es doch so, dachte Louise. Sie hatte den kleinen Josh auf dem Schoß. Die anderen Kinder drängten sich auf der Verandaschaukel um sie herum. Sie wollten alles ganz genau wissen: War sie gekommen, weil sie, wie die Damen von der »Autobahn«-Gesellschaft, Vögel gern hatte? Würde sie Onkel Bobby heiraten?

»Morgen kommt die Oma«, trompetete der kleine Josh. »Sie will dich gutbeachten. Sie gutbeachtet auch immer meine Fingernägel, ob sie schön sauber sind ...«

»Pst, Josh!« Mirabelle, Kittys Älteste, legte dem Kleinen die Hand auf den Mund. »Achten Sie nicht auf ihn, Louise. Er weiß nicht, was er sagt.«

»Weiß ich wohl! Rosalee hat es erzählt!«

Rosalee war sein Kindermädchen.

»Ich finde, Mama hat Recht. Louise ist sehr hübsch, und Onkel Bobby hat großes Glück, so! Das hat Mama gesagt!«, trumpfte Mirabelle auf.

In diesem Augenblick tauchte besagte Mama auf und teilte den Kindern mit, dass es längst Zeit zum Schlafengehen war und dass die Erwachsenen nun wieder unter sich sein wollten. »Das Abendessen ist gleich fertig, Louise. Vielleicht möchten Sie sich noch ein wenig frisch machen, nachdem meine Brut Ihrem schönen Kleid ziemlich zugesetzt hat. Aber bitte keine große Toilette. Logan und ich legen keinen Wert auf Formalitäten, wenn wir im engen Familienkreis dinieren.«

Louise befürchtete, dass es ihr recht bald an Kleidern mangeln würde, wenn es in einem solchen Tempo weiterging. In diesem Haushalt, in dem man keinen Wert auf Formalitäten legte, zog man sich immerhin mehrmals täglich um! Sie entschied sich für das Lily-Langtry-Kleid, das sie auf Kittys Maskenball zum ersten Mal ausgeführt hatte, und hoffte, dass niemand bemerkte, wie abgetragen es bereits war.

Logan fragte, ob sie einen Schluck Wein trinken wolle; sie stimmte zu, bat aber um einen kleinen Schluck, weil sie nicht an Wein gewöhnt war. Das Dinner zu dritt war köstlich und angenehm. Kitty und Logan taten alles, damit sich Louise ganz wie zu Hause fühlte. Es gab Spargelsuppe, Brathähnchen mit Maiskuchen, einen deliziösen Karamellpudding sowie Obst und Käse zum Dessert.

Ein älterer kreolischer Diener mit tadellosen Manieren, weißem Kraushaar, fleckenlos weißen Handschuhen und Goldzähnen bediente sie bei Tisch. Kitty und Logan nannten ihn Mr Marmaduke.

In der Nacht lag Louise noch lange wach und dachte nach. Sie wusste, dass Kitty dies alles nur für ihren Bruder tat. Plötzlich kam ihr in den Sinn, dass Bobby vielleicht ebenfalls in diesem Bett zu schlafen pflegte, wenn er bei Kitty zu Besuch war. Ein angenehmer Gedanke. Louise drehte sich um, nahm das Kopfkissen in die Arme und schlief ein.

Am folgenden Tag wurden die Kinder nach einem frühen Mittagessen samt ihren Kindermädchen und Ammen in den Zoo verbannt. Logan verkündete, dass er in seinem Club zu finden sei. Die Hausmädchen begannen damit, im Wohnzimmer Stuhlreihen aufzustellen. Im Esszimmer wurde unter Mr Marmadukes Aufsicht der Tee vorbereitet. Um sich ein wenig abzulenken, fragte Louise, ob es Kitty recht wäre, wenn sie sich um den Blumenschmuck kümmerte.

»Sie haben freie Hand, Louise. Schließlich sind Sie Expertin auf diesem Gebiet. Im Garten blühen jede Menge Blumen; bitten Sie einfach den Gärtner, Ihnen abzuschneiden, was immer Sie brauchen.«

Die Audubon-Damen würden zwar erst gegen drei Uhr eintreffen, doch Louise wurde schon viel früher schlecht. Kitty fiel auf, wie blass sie geworden war.

»Der Blumenschmuck ist wunderschön geworden, Louise«, sagte sie beruhigend. »Gehen Sie ruhig nach oben und legen sich ein bisschen hin. Oder nehmen Sie ein Bad. Entspannen Sie. Zum Umziehen ist noch Zeit genug. Und machen Sie sich keine Sorgen – niemand wird Sie beißen. Ich habe auch nur die Nettesten vom spießigen Klüngel eingeladen – höchstens ein Dutzend. Versuchen Sie, sich zu entspannen. Abgemacht?« Tröstend drückte sie Louises Hand und bemerkte, wie kalt und feucht sie war.

Die Ärmste, dachte Kitty. Insgeheim hoffte sie, dass ihre Mutter vielleicht wirklich nicht zum Kränzchen kommen würde – für Louise wäre es sicher besser so. Andererseits: Wenn sich Bobby nach seiner Kanada-Reise Louise immer noch nicht aus dem Kopf geschlagen hatte, dann würde die junge Frau noch viel mehr solcher nervenaufreibender, steifer Gesellschaften über sich ergehen lassen müssen. Kitty versuchte lediglich, ihr den Weg zu ebnen und hoffte schon um Bobbys willen, dass Louise sich nicht abschrecken ließ.

Schon gut, sagte sie zu ihrem Spiegelbild, während sie sich fertig machte, sie wird es schaffen. Louise ist intelligent, mutig und einfallsreich. Das Einzige, was sie noch braucht, ist etwas mehr Selbstbewusstsein … Plötzlich fiel ihr ein, dass sie Louise hätte fragen sollen, ob sie ein Kleid borgen wolle. Immerhin konnte es durchaus sein, dass ihre Mutter doch noch auf die Idee kam, Louise Duigan aus Dublin kennen lernen zu wollen; Kitty bezweifelte, dass das Lily-Langtry-Kleid ihrer Mutter gefiel.

Kitty wollte gerade ihr Mädchen bitten, sich bei Miss Duigan zu erkundigen, ob sie sich etwas aus Kittys Kleiderschrank borgen wollte, da besann sie sich eines Besseren. Auf keinen Fall wollte sie Louise demütigen.

Um fünf vor drei traf die erste der geladenen Damen ein. Louise war noch nicht wieder heruntergekommen. Kitty begrüßte die ankommenden Gäste. Unter dem Vorwand, einen kurzen Blick auf den Entwurf ihrer heutigen Rede über das Verbot von Vogelfedern zum Schmuck von Kleidung werfen zu wollen, huschte sie nach oben, um nach Louise zu sehen.

Sie klopfte an die Tür des Gästezimmers. »Louise? Geht es Ihnen nicht gut? Kann ich irgendetwas für Sie tun?«

»Danke, Kitty, mir geht es gut.« Louises Stimme klang heiter. Kitty stieß einen erleichterten Seufzer aus. Louise öffnete. In der Hand hielt sie die Schmetterlingsbrosche. »Tut mir Leid, wenn ich zu spät dran bin, aber ich habe mich gerade ziemlich an dieser Brosche gestochen und versucht, das Blut auszuwaschen. Fällt es stark auf, Kitty?«

Begeistert starrte Kitty die glamouröse junge Frau an, die auf der Schwelle stand. Welch unglaubliche Verwandlung! Mit einer derartigen Überraschung hatte sie nicht gerechnet. »Sie sehen ja umwerfend aus, meine Liebe! Ein wundervolles Kleid! Die eine oder andere Dame wird sicher ein wenig eifersüchtig sein.« Wie gut, dass sie Louise nicht eines ihrer Kleider angeboten hatte, dachte Kitty. Miss Duigan schien einen besseren Geschmack und eine edlere Garderobe zu besitzen als sie selbst. Sie begutachtete den winzigen feuchten Fleck. »Nein, man sieht wirklich nichts mehr. Warten Sie, ich stecke Ihnen die Brosche fest.« Sie half Louise beim Befestigen des Schmetterlings genau auf der kleinen feuchten Stelle. So würde sicher niemand etwas auf dem hellen Seidenmoiré bemerken. »So, und jetzt lächeln Sie – man wird Sie schon nicht auffressen.«

»Das vielleicht nicht. Aber sie könnten mich in der Luft zerreißen, und das wäre noch viel schlimmer!«

»Wenn Sie nur ansatzweise die Frau sind, für die Bobby und ich Sie halten, dann stecken Sie die da unten samt und sonders in die Tasche!«

Da gestand Louise zum ersten Mal ihre ganz besondere Angst. »Ihre Mutter … wird sie … wird sie ebenfalls kommen, Kitty?«

»Ich weiß es noch nicht«, antwortete Kitty ehrlich.

Als die beiden Frauen jedoch die Treppe hinunterstiegen, bat Mr Marmaduke unten bereits die Frau des Botschafters und eine Freundin ins Haus. Innerlich stöhnte Kitty auf, doch sie ging tapfer weiter.

»Mutter! Wie schön, dich zu sehen. Ehrlich gesagt hatte ich heute nicht mit dir gerechnet. Ich dachte, du spielst Bridge ...«

»Was redest du denn da, Kitty! Ich bin gekommen, weil ich es so wollte.«

Pflichtschuldig küsste Kitty ihre Mutter auf beide Wangen und begrüßte die sie begleitende Bridge-Partnerin. »Nett, dass Sie mitgekommen sind, Mrs Meadfood.« Dann packte sie den Stier bei den Hörnern. »Mutter, das ist Louise Duigan. Sie verbringt das Wochenende mit Logan und mir.« Sie wandte sich an Louise, die auf der Treppe zur Salzsäule erstarrt war. »Louise, darf ich Ihnen meine Mutter vorstellen? Millicent du Pré.«

Auf der untersten Treppenstufe stand Louise auf gleicher Höhe mit Mrs du Pré. Deren klare blaue Augen glichen denen ihres Sohnes. Millicent du Pré war fast zehn Zentimeter größer als Louise und Kitty. Ein lavendelfarbener Hut mit einem kleinen Schleier bedeckte ihr ergrauendes Haar. Sie trug einen violetten Nachmittagsmantel über einem farblich passenden Kleid mit hohem Kragen, dessen Stickerei im Ton des Hutes gehalten war. Ihr seidener Sonnenschirm war ebenfalls violett. Nie zuvor hatte Louise eine derart königliche Erscheinung gesehen; Millicent du Pré erinnerte sie an ein Bild von Prinzessin Alexandra von Wales, das man ihr in Irland gezeigt hatte.

Stumm stand Louise vor Bobbys schöner, Furcht einflößender Mutter.

»Guten Tag, Miss Duigan. Ich habe schon viel von Ihnen gehört.« Die Frau des Botschafters streckte der neuesten Eroberung ihres Sohnes eine behandschuhte Hand entgegen. Kitty vertraute darauf, dass ihre Mutter weder Louise noch sie in Verlegenheit bringen würde. Dazu war Millicent du Pré viel zu gut erzogen.

Louise riss sich zusammen. »Guten Tag, Mrs du Pré.« Für den Bruchteil einer Sekunde hatte sie den Eindruck, dass der Anflug eines Lächelns über das wie aus Porzellan gemeißelte Gesicht glitt, und fragte sich erschrocken, ob die Anrede nicht richtig gewesen war.

Die Fingerspitzen in den weißen Handschuhen berührten Louises Hand nur sehr flüchtig, ehe Millicent die Hand zurückzog. »Danke, dass Sie mich nicht Lady du Pré oder Lady Millicent genannt haben. Leider begegnet man viel zu häufig Menschen, die sich mit englischen Adelstiteln nicht auskennen. Vor allem hier in Amerika weiß niemand, dass diese Titel sich bei einer Heirat verändern. Komm, Ada«, wandte sie sich an ihre Begleiterin, »Kitty wird uns zu unseren Plätzen bringen.« Sie warf ihrer Tochter einen langen, bedeutungsvollen Blick zu. »Kitty, ich weiß zwar, dass du Präsidentin des Clubs bist, aber es wäre schön, wenn deine Rede nicht zu lang ausfallen würde. Es ist viel zu heiß für lange Reden. Außerdem interessiere ich mich allenfalls am Rande für die Fortpflanzungsgewohnheiten grüner Sittiche im urbanen Umfeld. Miss Duigan, Sie dürfen neben mir Platz nehmen, während wir die Ausführungen der Schriftführerin und der Schatzmeisterin über uns ergehen lassen.«

Millicent du Pré ließ sich in der ersten Reihe mit Louise auf der einen und Mrs Meadfoot auf der anderen Seite nieder. »Sie müssen mir unbedingt den Namen Ihrer Schneiderin verraten, Miss Duigan. Auch Ihr Hut, und vor allem die Brosche sind zauberhaft, nicht wahr, Ada?«

»Wirklich zauberhaft!«, bestätigte Mrs Meadfoot.

Nun gut, dachte Louise, der erste Eindruck zählt immer am meisten. Sie hatte keine Ahnung, was in Mrs du Pré vorging. Gab sie sich ganz natürlich oder verhielt sie sich lediglich gönnerhaft? Louise beruhigte sich damit, dass sie den ersten Teil des Parcours hinter sich gebracht zu haben schien, ohne zu straucheln; vermutlich wäre sie bei völligem Missfallen nicht gebeten worden, neben Bobbys Mutter Platz zu nehmen.

Nach dem offiziellen Teil versammelten sich die Damen im Esszimmer, tranken Tee und unterhielten sich.

»Welch wundervoller Hut!«, sagte jemand zu Louise. »Eine so sommerliche Farbe! Ihre Putzmacherin muss etwas ganz Besonderes sein. Aus New York? Ich nehme an, neben Paris und

London findet man die besten Putzmacherinnen und Schneiderinnen wohl in New York.«

Louise wurde von Kitty herumgeführt, die sie jedes Mal vorstellte: »Louise Duigan, eine Freundin aus New York, die zurzeit in unserem Haus zu Gast ist. Sie müssen Louise unbedingt nach dem wohltätigen Werk ihrer Schwester in Neuschottland fragen, wo sie sich um die Sozialisation von Indianerstämmen und den Schutz der wilden Büffelherden kümmert.«

»Tatsächlich?« Die Damen zeigten sich beeindruckt.

Auf diese Weise wurde Louise mit den guten Werke ihrer Schwester identifiziert; Kitty Campions taktvolle Art verhinderte, dass man sich mit Miss Duigans eigenen karitativen Bestrebungen in New York befasste.

Während der gesamten Zeit war sich Louise bewusst, dass Bobbys Mutter sie aus einiger Entfernung heimlich beobachtete. Entschlossen hob sie den Kopf und straffte die Schultern; sie würde sich von Mrs du Prés vorsichtig forschendem Blick nicht einschüchtern lassen.

Millicent du Pré jedoch, die gerade Mr Marmaduke lobte, weil er die Herausforderungen der Tee-Party ohne Fehl und Tadel meisterte, war beeindruckt. Dieses »Mädchen«, das einer sozial niederen Schicht entstammte, bewegte sich mit einer bemerkenswerten Sicherheit in diesen gesellschaftlichen Kreisen. Ihre Grazie, ihr ausgeglichenes Auftreten und ihre Würde waren bewundernswert. In Benehmen und Rede gab sie sich respektvoll, ohne unterwürfig zu wirken; Millicent hasste die Eigenschaft der unteren Klassen, ständig auf ihren Vorteil bedacht zu sein und sich damit selbst weiter zu erniedrigen.

Das »Mädchen« verhielt sich, als hätte sie sich nie in anderen Kreisen bewegt. Umso besser für sie. Wahrscheinlich hatte sie ihre Manieren im Weißen Haus gelernt, auch wenn sie dort nur als Untergebene beschäftigt gewesen war. Andererseits konnte man gute Manieren und eine höfliche Sprechweise erlernen, nicht aber Lebensart. Die wurde einem in die Wiege gelegt. Und das

»Mädchen« wirkte tatsächlich so, als sei sie von ausgezeichneter Herkunft. Sie war freundlich, sprach angenehm, hatte einen hübschen Akzent, einen geraden Rücken, ein energisches Kinn und Augen, die ihr Gegenüber gerade ansahen, ohne abzuschweifen. Millicent musste sich eingestehen, dass diese Louise Duigan aus Dublin eine nette, ehrliche und obendrein ziemlich hübsche Person war; sie konnte verstehen, dass Bobby sich zu ihr hingezogen fühlte. Nichts, aber auch gar nichts an dem »Mädchen« erregte Mrs du Prés Missfallen. Was nun ihren Status anging, so würde man sich darüber unterhalten, wenn Bobby aus Kanada zurück war.

Millicent trat zu Louise. »Ich würde Sie gern für eine Weile mit Beschlag belegen, meine Liebe. Kommen Sie, wir setzen uns auf die Veranda; hier drinnen ist es viel zu heiß und stickig.«

Gehorsam folgte Louise dem straffen lila Rücken. Bobbys Mutter forderte sie auf, auf einem der Rohrstühle im kühlen Schatten Platz zu nehmen. »Setzen Sie sich, Miss Duigan, und erzählen Sie mir von sich. Soviel ich weiß, war der Start in Ihr neues Leben in Amerika sehr tragisch.« Millicent ließ sich auf einem Stuhl nieder.

»Mein Vater ist auf dem Weg von Dublin nach New York ertrunken, Mrs du Pré. Nach dem Tod meiner Mutter hatte er sich entschlossen, mit uns Kindern in Amerika einen neuen Anfang zu wagen.«

»Uns Kindern?«

»Mir, meinen beiden Brüdern und meiner Schwester.«

»Welch tragisches Unglück! Sie haben mein vollstes Mitgefühl. Ihr Vater muss unter dem Tod Ihrer Mutter sehr gelitten haben, dass er sich in einem relativ fortgeschrittenen Alter noch auf eine so radikale Veränderung einließ. Im Grunde hat er ja seinen Kindern die ganze Last aufgebürdet.«

»Wir waren und sind uns als Familie sehr nah, Mrs du Pré.«

»Sehr lobenswert. Kitty hat mir bereits erzählt, wie Sie auch in schwierigen Zeiten immer zusammengehalten haben.«

»Wir haben es zumindest versucht. Heute setzt sich meine Schwester für die amerikanischen Indianerstämme ein. Meg ist mit einem norwegischen Kapitän verlobt, der eine eigene Frachtschifffahrtslinie zwischen Halifax und Stavanger betreibt. Meine beiden Brüder haben ein kleines Unternehmen für Marinebedarf und Seebergung auf die Beine gestellt. Der jüngere Bruder allerdings wird demnächst ausscheiden und sich auf das Priesteramt vorbereiten.«

»Er wird Priester?«

»Ja, Mrs du Pré. Prediger bei den Quäkern.«

»Ich verstehe. Auch das finde ich sehr löblich. Einige unserer blühendsten Städte wurden von den Quäkern gegründet. Zum Beispiel Princeton in New Jersey, wo Bobby zur Schule gegangen ist. Wir selbst sind allerdings Presbyterianer; der Präsident und seine Frau gehören dem Episkopalismus an. Aber so ist Amerika nun einmal, nicht wahr? Wir haben hier die Freiheit, jede Religion ausüben zu dürfen, ohne Angst vor Verfolgung wie in anderen Ländern.«

Und was ist mit Verfolgung bei sozialer Ungleichheit?, war Louise versucht zu fragen. Doch sie besann sich. »In der Tat, Mrs du Pré«, sagte sie stattdessen.

»Wie haben Sie meinen Sohn kennen gelernt, Miss Duigan?«

»Auf eine sehr peinliche Weise, Mrs du Pré.«

»Peinlich? Das müssen Sie mir näher erklären.«

»Bei einem dummen kleinen Unfall im Garten des Weißen Hauses. Ich wollte gerade Blumen aus dem Treibhaus in den großen Speisesaal bringen, als die Gärtnerlehrlinge die Kontrolle über eine schwere Schubkarre verloren, die eine steile Rampe hinaufgeschoben werden sollte. Die Schubkarre warf mich um.«

»Wie ärgerlich! Wurden Sie verletzt?«

»Vor allem war ich erschrocken, als ich vor sämtlichen Präsidentenberatern unfreiwillig zu Boden ging.«

Wieder hatte Louise den Eindruck, dass ein winziges Lächeln um Mrs du Prés Mundwinkel spielte. »Es handelte sich sicher um eine jener Rampen, die die First Lady von ihren Gewächshäusern ins Gartenzimmer hat legen lassen, nicht wahr?«

»Ja.«

»Aber sonst haben Sie hoffentlich keine Verletzung davongetragen, oder?«

»Ein ausgerenktes Knie und einige Kratzer, Mrs du Pré. Sonst nichts. Allerdings spüre ich mein Bein bei feuchtem Wetter manchmal auch heute noch.«

»Ich leide unter Arthritis, die ebenfalls an feuchten Tagen schlimmer wird. Hat Bobby Ihnen wieder auf die Beine geholfen?«

»Alle, die den Unfall miterlebt hatten, waren sehr freundlich und besorgt um mich. Aber Bobby hat sich besonders hervorgetan. Er war – und ist es auch heute noch – mein strahlender Ritter. So haben wir uns kennen gelernt, Mrs du Pré. Auf einem Gartenweg zwischen Blumentopf-Scherben.«

»Wirklich peinlich!« Wieder lag der Anflug eines amüsierten Lächelns in Millicent du Prés blauen Augen. »Ungeachtet der Umstände scheinen Sie aber einen tiefen Eindruck auf meinen Sohn gemacht zu haben.«

Louise lächelte. »Heute kann ich schon eher darüber lachen, Mrs du Pré. Damals jedoch nicht. Später hat Bobby mir geholfen, meinem Bruder Jonathan Gerechtigkeit widerfahren zu lassen. Jon wurde auf Anticosti Island festgehalten und eines Verbrechens bezichtigt, das er nicht begangen hatte.«

Millicent du Pré runzelte die Stirn. »Verbrechen? Was für ein Verbrechen?«

»Sabotage, Mrs du Pré. Unser Schiff, die *Cormorant*, kenterte in schwerer See und sank. Die zuständige Reederei namens Cade-Armoy beschuldigte meine beiden Brüder, die Maschinen sabotiert zu haben. Ein ziemlich lächerlicher und vor allen Dingen ungerechtfertigter Vorwurf. Bobby hat mir geholfen, die Vorwürfe zu entkräften.«

»So, so.« Eine lange Pause entstand. »Und nach einer sehr kurzen Zeit ...«

»Wir kennen einander inzwischen über ein Jahr«, unterbrach Louise. Sie musste einfach richtig stellen, dass ihre Beziehung alles andere als flüchtig war.

»Lassen Sie mich bitte ausreden, Miss Duigan.«

»Entschuldigung.«

Hier saßen sich zwei Frauen in einer Gefühlsschlacht gegenüber. Die Mutter kämpfte um ihren Sohn, die Frau, die ihn liebte, kämpfte um ihre Liebe. Millicent du Pré formulierte ihre Frage neu. »Und nach diesem recht unkonventionellen Kennenlernen und einer relativ kurzen Zeit haben Sie sich in ihn verliebt?«

»Ja.« Louise bemühte sich, ihre Finger ruhig zu halten. Sie faltete sie fest in ihrem Schoß.

»Und er sich in Sie?«

Louise blickte über den Garten auf den Creek River hinaus. »Er sagt, er liebt mich. Seine Handlungen beweisen es. Die Beständigkeit, die er seit unserem Kennenlernen an den Tag legt, zeigt mir, dass er treu und zuverlässig ist.«

»Hat er sie gebeten, ihn zu heiraten?«

»Wir wünschen beide, es wäre möglich, Madam.«

»Wie sehen Sie Ihre Beziehung zu meinem Sohn, Miss Duigan?«

»Ich liebe ihn wahrhaftig und von ganzem Herzen.« Louise sah Bobbys Mutter offen und gerade in die Augen. »Ich liebe ihn wirklich sehr, Mrs du Pré. Die einzigen Männer in meinem Leben waren mein Vater und meine Brüder. Bis ich Ihren Sohn kennen lernte, glaubte ich, dass ihnen nie jemand das Wasser reichen könnte. Für mich gibt es keinen anderen Mann als Bobby. Doch außer meiner Liebe kann ich ihm nichts geben. Ich bin weder reich, noch habe ich gute Beziehungen … ich bin … ich bin einfach nur ich – Louise Duigan.«

»Wie kommen Sie auf die Idee, Sie könnten die Richtige für Bobby sein, Miss Duigan?«

»Ich habe ihm nie Avancen gemacht. Es ist einfach geschehen, und es tut mir Leid, dass der Unterschied unserer sozialen Herkunft Bobby und mich, aber auch meine und Ihre Familie in Konflikte gestürzt hat. Ich müsste lügen, wenn ich behaupten würde, dass sein Stand, seine Karriere, seine Familie, sein soziales Umfeld und die Kreise, in denen er sich bewegt, nicht für mich zählen. Im Gegenteil, sie bedeuten mir sehr viel. Ich möchte nicht, dass er das alles für mich aufgibt. Ich räume mir nicht einmal das Recht ein, es von ihm zu erwarten. Ich habe ihn vor die Wahl gestellt, unsere ... unsere Beziehung aufzugeben. Wenn er es wünschte, würde ich jetzt sofort aufstehen und gehen, wie ich es schon einmal getan habe. Wenn sein Glück und sein innerer Frieden davon abhinge, würde ich sofort aus seinem Leben verschwinden.«

Louise biss sich auf die Lippen. Schließlich fügte sie noch hinzu: »Ich habe weder ihn noch seine Familie je in Verlegenheit bringen wollen, doch manchmal ist eine Liebe stärker als die Menschen, die davon betroffen sind. Wären seine Beweggründe niedriger oder wäre ich reich und gehörte seinem Milieu an, befänden wir uns heute nicht in dieser Zwickmühle, wo die Umstände uns dazu verdammen, uns zu trennen und auf unsere Liebe zu verzichten. Wenn er auf mich verzichten will, Mrs du Pré, wenn er mich bittet, zu gehen und nie wiederzukommen, dann werde ich es tun – und zwar einzig und allein um seinetwillen.«

Sie hatte es ausgesprochen! Sicher würde Mrs du Pré nun ihr Bestes tun, ihren Sohn zu überzeugen, die einfache kleine Louise Duigan nicht zu heiraten, auch wenn sie hübsche Kleider trug.

Louise entschuldigte sich, verließ die Veranda und machte sich auf die Suche nach Kitty. Das Kränzchen löste sich allmählich auf. Einige Damen saßen noch in kleinen Grüppchen zusammen und nippten am letzten Champagner. Louise hörte, wie eine von ihnen zu Kitty sagte: »Wo ist denn Augustina heute? Sonst nimmt sie doch immer teil. Ist sie etwa indisponiert?«

»Mrs Jameson-Blaine war nicht eingeladen, Mrs Endymion.«

»Ach, wirklich? Hat sie sich etwas zuschulden kommen lassen? Sie ist manchmal ein wenig ungehobelt.«

»Das kann man wohl sagen, Mrs Endymion. Sie hat gedroht,

meinen Bruder zu verklagen, obwohl er Amelia nie die Ehe versprochen hatte. Sie verstehen sicher, dass Mrs Jameson-Blaine unter diesen Umständen hier nicht willkommen ist«, erwiderte Kitty Campion offen.

»Irgendwie schafft Augustina es immer, ihren Töchtern im Endeffekt zu schaden. Auf diese Weise wird sie jedenfalls nie anständige junge Männer finden, die um die Hand ihrer Töchter anhalten. Eine Augustina auf der Pirsch dürfte jeden jungen Mann in die Flucht treiben.«

»So ist es, Mrs Endymion.«

»Kitty«, mischte sich Louise ein, »würden Sie mich bitte entschuldigen? Ich habe schreckliche Kopfschmerzen.«

»Aber natürlich, meine Liebe. Das ist diese vermaledeite Hitze. Legen Sie sich bis zum Abendessen hin. Wo ist Mutter?«

»Als ich sie verließ, saß sie noch auf der Veranda. Ich glaube, sie ist ein wenig müde. Vielleicht habe ich zu viel geredet« ... im Eifer des Gefechts, vervollständigte sie insgeheim unglücklich.

Sie ging hinauf ins Gästezimmer und nahm mit einem Seufzer der Erleichterung ihren Hut ab. Ihr Körper war zum Zerreißen angespannt. Sie schaffte es gerade noch bis ins Bad, ehe sie sich übergeben musste. Die Kopfschmerzen wurden unerträglich; ihr Magen fühlte sich an, als ob sie von einem Pferd getreten worden wäre.

Louise legte sich in ihrem teuren Zweiteiler auf das Bett, bedeckte das Gesicht mit einem feuchten Tuch und fühlte sich so krank und verzweifelt, dass sie am liebsten gestorben wäre.

Sie presste ihr Gesicht ins Kopfkissen, doch auch das half nicht gegen ihre Verzweiflung. Gut, dass morgen Sonntag war. Sie würde nach New York zurückkehren und endlich bei den Menschen sein, bei denen sie sich wohl fühlte: ihren beiden Brüdern, und hoffentlich auch Meg, Rik und Lindy. Und Gertie und Rocky und die anderen, die sie in New York kennen und schätzen gelernt hatte: Joe, Louelle Fripps und Bella Rosewood. Sie waren die wahren, hart arbeitenden, anspruchslosen und freundlichen Menschen, die Präsident McKinley sein einfaches Volk nannte.

26. Kapitel

Als Louise an der Grand Central Station aus dem Zug stieg, wurde sie sofort von allen Seiten belagert. Droschkenkutscher, Gepäckträger, Blumenverkäufer und sogar ein Vogelhändler boten der vermeintlichen Dame der Gesellschaft ihre Waren und Dienste an.

»Nein, danke«, wehrte Louise ab, »ich möchte keinen Singvogel. Danke, keine Blumen. Danke, ich brauche keine Droschke. Und meine Tasche möchte ich selbst tragen, vielen Dank!«

Der Trubel ärgerte und verwirrte sie. Ein dumpfer Druck im Hinterkopf erinnerte sie an den Vortag, als sie sich nach dem Kränzchen der Audubon-Gesellschaft mit rasenden Kopfschmerzen ins Bett legen musste. »Ich möchte wirklich keine Blumen«, wiederholte sie. Ein aufdringlicher Verkäufer besaß tatsächlich die Frechheit, seinen Strauß von hinten über ihre Schulter zu legen.

»Sie werden doch nicht etwa rote Rosen von einem Südstaatler ablehnen, der ganz verrückt nach Ihnen ist? Haut ab, Jungs, die Dame gehört zu mir!«

Louise wirbelte herum. Auf Bobbys Gesicht lag ein breites Lächeln. Louise schoss das Blut in die Wangen; ihr Herz hüpfte vor Entzücken. »Bobby! Ach, Bobby!« Sie ließ ihre Tasche fallen und schlang ihre Arme um seinen Hals. Die umstehenden Menschen waren ihr völlig gleich. »Was machst du in New York, Bobby? Ich dachte, du wärst in Kanada. Ich dachte ...«

Vor lauter Begeisterung warf sie ihn fast um. Bobby lachte, drückte sie fest an sich und bedeckte ihr Gesicht mit Küssen, während sie sich an ihn schmiegte. Den Rosenstrauß hatten sie längst zwischen sich zerdrückt, und Louises Hut war zur Seite gerutscht. Die missbilligenden Blicke der Passanten störten die beiden Liebenden nicht im Geringsten.

»Ach, Bobby, das ist die schönste Überraschung, die du mir machen konntest! Ich habe dich so sehr vermisst!« Louises Wangen waren tränennass. »Das Wochenende war ganz schrecklich«, stammelte sie. »Ich glaube, deine Mutter kann mich nicht leiden.«

Bobby ließ sie los, griff nach seinem Taschentuch, wischte ihr das Gesicht ab, nahm ihre Tasche und sagte: »Komm, wir gehen irgendwo hin, wo es ruhig ist, und dann küsse ich dich, bis du keine Luft mehr bekommst.«

Louise lächelte. »Wo bist du untergebracht? Was machst du überhaupt in New York?« Fragen über Fragen. Bobby führte sie ins Bahnhofsrestaurant, wo sie in einer ruhigen Ecke einen Tisch für zwei fanden. Er bestellte Kaffee und griff über den Tisch hinweg nach ihrer Hand. Sie sah die dunklen Schatten unter seinen Augen, er bemerkte, dass ihre Augen rot gerändert waren. »Wie geht es deinem Bein?«, fragte er plötzlich.

Sie lächelte ihn unter Tränen an, lachte dann ein wenig zittrig und fühlte sich mit einem Mal viel, viel besser. »Es zwiebelt, würde Patrick sagen. Und deines?«

»Es beutelt mich, würde Mr Marmaduke sagen.«

»Ich habe Mr Marmaduke bei Kitty kennen gelernt.«

»Dann hat sie ihn von Mutter ausgeliehen, um dich zu beeindrucken. Weißt du was? Wir binden die beiden schmerzenden Beine einfach zusammen und gehen als Dreibein!«

Wieder musste sie lachen.

»Meine süße Louise, ich muss dich bewundern. Du hast so viel Mut bewiesen! Eigentlich hatte ich gehofft, rechtzeitig vor deiner Abreise in Washington zu sein. Es tut mir Leid, dass meine Mutter dir Anlass zum Ärger gegeben hat.«

»Es lag an mir, nicht an ihr. Sie war sehr freundlich. Überhaupt war deine ganze Familie sehr freundlich. Vor allem natürlich Kitty und Logan. Und erst die Kinder! So süß! Du hast eine wunderbare Familie, Bobby.«

»Du aber auch!«

»Oh, daran besteht nicht der geringste Zweifel.«

»Und du hast mich während meiner Zeit in Kanada trotzdem vermisst?«

»Und wie! Du kannst dir gar nicht vorstellen, wie isoliert ich mir vorkam. Irgendwie fühlte ich mich an diesem Wochenende völlig verloren ohne dich.«

»Ich kann mir gut vorstellen, dass alle dich beobachtet haben. Mein armes Mädchen! Du musst dir vorgekommen sein wie ein Marienkäfer unter dem Mikroskop. Kits hat mich vorgewarnt, ich sollte sie diesen Audubon-Nachmittag abhalten lassen, ohne ihre Pläne über den Haufen zu werfen. Sie hat sich Sorgen gemacht, ich könne dich gegenüber meiner Mutter verteidigen und damit unsere Chancen verschlechtern. Allerdings hätte ich mich wahrscheinlich tatsächlich für dich in die Waagschale geworfen, wenn ich gewusst hätte, dass sie dir so zusetzt.«

»Sie hat mir gar nicht so sehr zugesetzt. Eigentlich haben wir uns sogar sehr nett unterhalten. Ich nehme an, dass ich sie nur verärgert habe, als es um unsere Beziehung ging. Aber sie hat mir zu keiner Zeit das Gefühl gegeben, peinlich zu sein. Aber wieso warst du nicht bei Kitty, wenn du schon aus Kanada zurück bist?«

»Ich bin gestern erst aus Montreal abgereist und gerade vor ein paar Stunden in New York angekommen. Ich wusste, dass du heute Nachmittag hier ankommst ...«

»Wie hast du davon erfahren?«

»Per Telegraf!« Er lachte. »Kitty hat mir in dem Moment ein Telegramm geschickt, als du in Washington abgereist bist. Und da habe ich eben hier auf dich gewartet, weil ich dich auf keinen Fall verpassen wollte. Aber ganz ehrlich: Als du aus dem Zug gestiegen bist, habe ich dich zunächst nicht erkannt. Ich bin sogar an dir vorbeigelaufen und dachte noch: ›Mensch, das ist aber eine besonders hübsche Dame!‹ Erst dann ist mir aufgefallen, dass du es bist.«

»Bobby! Nun erzähl mir nicht, dass du auf dem Bahnsteig herumstehst und nach hübschen Damen Ausschau hältst!«

»Ich habe ja schließlich auf die hübscheste von allen gewartet, und ich bin wirklich froh, dass ich ein zweites Mal hingeschaut habe. Du siehst einfach umwerfend aus, Louise.« Er zeigte auf Hut und Kleid. »Hast du die Sachen neu?«

»Sie waren neu. Leider ist der erste Lack schon ab, denn ich habe darin geschlafen.«

»Du hast darin geschlafen?«

»Genau. Nach der Unterhaltung mit deiner Mutter bekam ich entsetzliche Kopfschmerzen. Also ging ich auf mein Zimmer, legte mich aufs Bett und schlief so fest ein, dass ich erst aufwachte, als das Mädchen mit einer Tasse Tee vor mir stand und das Badewasser einließ. Das war gegen acht Uhr heute Morgen. Genau genommen habe ich diese Nacht sehr gut schlafen.«

»Schön.«

»Eigentlich hatte ich gehofft, dass du mich in voller Schönheit würdest bewundern können. Sei's drum!«

»Ist doch nicht schlimm!«

»Na ja, ich finde, ich sehe aus, als hätte man mich rückwärts durch eine Hecke gezerrt.« Sie rückte ihren Hut zurecht.

»Für mich siehst du wunderschön aus, Liebste.«

»Danke. Und vielen Dank auch für die Rosen. Sie sind sehr hübsch, wenn auch ein wenig zerdrückt. Genau wie du, Bobby.« Sie beugte sich über den Tisch und küsste ihn. Dann erzählte sie ihm in allen Einzelheiten von ihrem Wochenende bei Kitty, vom Damenkränzchen der Audubon-Gesellschaft, und dass sie so gerne noch Clara und Charles Tharin und Blossom Appleby besuchen wollte, aber leider nicht genügend Zeit dazu hatte. Anschließend fragte sie ihn nach seinem Aufenthalt in Kanada.

»Das ist eine lange Geschichte, Louise. Lang und sehr kompliziert.«

»Versuch es wenigstens.«

Bobby bestellte noch zwei Tassen Kaffee, lehnte sich in seinem Stuhl zurück und seufzte. »Die Reise war reine Zeitverschwendung. Carranza verließ das Land, ehe wir seiner habhaft wurden. Damit war es unmöglich, eine Verbindung zu O'Duffy oder Casper Cade nachzuweisen, wie wir ursprünglich gehofft hatten. Einer von Carranzas Vertrauten hat sich im Militärgefängnis erhängt. Jetzt gibt es keine Möglichkeit mehr, uns ein Bild über die Spionage-Aktivitäten Spaniens zu machen. Ich kehre also mit leeren Händen nach Washington zurück. Wie gesagt: nichts als Zeitverschwendung. Lieber hätte ich dir bei Kittys Audubon-Kränzchen beigestanden. Langweiliger als die Jagd nach einem verrückten spanischen Spion war es dort sicher auch nicht.«

»Aber irgendetwas hast du doch sicher in Kanada erreicht, Bobby. Casper Cade und Charles O'Duffy sitzen doch sicher noch hinter Schloss und Riegel, nicht wahr?«

»Ich denke schon. Aber nicht mehr lange. Es gibt noch einen Verdächtigen, hinter dem wir her sind und der sich in Tampa in Florida aufhalten soll. Seinetwegen muss ich zurück nach Washington. Wir müssen ihn unbedingt vor Cades Verhandlung in der kommenden Woche festnehmen.«

»Jetzt verwirrst du mich, Bobby. Ich war der Meinung, dass es längst eine Verhandlung gegen O'Duffy und Cade gegeben hätte! Um was geht es denn dieses Mal?«

»Die beiden sind wegen Gefährdung von Leib und Leben ihrer Passagiere durch mangelnde Wartung ihrer Schiffe zu zwei Jahren beziehungsweise achtzehn Monaten Haft verurteilt worden. Dieses Mal geht es um Betrug und Steuerhinterziehung. Hätten wir Carranza erwischt und hätte Downing sich nicht umgebracht, hätten wir vielleicht ein härteres Urteil erreichen können. Leider fehlen uns jetzt die nötigen Beweise.«

»Ehe du nach Kanada aufgebrochen bist, hast du mir gesagt, dass es bei deinem Auftrag einen Zusammenhang mit dem Gold von der *Cormorant* gibt. Ich habe auf deine Bitten hin alles aufgeschrieben, was meiner Familie geschehen ist, und du weißt sicher, dass auch andere Familien betrogen wurden.«

»Richtig.«

»Was hat Goldschmuggel mit Spionage zu tun? Und was hat Spanien mit Irland zu tun? Oder anders herum: Was hat ein Auswandererschiff mit einem geflohenen Carranza und einem erhängten Downing zu tun?«

»Vielleicht nicht viel. Aber es gibt viele lose Enden, die verknüpft werden wollen.«

Louise verstand, dass er ihr nicht mehr sagen durfte. »Müssen Patrick und Jon auch in diesem Prozess wieder aussagen?«, fragte sie.

»Ich fürchte ja, mein Liebling. Glaubst du, dass sie das machen würden? Ich brauche sie unbedingt als Zeugen.«

»Ich bin sicher, dass sie dir helfen.«

»Schön. Aber ein Gutes hat die ganze Geschichte doch gehabt: Der Kongress wird die Einwanderungsgesetze ändern. Korrupten Reedereien wird ein Riegel vorgeschoben und Erfahrungen, wie du sie auf Ellis Island gemacht hast, werden demnächst der Vergangenheit angehören.«

»Hoffentlich hören die Spanier bald auf, amerikanische Kriegsschiffe in die Luft zu sprengen. Wusstest du, dass sowohl Spanien als auch Irland zwei ausgesprochen katholische Länder sind?«

»Es ist meiner Aufmerksamkeit nicht entgangen, Louise.«

»Könnte es da eine Verbindung geben? Zwischen dem Spanier Carranza und dem Iren O'Duffy?«

»Das bezweifele ich.«

Ein Kellner trat an den Tisch. »Wollen Sie etwa den ganzen Tag hier sitzen bleiben? Es gibt Leute, die auf einen freien Tisch warten. Leute, die essen wollen und nicht die ganze Zeit vor leeren Kaffeetassen sitzen!«

»Ihre Kundenfreundlichkeit lässt sehr zu wünschen übrig«, stellte Louise fest.

»Wir wollten sowieso gerade gehen«, sagte Bobby. »Ihr Kaffee ist übrigens eine Zumutung. Außerdem täte es dem Tisch ganz gut, wenn er ab und zu auch einmal abgewischt würde.« Er zahlte und nahm das Gepäck. Louise griff nach ihrem ramponierten Rosenstrauß. »Tja, so bringt man sich um sein Trinkgeld«, flüsterte Bobby auf dem Weg nach draußen.

»Wann geht dein Zug nach Washington?«, fragte Louise.

»Erst spät heute Abend.«

»Hättest du nicht Lust, bei uns zu übernachten? Pat und Jon sind zu Hause, und wir haben eine sehr bequeme Couch.«

»Das Angebot führt mich ehrlich in Versuchung, Liebste. Obwohl ich noch viel lieber in deinem Bett übernachten würde. Aber leider muss ich ablehnen. Man erwartet mich morgen früh um Punkt zehn beim Justizminister. Wir befinden uns nämlich im Krieg«, fügte er hinzu und lächelte sie zärtlich an.

»Darf ich Ihr Gepäck nehmen?«, fragte ein Gepäckträger.

»Aber bitte, gern.« Er gab dem Mann seine Tasche und rief eine Droschke, die Louise und ihn nach Greenwich Village bringen sollte.

Pat war zu Hause und brütete über Abrechnungen, Jon befand sich im Begegnungshaus der Quäker. Bobby blieb zum Abendessen und überschüttete Louise mit Komplimenten wegen ihrer Kochkünste. Pat hätte gerne über den bevorstehenden Prozess gegen Cade und O'Duffy gesprochen, doch Bobby weigerte sich standhaft, auf das Thema einzugehen. Er wollte den Verdacht der Zeugenbeeinflussung gar nicht erst aufkommen lassen, auch wenn Bobby selbst mit dem Verfahren nichts mehr zu tun hatte. Stattdessen redeten sie über tausenderlei Dinge, an die Louise sich hinterher kaum erinnerte – sie wusste nur, dass die Zeit mit Bobby wieder einmal viel zu kurz gewesen war.

Als Bobby schließlich gehen musste, um seinen Zug noch zu erreichen, bemühte sich Louise, ihm nicht zu zeigen, wie traurig sie war. Ihr schien, als hätten sie jedes Mal gerade so viel Zeit, einander Lebewohl zu sagen, und sie fragte sich, ob jemals der Tag kommen würde, an dem Bobby und sie sich zur gleichen Zeit mit dem gleichen Vorhaben am gleichen Platz befänden.

»Du hast doch wirklich dein Bestes gegeben«, sagte Ed Martin zu Bobby. »Du kannst doch nichts dafür, dass du nicht rechtzeitig zur Stelle warst.«

»Danke, Ed.«

»Die Kanadier sind schuld, Bobby. Sie hätten Carranza ausliefern können, aber sie wollten ja lieber neutral bleiben.«

»Typisch britisch. Ehre vor Gemeinwohl! Nun, wenigstens haben wir noch Miller, der in Tampa auf sein Verhör wartet.«

»Ich fürchte, über Carranza und O'Duffy werden wir aus dem nichts herausbekommen.«

»Immerhin haben wir einen Goldbarren mit dem Stempel der spanischen Regierung.«

»Weißt du, Ed, wir haben gegen Casper Cade zwar ausreichend Beweise wegen Korruption und Steuerhinterziehung, aber das reicht nicht aus für den wirklich dicken Fisch!«

»Dann suchen wir also nach dem großen Unbekannten?«

»Ich fürchte, ja. Jedenfalls können wir O'Duffy nicht einfach so wegen dubioser Geschäfte mit Carranza belangen.«

»Und O'Duffy könnte nicht selbst dieser große Unbekannte sein?«

»Eher nicht.«

»Was ist er dann?«

»Es ist noch zu früh, darüber zu sprechen.«

»Gut. Dein Auftrag ist zwar nicht ganz erwartungsgemäß gelaufen, aber zumindest ist sichergestellt, dass kein Spion mehr unsere Kriegsschiffe in die Luft jagen kann. Der Präsident ist bestimmt stolz auf dich, Bobby!«

Ed Martins Sarkasmus schmerzte, doch Bobby versuchte, ihn nicht an sich heranzulassen. So war das Leben nun einmal. Er und seine Verbindungsleute hatten ihr Bestes gegeben. Keiner von ihnen konnte etwas dafür, dass der Auftrag fehlgeschlagen war. Jetzt galt Bobbys Interesse erst einmal anderen Dingen.

Bobby hatte sich vorgenommen, seinen Eltern mitzuteilen, dass er Louise auf jeden Fall heiraten würde – ganz gleich, ob sie ihr

Einverständnis gaben oder nicht, auch wenn es den Verlust seines Erbes bedeutete. Er wusste, dass seine Mutter letztlich die Ausschlaggebende sein würde – sie war die heimliche Machthaberin der Familie. Sie würde er überzeugen müssen, dass er ein erwachsener Mann mit erwachsenen Gefühlen war, und sie war diejenige, die jedem Klatschweib in Washington allein durch ihren Einfluss den Mund stopfen konnte. Wenn seine Mutter Louise unter ihre Fittiche nahm, könnte aus der jungen Frau im Handumdrehen die begehrteste Gastgeberin der Stadt werden. Und er war sich sicher, dass Louise ihn nicht enttäuschen würde. Louise enttäuschte niemanden.

Ed schnipste mit den Fingern unter Bobbys Nase. »Hey, Junge, wach auf! Wir treffen uns gleich mit dem Justizminister, und der Präsident erwartet uns im Weißen Haus. Du bist tatsächlich eingeschlafen, Bobby! Wovon hast du geträumt?«

»Ich glaube, von Goldbarren.« Bobby reckte und streckte sich. Er fühlte sich hundemüde.

1898–1899

27. Kapitel

Amerikanische Flotte vor Santiago! Amerikaner besetzen Guam! Die Schlacht von San Juan Hill! Amerikas Sieg über die Spanier!

Sämtliche Schlagzeilen feierten die Überlegenheit Amerikas über Spanien.

»Sieht ganz danach aus, als würden wir diesen Krieg gewinnen.« Patrick saß nach einem ausgiebigen irischen Frühstück am Küchentisch und las die *New York Times*. Sonntagmorgens nahm er sich Zeit, zu entspannen und sich mit den Nachrichten der vergangenen Woche zu beschäftigen, während sich Louise dem Haushalt widmete, Rechnungen sortierte oder Briefe schrieb. Es waren Stunden voller Wärme und Kameradschaft.

Am weit geöffneten Küchenfenster räkelte sich Suzy in der Sonne. Jon lag noch im Bett. Patrick hatte keine Ahnung, was seinem Bruder fehlte. Ob er Heimweh nach Irland hatte? Der Gedanke, Jon könne in Amerika unglücklich sein, gefiel Pat ganz und gar nicht. Vielleicht sollte ich nicht ständig versuchen, ihm den Gedanken an das Predigeramt auszureden, dachte Pat; vielleicht sollte ich ihn gewähren lassen und ihm auch zugestehen, dass er die Firma verlässt.

Louise, die gerade den letzten der drei in der vergangenen Woche erhaltenen Briefe von Bobby beantwortete, hob den Kopf. »Seit wann sagst du ›wir‹, Pat? Fühlst du dich nicht mehr als Ire?«

Pat schmunzelte. »Man könnte sagen, ich fühle mich als irischer Amerikaner, und ich bin stolz darauf.«

Louise lächelte. »Recht hast du! Meg hat übrigens geschrieben, dass Rik ganz froh war, die geplante Reise nach New York abgesagt zu haben. Er hätte nämlich auf eine Fracht verzichten müssen. Jetzt freuen sie sich auf einen Besuch im Oktober.«

»Habe ich es dir eigentlich schon gesagt?«, murmelte Patrick hinter seiner Zeitung.

»Was gesagt?«

»Dass sie bereits verlobt sind? Sie brauchen meine Zustimmung nicht. Rik ist ein erwachsener Mann. Mir wäre es peinlich, vor ihm und meiner Schwester zu stehen und ihnen irgendetwas zu erlauben.«

»Patrick, komm einmal hinter deiner Zeitung hervor!« Louise legte die Feder auf den Tisch. Sie wollte ihrem Bruder ins Gesicht sehen.

Patrick tauchte hinter den Schlagzeilen auf. »Sie leben zusammen, Louise. Glaubst du im Ernst, dass er im Schuppen schläft, wenn er zu Hause ist?«

»Ich weiß nicht, was du damit sagen willst, Pat. Rik ist ein ehrenwerter Mann. Nie würde er Meg in dieser Weise ausnutzen!«

»Er vielleicht nicht. Sie aber!«

Louise war entsetzt. »Also ehrlich, Pat. Was denkst du nur von deiner kleinen Schwester?«

»Liebste Louise, Rik ist ein Mann aus Fleisch und Blut. Die beiden wohnen unter einem Dach. Die Versuchung, jetzt schon wie Mann und Frau zu leben, muss doch einfach da sein! Du wirst mir nicht weismachen, dass ihr beide, du und dieser Bobby, nicht auch schon darüber nachgedacht habt.«

»Also jetzt schockierst du mich aber wirklich«, sagte Louise mit gesenktem Kopf.

»Nun, dann muss er ein Heiliger mit eiserner Selbstbeherrschung sein«, erwiderte Patrick.

»Ich bin mir sicher, dass Mrs Prest sowohl einen Heiligen mit eiserner Selbstbeherrschung als auch ein temperamentvolles junges Mädchen ganz gut unter Kontrolle halten kann. Also hör auf, schlecht von ihnen zu denken.«

»Nicht nur von den beiden denke ich schlecht. Auch von dir und deinem Verehrer aus dem Weißen Haus. Niemand ist frei von sündigen Gedanken. Eigentlich halte ich es absolut nicht für eine Sünde, wenn ein Mann und eine Frau sich ineinander verlieben. Unglücklicherweise sind die körperlichen Bedürfnisse der Tugend und der Keuschheit nun einmal überlegen und bringen uns manchmal in Unannehmlichkeiten.«

»Woher willst du das wissen? Ausgerechnet du, der du so keusch lebst wie ein katholischer Priester. Eigentlich solltest du Prediger werden, nicht Jon. Zumindest auf dem Gebiet der Keuschheit macht dir so schnell keiner etwas vor, Pat!«

»Aha, da habe ich wohl einen wunden Punkt berührt!« Er lächelte sie an. »Ich kann mich nicht erinnern, dass dein schneidiger Bobby mich jemals um die Erlaubnis gebeten hat, dich zu heiraten. Eigentlich würde es sich so gehören. Aber unsere Familie scheint darauf zu warten, dass die hochwohlgeborene Familie du Pré sich herablässt, sie zu akzeptieren. Man erachtet uns als derart unterprivilegiert, dass man gar nicht erst auf die Idee kommt, zu fragen, ob wir Mr Bobby du Pré für den richtigen Ehemann für unsere Schwester halten. Ich habe Vaters Stelle eingenommen, Louise, vergiss das bitte nicht. Wenn er mich um deine Hand bittet, gewähre ich sie ihm vielleicht. Vielleicht aber auch nicht. Vielleicht stecke ich dich lieber in eine Mission am Sambesi River. Keuschheit scheint dir ja viel zu bedeuten; ich habe schließlich miterlebt, wie oft du den armen Bobby zurückgewiesen hast!«

»Was willst du damit sagen?« Louises Tonfall war eisig. Sie war wütend auf Patrick.

»Wenn er sich nicht traut, mich von Mann zu Mann um deine Hand zu bitten, dann soll er mir wenigstens schreiben.«

»Pat, das ist doch wirklich lächerlich!« Louise lachte kurz auf.

»Kann sein, aber ich fühle mich beleidigt.«

»Nun gut, ich werde ihn bitten, hochoffiziell um deine Erlaubnis zu bitten, mich heiraten zu dürfen. Herr im Himmel, ihr Jungs treibt mich noch in den Wahnsinn! Ich bin doch kein Sack Getreide, der verkauft werden soll!«

»Du bist wertvoller als ein Sack Getreide. Es ist seine Familie, die dich wie eine Ware behandelt, merkst du das nicht? Eigentlich ist Bobby viel zu geduldig. An seiner Stelle würde ich das Juwel Louise packen, ohne weiteres Geplänkel heiraten und die ewigen Liebesbriefe sein lassen. Apropos Liebesbrief ... Um Himmels willen!« Er riss die blauen Augen weit auf. »Entschuldige, Louise, ich habe leider völlig vergessen ...«

»Was hast du vergessen, außer deinen Manieren?«, fragte sie reserviert.

»Ich muss ihn doch irgendwo hingetan haben!« Er griff in die Tasche seiner Jacke, die über dem Stuhl hing. »Ah, da ist er ja! Ein Brief aus Washington. Er kam gestern Morgen, als ich gerade auf dem Weg zur Arbeit war. Der Briefträger hat ihn mir einfach in die Hand gedrückt. Ich hatte ihn völlig vergessen.« Er reichte ihr den Brief.

Louise bedachte ihn mit einem unfreundlichen Blick und öffnete den Umschlag mit einem Küchenmesser. Patrick wartete auf ihre Reaktion. War sie fröhlich oder traurig?

»Liebe Louise«, schrieb Kitty Campion, *»vielen Dank für Ihren netten Brief, mit dem Sie sich für das hier bei uns verbrachte Wochenende bedankt haben. Es tut mir Leid, dass Ihnen die starken Kopfschmerzen nach unserem Audubon-Kränzchen den Rest Ihres Aufenthalts bei uns verdorben haben. Entschuldigen Sie bitte die späte Antwort, doch meine Eltern waren zu Besuch bei meiner ältesten Schwester in Venezuela und sind erst diese Woche aus Südamerika zurückgekehrt. Bobby hat sich inzwischen lange mit unseren Eltern unterhalten. Falls er nicht bereits Kontakt mit Ihnen aufgenommen hat, befindet er sich sicher gerade auf dem Weg nach New York, um Ihnen die frohe Kunde selbst zu über-*

bringen. Mutter hält Sie nämlich für »ganz bezaubernd«, »entzückend«, »herzerfrischend« und hat erklärt, auf Ihren Schultern säße ein »verständnisvoller Kopf«. Außerdem sagte sie, dass das Gespräch mit Ihnen sie für den ansonsten grässlich langweiligen Nachmittag zu Ehren grüner Sittiche mehr als entschädigt habe. Ich finde, das sollten Sie wissen. Auch wenn Sie meinen Vater bisher noch nicht kennen gelernt haben, hoffe ich, dass Sie Ihre Ansicht über Bobby nicht ändern – sowohl er als auch ich wären am Boden zerstört. Schließlich haben wir beide einiges in diese Herzensangelegenheit investiert. Ich darf Sie jedoch beruhigen: Vater ist deutlich weniger einschüchternd als Mutter. Und ich bin sicher, dass er Sie sofort in sein Herz schließen wird. Ohne Bobby vorgreifen zu wollen, war es mir ein tiefes Bedürfnis, liebste Louise, Sie an Bord unseres »Familienschiffs« herzlich willkommen zu heißen …«

Louise runzelte die Stirn. »Die Sache mit dem Schiff hätte sie besser nicht geschrieben …«

»Schlechte Nachrichten?«, fragte Pat besorgt.

»Nein«, murmelte sie und widmete sich dem letzten Absatz.

»Mutter wird Ihnen in den nächsten Tagen eine Einladung auf unseren Familiensitz in Virginia zusenden, wo sie mit Ihnen die Formalitäten der Verlobung und Hochzeit besprechen möchte. Liebe Grüße von Ihrer glücklichen Schwägerin in spe, Katherine Campion, und Ihrem hocherfreuten zukünftigen Schwager Logan Campion.«

Louise brach in Tränen aus. Patrick sprang auf. »Du lieber Himmel, Louise, was ist denn nun schon wieder los? Ist er wieder in die Luft gesprengt worden?« Hilflos legte er den Arm um ihre bebenden Schultern. »Ich halte diese ständigen Unfälle bald nicht mehr aus!«

Sie griff nach seiner Hand, hielt sie an ihr Gesicht und begann unvermittelt, unter Tränen zu lachen. Patrick bekam es mit der Angst zu tun. War sie etwa hysterisch?

»Keine Sorge, Schwesterchen, ich bin immer für dich da.

Wenn dieser Kerl in den Krieg gezogen und da umgekommen ist … Oder wenn er dir den Laufpass gegeben hat … Ich schwöre dir, ich bringe ihn um, so wahr ich ein guter Christ bin …«

»Alter Spinner!« Unter Tränen lächelte sie ihn an und reichte ihm den Brief. »Hier, lies! Er ist von Kitty Campion.«

Während er las und sie sich das Gesicht abwischte, kam Jon in die Küche. Er war noch im Schlafanzug. »Was ist mit Louise?«, fragte er erschrocken. »Warum weint sie?«

Patrick hob eine Hand. »Sei still, Junge, und mach uns allen eine Tasse Tee.« Dann schüttelte er den Kopf, nahm Louise in die Arme und schalt sie aus, weil sie ihn beinahe an den Rand eines Herzanfalls gebracht habe, wo doch in diesem Brief die schönste Nachricht ihres Lebens stünde. Er küsste sie auf den Scheitel und hieb Jon seine flache Hand zwischen die Schulterblätter. »Ich fürchte, du musst auf ein paar neue Klamotten sparen, Jon. Wir werden nämlich demnächst zu einer grandiosen Hochzeit in Richmond eingeladen.«

»Mit anderen Worten, du gibst dein Einverständnis? Obwohl er nicht offiziell um mich angehalten hat?« Louise funkelte ihren Bruder an.

»Sei nett zu deiner Schwester, Jon«, sagte Pat zu seinem Bruder. »Sie ist heute in einer etwas merkwürdigen Verfassung, weil sie demnächst den Sohn eines Botschafters heiratet. Vater und Mutter wären bestimmt stolz auf sie. Und natürlich auch Tante Eliza in Dublin. Vielleicht wird Louises Bobby ja sogar eines Tages Präsident der Vereinigten Staaten und unsere Schwester die First Lady. Du siehst, wir sind so gut wie auf dem Weg ins Weiße Haus.«

Vor lauter Begeisterung hörte Patrick gar nicht mehr auf zu reden. Jon nahm ihm den Brief aus der Hand und las ihn selbst. »Das ist ja wundervoll, Louise. Herzlichen Glückwunsch!« Er gab ihr einen dicken Kuss.

»Na, es war aber auch Zeit.« Pat stürzte seinen Tee schnell herunter. »Erst Meg und jetzt du. Jon und ich werden in der nächsten Zeit wohl doppelt so hart arbeiten müssen, damit wir euch Mädels ordentlich ausstaffieren können.« Er reichte seinem Bruder die Tasse. »Füllst du bitte noch einmal nach? Weißt du was, Jon? Ich begleite dich heute zur Gebetsstunde. Heute ist mir danach!«

»Mir auch«, sagte Louise. »Ich müsste mich nur kurz umziehen ...« Sie ging nach oben in ihr Schlafzimmer, um ihr Gesicht zu waschen und ihre Gedanken zu ordnen.

»Glaubst du, dass sie jetzt Presbyterianerin wird, Pat?«, fragte Jon.

Pat hob Suzy von der Fensterbank und streichelte ihr weiches, glänzendes Fell. Ihr Schnurren klang wie das Schnarchen einer alten Frau. »Das müssen wir ihr überlassen, Jon. Sie wird das tun, was sie für das Richtige hält. Vielleicht entscheiden sich Bobby und Louise dafür, das Beste aus beiden Religionen für sich anzunehmen. Schließlich sind wir alle Christen.«

Im Zug nach Richmond legte Louise ihren Kopf an Bobbys Schulter und seufzte zufrieden. »Ich muss mich ständig kneifen, um herauszufinden, ob ich nicht doch träume. Schön, dass du dieses Mal bei mir bist, Bobby. Ich bin längst nicht mehr so nervös wie auf der Fahrt zu Kitty. Damals hat mir deine Unterstützung sehr gefehlt.«

»Trotzdem hast du dich ganz hervorragend geschlagen. Ich wusste, dass es so kommen würde.«

»Bobby, ich würde mich gern offiziell verloben, wenn meine Schwester und Rik nach New York kommen.«

»Dein Wunsch ist mir Befehl, Liebste.«

»Meg und ich könnten dann zusammen einkaufen gehen und unsere Aussteuer zusammenstellen.«

»Wie du meinst, mein Liebling.«

»Bobby, meinst du ... meinst du, dein Vater wird mich mögen?«

Tröstend tätschelte er ihre Hand. »Er wird dich anbeten, meine Süße!«

»Bobby?«

»Ja, Louise?«

»Könntest du vielleicht dieses scheußliche Kriegs-Propaganda-Blatt einen Augenblick weglegen, damit ich dein Gesicht sehe, wenn ich mit dir spreche?«

»Ich denke, das sollte möglich sein.« Er faltete die Zeitung zusammen, warf sie auf den Sitz gegenüber und zog die Sichtblenden hinunter.

»Warum hast du das jetzt gemacht?«

»Welch dumme Frage! Ich glaube, du schuldest mir noch eine ganze Menge Küsse … aber das geht niemanden etwas an. Liebst du mich noch?«

»Von ganzem Herzen!« Sie schmiegte sich in seine Arme. Draußen huschte die liebliche Landschaft Virginias vorüber. »Ich liebe dich so sehr, so sehr …«

Erster Klasse zu reisen hatte durchaus Vorteile. Zum Beispiel ein eigenes Abteil.

Die Schlacht von Santiago: Amerika siegt über die Spanier! Wake Island von Amerikanern besetzt! Puerto Rico fällt in die Hände der Amerikaner!

Der Krieg dauerte den ganzen Sommer über an. Pat und Jon arbeiteten mit einem Schwimmbagger im East River. In der Pause machten sie es sich mehr schlecht als recht auf dem gemieteten Eisenungetüm bequem, packten ihre Frühstücksbrote aus, legten die Zeitung zwischen sich und aßen, während eine frische Brise den Schweiß auf ihren Rücken trocknete.

»Plötzlich ist man stolz, Amerikaner zu sein, findest du nicht?«, fragte Pat. Jons Gedanken aber weilten bei Louise. »Was ist, wenn Bobbys alter Herr sie nicht mag?«

»Du kennst doch Louise! Sie wird ihn im Handumdrehen um

den Finger wickeln. Nachdem ihr schon die ganze restliche Familie zu Füßen liegt, brauchen wir uns wohl kaum Sorgen um den Vater zu machen.«

»Dieser Tage sprach sie davon, Tante Eliza und ihre Familie nach Amerika zu holen. Es wäre toll, wenn alle bei der Hochzeit dabei sein könnten, findest du nicht?«

Pat schluckte. »Weißt du, ich habe auch schon darüber nachgedacht, aber ich werde es nicht tun. Ich werde sie weder fragen noch ihnen Geld für die Überfahrt schicken.«

»Aber warum nicht?«

»Weil es nicht nur Geldverschwendung wäre, sondern sie obendrein noch demütigen würde.«

»Wie kommst du darauf?«

»Unser Vetter Liam leidet unter Epilepsie. Man würde ihn mit Sicherheit nicht in die Staaten einreisen lassen. Spätestens von Ellis Island aus würde Liam nach Irland zurückgeschickt. Oder er müsste in eine Heilanstalt. Aber das würde die Familie nicht mitmachen. Und ohne Liam würden auch sie nicht in Amerika bleiben wollen. Es ist einfach zu riskant. Weißt du noch, wie viele Schwierigkeiten wir hatten? Und dabei war unsere Gesundheitsbescheinigung einwandfrei! Ich werde Tante Eliza schreiben und ihr alles erklären. Wenn wir eines Tages mehr Geld haben, können wir sie in Dublin besuchen. Und vielleicht ändern die USA ja irgendwann auch ihre Einwanderungspolitik!«

»Wahrscheinlich hast du Recht, wie immer. Weißt du übrigens, dass mir die Verhandlung gegen Cade nächste Woche ganz schön im Magen liegt?«

»Mir auch. Aber wir haben nichts zu befürchten. Bobby hat die Untersuchungen selbst in die Hand genommen. Zu schade, dass er den Fall nicht selbst verhandelt.«

»Glaubst du, dass man ihn für voreingenommen hält? Schließlich wird er demnächst unsere Schwester heiraten.«

»Wahrscheinlich liegt es daran. Aber immerhin hat er schlagende Beweise gegen Casper Cade zusammengetragen. Goldschmuggel,

Steuerhinterziehung – die ganze Palette. Dieses Mal wi er wohl mehr als die läppischen zwei Jahre bekommen, die man ihm wegen seiner Fahrlässigkeit mit dem Seelenverkäufer aufgebrumm at.«

»Und was ist mit O'Duffy? Er soll demnächst entlassen werden.«

»Tja, das ist ein Problem.« Nachdenklich betrachtete Pa Frühstücksbrot. »O'Duffy ist schon bei der *Cormorant* schichte ziemlich glimpflich davongekommen. Casper Cade k man den Goldschmuggel wenigstens nachweisen.«

»Dank deines ›geborgten‹ Goldbarrens, richtig?«

»Richtig. Und dank der übrigen, die wir vor Sable Island gefunden haben. Casper Cade ist dran. Im Gegensatz zu O'Duffy, so ärgerlich das auch ist. Obwohl, wie mir Bobby erzählt hat, die Liste seiner Verbrechen einen ganzen Ordner füllt.«

Pat ließ seinen Blick in den Sommerhimmel schweifen, ehe er seinen Bruder ansah und seufzte. »Es geht darum, O'Duffys Mitschuld nachzuweisen, und zwar sowohl was den Gold- und Waffenschmuggel als auch möglicherweise seine Spionagetätigkeit angeht. Der Kerl hat unglaubliches Glück gehabt! Aber Bobby hat gesagt, er bleibt ihm auf den Fersen. Ich glaube ihm. Irgendwie wird er O'Duffy schon zu packen kriegen. So, und jetzt mach mal ein etwas fröhlicheres Gesicht, Jon! Man hat ständig das Gefühl, dass du gar nicht ganz da bist.«

»Irgendwie stimmt das auch. Es ist so viel passiert, dass ich es immer noch nicht glauben kann. Manchmal denke ich, ich bin immer noch auf Anticosti Island und träume das alles nur. Mir ist, als käme ich in diesem Land auf keinen grünen Zweig. Ihr drei anderen, ihr habt euren Weg gemacht.«

Pat sah seinen Bruder traurig an. »Ich weiß, Jon, ich weiß. Du wirst sicher noch einige Zeit brauchen, bis du deine Erlebnisse im Gefängnis vergessen kannst. Aber die Zeiten werden besser. Wenn du willst, kannst du Prediger werden. Ich habe es mir überlegt; irgendwie verstehe ich dich und will dich nicht daran hindern, in die Fußstapfen unseres Vaters zu treten. Aber du könntest s stiller Teilhaber in mein Unternehmen einsteigen, Jon.«

»Un as heißt?«

»D eißt, dass ich die Arbeit erledige und du nur deinen Anteil absa , obwohl du morgens nicht aus den Federn kommst.«

J rinste. »Klingt verdammt verführerisch, Pat.«

er Rückreise schien Louise die Zeit in Richmond wie ein m. »Bobby, dein Vater ist ein unglaublich liebenswerter sch. Ihr gleicht euch sehr.«

Tatsächlich?« Er lächelte sie an, zog die Sonnenblenden vor s Fenster, nahm ihr den korallenroten Hut ab und zog sie an ch. »Hattest du eigentlich dieses Mal auch Kopfschmerzen?«

»Nein, und das weißt du ganz genau. Ich habe jede Minute nd jeden Tag genossen. Leider verging die Zeit wie im Flug. Am liebsten hätte ich die Uhr angehalten.«

»Sogar als du vom Pferd gefallen bist?«

»Auch da! Alle eilten mir sofort zu Hilfe. Es hat mich an unser Kennenlernen erinnert, als du vor mir standest und mich besorgt angesehen hast. Die Schrammen spielten keine Rolle mehr – schließlich war da ein strahlender Ritter, der nur darauf wartete, mich zu retten. Diese morgendlichen Ausritte waren einfach herrlich, Bobby!«

»Mit anderen Worten: Es hat dir gefallen.«

»Oh ja! Ich möchte keine Sekunde missen. Du warst bei mir, ich hatte Gelegenheit, das Haus deiner Kindheit kennen zu lernen, und ich durfte es in deiner Gesellschaft tun.«

»Macht es dir nichts aus, dass unser Reichtum vom Sklavenhandel kommt?«

»Doch, ein wenig schon. Dieser Teil eurer Vergangenheit ist nichts, worauf ihr stolz sein könntet«, sagte Louise ernst.

»Das sehe ich auch so. Als Kind hat mich diese Sache oft sehr beschäftigt. Es war, als wäre der Roman *Onkel Tom's Hütte* Wirklichkeit geworden, obwohl ich glaube, dass der Aufseher meines Großvaters nicht so grausam war wie Simon Legree. Aber es gibt schon längst keine Sklaven mehr auf der Plantage. Die Arbeiter sind frei und können kommen und gehen, wann und wie es ihnen beliebt. Heute sagen wir übrigens nicht mehr Plantage, sondern Gutshof.«

»Gutshof Gelb-Banner. Ein merkwürdiger Name. Ich weiß wohl, dass Banner dein zweiter Vorname ist – aber warum Gelb-Banner?«

»Das Banner der Konföderierten trug die Farben Gelb und Grau. Vor dem Bürgerkrieg hieß der Hof Grau's Plantage. Mein Großvater kämpfte auf Seiten der Konföderation, die zwar die Schlacht um Richmond gewann, aber letztlich den Unionisten unterlag. Vermutlich hielt er Gelb für eine freundlichere Farbe als Grau und änderte den Namen. Für mich hat Gelb etwas mit Feigheit zu tun, aber jeder von uns hat seine Leichen im Keller; mein Großvater vermutlich ganz besonders. Mein Vater muss heute eben damit leben. Ich denke, wenn der Hof eines Tages mir gehört, werde ich ihn in Louiseana umbenennen, auch wenn es die Geografen verwirren könnte.«

Louise wandte sich näher liegenden Problemen zu. »Eine Hochzeit im Frühling wäre wundervoll, Bobby. Deine Mutter findet die Idee auch gut.«

»Ich würde dich am liebsten gleich morgen heiraten.«

»Ich auch, aber ein Mädchen braucht nun einmal erst eine Aussteuer.«

»Was ist an dem Kleid auszusetzen, das du trägst?«

Er sprach von dem grau-rosa Zweiteiler, den Louise wieder aus dem Schrank geholt hatte. Ein neues Kleid hatte sie sich nicht leisten können, und Bobby hatte sie nicht um finanzielle Unterstützung bitten wollen.

Louise war unendlich glücklich mit Bobby. Sie genoss seine Höflichkeit und sein Entgegenkommen. Louises einfache Herkunft störte ihn nicht im Geringsten, obwohl er eines Tages ein wunderbares Haus samt Ländereien erben würde. Er konnte über ein ganzes Heer von Dienern verfügen, besaß Kutschen und edle Reitpferde, Hunde, Katzen und Nutztiere. Dazu sogar ein kleines Boot – im Potomac River, der am Haus vorüberfloss, konnte man herrliche Fische fangen.

Auch Kitty und Logan Campion sowie Ed Martin waren über das Wochenende bei Bobbys Eltern zu Gast gewesen. Alle hatten dazu beigetragen, Louise in Bobbys Leben willkommen zu heißen. Nie zuvor hatte Louise an einem Picknick teilgenommen, noch nie hatte sie unter dem Nachthimmel gesungen oder an einem Lagerfeuer gesessen. Geträumt hatte sie oft von solchen Dingen – nun aber waren sie Wirklichkeit. Eines Tages würde sie ihren Enkeln erzählen können, dass Träume manchmal wahr werden.

Louise sah unter der Sonnenblende hindurch aus dem Fenster. Die Landschaft raste vorbei. Bald würden sie in Washington ankommen, von dort aus ging es weiter nach New York. Plötzlich bekam sie es mit der Angst zu tun.

Sie dachte an den Verlobungsring, den Bobby ihr schenken wollte. Ein großer Diamant sollte es sein, größer als alle Diamanten auf der Brosche der First Lady zusammen.

Sie schlug die Hände vor das Gesicht. Ihre Augen schwammen in Tränen. »Ich kann nicht ...«

»Was kannst du nicht?«

»Bobby, ich kann es nicht tun!«

»Was denn?«

»Dich heiraten!«

Er fuhr zurück als hätte sie ihm einen Schlag versetzt.

»Louise!«

»Es ... tut mir Leid, aber deine und meine Welt – sie passen nun einmal nicht zusammen. Ich weiß, wir haben beide für unsere Hoffnungen gelebt. Kitty hat alles getan, um uns zu helfen. Deine Eltern haben uns unterstützt. Und doch trennen uns Welten.«

»Louise, was soll das?«

Louise schluckte. Stockend sagte sie: »Eines Tages wirst du

dich meiner schämen. Du wirst dich meiner Herkunft und meines Mangels an Bildung schämen, und ich weiß genau, dass ich das nicht ertragen kann. Ich kann so nicht weitermachen, Bobby. Ich schaffe es einfach nicht! Geh in Washington deiner Wege. Ich möchte allein nach New York zurückkehren.«

28. Kapitel

Hawaii wird amerikanischer Bundesstaat! Die Amerikaner nehmen Manila ein! Lesen Sie selbst, meine Damen und Herren, lesen Sie selbst!« Der Zeitungsjunge vor der Grand Central Station schrie sich fast heiser. *»Der Krieg ist vorbei! Beginn der Friedensverhandlungen!«*

»Hier, Jon!« Patrick steckte seinem Bruder ein Geldstück zu. »Hol uns eine Zeitung. Louise, sitzt meine Krawatte richtig?«

Louise lächelte. »Immer mit der Ruhe, Patrick. Wir warten hier nur auf Meg, nicht etwa auf Suzy Parsons.«

»Wo du gerade von Suzy Parsons sprichst – ich wollte schon seit einiger Zeit mit dir über sie reden. Ich habe ihr nämlich geschrieben und sie gebeten, meine Frau zu werden.«

»Wie bitte?«

»Ich habe ihr das Geld für die Überfahrt geschickt. Wir werden heiraten.«

Louise war sprachlos. Sie blieb mitten im Getümmel stehen. »Und warum sagst du mir das erst jetzt? Ausgerechnet jetzt, wo ich ganz andere Dinge im Kopf habe? Du hättest mich ruhig früher einweihen können.«

»Ich konnte nicht.« Er sah so niedergeschlagen aus, dass sie ihren Ausbruch sofort bereute. Warum sollte nicht wenigstens er glücklich werden? »Entschuldige, Patrick, ich wollte dir nicht wehtun. Und ich finde es eine wundervolle Neuigkeit!« Louise drückte ihn so fest an sich, dass er vor Verlegenheit puterrot anlief. Selbst seine Ohren glühten.

»Hör auf, Louise!«, flüsterte er. »Wir sind hier in der Öffentlichkeit. Die Leute wissen schließlich nicht, dass du meine Schwester und nicht meine Freundin bist.«

»Warum hast du uns nicht früher davon erzählt?«

»Nun, Jon wusste es. Aber während der Verhandlung gegen Cade schien nie wirklich der richtige Augenblick zu sein, das Thema anzusprechen. Ich bin heilfroh, dass der Prozess endlich vorbei ist. Außerdem tut das Schmerzensgeld von der Reederei unserer Haushaltskasse gut. Die zehn Jahre, die Cade hinter Gittern verbringen darf, haben wir hauptsächlich Bobby zu verdanken. Zwar sind wir bei O'Duffy noch nicht so weit, aber ich denke, das kommt noch. Na ja, und jetzt, wo mein Geschäft einigermaßen floriert und du mir demnächst nicht mehr auf der Tasche liegst, habe ich gedacht, dass ich ebenfalls heiraten könnte.«

»Ich werde Bobby nicht heiraten!« Louise ließ die Bombe platzen.

»Du spinnst doch!« Pat konnte nicht glauben, was er hörte.

»Zwischen uns ist alles aus. Pat, ich möchte nicht darüber reden. Jetzt noch nicht. Also frag mich bitte nicht.« Louises Stimme war ernst, sie duldete keinen Widerspruch. Nach einer Weile sagte sie: »Und um eine Sache klarzustellen: Ich habe dir nie auf der Tasche gelegen. Einmal hast du mir ein Kleid spendiert, und dafür bin ich dir wirklich dankbar.«

»Ich weiß, ich weiß! Du und Meg, ihr seid ganz schön unabhängig!«

»Und das, obwohl wir als Quäker erzogen sind.«

Pat war nicht zum Lachen zumute. Er konnte Louises Entscheidung nicht verstehen, doch er kannte seine Schwester gut genug, um zu wissen, dass jetzt nicht der richtige Zeitpunkt für Diskussionen war. Schließlich sagte er: »Die Sache mit Bobby und dir tut mir wirklich Leid, Louise. Wusstest du, dass Jon so etwas wie eine Vorahnung hatte? Er ist ziemlich sensibel, unser Jon.«

»Ach ja? Ich werde später mit ihm reden. Da kommt der Zug! Wo ist Jon überhaupt?« Louise blickte sich suchend um. Jon stand ein Stück entfernt und las die eben erstandene Zeitung. »Jon!«

»Bin schon unterwegs!«

Fauchend kam der Zug zum Stehen. Sie traten einen Schritt zurück und renkten sich auf der Suche nach Meg und Rik fast den Hals aus.

»Da sind sie! Meine Güte, Meg sieht wundervoll aus! Rik natürlich auch. Und wie groß Lindy geworden ist!« Louise griff nach ihrem Taschentuch.

»Wehe, du heulst jetzt! Ich schwöre dir, ich verschwinde, ehe du bis drei zählen kannst!« Patrick biss die Zähne zusammen.

Meg rannte auf ihre Geschwister zu. Mantel und Rock waren rostrot und braun, sie trug einen Pelzkragen, eine Pelzstola und einen hübschen kleinen Hut aus Pelz, der wunderbar mit ihrem roten Haar harmonierte. Sie sieht wie eine wirkliche Dame aus, dachte Louise, nicht mehr wie die kleine Schwester, die sie in Neuschottland zurückgelassen hatte. Weinend fielen die beiden einander um den Hals. Jon und Pat standen verlegen daneben. Auch sie waren gerührt, wollten es aber nicht zeigen.

Rik trat auf sie zu. Die Männer schüttelten sich die Hände. »Schön, Sie wiederzusehen, Kapitän Lindewens«, sagte Pat.

»Sie beide sehen ja wirklich hervorragend aus«, sagte Rik. »Wissen Sie noch, wie wir beide uns das letzte Mal begegnet sind, Pat?«

»Oh ja«, nickte Pat. »Ich lag halb tot in Halifax im Krankenhaus.«

»Kennen Sie noch meine Tochter Lindy?«

»Klar, aber sie ist ein gutes Stück gewachsen.«

Nun begrüßte Meg auch ihre beiden Brüder, während Louise Rik und Lindy umarmte. »Du liebe Zeit, Lindy, du bist ja unglaublich in die Höhe geschossen! Schön, Sie wiederzusehen, Rik. Danke, dass Sie sich um Meg kümmern.«

»Wie bitte?« Lachend drehte Meg sich um. Louise sah Rik

Lindewens so traurig an, als hätte sie soeben festgestellt, welch schrecklichen Fehler sie gemacht hatte. »Ich habe mich um ihn gekümmert, Louise«, sagte Meg hastig. »Sieh mal! Mein Verlobungsring. Ist er nicht wirklich schön?« Sie hielt Louise ihre Hand entgegen.

»Fantastisch!«, sagte Pat. »Du hast aber auch wirklich Glück, einen Mann wie Rik gefunden zu haben.«

Er begegnete Louises stirnrunzelndem Blick und räusperte sich.

»Vielleicht sollten wir hier auf dem Bahnsteig nicht unbedingt Wurzeln schlagen. Jon, könntest du uns eine Droschke besorgen? Wir fahren nach Hause.«

»Meinst du, wir passen alle samt Gepäck in einen Wagen?«

»Dann nimm eben zwei. Und sieh zu, dass der Gepäckträger uns nicht aus den Augen verliert.«

»Du könntest ruhig auch etwas tun, Pat«, brummte Jon.

»Ich übernehme bereits die Trinkgelder«, zischte ihm Pat ins Ohr.

»Hoffentlich ist euer Haus groß genug für uns alle«, sagte Meg, als sie mit Louise und Lindy in der ersten Droschke Platz genommen hatte. Die Männer folgten mit dem Gepäck im zweiten Wagen.

»Es ist winzig«, antwortete Louise. »Aber wir haben alles vorbereitet. Keiner muss ins Hotel. Du schläfst mit Lindy in Pat und Jons Zimmer. Rik, Pat und Jon sind bei Bella untergebracht, einer Bekannten von uns. Sie wohnt nur einen Katzensprung entfernt, genau gegenüber. Essen werden wir natürlich zusammen.«

»Und wo schläft diese Bella?«, fragte Meg mit einem schiefen Lächeln.

»Bei uns im Haus auf der Couch. Ich würde mich nie trauen, sie mit drei schönen Männern allein im Haus zu lassen – sie neigt dazu, sich manchmal ein wenig mannstoll zu gebärden. Aber sonst ist sie nett und ein prima Kerl. Sie ist übrigens Bildhauerin, eine ziemlich gute sogar«.

»Ach, Louise!« Meg drückte den Arm ihrer Schwester. »Wie lange habe ich mich auf diesen Tag gefreut! Wir haben uns unglaublich viel zu erzählen! Außerdem brennen Rik und ich natürlich darauf, endlich deinen Bobby kennen zu lernen.«

Louise wich Megs Blick aus. »Ich möchte, dass du Rik und Lindy erst mal nichts sagst, Meg, aber Bobby und ich werden nicht heiraten. Es ist aus. Sag bitte nichts; ich will unser Treffen nicht verderben. Wir haben uns so lange darauf gefreut! Später, wenn wir allein sind, erzähle ich dir alles.«

Daher also die dunklen Ringe unter Louises Augen, dachte Meg. Sie zog Lindy an sich. »Ist das nicht eine tolle Stadt? Ein ganzes Stück größer als unser verschlafenes Halifax, nicht wahr?«

Verstohlen sah sie zu Louise hinüber. Sie machte sich Sorgen um die große Schwester. Und Louise verstand. Sie konnte sich darauf verlassen, dass Meg ihr auf jeden Fall zur Seite stehen würde.

»Rik und ich haben Lindy versprochen, mit ihr in den Zoo und ins Kindermuseum zu gehen. Ach, Louise, ich kann dir gar nicht sagen, wie gut es mir tut, wieder bei meiner Familie zu sein.«

Später am Abend, als alle schliefen, kroch Meg zu Louise ins Bett und legte ihr die Arme um den Hals. »Jetzt musst du mir alles erzählen, Louise. Warum hast du dein Versprechen Bobby du Pré gegenüber gebrochen?«

Louise seufzte. Sie hatte Angst vor diesem Gespräch, aber sie war auch erleichtert. Endlich durfte sie sich alles von der Seele reden. Sie berichtete, wie ihr Mut sie bei der letzten Hürde verlassen hatte; dass sie nicht nur fürchtete, nie Bobbys Erwartungen entsprechen zu können, sondern auch, dass er sich ihrer eines Tages schämen würde.

»Was für ein Unsinn!«, erwiderte Meg. »Stell dir nur vor, ich hätte das Gleiche von Rik gedacht! Um das, was man haben möchte, muss man nun einmal kämpfen. Liebe ist das stärkste Band zwischen zwei Menschen; sie hilft, über alles andere hinwegzusehen. Natürlich weiß ich, dass meine Beziehung zu Rik anders verlaufen ist als deine zu Bobby. Zum Beispiel hat Rik keine Eltern mehr, die über mich den Stab hätten brechen können. Trotzdem glaube ich, dass du einen riesengroßen Fehler machst. Du bist nervös, und du hast Angst, aber das ist ganz normal vor einer Hochzeit. Ich habe diese Gefühle auch durchgemacht. Bald wird zwischen Bobby und dir alles wieder im Reinen sein, das glaube ich ganz sicher.«

»Nein, Meg. Unsere Trennung ist endgültig.« Louises Stimme klang gepresst.

Obwohl sie ein ungutes Gefühl dabei hatte, wechselte Meg das Thema. »Louise, Rik und ich möchten hier in New York heiraten. Wir denken an eine ruhige Hochzeit im Familienkreis im Gebetshaus der Quäker – so, wie Vater und Mutter es sicher gern gehabt hätten.«

»Meg, das ist ja wundervoll! Wir haben uns fast so etwas gedacht, als ihr euer Kommen angekündigt habt. Herrlich! Jon wird alles für euch in die Wege leiten können.«

»Wieso Jon? Ich dachte, dass Patrick ...«

»Oh, Patrick hat andere Dinge im Kopf. Was nicht heißen soll, dass er sich nicht darüber freut, wenn ihr heiratet.«

»Ich denke, ich weiß, was in unserem Pat vorgeht. Morgen werde ich es definitiv herausfinden!«

»Meg, Patrick hat in Dublin um Suzy Parsons Hand angehalten. Sie kommt nach Amerika, um ihn zu heiraten.«

»Suzy Parsons? Die mit den vorstehenden Zähnen?«

Louise lächelte. »Genau die.«

»Nun, er muss wissen, was er will. Du liebe Zeit, all diese Hochzeiten auf einmal ... ich weiß nicht recht ...« Meg drückte Louises Hand. »Das mit Bobby und dir tut mir schrecklich Leid. Am besten, wir reden erst einmal nicht mehr darüber. Es tut dir sicher noch zu weh. Du darfst nur nie aufhören, auf Gott zu vertrauen. Er allein entscheidet über unser Leben. Was geschehen soll, das geschieht – und wenn es einmal nicht so läuft, wie wir es uns wünschen, so hat Er sicher seine Gründe. So, und jetzt sollten wir zusehen, dass wir noch ein wenig Schlaf bekommen. Wir haben eine anstrengende Woche vor uns.«

Gertie gab Louise einige Tage frei, damit sie sich ganz ihrer Familie widmen konnte. Die Hochzeit von Meg und Rik wurde für den folgenden Donnerstag im Gebetshaus der Quäker festgesetzt. Patrick sollte die Rolle des Brautvaters übernehmen, Louise und Lindy waren die Brautjungfern. Ihre Flitterwochen wollten Meg und Rik in den Catskill Mountains verbringen; Lindy würde während dieser Zeit bei Louise in New York bleiben. Patrick und Rik kamen überein, die Kosten für die Hochzeit zu teilen.

Für den Vorabend der Hochzeit hatten Gertie und Rocky Freikarten für ihre neue Show gestiftet. Anschließend sollte eine große Party stattfinden, weil Louise und Pat just an diesem Tag ihren zwanzigsten Geburtstag feierten.

Als Louise sich bei Gertie für ihre Großzügigkeit bedanken wollte, lachte die Freundin nur. »Du weißt doch, wie sehr Rocky und ich Partys lieben, min Deern! Und eine Hochzeit und zwei Geburtstage – das ist doch wirklich eine Gelegenheit. Und kein Mensch wird uns daran hindern, am Donnerstagmorgen an Megs Hochzeit teilzunehmen! Am Donnerstag findet schließlich keine Matinee statt.«

Louise bemühte sich nach Kräften, nicht an Bobby zu denken. Sie musste ihn ein für alle Mal aus ihrem Kopf verbannen. Die Trennung war ihre Entscheidung gewesen; damit würde sie in Zukunft leben müssen. Und Bobby auch.

Patrick war sehr böse geworden, als sie ihm beichtete, dass sie Bobby den Laufpass gegeben hatte.

»Aus dir wird noch eine alte Jungfer werden! Die Welt hat dir zu Füßen gelegen, aber du musstest sie ja verschmähen! Und das, nachdem die Familie du Pré dich trotz aller sozialen Unterschiede akzeptiert hat!« Louise war in Tränen ausgebrochen. »Ich möchte kein Wort mehr von dir und Bobby du Pré hören. Außerdem lasse ich nicht zu, dass sich eine vertrocknete alte Jungfer in meine Heiratspläne einmischt«, hatte er hinzugefügt, was Louise als ausgesprochen verletzend empfand.

Seither war das Thema nicht mehr angesprochen worden. Alle Familienmitglieder hatten taktvoll geschwiegen.

29. Kapitel

Am Abend des Mittwochs, dem Geburtstag der Zwillinge, fand sich die gesamte Familie in Begleitung von Bella Rosewood in der ersten Reihe von Rocky's Revuetheater ein. Louise hatte Meg versichern müssen, dass die Show auch für Lindy geeignet war. Tatsächlich war es so, dass Gertie sich zunehmend zu einer wirklich guten Schauspielerin mauserte und längst nicht mehr so oft in anrüchigen Klamotten auf der Bühne stand.

»Rückst du bitte noch einen Sitz auf, Louise?«, flüsterte Patrick vernehmlich. »Nicht da, noch einen weiter!«

»Ich will aber neben Meg sitzen!«

»Ich denke, Meg wird zwischen Lindy und Rik sitzen wollen. Lindy braucht aber den mittleren Sitz, sonst sieht sie nichts.«

»Meine Güte, Pat, du bist aber kleinlich!« Louise rückte einen Sitz auf, und Pat legte seinen Mantel auf den frei gewordenen Sessel. Nun saß Louise am Ende der Reihe. »Warum benimmst du dich so merkwürdig, Pat? Immerhin haben wir heute Geburtstag!«

»Na, dann herzlichen Glückwunsch! Und jetzt sei still! Du bist in letzter Zeit ziemlich schwer zu ertragen. Ich weiß nicht, wie Meg und Rik das aushalten – Jon und ich haben jedenfalls Probleme damit. Wir wollen uns hier amüsieren, also gib Ruhe. Pst, die Lichter gehen aus!« Er warf ihr einen warnenden Blick zu und legte den Finger auf die Lippen.

Die Gaslampen wurden abgeschaltet; die Bühnenbeleuchtung ging an. Das Publikum wurde still.

Hinter der Bühne stand Rocky Ricardo mit Mr Solomon, einem Theateragenten, der einen mächtigen gezwirbelten Schnurrbart trug. Beide rauchten Zigarren.

»Sehen Sie sich mein Mädchen an«, sagte Rocky zu Mr Solomon. »Sie hat wirklich Talent. Die Show war vom ersten Tag an ausverkauft. Ich denke, meine Gertie könnte es durchaus am Broadway versuchen, glauben Sie nicht?«

»Wenn sie tatsächlich so gut ist, wie Sie behaupten, ganz bestimmt!«

Das Publikum feierte Gertie mit begeistertem Klatschen. Sie war als Calamity Jane auf die Bühne gekommen.

»Guten Abend allerseits! Wie geht's, wie steht's?«

»Gertie, Gertie, Gertie!«

»Wollt ihr etwa mehr?«

»Gertie, Gertie, Gertie!«

»Könnt ihr haben!« Sie ließ ihre Peitsche knallen und trat an den vorderen Bühnenrand. Ein Mann schlängelte sich durch die Reihen des Publikums. »Hey, Mister, man kommt nicht zu spät, wenn Gertie auf der Bühne steht! Würden Sie sich etwa auch noch hereinschleichen, wenn die Königin von England sich gesetzt hat? Ganz bestimmt nicht!« Wieder ließ sie die Peitsche knallen. Das Publikum tobte.

»Gertie, Gertie, Gertie!«

Louise warf einen Blick auf den verspäteten Zuschauer, und ihr Herz setzte einen Schlag aus.

Gertie ließ erneut die Peitsche knallen und verfehlte Bobbys Ohr nur um Millimeter. Bobby entschuldigte sich, weil er einigen Zuschauern auf die Füße getreten war, und bat Pat, seinen Mantel vom Sitz zu nehmen. Pat folgte der Bitte so freudig, dass Louise den Eindruck nicht loswurde, er habe von Bobbys Auftauchen gewusst. Bobby warf einen Strauß roter Rosen in Louises Schoß. »Herzlichen Glückwunsch, Liebste.« Er setzte sich und winkte Gertie zu. »Danke, dass Sie den Beginn der Show meinetwegen verzögert haben.«

»Keine Ursache, Mister!« Gertie wandte sich an ihr Publikum. »Sie müssen entschuldigen, meine Damen und Herren, aber hier unten, direkt vor meiner Nase, sitzen zwei Hochzeiter und zwei Geburtstagskinder. Darf ich um einen ordentlichen Applaus bitten?«

Das Publikum leistete dem Aufruf nur allzu gern Folge. Unter dem Klatschen und Trampeln der Leute nahm Bobby Louises Hand. »Du glaubst doch nicht etwa, dass ich das alles ernst genommen habe?«, flüsterte er.

Es dauerte eine Weile, bis Louise ihrer Stimme wieder mächtig war. »Du … sie … Pat … haben etwa alle Bescheid gewusst? Auch Gertie? Und keiner hat mir etwas gesagt?«

»So ist es!« Als er sie unterhakte, spürte er, wie sie zitterte. Ihre Hände waren eiskalt. »Mach es dir bequem und genieß die Show, Liebste. Ich gehe nie wieder von dir weg, da kannst du ganz sicher sein.«

Louise legte den Rosenstrauß vor sich auf den Boden. Ein Stück weiter in der Reihe flüsterte Meg Jon zu: »Ich hoffe, Pat weiß, was er da getan hat.«

»Pat weiß immer, was er tut. Er ist ein cleveres Kerlchen – zumindest hält er sich dafür.«

»So, wenn ihr da unten nichts dagegen habt, würde ich jetzt gern mit meiner Show anfangen!« Und Gertie begann mit ihrer ersten Calamity-Jane-Nummer.

»Gertie, Gertie, Gertie!«

Unter dem Applaus des Publikums verschwand Gertie von der Bühne und kam als Tomahawk schwingender Indianerhäuptling mit üppigem Federkopfschmuck zurück.

Dort draußen in dem weiten Land
Wohl dort in der Prärie,
Da traf ein Mädchen wohlbekannt
– dort unten, da sitzt sie –
Auf einen Indianer fein
Im tiefsten Iowa:

Du sollst für mich Dark Sunset sein,
sprach er, das ist doch klar.
Du wirst jetzt unsre Lehrerin,
Wir wollen Englisch lernen.
Auch Briefe schreiben macht viel Sinn,
Das möchten wir sehr gerne.

Das Publikum war außer Rand und Band. »Gertie, Gertie, Gertie!«, brüllten die Leute.

Doch eines Tages wars vorbei
Mit Lesen und mit Schreiben.
Der Indianer sagte frei:
Du kannst bei uns nicht bleiben.
Denn du gehörst nach Halifax
Zu einem schönen Herrn,
Sein Name ist Rik Lindewens,
Und er ist Kapitän.
Adieu, du wunderschöne Maid,
Der Abschied tut uns weh.
Vergiss nie uns Indianer-Leut
Dort an dem Ohr'en See.

Die Zuschauer japsten vor Vergnügen. Lindy war aufgesprungen und klatschte wie wild. »Meg, meint sie etwa dich und Papa?«, wollte sie wissen.

Rik hatte Megs Hand genommen und lachte so sehr, dass ihm die Tränen kamen. »Die gute alte Gertie! Sie hat sich kein bisschen verändert! Ich hoffe, es macht dir nichts aus, Meg?«

»Warum sollte es mir etwas ausmachen? Ich finde sie toll. Sie wird am Broadway einen Riesen-Erfolg haben!«

»Das Programm ist mir völlig unbekannt«, raunte Louise Bobby ins Ohr. »Ich habe nie gehört, dass sie es geprobt hätte.«

»Das kann ich mir denken.«

»Ich fasse es noch immer nicht, dass du heimlich hinter mir herschleichst, Bobby du Pré.«

»Bist du etwa enttäuscht? Oder unglücklich? Vielleicht sogar verärgert?«, fragte er und hob ihre inzwischen viel wärmere Hand an seine Lippen. »Wenn das tatsächlich der Fall sein sollte, verschwinde ich sofort wieder!«

»Wehe dir!«

Hinter der Bühne stand Rocky Ricardo und platzte fast vor Stolz. »Na, habe ich Ihnen nicht gesagt, dass sie gut ist?«

»Nicht übel! Ganz und gar nicht übel! Irgendwie sexy. Eine ganz besondere Stimme. Man spürt sie tief innen. Eben ...«

»Sexy!«, vervollständigte Rocky. Das Wort gefiel ihm.

»Sexy, das ist es«, nickte Mr Solomon. »Ich bin sicher, wir werden uns schnell einig. Ich nehme sie unter Vertrag, allerdings muss sie unbedingt ihren Namen ändern. Polowski, Müller, das klingt irgendwie ... irgendwie ...«

»Nicht sexy?«, schlug Rocky vor.

»Sie haben es erfasst!«

»Was halten Sie von ›Gerina Gerina‹?«

»Großartig! ›Gerina Gerina‹ ...« Jethro Solomon streckte einen Arm aus und machte eine ausholende Geste. »Ich sehe schon die Leuchtreklame vor mir: ›Gerina Gerina‹. Hey, Rocky-Boy, das klingt wirklich sexy!«

Mr Solomon und Rocky schüttelten sich die Hände.

Broadway! Gertie würde vor Freude einen Purzelbaum schlagen, dachte Rocky. Er wartete darauf, dass sie von der Bühne kam, um sich umzuziehen. In der Zwischenzeit würde ein Zauberkünstler das Publikum bei Laune halten.

Obwohl Louise die Show bis auf die Improvisation über Meg und Rik bereits kannte, verging ihr die Zeit wie im Flug. Aber war es nicht immer so, wenn man glücklich war? Louise hatte den Eindruck, noch nie im Leben so glücklich gewesen zu sein. Bobby saß neben ihr und hielt ihre Hand ganz fest in der seinen, als wolle er sie nie wieder loslassen. Sie hatte zum Geburtstag zwanzig rote

Rosen bekommen, und ihre ganze Familie war bei ihr. Es war ein Abend voller strahlender Sterne.

Für ihre letzte Nummer hatte Gertie eine Marine-Uniform angelegt.

»Ich danke Ihnen, meine Damen und Herren. Meinen letzten Song möchte ich meiner besten Freundin Louise Duigan widmen, die ebenfalls hier vorn in der ersten Reihe sitzt. Neben ihr sitzt der Mann, mit dem sie sich demnächst verlobt. Er heißt Bobby du Pré. Louise hat es ihm ganz schön schwer gemacht, sich selbst aber auch. Aber so lassen wir sie nicht davonkommen, Leute! Ich freue mich schließlich schon wer weiß wie lang auf eine gediegene Hochzeit auf dem Capitol Hill. Und deshalb füttern wir die Gerüchteküche von Washington einfach mit ein paar Wahrheiten über eine süße kleine Irin, die den Präsidenten und die First Lady um den kleinen Finger gewickelt hat. Amerika liebt dieses Mädchen! Meine Damen und Herren, darf ich Ihnen Miss Louise Duigan vorstellen …«

Die Ränge erzitterten unter dem Applaus für die Dame in der ersten Reihe. Zunächst war Louise zu schüchtern, um aufzustehen, doch schließlich ging es nicht mehr anders – sie musste ihre Ovation entgegennehmen. Mit hochroten Wangen drehte sie sich zum Publikum um.

»Ich danke Ihnen allen«, sagte sie so leise, dass die meisten es nicht hören konnten. Hastig setzte sie sich wieder.

»Was ist?«, rief Gertie von der Bühne. »Sind wir gute Republikaner, oder nicht?«

»Ja, ja, ja, Gertie!«

»Republikaner oder was?« Sie hielt die Hand wie eine Muschel ans Ohr und sah das Publikum an.

»Republikaner, Gertie!«

»Gut gemacht, Leute! Dann sollten wir es diesem feinen Herrn Randolph Hearst mit seiner demokratischen Klatschpresse aber zeigen! Bobby und Louise, ich gebe euch meine republikanische Stimme!«

Louella Fripps betrat die Bühne in einem altmodischen Krinolinenkleid aus der Zeit des Bürgerkriegs, das bei jedem Schritt aufreizend wippte. Sie hatte einen Fächer in der Hand und machte dem Seemann schöne Augen.

»Was wird das denn?«, stöhnte Louise, der schnell klar wurde, dass noch etwas folgen würde.

Gertie und Louella begannen zu singen.

Louise, meine Schöne,
Komm her und hör mich an.
Ich sing dir hübsche Töne,
Weil ich dich so gut leiden kann.

Ich liege dir zu Füßen
Und steht auch Kuba Kopf.
Die andren Damen büßen,
Amelia, Amelia, das ist ein alter Zopf!

Ich will nicht weiterziehen,
Ich will alleine dich!
Drum bitt ich dich auf Knien:
Louise, Louise, komm her und heirat' mich!

Louise wäre am liebsten im Erdboden versunken. Das würde Gertie ihr büßen!

»Gute Nacht, hochverehrtes Publikum!«, rief Gertie. »Sie waren das tollste Publikum, das ich je hatte! Möge der Regen höchstens auf eure Köpfe fallen, nie aber in euren Herzen!« Sie verbeugte sich und verschwand hinter dem Vorhang.

Nur langsam wagte sich Louise hinter ihren vor das Gesicht geschlagenen Händen hervor.

»Sie hat den Nagel aber wirklich auf den Kopf getroffen, findest du nicht, Süße?« Bobby grinste.

»Es war gemein! Vor allem Louella. Habe ich dich je so mit den Wimpern angeklimpert? Sie waren … sie waren …«

»Sie waren genial! Und außerdem bin ich ihr unendlich dankbar, dass sie uns wieder zusammengebracht hat. Pat hatte natürlich auch seine Finger im Spiel – ganz zu schweigen von mir. Uns war nicht unbedingt wohl bei der Sache; du legst manchmal einen ganz schönen Killerinstinkt an den Tag!«

»Entschuldige, Bobby. Aber ich hatte Angst – nicht vor dir, sondern vor mir selbst. Und jetzt auf zur Party! Du ahnst gar nicht, wie froh ich bin, dass du da bist. Ich liebe dich! Wie gut, dass du mich nicht ernst genommen hast.« Louise schmiegte sich in seine Arme.

»Das finde ich auch, du widerspenstige Irin, du!«

Patrick stellte Bobby die restliche Familie vor. Gemeinsam gingen sie nach unten in Gerties Garderobe, wo Rocky und Mr Solomon bereits die Champagnerkorken knallen ließen.

»Ein herrlicher Abend für eine ordentliche Party!«, rief Rocky. »Ein Hoch auf unsere Geburtstagskinder, unsere hübschen Bräute und die noch glücklicheren Bräutigame! Leute, ihr habt mich heute auf eine Idee gebracht! Schon seit einiger Zeit wollte ich den rostigen Schraubendampfer da drüben fragen, wie es denn so mit Heiraten aussähe. Gertie, nimmst du mich, ehe du mit Mr Solomon an den Broadway abhaust?«

»Wie bitte? Was hast du da gerade gesagt, du hässliche Kröte?« Gertie wirbelte zu ihm herum.

»Entschuldige. Das mit dem Schraubendampfer habe ich nicht so gemeint!«

»Nein, das andere. Das über Mr Solomon.«

»Ach so. Nun, du bekommst einen Vertrag für das Palace Hall.«

»Am Broadway? Am richtigen, echten Broadway?«

»Klar, Schnuckelchen. Mit einer großen Leuchtreklame. Da wird allerdings nicht mehr Gertrude Müller draufstehen, sondern ›Gerina Gerina‹. Capito?«

»Capito!« Völlig perplex ließ sich Gertie auf ihr Sofa fallen. Sie schien sogar zu übersehen, dass Bella Rosewood Rocky nach allen Regeln der Kunst umgarnte. »Louise, min Deern, bringst du mir bitte eine Kampfer-Kompresse? Meine Stimme lässt mich im Stich …« Plötzlich besann sie sich. »Mist! Louella, hol du sie! Ja, du, Lütte! Und hör auf, Patrick schöne Augen zu machen, er ist schon vergeben. Unsere Louise ist jetzt was Besseres; sie gehört demnächst der High Society von Washington an.« Auch hinter der Bühne konnte Gertie das Schauspielern nicht lassen.

Doch Louise bestand darauf, zum letzten Mal selbst Hand anzulegen. Sie nahm die Kompresse, tauchte sie in Kampfer-Öl und übergoss sie mit kochendem Wasser. Alle Anwesenden mussten husten. »Ich habe mit Gertie noch ein Hühnchen zu rupfen …«

Doch dann besann sie sich eines Besseren. »Ich wollte ein paar Worte sagen.«

»Ach, bitte, Schatz«, protestierte Bobby, »ich bin dagegen, dass du wie Kitty wirst und große Reden schwingst. Dazu hast du bei den Audubon-Kränzchen immer noch Gelegenheit genug.«

»Recht hat er!«, stimmte Patrick zu.

»Bobby, Liebster, jetzt sei mal still. Und du auch, Patrick. Ich werde mich jetzt auf meine Zukunft vorbereiten.«

»Bis du mal wieder deine Meinung änderst? War nur ein Scherz!«

»Bobby, so etwas tue ich nie wieder. So, und jetzt lasst mich endlich zu Wort kommen. Ich schulde Gertie eine ordentliche Kündigung.«

»Entschuldigen Sie, Bobby, aber ich fürchte, mein Schwesterherz hat zu tief ins Champagnerglas geschaut«, sagte Patrick mit resigniertem Schulterzucken.

»Meine sehr verehrten Damen und Herren, erheben wir unser Glas auf Miss Gertrud Müller, auf eine wunderbare Vorstellung und auf ihren künftigen Erfolg am Broadway«, sagte Louise.

»Hey, min Deern, wenn ich meinen herzallerliebsten Rocky richtig verstanden habe, heiße ich in Zukunft ›Gerina Gerina‹.«

»Geronimo«, unkte Pat und hob sein Glas.

»Mist«, raunte Rocky Mr Solomon zu, »diese Indianerhäuptlinge mischen wirklich überall mit. Ich fürchte, wir müssen uns einen neuen Namen für sie ausdenken.«

Meg trat vor. »Ich finde ›Gerina Gerina‹ einen schönen Namen für Gertie. Übersetzt heißt es so viel wie ›Langes Leben, Erfolg und Glück‹. Ich bin sicher, der Apachenhäuptling Geronimo hätte nichts dagegen, wenn Gertie nach ihm benannt wird.«

»Jawohl!«, stimmten alle zu und hoben ihr Glas.

»Und ganz besonders nach einem derart gelungenen Abend. Du bist einfach toll, Gertie – Gerina Gerina.« Meg drückte Gertie einen dicken Kuss auf die Wange.

Man brachte einen Toast auf Gertie aus, die vor Rührung und Halsschmerzen keinen Ton herausbekam. Stumm griff sie nach ihrer Spezialmedizin und kippte einen Brandy hinunter.

»Verdammt, Lütte, gleich muss ich heulen«, stieß sie schließlich hervor. »Dabei heult Gertie Polowski nie! Außer vielleicht um meine beiden ganz besonderen Deerns aus Halifax.«

»Oh, nein!«, protestierten Louise und Meg.

»Seit wann sind wir überhaupt *deine* Mädels, Gertie?«, fragte Meg lachend. »Ich kann mich nicht erinnern, dass wir je dem Red Leather Gloves beigetreten sind!«

»Bobby, Rik, schenkt dieser verrückten Gertie bloß keine Beachtung!«, protestierte Louise. »Natürlich war ich ab und zu im Red Leather Gloves, aber nur um mich an Gerties Schulter auszuweinen. Und Gertie, wenn du jetzt nicht den Mund hältst, dann stopfe ich ihn dir höchstpersönlich mit deiner Kampfer-Kompresse!«

»Junge, Junge«, kicherte Bobby, »warte nur, bis die Audubon-Damen davon Wind bekommen!«

»Was hast du mir sonst noch verschwiegen, Meg?«, erkundigte sich Rik mit verräterisch zuckendem Bart.

»Kommt einmal her, ihr beiden!« Gertie zog Meg und Louise zu sich auf die Couch. »Und ihr, meine Herren Verlobten, Brüder und wer sonst noch alles was zu melden hat – entspannt euch! Diese beiden Mädchen hier sind so rein wie frisch gefallener

Schnee. Ich muss es wissen, denn ich habe in ihren schwersten Stunden sozusagen die Mutterstelle an ihnen vertreten. Ich wünsche euch beiden alles Glück der Welt! Aber ich glaube, das habt ihr euch schon selbst an Land gezogen. Diese beiden Herren hier, Bobby und Rik, sind prima Kerle – genau wie eure Brüder. Und ganz ehrlich: Wenn ich nicht so auf diesen alten Gorilla Rocky abfahren würde, könnte ich mir durchaus vorstellen, Patrick schöne Augen zu machen, obwohl er in festen Händen ist. Leute, das ist mein Schwanengesang in diesem Theater! Eigentlich wünsche ich mir nur noch, dass unser lieber Jon ebenfalls gut unter die Haube kommt.«

Patrick brachte einen Toast auf Gerties Erfolg aus; anschließend trank man auf Meg und Rik, die am folgenden Tag heiraten würden, sowie auf Louise und Bobby, die in einigen Wochen offiziell ihre Verlobung bekannt geben würden.

Danach war Jon an der Reihe. Er hob sein Limonadenglas – als guter Quäker rührte er keinen Alkohol an – auf den zwanzigsten Geburtstag von Patrick und Louise und dann auf Patrick und Suzy Parsons, die schon sehr bald nach Amerika kommen würde, um Pat zu heiraten. »Möge Suzy Parsons' Reise weniger riskant verlaufen als unsere!«, fügte er hinzu.

Darauf stießen alle an.

Patrick, Louise, Jon und Meg, die sich bei diesem Trinkspruch ihres eigenen schwierigen Starts im Land der unbegrenzten Möglichkeiten erinnerten, sprachen gemeinsam ein kurzes Gebet. »Herr, wir gedenken unseres Vaters, unserer Mutter und unserer Tante Eliza, die heute bei uns wäre, wenn du nicht anders entschieden hättest«, sagte Jon mit rauer Stimme.

Rik erhob sein Glas. »Ich trinke auf die Mutigste von allen«, erklärte er, ohne Meg eine Sekunde aus den Augen zu lassen.

Nur Bobby sagte nichts. Er fühlte mit dieser kleinen irischen Familie, die so vieles hatte durchmachen müssen, ehe sie in Amerika akzeptiert wurde. Doch die Tatsache, dass er wenigstens manchmal hatte helfen können und dass er mit Louise die schönste Belohnung für seine Mühe bekommen hatte, tröstete ihn.

Diese beiden jungen, hübschen Irinnen, Louise und Meg, gehörten wie seine Schwester Kitty einer neuen Generation von Frauen an. Es waren bewundernswerte Frauen. Frauen von unabhängigem Geist, die aber trotzdem Wärme, Verständnis und Mitgefühl ausstrahlten. Frauen, die für ihre Männer, ihre Familien, ihr Land, aber auch für die Unterdrückten und Rechtlosen einstehen und kämpfen würden. Frauen, die sich nicht länger dem ungerechten Denken einiger Männer unterwarfen, die behaupteten, das weibliche wäre das schwache Geschlecht. Frauen, die so tatkräftig und entschlossen waren wie Männer, aber dennoch feminin und graziös blieben. Frauen, die eine großartige, heldenhafte, friedliche, aber durchaus nicht passive Kraft ausstrahlten. Frauen, die über mehr Macht verfügten als eine aus Männern bestehende, auf Bomben und Blutvergießen bauende Armee je erringen konnte. Bobby war stolz, diese Frauen zu kennen, und wusste, dass er mit einer solchen Frau glücklich werden konnte.

»Ich liebe dich von ganzem Herzen«, flüsterte er Louise zu. »Das darfst du nie im Leben vergessen.«

Louise hatte das Gefühl, dass die vielen losen Enden ihres Lebens endlich zusammengefügt worden waren. Sie hatte darum gebetet und sich redlich bemüht, auch in schwierigen Zeiten den Glauben an Gott nicht zu verlieren. Denn darum ging es letztendlich im Leben – um Liebe, Familie und den Glauben.

Allmählich begann Louise sich Sorgen um die vorgerückte Stunde zu machen. Vor allem Lindy gehörte ins Bett, obwohl sie sich sehr fröhlich mit dem jüngsten Mitglied des Theater-Ensembles, einem jungen, irisch aussehenden Burschen, der Buffalo Bills Sohn hätte sein können, unterhielt. Es war höchste Zeit, nach Hause zu gehen. Am nächsten Morgen würde die Hochzeit stattfinden, und Meg und Rik sollten nicht schon vor der Feier müde sein.

Louise bat Joe, Droschken zu besorgen. Joe nahm den ewigen

Zahnstocher aus dem Mund. »Mach ich doch gern. Ich werde dich ganz schön vermissen, Louise! Wenn ich jetzt auch noch etwas sagen dürfte, meine Damen und Herren: Louise Duigan hat von uns allen am härtesten gearbeitet. Sie hat den Laden in Ordnung gehalten, tolle Kostüme genäht und darauf geachtet, dass alles zur rechten Zeit am rechten Ort war. Also, Louise, der alte Joe wird dich bestimmt nie vergessen. Wenn du erst gut mit Mr du Pré verheiratet bist, wirst du sicher schon bald nicht mehr an deine ehemaligen Kollegen vom Theater denken. Aber ich für meinen Teil, ich werde mich mein Leben lang an die kleine Irin mit den betörenden Augen erinnern, die sich mit einem ›Nein‹ grundsätzlich nicht abspeisen ließ.«

»Danke schön, Joe.« Louise drückte einen Kuss auf die gelbliche, pergamentartige Wange, die nur selten dem Tageslicht ausgesetzt wurde. »Aber ich vergesse euch alle bestimmt nicht. Wir hatten so viel Spaß miteinander! Ich vermisse euch jetzt schon!«

Mit zitternden Lippen klammerte sie sich an Bobbys Arm und kämpfte gegen die Rührung an. Patrick würde sich bestimmt über sie lustig machen, wenn sie jetzt schon wieder heulte! Also nahm sie sich zusammen und lächelte unter Tränen.

»Werde glücklich, Louise. Du verdienst es!« Joe steckte den Zahnstocher wieder in den Mund und schlurfte davon, die Droschken zu rufen.

Noch nie, seit er Türsteher bei Rocky war, hatte er einen so schönen Abend verlebt. Er hatte sich amüsiert, und das, obwohl nun auch noch Miss Gertie gehen würde! Aber jetzt überkam ihn doch ein wenig Selbstmitleid. Er wurde alt, und er hatte keine Familie. Seine Familie war das Theater. Immer noch besser als gar nichts! Joe war alt genug, um zu wissen, dass Leben bedeutete, sich weiterzubewegen – obwohl er dieses Wissen niemals für sich umgesetzt hatte. Doch die jungen Leute – Gott schütze sie – hatten eine Zukunft, auf die sie sich freuen durften.

30. Kapitel

Meg und Rik heirateten in einer ruhigen, anspruchslosen Zeremonie im Gebetshaus der Quäker. Sie sprachen das Eheversprechen, tauschten die Ringe und trugen sich ins Kirchenbuch ein. Es gab keine Musik; der Gottesdienst war einfach, aber feierlich. Genauso hatte Meg sich ihre Hochzeit vorgestellt.

Die Braut trug das bei Quäkern übliche schwarze Kleid mit Haube. In der Hand hielt sie einen Strauß rosa Rosen. Auch Lindy und Louise, die beiden Brautjungfern, trugen die schwarze Quäker-Kleidung. Der Bräutigam war in seiner Kapitänsuniform erschienen, die ihm ausgezeichnet zu Gesicht stand. Patrick hatte die Funktion des Brautvaters übernommen, Bobby stand Rik als Trauzeuge zur Seite.

Im Anschluss an die Zeremonie fand im Gemeindehaus der Quäker ein kleiner Empfang statt. Man reichte ein einfaches Frühstück, bei dem es keinen Alkohol gab; wer Durst hatte, musste mit Wasser vorlieb nehmen. Ebenso wurde auf die sonst üblichen langen Reden verzichtet, was Bobby ungemein genoss. Wen »der Geist überkam«, stand einfach auf und sagte einige Worte. Patricks schlichte Glückwünsche waren die längste Rede des Tages. Zum Abschluss sprach Jon ein Dankgebet, wie sein Vater es getan hätte.

Gertie und Rocky kehrten ins Theater zurück, Bella zu ihren Skulpturen, und die Familie begleitete Meg und Rik zum Bahnhof, um sie in die Flitterwochen zu verabschieden. Als das Hochzeitspaar in den Zug einstieg, holten Louise und Lindy zwei kleine Beutel mit Reis hervor und bewarfen das frisch gebackene Ehepaar, bis Meg lachend protestierte: »Lasst es gut sein, sonst habe ich die ganze Woche damit zu tun, Körner aus irgendwelchen Ritzen zu klauben.«

»Bis nächste Woche!« Sie winkten und warfen einander Kusshände zu.

»Ich will mitfahren!« Bis zu diesem Augenblick war Lindy tapfer gewesen. Doch jetzt zitterte das Kinn der Kleinen; ihre Augen glänzten verräterisch. Auf keinen Fall durften Meg und Rik Zeugen werden, wie Lindy in Tränen ausbrach, dachte Louise. Sie hätten sie wahrscheinlich wider besseres Wissen doch noch mitgenommen; das aber wäre das Ende der Zweisamkeit ihrer Flitterwochen gewesen. Meg und Rik aber sollten wenigstens dieses eine Mal Zeit für sich allein haben. Louise nahm Lindys Hand. »So, und jetzt suchen wir uns eine tolle Eisdiele. Du magst doch sicher ein Eis, oder?«

»Ich glaube schon«, erwiderte Lindy zögernd.

»Ganz bestimmt! Ich jedenfalls möchte jetzt gern eins essen.« Louise legte Lindy den Arm um die Schulter. »Bobby, wo sollen wir denn morgen mit Lindy hingehen? Im Zoo war sie schon, und ... genau genommen hat sie schon alles gesehen! Hättest du vielleicht einen Vorschlag?«

»Wie wäre es mit dem Kinetoskop?«

Eine geniale Idee! Louise hätte ihn küssen können.

Sofort leuchteten Lindys Augen auf. »Au ja! Ich war noch nie im Kin... Kine...«

»Kinetoskop«, half Louise. »Aber jetzt machen wir uns erst einmal auf die Suche nach einer Eisdiele.«

Pat verabschiedete sich. »Ich muss zur Arbeit. Das Geschäft geht leider nicht von allein. Jon, kommst du mit?«

»Könnte ich tun.« Er fühlte sich nach der Aufregung der vergangenen Tage ein wenig erschöpft. Nun war Meg verheiratet, in einigen Wochen würde Louise folgen, und auch Pat trug sich mit Heiratsplänen. Bald würde er allein sein. Jon änderte seine

Meinung. »Wenn es dir nichts ausmacht, Pat, würde ich lieber zurück zum Gemeindesaal gehen. Ich möchte mit Bruder Bono sprechen.« Bruder Bono war einer der Kirchenältesten.

»Wie du möchtest, Jon.« Patrick entfernte sich in eine Richtung, Jon in die andere. Louise und Bobby blieben mit Lindy zurück.

Zunächst vertilgten sie eine Riesenportion Erdbeereis. Dann planten sie den Ablauf des nächsten Tages. Bobby versprach, Louise und Lindy abzuholen und mit ihnen zum Kinetoskop zu gehen.

»Du brauchst nicht eigens ins Village zu kommen, Bobby. Lindy und ich können dich im Hotel abholen.« In einem unbeobachteten Moment fragte Louise: »Wenn wir Lindy nicht den Kinetoskop versprochen hätten, wärst du dann heute nach Washington zurückgefahren?«

»Wahrscheinlich«, lächelte er. »Auf meinem Schreibtisch liegt ein Haufen Arbeit.« Er ließ seinen Blick über ihre Gestalt gleiten. »Wirst du dich auch bestimmt nicht wieder anders entscheiden, wenn ich fort bin?«

»Ganz bestimmt nicht, Bobby. Ich verspreche es.«

»Schon vergessen. Obwohl ich beinahe einen Herzanfall erlitten hätte! Wenn Meg und Rik aus den Flitterwochen zurück sind, möchte ich euch alle einmal auf das Gelb-Banner Gut einladen.« Sanft strich er Lindy über das blonde Haar. »Für dich suchen wir das kleinste und bravste Pferdchen aus.«

Lindy nickte. Sie hatte einen rosa Eiskrem-Schnurrbart. »Das wäre wirklich nett. Auf Starlight kann man nämlich nicht reiten. Nicht einmal Argos schafft das. Sie ist viel zu wild.«

»Ich habe auch noch so einiges zu besorgen«, sagte Louise zu Bobby. »Ich muss Einkäufe machen, und …«

»… noch mehr Einkäufe machen!« Bobby grinste. Dank seiner Mutter und als einziger Bruder mit drei älteren Schwestern kannte er die Einkaufsgewohnheiten von Frauen nur allzu gut. Nur Kitty bildete da eine Ausnahme; sie fühlte sich in alten Klamotten und barfuß am wohlsten.

»Jetzt habe ich alle Zeit der Welt zum Einkaufen«, sagte Louise nachdenklich. »Ich glaube schon, dass ich Rocky's Revue vermissen werde. Es ist ein komisches Gefühl, nicht mehr arbeiten zu gehen!« Sie lächelte ihn an. »Du kannst von Glück sagen, dass du in den nächsten vierzehn Tagen genug zu tun hast. Ich hätte dich nämlich sonst vermutlich durch sämtliche Läden geschleppt.«

»Das wäre eine wirklich verführerische Erfahrung für mich gewesen«, gab er ehrlich zurück. »Ich glaube, es würde mir großes Vergnügen bereiten, dir beim Anprobieren von …« Sein Blick traf Louises Augen, die Alarmsignale in Lindys Richtung sandten. »… Hüten zuzusehen«, vollendete er seinen Satz mit einem charmanten Lausbuben-Lächeln. »Und was fangen wir jetzt mit dem restlichen Tag an?« Er warf einen Blick auf die Uhr. Auch bei ihm machte sich nach der Hektik der vergangenen Tage allmählich eine gewisse Ermüdung breit. »Ich habe eine Idee! Wie wäre es mit einem Spaziergang im Central Park und anschließender Kutschfahrt? Und heute Abend wäre ich hoch erfreut, wenn zwei gewisse junge Damen mit mir in meinem Hotel dinieren würden.«

»Au ja!« Lindy sprang mit einem Satz auf die Füße.

»Nun, dann sollten wir aufbrechen, ehe es dunkel wird.« Er half Louise in den Mantel.

Er hat ein Händchen für Kinder, dachte Louise. Aber das war völlig normal. Schließlich konnte er bei einer Menge Neffen und Nichten Erfahrung sammeln. Sie lächelte in sich hinein.

»Was soll dieses hinterhältige Lächeln bedeuten?«, raunte er ihr ins Ohr. »Habe ich etwa einen Eiskrem-Schnurrbart?« Lindy war fröhlich vorausgesprungen.

»Ach, weißt du, ich habe nur gerade daran gedacht, was für einen hervorragenden Vater du abgeben würdest.«

»Ja, prima. Damit hätte ich also diesbezüglich bereits dein Einverständnis, meine Süße!«

»Ich glaube, ich hätte gern einen ganzen Haufen Kinder.«

»Irgendwie scheinen sich unsere Gedanken zu ähneln.« Er legte seinen Arm um ihre schmale Taille und kitzelte sie.

»Hey, Bobby, Schluss damit!« Kichernd wand sie sich aus seinem Griff, den sie in trauter Zweisamkeit sicher genossen hätte. »Benimm dich! Schließlich haben wir Lindy dabei!«

»Aber sie ist ein ganzes Stück vor uns!«, protestierte Bobby, hob aber ergeben die Hände. Natürlich war ihm klar, dass man in der Öffentlichkeit gewisse Benimmregeln einzuhalten hatte, auch wenn es manchmal schwer fiel.

Sie machten eine herrliche Kutschfahrt durch den nachmittäglichen Central Park. Lindy erfreute sich vor allem an dem mit Glöckchen geschmückten Pferd. Anschließend gingen sie ins nahe gelegene Plaza Hotel, um mit Bobby zu Abend zu essen.

Das Plaza war ein ehrwürdiges achtstöckiges Gebäude mit Giebeln und Türmchen; vierhundert Zimmer überblickten die Grand Army Plaza. Der Aufzug fesselte Lindys Aufmerksamkeit. Hätte man ihr erlaubt, den Fahrstuhl selbst zu bedienen, wäre sie wahrscheinlich überhaupt nicht mehr ausgestiegen. Um ihr eine Freude zu machen, ließ der Liftboy sie einmal bis ganz nach oben und einmal bis ganz nach unten fahren, ehe er den Aufzug im vierten Stock anhielt, wo Bobby eine Suite gemietet hatte.

Louise und Lindy machten sich in einem prachtvollen, ganz in Marmor gehaltenen Bad frisch. Mit einem warmen, ein wenig fremden Gefühl in der Herzgegend registrierte Louise Bobbys persönliche Toilettenartikel: Rasierer, Zahnbürste, Morgenmantel. Lindy fand Gefallen an den glänzenden Messingarmaturen und erkundigte sich dann neugierig nach dem »merkwürdigen Ding« in der Ecke.

»Das ist eine Dusche«, erklärte Louise.

»Wozu braucht man so etwas?«

»Wenn man kein Bad nehmen möchte, kann man sich unter der Dusche waschen. Es geht schneller und verbraucht vermutlich weniger Wasser«, sagte Louise, während sie sich neu frisierte und dabei ihr Spiegelbild in einem goldgerahmten Spiegel betrachtete. Sie selbst hatte auch noch nie eine Dusche benutzt.

»Ist es so ähnlich, als würde man draußen im Regen stehen?«

»Ich glaube schon. Aber natürlich viel wärmer.«

»Dürfte ich vielleicht einmal duschen? Jetzt?«

Louise sah das kleine Mädchen an und musste lächeln. Obwohl Lindy nicht mit Meg verwandt war, erinnerte sie Louise in vielen Dingen an ihre Schwester. Auch Meg hätte den Wunsch geäußert, etwas Neues sofort auszuprobieren. Aber waren sie als Kinder nicht alle ein wenig wie Lindy gewesen? Abenteuerlustig, neugierig und stets darauf bedacht, nur ja nichts zu verpassen?

»Nicht jetzt, Liebes«, antwortete sie. »Wir dürfen Bobby nicht so lange warten lassen. Bist du fertig? Dann lass uns gehen.«

Nach dem Hochzeits-Frühstück am Morgen und dem Erdbeereis am Nachmittag war Louise noch nicht wieder hungrig – hinzu kam eine gewisse nervöse Erregtheit, die vermutlich Bobbys Anwesenheit zuzuschreiben war. Trotzdem hätte sie sich freudig über ein Zwölf-Gänge-Menü hergemacht, wenn sie dadurch mehr Zeit in Bobbys Gesellschaft verbringen durfte.

Obwohl sie sich die leichtesten Gerichte bestellte – eine Brühe als Vorspeise, anschließend Lachs mit Salat und zum Nachtisch einen kleinen Obstsalat –, hatte sie nach dem Essen das Gefühl, platzen zu müssen.

Bobby und Lindy ließen es sich schmecken, wobei die zierliche, kleine Lindy es an Appetit durchaus mit Bobby aufnehmen konnte.

Nach dem Essen setzten sie sich in die prächtige Kaffee-Bar des Plaza. Bobby bestellte zwei Tassen Kaffee, einen Cognac für sich und eine Limonade für Lindy.

Ein Page in gelb-schwarzer Uniform trat mit einem Silbertablett auf sie zu, auf dem eine Nachricht lag. »Mr Robert du Pré?«

»Ja, bitte?«

»Ein Telegramm, Sir.«

Louise musste ihre Kaffeetasse absetzen, weil ihre Hand zu zittern begann. Alle Farbe wich aus ihrem Gesicht. Nach ihrer Erfahrung waren es immer unangenehme Nachrichten, die mit einem Telegramm zugestellt wurden. Louise sandte ein Stoßgebet zum Himmel, dass Meg und Rik nichts passiert war und sie den Ort, wo sie ihre Flitterwochen verbringen wollten, ohne Zwischenfälle erreicht hatten. Dann betete sie, dass es keine Probleme in Bobbys Familie gab, die vielleicht ihre Hochzeitspläne durchkreuzen könnten. Wie betäubt sah sie zu, wie Bobby den Umschlag entgegennahm, ihn aufriss, das Telegramm las, dem Pagen ein Trinkgeld gab und ihm bedeutete, dass er nicht auf eine Antwort zu warten brauchte.

»Tut mir Leid, Louise«, hörte sie ihn wie aus weiter Ferne sagen, »ich muss sofort zurück nach Washington. Wegen morgen ist es natürlich schade, aber ich werde Lindy ein anderes Mal entschädigen. Versprochen!«

»Was ist denn los, Bobby? Ist etwas mit Meg und Rik? Oder mit deinen Eltern? Sag es mir bitte!«

»Es geht um George Saxton ...« Bobby warf einen Blick auf Lindy, die ihr Limonadenglas auf halber Höhe hielt und ihn wie gebannt anstarrte. »Lindy, ich muss kurz mit Louise sprechen. Bleib bitte hier sitzen und trink deine Limonade aus. Wir sind da drüben. Und rühr dich nicht vom Fleck – versprichst du mir das?«

Die Kleine nickte. »Aber bleibt nicht zu lange weg.«

»Es dauert nur eine Minute!« Er nahm Louises Arm und führte sie ein Stück zur Seite, wo sie ungestört reden und gleichzeitig Lindy im Auge behalten konnten. »George Saxton ist ermordet worden, Louise.«

»Oh, nein!« Unwillkürlich griff sie sich an Herz. Und noch ehe sie die Tragweite des Unglücks wirklich begriffen hatte, wandten sich ihre Gedanken der Frau des Präsidenten zu. »Die arme Mrs McKinley! Wie furchtbar für sie.«

»Deshalb muss ich auch sofort abreisen. Der Präsident und die First Lady sind bereits auf dem Weg nach Canton. Mehr weiß ich auch nicht. Es tut mir so Leid wegen morgen!«

»Du liebe Zeit, Bobby, darum brauchst du dir wirklich keine Gedanken zu machen. Weiß man schon, wer es war und warum?«

»Ed hat nur geschrieben, dass George Saxton ermordet wurde

und ich sofort zurückkommen soll. Ach, Liebste, sieh doch nicht so besorgt drein!« Er streichelte tröstend über ihre Wange. »Unsere Verlobungsfeier findet auf jeden Fall statt, und ich werde da sein. Ich sollte wohl auch dabei sein, denn ohne Bräutigam wäre es eine merkwürdige Verlobung, findest du nicht?« Er gab sich Mühe, eine lockere Atmosphäre zu schaffen.

»Ach, Bobby, die arme Mrs McKinley! Sie hat ohnehin schon so schwache Nerven – diesen Schlag wird sie nicht verkraften. Da wird ihr eigener Bruder umgebracht. Ich kann es kaum fassen. Mein Gott, ich denke dauernd daran, wie nah mir meine eigenen Brüder stehen! Was für ein Gefühl muss es sein, wenn der leibliche Bruder ermordet wird?«

»Wirklich schrecklich.« Bobby hielt ihre Hände ganz fest. »Louise, mein Liebling, unser Leben wird bestimmt nicht für immer von diesem Hin und Her, diesem Kommen und Gehen geprägt sein …«

»Oh, doch, Bobby.« Louise lächelte ihn warm und verständnisvoll an. »Menschen in deiner Position haben viele Verpflichtungen. Je höher man auf der Leiter der Macht steht, desto unbarmherziger wird man gefordert, das habe ich in meiner Zeit bei den McKinleys gelernt. So lange du jedoch jedes Mal zu mir zurückkommst, kann ich es ertragen. Sollen Lindy und ich dir beim Packen helfen?«

»Herzlich gern, Liebste.«

Doch zunächst musste Louise Lindy erklären, dass Bobby noch am selben Abend abreisen würde und sie nicht am nächsten Tag zum Kinetoskop begleiten könne.

»Aber er hat es uns versprochen, Louise!«

»Ich weiß, Liebes. Leider ist es nun einmal so, dass Erwachsene manchmal etwas versprechen, was sie dann doch nicht halten können. Bobby ist ein viel beschäftigter Mann, und der Präsident braucht ihn dringend, weil etwas sehr Trauriges und Wichtiges geschehen ist. Aber wir beide gehen natürlich trotzdem morgen zum Kinetoskop.«

»Versprichst du es?«

Louise lächelte. »Soweit ich es heute versprechen kann, ja. Jetzt bringen wir Bobby erst einmal zum Bahnhof und gehen dann heim. Du warst schon gestern Abend sehr lange auf, und dein Vater sieht es bestimmt nicht gern, wenn du bei seiner Rückkehr dunkle Ringe unter den Augen hast.«

»Ich weiß, aber ich bleibe gern lange auf«, sagte Lindy und umarmte Louise. »Ich fühle mich dann nämlich schon richtig erwachsen, so wie du und Meg. Erwachsene dürfen alles tun, was ihnen gefällt. Ich wollte, ich wäre erwachsen.«

Am liebsten hätte Louise ihr widersprochen, ihr erklärt, dass auch Erwachsene längst nicht alles tun können, was ihnen gefällt, doch sie wollte die Illusionen des kleinen Mädchens nicht zerstören. Kindheit war eine so kurze Zeit; Lindy sollte sich ihrer Zauberwelt erfreuen, so lange es ging.

»Du bist immer so nett, Louise. Und so hübsch. Genau wie Meg. Ich freue mich, dass Meg jetzt meine Stiefmutter ist. Bist du jetzt eigentlich meine Stieftante?«

»Ich glaube schon. Wir freuen uns übrigens alle, dass Meg deinen Vater geheiratet hat.«

Meg wusste sicher nur allzu gut, was es bedeutete, wenn der Mann, den man liebte, ständig unterwegs war, dachte Louise mit einem tiefen Seufzer. Rik befand sich oft wochenlang auf hoher See; sein Beruf war wesentlich gefährlicher als der von Bobby. Louise musste sich nur immer darüber im Klaren sein, dass Bobby sie nicht vernachlässigte, wenn er wieder einmal irgendwo gebraucht wurde; umso süßer würden ihre kurzen gemeinsamen Zeiten sein, ehe der unausweichliche Aufbruch erfolgte. Wenn sie eines Tages verheiratet waren und sich in Washington niedergelassen hatten, würde sie immerhin wissen, dass Bobby jeden Abend zu ihr nach Hause käme. Meg hatte dieses Glück nicht.

Am folgenden Tag waren die Zeitungen voller Berichte über den Mord an George Saxton. Louise brauchte nicht auf Bobby zu warten, um die ganze Geschichte zu erfahren.

Eine ehemalige Geliebte des Opfers, Anna George – jene Frau, die Louise vor Jahren beim Kurzwarenhändler in Canton kennen gelernt hatte – wurde beschuldigt, ihn erschossen zu haben. George Saxton, der in der Presse gern als Lebemann bezeichnet wurde, befand sich auf dem Weg zu einem Stelldichein mit einer gewissen Mrs Eva Althouse, um derentwillen er Anna George verlassen hatte. Auf dem Bürgersteig vor dem Haus von Mrs Althouse fielen plötzlich Schüsse. George Saxton brach, von mehreren Kugeln im Bauch getroffen, im Vorgarten des Hauses zusammen.

Schon zuvor hatten Nachbarn beobachtet, wie Anna George sich im Buschwerk versteckte. Nach ihrer Festnahme legte sie ein umfassendes Geständnis ab. Zeugen berichteten, dass Anna schon länger damit gedroht hatte, George zu erschießen, falls er sein Verhältnis mit Mrs Althouse nicht beendete.

Die Zeitungen berichteten weiterhin, dass sich Mr und Mrs McKinley im Gottesdienst befanden, als das Telegramm aus Ohio eintraf. Sie waren umgehend nach Canton abgereist. Anna George drohte die Todesstrafe durch Erhängen, da es sich um einen vorsätzlich geplanten Mord handelte.

Nachträglich beglückwünschte sich Louise, dass sie selbst in der einsamsten und düstersten Zeit ihres Lebens dem Drängen George Saxtons nie nachgegeben hatte – wer weiß, ob sie nicht selbst eines Tages so eifersüchtig wie Anna George geworden wäre!

Ein besonders schäbiges Verbrechen war es obendrein, weil es die Familie des Präsidenten involvierte. Bobby, als Vertrauter des Präsidenten und Mitarbeiter seines Stabes im Justizministerium, würde alle Hände voll zu tun haben.

Ausgerechnet jetzt musste so etwas geschehen, dachte Louise. Jetzt, wo sie Bobby am liebsten ganz für sich gehabt hätte und sich sehnlichst wünschte, dass nicht der geringste Schatten über die offizielle Bekanntgabe ihrer Verlobung fiel.

Es kam Louise vor, als ob das Leben einem immer gerade dann den Teppich des Glücks unter den Füßen wegzog, wenn alles einigermaßen zu klappen schien. Doch dagegen war nichts zu machen. Sie musste das Leben von Tag zu Tag so nehmen, wie es kam, und konnte nur darum beten, dass nicht noch mehr geschah, um Bobby und ihr die Verlobung zu verderben.

Um wie viel schlimmer stand es um die arme Mrs McKinley, die so plötzlich und unerwartet eines nahen und geliebten Verwandten beraubt worden war!

31. Kapitel

Als Meg und Rik aus den Flitterwochen zurückkehrten, sah Meg so strahlend glücklich aus, wie man es einer frisch Vermählten nur wünschen konnte. Lindy, die inzwischen zu groß war, als dass ihr Vater sie noch auf den Arm heben konnte, zupfte ihn am Ärmel: »Habt ihr mir ein Geschenk mitgebracht?«

»Aber natürlich! Und nicht nur eines, sondern gleich zwei, du kleiner Raffzahn. Warst du denn wenigstens ein liebes Mädchen und hast Louise keinen Kummer bereitet?«

»Sie hat sich benommen wie ein Engel!«, lächelte Louise. »Wir hatten richtig viel Spaß miteinander, nicht wahr, Lindy?«

»Wir waren im Kinetoskop«, erzählte Lindy eifrig, »und einkaufen und Eis essen! Ich habe nur ganz wenig Zeit gehabt, dich und Meg zu vermissen. Kann ich jetzt bitte meine Geschenke haben?«

»Aber natürlich. Mach es nicht zu spannend, Rik!« Meg holte die Päckchen und überreichte sie der Kleinen. Sie hatten ihr eine wunderhübsche Spieldose mitgebracht, auf der sich eine kleine Ballerina zu den Klängen von »An der schönen blauen Donau« drehte, außerdem einen großen Malkasten mit Wasserfarben.

Während Louise den Tee vorbereitete, kam Meg zu ihr in die Küche. »Rik ist der Meinung, dass ihr endlich wieder über eure ganze Wohnung verfügen solltet, Louise. Pat und Jon haben das Hin und Her zwischen Bella Rosewood und zu Hause sicher längst satt. Wir haben uns überlegt, in ein Hotel zu ziehen. Schließlich sind wir jetzt verheiratet.«

»Das könnt ihr natürlich tun, aber es muss nicht sein. Du und Rik könnt im Schlafzimmer der Jungen schlafen. Lindy bekommt mein Zimmer, und ich übernachte auf der Couch.«

Meg drückte sie an sich. »Louise, das ist wirklich lieb von dir. Aber ich weiß, dass es Rik in Verlegenheit bringen würde. Er ist manchmal wie ein großer Junge. Ich glaube, es wäre ihm peinlich, Lindys Fragen zu beantworten, warum ihr Papa jetzt mit Meg zusammen schläft.«

»Ja, natürlich! Zu dumm, dass ich nicht selbst daran gedacht habe. Ich weiß genau, was du meinst. Ein Hotel ist unpersönlich genug, um Lindy an den Gedanken zu gewöhnen, dass ihr beiden jetzt im gleichen Zimmer wohnt, nachdem Rik letzte Woche noch nach gegenüber verbannt wurde.«

Als Lindy erfuhr, dass sie mit Rik und Meg in ein Hotel ziehen sollte, fragte sie eifrig: »Könnten wir vielleicht im Plaza wohnen?«

»Im Plaza?«, fragte Rik verblüfft. »Was weißt du denn vom Plaza, junge Dame?«

»Bobby hat Louise und mich zum Abendessen ins Plaza eingeladen. Es ist nur einen Katzensprung vom Central Park entfernt, ein riesengroßes und sehr schickes Hotel.«

»Und genau da liegt der Hase im Pfeffer, Liebes. Wir werden uns ein etwas bescheideneres Hotel suchen.«

»Aber ich würde sehr gern dort wohnen«, erklärte Lindy.

»Das kann ich mir gut vorstellen. Leider hat Meg unser gesamtes Geld ausgegeben.« Rik griff seiner Tochter unter das Kinn. »Du wirst allmählich ganz schön anspruchsvoll, meine Süße.«

»Wenn du und Meg euch das Plaza nicht leisten könnt, dann hast du sicher nichts dagegen, wenn ich eines Tages einen reichen Mann wie Bobby heirate, der mir alles gibt, was ich möchte.«

Hilflos blickte Rik zu Meg hinüber, die sich krampfhaft das Lachen verbiss. So ernsthaft sie es eben fertig brachte, sagte sie:

»Lindy, eines Tages nehmen dein Vater und ich dich mit in ein Indianer-Reservat. Das ist viel spannender als das Plaza.«

»Bestimmt?«

Augenzwinkernd wandte sich Rik an Meg. »Ich wusste doch, dass du besser mit unserer widerspenstigen Tochter fertig wirst als ich. Und das alles haben wir nur deiner reichen Verwandtschaft zu verdanken!«

Als Bobby wieder in Washington war, schickte er Louise sofort ein Telegramm, dem ein langer Brief folgte.

Er war bis zu George Saxtons Beerdigung in Canton geblieben. Wie erwartet, hatte der Vorfall Ida sehr mitgenommen. Nachdem die Anwälte der Familie McKinley den Fall übernommen hatten, gab es für Bobby in Canton nichts mehr zu tun. Er verfolgte die Ermittlungen von Washington aus, würde aber zum Prozess vermutlich nach Canton zurückkehren müssen.

Er schrieb, dass er große Sehnsucht nach Louise habe und sie am liebsten vom Fleck weg heiraten würde, dass er sie und ihre Familie aber am folgenden Freitag zur großen Verlobungsfeier in Richmond erwarte und dass er sie von Herzen liebe. In typischer Bobby-Manier setzte er hinzu: *»Ich hoffe, Meg und Rik haben ihre Flitterwochen bei den Grizzlybären genossen. Das war natürlich ein Scherz! Vermutlich waren sie froh, dass sie keinen Grizzly zu Gesicht bekommen haben.«*

Das Wochenende der Verlobungsfeier, das Louise so lange herbeigesehnt hatte, kam jetzt mit Riesenschritten auf sie zu, plötzlich war es da. Am folgenden Freitag fuhr sie in aller Frühe mit Pat, Jon, Rik, Meg und Lindy von der Penn Station zunächst nach Washington und dann weiter nach Richmond. Es war ein wunderbar sonniger Tag, wie häufig im Herbst. Louise liebte den Herbst. Sie empfand ihn durchaus nicht als traurige Jahreszeit, sondern als

Zeit der Früchte und der Ernte. Die Farben der Landschaft hatten sich zu Rot, Gold, Bronze und Braun gewandelt, die Blätter fielen, und die Erde duftete. Die Reise von Columbia nach Virginia fand inmitten einer Sinfonie von Farben statt.

Louise fühlte sich bemerkenswert ruhig. Es waren ihre Brüder, die eine gewisse Nervosität an den Tag legten. »Pat, hör auf, ständig an deiner Krawatte herumzufummeln. Das tust du immer, wenn du nervös bist!«

»Wenn du weiter an Jon und mir herumnörgelst, steige ich am nächsten Bahnhof aus!«, fauchte Patrick.

»Lass sie doch, Louise.« Meg, die mit Lindy spielte, während Rik sich hinter seiner Zeitung verbarrikadierte, versuchte, die Wogen zu glätten. »Sie werden sich schon zu benehmen wissen. Schließlich hat Vater sie zu Gentlemen erzogen. Du solltest dich ein wenig zu entspannen versuchen.«

»Ich bin entspannt.«

»Wenn du es nicht gesagt hättest, hätte es niemand bemerkt«, schmollte Pat.

»Hör auf, auf deinen Fingernägeln herumzukauen! Und mach nicht so ein grimmiges Gesicht«, giftete Louise ihn an.

Pat stand auf und trat auf den Gang.

»Oh-oh«, raunte Jon Meg zu.

Louise folgte Pat aus dem Abteil und legte ihm den Arm um die Schultern, doch er schüttelte ihn missmutig ab. »Entschuldige, Bruderherz. Ich weiß, ich habe mich angehört wie eine alte Keife. Tut mir Leid! Ich habe dich wirklich von Herzen gern, Pat.«

»Wenn du so weitermachst, wirst du deinen armen zukünftigen Ehemann schnell vergraulen«, sagte Pat zu dem verrußten Schiebefenster.

»Komm, sei wieder gut!«

Pat wandte den Kopf einen Zentimeter in ihre Richtung. »Du kannst manchmal ganz schön nervig sein, Louise. Du merkst es nur nicht. Ganz ehrlich: Ich bin froh, wenn dieser Aufruhr vorbei ist und ich wieder nach New York in mein Geschäft kann.

Weißt du eigentlich, wie viel es mich kostet, diese zwei Tage freizunehmen? Ganz zu schweigen von den neuen Anzügen für Jon und mich, ohne die wir in der High Society von Washington keine ausreichend gute Figur abgeben würden. Ich bin wirklich froh, dass du dir nicht in den Kopf gesetzt hast, den Prinz von Wales zu heiraten. Noch mehr Firlefanz und Getue hätte ich nämlich nicht ertragen.«

»Der Prinz von Wales ist bereits verheiratet.« Sie lehnte den Kopf an seine Schulter und versuchte nicht zu lächeln, um ihn nicht noch mehr zu verärgern.

»Na, das ist wenigstens ein schwacher Trost. Obwohl sich deine zukünftige Schwiegermutter mindestens genauso versnobt gebärdet wie die gute alte Königin Victoria höchstpersönlich. Und dabei geht es nur um eine Verlobung! Ich denke mit Schrecken an die Hochzeit!«

»Was meinst du, wie nervös ich dann bin! Du kannst mir eine große Hilfe sein. Vergiss nicht, du wirst derjenige sein, der mich meinem Bräutigam zuführt.«

»Prima! Je eher wir dich los sind, desto besser!« Er drehte sich zu ihr um und grinste sie an. »Weißt du, ich finde es schön, dass wir uns so ähnlich sind. Ich habe bloß Mitleid mit Bobby: Der arme Kerl weiß ja nicht, was da auf ihn zukommt! Du und Meg, ihr seid wirklich zwei Wildfänge. Der gute Rik ist auch nicht zu beneiden. So, und jetzt lass mich einen Augenblick allein. Ich möchte die Landschaft Virginias in Frieden genießen. Gleich geht es mir wieder besser. Und dir auch.«

»Hältst du mich wirklich für eine solche Nervensäge, Pat?« Louise strich ihm eine dunkle Haarsträhne aus der Stirn, wie sie es schon getan hatte, als sie noch Kinder waren.

»Lass mich!« Plötzlich nahm er sie in die Arme und drückte sie so fest an sich, dass ihr fast die Luft wegblieb. »Quatsch! Ich halte dich überhaupt nicht für eine Nervensäge. Du bist eine tolle Frau, Louise! Du und Meg, ihr seid etwas ganz Besonderes. Ihr habt beide die Gottesgabe, Menschen anzurühren und zu heilen. Ich hoffe nur, dass dieser Bobby sich darüber im Klaren ist, was für ein Juwel die Familie Duigan ihm da überlässt. So, und jetzt geh und lass mich ein wenig nachdenken.«

Am Abend holte Bobby sie mit der Familienkutsche und einer gemieteten Droschke am Bahnhof ab. Louise warf sich glücklich in seine Arme. Und plötzlich schien alles im Lot zu sein.

Louise hatte sich bereits gedacht, dass das große Haus mit seiner Säulen-Veranda und den hell erleuchteten hohen Fenstern inmitten von Tabakfeldern und umgeben von Pferdeställen ihre Familie beeindrucken würde. In der Ferne wand sich der Potomac River wie ein silbernes Band durch die Landschaft.

»Du liebe Zeit!«, rief Patrick, während die Bediensteten aus dem Haus eilten, um das Gepäck auszuladen und ihnen ihre Zimmer zu zeigen. »So lebt man hier also? Das ist ja wie im Märchen! Du hast doch erzählt, es sei ein alter Bauernhof!«

»Pst, Pat! Nicht, dass Bobby uns hört. Es könnte ihm peinlich sein.«

»Peinlich? Ihm? Höchstens mir! Meine Güte, hast du ein Glück! Stell dir nur vor, das alles gehört eines Tages ihm!«

»Ich weiß, Pat. Und jetzt sei bitte still. Tu mir den Gefallen und benimm dich wie ein Mann von Welt.«

Sie dinierten mit Bobbys Eltern. Alle, selbst die kleine Lindy, unterhielten sich auf das Angenehmste. Pat fummelte nicht ein einziges Mal an seiner Krawatte herum, und der sonst so schweigsame Jon unterhielt die Runde mit geistvollen Anekdoten.

Nach und nach kamen auch die anderen Gäste an. Bald waren alle Gästezimmer – immerhin ein Dutzend – belegt. Im ganzen Haus herrschte betriebsame Fröhlichkeit. Gegen elf Uhr war Louise so müde, dass sie, ohne noch einen Gedanken an den nächsten Tag zu verschwenden, in das Bett fiel, das sie mit Lindy teilte, und wie ein Stein einschlief. Neben ihr auf dem Nachttisch lag die *Richmond Gazette*, in der ihre Verlobung offiziell angekündigt wurde.

»Mit großer Freude beehren sich Mr und Mrs Robert du Pré, Gelb-Banner-Gut, Richmond, Virginia, die Verlobung ihres einzigen Sohnes Robert Banner du Pré junior mit Miss Louise Duigan, New York, anzuzeigen.«

Der folgende Tag verging wie im Flug. Meg und Lindy halfen Louise beim Frisieren und steckten ihr frische Blumen ins dunkle Haar. Das blassgelbe Seidenkleid, das Louise am Nachmittag zur eigentlichen Zeremonie tragen sollte, hatte sie sich von der Entschädigung der Reederei Cade-Armoy gekauft.

Bereits am Morgen hatte Louise von ihren zukünftigen Schwiegereltern ihr Verlobungsgeschenk erhalten. Es war ein Collier aus Diamanten und Smaragden mit passendem Armband und Ohrringen – Familienerbstücke, die nach der Feier wieder in den Safe geschlossen werden sollten. Meg und Lindy schnappten beim Anblick der Juwelen nach Luft, und auch Louise war sprachlos.

Nachdem Meg ihr das Geschmeide angelegt hatte, trat sie einen Schritt zurück, um das Ergebnis zu bewundern. »Louise, du bist bestimmt die Schönste von allen! Du wirst sie alle ausstechen!«

»Du siehst aus wie eine Prinzessin«, sagte Lindy und fügte aufgeregt hinzu: »Glaubst du, dass Bobby morgen noch einmal mit mir ausreitet?«

»Ganz bestimmt, Süße. Meg, haben wir an alles gedacht?«

»Alles ist perfekt. Pat und Jon werden stolz auf dich sein.«

»Du siehst aber auch toll aus, Meg. Dieses grüne Samtkleid, das Rik dir in New York gekauft hat, steht dir wirklich ausgezeichnet.«

»Und ich?«, fragte Lindy.

»Du auch, Lindy. In diesem blauen Kleid bist du mindestens ebenso hübsch wie deine Ma… wie unsere Meg«, verbesserte sie sich hastig.

»Halt, Louise! Beinahe hättest du die Handschuhe vergessen!«

Inzwischen waren auch Kitty und Logan mit ihren Kindern eingetroffen – leicht verspätet, wie fast immer. Kitty lächelte Louise strahlend an, und Logan hielt beide Daumen in die Höhe, als

Louise in Begleitung von Meg und Lindy die breite Freitreppe hinunterschritt. »Du siehst atemberaubend aus, Louise«, flüsterte Kitty ihr zu. »Der spießige Klüngel wird sicher gelb vor Neid!«

Und dann war es an der Zeit, sich der Bewunderung der restlichen Familie – vor allem natürlich Bobbys – zu stellen.

»Wow!«, war alles, was Rik, Pat und Jon hervorbrachten.

»Ist das tatsächlich meine leibliche Schwester, die da vor mir steht, oder habe ich eine Halluzination?« Patricks Augen glänzten.

Bobby schien es die Sprache verschlagen zu haben, doch seine Augen sagten alles. Er legte ihre Hand in seine Armbeuge und geleitete sie auf seine Familie und die Gäste zu.

Und dann kam der offizielle Teil. Als Gastgeber ihres Ehrentages oblag es Louise und Bobby, jeden Anwesenden einzeln zu begrüßen; Millicent du Pré hatte zur Verlobung des Jahres etwa zweihundert Gäste geladen. Anschließend fand die Segnung des Paares durch einen Kaplan statt.

Louise und Bobby standen unter einer Laube aus Immergrün; Bobby steckte ihr den Verlobungsring mit dem Diamanten an den Finger und küsste sie. Ein Fotograf hielt die Zeremonie im Bild fest. Fast wie bei einer Hochzeit, dachte Louise.

Später wurden Reden gehalten, Champagner gereicht und Trinksprüche auf das junge Paar ausgebracht.

Erst dann begann das eigentliche Fest. Die du Prés hatten eine Kapelle engagiert, die im Ballsaal zum Tanz aufspielte. Der Tisch im Esszimmer bog sich unter üppigen, in der Küche des Hauses zubereiteten Köstlichkeiten, die von uniformiertem Personal serviert wurden.

Robert senior und Millicent du Pré hießen die Verlobte ihres Sohnes mit einem herzlichen Kuss im Schoß der Familie willkommen. Bobby war aus unerfindlichen Gründen plötzlich verschwunden, und so blieb Millicent an Louises Seite.

Alle wollten Louises Verlobungsring bewundern, alle wollten gratulieren, alle wollten die Braut küssen. »Gut, dass die Leute dich nicht wirklich küssen, sondern nur so tun«, flüsterte Pat Louise in einem unbeobachteten Augenblick grinsend ins Ohr. »Du wärst wahrscheinlich längst von oben bis unten voll gespuckt!«

»Heute ist die Generalprobe für den großen Tag«, sagte Kitty. »Wenn es so weitergeht, hast du die Erwartungen meiner Mutter nicht nur erfüllt, sondern sogar übertroffen. Gut gemacht! Du hast sie alle um den kleinen Finger gewickelt. Von heute an wird keines der Washingtoner Klatschmäuler mehr über dich lästern, und der spießige Klüngel wird dich ins Herz schließen.«

Das hoffte Louise zwar auch, doch letztlich war ihr der spießige Klüngel ziemlich egal. Sie würde sie selbst bleiben, denn so hatte Bobby sie lieben gelernt. In einem ruhigen Moment schlüpfte Louise aus dem Ballsaal und erkundigte sich bei den Bediensteten, ob sie Bobby gesehen hätten. »Er befindet sich in der Bibliothek, Miss Louise«, war die Antwort. Was mochte er so ganz allein dort tun?, überlegte Louise.

Die Tür war nur angelehnt. Louise spähte in die Bibliothek und sah, dass Bobby mutterseelenallein am Fenster stand und vor sich hin brütete.

»Hast du deine Meinung schon geändert?«, fragte sie und schloss die Tür hinter sich. »Muss ich dich etwa ebenfalls wegen Bruch des Eheversprechens vor den Richter zitieren – ganz wie Amelia Jameson-Blaine?«

Bobby drehte sich um, ging auf sie zu, nahm ihre Hände, trat einen Schritt zurück und betrachtete sie von oben bis unten. »Ich habe dir noch gar nicht gesagt, wie schön du bist, meine süße Louise.« Er ließ ihre Hände los und umarmte sie. »Ich bewundere die Art und Weise, in der du mit dem ganzen Trubel fertig geworden bist. Ich finde, es war ganz schön viel Lärm um nichts – aber meine Mutter wollte es ja so! Und ich bekomme noch nicht einmal etwas dafür«, fügte er düster hinzu.

»Doch! Mich!«

»Sicher. Aber du schläfst immer noch in deinem Bett und ich in meinem.« Bobby streichelte ihr Haar und murmelte in ihr Ohr: »Glücklicher Rik!« Er hielt sie so fest, dass sie seinen Herzschlag spürte. »Ich wünschte, wir wären in New York einfach durchgebrannt. Wir hätten uns den ganzen Trubel ersparen können. Es ist doch Unsinn, einen solchen Aufstand zu machen – wir wissen ohnehin, dass wir zusammengehören und den Rest unseres Lebens gemeinsam verbringen wollen!«

Louise legte den Kopf in den Nacken und sah Bobby in die Augen. »Du und Rik?«, lachte sie.

Er prustete los. »Du bist mir vielleicht eine! Von wegen unschuldig! Mama wäre schockiert!«

»Das darfst du Gertie ankreiden. Sie hat dafür gesorgt, dass wir etwas unbedarfteren Zeitgenossen zumindest ahnen, wie es in der Welt zugeht.«

»Komm, wir tun es einfach!«

»Was denn?«

»Durchbrennen.«

»Und wohin?«

»Unten an den Fluss. Bloß weg von dem verrückten Volk!«

»Das können wir nicht tun, Bobby. Es wäre nicht schicklich. Deine Mutter ist jetzt schon ungehalten, weil du verschwunden bist.«

»Mit anderen Worten, ich muss mich tatsächlich noch in Geduld üben. Amüsiert sich deine Familie wenigstens?«

»Na ja, anfänglich waren sie schon ein wenig verwirrt, aber jetzt haben sie sich eingelebt. Ehe ich den Ballsaal verließ, hat sich Pat mit deinem Vater sehr angeregt über Schiffsbergung unterhalten, und Jon sprach mit dem presbyterianischen Geistlichen darüber, ob wir am Hochzeitstag nicht zusätzlich eine Quäker-Zeremonie abhalten könnten. Rik, Meg und Lindy habe ich zuletzt mit Kitty, Logan und den Kindern gesehen; sie überlegten, ob es nicht angenehmer wäre, den spießigen Klüngel sich selbst zu überlassen und am Fluss fischen zu gehen.«

»Warum hast du eigentlich Gertie, Rocky und Bella Rosewood

nicht eingeladen?«, erkundigte sich Bobby. »Sie sind schließlich auch Freunde der Familie.«

»Bella Rosewood ist eine gute Bekannte, mehr aber nicht. Gertie habe ich zwar eingeladen, aber sie erklärte mir, dass sie zu viel zu tun habe; sie ist dabei, die neue Show auf die Beine zu stellen.«

»Und?«

»Du weißt ja, wie sie ist. ›Nee, Lütte‹, hat sie gesagt, ›ich finde es wirklich prima von dir und Bobby, mich einzuladen, aber was meinst du, was die feinen Pinkel von dir denken, wenn du eine Amüsierdame aus dem Red Leather Gloves in Halifax mitbringst …‹«

Bobby sah Louise lange an. »Du musst mir etwas versprechen, Louise! Bleib immer so, wie du jetzt bist. Da drinnen bei dem spießigen Klüngel hast du deine Rolle so perfekt gespielt, dass ich ernsthaft Angst um mein süßes, unschuldiges, einfaches, wunderbares Mädchen bekam. Ich möchte nicht, dass aus dir jemand wird, den ich nicht wiedererkenne. Bleib bitte die Louise, die du warst. Mir zuliebe. Deine Familie und deine Freunde sind tausendmal mehr Wert als die da drinnen, die nur über Geld, Erfolg und sozialen Aufstieg reden können. Ich wäre sehr unglücklich, wenn du dich und mich betrogen hättest.«

Nach der Verlobungsfeier verrann die Zeit so schnell, dass Louise kaum zu Atem kam.

Rik, Meg und Lindy kehrten nach Halifax zurück; zur »Hochzeit des Jahres«, wie das Ereignis in den Gazetten genannt wurde, würden sie im März wiederkommen.

Thanksgiving verbrachte Louise bei den du Prés in Richmond.

Wenn es Bobbys Arbeit im Justizministerium zuließ, suchten sie gemeinsam in Washington nach einem geeigneten Haus. Als sie etwas Passendes gefunden hatten, das ihnen beiden gefiel, mussten Möbel ausgesucht und Innenarchitekten beauftragt werden, die das Haus in Georgetown in Bobbys und Louises Heim verwandeln sollten.

Es gab unendlich viel zu tun. Weihnachten und Neujahr kamen, ehe sie sich versah. Patrick und Jon verbrachten Weihnachten gemeinsam mit Louise auf dem Gelb-Banner-Gut. Bobby hatte sich gewünscht, Louise zu Weihnachten in seiner Nähe zu haben. Weihnachten bei den Eltern gehörte zur du Pré'schen Familientradition. Da Louise jedoch nicht bereit war, ihre Brüder sich selbst zu überlassen – das gehörte nun einmal zur Duigan'schen Familientradition –, feierten sie alle zusammen und hatten viel Spaß.

In den ersten Wochen des neuen Jahres musste sich Louise um ihre Aussteuer kümmern. Dazu gehörten häufige Termine bei einer Schneiderin, die dabei war, das herrlichste Brautkleid der Welt zu fertigen. Derweil nähte Meg in Halifax das Kleid, das sie als Ehrenjungfer tragen würde, sowie das Brautjungfer-Kleid für Lindy. Auch Kittys Kinder waren als Brautjungfern vorgesehen.

Da die Hochzeit im Frühling stattfinden sollte, hatte sich Louise für frühlingshafte Farben entschieden. Millicent mischte sich nicht ein und ließ Louise gewähren. Die Brautjungfern bekamen gelbe Kleider mit blassgrünen Schärpen und sollten Kränze aus Frühlingsblumen tragen. Für Meg hatte Louise eine smaragdgrüne Ausstattung gewählt, weil diese Farbe ihrer Schwester besonders gut zu Gesicht stand. Die Sträuße der Mädchen sollten von den Gärtnern des Guts aus gelben, pfirsichfarbenen und cremefarbenen Teerosen zusammengestellt werden. Für ihren Brautstrauß hatte Louise Maiglöckchen ausgesucht.

Anfang März, kurz bevor Rik zu seinen sommerlichen Frachttransporten nach Norwegen aufbrach, kamen Meg, Rik und Lindy erneut nach New York. Stolz verkündete Meg, dass sie in sechs Monaten ein Baby bekommen würde.

»Das ist ja wunderbar, Meg! Ich gratuliere euch.« Mit Tränen in den Augen drückte Louise ihre Schwester an sich. Sie freute sich über das Glück von Meg und Rik.

Die aufregenden Ereignisse häuften sich so sehr, dass Louise den Eindruck hatte, kaum noch Schritt halten zu können. Schon im Juni würde Suzy Parsons nach New York kommen, um Patrick zu heiraten.

Auch der arme Jon wusste kaum noch, wo ihm der Kopf stand. Seine Schwestern und sein Bruder verwirrten ihn. Sein eigenes Leben schien an den Rand gedrängt. Der muskulöse, aber stille Jon, der ohnehin in der Familie nie das große Wort führte, wirkte wie verloren. Louise wusste, dass er von allen Geschwistern der Sensibelste war. In einer ruhigen Minute nahm sie sich Zeit für ihn. »Jon, Bruderherz, drücken dich irgendwelche Sorgen?«

»Ganz bestimmt nicht, Louise. Mich überwältigt einfach das geballte Glück in der Familie. Es ist ein Glück, das ich ebenfalls spüre, aber nicht ausdrücken kann. Tut mir Leid, wenn ich abwesend wirke. Es ist wirklich nicht meine Absicht. Ich bin unendlich froh, dass du den richtigen Mann gefunden hast, Louise.«

Louise kannte ihren Bruder und seine zurückhaltende Art von klein auf und wollte nicht in seinem Seelenleben herumstochern. Er gab sich gern hart, härter sogar als Patrick. Eines Tages, in einem guten Moment, würde er sich ihr öffnen, das wusste sie. Inzwischen aber musste sie ihren »kleinen« Jon sein Leben selbst in die Hand nehmen lassen, ohne dass sich die Familie einmischte.

Louise verstand Jons Wunsch nach Ungestörtheit. Sie liebte und respektierte ihren Bruder viel zu sehr, um ihn auszuhorchen, nachdem er sie unmissverständlich in ihre Schranken gewiesen hatte. Irgendwann, so hoffte sie, würde auch er die richtige Frau finden. Wenn es aber nicht sein sollte, so würde auch das Predigeramt bei den Quäkern ihn ausfüllen. Er würde glücklich werden, mit oder ohne Frau. Er hatte es selbst in der Hand.

Als Louise schließlich an Bobbys Arm durch das Kirchenschiff schritt, fühlte sie sich wie eine Märchenprinzessin. Sie war wunderschön in ihrem weißen Brautkleid, zu dem sie einen einfachen Maiglöckchen-Strauß trug, und alle Blicke folgten ihr. Bescheiden nahm sie die Bewunderung wahr. Nun war Bobby ihr Ehemann; sie hatten einander versprochen, in guten und schlechten Zeiten zueinander zu stehen. Er hatte ihr den Ehering vor den Verlobungsring gesteckt. Louise schwor sich, Bobby nie zu enttäuschen. Was immer das Leben ihnen bringen würde, sie wollte und durfte ihn nicht enttäuschen.

»Lächeln!«, zischte Gertie ihr zu. Und Louise lächelte, kein Auge in der Kirche war trocken geblieben. Louise strahlte von innen heraus und gab ihr Strahlen weiter. Während sie am Arm ihres frisch gebackenen Ehemannes dem Ausgang entgegenschritt, wandten sich alle Gesichter ihr zu, und in allen spiegelte sich Wohlwollen wider. Die unfreundliche Kritik wegen Louises nicht angemessenem Stand war verschwunden – allein die Tatsache, dass die gesamte Familie du Pré Bobbys Wahl akzeptierte, hatte sie im Keim erstickt.

Louises drei Schwägerinnen, Kitty, Marigold und Dorothea, die neben ihren einflussreichen Ehemännern standen, lächelten ihr mit Tränen der Rührung in den Augen zu.

Selbst Bobbys königlich wirkende Mutter zerknüllte ihr Spitzentaschentuch. Ihr Gesicht zeigte Stolz und eine gewisse Selbstgefälligkeit. Sie hatte den spießigen Klüngel von Washington dazu gebracht, Bobbys Verlobte als angemessen wahrzunehmen; ihr war es zu verdanken, dass man Louise als Frau sah, die jedem das Wasser reichen konnte.

Bobbys Vater, der frühere amerikanische Botschafter in Havanna, lobte vernehmlich die Wahl seines Sohnes. Für alle Umsitzenden hörbar sagte er zu Ed Martin, der in der Kirche in Bobbys nächster Nähe Platz genommen hatte: »Ich freue mich sehr, dass der Junge zu guter Letzt doch noch Geschmack gezeigt hat.« Ed zeigte Louise fröhlich einen erhobenen Daumen.

Auf der anderen Seite des Mittelschiffs saßen Louises Brüder. Von dem überwältigten Staunen, das sie früher bei großen Ereignissen an den Tag gelegt hatten, war nichts geblieben. Beide strahlten um die Wette.

In letzter Zeit hatten sie Louise oft gesagt, wie stolz sie auf ihre Schwester waren. Vor allem Patrick. »Ganz ehrlich, Schwesterherz, durch deinen Mut und deine Hartnäckigkeit hast du uns den Weg in eine andere Welt geebnet«, waren seine Worte gewesen. »Obwohl es ja eine Zeit lang so aussah, als würdest du dem schneidigen du Pré den Laufpass geben und uns damit die Aussicht auf Wohlstand und Erfolg verbauen«, hatte er augenzwinkernd hinzugefügt.

»Ich kann es kaum fassen, solche Worte von meinem eigenen Zwillingsbruder zu hören«, hatte Louise entgegnet. »Ich heirate Bobby aus Liebe, nicht aus Berechnung.«

»Das glaube ich dir. Aber es wäre eine glatte Lüge, wenn ich behaupten würde, dich lieber in den Armen eines Habenichts zu sehen.«

Einzig die Tatsache, dass ihr Vater und ihre Mutter ihren großen Tag nicht miterleben konnten, warf einen Schatten auf Louises Glück.

Auch Rik, der neben ihren Brüdern saß, schenkte sie ein warmes Lächeln. Der gute Rik, ihr lieber Schwager! Der Mann ihrer geliebten Schwester Meg und Vater von Lindy, die beide ihr Bestes taten, die übereifrigen jungen Brautjungfern daran zu hindern, auf Louises lange Schleppe zu treten. Wie schön es doch ist, sie alle an meiner Seite zu wissen, dachte Louise.

Weiter hinten entdeckte sie Bella Rosewood. Bella hatte dem Brautpaar eine riesige Skulptur geschenkt, die eine Meeresgöttin darstellen sollte, was allerdings auf den ersten Blick nicht unbedingt zu erkennen war.

Die Gute hatte während der gesamten Zeremonie herzzerreißend geschluchzt, doch das war noch lange nichts gegen den Tränenreichtum von Gertie und Rocky. Gertie hatte die ganze Zeit in ihr Taschentuch geweint, während Rocky die Tränen einfach über sein hässliches, freundliches Gesicht laufen ließ. Dabei hatte er sich immer wieder geräuspert, bis Gertie ihn in die Rippen knuffte.

Der gut aussehende Bräutigam setzte wie in Trance einen Fuß vor den anderen. Dem schneidigen du Pré war das Lächeln abhanden gekommen, bis zu dem Augenblick, als sich seine und Louises Augen getroffen hatten und er gefragt worden war: »Willst du, Robert Banner du Pré, diese Frau zu deiner rechtmäßig angetrauten Gattin nehmen?« Sein entschlossenes »Ja« war bis in den letzten Winkel der Kapelle zu hören gewesen.

Louise schwebte den ganzen Tag – in der Kirche, während des Empfangs und auch noch am Bahnhof beim Aufbruch in die Flitterwochen – wie auf Wolken.

Sie reisten erster Klasse in einem eigenen Abteil. Für die Reise hatte Louise sich umgekleidet und trug ein sächsischblaues Chenille-Ensemble aus dem Hause Worth. In ihrem Haar hatte sich so viel Reis verfangen, dass sie sich wahrscheinlich sehr lange würde kämmen müssen, ehe sie jedes einzelne der kleinen Symbole für Glück und Fruchtbarkeit entfernt hatte. Wie damals bei Meg! Sie hoffte nur, dass es nicht regnete, sonst würde sie wohl bald einem Reispudding ähneln.

Dieses Mal war sie es, die die Initiative ergriff und die Sonnenblenden hinunterzog, um ungestört zu bleiben. »Ich habe ein Geschenk für dich«, sagte sie zu ihrem Mann.

»Tatsächlich? Was denn?«

Louise überreichte ihm die silbern gerahmte Stickerei, die sie aus ihrem eigenen Haar angefertigt hatte – zwei ineinander verschlungene Hände in einem Herzen und drumherum die Worte: *Junge Liebe träumt. Wer sollte den Traum je erzählen?*

»Ich liebe dich, Bobby, und ich möchte die beste Ehefrau sein, die du je hattest.«

»Ich liebe dich, weil du immer alles frei heraus aussprichst, meine Liebste. Ich bin sicher, du wirst die beste Ehefrau, die ich je hatte«, erwiderte er augenzwinkernd.

»Ich möchte dir mit diesem kleinen Andenken für alles danken, was du für mich und meine Familie bei unserem Neustart in diesem Land getan hast.«

»In diesem wunderschönen Land. Es ist so schön wie du, Louise du Pré.« Er steckte sich das kleine Geschenk in die Brusttasche, um es immer in seiner Nähe zu haben. Doch er wünschte sich noch ein ganz anderes Hochzeitsgeschenk. »Komm und küss mich«, sagte er daher, »ehe ich verhungere, verdurste und vor Verlangen nach dir sterbe.«

Junge Liebe träumt. Wer sollte den Traum je erzählen?

Ich werde es tun, dachte Louise. Eines Tages werde ich den goldenen Traum erzählen. Ich werde erzählen, dass alles möglich ist; man darf nur niemals aufgeben.

September 1901

Epilog

William McKinley war mit großen Hoffnungen in seine zweite Amtsperiode gestartet.

Am Nachmittag des 6. September fand er sich gegen vier Uhr auf der Pan-America-Ausstellung in Buffalo zu einem Empfang ein, bei dem er hunderten von Menschen, die teilweise von weit her gekommen waren, die Hände schütteln sollte.

Der Nachmittag war warm und sehr schwül. In der Ferne donnerte es bereits. Überall wurden Taschentücher geschwenkt, um den Präsidenten zu begrüßen. So manches Taschentuch wurde zwischendurch auch schnell einmal dazu benutzt, Schweiß von einer Stirn oder den Händen zu tupfen. Die Sicherheitsbeamten achteten nicht auf Taschentücher; ihnen ging es mehr um die Gesichter in der Menge.

Ein beschäftigungsloser Fabrikarbeiter aus Cleveland, Ohio, stand in der Reihe derer, die dem Präsidenten die Hand schütteln wollten. Der schlanke Mann war achtundzwanzig Jahre alt; sein Gesicht zeichnete sich durch große Augen und einen leeren Ausdruck aus. Um seine Hand hatte er ein Taschentuch geschlungen.

William McKinley, der sich zeitlebens zu den einfachen Leuten hingezogen fühlte, streckte dem jungen Mann die Hand entgegen. Leon Czolgosz schoss zwei Mal. Die 32er Iver Johnson hatte er unter dem Taschentuch verborgen.

»Tun Sie ihm nicht weh«, sagte der Präsident zu den Sicherheitsbeamten, die sich auf den Attentäter stürzten. Dann ging er selbst zu Boden.

In der folgenden Stille konnte man hören, dass in einem der Pavillons Bach gespielt wurde.

»Meine Frau …«, stöhnte der Präsident. »Cortleyou, bringen Sie es ihr vorsichtig bei …«

Acht Tage später erlag er seinen Verletzungen.

Unter den Trauernden, die McKinley in Canton das letzte Geleit gaben, befanden sich Bobby und seine Frau Louise, die gerade ihr zweites Kind erwartete.

Bobby hatte neben dem Präsidenten gestanden, als die Schüsse fielen. Er hatte im Krankenhaus gewartet, während die besten Chirurgen Buffalos um das Leben McKinleys rangen, und er hatte ihn später in die Villa Milburn in Niagara Falls begleitet, wo Ida ihrem sterbenden Mann nicht von der Seite wich. Er war dabei gewesen, als man den Sarg des Präsidenten von Buffalo zunächst nach Washington und später nach Canton überführte; er war während William McKinleys gesamter Regierungszeit für den Präsidenten da gewesen, so, wie der Präsident immer für sein Volk da gewesen war.

Niemand wusste das besser als Louise.

Bobby legte den Kranz der Familie auf das Grab des Präsidenten.

Als Nächster überbrachte Chief Still Water, der Enkel des berühmten Chief Joseph vom Stamm der Nez Percé, die Beileidsbekundung seines Volkes. Er legte einen Kranz aus dunkelroten Blättern nieder, an dem ein einfaches Pappschild angebracht war:

Der Regenbogen der Hoffnung ist vom Himmel verschwunden. Über uns hängen schwere Wolken. Tränen netzen den Boden der Tipis. Auch die Bleichgesichter haben Kummer. Der große Häuptling der Nation ist tot. Auf Wiedersehen. Auf Wiedersehen. Auf Wiedersehen.

Louise ließ ihre Hand in Bobbys gleiten und fühlte sich getröstet. Eine Ära war zuende gegangen. Doch was hatte die Frau des Präsidenten gesagt?

»Nichts wird ihn uns zurückbringen. Also werden wir in eine neue Zeit aufbrechen. Er hätte es sich so gewünscht.«

Zwei Frauen, das gleiche tragische Schicksal ... durch ein Jahrhundert getrennt

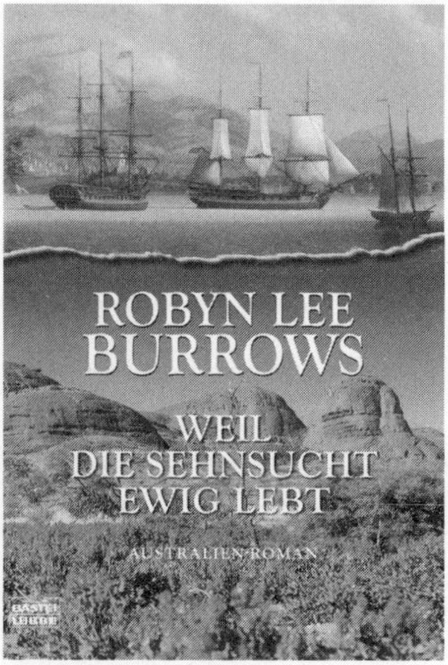

Robyn Lee Burrows
WEIL DIE SEHNSUCHT
EWIG LEBT
Roman
560 Seiten
ISBN 978-3-404-15582-8

Jess' und Brads Ehe steht auf dem Prüfstand, nachdem ein Schicksalsschlag ihr Leben bis in seine Grundfesten erschüttert hat. Trotzdem begleitet Jess ihren Mann auf einen Forschungsaufenthalt im Diamantina-Gebiet. Sie findet die Tagebücher einer Frau, die um 1870 dort gelebt hat und erkennt, dass ihre Schicksale sich erstaunlich ähneln. Die Erfahrungen der jungen Jenna und die Entdeckung einer alten Grabstätte lassen Jess ihr Leben in einem neuen Licht erscheinen.
Von Irland im Jahr 1867 bis ins heutige Queensland spannt sich der Bogen einer berührenden Geschichte, an deren Ende eine schwere Entscheidung steht.

Bastei Lübbe Taschenbuch

Der große Schicksalsroman über Liebe und Verrat – und den Zauber der schottischen Highlands

Lord Lindsay war Annies große Liebe und er ist der Vater ihres Sohnes. Eine Heirat war jedoch nie möglich gewesen. Jetzt, nach Lindsays Tod ist Annies Zukunft ungewisser denn je. Als Lord Rory, Lindsays Bruder und Rivale, aus dem Krieg zurückkehrt, hält er um Annies Hand an und will mit ihr auf den Familiensitz Glengarth in den schottischen Highlands zurückkehren. Nur zögernd stimmt sie zu. Unter der Bedingung, dass Jamie als legitimer Sohn akzeptiert und nicht als Bastard in die schottische Aristokratie eingeführt wird ...

ISBN 3-404-15202-6